HEYNE <

Das Buch

Als einziger Überlebender eines Flugzeugsabsturzes irrt Anders durch das dunkle Land – eine bizarre Welt, bevölkert von seltsamen Kreaturen. Als er sich aufmacht herauszufinden, was mit dem vergessenen Tal geschehen ist, beginnt ein Albtraum.
Widerwillig haben die Tiermenschen auf der anderen Seite der toten Stadt Anders bei sich aufgenommen. Sie begegnen dem Fremden voller Misstrauen und Hass. Und während Anders' Gefühle für Katt, das rätselhafte Katzenmädchen, immer stärker werden, reift zugleich auch der Gedanke an Flucht in ihm heran. Doch bei dem Versuch, gemeinsam mit Katt das ewige Eis der gewaltigen Berggipfel zu überwinden, fallen sie dem Elder Culain und seinen Zentauren in die Hände. Der Elder will Anders ins sagenumwobene Tiernan bringen und Katt in der Schneewüste aussetzen. Vor die Wahl gestellt, dem Ruf seines Herzens oder seinem Freiheitsdrang zu folgen, trifft Anders eine folgenschwere Entscheidung.

Die Autoren

Wolfgang und Heike Hohlbein zählen zu den erfolgreichsten und meistgelesenen Fantasy-Autoren des deutschsprachigen Raums. Sie wurden unter anderem mit dem »Preis der Leseratten« (ZDF) und dem »Phantasie-Preis der Stadt Wetzlar« ausgezeichnet, und ihr gemeinsames Erstlingswerk, der phantastische Roman *Märchenmond,* wurde mit bisher über 700.000 verkauften Exemplaren zum Bestseller. Sie leben mit ihren Kindern in der Nähe von Düsseldorf.

Ein ausführliches Werkverzeichnis der beiden Autoren findet sich am Ende des Buches.

WOLFGANG & HEIKE
HOHLBEIN

anders 2
Im dunklen Land

Roman

WILHELM HEYNE VERLAG
MÜNCHEN

FSC
www.fsc.org
MIX
Papier aus verantwortungsvollen Quellen
FSC® C014496

Verlagsgruppe Random House FSC-DEU-0100
Das für dieses Buch verwendete
FSC®-zertifizierte Papier *Holmen Book Cream*
liefert Holmen Paper, Hallstavik, Schweden.

2. Auflage
Vollständige Taschenbuchausgabe 11/2010

Printed in Germany 2011
Umschlaggestaltung: Nele Schütz Design, München
Umschlagillustration: © Peter Gric
Druck und Bindung: GGP Media GmbH, Pößneck
ISBN: 978-3-453-53326-4

www.heyne.de

1

Anders riss ungläubig die Augen auf.

Das Gesicht unter dem Helm war nicht das eines Schweins. Es war das eines Menschen.

»Aber …?«, murmelte Anders.

»Aber was?« Der Elder hob auch die andere Hand, streifte den Helm über den Kopf und klemmte ihn sich mit einer Bewegung unter den linken Arm, die so routiniert wirkte, dass er sie wahrscheinlich schon gar nicht mehr selbst bemerkte.

»Du … du bist kein …?« Anders stemmte sich mühsam auf beide Ellbogen hoch und versuchte vergeblich einen klaren Gedanken zu fassen – oder gar zu verstehen, was er da sah.

Er hatte das breite Gesicht eines Schweins erwartet, tückische kleine Augen, in denen die pure Mordlust flackerte, eine breite rosafarbene Schweinsnase und dolchspitze Hauer, doch was er sah, war ein kräftiges, dennoch fast asketisch geschnittenes Männergesicht mit kräftigem Kinn, hoch angesetzten, markanten Wangenknochen und leicht schräg stehenden dunklen Augen, die eher amüsiert als zornig auf ihn herabsahen. Die Haut des Mannes war sehr hell, fast schon weiß, und unter dem Helm war schulterlanges gewelltes Haar von einem Schwarz zum Vorschein gekommen, wie es Anders noch nie gesehen hatte. Seine Haut wirkte dadurch noch bleicher, als sie ohnehin schon war, und er hatte auch das Gefühl, dass mit seinen Ohren irgendetwas nicht so war, wie es sein sollte, aber er kam nicht dazu, den Gedanken weiterzuverfolgen. Der Elder schüttelte den Kopf wie ein Motorradfahrer, der seinen Helm abgesetzt hatte, und seine schwarze Mähne floss zu beiden Seiten des Schädels fast bis auf die Brust hinab und verdeckte den Blick auf seine Ohren.

»Ich weiß immer noch nicht, ob ich nun zornig werden oder dich bewundern soll«, sagte er. »So weit wie du ist bisher noch keiner gekommen, soviel ich weiß. Und hier herein ganz bestimmt noch nicht.« Er sah sich mit unverhohlener Neugier um. »Ich habe mich schon immer gefragt, was hinter dieser Tür liegen mag.«

Anders hörte nicht wirklich zu. Das konnte er gar nicht. Er konnte nur dieses fremdartige Gesicht anstarren, von dem etwas ausging, das er ebenso wenig in Worte fassen konnte, wie er sich seiner unheimlichen Faszination zu entziehen vermochte. Irgendetwas daran kam ihm auf fast beängstigende Weise bekannt vor … nein. Nicht bekannt. Das war das falsche Wort. *Vertraut.* Aber zugleich wusste er auch, dass er diesen Mann noch nie zuvor gesehen hatte.

»Muss ich jetzt enttäuscht sein oder nur verwirrt?«, fuhr der Krieger fort. Zwei, drei Sekunden lang sah er Anders fast erwartungsvoll an, dann erlosch das Lächeln auf seinem Gesicht und machte einem – durchaus freundlichen – Ernst Platz.

»Du hast ja Recht«, sagte er, obwohl Anders gar nichts gesagt hatte. »Das ist jetzt wirklich nicht der richtige Moment, um Scherze zu machen. Und ich fürchte auch, wir haben kaum die Zeit dazu. Mein Name ist Culain. Du bist Anders?«

Anders nickte. Er fühlte sich noch immer wie vor den Kopf geschlagen.

»Ist das wirklich dein Name oder haben die Tiermenschen dich nur so genannt, weil du anders bist als sie?«, fragte Culain.

Anders schwieg noch immer. Er konnte nichts sagen. Seine Kehle war wie zugeschnürt. Es war alles umsonst gewesen!

Culain seufzte. »Du machst es mir nicht leicht, freundlich zu sein, mein Junge. Ich bin nicht dein Feind, aber wenn du nicht mit mir redest, wird es mir ziemlich schwer fallen, dich davon zu überzeugen, fürchte ich.« Wieder wartete er sekundenlang vergebens auf eine Antwort. Eine steile Falte erschien über seiner Nase; unwillig, wenn auch nicht wirklich verärgert. »Ich bin nicht dein Feind, Junge.«

Anders wollte tatsächlich antworten, doch in diesem Moment richtete sich Culain auf und schüttelte mit einem enttäuschten Seufzen den Kopf. Sein Haar bewegte sich und seine Ohren …

… waren spitz wie die eines Fuchses!

Anders ächzte. »Aber …«

Culains Stirnrunzeln wurde noch tiefer. »Täusche ich mich oder ist dein Wortschatz ziemlich beschränkt?«

»Du …«, murmelte Anders. »Du … du bist?«

»Es würde zu weit führen, dir genau zu erklären, was ich bin«, sagte Culain, als Anders erneut verstummte und ihn nur aus großen Augen anstarrte. »Aber ich bin nicht dein Feind.« Er machte ein nachdenkliches Gesicht. »Sagte ich das schon?«

»Mehrmals«, antwortete Anders.

»Du kannst also doch noch etwas anderes sagen.« Culain nickte zufrieden, trat endlich einen Schritt zurück und streckte Anders die Hand entgegen um ihm aufzuhelfen. Anders zögerte noch einen letzten Moment, aber dann griff er dankbar zu und stand auf.

Wenigstens versuchte er es.

Ihm wurde fast sofort schwindelig, sodass er einen hastigen halben Schritt zurückmachte und wahrscheinlich trotzdem gestürzt wäre, hätte Culain seine Hand nicht weiter eisern festgehalten.

»Ist alles in Ordnung?«, erkundigte sich der Elder. Die Sorge in seiner Stimme klang echt.

»Sicher«, murmelte Anders. »Ich habe mich nie besser gefühlt.«

Das Schwindelgefühl hinter seiner Stirn ließ nicht nach, sondern schien im Gegenteil mit jedem Moment schlimmer zu werden. *Was war hier los?*

»Ich meine es ernst.« Culains Lächeln war so nachhaltig erloschen, als würde es niemals zurückkehren. »Es ist ein Wunder, dass du überhaupt noch am Leben bist. Was ist mit deiner kleinen Freundin? Lebt sie noch?«

Anders wollte es nicht, und doch sah er ganz automatisch in die Richtung, in der er Katt zurückgelassen hatte, und das genügte Culain. Er ließ seine Hand los und ging so schnell an ihm vorbei, dass Anders nicht mehr mit ihm Schritt halten konnte. Der Elder hatte Katt schon erreicht und war neben ihr auf ein Knie gesunken, als Anders zu ihm aufholte.

»Ist sie …«, begann Anders. Seine Stimme versagte und er musste neu ansetzen. »Ich meine …«

»Sie lebt und sie wird auch weiterleben«, unterbrach ihn Culain. »Vielleicht.«

Anders konnte nicht genau erkennen, was er tat, aber er *tat* irgendetwas; Katt begann leise zu wimmern, und obwohl Anders davon überzeugt war, dass er Katt zu helfen versuchte, musste er sich mit aller Macht beherrschen, um ihn nicht von ihr wegzureißen.

»Es sieht nicht gut aus, aber ich glaube, sie kommt durch«, fuhr Culain fort. »Diese Tiere sind zäh.« Er drehte den Kopf und sah Anders über die Schulter an. »Ich kann sie von ihren Qualen erlösen, wenn du willst. Oder möchtest du sie behalten?«

Anders starrte ihn an.

»Das lege ich jetzt einfach mal als *ja* aus«, sagte Culain, nachdem er eingesehen hatte, dass er wohl keine Antwort bekommen würde. Er stand auf. »Aber es wird schwierig, das sage ich dir gleich. Kannst du reiten?«

Anders schüttelte stumm den Kopf.

»Dann wirst du es wohl lernen müssen«, seufzte Culain.

Reiten?, dachte Anders. *Am besten auf einem Zentaur, wie?* Er sprach den Gedanken zwar nicht laut aus, aber Culain musste ihn wohl deutlich von seinem Gesicht ablesen, denn er lächelte plötzlich und fügte hinzu: »So schlimm wird es schon nicht werden.« Er machte eine entsprechende Kopfbewegung. »Zeig mir deine Hände.«

Anders streckte ganz automatisch die Arme aus. Culain ergriff seine Hände, betrachtete sie aufmerksam und drückte schließlich so fest auf seine Finger, dass es schmerzte und Anders scharf die Luft zwischen den Zähnen einsog. »Das ist nicht so schlimm, wie es aussieht. Es tut ein wenig weh, aber sobald wir in Tiernan sind, kann sich Valeria darum kümmern. Deine Freundin hat es schlimmer erwischt.«

Er ließ Anders' Hände los, überlegte einen Moment und ging dann mit schnellen Schritten an Anders vorbei zurück zur Tür. Anders blickte noch einen Moment ebenso nachdenklich wie besorgt auf die schlafende Katt hinab, aber dann wandte er sich ebenfalls um und folgte dem Elder.

Der Krieger in der schimmernden Rüstung hatte mittlerweile den Fuß der in den Fels gehauenen Treppe erreicht, wo nicht nur ein, sondern gleich zwei Zentauren auf ihn warteten. Beide hatten ein nachtschwarzes Fell und eine hellblonde, fast weiße Mähne, und beide waren gesattelt und trugen prachtvoll bestickte Packtaschen. Culain wühlte in einer dieser Packtaschen, wobei er sich mit ihrem Träger zu unterhalten schien; der Zentaur hatte den Oberkörper und Kopf und Schultern gedreht und sprach heftig gestikulierend. Selbst nach allem, was Anders bisher gesehen und erlebt hatte, war das ein vollkommen absurder Anblick.

Anders starrte ihn nicht nur deshalb reglos an, weil das Bild so hoffnungslos bizarr war. Es waren *zwei* Zentauren. Der Elder war sehr sicher gewesen, dass er ihn nicht nur einholen, sondern auch lebendig zurückbringen würde. Ihn. Nicht Katt und ihn.

Es verging nur ein Moment, bis Culain gefunden zu haben schien, wonach er suchte, und mit einem kleinen Ledersäckchen in der einen und einem in Tuch eingeschlagenen Bündel in der anderen Hand zurückkam. Er lächelte Anders flüchtig zu, als er die schmale, in Stein gehauene Treppe heraufkam, konzentrierte sich aber zum Großteil darauf, auf den teilweise vereisten Stufen nicht den Halt zu verlieren.

Irgendwo unter der gleichmachenden Decke aus Müdigkeit und Resignation in Anders' Bewusstsein regte sich noch einmal der schwache Gedanke an Widerstand. Culain hatte ihm gerade hinreichend demonstriert, wie überlegen er ihm war. Aber die Stufen waren schmal und zum Teil so glatt wie Schmierseife, und der Elder trug gepanzerte Reitstiefel mit Metallsohlen, die das Gehen noch schwieriger machten, während er selbst hier oben festen Stand hatte. Ein gezielter Tritt und mit etwas Glück würde der Elder rückwärts die Treppe hinunterstürzen und die Sache wäre erledigt.

Stattdessen trat er beiseite um Culain vorbeizulassen. Natürlich war er dem Elder nicht gewachsen; selbst wenn seine Position so überlegen gewesen wäre, wie er sich einzureden versuchte, und er im Vollbesitz seiner Kräfte (was er nicht war). Er war nicht einmal wirklich niedergeschlagen, sondern nur furchtbar enttäuscht, und er hatte das Gefühl, sich vor sich selbst, dem Elder und der ganzen Welt lächerlich gemacht zu haben.

Culain lächelte ihm zu, als hätte er seine Gedanken gelesen und versuche ihn irgendwie zu trösten, aber es schien auch etwas Verächtliches in seinem Blick zu sein, das er nicht ganz unterdrücken konnte. Wortlos reichte er Anders das Päckchen und forderte ihn mit einer Kopfbewegung auf, es auszuwickeln, während er bereits weiter- und zu Katt zurückging. Anders begann das Tuch zurückzuschlagen, während er dem Elder folgte. Darunter kam ein halber Laib Brot, zwei ihm unbekannte Früchte und zwei dünne Streifen geräucherter Speck zum Vorschein. Schon der bloße Anblick des Essens ließ Anders das Wasser im Mund zusammenlaufen und der Hunger, den er schon halbwegs vergessen hatte, meldete sich mit grausamer Wucht zurück. Sein Magen knurrte hörbar. Er musste sich beherrschen, um sich nicht den Mund voll zu stopfen und gierig alles hinunterzuschlingen. Aber er wusste, dass ihm davon bloß übel werden würde, und so nahm er nur eine der Früchte und biss vorsichtig hinein. Der Geschmack war fremdartig, wenn auch sehr angenehm, und die Frucht saftig genug, um zusätzlich seinen ärgsten Durst zu stillen.

Culain war wieder neben Katt niedergekniet und hatte seinen Beutel geöffnet. Schnell, wenn auch alles andere als sanft bestrich er ihre verfärbten Finger und Zehen mit einer grauen Salbe, die sich in dem Ledersäckchen befand. Er schien ihr dabei Schmerzen zuzufügen, denn Katt wachte zwar nicht auf, versuchte aber ganz unbewusst sich seinem Griff zu entziehen und warf stöhnend den Kopf hin und her.

Als Culain fertig war, stand er auf und griff ebenso wortlos auch nach seinen Händen, um etwas von der Salbe auf die verfärbten Stellen auf seinen Fingern zu streichen. Im allerersten Moment prickelte es, dann breitete sich ein taubes Gefühl in seinen Fingern und gleich darauf in seinem ganzen Körper aus.

»Das wird helfen«, sagte Culain, »wenigstens bis wir zurück sind.« Er wollte sich wieder aufrichten, beugte sich aber dann stattdessen noch weiter vor und sog hörbar die Luft durch die Nase ein wie ein schnüffelnder Hund. Für einen Moment erinnerte er Anders an Rex.

»Das mit den Silberaugen hast du also auch schon herausgefunden«, sagte er.

»Silberaugen?«

»Die Blüten«, erklärte Culain. »Ihr Geruch schützt vor den Fressern. Aber du hattest verdammtes Glück. Seid ihr ihnen begegnet?«

Anders nickte.

»Hättest du auch nur die kleinste Wunde gehabt oder deine kleine Freundin da ...«, er deutete auf Katt, »... ihre Zeit, dann wäret ihr jetzt tot. Du hattest mehr als Glück.« Er schüttelte mit einem tiefen Seufzen den Kopf. »Du bist tapfer, Junge, aber Tapferkeit allein reicht nicht immer aus. Hast du noch einen Vorrat an Blüten?«

Anders verneinte. Das bisschen, was er noch in den Hosentaschen gehabt hatte, war auf dem Weg hierher zu einem Brei zerrieben worden, der kaum noch ausreichte seine Fingerspitzen zu benetzen.

»Ich habe einen kleinen Vorrat, aber er wird nicht für uns alle reichen.« Culain sah nachdenklich auf die schlafende Katt hinunter und hob schließlich die Schultern. »Gut«, fuhr er in verändertem Ton fort. »Wir müssen einen anderen Weg nehmen. Fühlst du dich in der Lage, zu reiten?«

»Jetzt?«

»Ich würde es vorziehen, wieder im Gebirge zu sein, bevor es dunkel wird«, bestätigte Culain. »Die Drachen sehen im Dunkeln ebenso gut wie bei Tage, aber ich habe nicht gern alle Nachteile auf meiner Seite.«

Im ersten Moment verstand Anders nicht wirklich, worauf der Elder hinauswollte. Seine Gedanken begannen sich im Kreis zu bewegen und die Müdigkeit kam jetzt in Schüben, die jedes Mal ein bisschen schlimmer zu werden schienen. Er würde sich nicht mehr lange auf den Beinen halten können.

»Sie sehen uns so oder so«, fuhr Culain erklärend fort. »Aber mir ist es lieber, wenn ich sie auch sehe.«

»Die Drachen.« Anders hatte seine Gedanken nicht mehr weit genug unter Kontrolle um zu sagen, warum, doch er war bisher davon ausgegangen, der Elder und die Männer in den fliegenden Haien stünden auf derselben Seite. Aber das schien nur insofern zu stimmen, als dass beide Parteien gleichermaßen hinter ihm her waren.

»Zwei Stunden«, fuhr Culain fort. »Vielleicht drei. Die Zentauren sind schnell. Aber hältst du das durch?«

»Wohin bringst du uns?«, wollte Anders wissen.

Bevor er antwortete, sah Culain noch einmal nachdenklich auf das schlafende Mädchen hinab; als hätte er Probleme mit dem Wort *uns*. Anders hatte nicht vergessen, was er gesagt hatte. Er hatte auch nicht vergessen, was er Liz angetan hatte, oder den beiden gefangenen Schweinekriegern. »Nach Tiernan«, sagte er schließlich. »Es gibt einen Weg, auf dem wir den Fressern wahrscheinlich nicht begegnen. Aber dazu müssen wir bis zum Sonnenuntergang die Berge hinter uns gelassen haben.«

»Warum warten wir nicht hier?«, schlug Anders vor. »Es ist warm.«

Culain lächelte flüchtig, schüttelte zugleich aber auch entschieden den Kopf. »Der erste Drache, der über die Ebene fliegt, würde unsere Spuren sehen. Ich weiß, wie müde du bist, doch wir müssen es riskieren. Sobald wir in den Bergen sind, kannst du dich ausruhen.«

Anders nickte widerstrebend. Welche Wahl hatte er schon? Dass Culain seine Forderung zu begründen versuchte, änderte nichts daran, dass er sie so oder so durchsetzen würde; notfalls mit Gewalt.

Culain bückte sich um Katt hochzuheben, was ihm keinerlei Mühe zu bereiten schien. Anders wünschte sich, er wäre etwas behutsamer zu Werke gegangen, denn er hob das schlafende Mädchen zwar halbwegs vorsichtig hoch, warf es sich dann aber wie einen Sack über die Schulter und ging los, ohne ein weiteres Wort zu verlieren. Anders folgte ihm in so geringem Abstand, dass er ihm fast in die Fersen trat.

Eisiger Wind schlug ihnen in die Gesichter, als sie wieder ins Freie traten. Nach der Zeit, die sie in der Wärme der Maschinenhalle verbracht hatten, erschien ihm die Kälte hier draußen doppelt grausam, obwohl sie noch nichts gegen das war, was sie auf der Ebene erwartete.

Was er vorhin nicht ohne gehässige Schadenfreude beobachtet hatte – nämlich dass sich Culain auf den glatten Stufen nicht allzu sicher bewegte –, erfüllte ihn nun mit Sorge. Wenn der Elder das Gleichgewicht verlor und stürzte, würde sich Katt auf den harten Felsen schwer verletzen.

»Kannst du die Tür schließen?«, fragte Culain, ohne sich zu ihm umzudrehen oder stehen zu bleiben. »Und tritt nicht in den Schnee. Ich habe eure Spuren beseitigt, so gut ich konnte, aber die Drachen sind nicht dumm und sie haben vor allem scharfe Augen.«

Fast automatisch hob Anders den Kopf und sah in den Himmel hinauf. Die Schwärze über ihm war leer und es war so leise, dass er vermutlich selbst das gedämpfte Sirren der Rotorblätter gehört hätte. Er verscheuchte den Gedanken.

Ein wenig ratlos trat er wieder an das Tastenfeld, tippte die Siebzehn ein. Das Licht hinter der Tür erlosch und einen Moment später begann sich die Metallplatte – heftig ruckelnd und wesentlich langsamer als in umgekehrter Richtung – wieder zu schließen. Der dumpfe Laut, mit dem sich die Tür verriegelte, hallte unnatürlich lange in seinem Kopf wider. Er schien einen Endpunkt zu markieren, als hätte sich mit dieser tonnenschweren Stahlplatte gleichsam auch die Tür zu jeder Hoffnung geschlossen. Er hatte gekämpft, und vielleicht zum ersten Mal im Leben spürte er wirklich, was es hieß, verloren zu haben; endgültig, total und unwiderruflich. Niedergeschlagen wandte er sich um und ging vorsichtig die vereisten Stufen hinab.

Culain hatte Katt mittlerweile über den Rücken eines der Zentauren gelegt und war hinter ihr aufgesessen. Das zweite Reittier war so nahe an die Treppe herangetreten, wie es konnte. Anders warf nur einen flüchtigen Blick auf den Schnee – selbst das Denken schien ihm mittlerweile unendlich mühsam –, aber er konnte nicht erkennen, ob die zertretenen Spuren tatsächlich nur von Culain und den beiden Fabelwesen stammten und er die Katts und seine eigenen tatsächlich verwischt hatte. Wäre es ihm der Anstrengung wert erschienen, hätte er Culain darauf hingewiesen, dass er sich die Mühe aller Wahrscheinlichkeit nach hätte sparen können. Die Wesen, die er Drachen nannte, hatten tatsächlich scharfe Augen. Sie waren sogar weitaus schärfer, als der Elder ahnte, denn sie vermochten Dinge zu erkennen, von denen Culain vermutlich nicht einmal wusste, dass es sie gab. Wenn die Männer hierher kamen, würden sie auch wissen, dass Katt und er hier gewesen waren. Sie brauchten keine Spuren im Schnee, um das festzustellen.

Trotzdem tat er, worum Culain ihn gebeten hatte, und versuchte nicht in den Schnee zu treten, sondern seine Füße auf festen Stein zu setzen, der wie glitzernder schwarzer Ausschlag aus dem weißen Schnee ragte. Schließlich streckte er die Hand aus und hielt sich am Knauf des einfachen Sattels fest, der auf dem Rücken des Zentauren lag. Auch wenn er noch niemals auf einem Pferd gesessen hatte, streckte er doch ganz automatisch die andere Hand nach dem Zügel aus und bemerkte erst dann, dass es keinen gab.

»Worauf wartest du?«

Im ersten Moment dachte Anders, es wäre Culain, der ihn angesprochen hatte. Dann begegnete er dem breiten Grinsen des Elder, drehte verwirrt den Kopf – und blickte in das kräftige, auf schwer zu beschreibende Weise edel geschnittene Gesicht des Zentauren, der seinen Oberkörper mit erstaunlicher Gelenkigkeit fast ganz umgedreht hatte und ihn mit einer Mischung aus Ungeduld und mühsam unterdrückter Verachtung ansah.

»Wie?«, murmelte er. Nicht unbedingt die intelligenteste aller denkbaren Antworten, aber die einzige, zu der er im Moment fähig war.

»Steig endlich auf«, verlangte der Zentaur. »Es ist kalt und wir haben nicht alle Zeit der Welt.« Seine Stimme klang sonderbar – nicht wirklich wie die eines Menschen, aber Anders konnte nicht genau sagen, wo der Unterschied war. Er starrte den Zentauren nur weiter mit offenem Mund an und schließlich verlor der bizarre Mischling aus Mensch und Pferd die Geduld, streckte die Arme aus und hob ihn kurzerhand auf seinen Rücken. Anders klammerte sich hastig mit beiden Händen am Sattelhorn fest und strampelte einen Moment lang mit den Füßen, bis er die Steigbügel fand und hineinglitt. Das Stirnrunzeln des Zentauren vertiefte sich, aber er sagte nichts mehr, sondern drehte Kopf und Oberkörper wieder nach vorn.

Culain lachte leise. Es war nicht besonders schwer, zu erraten, dass er Anders' Reaktion erwartet hatte und sie in vollen Zügen genoss. »Also los«, sagte er.

Noch einmal und genauso ergebnislos wie beim ersten Mal suchte Anders nach einem Zügel oder irgendeiner Möglichkeit, um den Zentauren zu lenken, aber das erwies sich als überflüssig – sein unheimliches Reittier machte zwei Schritte rückwärts, drehte sich dann auf der Stelle und setzte sich schneller werdend in Bewegung. Ohne Anders' Zutun trabte es an Culains Seite und passte sich dem Tempo des zweiten Zentauren an.

»Wir nehmen den nördlichen Pass«, sagte Culain. Die Worte galten nicht Anders, sondern seinem eigenen Reittier – wenn es ein *Tier* war. Anders hatte den Schock immer noch nicht ganz verarbeitet, dass der Zentaur mit ihm *gesprochen* hatte. Bisher hatte er die beiden Geschöpfe trotz allem als eine Art bizarrer Pferde betrachtet. »Schafft ihr das bis Sonnenuntergang?«

»Wenn ihr es durchhaltet.« Die Stimme des Zentauren war heller als die desjenigen, auf dem Anders saß, und als er den Kopf drehte und Anders auf eine Art ansah, die jeden Zweifel daran beseitigte, wen er in Wahrheit mit *ihr* gemeint hatte, sah Anders, dass sein Gesicht deutlich weicher und zarter geschnitten war. Vermutlich handelte es sich um eine Stute. Oder eine Frau. Oder was auch immer.

Auch Culain wandte sich im Sattel zu Anders um. »Du musst dich am Sattel festhalten. Probier es lieber aus. Sie sind ziemlich schnell, wenn sie einmal loslaufen.«

Anders beugte sich neugierig vor – aber erst, nachdem er einen weiteren besorgten Blick auf Katt geworfen hatte. Culain hatte das Mädchen vor sich auf den Rücken des Zentauren gelegt wie eine lebende Last. Culains linke, gepanzerte Hand lag auf ihrem Rücken, wahrscheinlich nur um sie festzuhalten, sobald die Zentauren eine schnellere Gangart einschlugen. In Anders' Augen hatte die Geste trotzdem etwas ungemein Bedrohliches.

Der Sattel hatte tatsächlich an beiden Seiten einen kräftigen, aus robustem Leder gefertigten Handgriff, ganz ähnlich wie am Soziussitz eines Motorrades. Wenn er sich ein wenig vorbeugte, würde er daran nicht nur sicheren Halt finden, sondern hinter dem breiten Rücken des Zentauren auch halbwegs vor dem Wind geschützt sein. Dennoch fühlte sich Anders mit jedem Moment weniger wohl. Es *war* nun einmal kein Pferd.

»Macht es dir eigentlich gar nichts aus, mich zu tragen?«, fragte er.

Der Zentaur lachte. »Als du klein warst, bist du da manchmal auf den Schultern deines Vaters huckepack geritten?«

Nein, das war er ganz eindeutig nicht – wohl aber auf Janniks. »Ja.«

»Siehst du?«, sagte der Zentaur. »Betrachte es genauso – nur macht es mir weniger aus, weil ich stärker bin.«

Plötzlich und so warnungslos, dass er erschrocken die Augen zusammenkniff und die linke Hand über das Gesicht hob, verließen sie den Bereich ewiger Dämmerung und traten wieder auf die schneebedeckte Ebene hinaus. Das Licht war so gleißend, dass es nicht nur Anders die Tränen in die Augen trieb, sondern auch die beiden Zentauren für einen Moment im Schritt stockten.

Auch Culain löste die andere Hand vom Sattel und hob sie über das Gesicht, um seine Augen zu beschatten. Das hochgeklappte Visier des Helmes, den er wieder aufgesetzt hatte, reflektierte das Sonnenlicht so grell, dass Anders ihn nicht länger als eine Sekunde ansehen konnte, bevor er geblendet die Augen schloss.

»Zwei Stunden«, murmelte Culain. »Allerhöchstens. Dann wird es dunkel.«

»Na, dann haltet euch mal schön fest«, lachte die Zentaurin leise.

Anders fand gerade noch Zeit, sich vorzubeugen und sich an den Handgriffen festzuklammern, bevor der Zentaur lospreschte.

2

Nicht einmal die prasselnden Flammen des Lagerfeuers vermochten die Kälte wirklich aus seinen Fingern zu vertreiben. Seine Hände schmerzten unerträglich; vor allem dort, wo der Elder die Salbe auf die erfrorenen Hautstellen aufgetragen hatte – was Katt litt, das wagte er sich nicht einmal *vorzustellen.* Aber sie lebte und war sogar wieder halb bei Bewusstsein – wenn man es so nennen wollte – und Culain war nicht müde geworden ihm zu versichern, dass sie wieder vollkommen in Ordnung kommen würde, sobald sie in Tiernan seien.

Sie hatten den Pass erreicht, von dem der Elder gesprochen hatte. Die Strecke, für die Katt und er mehr als einen halben Tag gebraucht hatten, hatten die Fabelwesen in weniger als zwei Stunden zurückgelegt. Anders konnte sich nicht genau erinnern – er war voll und ganz damit beschäftigt gewesen, sich mit beiden Händen an den sonderbaren Haltegriffen festzuklammern und das Gesicht gegen den breiten Rücken des Zentauren zu pressen, weil er das Gefühl gehabt hatte, dass der eisige Wind wie mit Messerklingen in sein Fleisch schnitt. Dennoch war ihm nicht entgangen, mit welch fantastischer Schnelligkeit sie über die Ebene galoppiert waren. Ihre Hufe schienen den Schnee kaum berührt zu haben und trotz ihres enormen Gewichts waren sie nicht in der pulverigen weißen Masse eingesunken, sondern hatten im Gegenteil kaum eine sichtbare Spur hinterlassen.

Vielleicht war es Anders aber auch nur so vorgekommen. Irgendwann war er in einen Dämmerzustand versunken, in dem er nur noch die Energie aufbrachte, sich mit aller Kraft am Sattel festzuhalten und darauf zu warten, dass es endlich aufhörte. Mit dem letzten Licht des Tages hatten sie die Berge erreicht, und wäre Anders noch in der Verfassung gewesen, von seiner Umgebung mehr wahrzunehmen als Kälte, durcheinander wirbelnde Bilder, Kälte, die keuchenden Atemzüge des Zentauren und Kälte, so hätte er eine weitere Überraschung erlebt, denn er hätte festgestellt, dass die Zentauren ganz offensichtlich nicht nur eine Mischung aus Mensch und Pferd waren, sondern wohl auch noch einen gehörigen Schuss Bergziege abbekommen haben mussten.

Der Pass, von dem Culain gesprochen hatte, war nicht etwa ein Weg, auf dem man die Berge halbwegs bequem überqueren konnte, sondern kaum mehr als ein Trampelpfad, der oft genug einfach zwischen Felsen und Geröll verschwand. Dennoch sprengten die Zentauren fast ohne langsamer zu werden hinauf und erreichten nach kaum einer weiteren halben Stunde ein flaches Gipfelplateau, auf dem Culain endlich anhalten ließ. Anders war mehr vom Rücken des Zentauren gefallen als gestiegen und er wäre prompt zusammengebrochen, hätte der Zentaur nicht zugegriffen und ihn aufgefangen. Er hatte kaum noch mitbekommen, wie Culain ihn am Arm ergriffen und in den Schutz eines überhängenden Felsens geführt hatte.

Jetzt ging es auf Mitternacht zu. Anders hatte geschlafen und war irgendwann von Hundegebell und einem leisen Kitzeln im Gesicht wach geworden, das von Katts Haaren stammte. Sie lag in seinen Armen und hatte den Kopf im Schlaf gegen seine Wange gelegt. Anders konnte sich beim besten Willen nicht erinnern, wie sie dorthin gekommen war. Außerdem brannte ein Feuer, von dem das köstlichste Gefühl ausging, das Anders jemals verspürt hatte: Wärme.

Er hatte seine Hände weit genug ausgestreckt, um die Finger – wenn auch unter Schmerzen – bewegen zu können, und richtete sich behutsam weiter auf. Er wollte nicht, dass Katt aufwachte, und bewegte sich nur sehr vorsichtig. Sie schlief weiter, rollte sich aber enger in seinem Arm zusammen und begann laut zu schnurren, was Anders im ersten Moment verwirrte; dann erinnerte er sich einmal gelesen zu haben, dass Katzen nicht nur schnurrten, wenn sie sich wohl fühlten, sondern auch dann, wenn es ihnen besonders schlecht ging.

»Du hängst wirklich an ihr, wie?«

Anders sah hoch und blickte eine Sekunde lang verständnislos in ein schmales, von schulterlangem schwarzem Haar eingerahmtes Gesicht, dessen unnatürliche Blässe in sonderbarem Kontrast zum roten Widerschein der Flammen stand; eine Maske aus Milch und Blut, die aus dem dunkelsten aller Märchen entsprungen zu sein schien. Erst dann holten ihn seine Erinnerungen – teilweise – wieder ein. Culain. Halb benommen, wie er war, öffnete sich in seinem Unterbewusstsein eine Tür zu etwas, das er einmal gewusst hatte, aber bloß einen Spaltbreit, und der Raum hinter dieser Tür war nur von diffusem Licht erfüllt und voller neuer Rätsel und Schrecknisse. Dann dämmerte er langsam ins Wachsein hinüber und im gleichen Maße, in dem sich seine Gedanken klärten, schloss sich die Tür wieder. Er nickte, um Culains Frage, wenn auch mit einiger Verspätung, zu beantworten.

Der Elder sah ihn noch einen Moment lang mit dem gleichen besorgten Ernst an, dann lächelte er, trat ein paar Schritte vom Feuer zurück und gab Anders mit einer Handbewegung zu verstehen, dass er ihm folgen sollte; kein Befehl, sondern eine eindeutig freundliche Aufforderung. Anders brauchte eine Weile, um sich so unter Katt herauszumogeln, dass sie nicht wach wurde, aber er schaffte es, und nachdem er zwei oder drei Schritte gemacht hatte, kam sein Kreislauf in Schwung und das wattige Gefühl zwischen seinen Schläfen verschwand.

Sie entfernten sich ein paar Schritte vom Feuer und seiner Wärme, aber die Nacht war hier oben nicht annähernd so kalt, wie er befürchtet hatte. Die Luft war kühl, nicht mehr eisig. Ihre Frische schuf sogar eine Klarheit hinter seiner Stirn, von der er gar nicht genau wusste, ob sie ihm recht war.

»Du musst keine Angst um deine Freundin haben«, sagte Culain, während sie nebeneinander über das sanft abfallende Plateau schritten und sich dem jenseitigen Pfad näherten. Leise Pfoten tappten neben ihnen her und Anders wandte müde den Kopf. Es war einer der beiden Hunde, die hier oben auf sie gewartet hatten. Anders versuchte sich zu erinnern, wo das zweite Tier geblieben war, aber vollkommen wach schien er wohl doch noch nicht zu sein. Er konnte sich nicht erinnern. »Ich kenne diese …« Culain stockte einen winzigen Moment und fuhr dann vermutlich anders als beabsichtigt fort: »… ihre Art. Sie sind zäh. Viel widerstandsfähiger als wir. Ich wundere mich sogar ein wenig, dass sie so viel mehr unter der Erschöpfung leidet als du.«

»Das war nicht die Kälte«, erwiderte Anders. »Einer deiner Krieger hätte sie fast getötet.«

»Und dafür hast du ihn getötet«, vermutete Culain. Seine Stimme klang fast beiläufig, als sprächen sie über das Wetter oder das Essen vom vergangenen Abend, nicht über den Tod seines Soldaten. Er konnte ihm nicht besonders viel bedeuten.

»Ja, wenn ich es gekonnt hätte«, antwortete Anders. Was hatte er zu verlieren?

»Aber du warst es nicht«, vermutete der Elder. »Bull?«

Anders antwortete gar nicht darauf und er sah auch ganz bewusst nicht einmal in Culains Richtung, sondern er versuchte das Muster aus unterschiedlich tiefen Schattierungen von Schwarz unter sich zu enträtseln. Da er diesen Weg vor weniger als vierundzwanzig Stunden in umgekehrter Richtung zurückgelegt hatte, wusste er, dass er auf die zerstörte Stadt hinabsah, aber er erkannte nichts als ein wirres Durcheinander von Schatten; als stünden sie am Ufer eines Ozeans aus Dunkelheit, an dessen Grund sich eine versunkene Stadt voller düsterer Geheimnisse und uralter, gefährlicher Dinge befand.

Der Elder schien sein Schweigen als Zustimmung zu deuten. »Ich dachte mir, dass er es war, als ich sein abgebrochenes Horn gesehen habe«, fuhr er mit einem Nicken fort. »Der Minotaurus ist ein gewaltiger Krieger. Selbst ich würde es mir zweimal überlegen, ihn herauszufordern.«

»So wie Liz«, murmelte Anders bitter.

»Liz?« Culain sah ihn einen Herzschlag lang verständnislos an, dann aber hellte sich sein Gesicht auf. »Es ändert nichts daran, dass er den Tod verdient hatte.«

»Und das entscheidest du?«

Culain überging seinen aggressiven Ton. »Seine eigene Sippe hat ihn verstoßen, weil er unehrlich war und ein Dieb«, antwortete er. »Bull hätte ihn schon lange töten sollen.«

»Und weil er es nicht getan hat, hast du ihm die Arbeit abgenommen, vermute ich.«

Culain überging auch diese Frage. Für eine Weile sagte er gar nichts, sondern sah ihn nur auf eine Weise an, die Anders nun wirklich nicht zu deuten vermochte, die ihm aber immer unangenehmer wurde. Schließlich zuckte er mit den Achseln, ließ sich in die Hocke sinken und streckte die Hand aus, und der Hund kam heran und senkte den bulligen Kopf, um sich streicheln zu lassen. Es war ein sehr kräftiger, massig gebauter Hund, der aussah, als könne er einem erwachsenen Mann ohne besondere Mühe einen Arm abbeißen. Dennoch begann er mit dem Schwanz zu wedeln und versuchte die Hand zu lecken, die seinen Kopf streichelte.

»Diese Tiermenschen sind deine Freunde, nicht wahr?«, fragte Culain. Er bekam keine Antwort von Anders, aber er schien auch nicht wirklich damit gerechnet zu haben, denn er sah nicht einmal zu ihm auf, sondern konzentrierte sich nun vollends auf den Hund und begann ihn zu streicheln.

»Du hältst sie für deine Freunde, weil sie dich gerettet haben, und für das Mädchen da mag das sogar stimmen. Aber du weißt wenig von Bull und noch viel weniger vom Rest der Sippe, habe ich Recht?«

Anders hüllte sich weiter in verstocktes Schweigen. Worauf wollte der Elder hinaus?

»Nun, dann werde ich dir etwas über deine so genannten Freunde erzählen, was du wahrscheinlich nicht besonders gern hörst«, fuhr Culain fort. »Hast du dich nie gefragt, woher wir wussten, dass es dich überhaupt gibt?«

»Was willst du damit sagen?«, fragte Anders.

»Deine vermeintlichen Freunde haben dich an uns verkauft«, antwortete Culain. »Bull hat einen Boten zu uns geschickt. Er wusste, dass wir nach dir suchen. Wir waren uns noch nicht ganz einig über den Preis, aber das war alles.« Er hob die Schultern, hielt jedoch nicht darin inne, den Hund mit beiden Händen zu streicheln. »Du hättest dir sehr viel Mühe und auch große Gefahren sparen können, wenn du einfach dageblieben wärest.«

»Ich glaube dir kein Wort«, sagte Anders.

»Das habe ich auch nicht erwartet«, antwortete Culain beiläufig. »Du kannst das Mädchen fragen, sobald es wieder wach ist. Ich kenne sie nicht, aber wenn sie die ist, für die ich sie halte, wird sie die Wahrheit sagen.«

»Dass Bull mich verraten hat?« Anders schüttelte heftig den Kopf. »Das glaube ich nicht.«

Culain hob den Kopf und sah ihn mehrere Sekunden lang durchdringend an. »Warum nicht?«

Anders setzte zu einer heftigen Antwort an, aber dann beließ er es nur bei einem trotzigen Blick. Ja – warum eigentlich nicht? Er kannte Bull nicht. Er wusste nichts über ihn oder seine Motivation, doch er pflichtete Culain insofern bei, dass der Minotaur ein ebenso starker wie mutiger Mann war. Er würde für das Wohl seiner Sippe tun, was immer er für nötig hielt – und hatte er nicht selbst zu ihm gesagt, dass er noch nicht entschieden habe, was weiter mit ihm passieren solle?

»Warum habt ihr nach mir gesucht?«, fragte er, statt direkt auf Culains Worte einzugehen.

»Weil du nicht zu diesen Tieren gehörst.« Culain schnitt Anders mit einer entsprechenden Geste das Wort ab, als er widersprechen wollte. »Ich weiß, das ist jetzt hart. Diese Geschöpfe haben dir das Leben gerettet und sie haben dich vor den Drachen versteckt und einen ziemlich hohen Preis dafür bezahlt, weswegen du dich ihnen verpflichtet fühlst. Und da ist auch noch das Mädchen, an dem dir ja eine Menge zu liegen scheint.« Er schüttelte abermals und noch heftiger den Kopf. »Doch einmal ganz davon abgesehen, dass Bull sie dir zweifellos aus keinem anderen Grund ins Bett gelegt hat, als dich gefügig zu machen, bleibt die Tatsache bestehen, dass du zu uns gehörst, nicht zu ihnen.«

»Wieso?«, fragte Anders trotzig.

»Weil du ein Mensch bist, kein Tier«, antwortete Culain.

»Katt ist kein Tier!«, protestierte Anders.

»O ja, und ich bin ganz sicher, dass du dich eingehend davon überzeugt hast«, antwortete Culain anzüglich. Er stand auf. »Sie ist vielleicht mehr Mensch als die meisten anderen aus ihrer Sippe, aber sie bleibt schlussendlich, was sie ist. So wie du bleibst, was du bist.«

»Und wenn ich gar nicht zu euch will?«

»Ich habe nicht mein Leben und das meiner Freunde riskiert, um mir einen solchen Unsinn anzuhören«, antwortete der Elder. Was Anders dabei fast rasend machte, waren nicht einmal so sehr die Worte, sondern eher die Art, *wie* er es sagte. Anders' Meinung interessierte ihn so wenig, wie ihn die seines Hundes interessiert hätte. »Und es ist auch sinnlos, darüber zu streiten. Du hast gar keine andere Wahl, als zu uns zu kommen. Es sei denn, du möchtest sterben. Und das willst du doch nicht, oder?«

Der Hund, der Culain bisher mit einem leisen Winseln angebettelt hatte, weiter gestreichelt zu werden, drehte mit einem plötzlichen Ruck den Kopf und wirkte von einer Sekunde auf die andere wieder angespannt, und auch Culain drehte sich halb um, führte die Bewegung aber nicht ganz zu Ende, sondern wandte sich wieder an Anders. »Ich habe keine Lust, dich festzubinden oder von den Hunden bewachen zu lassen. Gibst du mir dein Wort, hier zu bleiben und keine Dummheiten zu machen?«

Wohin sollte er schon gehen? Anders nickte und Culain drehte sich ohne ein weiteres Wort um und verschwand mit raschen Schritten in der Dunkelheit. Der Hund folgte ihm.

Katt schlief noch immer, als er ans Feuer zurückkehrte, und Anders setzte sich sehr behutsam neben sie, um sie nicht zu wecken. Sie hatte das Bewusstsein nicht zurückerlangt, seit sie die Maschinenhalle verlassen hatten, und obwohl ihm dieser Umstand an sich Sorge bereitete, war er doch zugleich froh darüber, denn auf diese Weise blieben ihr wenigstens Schmerzen und Kälte erspart. Er wollte die Hand ausstrecken, um ihre Stirn zu streicheln, entschied sich dann jedoch dagegen, um sie nicht zu wecken. Er wusste nicht, wohin Culain gegangen war, aber er konnte sich nicht vorstellen, dass es Katt gefallen würde, was immer er tat.

Ihm wahrscheinlich auch nicht.

Anders lehnte sich mit Rücken und Hinterkopf gegen den Felsen, der ihnen ein wenig Schutz vor dem eisigen Wind gewährte, widerstand aber der Versuchung, die Augen zu schließen. Die Wärme des Feuers tat bereits wieder ihre Wirkung; er wurde schläfrig, kaum dass sein Rücken den harten Stein berührt hatte. Dabei wollte er auf keinen Fall schlafen. Culain war nicht in der Nacht verschwunden, um sich die Beine zu vertreten.

Es gelang ihm tatsächlich, wach zu bleiben, wenn auch nur mit äußerster Mühe und nicht vollständig; ein paarmal dämmerte er weg, schrak jedoch stets mit klopfendem Herzen wieder hoch, bevor er endgültig einschlafen konnte.

Nach einer geraumen Weile hörte er Hundegebell und nur einen Moment später jagte ein gedrungener Schatten aus der Dunkelheit auf ihn zu. Es war nicht der Hund, mit dem Culain weggegangen war, sondern ein anderes, deutlich kräftigeres Tier. Anders war zu benommen, um schnell genug zu reagieren; der Hund setzte mit einem Sprung über das Feuer hinweg und ging mit gefletschten Zähnen auf Katt los, und Anders fand gerade noch Zeit, ihn mit der flachen Hand beiseite zu stoßen.

Ein schriller Pfiff erklang. Der Hund war bereits wieder aufgesprungen und fuhr mit gefletschten Zähnen herum, erstarrte aber dann mitten in der Bewegung. Seine Lefzen waren hochgezogen und aus seiner Brust drang ein tiefes drohendes Knurren. Sein Blick war starr auf das schlafende Mädchen gerichtet. Geifer tropfte aus seinem Maul.

3

Ehe Anders überhaupt begriff, was geschah, erscholl ein zweiter, noch schrillerer Pfiff, dann hörte er hastigen Hufschlag und ein bizarr verzerrter Schatten legte sich über den Hund. »Verschwinde!«, grollte der Zentaur.

Er scharrte warnend mit den Vorderhufen, funkelte den Hund an und beugte sich drohend vor, als die erhoffte Wirkung ausblieb. Anders sah, dass er einen faustgroßen Stein in der rechten Hand hielt. Hinter ihm erschien ein zweiter monströser Umriss aus der Nacht, als auch die Zentaurin herankam.

Das Knurren des Hundes wurde aggressiver, aber er legte zugleich auch die Ohren an den Kopf und duckte sich leicht. Obwohl Anders sich schützend vor Katt gekniet und die Hände erhoben hatte, ignorierte er ihn vollkommen und konzentrierte sich ganz auf Katt. Doch jetzt löste sich sein Blick fast widerwillig vom Gesicht des Mädchens und wanderte unsicher zwischen den beiden Zentauren hin und her. Sein Knurren wurde noch lauter, doch es klang nun eher ängstlich.

Der Zentaur schlug abermals mit den Vorderhufen auf den Boden, diesmal so heftig, dass Funken aus dem Fels stoben, und der Hund begann langsam und rückwärts gehend vor ihm zurückzuweichen. Schließlich fuhr er herum, verschwand in der Dunkelheit und schlug ein wütendes Gebell an – wohlweislich aber erst, nachdem er einen ausreichenden Sicherheitsabstand zwischen sich und die Zentauren gebracht hatte.

»Danke«, seufzte Anders.

Der Zentaur starrte dem Hund fast hasserfüllt hinterher.

»Verdammte Biester«, grollte er. »Diese Bestien sind auf uns abgerichtet. Du darfst ihnen nicht trauen.«

»Auf euch?«

Der Zentaur antwortete nicht laut auf diese Frage, sondern blickte erst Anders und dann Katt wortlos an, und nach einem Moment begriff Anders, was er gemeint hatte: Nicht nur sich und die Stute, sondern *Tiermenschen* überhaupt. Ganz instinktiv rückte er noch ein kleines Stück näher an Katt heran. Sie regte sich unruhig im Schaf, wachte aber nicht auf und hatte von dem ganzen Zwischenfall gar nichts mitbekommen.

Schritte näherten sich, dann trat Culain aus der Dunkelheit und sah zuerst Anders, danach den Zentauren mit gerunzelter Stirn an. »Was war hier los?«, fragte er scharf.

»Dein verdammter Köter ist auf Katt losgegangen«, antwortete Anders, bevor der Zentaur etwas sagen konnte. Er deutete auf den Pferdemann. »Wenn er nicht dazwischen gegangen wäre, dann wäre wahrscheinlich ein Unglück passiert.«

Culain starrte ihn an. Für einen Moment erschien ein Ausdruck in seinen Augen, der Anders erschreckte, und er war sicher, dass er ihn anschreien würde; oder vielleicht noch etwas Schlimmeres. Doch bevor sich der Zorn auf seinem Gesicht ausbreiten konnte, hatte er sich wieder in der Gewalt.

»Das tut mir Leid«, sagte er kühl. »Die Hunde sind auf die Jagd abgerichtet und eigentlich sehr gehorsam. Aber sie hören nur auf mich.«

»Dann solltest du besser dafür sorgen, dass sie auch nur in deiner Nähe bleiben«, erwiderte Anders wütend.

»Ich sagte bereits, es tut mir Leid«, erwiderte der Elder. Anders spürte, wie schwer es ihm fiel, sich noch zu beherrschen. »Und es ist ja auch nichts passiert, oder? Seid ihr fertig?«

»Wozu?«

Culain trat mit seinem gepanzerten Stiefel ins Feuer, dass die Funken flogen. »Wir müssen aufbrechen. Und ich fürchte, uns bleibt weniger Zeit, als ich gehofft hatte.« Ein zweiter Tritt riss das Feuer endgültig auseinander und Culain fuhr unverzüglich fort, auf dem glühenden Holz herumzutrampeln, um auch die letzten Funken zu löschen. »Steig auf«, befahl er.

Anders erhob sich zwar gehorsam, machte aber keine Anstalten, zu dem Zentauren zu gehen, sondern deutete auf Katt. »Es wäre mir lieber, wenn *ich* sie mitnehmen könnte.«

»Keine Chance«, entgegnete Culain. Er zerstampfte das letzte Holz. Es war dunkel geworden und Anders bildete sich zumindest ein, dass auch die Kälte schlagartig wieder zugenommen hatte. »Wir müssen sehr schnell reiten. Du kannst sie nehmen, sobald wir über den Fluss sind.« Sein Tonfall ließ keinen Widerspruch zu, und selbst wenn, hätte Anders gar keine Gelegenheit gehabt, noch etwas zu sagen, denn der Elder bückte sich bereits, hob das Mädchen hoch und trug es zu seinem Reittier. Katt wimmerte leise im Schlaf, wachte aber auch jetzt nicht auf; nicht einmal als Culain sie unsanft über den Rücken des Zentauren warf. Allmählich fing Anders an, sich ernsthafte Sorgen zu machen.

Culains Eile begann ihn jedoch anzustecken. Er spürte die Unruhe des Elder, die dieser nicht mehr ganz zu unterdrücken vermochte. Rasch ging er zu seinem Zentauren und stieg in den Sattel; diesmal sogar, ohne dass er Hilfe gebraucht hätte.

Er war kaum aufgesessen, als die beiden Zentauren auch schon losgaloppierten. Anders klammerte sich hastig an den Haltegriffen fest und stemmte die Füße in die Steigbügel. Er vermutete, dass er dem Zentauren damit zumindest Unbehagen bereitete, aber der Hengst gab keinen Laut des Protestes von sich, sondern griff im Gegenteil noch weiter aus. Sie fegten den schmalen Pfad, der am anderen Ende des Plateaus seinen Anfang nahm, in halsbrecherischem Tempo hinab, wobei die beiden Hunde so wild zwischen den wirbelnden Hufen der Zentauren hindurchwuselten, dass Anders jeden Augenblick damit rechnete, ein schrilles Jaulen zu hören und mindestens einen von ihnen zertrampelt liegen bleiben zu sehen. Er glaubte nicht, dass ein solches Unglück den beiden Zentauren das Herz brechen würde.

Trotz des scharfen Tempos, das die Fabelwesen vorlegten, benötigten sie fast eine halbe Stunde, um den Fuß der Berge zu erreichen. In der fast vollkommenen Dunkelheit konnte Anders den Anfang eines gewundenen schmalen Pfades erkennen, der in Richtung der Ruinen führte und fast zur Gänze frei von Steinen und Schutt war. Dennoch ritt Culain nun nicht etwa schneller, sondern hielt die Zentaurin im Gegenteil an und suchte die Umgebung mit misstrauischen Blicken ab.

»Fresser?«, fragte Anders besorgt.

Culain deutete ein Kopfschütteln an, das ihn nicht endgültig überzeugte. »Die Hunde haben sie auf eine falsche Fährte gelockt«, antwortete er. Aber das war nicht alles. Der Elder sprach nicht weiter, hob stattdessen den Kopf und suchte mit den gleichen misstrauischen Blicken den Himmel ab. Schließlich machte er eine abgehackte Kopfbewegung auf die ebenso dunkel wie drohend daliegenden Ruinen. »Los!«

Sie sprengten weiter. Auch wenn Anders das Gefühl hatte, dass ihnen das Laufen auf dem harten Stein großes Unbehagen bereitete, kamen die Zentauren auf dem glatten Boden weitaus schneller voran als auf der abschüssigen und mit Geröll übersäten Böschung und die Ruinen flogen nur so auf sie zu. Anders schätzte, sie würden weniger als zehn Minuten brauchen, um den Fluss zu erreichen.

Er glaubte auch nicht, dass er noch sehr viel länger durchhalten würde.

Nach wenigen Augenblicken galoppierten sie in die erste Straße hinein. Die schwarzen Wände rasten an ihnen vorüber, und die beiden Zentauren wichen Schutt und Trümmern und anderen gefährlichen Hindernissen, die jäh aus der Dunkelheit auftauchten, mit schon fast unheimlicher Sicherheit aus oder setzten auch kurzerhand mit gewaltigen Sprüngen darüber hinweg, sodass Anders mehr als einmal alle Kraft aufwenden musste, um nicht abgeworfen zu werden.

Dann wurde Culain plötzlich langsamer und hielt schließlich ganz an. Anders' Zentaur trabte ohne sein Zutun an seine Seite und blieb ebenfalls stehen.

»Was ist los?«, fragte Anders alarmiert.

Culain machte eine hastige, fast erschrockene Handbewegung. Er hatte den Kopf auf die Seite gelegt und schien angestrengt zu lauschen. Auf seinem Gesicht lag ein Ausdruck höchster Konzentration, und auch Anders schloss für einen Moment die Augen und hielt sogar den Atem an. Für eine Sekunde glaubte er ein unheimliches Rascheln und Klicken zu vernehmen, den Laut, den Millionen und Abermillionen winziger harter Beinchen auf Stein und Beton verursachten, aber als er die Augen wieder öffnete, war es verschwunden; nur ein weiterer übler Streich, den ihm seine Nerven gespielt hatten.

Auch der Elder hatte die Augen wieder geöffnet und sah nun in den Himmel hinauf und der Ausdruck auf seinem Gesicht war nun keine Besorgnis mehr, sondern Furcht.

»Was ist passiert?«, fragte Anders noch einmal.

»Versteck dich!«, sagte Culain. »*Schnell!*«

Anders blickte den Elder nur verständnislos an, aber der Zentaur reagierte sofort. Er fuhr so hastig auf den Hinterläufen herum, dass Anders um ein Haar abgeworfen worden wäre, und sprengte los.

»Duck dich!«, schrie er. Er befolgte seinen eigenen Rat, senkte Kopf und Oberkörper und streckte die Arme vor, um das Gleichgewicht zu halten, und Anders fand gerade noch Zeit, seinem Beispiel zu folgen, als sie auch schon durch die offen stehende Tür einer Ruine preschten; dicht genug am Rahmen vorbei, dass Anders den Luftzug spürte.

Kaum waren sie im Haus, hielt der Zentaur mit einem solchen Ruck an, dass Anders aus dem Sattel gehoben und gegen seinen breiten Rücken geworfen wurde. Er schlitterte mehr von seinem Rücken, als er abstieg, und fand nur mit einem hastigen Schritt sein Gleichgewicht wieder.

»Ich wollte dich gerade bitten abzusitzen«, sagte der Zentaur. »Danke.«

Anders sah ihn einen Moment lang irritiert an, drehte sich dann aber um und ging zur Tür zurück.

In der nächsten Sekunde erstarrte er.

Culain hatte sich ein paar Schritte entfernt und war abgesessen. Er hatte den Kopf in den Nacken gelegt und die linke Hand über die Augen gehoben, um sein Gesicht vor dem künstlichen Tornado zu schützen, der senkrecht von oben auf ihn herabfauchte. Zugleich hörte Anders einen sirrenden Laut; Schwertklingen von Riesen, die die Luft teilten.

Der Himmel über der Straße war nicht mehr leer.

Der Helikopter hatte weder Scheinwerfer noch Positionslichter eingeschaltet, trotzdem erkannte Anders den lang gestreckten, haifischförmigen Schatten sofort. Die Maschine sank langsam, aber in gleichmäßigem Tempo herab, hielt ein kurzes Stück über dem Boden an, als wären dem Piloten im allerletzten Augenblick doch noch Bedenken gekommen, und setzte dann nahezu lautlos auf. Anders kam nicht umhin, dem Mann am Steuerknüppel Respekt zu zollen. Die Straße war relativ breit und die Rotorblätter der unheimlichen Maschinen deutlich kürzer als die normaler Hubschrauber, wie er von seiner ersten Beobachtung her wusste. Dennoch konnten rechts und links kaum mehr als fünfzig Zentimeter Platz verblieben sein. Der Pilot war entweder ein wirklicher Könner oder komplett wahnsinnig.

Culain war indessen hinter die Zentaurin zurückgewichen und hatte das Gesicht gedreht, um dem heulenden Sturmwind zu entgehen, der noch immer über die Straße peitschte und ihn und sein bizarres Reittier in eine gewaltige Staubwolke hüllte. Der Pilot hatte die Turbine nicht abgeschaltet. Vermutlich wollte er sofort wieder starten – oder zumindest in der Lage sein, es zu *können*, sollte es sich als notwendig erweisen.

An der Seite des Helikopters öffnete sich eine Tür. Zwei Männer in schwarzen ABC-Anzügen sprangen heraus. Einer blieb mit angelegtem Gewehr neben der Maschine stehen, während der andere geduckt und sehr schnell auf Culain und den Zentauren zueilte.

»Was ist da los?«, murmelte Anders.

»Still!«, zischte der Zentaur. »Sie haben scharfe Ohren!«

Sie hatten nicht nur scharfe Ohren, wie sich Anders besorgt erinnerte. Die Drachen hatten auch Augen, die deutlich mehr sahen als nur Licht. Hastig wich er ein Stück von der Tür zurück und postierte sich so, dass er zumindest aus dem Hubschrauber heraus nicht mehr gesehen werden konnte. Ihm blieb nur die Hoffnung, dass sie nicht über Geräte verfügten, die auch durch massives Mauerwerk blicken konnten; oder sie zumindest im Moment nicht *einschalteten.* Dass sie sie hatten, bezweifelte er eigentlich nicht.

Der Mann hatte Culain mittlerweile erreicht und begann mit ihm zu reden. Anders konnte nicht verstehen, worum es ging, aber der Drache schien ziemlich erregt zu sein. Er deutete ein paarmal auf das bewusstlose Mädchen, das auf dem Rücken der Zentaurin lag, während Culain nur mit einem stets gleich bleibenden Kopfschütteln antwortete. Schließlich ging der Fremde um die Zentaurin herum, krallte die Hand in Katts Haar und riss ihren Kopf mit einem derben Ruck zurück, um ihr ins Gesicht zu sehen. Einer der beiden Hunde kam knurrend und mit gefletschten Zähnen näher.

Culain scheuchte ihn hastig davon, bevor er sich wieder an den Fremden wandte. Anders konnte noch immer nicht verstehen, was gesprochen wurde – das Sirren der Rotorblätter war nicht einmal besonders laut, aber irgendwie schien es trotzdem jedes andere Geräusch zu verschlucken –, doch der Elder deutete jetzt ein paarmal in die Richtung, aus der sie gekommen waren, und schüttelte erneut und nachdrücklicher den Kopf. Der Fremde hörte ihm nun anscheinend wortlos zu, schnitt ihm dann mit einer herrischen Geste das Wort ab und wies in die entgegengesetzte Richtung. Culain nickte. Nach einem weiteren Moment und einer abschließenden ungeduldigen Geste drehte sich der Mann um und ging mit schnellen Schritten zu dem gelandeten Helikopter zurück.

Anders wagte es nicht, weiter aus seiner Deckung hervorzutreten, doch es vergingen nur ein paar Sekunden, dann wurde das seidige Geräusch der Rotoren lauter und auch der Sturmwind, der noch immer auf Culain und die Zentaurin einprügelte, nahm an Heftigkeit zu. Bloß einen Augenblick später tauchte die schwarze Silhouette des Helikopters wieder am Himmel über der Straße auf, gewann rasch an Höhe und war dann einfach verschwunden.

»Das war knapp«, sagte der Zentaur hinter Anders. »Und es hätte nicht passieren dürfen.«

Anders kam nicht dazu, den Zentaur zu fragen, was er mit diesen Worten meinte. Die seltsame Kreatur legte ihm einfach die Hand auf die Schulter und schob ihn aus der Tür, und kaum war sie ihm gefolgt, da nahm sie auch die zweite Hand zu Hilfe, um ihn kurzerhand in den Sattel zu heben. Anders war so überrascht, dass er nicht einmal protestierte.

Auch Culain war wieder aufgesessen, als sie neben ihm ankamen. »Schnell jetzt!«, sagte er. Er war nervös und gab sich erst gar nicht die Mühe, es zu verhehlen. Anders versuchte einen Blick in Katts Gesicht zu erhaschen, aber die beiden Zentauren sprengten so schnell los, dass er schon wieder all seine Kraft brauchte, um sich am Sattel festzuhalten und nicht abgeworfen zu werden.

»Aber was ist denn nur los?«, schrie Anders über das Dröhnen der Pferdehufe hinweg.

»Fresser!«, schrie Culain zurück. »Das Geräusch der Drachen lockt sie an!«

Anders sah sich erschrocken um. Die Zentauren waren wieder in einen gestreckten Galopp gefallen, der ihm beinahe noch schneller vorkam als zuvor, sodass die Dunkelheit ringsum selbst zu fließendem Leben erwacht zu sein schien, und das helle Klappern der Pferdehufe auf dem harten Stein machte es unmöglich, irgendeinen anderen Laut zu hören.

Aber die Furcht in Culains Augen war echt. Die beiden Hunde waren verschwunden; vermutlich konnten sie bei dem rasenden Tempo der Zentauren gar nicht mithalten.

Sie schafften es trotzdem nicht.

Culain bog in eine Seitenstraße ein, die nach kaum zweihundert Metern von einer schnurgeraden, vollkommen schwarzen Linie gekreuzt wurde – dem wasserlosen Kanal, in dem die rettenden Pflanzen wuchsen. Aber die Straße zwischen ihnen und dem rettenden Fluss lag nicht still da, sondern war zu glitzerndem, unheimlichem Leben erwacht.

Die beiden Zentauren machten gleichzeitig Halt. Culains Reittier begann nervös auf der Stelle zu tänzeln, während sich der Elder mit hektischen Bewegungen umsah. Die vordersten Fresser waren keine fünfzig Schritte mehr entfernt und sie schienen die Beute bereits gewittert zu haben. Irgendetwas in der nur scheinbar trägen Bewegung der Insektenmasse hatte sich geändert, wenn Anders auch nicht hätte sagen können, was.

Hastig drehte er sich im Sattel um. Die Straße hinter ihnen war noch leer, und jetzt, wo das Dröhnen der Pferdehufe verstummt war, hörte er auch das Kläffen der Hunde wieder.

Für einen Moment. Dann ging es in ein schrilles, panikerfülltes Jaulen und Winseln über, das kurz darauf mit erschreckender Plötzlichkeit erstarb.

»Da lang!« Culain deutete auf eine schmale Lücke zwischen den Häusern, die Anders bisher nicht einmal gesehen hatte, und die beiden Zentauren setzten sich hastig in Bewegung. Der Spalt lag *vor* ihnen, was nichts anderes bedeutete, als dass sie sich den Fressern noch einmal um ein gutes Stück nähern mussten um ihn zu erreichen, und er war so schmal, dass die beiden Zentauren nur hintereinander hindurchpassten. Ihr Vorsprung war auf allerhöchstens zwanzig Schritte zusammengeschmolzen, als Anders' Zentaur sich als Zweiter in den schmalen Spalt quetschte.

Und das wortwörtlich. Der raue Ziegelstein schrammte

schmerzhaft über seine Knie und Schultern, und was er Katt antun mochte, die hilflos quer vor Culain auf dem Sattel lag, das wagte er sich gar nicht erst vorzustellen; so wenig, wie er es wagte, daran zu denken, was geschehen mochte, wenn Culain vor ihm auf ein Hindernis stieß. Und sie kamen schrecklich langsam voran, obwohl die beiden Zentauren ihre ganze gewaltige Körperkraft einsetzten und keinerlei Rücksicht auf ihre Reiter nahmen, um sich durch die schmale Lücke zu quetschen.

Mit einiger Mühe gelang es Anders, sich im Sattel umzudrehen, aber er wünschte sich fast, es nicht getan zu haben. Auch die Straße hinter ihnen war nun von einer unheimlichen brodelnden Schwärze erfüllt, die entsetzlich schnell zu ihnen hereinkroch – und sich eindeutig *schneller* bewegte als die Zentauren! Nur noch wenige Augenblicke und die ersten Spinnenkakerlaken mussten sie erreicht haben!

Culains Schatten war plötzlich vor ihm verschwunden und auch Anders' Zentaur strengte sich noch ein allerletztes Mal an und drängte sich schließlich mit einem erleichterten Schnauben ins Freie. Nicht einmal zwei Schritte hinter ihnen strömten die Fresser heran, ein glitzernder schwarzer Fleck, der sich wuselnd und klickend rasch im Halbkreis auf der Straße ausbreitete. Vor ihnen lag ein asymmetrischer Platz, der von einer schnurgeraden schwarzen Linie begrenzt wurde. Der Kanal!

Anders atmete erleichtert auf – und hätte im nächsten Moment vor Entsetzen beinahe laut aufgeschrien!

Auch vor ihnen waren Fresser. Sowohl von rechts als auch aus der anderen Richtung näherten sich ihnen zwei gewaltige schwarze Armeen der tödlichen Insekten und der wuselnde lebende Teppich hinter ihnen wuchs ebenfalls unaufhörlich weiter. Die Fresser hatten sie eingekreist! Es gab nur noch eine schmale, frei gebliebene Lücke zwischen ihnen und dem Kanal, aber sie schloss sich rasend schnell.

»*Los!*«, brüllte Culain.

Die beiden Zentauren schnellten wie abgeschossene Pfeile

los, mit einem Tempo, das Anders bei diesen riesenhaften Geschöpfen niemals auch nur für möglich gehalten hätte.

Und trotzdem waren sie nicht schnell genug. Der Kanal raste auf sie zu, aber die Lücke zwischen den beiden Insektenarmeen schloss sich trotzdem zu schnell. Die Ungeheuer würden sie vollständig eingekreist haben, bevor sie den rettenden Kanal erreichten.

Der Zentaur beschleunigte seine Schritte noch einmal. Unter Aufbietung aller Kräfte gelang es ihm, zu Culain aufzuschließen – dann drehte er sich um, ergriff Anders bei den Schultern und riss ihn aus dem Sattel. Ehe Anders auch nur wirklich begriff, wie ihm geschah, wurde er durch die Luft gewirbelt und landete so wuchtig hinter Culain auf dem Rücken der Zentaurin, dass ihm die Luft wegblieb. Ganz instinktiv schlang er die Arme um Culains Hüften und klammerte sich fest, drehte aber trotzdem hastig den Kopf und sah zu dem Zentaur hin.

Das Fabelwesen war fast im rechten Winkel von seinem bisherigen Kurs abgewichen – und hielt nun direkt auf die Armee der Fresser zu!

Anders stöhnte vor Entsetzen, als er begriff, was der Hengst vorhatte. Vielleicht schrie er ihm auch irgendetwas zu, er wusste es selbst nicht und es hätte auch nichts mehr geändert. Der Zentaur galoppierte in rasendem Tempo auf die Fresser zu und riss beide Arme in die Höhe, wie um ganz sicherzugehen, dass es ihm gelang, die Aufmerksamkeit der Killerinsekten auf sich zu ziehen.

Sein Plan war von geradezu verheerendem Erfolg gekrönt. Nicht nur er raste den Fressern entgegen, auch die komplette Insektenarmee schwenkte plötzlich herum und nahm Kurs auf die Beute, die ihr so bereitwillig entgegenkam. Die Lücke zwischen den beiden Gruppen aus Fressern schloss sich noch immer, aber nun längst nicht mehr so schnell wie vor einem Augenblick. Vielleicht hatten sie doch noch eine Chance.

Die Zentaurin mobilisierte abermals alle ihre Kräfte, legte

einen verzweifelten Spurt hin und erreichte den Kanal im gleichen Augenblick, in dem der andere Zentaur die Fresser erreichte.

Anders klammerte sich hastig mit noch größerer Kraft an dem Elder fest, als die Zentaurin mit einem gewaltigen Satz über den fünf Meter breiten Kanal hinwegflog. Grelles Sonnenlicht schlug wie ein Woge über ihnen zusammen und ließ Anders die Augen geblendet zusammenpressen, aber der Abgrund unter ihnen kam ihm immer noch unendlich breit und bodenlos vor, und für eine schreckliche Sekunde *wusste* er einfach, dass sie es nicht schaffen würden und den Fressern nur entkommen waren, um in den Kanal hinabzustürzen und fünf Meter tiefer auf dem Beton zu zerschmettern.

Er täuschte sich. Vielleicht nur eine Handbreit jenseits des Kanals, aber trotzdem auf sicherem Boden schlugen die Vorderhufe der Zentaurin Funken auf rissigem Beton. Mit einer gewaltigen Kraftanstrengung gelang es dem unglaublichen Geschöpf, sich nach vorne zu werfen und auch mit den Hinterläufen festen Boden zu erreichen, und für den Bruchteil einer Sekunde hoffte Anders sogar, dass es wirklich gut gehen würde. Doch das Gewicht von gleich drei Reitern war selbst für dieses Fabelwesen zu viel. Es strauchelte, machte noch zwei ungeschickt stolpernde Schritte und stürzte, und Anders, Culain und Katt wurden in verschiedene Richtungen von seinem Rücken geschleudert.

Instinktiv rollte sich Anders zu einem Ball zusammen und zog den Kopf zwischen die Schultern. Die Ruinenstadt und der strahlend blaue Himmel vollführten einen blitzartigen anderthalbfachen Salto um ihn herum, und irgendetwas blitzte metallisch und kupferfarben in seinen Augenwinkeln auf, dann prallte er mit grässlicher Wucht auf dem stahlharten Beton auf und kämpfte mit verzweifelter Kraft gegen die Bewusstlosigkeit; während er sich mehrmals überschlug und schließlich mit einem Ruck zur Ruhe kam, der ihm auch noch das letzte bisschen Luft aus den Lungen trieb.

Hinter ihm erscholl ein Laut, der wie ein Messer durch den Schleier aus Benommenheit und Schmerz schnitt, der sich über seinen Gedanken ausgebreitet hatte. Anders stemmte sich halb in die Höhe und gleichzeitig herum und wurde mit einem Anblick belohnt, der ihm schier das Blut in den Adern gerinnen ließ.

Der Zentaur war fast bis ins Herz der Fresserarmee weitergerast, bevor ihn die schiere Masse der Killerinsekten zum Stehen gebracht hatte. Er schrie, ein furchtbarer Laut, der in den Ohren wehtat, irgendwo zwischen dem qualvollen Wiehern eines Pferdes und dem unendlich gepeinigten Todesschrei eines Menschen, und hatte sich auf die Hinterläufe aufgebäumt.

Aber er war nicht mehr er selbst. Sein Körper war über und über mit Fressern bedeckt, die eine zweite lebendig-zuckende Haut zu bilden schienen, die sich unbarmherzig zusammenzog, sodass es aussah, als *schrumpfe* er.

Der Zentaur fiel. Anders wandte sich schaudernd ab und flehte zum Himmel, dass die gemarterten Schreie der sterbenden Kreatur endlich aufhörten, aber diese Gnade wurde ihm nicht gewährt, bevor es endgültig schwarz um ihn herum wurde und er das Bewusstsein verlor.

4

Sein erster Gedanke nach dem Erwachen galt Katt und seine erste Empfindung war Furcht. Er hatte von einer Pferdeskulptur aus schwarzem Eis geträumt, die vor seinen Augen in der Sonnenglut schmolz und auf grässliche Weise am Leben sein musste, denn sie schrie und schrie und schrie, und dann erwachte er endgültig. Es war kein Traum gewesen. Wo war Katt?

Anders fuhr mit einem Ruck hoch und öffnete die Augen. Ein behagliches braunes Halbdunkel umgab ihn und der Boden, auf dem er lag, bewegte sich sacht hin und her; allerdings nicht so, wie es ein Schiff getan hätte.

»Bleib liegen«, sagte eine Stimme hinter ihm. »Es ist alles in Ordnung. Wir sind in Sicherheit.«

Er wusste weder, ob das stimmte, noch interessierte es ihn. Er richtete sich weiter auf und drehte den Kopf in die andere Richtung. Seine Augen hatten sich noch nicht an das sonderbare braune Licht gewöhnt, sodass es ihm schwer fiel, Einzelheiten zu erkennen – doch endlich sah er Katt.

Sie lag auf dem Boden, genau wie er, aber jemand hatte ihr ein Lager aus weichen Decken bereitet und eine weitere, zusammengerollte Decke als Kopfkissen unter ihren Nacken geschoben. Das zerfetzte Kleid, das sie getragen hatte, lag achtlos zusammengeknüllt neben ihr; trotzdem war sie nicht nackt, sondern mit einem flauschigen weißen Fell zugedeckt.

Eine dunkelhaarige Frau, die ein schlichtes weißes Gewand trug, kümmerte sich um sie. Ihre Haut hatte die gleiche, fast unnatürliche Blässe wie die Culains und auch ihre Ohren waren so ungewöhnlich spitz wie die seinen; zweifellos sah er sich einer Elder-Frau gegenüber. Ihr Gesicht war allerdings viel schmaler als das des Kriegers, und wo er in Culains Zügen eine trotz aller Freundlichkeit unnachgiebige Härte und schier unbezwingbare Kraft gelesen hatte, entdeckte er in denen der Frau nichts als Sanftmut und eine vielleicht nicht minder große, wenn auch vollkommen andere Art von Stärke.

Das Ungewöhnlichste an ihr aber war ihr Haar. Es war vom gleichen absoluten Schwarz wie das Culains, dabei viel dicker und ungleich länger und nicht an ihrem Hinterkopf, sondern ganz oben auf ihrem Schädel zu einem dicken Pferdeschwanz zusammengebunden, der locker über ihrer rechten Schulter hing und fast bis zum Bauchnabel reichte. Sie hatte sehr freundliche dunkle Augen, die Anders mit einem kaum angedeuteten Lächeln musterten, und Anders musste nur einen einzigen Blick hineinwerfen um zu wissen, dass Katt bei ihr gut aufgehoben war.

Trotzdem bewegte er sich rasch zu Katt hin und beugte sich vor, um einen besorgten Blick in ihr Gesicht zu werfen. Sie schlief. Im allerersten Moment erschrak er, denn ihr Gesicht und die rechte Seite ihres Halses waren von etwas übersät, das er im ersten Moment für einen hässlichen schwarzen Ausschlag hielt. Dann sah er, dass es sich um eine Salbe handelte.

»Sei bitte leise«, sagte die Elder-Frau. »Wir sollten sie nicht wecken. Ich habe für sie getan, was ich konnte, aber Schlaf ist noch immer die beste Medizin.«

Anders erschrak. »Wird sie …«, begann er. »Ich meine: Wird sie wieder …«

»Gesund?«, unterbrach ihn die Elder. Sie lächelte. »Keine Sorge. Culain hat euch noch rechtzeitig zurückgebracht. Sie ist sehr erschöpft und es wird eine Weile dauern, bis sie wieder ganz bei Kräften ist, doch sie wird wieder vollkommen gesund. Sie ist sehr stark.«

Anders sah sie einen Herzschlag lang ebenso zweifelnd wie hoffnungsvoll an, aber dann schlug er das Fell zurück, mit dem Katt zugedeckt war, und griff nach ihrer Hand. Auch ihre Finger waren so dick mit der schwarzen Salbe bedeckt, dass es fast aussah, als hätte sie Lepra im Endstadium.

»Weck sie nicht auf«, bat die Elder. »Ich habe nicht viel, um ihre Schmerzen zu lindern, und du möchtest doch nicht, dass sie unnötig leidet, oder?«

Natürlich wollte er das nicht. Behutsam ließ Anders ihre Hand sinken und zog die Decke hoch, bevor er sich wieder an die dunkelhaarige Frau wandte.

»Ihre Finger …«

»Waren erfroren«, unterbrach ihn die Elder. »Ebenso wie ihre Zehen – und deine auch, nebenbei bemerkt. Aber mach dir keine Sorgen. Die Salbe ist sehr gut, und wenn wir erst in Tiernan sind, stehen mir noch bessere Heilmittel zur Verfügung.« Ihr Lächeln wurde ein wenig wärmer, doch Anders war nicht einmal sicher, ob es ihm vorher nicht besser gefallen hatte, denn es verlor dadurch auch etwas von seiner geheimnisvollen Exotik.

»Wie fühlst du dich?«, fragte sie.

»Gut«, antwortete Anders ganz automatisch. Dann zuckte er fast verlegen mit den Achseln und lauschte einen Moment in sich hinein. Natürlich fühlte er sich *nicht* wohl. Er war vollkommen erschöpft und ihm tat so ziemlich jeder Körperteil weh. Aber wenn er bedachte, dass er jetzt eigentlich tot sein sollte, fühlte er sich prima.

»Auf jeden Fall scheinst du so tapfer zu sein, wie Culain gesagt hat«, antwortete die Elder amüsiert. »Aber übertreib es nicht damit. Zu viel Tapferkeit kann ziemlich üble Folgen haben.«

»Es geht mir wirklich gut«, beharrte Anders. »Einigermaßen wenigstens.«

»Jetzt klingst du wie Culain«, sagte die Elder, »wenn er aus dem Kampf kommt und drei Männer nötig sind, um ihm seine Rüstung auszuziehen und das Blut aufzuwischen.«

»Du gehörst zu ihm?«, fragte Anders. Er konnte selbst nicht sagen warum, aber aus irgendeinem Grund wäre es ihm unangenehm gewesen, die Elder direkt nach ihrem Namen zu fragen.

»Culain ist mein Mann«, antwortete die Elder. »Ich bin Morgen. Und dein Name ist Anders?«

»Ja.«

»Ein eigenartiger Name. Heißen alle Leute so, dort wo du herkommst?«

Anders schluckte die Antwort, die ihm auf der Zunge lag, im letzten Moment hinunter und verzichtete darauf, Morgen zu belehren, dass selbstverständlich *nicht* jeder außerhalb ihrer kleinen Welt Anders hieß. Er hatte keine Ahnung, ob die Elder über einen Sinn für Humor verfügten, und wenn ja, wie ausgeprägt er war. Und das Letzte, was er wollte, war, Morgen vor den Kopf zu stoßen. Er verneinte nur wortlos.

»Nun ja, das spielt jetzt auch keine Rolle.« Morgen klang

ein wenig enttäuscht, als wäre ihre Frage nur ein Vorwand gewesen, um ihm mehr über sich und seine geheimnisvolle Welt zu entlocken. »Bist du hungrig?«

Das Letzte, was er gegessen hatte, war die Frucht gewesen, die Culain ihm gegeben hatte – und das lag ungefähr eine Million Jahre zurück. Er nickte so heftig, dass es ihm fast peinlich war und die Elder ein abermaliges amüsiertes Lächeln nicht mehr unterdrücken konnte. Sie stand auf und ging ein paar Schritte, wobei sie eine leicht gebückte Haltung beibehielt, obwohl der Raum durchaus hoch genug war, dass sich selbst Culain mühelos darin hätte aufrichten können.

Während sie sich über eine mit schweren Metallbeschlägen versehene Kiste beugte und den Deckel hochklappte, nutzte Anders die Gelegenheit, sich neugierig umzusehen. Der Boden, auf dem er kniete, schwankte noch immer leicht, und dann und wann glaubte er ein helles, unregelmäßiges Quietschen zu hören. Sie mussten sich in dem Wagen befinden, den er im Lager und später auf der Ebene vor der Stadt gesehen hatte. Sein Inneres schien in mehrere Abteilungen unterteilt zu sein, denn der Raum, in dem sie sich aufhielten, maß keine fünf Schritte im Quadrat und war bis auf die Kiste und eine Anzahl Decken und Felle auf dem Boden vollkommen leer. Es gab nur ein einziges schmales Fenster auf der rechten Seite, durch das ein kaum handbreiter Streifen aus flirrendem Sonnenlicht hereinfiel.

Morgen kam zurück. Sie trug einen geflochtenen Korb in den Händen, der mit einem weißen Tuch abgedeckt war. Als sie es zurückschlug, kamen Brot, Kuchen und eine Anzahl der kleinen Früchte zum Vorschein, die Anders schon kannte, dazu ein bauchiger Krug, der einen würzigen Geruch verströmte, als die Elder ihn entkorkte.

»Wein«, sagte sie. »Aber ich glaube, ein kleiner Schluck wird dir nicht schaden.«

Anders schwieg auch dazu. Es war ungefähr zehn Jahre her, seit er das letzte Mal einen *Schluck* probiert hatte, und Jannik hatte einmal behauptet, dass er mehr vertrug als so mancher Erwachsene, den er kannte. Aber irgendwie hatte er das Gefühl, dieses Eingeständnis würde bei den Elder nicht besonders gut ankommen. Er trank nur einen kleinen Schluck, gerade genug um seinen Gaumen und seine Lippen zu befeuchten, und machte sich dann über die Lebensmittel her.

Er hatte sich vorgenommen, auch diesmal wieder vernünftig zu sein und nur langsam und möglichst nicht allzu viel auf einmal zu essen, aber schon nach den ersten Bissen erwies sich der Hunger als stärker als jede Vernunft. Er brauchte keine Viertelstunde, um den Inhalt des Korbs zum größten Teil zu verputzen, und er hätte wahrscheinlich *alles* gegessen, hätte sein Magen nicht genauso reagiert, wie es er vorausgesehen hatte: Er bekam heftige Magenkrämpfe und ihm wurde ein wenig übel. Dennoch genoss er es beinahe. Es war absurd, aber er fand plötzlich, dass es das schönste Gefühl von der Welt war, wenn einem schlecht wurde, weil man *zu viel* gegessen hatte.

Morgen sah ihm wortlos, aber auf eine gutmütige Art unübersehbar amüsiert zu. Als er jedoch eine kurze Pause einlegte, ergriff sie die Gelegenheit, das Tuch wieder über den Korb zu breiten und ihn zur Seite zu stellen.

»Das ist genug für den Moment«, sagte sie ebenso sanft wie bestimmt. »Du kannst später noch mehr haben, aber du solltest ein bisschen vorsichtig sein. Es gibt keinen Grund, auf Vorrat zu essen. Du wirst nie wieder hungern müssen.«

Wie sie das sagte, hörte es sich an, als wäre dies etwas ganz Außergewöhnliches, nicht das Selbstverständlichste von der Welt. Anders wollte jetzt jedoch nicht auf dieses Thema eingehen. Er wollte nicht einmal daran *denken.*

»Wie lange habe ich geschlafen?«, fragte er stattdessen.

»Nicht allzu lange«, antwortete Morgen. »Ein paar Stunden. Culain wollte, dass ich dich schlafen lasse, bis wir Tiernan erreicht haben, aber ich gestehe, ich war einfach zu neugierig auf dich.«

»Auf mich? Wieso?«

»Du bist eine Berühmtheit, Anders.« Morgen griff hinter sich, brach ein kleines Stück von dem süßen Früchtekuchen ab, den Anders übrig gelassen hatte, und begann daran herumzuknabbern. »Seit der Bote der Tiermenschen zu uns gekommen ist, spricht ganz Tiernan über nichts anderes als über dich.«

»Warum?«

»Nun, vielleicht weil wir nicht so oft Besuch von außerhalb bekommen«, antwortete Morgen amüsiert.

»Aber ihr *bekommt* Besuch von draußen?«, hakte Anders nach. Er war hellhörig geworden.

»Außer den Drachen?« Morgen schüttelte den Kopf und biss wieder von ihrem Kuchen ab. Wieso hatte er das Gefühl, dass sie ihn auf den Arm nahm? »Nein. Und sie sterben, sobald sie ihre schrecklichen Anzüge ablegen.« Sie brachte es irgendwie fertig, den Kopf zu schütteln, ohne sich auch nur um den Bruchteil eines Millimeters zu bewegen. »Aber wir wollen jetzt nicht über Oberons Krieger reden oder über uns. Du hast bei den Tiermenschen gelebt? Wie war es dort? Haben sie dir etwas angetan?«

»Außer mich gesund zu pflegen?« Anders schüttelte den Kopf. »Nein.«

Morgens linke Augenbraue rutschte ein kleines Stück nach oben und ihr Blick irrte für einen winzigen Moment zu Katt hin und kehrte dann fast erschrocken in Anders' Gesicht zurück. »Und warum bist du dann geflohen?«

Weil ihr hinter mir her wart. Anders brachte es nicht fertig, die Antwort laut auszusprechen, obwohl sie ihm so sehr auf der Zunge lag, dass er fürchtete, Morgen könne sie deutlich in seinen Augen lesen. Sie wirkte so vollkommen … *ehrlich,* dass er für Sekunden gar nichts sagen konnte. Er war sicher, Morgen war bisher noch nicht einmal auf die Idee gekommen, Anders' Flucht könnte irgendeinen anderen Grund haben als den Wunsch, aus der Gewalt der Tiermenschen zu entkommen.

Und er war genauso sicher, dass es vollkommen sinnlos war, ihr das zu sagen – nicht weil sie ihm nicht glauben wollte, sondern weil sie es gar nicht konnte.

Auch er sah einen Moment zu Katt hin und er sah die Elder auch nicht direkt an, als er mit leiserer Stimme und einem angedeuteten Achselzucken antwortete: »Ich wollte einfach nur nach Hause.«

»Und da bist du durch das Gebiet der Fresser gelaufen, hast die Berge überwunden und sogar die große Ebene«, sagte Morgen kopfschüttelnd. Sie versuchte nicht einmal, den Unterton von Bewunderung aus ihrer Stimme zu verbannen. »Du bist entweder der tapferste Junge, der mir je begegnet ist, oder die Götter haben wirklich alle Hände über dich gehalten.«

»Vielleicht hatte ich auch einfach nur Glück«, antwortete Anders.

»Glück ist ein Geschenk der Götter«, erwiderte Morgen ernst. »Aber sie geben es nur dem, der es auch verdient.«

Anders überging die Worte der Elder-Frau. Er fühlte sich immer unsicherer und er hatte nicht die geringste Lust, das Gespräch auf einer Ebene fortzusetzen, auf der die Dialoge aus chinesischen Glückskeksen hätten stammen können.

»Ich hatte auch Hilfe«, sagte er und deutete auf Katt.

»Das Mädchen.« Morgen folgte seinem Blick nicht. »Ja. Culain hat gesagt, dass du sie ... dass dir viel an ihr zu liegen scheint.«

Ihr unmerkliches Zögern wäre nicht nötig gewesen, um Anders an das zu erinnern, was Culain in der Maschinenhalle gesagt hatte. Er hatte es keine Sekunde vergessen. *Willst du sie behalten?*

»Ohne sie hätte ich es nicht geschafft«, sagte er – was eine glatte Lüge war. Katt hatte ihm keineswegs geholfen, sondern ihn bestenfalls gestört; und wenn er ehrlich war, sogar aufgehalten und durch ihre bloße Anwesenheit in Gefahr gebracht.

Morgen ließ dahingestellt, ob sie dieser Behauptung Glauben schenkte oder nicht. »Du wolltest die Mauer überwinden«, vermutete sie.

Anders nickte.

»Du hast wirklich Glück gehabt, dass Culain dich noch rechtzeitig abgefangen hat«, fuhr Morgen fort. »Die Mauer hätte dich getötet, wenn du ihr zu nahe gekommen wärest.«

Anders hob nur die Schultern. Was sollte er auch sagen? Sie hatte ja Recht.

»Du hättest zu uns kommen sollen«, sagte Morgen.

»Vielleicht«, antwortete Anders. »Aber ich wusste ja nichts von euch.« In gewissem Sinne war das sogar die Wahrheit. *Die* Elder, die er gesehen hatte (und die versucht hatten, Katt, ihre Schwester und ihn umzubringen), besaßen wirklich nicht sehr viel Ähnlichkeit mit Culain oder gar seiner schwarzhaarigen Frau.

»Weil die Tiermenschen dir nichts von uns gesagt haben.« Es war eine Feststellung, keine Frage. »Du hattest wirklich Glück, Anders. Du hättest auch einer anderen Sippe in die Hände fallen können und wärest jetzt tot.«

»So wie Jannik.«

Morgen legte fragend den Kopf schräg.

»Mein Freund«, sagte Anders. »Wir waren zu zweit, als wir ... über dem Gebiet der Fresser abgestürzt sind. Er hat es nicht geschafft.«

»Die Fresser haben ihn getötet«, vermutete Morgen.

»Nein. Die ...« Anders suchte einen Moment nach Worten. Aus irgendeinem Grund wollte er in Morgens Gegenwart nicht den Ausdruck *Oberons Krieger* verwenden, aber auch der Begriff *Drachen* gefiel ihm nicht; es fiel ihm jedoch nichts Besseres ein. »Die Drachen haben ihn getötet.« Er sah Katt an. »Und sie hätten mich auch getötet, wenn sie nicht gewesen wäre.«

Morgen schien fest entschlossen, Katt und alles, was mit ihr zusammenhing, einfach zu ignorieren. »In Tiernan bist du sicher vor Oberons Kriegern«, behauptete sie. »Sie kommen niemals dorthin.«

Sie wollte noch mehr sagen, doch in diesem Moment hörte der Wagen auf zu schaukeln und auch das Knarren der Räder verstummte. Die Elder hob den Blick zu dem schmalen Fenster unter der Decke und wandte sich dann sofort wieder zu Anders, aber sie hatte sich nicht gut genug in der Gewalt, um ihn nicht merken zu lassen, dass dieser Halt ganz und gar *nicht* eingeplant gewesen war.

»Stimmt irgendetwas nicht?«, fragte Anders, wartete ihre Antwort aber erst gar nicht ab, sondern stand auf und trat an das Fenster, zu dem sie gerade hingesehen hatte.

Es war so weit oben angebracht, dass er sich auf die Zehenspitzen stellen musste um hinaussehen zu können, und im ersten Moment erkannte er gar nichts, denn er blickte direkt in den grellweißen Ball, als der die Sonne von einem vollkommen wolkenlosen Himmel schien. Darunter waren verschwommene Umrisse, die ihm aber dennoch irgendwie vertraut vorkamen; Schemen aus ineinander fließenden Schattierungen von Grün und Braun, die ein Gefühl beruhigender Normalität in ihm auslösten.

Er trat vom Fenster zurück, blinzelte und wischte mit dem Handrücken die Tränen weg, die ihm das grelle Licht in die Augen getrieben hatte. Als er sich umwandte, war Morgen im allerersten Augenblick nur ein heller Fleck vor einem Hintergrund aus durcheinander wirbelnden Schatten.

»Ich nehme an, Culain ist draußen?«

»Ja. Aber es wäre besser, wenn du ...«, begann Morgen.

»Ruf mich bitte gleich, wenn Katt aufwacht«, fiel ihr Anders ins Wort, während er sich bereits umdrehte und zur Tür ging. Seine Augen waren noch immer geblendet, sodass er auf seinen Tastsinn angewiesen war, um den Riegel zu finden und zurückzuschieben. Morgen sagte nichts mehr, aber an ihrem Schweigen war irgendetwas, das Anders klar machte, wie wenig ihr gefiel, was er tat.

Helles Sonnenlicht schlug über ihm zusammen, als er die Tür öffnete und das kurze Stück zum Boden hinabsprang.

Unter seinen Füßen war federndes weiches Gras, kein Stein oder gar Schnee, was allein schon eine Wohltat war, und die Landschaft, die sich rings um ihn herum ausbreitete, ließ ihn innerlich aufatmen. Es waren keine Ruinen mehr und auch keine vereisten Felsen oder Schnee. Der Wagen stand inmitten einer sanften Hügellandschaft, die von saftigem grünem Gras und vereinzelten Baumgruppen bedeckt war. Es *gab* Felsen, aber es waren nur wenige und sie waren von Flechten und Moos überwuchert, und hier und da wuchsen Wildblumen mit bunten, fremdartig aussehenden Blüten. Alles um ihn herum war so unglaublich *lebendig,* dass Anders einige Sekunden lang einfach reglos dastand und nichts anderes tat als diesen Anblick zu genießen. Er hatte das Gefühl, nach unendlich langer Zeit aus einem Albtraum zu erwachen, in dem es weder Farben noch wirkliches Licht gegeben hatte und in dem er ganz allmählich zu ersticken begonnen hatte, ohne es überhaupt zu merken.

Schritte drangen in seine Gedanken. Anders atmete noch einmal tief die warme, so unendlich süß nach Leben duftende Luft ein und drehte sich dann um, darauf gefasst, Culain zu sehen. Die Gestalt, die sich ihm näherte, war jedoch ein gutes Stück größer und ungleich *massiger* als der Elder und ihr Gesicht war nicht das eines Elben-Prinzen, der direkt aus Tolkiens *Herr der Ringe* entsprungen zu sein schien, sondern das eines riesigen, schlecht gelaunten Schweins.

Die bizarre Kreatur wirkte im ersten Moment genauso erschrocken, ihn zu sehen, wie Anders umgekehrt sie. In ihren winzigen tückischen Schweinsäuglein blitzte etwas auf, von dem Anders nicht sagen konnte, ob es blanker Hass oder Erschrecken war, doch ihre Reaktion überraschte ihn: Anders hatte ganz instinktiv dazu angesetzt, einen Schritt zurückzuweichen, um dem Schwein Platz zu machen, doch es vollführte einen raschen Schwenk und schlug einen schon fast absurd großen Bogen, der keinem anderen Zweck diente, als *ihm* aus dem Weg zu gehen.

Anders sah der unheimlichen Kreatur nach, bis sie auf der anderen Seite des Wagens verschwunden war, dann setzte er sich mit einem leisen Schulterzucken in Bewegung und ging an dem gewaltigen Gefährt entlang nach vorne.

Erst jetzt, als er ihn aus der Nähe sah, begriff Anders, *wie* groß der sechsrädrige Karren wirklich war. Sein Vergleich mit einem Panzer war der Wahrheit ziemlich nahe gekommen; zumindest was sein Gewicht anging. Die wuchtigen, mit Eisen und Kupfer verstärkten Räder, die beinahe so groß wie ein Mann waren, hatten tiefe Furchen im Boden hinterlassen, Narben gleich, die bis fast auf den gewachsenen Fels hinabreichten und nur sehr langsam wieder heilen würden, wenn überhaupt. Der Wagen selbst war mindestens fünfzehn Meter lang, was bedeutete, dass der Raum, in dem er erwacht war, nur einen kleinen Teil davon beanspruchte. Anders fragte sich vergebens, wie es den vier Zentauren gelingen mochte, dieses Monstrum auch nur von der Stelle zu bewegen, geschweige denn über eine längere Distanz zu ziehen. Er hatte ja selbst erlebt, wie stark die fantastischen Geschöpfe waren, aber dieses Ding wog Tonnen!

Er erreichte das vordere Ende des Wagens und verbesserte sich in Gedanken: *drei* Zentauren. Eines der Geschirre, die an der seltsam geformten Deichsel befestigt waren, war leer.

Der Gedanke wollte eine hässliche Erinnerung aus dem Albtraum heraufbeschwören, aus dem er gerade erst erwacht war, aber das ließ er nicht zu, sondern verscheuchte ihn hastig und sah die schwarze Zentaurin mit der goldenen Haarmähne ganz bewusst nicht an, sondern beschleunigte im Gegenteil seine Schritte, um zu Culain zu gelangen, der ein Stück weiter vorne stand und in eine hitzige Diskussion mit gleich drei Schweinen verstrickt war. Anders ging langsamer, spitzte aber die Ohren, um vielleicht zu verstehen, worum es bei dem Streit ging. Er wurde jedoch enttäuscht. Das Streitgespräch wurde zwar alles andere als leise geführt, aber in einer Sprache, die nur aus Grunzlauten und Quieken bestand – und die Culain zu Anders' nicht geringer Überraschung ebenso fließend zu sprechen schien wie die Schweine.

Der Elder bemerkte ihn erst, als er schon fast heran war, und Anders stockte nun mitten im Schritt, als ihn ein zornsprühender Blick aus den dunkeln Augen Culains traf. Zugleich machte der Elder jedoch eine rasche besänftigende Geste, sich zu gedulden, sodass Anders nicht sagen konnte, ob der Zorn, den er in seinen Augen gelesen hatte, tatsächlich ihm galt oder nicht doch den Schweinen.

5

Anders hatte nicht das Gefühl, dass der Streit in irgendeiner Form gütlich beigelegt worden wäre, als Culain die Diskussion mit einer herrischen Geste beendete. Zwei der drei Schweine trollten sich auf der Stelle, das letzte jedoch blieb noch einen Moment stehen, blitzte den zwei Köpfe kleineren Mann beinahe hasserfüllt an, ehe es sich umwandte und provozierend langsam – wie es zumindest Anders vorkam – davonging.

Culain drehte sich auf dem Absatz um und funkelte ihn an. Anders konnte erkennen, wie schwer es ihm fiel, seinen Zorn nicht ungemildert auf ihn zu entladen. »Ich hatte dich gebeten im Wagen zu bleiben«, sagte er scharf.

Seinem Tonfall nach zu urteilen, überlegte Anders, musste das Wort *gebeten* für Culain eine radikal andere Bedeutung haben als für ihn. Er beschloss das zu tun, was ihm im Moment das Klügste erschien, und ihn zu ignorieren.

»Probleme?«, fragte er mit einer Geste auf die drei Schweine. Sie hatten sich vielleicht ein Dutzend Schritte entfernt und waren wieder stehen geblieben, um grunzend die Köpfe zusammenzustecken.

Auch Culain warf einen fast widerwilligen Blick in ihre Richtung. »Sie weigern sich den Wagen zu ziehen. Aber sie müssen es. Nachdem einer der Zentauren ausgefallen ist, ist er zu schwer für nur drei von ihnen.«

»Warum lässt du nicht ein oder zwei Schweine hinrichten?«, schlug Anders vor. »Ich bin sicher, die anderen gehorchen dann gleich viel besser.«

Diesmal war es Culain, der es vorzog, *seine* Worte zu ignorieren. »Sie sind Krieger, keine Zugtiere«, sagte er in widerstrebendem Ton. »Im Grunde haben sie ja sogar Recht – aber es ist ein Notfall. Diese dämlichen Schweine können sturer sein als Ochsen, wenn sie glauben sich im Recht zu befinden.«

»Ja, so etwas kenne ich«, grinste Anders. »Bei uns heißt es Gewerkschaft, aber das Prinzip ist dasselbe.«

Culain blinzelte. »Wie?«

»Vergiss es.« Anders machte eine ausholende Geste. »Warum halten wir an? Nur wegen der Betriebsversammlung?«

»Ich weiß nicht, wovon du redest«, antwortete Culain. »Aber es wäre mir wirklich lieber, wenn du im Wagen bleiben würdest. Wenigstens bis wir die Ebene überquert haben.«

Anders dachte an ihre letzte Begegnung mit dem Drachen und den Männern in den schwarzen ABC-Anzügen zurück und sparte sich die Frage, warum. Er bedauerte es schon fast, überhaupt hergekommen zu sein. Er hatte mit Culain sprechen wollen, doch es war nicht zu übersehen, dass der Elder nicht in der Stimmung war, Konversation zu machen oder auch nur seine neugierigen Fragen zu beantworten.

Aber Anders war auch nicht hergekommen, um sich wie ein dummes Kind abfertigen zu lassen. »Die Drachen, gestern Nacht«, sagte er geradeheraus. »Was wollten sie von dir?«

Culain antwortete nicht gleich, sondern sah ihn einen endlos langen Augenblick durchdringend und mit undeutbarem Ausdruck an. Als er sprach, war ein Ernst in seiner Stimme, den Anders bisher noch nicht darin gehört hatte. »Er wollte nichts von mir, Anders. Oberons Krieger haben dich gesucht. Ich konnte sie davon überzeugen, dass ich nur das Mädchen gefunden habe, aber ich bin nicht ganz sicher, ob sie mir wirklich geglaubt haben. Oder wie lange sie mir glauben werden.«

»Mich?«, fragte Anders. »Was wollen sie von mir?«

Diesmal dauerte Culains Schweigen noch einen Moment länger. »Ich hatte gehofft, du könntest mir diese Frage beantworten«, sagte er schließlich. »Ich habe noch nie erlebt, dass sich die Drachen für jemanden interessieren. Eigentlich mischen sie sich nicht in unsere Belange.«

»Bekommt ihr denn oft Besuch von außerhalb?«, fragte Anders.

»Niemals«, antwortete Culain und hob praktisch im gleichen Sekundenbruchteil die Schultern. »Angeblich soll vor langer Zeit einmal ein Fremder über die Berge gekommen sein. Aber er bekam die Krankheit und starb.« Er wiederholte sein Schulterzucken und zwang ein unechtes Lächeln auf seine Züge. »Doch das sind alte Geschichten. Ich weiß nicht, ob sie wahr sind oder nicht.«

»Aber jeder, der von draußen kommt, bekommt diese Krankheit?«, vergewisserte sich Anders.

»Nicht nur jemand von draußen«, antwortete Culain, winkte jedoch zugleich ab, als Anders nachhaken wollte. »Ich verstehe nicht viel von solchen Dingen. Sprich mit Morgen darüber, wenn es dich wirklich interessiert – oder noch besser, warte, bis wir in Tiernan sind, und rede mit Valeria. Sie kann dir alles über Krankheiten, Heilkräuter und -tränke erzählen, was du wissen willst. Wie geht es deiner kleinen Freundin?«

»Sie schläft.« antwortete Anders. Er musste sich beherrschen um nichts anderes zu sagen. Culain hatte so brutal das Thema gewechselt, dass er sich genauso gut auch einfach hätte umdrehen und weggehen können. Dennoch schluckte er eine scharfe Erwiderung hinunter, die ihm auf der Zunge lag. Auch wenn Culain bisher eher freundlich zu ihm gewesen war, so war er doch trotzdem ganz eindeutig niemand, den man leichtfertig reizen sollte. Er stellte zwar die Frage, die er stellen wollte, kleidete sie aber in deutlich moderatere Worte, als er eigentlich beabsichtigt hatte.

»Du hast dich nicht nur um ihre Erfrierungen gekümmert, als du sie in der Maschinenhalle versorgt hast, nicht wahr?«, fragte er.

»Ich war ziemlich sicher, dass der Rückweg nicht leicht wird.« Culain klang ein wenig unwirsch; nicht einmal über die Frage an sich, sondern weil er es nicht gewohnt zu sein schien, über Dinge zu reden, über die er nicht reden wollte. »Es war besser, sie schlafen zu lassen. Deswegen habe ich sie in Tiefschlaf versetzt.«

Das Schlimmste war, dass er damit vollkommen Recht hatte, dachte Anders. Er wusste, wie schmerzhaft Erfrierungen waren, und Katt hätte sie ganz bestimmt behindert. Trotzdem war er wütend. Culain hatte möglicherweise richtig gehandelt, aber er hätte sie wenigstens *fragen* müssen. Er schwieg.

»Wir rasten hier eine halbe Stunde«, fuhr Culain in verändertem Ton fort. »Vielleicht hast du sogar Recht. Vertritt dir ein wenig die Beine, solange wir Halt machen. Aber geh nicht zu weit vom Wagen weg.«

Er wandte sich auf dem Absatz um und ging und Anders blieb ein wenig ratlos zurück. Er war immer noch wütend auf den Elder und dass er im Grunde zugeben musste, dass Culain vollkommen richtig gehandelt hatte, machte es fast noch schlimmer. Darüber hinaus spürte er, Culains Geduld war erschöpft. Es erschien ihm im Moment zumindest nicht ratsam, ihm zu folgen und weiter auf dem Thema herumzureiten – zumal der Elder schnurstracks auf die drei Krieger zuhielt, und wie Anders ihn einschätzte, aus keinem anderen Grund als dem, ihnen doch noch seinen Willen aufzuzwingen.

Die drei Schweine waren nicht die einzigen Krieger. Wie schon in ihrem Lager vor der Stadt hatte eine Anzahl von ihnen einen Kreis um den Wagen gebildet, der ihn nach allen Seiten hin abschirmte – obwohl sich Anders beim besten Willen nicht vorstellen konnte, wogegen. Die Landschaft, in der sie angehalten hatten, war so friedlich, wie man es sich nur vorstellen konnte. Gras und Büsche waren allenfalls kniehoch und selbst die Baumgruppen waren zu licht und standen viel zu weit auseinander, als dass irgendein Feind sie als Deckung hätte nutzen können, um sich unbemerkt anzuschleichen. Darüber hinaus gab es noch fast ein Dutzend weitere, mit Hellebarden, Schild und Schwert bewaffnete Schweine, die emsig irgendwelchen Tätigkeiten nachgingen, die Anders nicht genau erkennen konnte, oder auch einfach nur dastanden und in der Sonne dösten.

Der Anblick der Schweine war ihm unangenehm, denn er weckte Erinnerungen, die noch nicht lange genug zurücklagen um nicht wehzutun. Vielleicht sollte er auf Culain hören und die Gelegenheit nutzen, um sich ein wenig die Beine zu vertreten. Die Zeit, die er in der winzigen Kabine im Wagen verbringen musste, war vermutlich noch lang genug.

Er sah in die Richtung, in die der Weg führte, den der Wagen eingeschlagen hatte. Die Ebene schien sich unendlich weit fortzusetzen, bis sie irgendwann von den Bergen begrenzt wurde, die nur als verschwommene Schatten zu erkennen waren. Irgendwo dazwischen schimmerte es weiß, vielleicht Schnee oder die Zunge eines Gletschers, die sich ein Stück weit in das Tal hineingeschoben hatte, und schon der bloße Anblick reichte fast aus, um Anders wieder die Kälte von gestern spüren zu lassen. Er hoffte, dass ihr Ziel nicht wirklich dort lag. Von Kälte hatte er für den Rest seines Lebens genug.

Der Anblick machte ihm jedoch noch etwas anderes klar: Dieses unheimliche Tal war deutlich größer, als er bisher angenommen hatte. Und damit verstand er noch viel weniger, wieso es bisher vom Rest der Welt unentdeckt geblieben war. Fast ohne sein Zutun legte er den Kopf in den Nacken und sah wieder in den wolkenlosen Himmel hinauf, als müsse er sich nur ausreichend anstrengen, um die ungezählten Satelliten zu sehen, die dort oben ihre Bahn zogen. Es war einfach *unmöglich*, dass niemand von diesem gewaltigen Tal wissen sollte!

Aber unmöglich oder nicht, er war hier. Und das Einzige, was sich bisher als wirklich unmöglich herausgestellt hatte, war, aus diesem Tal herauszukommen.

Das plötzliche Gefühl, angestarrt zu werden, ließ ihn aufsehen. Unbehaglich drehte er sich um und begegnete dem Blick eines der drei übrig gebliebenen Zentauren. Die rätselhaften Geschöpfe hatten sich nicht aus ihren Geschirren gelöst, aber diese saßen wohl so locker, dass sie sich problemlos herumdrehen und miteinander reden konnten, solange sich der Wagen nicht in Bewegung befand. Es war nicht die Zentaurin von gestern, die ihn ansah, sondern ein viel größerer, kantig gebauter Hengst, dessen Gesicht nicht so aussah, als wäre es überhaupt zu einem Lächeln fähig. Viel deutlicher als bei den anderen Zentauren, die Anders bisher gesehen hatte, vermischten sich in seinem Gesicht die Züge eines Menschen und die eines Pferdes, was ihm ein wildes und auf kaum in Worte zu fassende Weise erschreckendes Äußeres verlieh.

Anders wollte sich ganz instinktiv wieder umwenden und davongehen, denn er hatte plötzlich das Gefühl, dass *jeder* Platz besser war als die Nähe dieser unheimlichen Kreatur. Aber dann streifte sein Blick das Gesicht der schwarzen Zentaurin und er las einen solchen Ausdruck von Schmerz und Verbitterung darin, dass er ganz im Gegenteil zu ihr hinüberging.

Einen Moment lang schien es fast, als wollte ihm der riesige Hengst keinen Platz machen, denn er rührte keinen Muskel, um aus dem Weg zu gehen. Dann aber machte die Zentaurin eine kaum merkliche Bewegung mit der linken Hand und das Geschöpf machte widerwillig zwei Schritte rückwärts um ihn passieren zu lassen.

Die Zentaurin blickte ihm ruhig entgegen. Der nichtmenschliche Anteil in ihrem Gesicht machte es schwer, darin zu lesen; die Trauer in ihren Augen war jedoch nicht zu übersehen. Anders wollte den Blick abwenden, aber irgendwie gelang es ihm nicht; obwohl es ihm zunehmend schwerer fiel, ihrem Blick standzuhalten, schienen ihre großen, von unendlichem Schmerz erfüllten Augen ihn zugleich in ihren Bann zu schlagen, sodass etwas von diesem Leid auch auf ihn überging. Noch vor einem Moment hatte er genau gewusst, was er zu ihr sagen wollte, doch nun fehlten ihm die Worte. Er fühlte sich schuldig, ohne genau sagen zu können, warum.

»Wie … wie geht es dir?«, begann er ungeschickt. Allein die Frage kam ihm schon vor wie blanker Hohn. Die Flanke der Zentaurin war von großen blutigen Schürfwunden bedeckt, wo sie gestürzt war, und als sie sich bewegte, sah Anders eine noch viel tiefere, schlimme Verletzung an ihrem rechten Hinterbein. Das schwere Geschirr, das jetzt locker über ihrem Rücken lag, musste ihr heftige Schmerzen bereiten, sobald sie den Wagen zog. Sie antwortete nicht. Anders bedauerte schon überhaupt gekommen zu sein, aber nun war es zu spät um einfach wieder zu gehen.

»Das … das mit deinem … deinem Freund tut mir sehr Leid«, sagte er unbeholfen. »Ich wollte nur …«

»Er war nicht mein *Freund*«, unterbrach ihn die Zentaurin. Ihre Stimme klang flach, nicht kalt, aber praktisch ausdruckslos wie die einer Maschine, die vergeblich versuchte einen Menschen nachzuahmen. »Er war mein Mann.«

Anders war regelrecht schockiert. »Aber das … das wusste ich nicht«, murmelte er. »Es tut mir Leid. Wirklich.«

»Es gibt eine Menge, was du nicht weißt«, antwortete die Zentaurin. Aus dem Schmerz in ihren Augen schien etwas anderes zu werden.

»Es tut mir wirklich Leid«, sagte er noch einmal. Er fühlte sich schrecklich. Hatte sie gerade gesagt: *Mein Mann?* Das Wort schockierte ihn, erfüllte ihn aber zugleich auch mit einem Gefühl der Empörung, das ihn zutiefst verunsicherte – und ihn sich prompt noch schlechter fühlen ließ.

»Ohne das, was dein … *Mann* für uns getan hat, wären wir jetzt wahrscheinlich nicht mehr am Leben«, fuhr er unbeholfen fort. »Das war das Tapferste, was ich jemals erlebt habe. Ich werde ihn nie vergessen. Er hat sein Leben geopfert, um …«

»Er hat sich geopfert um *mich* zu retten«, unterbrach ihn die Zentaurin. »Aus keinem anderen Grund.«

Anders starrte sie an. Er wusste nicht mehr, was er sagen sollte, und er wünschte sich auch, alles andere zuvor nicht gesagt zu haben.

»Wünscht Ihr noch etwas oder ist das alles, Herr?«, fragte die Zentaurin, als er auch nach einer Weile nicht antwortete. »Wenn nicht, wäre ich Euch dankbar, wenn wir unser Gespräch beenden könnten.«

Das war deutlich. Anders starrte sie noch eine Sekunde lang mit heftig klopfendem Herzen an, aber er las auch jetzt nichts anderes in ihren Augen als Kummer und tiefen Schmerz. Schließlich wandte er sich mit einem Ruck um und ging. Er musste sich beherrschen, um das kurze Stück zurück zum Wagen nicht zu rennen.

Morgen erwartete ihn bereits. Sie stand ein wenig nach vorne gebeugt da und hielt ihm die Tür auf, und obwohl sie sich auf den Riegel stützte und die Schultern gesenkt hatte, fiel Anders erst jetzt auf, wie groß sie war. Ganz aufgerichtet musste sie ihn um mehr als einen Kopf überragen, und dabei war ihr seltsamer Haarschopf noch nicht einmal mitgerechnet, der ihn jetzt mehr denn je an den spitzen Hut eines Burgfräuleins erinnerte.

Sie trat zurück um ihm Platz zu machen und Anders überwand mit einem federnden Satz die beiden Stufen hinauf zum Wagen und duckte sich automatisch unter der Tür hindurch, obwohl sie mehr als hoch genug war. Nach dem hellen Sonnenlicht draußen war er hier drinnen im ersten Moment vollkommen blind, aber er hörte Katts gleichmäßige flache Atemzüge; sie schlief noch. Und auch wenn der Gedanke seinem schlechten Gewissen neue Nahrung gab, musste er Culain in Gedanken Recht geben: Es war am besten, sie ließen sie schlafen, bis sie ihr Ziel erreicht hatten und jemand da war, der sich intensiver um sie kümmern konnte.

Trotzdem ging er sofort zu ihr hin und ließ sich im Schneidersitz neben ihr nieder; nahe genug um ihre Nähe zu spüren, aber doch weit genug um sie nicht versehentlich aufzuwecken.

Die Elder schloss die Tür und es wurde vollkommen dunkel und blieb es auch, bis sich seine Augen wieder umgestellt hatten. Morgen bewegte sich raschelnd, aber er sah sie nur als verschwommenen Schemen. Sie ging an ihm vorbei und setzte sich auf die Kiste, aus der sie vorhin den Korb mit den Lebensmitteln genommen hatte.

»Was hat die Zentaurin zu dir gesagt?«, fragte sie unvermittelt.

Anders war im ersten Moment verwirrt, denn von hier aus konnte sie ihn unmöglich beobachtet haben; weder durch die Tür noch durch das schmale Fenster unter der Decke. Ein weiteres Rätsel, das er vielleicht nie lösen würde.

Er berichtete getreulich von seinem kurzen Gespräch mit dem sonderbaren Wesen und Morgen hörte mit ernstem Gesicht, aber auch leicht missbilligend gerunzelter Stirn zu. Anders konnte jedoch nicht sagen, ob dieser Ausdruck dem Benehmen der Zentaurin galt oder dem, was er getan hatte.

»Sie sind ein sehr stolzes Volk«, sagte sie, nachdem er zu Ende berichtet hatte. »Wenn es etwas gibt, das sie hassen, dann ist es Mitleid.«

»Aber warum?«

»Weil sie wissen, um wie vieles stärker als alle anderen sie sind«, antwortete Morgen und nickte, um ihren Worten noch mehr Gewicht zu verleihen. »Man sieht es ihnen nicht an, aber sie sind die Stärksten von allen. Selbst die Schweine fürchten sie. An einer Aufgabe zu scheitern oder gar zu versagen gilt bei ihnen als große Schande.« Sie hob die Schultern, als sie den leisen Anflug von Ratlosigkeit bemerkte, der sich auf seinem Gesicht breit machte. »Sie ist gestürzt. Culain und du hätten sich dabei schwer verletzen können.« Katt erwähnte sie nicht, aber nach einem weiteren Moment erschien ein Lächeln in ihren Augen. »Sie weiß dennoch zu schätzen, was du zu ihr gesagt hast, da bin ich ganz sicher, und …«

Sie brach ab, hob den Kopf und schien für einen Moment zu lauschen, dann nahm sie ihre unterbrochene Rede wieder auf. »Der Tod ihres Gefährten geht ihr sehr nahe. Sie sind sehr treu. Wenn sich ein Pärchen einmal gefunden hat, dann bleibt es sein Leben lang zusammen. Sie wird sich nie wieder einen anderen Partner suchen.« Sie seufzte. »Der Tod des Hengstes ist auch für uns ein schwerer Verlust, musst du wissen.«

Es fiel Anders nicht leicht, die Frage zu stellen, zu der sie ihn mit diesen Worten auffordern wollte. Er sah Morgen verwirrt an. Aber vielleicht war *verwirrt* auch nicht das richtige Wort. Er wusste nicht, ob er irritiert oder empört über ihre Wortwahl sein sollte. Sie sprach über die Zentauren wie über Zuchtvieh. *Willst du sie behalten?* »Wieso?«, fragte er.

»Sie ist noch jung, aber sie wird nie wieder Junge bekommen. Und wir haben nur sehr wenige von ihnen.«

Wie schön, dass sie nicht *werfen* gesagt hatte, dachte Anders. Laut fragte er: »Warum hat sie mich *Herr* genannt?«

»Du gehörst zu uns«, antwortete Morgen; in einem leicht verwirrten Ton, als hätte er sie gefragt, warum am Morgen die Sonne aufginge.

Anders wollte sofort eine entsprechende Frage stellen, doch in diesem Moment wurde die Tür aufgerissen und Culain kam herein. Anders fand, dass er ein wenig besorgt aussah, aber der Elder schloss die Tür schnell wieder, und sein Gesicht verschwand einmal mehr hinter braunen Schatten.

»Wir brechen auf«, sagte er. Ebenso leicht nach vorne gebeugt, wie sich auch Morgen hier drinnen bewegte, ging er auf die Kiste zu und klappte den Deckel auf, nachdem Morgen aufgestanden war und einen raschen Schritt zur Seite getan hatte. Sie schien nicht nur Lebensmittel zu enthalten, denn es schepperte hörbar, als er darin zu kramen begann.

»Aber die halbe Stunde ist noch nicht vorbei«, erinnerte ihn Anders.

»Wir haben noch einen weiten Weg vor uns.« Culain hob die Arme zum Kopf, und als er sich aufrichtete und halb zu Anders umdrehte, trug er wieder seinen Helm. Das absurde Visier, das die Form eines pausbäckigen Trompetenengels hatte, war nach oben geklappt, was sein eigenes Gesicht noch härter und unnahbarer erscheinen ließ. »Und ich möchte Tiernan noch vor Einbruch der Dunkelheit erreichen.«

»Stimmt etwas nicht?«, fragte Anders beunruhigt.

Das Einzige, was hier nicht stimmt, sind deine neugierigen Fragen, funkelten Culains Augen. »Du möchtest doch auch, dass deine Freundin möglichst schnell wieder gesund wird, oder?«

Das war so ziemlich die dämlichste Antwort, die Anders je gehört hatte. Allerdings hütete er sich das laut auszusprechen. Er hob nur die Schultern, konnte aber ein leicht verächtliches Verziehen der Lippen nicht mehr ganz unterdrücken, und Culains Reaktion darauf bewies, dass es klug gewesen war, seine eigentliche Antwort nicht auszusprechen. In den Augen des Elder blitzte es kurz und zornig auf. Doch er beherrschte sich und wandte sich nur mit einem Ruck ab, um einen weiteren Augenblick in der Kiste herumzukramen. Als er sich das nächste Mal aufrichtete, hielt er etwas in den Händen, das er zu Anders' nicht geringer Überraschung mit wenigen Handgriffen zu einem aus drei Einzelteilen bestehenden Bogen zusammensetzte. Selbst als er ihn gespannt hatte, war er noch größer als der Elder selbst.

Mit einer letzten Bewegung förderte er einen Köcher mit mehreren meterlangen, schlanken Pfeilen aus der Kiste zutage, den er sich über die Schulter warf, bevor er sich ohne ein weiteres Wort umdrehte und den Wagen verließ.

»Zieht er in den Krieg?«, fragte Anders beunruhigt.

Morgen folgte Culain und legte den Riegel vor, ehe sie antwortete. »Nein. Aber Culain ist immer gern auf alles vorbereitet.« Sie bemühte sich vergeblich, ihrer Stimme einen fast beiläufigen Ton zu verleihen.

»Und worauf, zum Beispiel?«, hakte Anders nach.

Wieder antwortete die Elder nicht sofort, sondern ging zu ihrer Kiste, deren Deckel noch immer hochgeklappt war. Sie holte eine kleine aus Ton gefertigte Öllampe heraus, deren Docht sie mit einem einzigen gekonnten Klicken eines Feuersteins in Brand setzte. Die winzige Flamme brannte erstaunlich hell.

Morgen stellte die Lampe behutsam zu Boden, richtete sich mit einer fließenden Bewegung wieder auf und trat an das schmale Fenster. Sie schloss es, bevor sie sich langsam zu Anders umdrehte und erst jetzt seine Frage beantwortete. »Du darfst dich nicht vom ersten Eindruck täuschen lassen, Anders. Es gibt auch hier Dinge, die gefährlich werden können, sehr gefährlich.«

»Was für eine Überraschung«, seufzte Anders. Er lachte leise. »Gibt es in eurer Welt eigentlich irgendeinen Ort, der nicht gefährlich ist?«

»Ja«, antwortete Morgen. »Tiernan.«

Seltsam nur, dachte Anders, dass ihre Stimme so klang, als ob nicht einmal sie selbst an ihre Worte glauben würde.

6

Sie erreichten Tiernan nicht mehr vor Sonnenuntergang, aber noch an diesem Tag. Stunde um Stunde war der Wagen über allmählich unebener werdenden Untergrund gerollt, manchmal schneller, manchmal so langsam, dass Anders die gemeinsame Anstrengung der Zentauren und Schweine zu fühlen glaubte, die sich verzweifelt abmühten, das tonnenschwere Gefährt überhaupt noch von der Stelle zu bewegen.

Ein- oder zweimal waren aufgeregte Stimmen und Lärm durch die dicken Wände gedrungen, aber Anders musste nur einen kurzen Blick in Morgens besorgtes Gesicht werfen um zu wissen, dass er sich jede entsprechende Frage sparen konnte. Vielleicht fand dort draußen ein Kampf statt, vielleicht auch nicht; es war auf jeden Fall etwas, das der Elder Sorge bereitete, wenn nicht gar Angst.

Trotz allem forderte sein Körper sein Recht. Er schlief zwar nicht, döste aber immer wieder ein und schrak ein paarmal benommen auf, als er im Sitzen nach vorn sank und ihn das Schaukeln des Wagens allmählich einzuschläfern begann. Während der letzten Stunde schließlich rumpelten die metallverstärkten Räder des Wagens über harten Fels und Anders konnte spüren, wie ihre Geschwindigkeit noch weiter sank. Dann gab es einen letzten, unerwartet harten Ruck – Anders war gerade wieder halb weggedöst und wäre um ein Haar nach vorne gekippt, was Morgen mit einem amüsierten Lächeln quittierte – und der Wagen rollte noch ein paar Meter weiter und kam dann auf eine Weise zum Stehen, die Anders spüren ließ, dass sie ihr Ziel erreicht hatten. Es war, als könnte er das erleichterte Aufatmen der Zentauren und Schweine draußen spüren; und auch von Morgen fiel etwas wie eine unsichtbare Spannung ab.

»Sind wir da?«, fragte er.

Bevor die Elder antworten konnte, wurde von außen gegen die Tür geklopft und Morgen stand auf und schob den Riegel zurück. Roter Fackelschein spiegelte sich auf dem metallenen Puttengesicht, das Culains wirkliches Antlitz verbarg, als der Elder hereinkam. Im allerersten Moment sah es aus wie frisches Blut, doch Anders erkannte seinen Irrtum, noch bevor er wirklich erschrecken konnte. Lichtreflexe und schemenhafte Gestalten bewegten sich hinter ihm, während Culain direkt unter der Tür stehen blieb und ihm mit seinen breiten Schultern den direkten Blick nach draußen verwehrte. Irrte er sich oder hatte die Anzahl der Pfeile in seinem Köcher deutlich abgenommen?

»Wir sind da«, sagte er, als hätte er Anders' Frage gehört und beantwortete sie nun an Morgens Stelle. Gleichzeitig hob er die Hand und gab Anders mit einem ungeduldigen Wink zu verstehen, dass er aufstehen sollte. Stimmengewirr drang von draußen herein, das Klappern von Pferdehufen auf Stein und andere, aufgeregte Laute.

Anders stand gehorsam auf und wäre fast wieder gestürzt, denn seine Muskeln waren vom langen reglosen Sitzen ungefähr so geschmeidig wie Holz. Culain wiederholte seine auffordernde Geste und diesmal wirkte sie *eindeutig* unwillig. Er konnte sein verärgertes Stirnrunzeln beinahe durch das metallene Puttengesicht hindurch sehen. Er beeilte sich an Culain vorbeizugehen. Diesmal versuchte er nicht, das kurze Stück zum Boden hinunterzuspringen, sondern konzentrierte sich ganz im Gegenteil darauf, die beiden Stufen einigermaßen würdevoll zu überwinden. Er wusste zwar immer noch nicht, was ihn erwartete, aber er wollte den Bewohnern Tiernans nicht zum ersten Mal gegenübertreten, indem er ihnen vor die Füße fiel. Erst als er auf sicherem Boden war, wagte er es, aufzusehen und einen ersten, fast scheuen Blick in die Runde zu werfen.

Der Wagen hatte auf einem an allen Seiten von hohen Mauern umschlossenen Innenhof Halt gemacht, der selbst kaum größer war als das gesamte sonderbare Gefährt. Nach allem, was er auf dem Weg hierher erlebt und gesehen hatte, passte der Anblick so genau zu dem, was er unbewusst erwartet hatte, dass noch einmal ein paar Sekunden vergingen, bis er es überhaupt erkannte.

Sie befanden sich im Innenhof einer mittelalterlichen Burg. Sie war nicht sehr groß und schien nur aus einem dreigeschossigen Hauptgebäude, den Mauern und einem vielleicht zwanzig Meter hohen Turm zu bestehen. Ein gutes Dutzend Männer, die zwar unterschiedlichen Alters waren, Culain jedoch alle irgendwie ähnelten, umgab den Wagen. Einige halfen den Zentauren dabei, sich von den schweren Geschirren zu befreien, mit denen sie den Wagen gezogen hatten, die meisten aber bildeten einen lockeren Halbkreis um das Gefährt herum und starrten ihn mit unverhohlener Neugier an. Sie hatten ausnahmslos schwarzes Haar, das ebenso lang und dicht war wie das Culains, und obwohl sie sich im Inneren der Burg befanden, waren sie mit Schwertern und auf den Rücken geschnallten dreieckigen Schilden bewaffnet und zwei oder drei auch mit Bögen. Die Blicke, mit denen die Männer ihn musterten (ein paar von ihnen konnten kaum älter sein als er selbst) waren sonderbar. Natürlich nahm Neugier den allergrößten Anteil darin ein, aber da war auch noch etwas anderes.

»Geht aus dem Weg!«, rief eine helle Frauenstimme. »Macht Platz! Rasch!«

Die Krieger wichen tatsächlich fast hastig auseinander, doch das schien der schwarzhaarigen Frau, die mit eiligen Schritten vom Haus herabkam, trotz allem noch nicht zu reichen, denn sie klatschte unwillig in die Hände und schoss zornige Blicke nach rechts und links ab; ein Mensch, der keinesfalls gewohnt war, dass man ihm nicht rasch genug Platz machte, sondern geradezu empört auf die Tatsache reagierte, überhaupt darum bitten zu müssen. Sie war ebenso groß wie Morgen und trug das Haar auf dieselbe ungewöhnliche Weise, die sie noch größer erscheinen ließ, war aber deutlich älter und ihr weißes Gewand wurde von einem goldenen Gürtel zusammengehalten und war mit kunstvollen Stickereien verziert. Ohne das mindeste Zögern und so zielsicher, als wären sie altvertraute Bekannte, hielt sie auf Anders zu und ergriff ihn fest an der Schulter.

»Bist du verletzt?«, fragte sie. »Was fehlt dir?«

Anders kam nicht dazu, zu antworten. »Nicht jetzt, Valeria«, rief Culain aus der offen stehenden Tür herab. »Komm bitte erst hierher.«

Die Elder zögerte einen spürbaren Moment. Verwirrung und Unmut lieferten sich ein rasches stummes Gefecht in ihrem Blick, dann deutete sie ein Achselzucken an und nahm die Hand von Anders' Schulter. Er folgte ihr, als sie die beiden Stufen hinaufeilte und geduckt an Culain vorbei in den Wagen trat.

Culain machte wortlos einen Schritt zur Seite und deutete aus der gleichen Bewegung heraus auf Katt, was gar nicht notwendig gewesen wäre; Valeria war bereits an ihm vorbei und ließ sich mit einer sonderbar anmutigen Bewegung in die Hocke sinken. Sie blieb allerdings nur einen ganz kurzen Moment so, dann stand sie mit einem Ruck wieder auf und wandte sich mit einem zornigen Blick an Culain. Obwohl Anders nur ein paar Schritte entfernt war, konnte er nicht verstehen, was die beiden miteinander redeten, aber Culain deutete ein paarmal auf ihn und seine Gesten wurden immer unwirscher und befehlender. Schließlich ließ Valeria sich abermals in die Hocke sinken und schlug das Fell zurück, mit dem Katt zugedeckt war. Anders sah ihr an, mit wie wenig Begeisterung sie Culains Befehl gehorchte.

»Lass sie ihre Arbeit tun.« Culain wandte sich zu Anders um und schob ihn kurzerhand aus dem Wagen, bevor er auch nur antworten konnte. »Morgen bringt dich auf dein Zimmer. Mach dir keine Sorgen um deine Freundin. Sie ist bei Valeria in guten Händen.«

»Ich möchte aber trotzdem …«

»Wir sollten jetzt wirklich gehen«, fiel ihm Morgen ins Wort. Sie lächelte und ihre Stimme klang fast beiläufig, doch in ihrem Blick war etwas Beschwörendes. Sie unterstrich ihre Worte noch durch eine auffordernde Geste in die Richtung, aus der Valeria gekommen war, und nach einem letzten, zögernden Blick auf Katt und die vor ihr kniende Elder wandte sich Anders widerwillig um und ging los. Die Männer machten ihm ebenso bereitwillig Platz wie zuvor der Elder, doch Anders konnte ihre bohrenden Blicke mit fast körperlicher Intensität spüren, während er neben Morgen durch die lebende Gasse ging. Und es war eindeutig *nicht* nur Neugier, die er in ihren Augen las.

Eine kurze, von zwei reglos dastehenden Wachen (Elder, keine Schweine) flankierte Treppe führte zu einer wuchtigen zweiflügeligen Tür hinauf. Morgen beschleunigte ihre Schritte fast unmerklich und Anders tat dasselbe, drehte sich aber noch einmal um und ließ seinen Blick über den Hof schweifen, bevor er durch die Tür trat. Die Zentauren waren mittlerweile nicht nur abgeschirrt, sondern auch weggeführt worden, und auch die Elder begannen sich auf Culains Anordnungen hin rasch zu zerstreuen. Etliche von ihnen hatten Fackeln entzündet und eilten die steilen, geländerlosen Treppen hinauf, die zu den Wehrgängen führten.

»Komm!« Es gelang Morgen nicht ganz, ihre Ungeduld als bloße Erleichterung zu kaschieren, endlich aus dem Wagen heraus und wieder zu Hause zu sein. Sie durchquerten eine hohe, vollkommen leere Halle, die von zahlreichen Fackeln erhellt wurde, und gingen eine breite Steintreppe hinauf, die zu einem fensterlosen Gang führte. Morgen wurde auf den letzten Schritten schneller, öffnete die niedrige Tür an seinem Ende und machte eine reichlich überflüssige einladende Geste.

Hinter der Tür lag ein unerwartet großer und fast taghell erleuchteter Raum, der mit schweren, altmodisch anmutenden Möbeln eingerichtet war. Das Mauerwerk verbarg sich zum Großteil hinter schweren Samtvorhängen und gewirkten Teppichen und Gobelins. Ein hell prasselndes Feuer im Kamin verbreitete nicht nur Licht, sondern auch behagliche Wärme, und in der Luft lag ein intensiver Geruch, den Anders zwar nicht einordnen konnte, der aber sehr angenehm war.

»Du kannst hier warten«, sagte Morgen. »Ich lasse dir gleich etwas zu essen bringen und die Dienstboten sollen ein heißes Bad bereiten. Ich nehme doch an, du kannst beides gut gebrauchen.«

»Wenn du mir auf diese Weise erklären willst, dass ich stinke, dann brauchst du nicht um den heißen Brei herumzureden«, sagte Anders. »Ich weiß das selbst.«

»Nicht mehr als wir alle.« Morgen blieb vollkommen ernst. »Jeder stinkt nach einer Expedition ins Ödland. Ich bin froh, wenn ich aus diesem Kleid herauskomme und mir den Geruch dieser Tiere aus den Haaren waschen kann.« Sie wiederholte ihre einladende Geste und Anders löste sich endlich von seinem Platz unter der Tür und tat ein paar Schritte in den Raum hinein, wo er sich einmal um seine eigene Achse drehte, um sich aufmerksam umzusehen. Sehr viel zu entdecken gab es allerdings nicht. Der Raum war vielleicht prachtvoll, dennoch aber eher spärlich möbliert – auch das ganz so, wie Anders sich eine frühmittelalterliche Burg vorgestellt hatte. Das einzig Auffallende war das Bett; ein wahres Monstrum von mindestens drei mal drei Metern, das aussah, als wäre es für eine ganze Familie gemacht. Schon sein bloßer Anblick reichte aus, um ihn die Müdigkeit wieder deutlich spüren zu lassen.

Als hätte sie seine Gedanken gelesen, sagte Morgen: »Du kannst dich ruhig hinlegen, wenn du möchtest. Ich lasse dich dann später wecken.«

Die Verlockung war so groß, dass er tatsächlich ein paar Sekunden lang ernsthaft über diesen Vorschlag nachdachte, dann aber umso heftiger den Kopf schüttelte. »Ich will erst wissen, wie es Katt geht.«

»Valeria wird eine Weile brauchen um sie zu versorgen«, antwortete Morgen. »Und danach wird sie …«

»… hierher gebracht werden«, unterbrach sie Anders. »Ich will bei ihr sein, wenn sie aufwacht.«

Morgen schwieg. Anders hatte das sichere Gefühl, dass ihr nicht gefiel, was er sagte, und dass es wahrscheinlich dafür sogar einen triftigen Grund gab, auch wenn er sich beim besten Willen nicht denken konnte, welchen. Überhaupt schien Morgen nun, wo sie endlich zu Hause waren, eine Menge ihrer Ruhe und Selbstsicherheit eingebüßt zu haben. Sie wirkte nervös wie ein Mensch, der ein Unheil nahen fühlt, ohne dass er imstande ist, etwas daran zu ändern. Von der heiteren Gelassenheit und Stärke, die er noch im Wagen gespürt und so sehr an ihr bewundert hatte, war nicht viel geblieben.

»Ich werde Culain sagen, dass du das wünschst«, meinte sie schließlich.

Es lag Anders auf der Zunge, zu sagen, dass seine Worte alles andere als ein *Wunsch* gewesen waren, aber die Stimmung hatte sich auch so schon weit genug verschlechtert. Er schwieg ein paar Sekunden, dann räusperte er sich unbehaglich und machte eine ausholende Geste. »Das ist also Tiernan.«

»Nicht direkt«, antwortete Morgen. »Es ist die Torburg. Wir reisen erst morgen weiter in die Stadt.«

»Ist es noch so weit?«

»Nein. Aber der Weg ist zu steil für den Wagen und nachts auch nicht ganz ungefährlich. Darüber hinaus müssen noch gewisse Vorbereitungen getroffen werden. Es wäre auch für deine Freundin viel zu anstrengend. Valeria hielt es für besser, sich gleich hier um sie zu kümmern.«

Von allen Argumenten war das vielleicht das einzige, das für Anders wirklich zählte, auch wenn er genau spürte, dass es *sie* am allerwenigsten interessierte.

Unglückseligerweise hatte sie Recht. Selbst wenn der restliche Weg auch nur noch einen oder zwei Kilometer betrug, wäre er viel zu lang für Katt gewesen.

Für ihn übrigens auch.

Schritte näherten sich, und als er sich umdrehte, trat Morgen rasch zur Seite, um zwei einfach gekleideten Männern Platz zu machen, die einen hölzernen Zuber hereintrugen. In ihrem Gefolge schleppten fast ein halbes Dutzend weitere Männer und Frauen hölzerne Eimer mit dampfend heißem Wasser herbei.

»Na prima«, murmelte Anders. »Und wo sind die Geishas?«

Morgen sah ihn nur verständnislos an und auch Anders trat zur Seite, um den Trägern Platz zu machen, die den Zuber unmittelbar vor dem Kamin platzierten. Rasch hintereinander leerten die anderen Bediensteten ihre Wassereimer in das hölzerne Gefäß und Morgen warf ihm einen auffordernden Blick zu, kaum dass der letzte fertig und hastig ein paar Schritte zurückgetreten war. Anders beugte sich neugierig vor und warf einen Blick in den Zuber. Er war nicht einmal besonders groß und maß kaum einen Meter im Durchmesser. Trotzdem bedeckte das Wasser den Boden nicht einmal zehn Zentimeter hoch.

»Luxus pur, wie?«, fragte er spöttisch.

»Du möchtest mehr heißes Wasser?« Morgen wartete Anders' Antwort nicht ab, sondern klatschte in die Hände und wandte sich in scharfem Ton an die Bediensteten. »Ihr habt ihn gehört. Bringt mehr heißes Wasser. Und beeilt euch.«

Die Bediensteten flohen regelrecht aus dem Zimmer und Anders sah ihnen verwirrt und auch ein wenig peinlich berührt nach. Die ausnahmslos jungen Männer und Frauen hatten mit ehrfürchtig gesenkten Köpfen dagestanden, und er konnte ihre Erleichterung, endlich gehen zu können, regelrecht spüren. Er hatte es nie gemocht, mit zu viel Respekt und Ehrerbietung behandelt zu werden – was während seiner Zeit im Internat selten vorgekommen war; in den Tagen, die er außerhalb der altehrwürdigen Mauern Schloss Drachenthals zugebracht hatte, dafür jedoch umso öfter. Immerhin war er der Sohn eines der reichsten – und damit auch mächtigsten – Männer des Landes, wenn nicht gar der Welt, und es gab immer jemanden, der glaubte, ihm allein deshalb besondere Ehrerbietung schuldig zu sein.

Manchmal hatte es unbestritten Vorteile. Man musste nicht für Konzertkarten anstehen, konnte ohne Reservierung in jedes Restaurant gehen und bekam trotzdem immer den besten Tisch und die neusten CDs und DVDs, noch bevor sie offiziell im Handel waren – aber im Allgemeinen war Anders diese Art von Sonderbehandlung einfach nur peinlich.

Dann wurde ihm bewusst, was er gerade den Bediensteten gegenüber getan hatte – durch etwas so Simples wie einen Blick und ein angedeutetes Stirnrunzeln, das nicht einmal Missbilligung ausgedrückt hatte, sondern allenfalls das Fehlen von Begeisterung. Heißes Wasser in unbegrenzter Menge war für ihn vielleicht das Selbstverständlichste von der Welt, für diese Menschen allerdings ganz und gar nicht, denn sie mussten jeden Eimer umständlich über einem offenen Feuer erhitzen; ganz davon zu schweigen, dass sie das Wasser vermutlich auch mühsam von irgendeinem Brunnen heraufschleppen mussten. Am liebsten hätte er die Diener zurückgerufen, aber er wagte es nicht. Für die kurze Zeit, die er gerade erst hier war, hatte er schon genug Porzellan zerschlagen.

Unbehagliches Schweigen begann sich zwischen Morgen und ihm auszubreiten, als sie wieder allein waren, und nachdem es eine Weile angehalten hatte, ging Anders zum Fenster und zog die schweren Samtvorhänge beiseite; schon um Morgens Blicken zu entkommen.

Der Raum lag im ersten Stockwerk des Gebäudes, was bedeutete, dass er keinen besonders guten Ausblick auf den Hof und den Rest der – wie hatte Morgen es genannt? – Torburg hatte. Immerhin konnte er erkennen, dass sich der Wagen noch unter ihnen befand. Seine Konstruktion war weitaus raffinierter, als er bisher angenommen hatte: Die komplette Seitenwand war heruntergeklappt worden und bildete nun eine schräge Rampe, über die Dutzende von Männern die Waren entluden, die Culain im Lager der Sippe eingetauscht hatte; zum allergrößten Teil einfach nur Schrott und rostiges Metall. Anders fragte sich ganz automatisch, wie viele Mitglieder der Sippe wohl ihr Leben gelassen hatten, um diese kümmerliche Menge an Metall aus dem Gebiet der Fresser zu bergen.

Der Wehrgang, den er schon von unten her gesehen hatte, lag auch jetzt noch ein gutes Stück über ihm, sodass er zwar die Männer erkennen konnte, die darauf patrouillierten, nicht aber, was auf der anderen Seite lag. Für bloße Wachen, fand er, waren es ziemlich viele Männer; fast ein halbes Dutzend allein auf dem schmalen Mauerabschnitt, den er vom Fenster aus übersehen konnte. Nahezu alle waren mit Bögen bewaffnet und überall brannten Feuer. Anders hatte sich nie sonderlich für mittelalterliche (oder irgendeine) Kriegsführung interessiert, aber diese Taktik erschien ihm doch sonderbar; vor allem für eine Burg, die sich dem Anschein nach auf einen Angriff vorbereitete. Die Männer waren hinter den meterhohen Zinnen zwar halbwegs sicher, bildeten im Widerschein der hell brennenden Feuer aber auch perfekte Zielscheiben, wenn sie dazwischen patrouillierten.

Anders tröstete sich mit dem Gedanken, dass Culain bestimmt mehr Erfahrung in solchen Dingen hatte als er und schon wissen würde, was er tat.

Obwohl der Blick aus dem Fenster seine Neugier eher vergrößert als befriedigt hatte, trat er zurück und schloss den Vorhang wieder, denn schon die wenigen Augenblicke hatten die Temperaturen hier drinnen empfindlich sinken lassen. Er musste an den hellen Schimmer denken, den er am Horizont gesehen hatte. Vermutlich lag Tiernan so hoch oben in den Bergen, dass sie schon wieder im Bereich des ewigen Schnees waren; oder ihn zumindest ankratzten.

Es klopfte. Morgen öffnete die Tür und zwei weitere Diener traten ein. Sie brachten kein weiteres heißes Wasser, wie er angenommen hatte, sondern zwei Tabletts, die hoch getürmt mit den köstlichsten Speisen beladen waren, die Anders jemals gesehen hatte.

Jedenfalls war sein knurrender Magen dieser Meinung.

Anders musste sich beherrschen, um nicht über das Essen herzufallen, noch bevor die beiden Diener ihre Last auf dem Tisch abgestellt und das Zimmer wieder verlassen hatten. Dann kannte er kein Halten mehr. Hastig zog er sich einen der hochlehnigen geschnitzten Stühle heran, ließ sich darauf fallen und griff nach Herzenslust zu. Er bedeutete auch Morgen, sich zu ihm zu setzen und zuzugreifen, aber sie schüttelte nur den Kopf und sah ihm mit unübersehbarem Wohlgefallen – wenn auch ganz leicht amüsiert – dabei zu, wie er wahllos und alles andere als wohlerzogen alles in sich hineinstopfte, was ihm in die Finger geriet. Dabei konnte er sich nicht erinnern, sie während der gesamten Fahrt irgendetwas essen gesehen zu haben, sah er von den wenigen Bissen Brot ab, an denen sie mehr aus Langeweile herumgeknabbert hatte.

Irgendwann begann sein Magen zu revoltieren. Anders war noch lange nicht satt, aber er spürte schon wieder ein leises Unwohlsein und seine Vernunft riet ihm, es nicht zu übertreiben. Auch wenn Tiernan nicht ganz das war, was er erwartet hatte (genau genommen hatte er gar nichts erwartet), so schien es hier doch zumindest genug zu essen zu geben; es gab keinen Grund, rücksichtslos alles in sich hineinzustopfen, was er in die Finger bekam. Dennoch fiel es ihm schwer, nicht einfach weiter in sich hineinzuschlingen. Er hatte echten Hunger kennen gelernt, und diese neue Erfahrung hatte etwas in ihm geweckt, das viel älter war als er selbst. Es war schon erstaunlich, dachte Anders, wie rasch die dünne Tünche der Zivilisation abblätterte, wenn man einmal etwas so Fundamentales wie Hunger erfuhr und Instinkte wie bei den alten Neandertalern das Kommando übernahmen, deren Interesse an der Zukunft auf die jeweils nächste Mahlzeit beschränkt war.

Er hatte gerade fertig gegessen, da ging die Tür wieder auf und die Kolonne schweigender Diener trat ein, um ein Dutzend Eimer mit dampfend heißem Wasser in den Zuber zu leeren. Das Ergebnis war auch nicht sehr viel besser als zuvor und entsprach nicht einmal annähernd dem, was Anders sich unter einem Vollbad vorstellte, aber diesmal bedankte er sich mit einem Lächeln und wehrte auch Morgens fragenden Blick mit einem Kopfschütteln ab. Dennoch zogen sich die Diener erst zurück, nachdem Morgen fast unmerklich genickt hatte.

»Ich gehe dann und sehe nach, wie es deiner Freundin geht.« Morgen deutete auf den dampfenden Zuber. »Ich nehme an, du möchtest allein sein. Wenn du etwas benötigst, brauchst du nur in die Hände zu klatschen. Sobald Valeria deine Freundin und die anderen Verletzten versorgt hat, wird sie sich um dich kümmern.«

Welche anderen Verletzten?, dachte Anders. Morgen gab ihm jedoch keine Gelegenheit, die Frage laut auszusprechen, sondern wandte sich plötzlich fast hastig um und verließ das Zimmer. Bevor sie die Tür schloss, erhaschte Anders einen Blick auf den Flur. Er war leer. Falls er tatsächlich noch irgendeinen Wunsch hatte, würde er wohl ziemlich laut in die Hände klatschen müssen.

Er wartete, bis Morgen die Tür wieder hinter sich geschlossen hatte und er allein war, dann schlüpfte er aus seinen Kleidern und setzte gewohnheitsmäßig dazu an, sie ordentlich zusammenzufalten und über einen Stuhl zu legen. Aber er führte die Bewegung nicht zu Ende. Morgen hatte Recht: Es lohnte nicht mehr. Die Kleider rochen wie eine Pferdedecke, die älter war als das Pferd, auf dem sie gelegen hatte, und bestanden im Grunde nur noch aus Fetzen. Seine Schuhe waren noch zu gebrauchen, aber den Rest konnte er nur noch wegwerfen.

Das Wasser war so heiß, dass er mit einem scharfen Laut die Luft zwischen den Zähnen einsog, als er sich behutsam hineingleiten ließ. Es gab keinen Badeschaum, Duftöl oder andere Sperenzchen, sondern nur ein Stück steinharter Kernseife, das nach nichts roch. Dennoch ließ er sich mit einem genießerischen Seufzen zurücksinken, schloss die Augen und genoss das herrliche Gefühl, vielleicht noch immer nicht sauber zu sein, aber es zu *werden*; ein Luxus, dessen wirkliche Größe man erst dann zu schätzen wusste, wenn man eine Zeit lang auf ihn hatte verzichten müssen.

Mit der wohligen Entspannung, mit der ihn das heiße Wasser erfüllte, überkam ihn eine sonderbare Melancholie, die im ersten Moment beinahe angenehm war, aber das Zeug dazu hatte, sich zu einer ausgewachsenen Depression zu mausern.

Er verscheuchte das Gefühl – soweit es ihm möglich war – blieb noch einen Moment entspannt in dem heißen Wasser liegen und spürte, wie die Traurigkeit wieder kommen wollte. Schließlich resignierte er, angelte mit müden Bewegungen nach der Seife und begann sich träge abzuschrubben. Es tat weh. Er spürte jeden winzigen Kratzer und jede Schramme, die er hatte (und es waren eine Menge), und als er fertig war, war das Wasser, in dem er saß, dunkelgrau geworden und er selbst war am ganzen Leib feuerrot und fühlte sich, als hätte er sich stundenlang in einem Ameisenhaufen gewälzt.

Die Tür ging auf – seltsam: Anders konnte sich gar nicht erinnern in die Hände geklatscht zu haben – und ein vielleicht fünfzehn- oder sechzehnjähriges Mädchen trat ein und kam mit gesenktem Kopf und kleinen, fast trippelnden Schritten näher.

Es trug einen Stapel weißer Tücher auf den Armen, den es rasch auf dem Tisch ablud, um sich danach ebenso hastig wieder umzuwenden. Dann jedoch blieb es noch einmal stehen und sah schüchtern in seine Richtung.

»Wünscht Ihr sonst noch etwas, hoher Herr?«, fragte es.

»Ja. Ein Quietscheentchen und ein Mikrofon«, grinste Anders. *Hoher Herr?* Was sollte denn dieser Blödsinn wieder?

Die Antwort bestand nur aus einem irritierten Blick – was auch sonst? – und die Bemerkung tat Anders schon fast wieder Leid. Das Mädchen wartete noch einen Herzschlag lang sichtlich verstört darauf, dass er fortfuhr unverständliches Zeug zu brabbeln, dann drehte es sich hastig um und wollte wie eine schüchterne Magd an ihm vorbeihuschen. Als es dicht an Anders vorbeikam, streckte er jedoch blitzschnell die Hand aus und hielt es am Arm fest.

»Herr?«, fragte das Mädchen erschrocken. Es erstarrte unter seiner Berührung, und hätte Anders in diesem Moment in seine Augen geblickt, so hätte er die Angst gesehen, die jäh darin aufloderte.

Aber er hatte etwas anderes entdeckt. Schon fast grob zog er das Mädchen näher heran und strich ihm das Haar aus dem Gesicht. Ganz flüchtig registrierte er, dass es sehr hübsch war und ein wenig jünger, als er auf den ersten Blick geschätzt hatte. Doch das war es nicht, was seine Aufmerksamkeit erregt hatte.

»Herr?«, fragte das Mädchen noch einmal. Jetzt glaubte er so etwas wie Panik in seiner Stimme zu hören.

»Dein … dein Ohr«, murmelte er überrascht.

Ganz instinktiv hob das Mädchen die Hand ans Ohr, um es zu bedecken, nahm sie aber sofort wieder herunter. »Was ist damit, Herr?«

»Nichts«, antwortete Anders. Mit dem Ohr war rein gar nichts. Es war ein ganz normales Ohr. »Du bist keine Elder.«

»Natürlich nicht«, antwortete das Mädchen. Es trat einen Schritt zurück und strich sich das Haar wieder glatt, und auch Anders ließ sich hastig wieder ins Wasser zurücksinken, während ihm gleichzeitig klar wurde, dass da kein kleines Mädchen vor ihm stand, sondern eine voll erblühte junge Frau. Jetzt, wo er ihr direkt ins Gesicht blickte, fielen ihm noch mehr und größere Unterschiede auf. Auch ihr Gesicht war sehr schmal und bleich, was aber einfach daran lag, dass sie ziemlich dünn war – Untergewicht schien auch hier eher die Norm zu sein, obwohl ihm Morgen versichert hatte, dass es hier immer genug zu essen gab – und in dem flackernden Licht der Kerzen und Kaminflammen einfach jeder blass ausgesehen hätte. Sie hatte weder die hoch angesetzten Wangenknochen und übergroßen Augen der Elder noch ihre spitzen Ohren. Und ihr Haar war von einem sehr dunklen Braun, das im Widerschein der Flammen manchmal rötlich aufzublitzen schien, nicht schwarz.

Anders spürte selbst, dass er sie anstarrte und auch wie unangenehm es ihr war, und versuchte die Situation mit einem Lächeln zu entschärfen. »Entschuldige«, sagte er. »Ich war nur überrascht. Ich dachte, alle hier wären Elder.«

Das Mädchen versuchte sein Lächeln zu erwidern, aber es wirkte nervös und alles andere als überzeugend. Anders konnte ihr ansehen, dass es sich weit weg wünschte.

»Wie ist dein Name?«, fragte er.

»Lara«, antwortete sie. Sie sah in seine Richtung, aber nicht direkt in sein Gesicht.

»Lara, gut«, wiederholte Anders unbehaglich. Auch ihm begann die Situation plötzlich peinlich zu werden. »Gibt es viele wie dich hier?« Er verbesserte sich hastig. »Ich meine: Sind viele … *Menschen* hier?«

»Die meisten«, antwortete Lara. »Elder kommen nur selten hierher.«

Anders sagte nichts dazu, drehte aber den Kopf und sah demonstrativ zum Fenster. Lara verstand, was er damit ausdrücken wollte, und schüttelte rasch den Kopf.

»Die Krieger sind nicht oft hier«, sagte sie. »Nur wenn eine Expedition aus dem Ödland zurückkommt. Manchmal versuchen die Wilden den Wagen anzugreifen oder das Tor zu stürmen.«

»Die Wilden?«

Lara deutete ein Schulterzucken an und sah noch demonstrativer weg. Anders vermutete, dass sie nicht darüber reden wollte. Vielleicht hatte man es ihr auch verboten.

»Aber du lebst hier?«, fragte er; hauptsächlich um das Thema zu wechseln.

Lara nickte. »Mein Vater ist der Verweser der Torburg. Das hier ist …« Sie sprach nicht weiter, sondern zog fast erschrocken die Unterlippe zwischen die Zähne und begann darauf herumzukauen.

»Das hier ist normalerweise sein Zimmer«, vermutete Anders. Lara reagierte nicht darauf, aber ihr Schweigen war Anders Antwort genug. Genug jedenfalls, um seinem schlechten Gewissen noch mehr Nahrung zu geben.

»Ich bleibe nicht lange«, sagte er. »Morgen hat gesagt, dass wir schon bei Sonnenaufgang weiterreisen. Morgen früh habt ihr euer Zimmer wieder.«

»Es ist nicht unser Zimmer«, antwortete sie. »Nur das meines Vaters. Ich schlafe unten in der Küche.« Sie warf einen Blick in die Runde, wie um auszudrücken, dass ihr diese Umgebung sowieso nicht behagte. »Im Winter ist es dort wärmer.«

Die Tür ging auf und Morgen trat ein. Ein Ausdruck von Zorn erschien auf ihrem edel geschnittenen Gesicht, als sie Lara gewahrte. Doch bevor sie etwas sagen konnte, begegnete sie Anders' Blick, und er konnte regelrecht sehen, wie sie alles hinunterschluckte, was ihr auf der Zunge lag.

»Ich … ich muss gehen, Herr«, sagte Lara hastig. »Wenn Ihr noch etwas wünscht, dann ruft nach mir.«

Sie ging ohne Anders' Antwort abzuwarten. Morgen sah ihr stirnrunzelnd nach und wandte sich dann mit einem beinahe anzüglichen Blick wieder zu Anders um.

»Du verlierst keine Zeit, wie?«, fragte sie.

Anders zog es vor, nicht darüber nachzudenken, wie diese Worte gemeint waren. Morgen hatte sich verändert, seit sie in die Torburg gekommen waren, aber er verstand nicht, warum. »Ich war nur überrascht«, sagte er, beinahe genau mit denselben Worten wie gerade zu Lara, wenn auch mit vollkommen anderer Betonung. »Ich wusste nicht, dass es hier noch andere Menschen wie mich gibt.«

»Sie sind nicht wie du«, antwortete die Elder. Sie ging zum Tisch, nahm eines der Tücher, die Lara gebracht hatte, und warf es ihm zu. Anders konnte es gerade noch auffangen und verhindern, dass es ins Wasser fiel. »Zieh dich an. Valeria wird gleich hier sein. Sie will mit dir reden.«

Anders knetete das Tuch einen Moment lang in den Händen und wartete vergeblich darauf, dass sie das Zimmer verließ oder sich wenigstens umwandte. Als sie jedoch keinerlei Anstalten dazu machte, stand er mit einem trotzigen Schulterzucken auf, stieg umständlich aus dem Badezuber und schlang sich das Tuch dann schon fast provozierend langsam um die Hüften. Morgen sah ihm mit unbewegtem Gesicht zu, während er zum Tisch ging und nach einem zweiten Tuch angelte um sich abzutrocknen. Anders konnte nicht sagen, ob ihr Blick amüsiert, verächtlich oder beides war. Aber er spürte die Veränderung, die mit der Elder-Frau vonstatten gegangen war, immer deutlicher.

Viel langsamer, als notwendig gewesen wäre, trocknete er sich ab, ließ die nassen Tücher achtlos fallen und besah sich anschließend das schlichte weiße Gewand, das unter dem Tücherstapel zum Vorschein gekommen war. Es ähnelte dem Morgens und Valerias, war jedoch vollkommen schmucklos und ungefähr so modisch geschnitten wie ein Kartoffelsack.

»Du glaubst doch nicht im Ernst, dass ich ein *Kleid* anziehe?«, fragte er empört.

»Willst du weiter in Fetzen umherlaufen und stinken wie ein Tier?«, fragte Morgen kühl.

Anders warf einen bezeichnenden Blick auf seine eigenen Kleider, die noch immer da lagen, wo er sie achtlos fallen gelassen hatte. Morgen hatte vermutlich Recht. Vielleicht waren die Jeans noch zu retten – falls man den Gestank jemals wieder herausbekam, hieß das –, der Rest aber ganz bestimmt nicht. Doch es ging nicht nur darum, ob er ein *Kleid* tragen wollte oder nicht. Seine Kleider waren mehr als nur einige Stücke Stoff, die in die passende Form geschnitten und zusammengenäht worden waren, um ihn vor Kälte und Verletzungen zu schützen. Die zerschlissenen Jeans und das T-Shirt, das mit all seinen Löchern mittlerweile eher einem Netzhemd ähnelte, waren alles, was ihm noch von seinem früheren Leben geblieben war. Wenn er sie auch noch verlor, dann gab es nichts mehr, was ihn noch an die Welt erinnerte, aus der er gekommen war – und in die er um jeden Preis zurückkehren wollte.

Morgen war seinem Blick gefolgt. »Ich lasse die Hose säubern«, sagte sie mit einem unerwartet versöhnlichen Unterton in der Stimme. Nicht zum ersten Mal – aber vielleicht zum ersten Mal wirklich ernsthaft – fragte sich Anders, ob sie seine Gedanken las; oder auf eine geheimnisvolle Art einfach wusste, was in ihm vorging. »Der Rest ist nicht mehr zu retten, fürchte ich. Die Hose wird allerdings gereinigt und ich denke, die Wäschefrauen können sie auch reparieren, wenn dich ein Lederflicken hier und da nicht stört«, fügte sie mit einem angedeuteten Lächeln hinzu.

Anders resignierte und zog das Gewand über, das Lara dagelassen hatte. Der Stoff war so rau, wie er aussah, und kratzte auf der Haut. Außerdem war das Ding unerwartet schwer. Und er kam sich darin genauso lächerlich vor, wie er befürchtet hatte.

»Gibt es wenigstens einen Gürtel?«, fragte er miesepetrig.

»Sicher«, antwortete Morgen. »Sobald du ihn dir verdient hast.«

Nein, darüber *wollte* er im Moment gar nicht nachdenken. Anders beließ es bei einem resignierten Seufzen, ging aber noch einmal zum Zuber zurück und schlüpfte in seine Schuhe, die er daneben stehen gelassen hatte – Jesushemd und knöchelhohe Boots, dachte er spöttisch, eine Zusammenstellung, mit der er sich zu Hause entweder unsterblich blamiert oder einen neuen Modetrend kreiert hätte –, bevor er sich mit einer auffordernden Kopfbewegung wieder zu Morgen umdrehte. In den Augen der Elder funkelte es verräterisch. Anscheinend sah er tatsächlich so albern aus, wie er sich vorkam. Aber letztendlich, dachte Anders, bot er wohl auch keinen lächerlicheren Anblick als ein zwei Meter großes Schwein, das eine Ritterrüstung trug. Morgen enthielt sich jedenfalls jeden Kommentars und beließ es bei einem flüchtigen Verziehen der Lippen, bevor sie sich umwandte und die Tür öffnete.

Der Gang war nicht so leer, wie er bisher angenommen hatte. Ein bewaffneter Posten stand in einer Nische, die so geschickt angelegt war, dass man sie tatsächlich erst sah, wenn man dicht davor stand, und Anders war nicht einmal sicher, dass es der einzige war. Morgen ging mit so schnellen Schritten vor ihm her, dass ihm keine Gelegenheit blieb, den gemauerten Gang näher in Augenschein zu nehmen, bevor sie die Treppe erreichten.

Die große Halle im Erdgeschoss war noch immer so leer wie vorhin, als sie gekommen waren, aber durch die offen stehende Tür drangen jetzt aufgeregte Stimmen und Rufe herein (Kampflärm?) und das flackernde Licht zahlreicher Fackeln, die hin und her getragen wurden. Irgendetwas passierte dort draußen und es war nicht nur das Entladen eines Wagens. Anders musste an das denken, was Lara ihm über die Wilden erzählt hatte, aber er verbiss sich eine entsprechende Frage. Aus irgendeinem Grund hatte es Morgen nicht gefallen, dass er mit dem Mädchen gesprochen hatte, und er wollte Lara keine Schwierigkeiten bereiten.

Die Elder durchquerte die Halle und führte ihn in einen Raum, der kleiner war als das Zimmer oben, das man ihm zugewiesen hatte, und weitaus einfacher eingerichtet. Ein großer Kamin verbreitete auch hier behagliche Wärme und stellte gleichzeitig die einzige Lichtquelle dar, die aber durchaus ausreichend war. Culain, Valeria und zwei weitere Elder erwarteten sie, dazu noch ein grauhaariger Mann in einfacher Kleidung, der Lara so ähnlich sah, dass er einfach ihr Vater sein *musste.*

»Anders!«, begrüßte Culain ihn. »Wie geht es dir?«

»Gut«, antwortete Anders automatisch. »Ich bin nur müde. Wo ist Katt?«

»Es geht ihr gut«, antwortete Valeria an Culains Stelle. Sie sah erschöpft aus, fand Anders, und als er sie genauer betrachtete, entdeckte er eine Anzahl kleiner, aber eindeutig frischer Blutflecke auf ihrem Kleid, was ihrer Behauptung mehr von ihrer Glaubwürdigkeit nahm, als ihr vielleicht selbst klar war.

»Wo ist sie?«, fragte Anders.

»Wir haben sie hinunter in den …«

»Bringt sie in mein Zimmer«, unterbrach sie Anders. Er wollte gar nicht hören, wohin sie Katt gebracht hatten, denn er war ziemlich sicher, dass es ihm nicht gefallen würde.

»Das ist wirklich nicht notwendig«, sagte Valeria. »Sie ist …«

»Es ist mir gleich, ob sie da, wo sie jetzt ist, eurer Meinung nach gut aufgehoben ist oder nicht«, erwiderte Anders, noch bevor die Elder auch nur zu Ende sprechen konnte. »Ich möchte bei ihr sein, wenn sie aufwacht. Bringt sie nach oben.«

Valeria starrte ihn konsterniert an, aber die beiden Elder, deren Namen Anders nicht kannte, runzelten verärgert die Stirn. Laras Vater hingegen sah eindeutig entsetzt aus. Anders fragte sich, ob das an seinem aggressiven Ton lag oder vielleicht vielmehr an der Vorstellung, dass das Katzenmädchen in seinem Bett liegen sollte.

»Ich verstehe deine Sorge, Anders«, versuchte es Valeria noch einmal, »aber du musst wissen …«

»Ich muss nur wissen, dass es Katt gut geht«, unterbrach sie Anders. Er sah, wie sich Valerias Stirn umwölkte und ihre Verwirrung allmählich zu Zorn wurde, und schlug bewusst einen etwas versöhnlicheren Ton an. »Sie war furchtbar verängstigt, als sie Culain gesehen hat. Es wäre mir lieber, bei ihr zu sein, wenn sie aufwacht.«

Seine Taktik schien nicht zu funktionieren. Der Anteil von Ärger in Valerias Blick nahm eher noch zu, doch nun war es – zu Anders' nicht geringer Verblüffung – Morgen, die ihm beisprang.

»In Anbetracht der Umstände sollten wir vielleicht eine Ausnahme machen«, meinte sie. »Anders hat Recht, glaube ich. Sie hat mehrmals im Schlaf seinen Namen gerufen und sie könnte wirklich einen Schock erleiden, wenn das Erste, was sie nach dem Aufwachen sieht, das Gesicht eines Elder ist. Ihr wisst, wie manche von ihnen uns fürchten.«

Anders wusste es zu schätzen, dass sie gesagt hatte: *manche von ihnen* und nicht *diese Tiere*. Aber irgendwie hörte er es trotzdem.

Valeria schwieg noch immer, doch Culain sagte: »Also gut. Und es ist ja auch nicht für lange. Wir reiten bei Sonnenaufgang weiter.«

»Wenn sie sich bis dahin weit genug erholt hat«, schränkte Anders ein.

Culains Blick signalisierte ihm, dass er besser beraten wäre den Bogen nicht zu überspannen, aber er sagte nichts dazu, sondern wandte sich an einen der beiden anderen Elder. »Kümmere dich bitte darum.«

Der Elder ging und Culain drehte sich wieder zu Anders um und zwang ein nicht überzeugend wirkendes Lächeln auf sein Gesicht. »Du musst müde sein. Ich bin es jedenfalls und ich bin vorher nicht zu Fuß durch die Eiswüste gegangen.«

»So schlimm war es nicht«, antwortete Anders vorsichtig.

Der Elder plapperte nicht nur, um Konversation zu machen, und außerdem musste ihm selbst klar sein, was für einen Unsinn er redete. Schließlich hatte Anders den gesamten Weg hierher bequem im Wagen zurückgelegt. Culain wollte auf etwas ganz Bestimmtes hinaus. Aber was?

»Kannst du uns trotzdem ein paar Fragen beantworten oder möchtest du lieber bis morgen früh warten?«, fragte Culain.

»Nur zu«, sagte Anders.

Culain und der andere Elder tauschten einen sonderbaren Blick. »Es wird auch nicht lange dauern«, fuhr Culain fort. »Schon weil Valeria mir wahrscheinlich den Kopf abreißen wird, wenn ich sie noch lange davon abhalte, dich zu untersuchen und mit ihren Salben und Tinkturen über dich herzufallen.« Er lächelte flüchtig, wurde aber sofort wieder ernst, als er weder von Anders noch von Valeria irgendeine Reaktion erhielt. Er deutete auf den anderen Elder, dann auf Laras Vater. »Tamar und Markus berichten, dass ein Drache hier war während meiner Abwesenheit. Oberons Krieger haben Fragen gestellt. Sehr seltsame Fragen. Ebenso wie die, auf die wir gestern in der Stadt der Fresser gestoßen sind.«

»Was für Fragen?«, fragte Anders. Er sah neugierig von einem zum anderen.

»Fragen eben«, antwortete Tamar. Der Elder hatte eine sanfte, fast schon fraulich klingende Stimme, die in krassem Gegensatz zu seinem kraftvollen Gesicht stand. »Nichts Spezielles. Ob uns irgendetwas Außergewöhnliches aufgefallen ist.«

»Etwas Außergewöhnliches?«, vergewisserte sich Anders. »Oder jemand?«

»Die Männer gestern haben dieselben Fragen gestellt«, sagte Culain.

»Sie scheinen etwas zu suchen«, bestätigte Tamar, sah Anders fest in die Augen und nickte. »Du hast Recht. Jemanden, nicht etwas.«

»Und ihr meint, dieser Jemand wäre ich.«

»Sie mischen sich niemals in unsere Angelegenheiten«, erklärte Tamar. »Und sie stellen niemals Fragen.« Er hob die Hand, als Anders widersprechen wollte. »Versteh uns nicht falsch, Anders. Niemand wirft dir etwas vor oder will dir etwas Böses. Doch wir müssen wissen, worum es geht. Etwas beunruhigt die Drachen, mehr als jemals zuvor. Wenn es etwas ist, was du weißt, dann solltest du es uns sagen.«

»Vielleicht solltet ihr mich an sie ausliefern«, sagte Anders.

»Unsinn!«, widersprach Culain, aber Anders schüttelte nur den Kopf.

»Ich meine es ernst. Du hast Katt und mir das Leben gerettet, Culain.« Sah man davon ab, dass sie ohne den Elder erst gar nicht in diese lebensbedrohliche Lage geraten wären, stimmte das sogar. »Du und deine Freunde haben viel für uns riskiert. Ich möchte nicht, dass ihr meinetwegen auch noch Probleme bekommt.«

»Tiernans Tore stehen jedem offen, der Schutz oder Hilfe braucht«, sagte Tamar. Seltsamerweise klangen die Worte in Anders' Ohren eher wie etwas, das für Culain und die anderen bestimmt war als für ihn. »Du kannst bei uns bleiben, solange du willst, und dasselbe gilt für deine Freundin. Aber wenn da etwas zwischen dir und den Drachen ist, dann solltest du es uns sagen.«

»Sie haben meinen Freund umgebracht«, antwortete Anders. »Und wenn Katt nicht gewesen wäre, dann hätten sie mich auch getötet. Mehr weiß ich nicht.«

»Es muss einen Grund dafür geben«, warf Valeria ein.

»Sicher«, bestätigte Anders. »Aber ich kenne ihn nicht. Vielleicht habe ich einfach zu viel gesehen.«

Valeria legte fragend den Kopf schräg und auch Tamar sah ihn mit neuer Aufmerksamkeit an. »Immerhin haben sie unsere Cessna abgeschossen. Der Flugapparat, mit dem wir hergekommen sind.«

»Warum?«, fragte Tamar.

»Weil sie ziemlich beschissene Umgangsformen haben«,

sagte Anders. Tamar zog missbilligend die Augenbrauen zusammen, was seinem Gesicht etwas sonderbar Raubvogelhaftes verlieh. Vielleicht war es besser, wenn er seine Gefühle ein wenig im Zaum hielt. Seine Worte wohl besser auch.

»Es ist eine ziemlich komplizierte Geschichte«, begann er neu. »Sagen wir: Wir wurden gewarnt, eine gewisse Grenze nicht zu überschreiten.«

»Aber ihr habt diese Warnung missachtet«, vermutete Tamar.

»Ich glaube, Jannik hat versucht uns zu retten«, antwortete Anders. »Aber er wurde daran gehindert.«

»Und es gab keine zweite Warnung.«

»Sie haben uns abgeschossen«, bestätigte Anders. »Danach haben sie uns gejagt und Jannik umgebracht. Vielleicht geht es ihnen nur darum, ihr kleines Geheimnis zu wahren.«

»Welches Geheimnis?«, wollte Valeria wissen.

»Das alles hier«, antwortete Anders. »Euch. Katts Sippe und alles andere. Dieses ganze Tal. Verstehst du nicht?«

»Nein«, antwortete Valeria.

»Niemand außerhalb dieses Tales weiß von eurer Existenz«, erklärte Anders. »Vielleicht wollen sie nur ganz sicher sein, dass es keine Überlebenden gibt.«

»Das wäre eine Erklärung«, sagte Tamar.

»Aber du glaubst nicht daran.«

»Selbst wenn du Recht hättest ...« Der Elder hob die Schultern. »Es könnte ihnen gleich sein. Du kannst niemandem von deiner Entdeckung erzählen.«

»Bist du da so sicher?«, fragte Anders.

»Du hast die Mauer gesehen«, antwortete der Elder gelassen. »Niemand kann sie überwinden.«

»Habt ihr es jemals versucht?«, fragte Anders. »Ernsthaft, meine ich.«

»Selbst wenn man sie übersteigen könnte, wäre es unmöglich«, beharrte Tamar. »Die Mauer tötet jeden, der ihr zu nahe kommt.«

»Es gibt bei uns ein Sprichwort, Tamar«, sagte Anders. »Wo ein Wille ist, da ist auch ein Weg.«

»Ja, so etwas Ähnliches gibt es hier auch«, erwiderte Tamar. »Ich fürchte nur, in diesem Fall stimmt es nicht.« Er schüttelte den Kopf und stand auf. »Du wirst noch verstehen, was ich meine. Aber jetzt ist nicht der Moment, darüber zu diskutieren. Geh jetzt nach oben und ruh dich aus. Morgen bringen wir dich nach Tiernan und dann sehen wir weiter.«

7

Katt lag tatsächlich in Markus' überbreitem Bett, als Anders wieder hinaufkam. Sie schlief und war womöglich noch bleicher als bisher, aber ihr Atem ging ruhig, und als Anders sich neben sie auf die Bettkante setzte und ihr die Hand auf die Stirn legte, stellte er fest, dass sie kein Fieber mehr hatte. Auch hatte man sie gewaschen und ihr eines der hier anscheinend allgemein üblichen weißen Gewänder angezogen, das allerdings zerschlissen und an zahlreichen Stellen geflickt war; ein neues Gewand, wie Anders es trug, hatte man einem Tiermenschen wie ihr anscheinend doch nicht zubilligen wollen.

Anders wunderte sich ein wenig über die Bitterkeit, mit der er diesen Gedanken dachte. Schon Morgens Verhalten auf dem Weg durch das Ödland hatte ihm klar gemacht, dass sie das Katzenmädchen nur um seinetwillen mitgenommen hatten, und spätestens der Beinahestreit zwischen Valeria und Culain hatte aus diesem Verdacht Gewissheit gemacht.

Aber er wollte sich nicht beschweren. Sie waren am Leben, und das war schon deutlich mehr, als er noch vor kaum vierundzwanzig Stunden ernsthaft erwartet hatte, und sogar in relativer Sicherheit – auch wenn ihm immer mehr Zweifel daran kamen, dass die Motive der Elder tatsächlich so uneigennützig und edel waren, wie Tamar und Culain ihn glauben machen wollten. Was er schon einmal gedacht hatte, wurde nun endgültig zur Gewissheit. Er war in allem bescheidener geworden und dachte nur noch von einem Tag zum nächsten.

Was ihm Tamars Worte in Erinnerung rief, wonach sie am nächsten Morgen beizeiten aufbrechen und noch einen anstrengenden Weg vor sich haben würden. Er rollte sich neben Katt auf der Bettkante zusammen, schloss die Augen und schlief beinahe auf der Stelle ein.

Vor Sonnenaufgang wachte er auf. Graues Zwielicht erfüllte das Zimmer und es war spürbar kälter geworden, denn das Feuer im Kamin war heruntergebrannt. Von draußen drangen gedämpfte Geräusche herein. Doch nichts von alledem hatte ihn geweckt.

Behutsam, um Katt nicht zu wecken, die eng zusammengerollt an seiner Seite lag und leise im Schlaf schnurrte, setzte er sich auf und sah sich im Zimmer um. Irgendetwas hatte sich verändert, aber er konnte nicht sagen, was. War jemand hier gewesen – oder noch hier?

Er lauschte einen Moment mit angehaltenem Atem und schwang dann die Beine vom Bett, obwohl er nichts Verdächtiges hörte. So lautlos, wie er konnte, stand er auf und sah sich im Zimmer um. Die spärliche Möblierung erwies sich als Vorteil: Es gab nichts, wohinter sich jemand verstecken konnte; außer unter dem Bett vielleicht.

Anders ließ sich tatsächlich in die Hocke sinken und warf einen Blick unter das Bett, sah aber nur das, was er erwartet hatte, nämlich nichts. Er stand wieder auf, trat ans Fenster und schlug den Vorhang beiseite. Dahinter lag gar kein Fenster, sondern eine Tür, die auf einen schmalen Balkon mit einer steinernen Brüstung hinausführte. Anders trat – ohne recht über das nachzudenken, was er tat – auf den Balkon hinaus, gewahrte eine Bewegung aus den Augenwinkeln und fuhr erschrocken herum. Ohne es auch nur selbst zu bemerken, duckte er sich leicht und hob gleichzeitig die halb geöffneten Hände vor die Brust.

Im nächsten Moment kam er sich selbst ziemlich lächerlich vor. Vor ihm stand kein geheimnisvoller Attentäter, sondern …

»Lara?«, murmelte er überrascht.

»Verzeiht, Herr«, stammelte Lara. Sie war so weit vor ihm zurückgewichen, wie es der schmale Balkon zuließ, und hatte den Rücken fest gegen die steinerne Brüstung gepresst und genau wie er die Arme halb erhoben, als hätte sie tatsächlich Angst, dass er sie schlagen könnte.

Hastig und auch ein wenig schuldbewusst ließ Anders die Hände sinken und trat auf das Mädchen zu, blieb aber sofort wieder stehen, als sie erneut und noch erschrockener zusammenfuhr. Selbst im grauen Zwielicht des bevorstehenden Sonnenaufgangs konnte er erkennen, dass ihr Gesicht jede Farbe verloren hatte und sie am ganzen Leib zitterte.

»Aber was tust du denn hier?«, murmelte er.

»Ich wollte nichts stehlen, Herr!«, haspelte Lara. »Bitte, glaubt mir! Ich wollte nur …«

»Ich wüsste nicht, was du mir stehlen könntest«, unterbrach sie Anders. »Und bitte hör auf, mich *Herr* zu nennen. Mein Name ist Anders.«

Lara starrte ihn aus aufgerissenen Augen an und sagte vorsichtshalber gar nichts mehr. Sie zitterte immer noch heftig. Anders konnte ihre Furcht buchstäblich riechen.

»Also, was willst du hier?«, fragte er noch einmal, wobei er sich zwang, einen ganz bewusst freundlichen Ton anzuschlagen – zu dem ihm übrigens ganz und gar nicht zumute war. Was bildete sich diese Göre ein in seinem Schlafzimmer umherzuschleichen?

»Ich wollte wirklich nichts …«, begann Lara, fuhr sich nervös mit der Zungenspitze über die Lippen und setzte noch einmal und genauso vergeblich an: »Ich meine, ich … ich wollte nur …«

»Jetzt beruhige dich erst einmal«, unterbrach sie Anders wieder. »Ich habe nicht vor dir den Kopf abzureißen. Ich war nur genauso überrascht wie du. Also?« Er versuchte, seiner Frage mit einem auffordernden Lächeln etwas von ihrer Schärfe zu nehmen, aber er schien eher das genaue Gegenteil zu erreichen.

»Ihr dürft meinem Vater nichts sagen«, flehte Lara.

»Du«, verbesserte sie Anders.

»Herr?«, murmelte Lara.

»*Du* und *Anders*«, sagte Anders. »Nicht *Ihr* und *Herr.*«

Lara nickte zwar, aber er war nicht sicher, ob sie ihn überhaupt verstanden hatte.

»Also, noch einmal«, sagte er, so sanft er konnte. »Ich bin dir nicht böse, dass du hier bist. Ich meine: Du hast wahrscheinlich hundertmal mehr Recht als ich, hier zu sein. Immerhin ist es das Zimmer deines Vaters und nicht meins. Und ich werde auch bestimmt niemandem sagen, dass du hier warst – wenn du mir verrätst, warum.«

»Ich … ich wollte nur …«, begann Lara, verlor schon wieder den Faden und zog die Unterlippe zwischen die Zähne. »Ich wollte Euch … *dich* nur ansehen.«

»Ansehen?«, wiederholte Anders verwirrt.

Lara hob nur hilflos die Schultern. Sie wich seinem Blick aus, doch obwohl er nicht in ihren Augen lesen konnte, spürte er, dass ihre Angst möglicherweise nicht mehr so groß war wie noch vor Augenblicken, nun aber von einem Gefühl abgelöst wurde, das mindestens genauso intensiv war: Die Situation wurde ihr mit jedem Moment peinlicher.

»Ja«, gestand sie, nachdem sie sich noch eine geraume Weile geziert hatte. »Ich wollte nur … ich meine: Die Männer haben so viel über Euch … über *dich* … und das Tiermädchen …«

»Katt«, unterbrach sie Anders. »Ihr Name ist Katt.« Der Versprecher kostete Lara etliches von der Sympathie, die Anders für sie empfand, aber er rief sich in Gedanken zur Ordnung. Lara war schließlich in einer Welt aufgewachsen, die sich so radikal von seiner unterschied, wie es nur ging. Er hatte kein Recht, über sie zu urteilen.

»Über dich und Katt gesprochen«, fuhr Lara nach einer

hörbaren Pause fort. »Ich war einfach neugierig. Und Ihr … *du …*« Anders spürte, wie schwer es ihr fiel, weiterzusprechen, aber sein Blick hielt sie unerbittlich fest. Schließlich hob sie die Schultern. »Ich war einfach neugierig.«

Das mochte ein Teil der Wahrheit sein, wenn auch längst nicht die ganze. Anders spürte es genau. Aber er spürte auch ebenso deutlich, wie zwecklos es war, weiter in sie zu dringen.

Vielleicht musste er sich einfach mit dem Gedanken abfinden, dass er genau das war, was er niemals hatte werden wollen: eine Berühmtheit.

Er rieb sich demonstrativ mit den Händen die Oberarme. »Es ist ziemlich kalt, finde ich. Du kannst meinetwegen gern hier bleiben und noch ein bisschen frieren, aber ich gehe jetzt wieder rein und wärme mich am Kamin.«

Gesagt, getan. Anders ging tatsächlich zurück zum Kamin, und er hatte sich kaum in die Hocke sinken lassen und die Hände über die kümmerliche Glut ausgestreckt, die von dem prasselnden Feuer übrig geblieben war, als er das Geräusch des Vorhangs hörte. Anders unterdrückte ein Lächeln. Anscheinend waren Mädchen überall gleich, ganz egal in welcher Welt. Laras Neugier war wohl stärker als ihre Furcht oder das peinliche Gefühl, ertappt worden zu sein.

»Es ist kalt geworden«, sagte Lara. »Ich lege besser etwas Holz nach.«

Gute Idee, dachte Anders. *Und pass auf, dass du dir dabei nicht die Zunge verrenkst.* Er antwortete nicht laut, sondern nickte nur und Lara verschwand mit raschen Schritten in einem der dunkleren Bereiche des Zimmers und begann irgendwo lautstark herumzukramen.

Anders rieb die Hände noch einen Moment lang über der ersterbenden Glut – es war tatsächlich sehr kalt hier drinnen geworden, viel kälter, als ihm bis jetzt bewusst gewesen war; fast als hätten Laras Worte der Kälte der Nacht den Weg hier herein geebnet –, stand aber auf, bevor das Mädchen mit dem versprochenen Feuerholz zurückkehren konnte, und trat wieder an das monströse Bett heran.

Katt hatte sich weiter zusammengerollt, nachdem er aufgestanden war, und drehte ihm den Rücken zu. Ein sonderbares, Anders beinahe selbst fremdes Gefühl von Zärtlichkeit überkam ihn, als er sie ansah. Er musste plötzlich all seine Willenskraft aufbieten, um sie nicht in die Arme zu schließen und mit aller Kraft an sich zu drücken.

Hinter ihm knisterte es lautstark. Funken stoben auf, und als Anders über die Schulter zurücksah, quollen graue Rauchwolken aus dem Kamin, die ihr Möglichstes zu tun schienen, um auch noch den letzten Rest von Glut zu ersticken. Was immer Laras besondere Talente waren – Feuermachen gehörte nicht dazu. Anders verdrehte bloß die Augen, doch er sagte nichts dazu, sondern drehte sich wieder zu Katt um.

Etwas stimmte nicht. Er konnte nicht sofort sagen, was, aber …

Anders beugte sich weiter vor und zog das Gewand in Katts Nacken herunter. Seine Augen wurden groß.

Hinter ihm hustete Lara mühsam unterdrückt. »Das … das tut mir Leid, Herr … Anders«, keuchte sie. »Das Holz muss nass gewesen sein. Aber der Qualm … geht bestimmt gleich wieder weg.«

Ihre Worte endeten in einem qualvollen Husten, das Anders gar nicht richtig zur Kenntnis nahm. Er zögerte nur noch einen kurzen Moment, dann kniete er auf der Bettkante nieder und drehte Katt so behutsam herum, wie er konnte. Sie hätte dabei trotzdem aufwachen müssen; dass sie es nicht tat, bestärkte seinen Verdacht, dass ihr Schlaf nicht nur das Ergebnis von Fieber und Müdigkeit war.

Er verscheuchte den Gedanken. Mit Valeria würde er sich später befassen. Immer noch vorsichtig, aber dennoch mit vor Aufregung (oder Angst?) zitternden Händen drehte er Katt vollends auf den Bauch und griff dann unter ihren Körper, um ihr Kleid nach oben zu streifen.

Er hatte sich nicht getäuscht. Ihr Rücken war makellos und glatt. Der grau-weiß getigerte Fellstreifen, der sich vom Haaransatz bis zum Steißbein hinuntergezogen hatte, war verschwunden. Jemand hatte ihn abrasiert.

»Sie ist … sehr hübsch.«

Anders fuhr beinahe erschrocken zusammen, als er Laras Stimme unmittelbar hinter sich hörte. Bevor er sich zu ihr umdrehte, zog er rasch Katts Kleid wieder herunter und deckte sie dann hastig zu. Er konnte nicht sagen, ob es ihm peinlich war, dass Lara Katt nahezu nackt sah, oder dass sie *ihn* sah, während er sie nackt sah. Vermutlich beides.

»Ja«, sagte er. »Das ist sie.« Nach einer winzigen Pause fügte er hinzu: »Warum?«

Lara wirkte verlegen, aber das gönnte Anders ihr. »Ich war nur …« Sie suchte einen Moment nach Worten.

»Neugierig?«, fragte Anders böse. »Was hast du erwartet? Einen Schwanz oder Krallen?«

Laras Gesicht nahm einen gequälten Ausdruck an. Anders wusste, dass er nicht fair zu ihr war, aber das wollte er auch gar nicht.

»N… nein«, stammelte Lara. Sie begann mit den Händen zu ringen und wusste offensichtlich auch nicht mehr, wohin mit ihrem Blick. »Ich … ich dachte nur … bitte verzeiht, Herr.«

Sie begann wieder auf ihrer Unterlippe herumzukauen und Anders' schlechtes Gewissen siegte endgültig. Letzten Endes war sie nur ein neugieriges Kind. »Schon gut«, sagte er versöhnlich. »Du hast ja Recht. Weißt du, da, wo ich herkomme, gibt es eine Menge Mädchen, die mehr von einer Katze haben als sie.«

Das war auch wieder nichts. Lara sah ihn noch verständnisloser an und Anders seufzte nur tief, drehte sich wortlos um und trat wieder auf den Balkon hinaus. In den wenigen Augenblicken, in denen er drinnen gewesen war, schien es tatsächlich noch einmal kälter geworden zu sein. Trotzdem widerstand er dem Impuls, sofort wieder kehrtzumachen, und trat stattdessen ganz an die Brüstung heran und legte die Hände auf den feuchten Stein.

Der Burghof unter ihm war leer. Der Wagen war ebenso verschwunden wie die Zugtiere und die Männer, die ihn entladen hatten. Das wuchtige Tor, das ihnen Einlass gewährt hatte, war jetzt verschlossen, und im schwachen grauen Licht der hereinbrechenden Dämmerung glaubte Anders das geometrische Gespinst eines Fallgatters zu erkennen.

Er sah wieder zum Wehrgang hoch. Hier und da brannte noch ein Feuer oder glühte ein Kohlebecken, aber längst nicht mehr so viele wie am Abend, und auch die Anzahl der Männer, die hinter den Zinnen patrouillierten, hatte deutlich abgenommen. Der Sturm, auf den sich die Torburg vorbereitet hatte, war ausgeblieben.

Einer der Männer dort drüben hielt in seinem langsamen Auf und Ab inne und sah in seine Richtung. Anders hob die Hand und winkte ihm zu, bekam aber keine Antwort, und nach einem Moment begann er sich albern vorzukommen und ließ den Arm wieder sinken. Der Elder starrte ihn noch drei oder vier weitere Herzschläge lang an und setzte seinen Patrouillengang dann fort.

Anders hörte, wie Lara hinter ihm auf den Balkon hinaustrat. Dafür dass sie nur neugierig gewesen war, wie sie behauptet hatte, war sie ziemlich anhänglich; was Anders im Augenblick jedoch eher recht war. Obwohl er noch immer eine leichte Mattigkeit verspürte, wusste er doch, dass er nicht mehr einschlafen konnte. Aber er wollte jetzt auch nicht allein sein. Und er wollte keinesfalls Katt wecken, denn zumindest in einem Punkt war er mit Valeria vollkommen einer Meinung: Schlaf war immer noch die beste Medizin.

»Wie weit ist es bis Tiernan?«, fragte er, ohne sich zu Lara umzudrehen.

»Nicht sehr weit«, antwortete das Mädchen. »Möchtest du es sehen?«

Anders wandte sich nun doch zu ihr um. »Das geht?«

Lara machte eine Kopfbewegung zum Turm hinauf. »Von dort aus. Aber wir müssen aufpassen, damit uns die Wache nicht sieht.« Für sie schien es schon beschlossene Sache zu sein, dass sie dort hinaufgehen würden.

»Warum?«, fragte Anders amüsiert. »Verwahrt ihr dort oben eure Kronjuwelen?«

»Nein«, antwortete Lara ernst. »Aber Tamar ist etwas eigen, wenn es um die Verteidigungsanlagen geht.«

»Ich denke, dein Vater ist der Kommandant dieser Burg?«

»Solange die Elder nicht hier sind, ja«, bestätigte Lara.

Anders wischte das Thema mit einem Achselzucken beiseite, bevor es noch komplizierter werden konnte. Er sagte gar nichts mehr, sondern trat wieder ins Zimmer zurück und an Katts Bett. Sie hatte sich erneut in eine andere Position gerollt, aber ihre schweren, regelmäßigen Atemzüge und der entspannte Ausdruck auf ihrem Gesicht machten ihm klar, dass sie sehr tief schlief. Vermutlich würde sie nicht von selbst aufwachen. Er drehte sich zu Lara um.

»Also? Worauf warten wir?«

Lara kaute schon wieder auf ihrer Unterlippe herum. Obwohl sie selbst den Vorschlag gemacht hatte, in den Turm hinaufzusteigen, schien sie von ihrer eigenen Idee plötzlich gar nicht mehr so begeistert zu sein. »Vielleicht sollten wir doch …«

»Unsinn«, unterbrach sie Anders. »Tamar hat mir nicht verboten, einen Blick in den Turm zu werfen.«

»Das heißt doch nicht, dass du es darfst!«

»Da, wo ich herkomme, schon«, antwortete Anders. Er nickte heftig, als er Laras ungläubigen Blick auffing. »Im Prinzip ist bei uns alles erlaubt, was nicht ausdrücklich verboten ist.«

»Sehr witzig.« Lara klang verstört.

»Dann glaubst du mir eben nicht«, sagte Anders leichthin und wiederholte seine auffordernde Handbewegung. Lara zierte sich noch einen letzten Moment, dann drehte sie sich mit einem resignierten Schulterzucken um und schickte sich an, den Raum zu verlassen. Jedenfalls nahm Anders das an, als sie auf den gemauerten Türbogen zuging.

Statt die Tür jedoch zu öffnen, schob sie im Gegenteil den Riegel vor, wozu sie beide Hände zu Hilfe nahm; vermutlich damit kein verräterisches Geräusch entstand, das den Posten draußen in seiner Nische alarmierte. Als sie Anders' fragend hochgezogene Augenbrauen registrierte, legte sie den Zeigefinger über die Lippen und trat dann an einen deckenhohen Gobelin an der Wand, der eine heroisierte Jagdszene zeigte. Dahinter kam kein uraltes Mauerwerk zum Vorschein, sondern eine halbrunde Tür, die so niedrig war, dass selbst sie sich bücken musste um hindurchzugehen.

»Kein Königsgemach ohne einen Geheimgang, wie?«, murmelte Anders, löste sich aber zugleich auch gehorsam von seinem Platz und trat hinter Lara. Die Tür hing in uralt aussehenden und äußerst massiven Angeln, bewegte sich jedoch vollkommen lautlos, als Lara die gespreizten Finger der rechten Hand dagegen drückte, und es sah auch nicht so aus, als müsse sie sich dabei sonderlich anstrengen.

Der Gang dahinter war eine Überraschung. Gelinde ausgedrückt.

Er war nicht viel höher als die Tür, sodass sie weiter leicht gebückt gehen mussten, und so schmal, dass sie nur hintereinander gehen konnten, aber seine Wände, die Decke und der Fußboden bestanden nicht aus tonnenschweren Steinquadern wie der Rest der Torburg, sondern aus Beton!

Anders blieb wie vom Donner gerührt stehen und riss die Augen auf. In dem blassen Lichtschein, der durch die offene Tür in seinem Rücken fiel, konnte er den Gang nur wenige Schritte weit überblicken, aber allein das hallende Echo von Laras Schritten bewies ihm, dass er sich noch ein gutes Stück weit dahinzog.

Lara blieb stehen und drehte sich umständlich in dem niedrigen Gang zu ihm um. »Was hast du?«, fragte sie.

Anders hörte gar nicht hin, sondern streckte zögernd die Hand aus. So vorsichtig, als fürchte er insgeheim, sich daran zu verbrennen oder gebissen zu werden, berührte er die Wand mit den Fingerspitzen. Sie bestand aus genau dem, wonach sie aussah: rauem Beton.

»Ein erstaunlicher Stein, nicht?«, fragte Lara. Sie war zurückgekommen und sah ihn mit einem Ausdruck in den Augen an, der an Besitzerstolz erinnerte.

»Stein?«, murmelte Anders benommen.

»Was denn sonst?«, erwiderte Lara. »Aber ich verstehe deine Überraschung. Und bevor du fragst: Niemand weiß, wie man ihn bearbeitet. Sogar die härtesten Werkzeuge zerbrechen daran.«

»Aber das ...«, murmelte Anders. Er hob mit einem Ruck den Kopf und starrte Lara an. »Wer hat diese Burg gebaut?«

»Das weiß niemand«, antwortete das Mädchen. »Unsere Vorfahren, nehme ich an. Sie war schon immer hier.«

»Ganz bestimmt nicht«, knurrte Anders. Seine Gedanken überschlugen sich. Diese ganze verdammte Spielzeug-Ritterburg war nichts anderes als ein *Fake.* Jemand hatte sie gebaut, damit sie alt aussah, doch das war sie nicht.

Lara starrte ihn mit zunehmender Verwirrung an, aber Anders beantwortete nicht eine der tausend Fragen, die er in ihrem Gesicht lesen konnte, sondern bedeutete ihr nur mit einer raschen Geste, weiterzugehen. Sie wirkte enttäuscht – ganz offensichtlich hatte sie eine andere Reaktion von ihm erwartet, als sie beschlossen hatte ihm ihr Geheimnis anzuvertrauen –, drehte sich jedoch gehorsam um und ging gebückt weiter.

Das Licht blieb hinter ihnen zurück, aber Anders zählte seine Schritte und er kam fast bis fünfzig, bevor Lara wieder anhielt und sich im Dunkeln vor ihm lautstark an irgendetwas zu schaffen machte. Der Gang musste nahezu über die ganze Länge der kleinen Burg führen.

Metall quietschte, dann konnte er Lara wieder als verschwommene Silhouette vor dem grauen Licht erkennen, das in den Gang fiel. Sie machte einen Schritt, richtete sich auf und sagte: »Sei vorsichtig.« Ihre Stimme hatte plötzlich einen sonderbar hallenden Klang.

Der Grund dafür wurde Anders klar, als er ihr folgte; ebenso wie der ihrer Warnung: Sie befanden sich nicht mehr in einem Gang, sondern in einem hohen, ebenfalls aus Beton gegossenen Schacht, in den von oben graues Licht fiel. Eine schmale Treppe aus einem feinmaschigen Gitterrost führte zur Rechten nach oben und in der anderen Richtung in eine von Dunkelheit erfüllte Tiefe, aus der ein feuchtkalter Hauch und das Geräusch von fließendem Wasser heraufdrangen. Den Luxus eines Geländers gab es nicht.

»Die Zisterne«, sagte Lara, die seinen unbehaglichen Blick bemerkt hatte. Gleichzeitig deutete sie nach oben. »Komm. Und sei vorsichtig.«

Als ob diese Warnung noch nötig gewesen wäre! Die Treppenstufen waren einen guten Meter breit und nicht einmal sonderlich hoch, und hätte es ein Geländer gegeben, wäre Anders sie vermutlich mit der gleichen Leichtigkeit hinaufgestürmt, die Lara nun vorlegte.

Unglücklicherweise gab es keines. Anders' Herz begann wie verrückt zu klopfen, während er sich, den Rücken fest gegen den rauen Beton gepresst, Stufe für Stufe die Treppe hinaufarbeitete. Lara benötigte nur einen Bruchteil der Zeit, die er für die vielleicht zehn oder zwölf Meter brauchte, und der Blick, mit dem sie ihn empfing, als er endlich die kleine Plattform am oberen Ende der Treppe erreichte, sprach Bände. Anders verstand seine plötzlich Höhenangst selbst am allerwenigsten. Er war schon in Felswänden herumgeklettert, gegen die diese Treppe die Breite einer Autobahn hatte, und hatte über Abgründen gehangen, die Hunderte von Metern tief waren. Aber dieser unheimliche Treppenschacht machte ihm Angst.

Im Grunde nur um sich vor sich selbst zu rechtfertigen, setzte er zu einer entsprechenden Bemerkung an, doch Lara wedelte fast erschrocken mit der Hand und legte dann in einer unmissverständlichen Geste den Zeigefinger über die Lippen. Gleichzeitig ließ sie sich in die Hocke sinken und machte sich an der Wand zu schaffen. Anders konnte nicht genau erkennen, was sie tat, aber nach einem Moment erscholl ein Klicken – der Laut eines Magnetverschlusses, der aufsprang, dachte Anders, und wieso war er überhaupt noch überrascht? – und eine fingerbreite Linie aus grauem Licht erschien vor ihr. Lara spähte einen Moment lang durch den Spalt, dann atmete sie hörbar auf.

»Ich bin es, Lara!«, rief sie laut. Gleichzeitig stemmte sie sich mit beiden Armen gegen die Wand und der Spalt erweiterte sich zu einer fast metergroßen Klappe, durch die sie rasch hindurchkroch. Anders hörte eine zweite Stimme auf der anderen Seite, die gleichermaßen erschrocken wie zornig klang, ließ sich aber dennoch auf Hände und Knie hinabsinken und folgte ihr.

Das Nächste, was er spürte, war rasiermesserscharfer Stahl, der seinen Hals berührte. Anders erstarrte mitten in der Bewegung.

»Bist du verrückt?«, fauchte Lara. »Hör sofort mit diesem Unsinn auf!«

Der Stahl blieb noch eine Sekunde, wo er war, dann wurde er zurückgezogen und Anders wagte es wieder, zu atmen und sich aufzurichten.

Vor ihm stand ein dunkelhaariger Junge, der zwei oder drei Jahre jünger sein musste als er, ihn aber um eine gute Handbreit überragte. Er war allerdings ebenso schlank, um nicht zu sagen: *dürr* wie Lara, und allein die Art, mit der er ihn empfangen hatte, brachte Anders dazu, ihn sofort als potenziellen Gegner einzuschätzen. Das Ergebnis fiel nicht besonders schmeichelhaft aus. Ohne das Schwert, das er in der Hand hielt, dachte Anders, konnte er diesen Hungerhaken in der Mitte durchbrechen ohne sich auch nur anzustrengen.

Sein Gegenüber schien wohl zu einem ganz ähnlichen Ergebnis zu kommen, denn er wich zwar mit zwei raschen

Schritten vor ihm zurück, machte aber keine Anstalten, das Schwert einzustecken, sondern behielt es im Gegenteil ganz eindeutig *bereit* in der Hand.

»Verdammt, Kris, was soll der Blödsinn?«, fauchte Lara. »Das ist Anders! Ich habe dir von ihm erzählt! Also hör auf, dich hier aufzuspielen, und steck endlich dieses dämliche Schwert weg!«

»Anders?« Kris' Blick wurde kein bisschen freundlicher, allenfalls ein wenig neugierig. »Du bist das?« Er wandte sich halb zu Lara um. »Wieso bringst du ihn hierher? Jemand hätte euch sehen können!«

»Quatsch«, antwortete Lara. »Ich wusste doch, dass du Wache hast.«

»Und der Geheimgang?« Kris klang jetzt eher vorwurfsvoll als zornig.

»Er wird bestimmt niemandem davon erzählen«, antwortete Lara. An Anders gewandt und mit leicht verändertem Tonfall fügte sie hinzu: »Das stimmt doch, oder?«

»Sicher«, sagte Anders. Er ließ Kris – und vor allem sein Schwert – keinen Moment aus den Augen.

»Da hörst du es!«, rief Lara, nun wieder in triumphierend-herausforderndem Ton. »Also steck endlich das Schwert weg!«

»Und was will er hier?«, fragte Kris misstrauisch.

Anders setzte zu einer Antwort an, aber Lara kam ihm auch jetzt wieder zuvor. »Ich wollte ihm die Burg zeigen«, sagte sie. »Und Tiernan. Von hier oben aus hat man den besten Überblick.«

»Deshalb nennt man es ja auch Wachturm«, erwiderte Kris abfällig. Er maß Anders noch einmal mit einem abschätzenden und alles andere als freundlichen Blick, doch dann steckte er endlich das Schwert ein und machte mit der anderen Hand eine einladende Geste. »Meinetwegen«, brummte er. »Aber beeilt euch. Meine Wache ist bald vorbei. Ich will nicht, dass die Ablösung euch sieht.«

»Dann pass doch auf uns auf«, versetzte Lara spitz. Kris

runzelte die Stirn und Anders hatte Mühe, ein Grinsen zu unterdrücken. Trotz des ruppigen Tons waren die beiden gute Freunde, das spürte man.

Ohne sich weiter um Lara oder den Jungen zu kümmern, trat er an die Zinnenbrüstung des Turms heran, aber er hatte Kris' Warnung noch deutlich genug im Ohr, um sich so zu stellen, dass er vom Burghof oder dem Wehrgang aus nicht gesehen werden konnte, sollte jemand zufällig nach oben blicken. Obwohl der Turm nicht besonders hoch war, reichte der Blick ungehindert weit über das Land, das sie auf dem Weg hierher durchquert hatten. Es war noch immer nicht richtig hell; trotzdem konnte er erkennen, dass sich die Landschaft nicht grundlegend von der unterschied, in der der Wagen am Tag zuvor angehalten hatte: hügeliges Grasland, in dem hier und da kleine Grüppchen von Bäumen oder Gebüsch wuchsen. Die Torburg lag auf der Höhe eines steil ansteigenden Hügels, auf dem Geröll und Fels das meiste Gras ersetzt hatten. Hier und da glaubte er einen Baumstumpf zu erkennen. Anders nahm an, dass die Elder dort sämtliche Bäume gefällt hatten, um einem potenziellen Angreifer jede Möglichkeit zu nehmen, sich der Burg ungesehen zu nähern. Er jedenfalls hätte es getan.

»Dort oben ist Tiernan!«

Anders riss sich vom Anblick der ohnehin eher öden Ebene los und wandte sich ab, um Laras ausgestrecktem Arm zu folgen.

Diesmal lohnte sich der Ausblick wirklich.

Die Torburg lag am Eingang eines schmalen, steil ansteigenden Tals, das ein gutes Stück weit ins Gebirge hineinführte, bis es vor einer zerklüfteten, aber nahezu senkrecht aufstrebenden Felswand endete. Tiernan war keine weitere prachtvolle Festung, wie er erwartet hatte; kein Durcheinander von Türmen, Erkern und geschwungenen Dächern, in dem Tolkiens Erben lebten. Stattdessen bestand es aus Dutzenden einzelner, eher kleiner Gebäude, die sich wie weiße Schwalbennester in die steil emporstrebenden Felswände schmiegten. Etliche schienen nur über steile Treppen erreichbar zu sein, die direkt aus dem Granitgestein herausgemeißelt waren, und hier und da spannten sich filigrane Brückenkonstruktionen über den Abgrund.

»Beeindruckend, nicht wahr?«, fragte Lara. Diesmal konnte er den Unterton von Stolz in ihrer Stimme nachempfinden. Tiernans Häuser waren ausnahmslos von einem strahlenden Weiß, das unter den ersten Strahlen der Morgensonne wie milchiger Diamant schimmerte. Durch die große Entfernung wirkten die einzelnen Gebäude zierlicher und zerbrechlicher, als sie vermutlich waren. Es war noch nicht einmal das erste Mal, dass er Tiernan sah, nur hatte er das weiße Schimmern gestern für Schnee gehalten, auf den die Sonne fiel. Anders verbesserte sich in Gedanken. Es *war* eine Elbenstadt, wenn auch auf eine vollkommen andere Art, als er es bisher für möglich gehalten hatte.

»Die Ablösung kommt«, sagte Kris. »Ihr solltet besser gehen.«

Anders riss sich mit einiger Mühe vom Anblick der in den Berg gehauenen Stadt los und ging wieder zum anderen Ende des Turms. Vorsichtig beugte er sich zwischen den Zinnen vor und spähte in den Hof hinunter. Tatsächlich bewegten sich zwei Männer in den weißen Gewändern der Elder auf den Turm zu, ohne dass sie es dabei allzu eilig zu haben schienen.

In der nächsten Sekunde fuhr er so erschrocken zusammen, dass auch Lara mit einem hastigen Schritt neben ihn trat und in den Hof hinuntersah.

»Culain?«, murmelte sie fragend.

»Ja«, antwortete Anders. Der Elder überquerte den Hof ebenso gemächlich wie die beiden Krieger, die unterwegs waren um Kris abzulösen, aber er steuerte die Treppe zum Hauptgebäude an. »Er hat gesagt, dass wir bei Sonnenaufgang aufbrechen.«

»Und jetzt kommt er um dich zu wecken.« Eine ganz

sachte Spur von Panik schien in Laras Stimme mitzuschwingen.

»Dann schlage ich vor, dass ihr euch beeilt«, fügte Kris hinzu.

8

Er erreichte Markus' Zimmer gerade noch rechtzeitig um zu verhindern, dass Culain die Tür einschlug. Er hatte keine Rücksicht mehr auf seine unerklärliche Höhenangst genommen und war die Metalltreppe hinunter- und den Gang entlanggerast, so schnell er nur konnte, doch er hatte Culains ungeduldiges Hämmern an der Tür (Klopfen konnte man es beim besten Willen nicht mehr nennen) schon gehört, lange bevor er das Gemach des Burgverwesers wieder erreichte. Lara war hinter ihm zurückgefallen, aber wohl weniger weil sie nicht mit ihm Schritt halten konnte. Als er durch die Geheimtür stolperte und sich aufrichtete, brachen ihre Schritte ganz hinter ihm ab. Wahrscheinlich wollte sie nicht, dass Culain sie hier sah.

Obwohl das Hämmern an der Tür immer lauter wurde, drehte er sich noch einmal um, schloss die Geheimtür und zog den Gobelin wieder glatt, so gut er konnte. Erst dann trat er zur Tür und schob den Riegel zurück.

»Was ist denn los?«, fragte er, wobei er versuchte, seiner Stimme einen möglichst verschlafen-unwilligen Klang zu verleihen. Gleichzeitig riss er die Tür mit einem Ruck auf und starrte Culain so finster an, wie er nur konnte.

Sein Blick war allerdings nichts gegen den des Elder. Culain sprühte geradezu vor Zorn. Ohne ein Wort schob er Anders einfach zur Seite, ging mit schnellen Schritten bis in die Mitte des Zimmers und sah sich um.

»Ja, ich wünsche dir auch einen guten Morgen«, sagte Anders.

Culain ignorierte ihn, drehte sich einmal um sich selbst und trat dann mit schnellen Schritten auf den Balkon hinaus um sich umzusehen.

»Bist du allein?«, fragte er, als er nach einem Augenblick zurückkam.

Anders machte eine Kopfbewegung zum Bett. Katt lag noch immer zusammengerollt auf der Seite und schlief. »Wie du siehst, nicht.«

»Warum schließt du dann die Tür ab?«

»Na, warum wohl?«, fragte Anders mit einem neuerlichen Blick auf Katt. »Wir wollten nicht gestört werden.«

»Sie schläft«, antwortete Culain. Er glaubte ihm nicht.

»Ja, jetzt«, sagte Anders spitz. »Soll ich dir eine Zeichnung machen oder kannst du dir möglicherweise vorstellen, warum wir die Tür abgeschlossen haben?«

»Ich glaube nicht, dass mich das interessiert«, antwortete der Elder kühl. »Aber deine Freundin sieht aus, als hätte sie die ganze Nacht durchgeschlafen.«

»Frag den Posten drüben auf der Mauer«, sagte Anders mit einer Geste zum Balkon. »Katt und ich waren vor einer Stunde draußen auf dem Balkon. Der Wächter muss uns gesehen haben. Ich habe ihm sogar zugewinkt.«

Culain wirkte immer noch nicht überzeugt, beließ es aber bei einem letzten zweifelnden Blick auf Katt und deutete ein Achselzucken an. »Wir brechen in einer Stunde auf. Weck deine Freundin und dann kommt bitte nach unten, in den kleinen Saal, in dem wir gestern Abend mit Tamar gesprochen haben. Morgen hat ein Frühstück zubereitet.«

Anders nickte. Culain blickte ihn weiter durchdringend an und schien darauf zu warten, dass er irgendetwas sagte. Das Misstrauen in seinen Augen wurde nur noch stärker und Anders war sicher, sein nächster Weg würde ihn hinüber auf die Mauer führen, um mit dem Posten zu sprechen. Anders hoffte nur, dass die Augen der Elder nicht sehr viel besser als die eines Menschen waren.

»Es ist in Ordnung«, sagte er. »Wir kommen nach unten.«

»Gut«, antwortete Culain. »Aber beeilt euch.«

Er ging, ließ die Tür jedoch hinter sich offen, und Anders verzichtete darauf, ihm nachzueilen und es nachzuholen, denn Culain war nicht allein gekommen. Einer der Elder, die er gestern Abend unten im Hof gesehen hatte, stand wie zufällig so unter der Tür, dass Anders ihn schon gewaltsam hätte beiseite stoßen müssen um die Tür zu schließen.

Katts Augen standen weit auf, als er sich wieder zum Bett umdrehte. »Ich war nicht mit dir draußen auf dem Balkon«, sagte sie leise.

Anders fuhr erschrocken zusammen und konnte gerade noch den Impuls unterdrücken, sich zu dem Elder unter der Tür umzudrehen. »Ich weiß«, erwiderte er leise. »Später.« Sein Blick wurde für einen Moment fast beschwörend. Lauter fuhr er fort: »Kannst du aufstehen? Das Frühstück ist fertig.«

Katts Blick wurde nur noch verständnisloser, aber im gleichen Maße, in dem sie wirklich wach wurde, erwachte auch die Angst in ihren Augen. Umständlich setzte sie sich auf, sah sich verwirrt um und wandte sich schließlich mit einem Hilfe suchenden Blick wieder an Anders. »Wo sind wir?«, fragte sie. »Ist das ... Tiernan?«

»Beinahe«, antwortete Anders. Er lächelte und bemühte sich um einen möglichst beiläufigen Ton. »Du erinnerst dich nicht?«

»Der Elder war ... in der Höhle«, murmelte sie stockend. Anders konnte sehen, wie angestrengt sie sich zu erinnern versuchte. Sie schüttelte den Kopf und sah noch hilfloser aus.

»Sein Name ist Culain«, erwiderte Anders. Er sprach bewusst langsam und überlegte sich jedes Wort ganz genau. »Du brauchst keine Angst vor ihm zu haben. Er hat uns das Leben gerettet.«

»Er ist ein Elder!«, antwortete Katt, als wäre das allein genug.

»Und ohne ihn wären wir beide nicht mehr am Leben«, sagte

Anders ruhig. Er hob die Schultern. »Du brauchst keine Angst zu haben. Ich glaube nicht, dass sie uns irgendetwas antun wollen. Er hat schließlich sein eigenes Leben riskiert, um uns zu retten.«

Katt sah ihn noch verwirrter an.

»Wir sollten Culain und die anderen nicht warten lassen«, fuhr er fort. »In einem Punkt gebe ich dir Recht: Geduld scheint nicht unbedingt die große Stärke der Elder zu sein.«

Er streckte die Hand aus um ihr aufzuhelfen, aber Katt erhob sich aus eigener Kraft, drehte sich halb um und sog scharf die Luft ein, als sie den Elder unter der Tür stehen sah.

»Keine Angst«, sagte Anders hastig. »Sie werden dir nichts tun. Ich glaube, sie sind ganz anders, als ihr denkt.«

Katt starrte den Elder nur aus großen Augen an. Anders war nicht sicher, dass sie ihn überhaupt gehört hatte. Aus der bloßen Furcht in ihren Augen begann etwas zu werden, das an Panik grenzte. Vielleicht war dieses Gefühl ja auch berechtigt, dachte Anders. Ihr Volk fürchtete die Elder seit Generationen, und wenn er es recht bedachte, dann war es schon ziemlich unwahrscheinlich, dass diese uralte Furcht nur auf einem simplen Missverständnis beruhen sollte – und geradezu vermessen, sich einzubilden, dass er das Schicksal zweier Völker mit ein paar Worten zu ändern vermochte.

Schließlich riss Katt ihren Blick von der weiß gekleideten Gestalt unter der Tür los und sah wieder ihn an. »Tiernan?«, murmelte sie. »Sie haben uns nach Tiernan gebracht?«

»Noch nicht«, antwortete Anders. »Aber wir sind auf dem Weg dorthin.« *Und Culain wird wahrscheinlich mit jeder Sekunde wütender, die er auf uns warten muss.* Das Flackern von Panik in Katts Augen wurde stärker, als hätte allein die Erwähnung der Elder-Stadt ausgereicht, sie in Todesangst zu stürzen. »Du kannst auch hier bleiben, wenn du willst«, fuhr er fort. »Culain hätte bestimmt Verständnis dafür.«

»Nein!« Katt schrie das Wort fast hinaus. Wenn es etwas gab, was sie noch mehr zu erschrecken schien als die Elder-

Stadt, dann die Vorstellung, allein zu sein. Sie hob die Hand, wie um nach ihm zu greifen, erstarrte dann mitten in der Bewegung und sah aus aufgerissenen Augen auf ihre Finger. Anders hatte sich schon so an den Anblick gewöhnt, dass er es kaum noch zur Kenntnis nahm, aber Katts Hände waren noch immer mit der schwarzen Salbe bedeckt, die mittlerweile eingetrocknet und überall gerissen war. Für Katt musste der Anblick ein Schock sein.

»Das ist nicht schlimm!«, sagte er hastig. »Keine Angst. Es ist nur Salbe. Wirklich.«

»Salbe?«, Katt bewegte so vorsichtig die Finger, als hätte sie Angst, sie könnten bei der geringsten unvorsichtigen Bewegung abbrechen wie Glas.

»Du hattest Erfrierungen«, erklärte er. »Genau wie ich. Culain hat dich versorgt. Ich bin zwar kein Arzt, aber ich glaube, diese Elder-Medizin wirkt Wunder.«

Katt starrte weiter ihre Hände an und der Elder unter der Tür sagte: »Auf dem Tisch steht eine Schüssel mit Wasser. Wasch dich, bevor du nach unten gehst.«

Im allerersten Moment empfand Anders ein Gefühl überraschter Dankbarkeit, doch als er sich umdrehte, las er nichts als Verachtung im Gesicht des Elder. Katt interessierte ihn nicht. Er hielt es nur nicht für angemessen, dass sie Culain mit schmutzigen Händen unter die Augen trat.

Katt ging rasch zum Tisch, tauchte die Hände in die Wasserschüssel und begann mit vorsichtigen Bewegungen die eingetrocknete Salbe abzuwaschen. Sie gab keinen Laut von sich, aber ihr Gesicht zuckte. Offensichtlich bereitete es ihr Schmerzen. Anders beugte sich neugierig vor und erschrak. Ganz so groß war das Wunder, das Culains Salbe vollbracht hatte, wohl doch nicht gewesen. Katts Haut war grau und rissig geworden und besonders ihre linke Hand war mit großen, hässlichen Blasen übersät, die wie Brandblasen aussahen, aber das genaue Gegenteil waren. Kleiner und Ringfinger der linken Hand hatten sich fast schwarz verfärbt und schienen steif zu sein; zumindest jedoch so zu schmerzen, dass sie es vermied, sie zu bewegen.

Ihre Füßen boten einen noch schlimmeren Anblick. Anders war kein Arzt oder Spezialist für Erfrierungen, aber das musste er auch nicht sein um zu erkennen, dass sie mindestens die Hälfte ihrer Zehen verlieren würde, wenn kein Wunder geschah. Er hütete sich irgendetwas davon auszusprechen und auch Katt sagte kein Wort. Doch sie war weder blind noch dumm.

Fast zu seiner Überraschung geduldete sich der Elder an der Tür schweigend, bis Katt sich gesäubert und vorsichtig abgetrocknet hatte, dann jedoch bedeutete er ihnen mit herrischen Gesten, sich zu beeilen. Katt versuchte es sogar, aber das Gehen bereitete ihr ganz offensichtlich Schmerzen. Auf der Treppe wurde es so schlimm, dass Anders sie stützen musste, und als sie die Halle durchquerten, wurde sie noch einmal langsamer. Der Elder eilte voraus um die Tür zu öffnen, aber Anders bezweifelte, dass er es um Katts willen tat, sondern wohl nur, damit sie nicht noch mehr Zeit verloren.

Culain, Valeria und Morgen erwarteten sie an einem reich gedeckten Tisch und Anders hielt automatisch auch nach Tamar und dem anderen Elder Ausschau. Er entdeckte jedoch nur Markus, der voller Eifer damit beschäftigt war, die drei Elder zu bedienen.

Er betrat den Raum ganz bewusst hinter Katt. Die Reaktionen, die ihr Eintreten auf den Gesichtern der drei Elder hervorrief, sprachen für sich. Valeria musterte das Katzenmädchen kühl, und an der Ausdruckslosigkeit in ihrem Blick änderte sich auch nicht viel, als sie ihn von ihrem Gesicht löste und auf Katts Hände und Füße sah. Culain schien auch jetzt Mühe zu haben, sich die Verachtung, die er ihr gegenüber empfand, nicht zu deutlich anmerken zu lassen, während Morgens Reaktion ihn einfach nur verwirrte. Sie sah gleichermaßen zornig wie … *besorgt?* aus, auch wenn Anders für keines dieser beiden Gefühle ein wirklicher Grund einfallen wollte.

»Da seid ihr ja endlich«, begrüßte ihn Culain. Er machte eine befehlende Geste zu Markus, und der zumindest vorübergehend zum Mundschenk degradierte Kommandant der Torfestung beeilte sich, einen Stuhl für Anders herbeizutragen und ein silbernes Gedeck aufzulegen. Anders betrachtete beides stirnrunzelnd. Nur *ein* Stuhl.

»Bringt einen zweiten Stuhl, Meister Markus«, sagte Valeria kühl. »Und einen Teller.«

»Das ist nicht nötig«, erklärte Katt hastig. »Ich bin ... nicht hungrig.«

»Ja, und wenn ich dich nicht festbinde, jagst du gleich aus lauter Langeweile dreimal um die Burg, wie?«, fragte Anders spöttisch. Er bugsierte sie zu dem für ihn gedachten Stuhl, drückte sie mit sanfter Gewalt nieder und wartete, bis Markus einen zweiten Stuhl gebracht hatte.

Betretenes Schweigen machte sich breit und Anders bezweifelte fast sofort, dass er sich oder gar Katt mit diesem kleinen ertrotzten Sieg wirklich einen Gefallen getan hatte. Valerias Gesicht blieb ausdruckslos, während Markus nun eindeutig erschrocken wirkte.

Der Kommandant der Torfestung wollte seinen Teller füllen, doch Anders winkte hastig ab und hielt zusätzlich die flache Hand über seinen Becher. Er war tatsächlich hungrig, aber Katt saß stocksteif und hoch aufgerichtet auf dem Stuhl neben ihm, und er konnte spüren, dass sie halb wahnsinnig vor Angst war. Sie sah die drei Elder auf der anderen Seite des Tisches nicht an, sondern fixierte mit den Augen einen imaginären Punkt irgendwo über der Tischplatte. An ihrem Hals pochte eine Ader so heftig, als wolle sie jeden Moment zerspringen. Er konnte unmöglich etwas essen, während Katt neben ihm vor Angst beinahe starb!

»Du musst etwas essen, nach allem, was du durchgemacht hast«, sagte Morgen. Es dauerte jedoch einen Moment, bis Anders begriff, dass die Worte gar nicht ihm galten, sondern Katt.

Culain zog missbilligend die Stirn kraus.

»Sie sollte bei Kräften sein, wenn wir die Stadt erreichen«, verteidigte sich die Elder.

»Ja, und vor allem den Mund halten«, pflichtete ihr Culain bei. Er wandte sich direkt an Katt, und Anders sah, welche Überwindung es ihn kostete. »Hast du das verstanden? Du redest nur, wenn Morgen oder ich es dir erlauben.«

»Ja, Herr«, flüsterte Katt. Sie senkte angstvoll den Blick.

»Was soll das?«, fragte Anders. »Katt ist doch kein …«

Culain brachte ihn mit einem eisigen Blick zum Schweigen, aber als er etwas sagen wollte, wurde er seinerseits von Morgen unterbrochen, die die Hand hob und sich in besänftigendem Ton an Anders wandte. »Du musst das verstehen, Anders. Culain ist manchmal etwas … direkt. Er ist nun einmal ein Krieger und nicht daran gewöhnt, zu taktieren und jedes Wort zehnmal umzudrehen, bevor er es ausspricht. Aber im Prinzip hat er Recht; zumindest was seine Vorsicht angeht.«

»Ach?«, fragte Anders herausfordernd.

»Es gibt da ein paar Dinge, die du nicht weißt«, sagte Morgen rasch, bevor sich der Unmut auf Culains Gesicht auf andere Weise äußern konnte. »Katt gehört … nicht zu uns.«

»Sie hat keine spitzen Ohren und sie hält sich auch nicht für etwas Besseres, das stimmt«, erwiderte Anders. Culains Miene verdüsterte sich noch weiter und Morgen versuchte ihm mit schon beinahe verzweifelten Blicken zu signalisieren sich zu beherrschen.

»Sie ist ein Tiermensch«, sagte Valeria kühl. »Das stimmt.«

»Und das ist das Problem«, warf Morgen rasch ein, bevor Anders erneut auffahren konnte. »Ich weiß, dass du dieses Wort nicht magst. Offen gesagt mag ich es auch nicht, aber darum geht es hier nicht. Tiernan ist nicht irgendeine Stadt. Sie ist der einzige Ort in dieser ganzen Welt, der frei von Tiermenschen und anderen Ungeheuern ist.« Sie machte eine ausholende Geste. »Kein Tiermensch hat diese Mauern jemals überwunden. Katt ist die Erste ihrer Art, die jemals einen Fuß in diese Räume gesetzt hat.«

»Ich … ich muss nicht …«, begann Katt, brach aber sofort wieder ab, als Culain mit einem Ruck den Kopf drehte und sie anstarrte.

»Wir wissen, wie viel dir Katt bedeutet«, fuhr Morgen fort. »Aber du musst auch uns verstehen. Keinem, der nicht reinen Blutes ist, ist das Betreten der Stadt erlaubt.« *Nicht reinen Blutes,* wiederholte Anders in Gedanken. Ein kalter Schauer lief ihm über den Rücken. »Es ist eines unserer ehernen Gesetze. Kein Tiermensch darf Tiernan betreten.«

»Aber ich gehe nicht ohne sie«, beharrte Anders stur.

»Das verlangt auch niemand.« Morgen hob besänftigend die Hände. Sie wirkte immer nervöser. »Wir werden eine Lösung finden, da bin ich sicher. Doch vorerst wäre es besser, wenn niemand weiß, wer … sie wirklich ist.«

Katt schien auf ihrem Stuhl noch weiter in sich zusammenzuschrumpfen und Anders brauchte einen Moment, um überhaupt zu begreifen, worauf die Elder hinauswollte.

»Ich verstehe«, murmelte er. Er war nicht sicher, ob er wütend oder entsetzt sein sollte. »Habt ihr ihr deshalb die Haare geschoren?«

Katt wandte irritiert den Blick, starrte ihn einen Herzschlag lang verständnislos an und fuhr dann erschrocken zusammen. Sie wollte die Hand heben und in ihren Nacken greifen, aber Anders fiel ihr rasch in den Arm und deutete ein Kopfschütteln an.

»Niemand außerhalb dieses Zimmers weiß, was sie wirklich ist«, sagte Morgen weiter. »Und das sollte zumindest vorerst auch so bleiben. Können wir uns darauf verlassen?«

Anders setzte ganz automatisch zu einem Nicken an, doch dann drehte er sich stattdessen im Stuhl um und sah zu Markus hin, der mit verschränkten Armen neben dem Kamin stand und nach Kräften versuchte so zu tun, als wäre er nicht da.

»Markus genießt unser volles Vertrauen«, erklärte Valeria. Sie war seinem Blick gefolgt. »Er wird niemandem etwas verraten.«

»Lara weiß es auch«, sagte Anders.

Valeria zog fragend die Brauen zusammen, und den Ausdruck auf Culains Gesicht wollte Anders lieber nicht deuten.

»Meine Tochter, Herrin. Aber sie wird niemandem etwas sagen, das versichere ich.«

»Sie ist ein Kind«, entgegnete Culain. »Und Kinder reden gern.«

»Sie nicht«, sagte Markus hastig. Eine Spur von Furcht blitzte in seinen Augen auf, obwohl er versuchte gelassene Zuversicht auszustrahlen. »Wenn ich es ihr verbiete, wird sie schweigen, das schwöre ich bei meinem Leben!«

Culains Gesicht verdüsterte sich noch weiter. »Mit solchen Schwüren sollte man nicht zu großzügig sein«, meinte er. »Jemand könnte dich beim Wort nehmen, weißt du?« Er stand auf und machte eine herrische Handbewegung. »Geh und such nach deiner Tochter. Sorg dafür, dass sie mit niemandem spricht.«

Markus verließ das Zimmer hastig. Nachdem er gegangen war, wandte sich Anders unsicher an den Elder. »Wie … wie hast du das gemeint – er soll dafür sorgen, dass sie nicht redet?«

»Wie schon?«, fragte Culain verächtlich. »Tote reden nicht, oder?« Er machte ein nachdenkliches Gesicht. »Auf der anderen Seite ist sie seine Tochter und man sollte vielleicht nicht zu viel von ihm verlangen. Ich denke, ich werde ihm nachgehen und ihm sagen, dass es reicht, wenn er ihr die Zunge herausschneidet.«

Und damit wandte auch er sich um und ging mit schnellen Schritten aus dem Raum.

»Aber das … hat er doch nicht ernst gemeint … oder?«, murmelte Anders.

»Das mit der Zunge?« Valeria hob die Schultern. »Lara ist ein hübsches Kind. Es wäre schade um sie.«

»Valeria!« Morgen machte ein strenges Gesicht.

»Es war ein Scherz«, sagte Anders unsicher.

»Selbstverständlich«, sagte Valeria. »Culain ist ein überaus kluger Mann. Glaubst du wirklich, er verlässt sich auf die Verschwiegenheit eines schwatzhaften Kindes?«

»Valeria, das reicht«, seufzte Morgen. Sie wandte sich mit einer fast entschuldigenden Geste an Anders. »Selbstverständlich war es nur ein Scherz. Culain ist wirklich ein sehr kluger Mann, aber sein Sinn für Humor ist nicht jedermanns Sache.« Sie machte eine auffordernde Geste. »Wir sollten jetzt aufbrechen. Wir haben noch ein gutes Stück Weges vor uns und der Hohe Rat möchte heute noch mit dir sprechen.« Sie wandte sich an Katt. »Kannst du reiten?«

Zu seiner Überraschung nickte Katt und Morgen wiederholte ihre auffordernde Handbewegung. »Dann kommt. Culain sattelt sicher schon die Pferde und ihr wisst ja, wie ungern er wartet.«

Valeria blieb sitzen, während Anders aufstand und Katt half sich von ihrem Platz zu erheben. Er blickte fragend und die Elder schüttelte den Kopf.

»Ich bleibe noch hier«, sagte sie. »Aber mach dir keine Sorgen. Morgen kann sich ebenso gut um dein ... um deine kleine Freundin kümmern wie ich.«

Anders schluckte die wütende Antwort hinunter, die ihm auf der Zunge lag. Valerias Beinaheversprecher war kein Zufall gewesen, und das musste Katt ebenso klar sein wie ihm. Warum hatte er nur zugelassen, dass Culain sie mit hierher brachte? Sie hätten sie bei ihrer Sippe lassen sollen, wo sie vielleicht weniger schnell gesund geworden wäre, aber nicht ein Leben voller Spott und Verachtung hätte ertragen müssen. Er versuchte Valeria niederzustarren, aber natürlich verlor er dieses Duell, und ganz offensichtlich fühlte sich die Elder sogar genötigt noch einen draufzusetzen, denn sie beugte sich vor und begutachtete mit einem übertriebenen Stirnrunzeln Katts erfrorene Zehen und Finger.

»Das sieht nicht gut aus, fürchte ich«, seufzte sie, wobei sie ganz bewusst einen bedauernden Ton anschlug, der gerade so *nicht* überzeugend wirkte. Sie lächelte zuckersüß in

Anders' Richtung. »Aber keine Angst. Die wichtigen Teile sind noch da.«

Anders überlegte ernsthaft, was in dieser sonderbaren Welt wohl passieren würde, wenn ein Fremder wie er eine Elder schlug. Wahrscheinlich würde man ihn ans Kreuz nageln oder etwas Ähnliches, aber vielleicht war es das ja wert. Er sagte nichts, sondern drehte sich mit einem Ruck um und folgte Morgen. Als sie das Zimmer verließen, begann Katt lautlos zu weinen.

9

Sie hatten deutlich mehr als eine Stunde gebraucht um ihr Ziel zu erreichen, aber das hatte nicht daran gelegen, dass der Weg so weit gewesen wäre. Vielmehr hatte Anders immer wieder Halt gemacht, um sich staunend umzusehen, und Culain und Morgen hatten stets geduldig auf ihn gewartet; trotz Morgens Mahnung, dass der Hohe Rat auf sie warte und mit ihm zu sprechen wünsche. Anders hatte keine Ahnung, was der Hohe Rat war, und nach den bisherigen Begegnungen mit den Elder war er auch nicht besonders erpicht darauf, es herauszufinden.

Darüber hinaus schlug ihn das, was er erblickte, nachdem sie die Torburg verlassen hatten, viel zu sehr in seinen Bann, als dass er auch nur noch einen Gedanken an die Elder verschwendete.

Culain hatte mit vier bereits fertig gesattelten und aufgezäumten Pferden auf sie gewartet, als sie die Festung durch eine schmale Hintertür verließen – richtige Pferde, keine Zentauren. Und Anders hatte sogar das Kunststück fertig gebracht, in den Sattel zu steigen, ohne dass Culain oder Morgen ihm dabei helfen mussten. Darüber hinaus erwies sich das Pferd als äußerst gutmütiges Tier, das seinen Weg ganz von allein fand (zweifellos hatte Culain es aus keinem anderen

Grund für ihn ausgesucht), sodass er die Zügel eigentlich nur brauchte, um sich daran festzuhalten, nicht um sein Reittier zu lenken.

Jenseits des Hügels, auf dessen Kamm die Torburg lag, stieg das Gelände weiter sanft an, war aber vollkommen karg; es gab nur Felsen und nacktes Erdreich, auf dem sich nicht der leiseste grüne Schimmer zeigte, und keine Erhebung war groß genug, als dass sich auch nur ein ausgewachsener Hund dahinter hätte verbergen können, geschweige denn ein Mensch. Der Anblick war so trostlos, dass er sogar dem weißen Schimmer der Stadt, die in die Berge darüber gebaut war, einen Großteil von seinem Glanz zu nehmen schien. Das Tal selbst konnte er nicht einsehen, denn das Gelände stieg vielleicht auf einer Strecke von achthundert oder tausend Metern steil und geröllübersät an, bevor es vor einer zweiten, deutlich höheren Mauer endete, die das Tal auf seiner ganzen Breite abschloss.

Es gab keine zweite Torburg und auch keine Türme, sondern nur ein wuchtiges Tor aus schmucklosem schwarzem Eisen, das sich in der Mitte teilte, als sie näher kamen. Die beiden Hälften schwangen nicht auf, sondern bewegten sich rumpelnd auf breiten Metallschienen auseinander, um rechts und links in der Wand zu verschwinden. Die Mauer selbst bestand aus kahlem Beton. Wer immer diesen allerletzten Verteidigungswall entworfen hatte, hatte nicht besonders viel Wert auf Authentizität gelegt. Als sie durch das offen stehende Tor ritten, sah Anders, dass auf der Rückseite der Mauer schmucklose Metalltreppen zu etwas hinaufführten, das wie die lieblos zusammengestoppelte Mad-Max-Version eines Wehrgangs aussah.

Dann hob er den Blick und sah ins Tal hinab und vergaß schlagartig alles andere.

Der Schritt durch das Tor war mehr gewesen als der in ein anderes Land. Anders kam sich vor, als hätte er eine andere Welt betreten oder zumindest eine andere *Zeit.*

Das Tal war sehr viel größer, als es von außen den Anschein gehabt hatte, und stieg zu den Bergen hin in unzähligen flachen Terrassen an, zwischen denen ein Netz geometrisch angelegter, schmaler Bewässerungsgräben glitzerte. Nirgendwo stand auch nur ein einziger Baum oder Busch. Es gab nur Felder unterschiedlichster Art, die zum Teil kurz vor der Ernte zu stehen schienen, zum Teil auch schon abgeerntet waren. Winzige Gestalten bewegten sich ameisengleich auf den zu bearbeitenden Feldern hin und her und machten Anders die wirklichen Dimensionen der gewaltigen Fläche klar, die groß genug war, um einer kleinen Stadt Platz zu bieten. Die es auch gab, nur nicht auf dem Talboden.

Tiernan bestand nicht nur aus den weißen Schwalbennestern oben im Fels. Es gab eine zweite, weit größere Stadt, deren Häuser zwar ebenfalls in die Hänge hineingebaut waren, sich aber nicht wie Raubvogelnester in den Fels krallten, sondern in kleinen Gruppen zu jeweils vier oder fünf auf halbwegs ebenen Abschnitten der Hänge zusammengescharrt waren. Sie sahen auch vollkommen anders aus als die weißen Schemen weiter oben im Fels; kleine, liebevoll gebaute Fachwerk- und Holzhäuser, die mit Holzschindeln oder Stroh gedeckt waren.

Es konnte nicht leicht gewesen sein, eine ganze Stadt in dieses schwierige Gelände zu setzen, was aber offensichtlich notwendig gewesen war, um jeden Quadratmeter des Talbodens landwirtschaftlich nutzen zu können. Überall zwischen den Gebäuden und auf dem schmalen Streifen zwischen der Stadt und dem Punkt, an dem die Berge nur noch aus kahlem Fels bestanden, wuchsen Obstbäume und hier und da weideten auch vereinzelte Tiere; Schafe, Ziegen und ab und zu eine Kuh. Es war eine Märchenstadt, die sich unter ihm ausbreitete; nichts was es wirklich irgendwann einmal in der Vergangenheit dieser Welt gegeben hatte, sondern ein Idealbild, das sich direkt aus den ältesten Mythen und Wunschträumen der Menschen materialisiert zu haben schien. Anders wäre nicht nur nicht überrascht gewesen – er wartete geradezu darauf, eine Gruppe spielender Kinder mit bunten Bändern im Haar auf sich zukommen zu sehen, Bauern, die hinter einem von

Ochsen gezogenen Karren von den Feldern kamen und ihnen fröhlich zuwinkten, oder eine Abteilung prachtvoll gerüsteter Ritter auf strahlend weißen Schlachtrössern.

Erst als er diesen Gedanken wortwörtlich so gedacht hatte, wurde ihm klar, wie nahe er der Wahrheit damit gekommen war. Dieses Märchenland war genau wie die Torburg – etwas, das man gebaut hatte, damit es wie dieses Idealbild aussah.

»Das ist also Tiernan«, murmelte er.

Culain runzelte die Stirn und machte keinen Hehl daraus, dass ihm das alles hier zu langsam ging, aber Morgen schüttelte lächelnd den Kopf und deutete nach oben. »Dies hier ist die Menschenstadt. Tiernan liegt über ihr. Dort oben links ist Oberons Halle, wo der Hohe Rat zusammenkommt, siehst du?« Anders' Blick folgte der Richtung, in die ihre ausgestreckte Hand wies, bis er an einem besonders großen Umriss hängen blieb, der durch den angebauten Turm auf sonderbar ungewollt wirkende Weise asymmetrisch wirkte. Er nickte. »Gleich daneben ist unser Haus«, fuhr Morgen fort. »Vorerst werdet ihr dort wohnen – wenn ihr das wollt.«

Und wenn wir nicht wollen, wahrscheinlich auch, dachte Anders. Er nickte auch jetzt nur ohne etwas zu sagen. Culain ließ sein Pferd antraben und Anders' Reittier folgte seinem Beispiel, ohne dass er auch nur einen Muskel zu rühren brauchte. Der Weg, der ins Tal hinabführte, war so schmal, dass sich die Pferde nur hintereinander bewegen konnten, aber Anders drehte sich im Sattel um, um in Katts Gesicht sehen zu können. Sie saß, weitaus routinierter als er, doch stocksteif aufgerichtet und geradezu erstarrt im Sattel, und der Ausdruck auf ihrem Gesicht war irgendwo zwischen absolutem Entsetzen und mindestens ebenso großer Faszination angesiedelt.

Anders' schlechtes Gewissen regte sich stärker. Er hatte gewusst, dass Katt Angst hatte, sehr große Angst sogar, aber er begriff erst in diesem Moment, dass sie nicht nur befürchtet hatte, sondern vollkommen überzeugt davon gewesen war, sterben zu müssen, sobald sie die Torburg verließ. Und eine

Menge von dieser Angst war noch immer in ihr. Anders glaubte das nicht – es hätte überhaupt keinen Sinn gemacht –, aber Katt schien immer noch Angst zu haben, dass das alles hier nur eine kompliziert in Szene gesetzte Grausamkeit der Elder war, um sie noch einmal in Sicherheit zu wiegen und dann am Ende doch zu töten. Für Katt und ihr Volk waren die Elder Teufel. So einfach war das. Und vielleicht hatte sie damit sogar Recht.

Der Weg, der ebenso streng geometrisch angelegt war wie das Bewässerungssystem, führte ein Stück weit ins Tal hinab und kreuzte dann einen anderen Pfad. Sie bogen nach rechts ab, dann nach links und dann noch einmal nach rechts, bis das reife Kornfeld in eine steil ansteigende Bergwiese überging, an deren jenseitigem Rand sich eine Gruppe der kleinen Häuser erhob, die er schon von weitem gesehen hatte. Aus der Nähe betrachtet wirkten sie nicht ganz so vertraut; als hätte jemand versucht ein typisch mittelalterliches Dorf nachzubauen, ohne wirklich zu wissen, was er da tat. Anders schenkte der Hand voll einfacher Gebäude jedoch kaum Beachtung. Die einzigen Menschen, die er bisher gesehen hatte, waren die Bauern weit hinten auf dem Feld und die hatten nicht einmal in ihre Richtung geblickt. Er wollte wissen, wer hier lebte.

Er wurde jedoch enttäuscht. Eine Tür fiel ins Schloss, als Culain sein Pferd als Erster zwischen die Häuser lenkte, und Anders glaubte irgendwo hastige Schritte zu hören. Darüber hinaus hätte der aus fünf Häusern bestehende Ort ebenso gut ausgestorben sein können, hätte sich nicht aus einem Kamin eine dünne schwarze Rauchsäule in die nahezu unbewegte Luft erhoben.

Anders hatte wieder zu Culain aufgeholt und versuchte in seinem Gesicht zu lesen, aber es gelang ihm nicht. Culain wirkte ungeduldig, das war alles. Vielleicht hatte es ja auch einen ganz banalen Grund, dass niemand hier war.

Sie durchquerten einen Hain mit Apfelbäumen, danach schlängelte sich der Weg noch ein kurzes Stück den Berg hinauf und endete dann vor einer senkrechten Wand. Zur Linken führten schmale, aber präzise aus dem Fels geschnittene Stufen weiter nach oben.

Culain bedeutete ihnen mit einer entsprechenden Geste, abzusitzen. Weitaus umständlicher als die beiden Elder – und sogar Katt – kletterte Anders aus dem Sattel und machte ein paar Schritte, damit das Gefühl in seinen verkrampften Rücken zurückkehrte. Reiten war gewiss kein Sport, den er nach seiner Rückkehr nach Hause mit Begeisterung ausüben würde.

Er registrierte eine Bewegung aus den Augenwinkeln und konnte gerade noch hinzuspringen, als Katt zu straucheln begann und stürzte. Er fing sie auf, doch offenbar hatte er seine eigenen Kräfte überschätzt. Katt riss ihn nicht mit sich zu Boden, aber er fiel trotzdem auf ein Knie hinab und wäre wahrscheinlich gestürzt, hätte Culain nicht noch rasch zugegriffen.

»Warum sagst du nicht, dass dich die Kräfte verlassen, du dummes Kind?«, fragte er ärgerlich. Er deutete auf die Treppe. »Willst du dich umbringen oder uns alle?«

Katt versuchte sich loszureißen, aber der Elder schien ihre Anstrengung nicht einmal zu bemerken. Ohne die geringste Mühe richtete er sich auf und nahm Katt dabei einfach auf die Arme.

»Nein!«, protestierte sie. »Lasst mich runter!«

»Halt den Mund«, sagte Culain barsch. »Du kannst ja nicht einmal allein stehen. Glaubst du wirklich, du schaffst es bis dort hinauf?« Er wartete ihre Antwort gar nicht ab, sondern drehte sich bereits um und begann mit so schnellen Schritten die Stufen hinaufzugehen, dass Anders beinahe Mühe hatte, mitzuhalten.

Die Treppe führte ein gutes Stück weit in die Höhe (Anders hatte bei fünfzig aufgehört zu zählen, aber das war nicht einmal die Hälfte der Stufen gewesen) und ging dann in eine wenig Vertrauen erweckende Konstruktion aus Metall und Gitterrosten über, die unter ihren Schritten dröhnte und zitterte, als wolle sie jeden Moment zusammenbrechen. Anders erlitt einen neuen heftigen Anflug von Höhenangst, den er aber diesmal verstand: Es war nicht die wirkliche Furcht vor der Höhe. Er hatte nie ein Problem damit gehabt, sich mit bloßen Händen an einer Felswand hinaufzuhangeln, die andere als *spiegelglatt* bezeichnet hätten. Aber da hatte es in seiner Macht gelegen, etwas zu *tun.* Hier – genau wie im Turm der Torburg – fühlte er sich ausgeliefert und hilflos. Sein Leben hing von der Festigkeit eines Gebildes ab, das vermutlich dreimal so alt wie er und wer-weiß-welchen Belastungen ausgesetzt gewesen war. Er bog hinter Culain und Morgen um die Ecke und sah zum ersten Mal eine der strahlend weißen Elder-Burgen aus der Nähe, und der Anblick traf ihn mit solcher Wucht, dass er mitten im Schritt stehen blieb und für einen Moment sogar das Atmen vergaß.

Über ihnen, über eine weitere erschreckend filigrane Metalltreppe und einen zerbrechlich anmutenden Rost zu erreichen, erhob sich das, was Morgen vorhin Oberons Halle genannt hatte. Das Gebäude beeindruckte tatsächlich durch seine Größe und darüber hinaus allein durch die Tatsache, dass es in eine nahezu senkrecht in die Höhe strebende Felswand hineingebaut worden war. Aber es war keine aus Licht und Seide erbaute Elfen-Burg. Das, was von der Gebäudefront noch übrig war, bestand aus nacktem Sichtbeton, dessen vermeintlich weiße Farbe sich auf die direkt der Ebene zugewandte Seite beschränkte. Das eigentlich graue Material war dort so ausgebleicht, dass es fast weiß wirkte, denn alle Farbe war einfach *herausgebrannt.*

Der Rest des Gebäudes bot dafür einen umso erbärmlicheren Anblick.

Wo die unvorstellbare Hitze der Atomexplosion den Beton nicht ausgeglüht hatte, war er geschwärzt und zerrissen. Die Fensterhöhlen gähnten wie rechteckige schwarze Wunden in der brüchigen Fassade. Hier und da glaubte er einen bunten Vorhang zu erkennen, flatternde Seide oder schweren dunkelroten Samt, wie er ihn in Markus' Zimmer gesehen hatte, aber diese vereinzelten Farbtupfer schienen die Trostlosigkeit des zerstörten Hauses eher noch zu betonen. Der Turm, den er von unten aus gesehen hatte, stand nur noch zu einem kleinen Teil seiner ehemaligen Größe und endete in einem Gewirr aus Betonbrocken und halb zerschmolzenem Moniereisen.

»Was hast du?«

Culain war einfach weitergegangen und hatte das Ende der Plattform und damit die nächste Treppe schon fast erreicht, aber Morgen war seine Reaktion nicht entgangen. Sie war ebenfalls stehen geblieben und sah ihn stirnrunzelnd – und auch ein bisschen alarmiert – an.

»Nichts«, antwortete Anders mühsam. »Ich war nur ... überrascht.« Was sollte er auch sagen? Er hatte plötzlich das absurde Gefühl, sich im Kreis bewegt zu haben. Die Götter dieser Welt lebten in denselben Ruinen, in denen auch Bulls Sippe dahinvegetierte.

»Lass dich nicht vom ersten Eindruck täuschen«, sagte Morgen. »Es ist nicht das, wonach es aussieht.« Sie machte eine auffordernde Bewegung und Anders riss seinen Blick mühsam von der Fassade des weiß gebrannten Gebäudes los und beeilte sich Culain nachzueilen, holte ihn aber trotzdem erst ein, als er die Treppe fast überwunden hatte. Anders erschrak. Er sah, dass Katt so reglos in seinen Armen lag, als wäre sie tot. Sie hatte die Augen geschlossen und die Lider mit aller Kraft zusammengepresst und ihr Atem ging so schnell und stoßweise, als wäre sie das ganze Stück hier heraufgerannt und nicht getragen worden. Sie stand noch immer Todesqualen aus. Anders hätte nichts lieber getan, als sie Culain aus den Armen zu reißen und selbst zu tragen, aber er wusste, dass seine Kräfte dazu nicht reichten; und dafür hasste er sich fast.

Gottlob war der Weg nicht mehr sehr weit, auch wenn sie noch einmal eine schmale Brücke aus ausgeglühten Metallgittern überqueren mussten, unter der ein gut fünfzig Meter tiefer Abgrund gähnte. Dann endlich hatten sie Culains *Palast* erreicht und traten ein.

Morgen hatte die Wahrheit gesagt. Das Haus war nicht das, wonach es aussah.

Hinter dem leeren Türrahmen, dessen geschmolzenes Metall sich untrennbar in den Beton der Wände hineingebrannt hatte, erwartete sie ein relativ kleiner, schmuckloser Raum, in den nur wenig Sonnenlicht fiel. Zwei weitere Türen führten tiefer in das Gebäude hinein; beide waren aus Metall und man sah auch ihnen an, dass sie gewaltiger Hitze ausgesetzt gewesen waren.

Dahinter aber bot das Haus einen vollkommen anderen Anblick. Ein schmaler, überraschend heller Gang führte gut fünfundzwanzig oder dreißig Meter tief in den Berg hinein – der Teil des Hauses, der von außen sichtbar war, schien nur der Eingang zu einem weit größeren Labyrinth aus Zimmern und Gängen zu sein, das tief in den gewachsenen Fels des Gebirges hineingebrochen worden war. Der Boden bestand jedoch nicht aus Fels oder Beton, sondern aus einem kunstvollen Fliesenmosaik, und Wände und Decke waren mit sorgsam poliertem Holz vertäfelt. Es gab keine Fenster, aber eine Anzahl schmaler Öffnungen hoch oben unter der Decke, durch die ausreichend Licht hereinfiel.

Culain, der noch immer mit weit ausgreifenden Schritten vorauseilte, rief einen Namen, den Anders nicht verstand, und trat dann durch eine der zahllosen Türen, die sich ausnahmslos auf der linken Seite des Gangs befanden. Das dahinter liegende Zimmer ähnelte auf erstaunliche Weise dem Schlafgemach des Burgverwesers, in dem sie die zurückliegende Nacht verbracht hatten, nur dass es um etliches kleiner war, die Möblierung aber dafür weitaus kostbarer. Anders als draußen auf dem Gang gab es hier ein Fenster, durch das helles Sonnenlicht hereinströmte. Culain trug Katt zu dem breiten Bett, das fast die Hälfte des überhaupt vorhandenen Platzes einnahm, lud sie unsanft darauf ab und zeigte zum ersten

Mal ein Zeichen von Schwäche, indem er sich aufrichtete und mit einem leisen Ächzen die Hände in die Nierengegend presste. Schweiß stand auf seiner Stirn. Immerhin hatte er Katt den ganzen Weg von unten heraufgetragen. Anders eilte an ihm vorbei und ließ sich neben Katt auf der Bettkante nieder und sie richtete sich sofort auf und presste sich angstvoll an ihn.

Culain runzelte die Stirn und setzte zu einer – vermutlich abfälligen – Bemerkung an, doch in diesem Moment betrat Morgen in Begleitung einer grauhaarigen Menschenfrau das Zimmer und der Elder beließ es bei einem wortlosen Achselzucken.

»Wir haben Gäste, Maran«, sagte Morgen, an die ältere Frau gewandt, aber mit einem fast entschuldigenden Lächeln in Anders' Richtung. »Bring heißes Wasser, saubere Tücher … und etwas zu essen. Unsere Gäste waren heute Morgen so aufgeregt vor Freude, dass sie nicht gefrühstückt haben«, fügte sie mit einem spöttischen Funkeln in den Augen hinzu. Oder war es eher ein Flehen in Anders' Richtung, mitzuspielen?

Culain jedenfalls verdrehte demonstrativ die Augen und fuhr auf dem Absatz herum. »Ich gehe und rede mit Aaron«, sagte er. »Lasst euch nicht zu viel Zeit. Er ist kein sehr geduldiger Mann.«

Aus Culains Mund hatten diese Worte ein ganz besonderes Gewicht, fand Anders. Morgen schien wohl derselben Meinung zu sein, denn sie reagierte nur mit einem Nicken darauf und trat wortlos zur Seite, als er mit raschen Schritten aus dem Zimmer ging. Ihr Blick irrte für einen Moment zum Fenster und kehrte dann zu Anders und Katt zurück. Auch die alte Frau kam langsam und mit schlurfenden Schritten näher und sah Katt und ihn abwechselnd und mit einer Mischung aus Überraschung und freundlicher Neugier an.

Katt reagierte jedoch anders, als sie gehofft hatte. Sie presste sich noch fester an Anders und begann am ganzen Leib zu zittern, und Maran blieb mitten in der Bewegung stehen und sah fast hilflos auf ihre eigene Hand hinab, die sie in einer freundlichen Geste nach dem Mädchen ausgestreckt hatte. Sie war nicht so alt, wie Anders im ersten Moment gedacht hatte. Ihr graues Haar und die schlurfend-vorgebeugte Art, mit der sie sich bewegte, ließ sie älter erscheinen, als sie vermutlich war, und auch die tiefen Linien auf ihrem Gesicht stammten eher von zu viel Sonne und einem Leben voller schwerer Arbeit und einer endlosen Folge von Enttäuschungen und Schmerz als von allzu vielen Jahren. Obwohl ihr Lächeln aufrichtig wirkte und Anders zu spüren glaubte, dass sie ein freundliches und warmherziges Wesen hatte, lag auf ihrem Gesicht doch auch zugleich ein Ausdruck von Verbitterung, der dem ähnelte, den er bei Laras Vater bemerkt hatte.

»Du brauchst keine Angst zu haben«, sagte sie. »Niemand wird dir hier etwas tun.«

Katt versuchte sich nur noch enger an Anders zu pressen, aber es ging nicht mehr, und die grauhaarige Frau ließ endlich die Hand sinken und wandte sich mit einer langsamen Bewegung zu Morgen um. »Vielleicht sollten wir ihr etwas Zeit geben, Herrin. Das arme Kind ist ja vollkommen durcheinander.«

Die Elder sah nicht begeistert aus. Ihr Blick irrte wieder zum Fenster – irgendetwas schien dort draußen zu sein, was sie beunruhigte –, dann sah sie wieder Katt an und ihr Blick wurde noch finsterer. Trotzdem nickte sie nach einer weiteren Sekunde. »Vielleicht hast du Recht«, sagte sie widerwillig. »Aber lasst euch nicht zu viel Zeit.«

Sie ging und auch Maran drehte sich um und folgte ihr, allerdings nicht, ohne Katt noch ein abschließendes sehr warmes Lächeln zugeworfen zu haben. Die Tür schloss sich mit einem Geräusch hinter ihr, das ihr enormes Gewicht verriet. Anders vermutete, dass auch sie aus Metall bestand und nur mit Holz verkleidet war.

Sanft, aber ohne auf ihren Widerstand zu achten löste er sich aus Katts Umarmung und rutschte ein kleines Stück von ihr weg. Katt wollte sofort wieder nach ihm greifen, ließ die Arme dann jedoch plötzlich sinken und schien regelrecht in sich zusammenzusacken.

»Alles in Ordnung?«, fragte er.

Katt schniefte, deutete ein Nicken an und fuhr sich mit dem Handrücken über das Gesicht, um die eingetrockneten Tränen fortzuwischen, wobei sie die erfrorenen Finger weit abspreizte. »Schon gut. Es ist nur ...« Sie sah unsicher zu der Tür hin, die Maran hinter sich geschlossen hatte, und versuchte sich zu einem Lächeln zu zwingen; das Ergebnis war allerdings einigermaßen katastrophal. »Entschuldige. Ich benehme mich wie ein dummes Kind.«

»Du hast Angst«, sagte Anders kopfschüttelnd. »Und das ist nur normal. Mir an deiner Stelle erginge es nicht anders.« Die Wahrheit war, dass er Angst *hatte,* und zwar mindestens so viel wie sie, und ihr nur nicht gestattete Gewalt über ihn zu erlangen. Dennoch fuhr er in beruhigendem Ton fort: »Ich glaube, die alte Frau hat Recht. Niemand will uns hier etwas Böses. Es wäre ziemlich dumm von ihnen, sich all die Mühe zu machen und uns hierher zu schaffen, nur um uns dann umzubringen, meinst du nicht auch?«

»Ja«, murmelte Katt. »Wahrscheinlich hast du Recht.« Sie zog die Knie an den Körper, stützte das Kinn darauf und begann mit der unversehrten Hand ihre erfrorenen Zehen zu massieren. Der Anblick versetzte ihm einen tiefen, schmerzhaften Stich. Es war ganz allein seine Schuld. Der Einzige, der ihr bisher wirklich Schaden zugefügt hatte, war er.

»Aber das hier ist ... Tiernan!«, flüsterte sie.

»Ich glaube, so groß ist der Unterschied gar nicht«, sagte Anders nachdenklich. »Ich weiß noch nicht, was hier los ist, aber irgendwie ...« Er beendete den Satz mit einem Seufzen, stand auf und sah sich aufmerksam im Zimmer um. Er achtete allerdings weniger auf die kostbaren, handgeschnitzten Möbel, das wertvolle Linnen auf dem Bett oder die liebevoll gerahmten Bilder an den Wänden. Eigentlich war sein Verdacht schon gar kein Verdacht mehr, sondern nahezu Gewissheit. Aber eben nur nahezu.

Drei der vier Wände waren genau wie der Gang draußen mit Holz vertäfelt; schwere, dunkel gebeizte Kassetten, wie man sie manchmal auf Bildern alter englischer Schlösser sieht oder in einem Gerichtssaal, die vierte aber verbarg sich hinter schweren Vorhängen aus dunkelrotem Samt. Anders ging hin, suchte eine Lücke zwischen den sorgsam in kunstvollen Falten arrangierten Bahnen und schlug sie zurück.

Dahinter kam genau das zum Vorschein, was er erwartet hatte. Nackter grauer Beton.

Anders erweiterte den Spalt, so weit er es wagte, ohne Gefahr zu laufen, gleich den ganzen Vorhang von der Wand zu reißen, und fand auch hier seinen Verdacht bestätigt. Die Wand war weder glatt noch unbeschädigt. Da waren Bohrlöcher, in denen er noch die Reste alter Plastikdübel entdeckte, leere Kabelschächte und Rahmen aus rostzerfressenem Metall und brüchig gewordenem Kunststoff, in denen einmal irgendwelche Geräte oder Schalttafeln gewesen waren. Anders als in der Ruinenstadt hatte hier jemand alle Spuren entfernt, die Rückschlüsse auf den ehemaligen Zweck dieses Raumes zugelassen hätten. Dennoch hatte er beinahe genug gesehen. Er ließ den Vorhang wieder zurückfallen, wodurch er das Muster aus sorgsam arrangierten Falten endgültig ruinierte, und trat mit schnellen Schritten ans Fenster.

Oberons Halle lag scheinbar zum Greifen nahe vor ihm. Die beiden Gebäude waren irgendwann einmal mit einem Laufsteg aus den hier allgegenwärtigen Gitterrosten verbunden gewesen, der dem Orkan aus Hitze und Druck aber nicht standgehalten hatte, sodass nur noch ein halbmeterlanger zerschmolzener Stumpf über den Abgrund ragte und man einen gehörigen Umweg machen musste, um von einem zum anderen zu kommen. Culain stand dort unten und redete mit einem Elder, der das gleiche weiße Gewand trug wie er, darüber jedoch einen goldbestickten schwarzen Mantel.

Anders streifte sie nur mit einem flüchtigen Blick. Von hier aus, wo er stand, konnte er fast das gesamte Tal überblicken, ein streng geometrisches Muster, dessen unterschiedliche Farben durch ein Gespinst silberner Fäden voneinander getrennt wurden. Die wenigen Menschen, die sich dort unten bewegten, wirkten wie Fremdkörper, die die mathematische Präzision dieses Arrangements störten. Er konnte die Mauer erkennen, die sie durchschritten hatten, und die vorgelagerte Torburg, und erneut kam ihm zu Bewusstsein, wie gering der Unterschied zwischen der Welt der Elder und der von ihnen so verachteten Tiermenschen im Grunde war. Bei ihnen war es ein Graben, hier eine Mauer; aber hinter beidem lauerte eine Welt voller Feinde und tödlicher Gefahren.

Er löste sich auch von diesem Anblick und sah wieder nach oben. Er konnte Tiernan nur zum Teil überblicken und auch nur in einer gewissen perspektivischen Verzerrung, aber die Verteilung der weiß gebrannten Gebäude erschien ihm plötzlich gar nicht mehr so zufällig oder gar willkürlich wie vorhin. Vielmehr schienen sie sich mehr oder weniger auf gleicher Höhe in den Fels zu krallen; als wären es nur die Zugänge zu einem weit verzweigten System aus Stollen und Räumen, das sich nahezu um das gesamte Tal zog. Und ganz gleich, ob es nun künstlich erschaffen, auf natürliche Weise entstanden oder eine Mischung aus beidem war: Die *Elder* hatten es ganz bestimmt nicht gebaut.

»Ich glaube, sie sind gar nicht so anders als ihr«, sagte er nachdenklich.

»Wie meinst du das?«, fragte Katt unsicher.

Anders hob die Schultern. Er wandte sich nicht zu ihr um, auch nicht als sie aufstand und mit kleinen, mühsamen Schritten näher kam, sondern sah weiter aus dem Fenster. Er hatte das Gefühl, der Lösung ganz nahe zu sein. Aber noch konnte er sie nicht greifen.

»Ich weiß es nicht«, sagte er, mehr zu sich selbst als an Katt gewandt. »Doch ich glaube, sie sind euch ähnlicher, als du ahnst. Vielleicht sogar mehr, als sie selbst wissen. Oder wahrhaben wollen.«

10

Oberons Halle unterschied sich nur von außen von Morgens Haus. Der Teil, der aus dem Fels herausragte, war etwas größer – nicht viel – und eine steile Wendeltreppe aus Metall führte in den abgebrochenen Turm hinauf; der Gang, der tiefer in den Berg und die darin untergebrachten Räume führte, hätte jedoch eine glatte Kopie von Culains Haus sein können: ein kunstvolles Fliesenmosaik auf dem Boden, holzvertäfelte Wände und schmale Lichtschächte unter der Decke, die zugleich auch für die notwendige Frischluftzufuhr sorgten. Auch der Raum, in den Culain ihn leitete, hatte nur ein einziges, schmales Fenster, war aber deutlich größer als der, in dem er Katt zurückgelassen hatte – noch nicht wirklich ein Saal oder gar eine *Halle*, aber dennoch ein sehr großes Zimmer. Die Wände waren komplett mit rotem Samt verhangen und die gesamte Einrichtung bestand aus einem großen ovalen Tisch, um den sich mehr als zwei Dutzend hochlehnige Stühle gruppierten, wie die Fantasy-Ausführung von König Artus' Tafelrunde.

Nur drei dieser Stühle waren besetzt, als Culain ihn hineinführte, und obwohl die drei Elder darauf sich kaum von Culain unterschieden, wusste er sofort, dass er dem Hohen Rat gegenüberstand. Die Lehnen ihrer Stühle waren höher als die der anderen – so viel zu seinem Vergleich mit der Tafelrunde – und jeder der drei trug einen schmalen Silberreif mit einem fingernagelgroßen, blutroten Rubin um die Stirn.

Einen der drei kannte er: Es war Tamar, der Elder, den er in der Torburg kennen gelernt hatte. Sein Blick war jedoch so kühl und reserviert, dass Anders sich jede entsprechende Bemerkung verbot und Tamar nur mit einem angedeuteten

Nicken – das dieser unerwidert ließ – begrüßte, ehe er sich dem deutlich älteren Elder neben ihm zuwandte. Das musste Aaron sein, von dem Culain gesprochen hatte, und Anders war überrascht, einem Mann mit schlohweißen Haaren, wenn auch ungebrochen kraftvoller Ausstrahlung gegenüberzustehen. Sein Blick war kühl, allerdings nicht so abweisend wie der Tamars, sondern eher von einer Art distanzierter Neugier erfüllt. Das dritte Mitglied des Hohen Rates schließlich war eine Frau. Anders vermochte ihr Alter nicht zu schätzen – sie war älter als Morgen, aber ganz eindeutig jünger als Valeria –, doch ihr Blick war eindeutig verächtlich und unter ihren ebenso exotischen wie ebenmäßigen Zügen schien etwas wie mühsam unterdrückter Zorn zu brodeln. Sie war nicht glücklich über seine Anwesenheit.

»Das ist Anders.« Culain legte ihm in einer Geste, von der Anders lieber gar nicht wissen wollte, ob sie beschützend oder besitzergreifend war, die Hand auf die Schulter und machte mit der anderen eine entsprechende Bewegung. »Der Hohe Rat. Tamar, Aaron und Endela.«

Die drei Elder nickten in der Reihenfolge, in der ihre Namen fielen, und Anders erwiderte die Bewegung ebenso knapp. Dann setzte er sich unaufgefordert. Dem missbilligenden Hochziehen von Tamars linker Augenbraue nach zu urteilen verstieß er damit vermutlich nicht nur gegen das Protokoll, sondern trampelte mit beiden Füßen darauf herum, aber das war ihm ziemlich egal. Er war nicht ohne Vorbehalte hierher gekommen und er beschloss spontan, seinen Vorurteilen Recht zu geben und die drei Elder nicht zu mögen.

»Du bist also Anders«, begann Aaron, nachdem er einen bezeichnenden Blick mit Culain getauscht hatte, der hinter Anders' Stuhl stehen geblieben war. »Und du behauptest von außerhalb zu kommen.«

»Genau genommen habe ich das nie *behauptet*«, antwortete Anders betont. Er wartete, bis Aaron fragend die Augenbrauen hochzog, und fügte dann hinzu: »Ich *komme* von außerhalb.«

Aaron sog scharf die Luft ein und Endela legte ihm rasch die Hand auf den Unterarm und sagte: »Wir sollten ein wenig Nachsicht mit unserem Gast üben, Aaron. Er ist fremd hier und wahrscheinlich auch sehr verwirrt. Und er kennt unsere Sitten und Gebräuche noch nicht.«

»Dann sollte er möglicherweise anfangen, sich damit vertraut zu machen«, sagte Aaron kühl. »Du kommst also von außerhalb. Ich bin geneigt dir zu glauben, allerdings frage ich mich, was du hier willst.«

»Möglichst schnell wieder nach Hause gehen«, antwortete Anders.

In Aarons Augen blitzte es nun eindeutig wütend auf und auch die Reaktionen der beiden anderen Elder machten ihm klar, dass es vermutlich besser war, den Bogen nicht noch weiter zu überspannen.

»Ich bin nicht freiwillig hier«, sagte er rasch. »Wir sind mit einem Flugzeug abgestürzt.«

»Wir?«

»Wir waren zu viert«, antwortete Anders. »Zwei sind ums Leben gekommen, als die Drachen unser Flugzeug abgeschossen haben. Danach haben sie uns gejagt und meinen Freund getötet. Ich konnte entkommen. Schließlich haben mich die Tiermenschen aufgenommen.« Er hob die Schultern. »Das ist im Prinzip schon die ganze Geschichte.«

»Das ist ein bisschen wenig, findest du nicht?«, fragte Endela. Sie klang allerdings eher amüsiert als verärgert. »Culain hat einen Teil deiner Geschichte bestätigt, aber er kann natürlich nur berichten, was er selbst erlebt hat. Und wir müssen alles wissen. Bitte berichte uns, was genau geschehen ist.«

Zumindest einen Teil der Geschichte hatte Tamar ja schon erzählt; und einen deutlich größeren Culain – aber Anders spürte auch immer deutlicher, dass seine Situation ernster war, als er bisher angenommen hatte. Vielleicht war es ja genau umgekehrt und Katt hatte Recht, was die Elder anging, und er Unrecht. Wer sagte ihm eigentlich, dass die Elder harmloser oder auch nur weniger gefährlich waren als Bull und die anderen Tiermenschen? Nur weil sie edle Gesichter und spitze Ohren hatten?

Zum zweiten Mal begann er seine Geschichte zu erzählen, wobei er sich diesmal noch genauer überlegte, was er erzählte und was nicht. Er achtete genau darauf, was er sagte, und ließ vor allem alles weg, was ihm irgendwie dazu angetan schien, Bull und seiner Sippe zu schaden oder den Elder einen Vorteil den Tiermenschen gegenüber zu verschaffen, den sie bisher nicht gehabt hatten. Zumindest Tamar schien dieser Umstand keineswegs zu entgehen, denn er sah zwei- oder dreimal misstrauisch auf, und auch Aaron und die Elder-Frau unterbrachen ihn immer wieder um eine Frage zu stellen; möglicherweise auch in der Hoffnung, ihn in Widersprüche zu verwickeln. Und das eine oder andere dessen, was er erzählte, schien sie auch zu überraschen. Vor allem als er von der unheimlichen Gestalt erzählte, die er kurz nach seiner Ankunft in der Stadt der Fresser zu sehen geglaubt hatte, zeigten sich Tamar und auch Culain deutlich beunruhigt und fragten mehrmals nach, ob er sich diese Begegnung nicht vielleicht doch nur eingebildet habe.

»Das war im Grunde alles.« Er lehnte sich erschöpft zurück und griff dankbar nach dem versilberten Becher, den Culain ihm reichte, um einen winzigen Schluck zu trinken. Er hatte fast eine Stunde geredet und war beinahe selbst überrascht, an wie viele Einzelheiten er sich noch erinnerte – und vor allem wie viel in den letztendlich wenigen Tagen, die seit seinem Erwachen in Katts Haus erst vergangen waren, geschehen war. Er befeuchtete seine Lippen – in dem Becher befand sich ein ziemlich schwerer und vermutlich auch starker Wein – und deutete dann mit einer Kopfbewegung auf Culain, der neben ihm Platz genommen hatte. »Culain hat uns gefunden und Katt und mir das Leben gerettet. Den Rest kann er wahrscheinlich besser erzählen als ich.«

»Das hat er bereits getan«, antwortete Tamar, und auch Aaron und Endela nickten zustimmend. »Was er uns jedoch nicht beantworten konnte, war die Frage, warum die Drachen dich so angestrengt suchen.«

»Tun sie das denn?«

»Die Vermutung liegt jedenfalls nahe«, antwortete der Elder. »Du hast es selbst erzählt – als du mit der Ratte unterwegs gewesen bist, hätten sie euch fast gesehen.«

»Vielleicht waren sie auch einfach nur nicht sicher, ob sie etwas gesehen haben oder nicht«, sagte Anders.

Tamar schüttelte entschieden den Kopf. »Die Drachen schießen normalerweise zuerst und schauen dann nach, was sie getroffen haben, zumindest im Land der Tiermenschen. Und es hat auch noch andere ... Zwischenfälle gegeben. Nichts Außergewöhnliches. Aber die Drachen benehmen sich seltsam. Nicht so wie sonst.«

»Ich glaube, so weit waren wir schon einmal«, sagte Anders, direkt an Tamar gewandt. »Ich will euch nicht in Gefahr bringen.«

»Wie edel«, spöttelte Endela. »Aber jetzt überschätzt du dich. Die Drachen respektieren uns, ebenso wie wir sie. Sie kommen niemals hierher.«

»Und wenn du wirklich so wichtig für sie wärst, wie du zu glauben scheinst, dann hätten sie dich längst gefunden.« Auch Tamar schüttelte den Kopf, um der Elder zuzustimmen. »Ich glaube eher, es ist so, wie du selbst vermutet hast: Sie haben deinen Freund getötet, aber sie sind nicht ganz sicher, ob du ihnen entkommen bist oder nicht. Sie werden noch eine Weile etwas aufmerksamer sein als gewöhnlich und dich dann vergessen.«

Klar, dachte Anders spöttisch. *Deswegen haben auch zwei von euch ihr Leben riskiert, um mich zu retten.* »Und was bedeutet das?«, fragte er.

»Dass du in Sicherheit bist«, antwortete Endela lächelnd. Sie deutete auf Culain. »Vorerst kannst du bei ihm und Morgen bleiben, später werden wir dann eine andere Lösung finden.«

»Hier?«, fragte Anders.

»Natürlich nicht«, sagte Endela. »Du wirst bei deinem Volk leben. Den Menschen. Aber das muss gut überlegt werden. Unsere Gemeinschaft ist nicht sehr groß. Wir müssen den richtigen Platz für dich finden.«

Prima Idee, dachte Anders. *Ich wollte schon immer Bauer werden.*

»Ich glaube nicht, dass das eine gute Idee ist«, sagte er vorsichtig.

Endela sah ihn fragend an.

»Ich kann nicht hier bleiben«, fuhr er fort. »Ich habe es Culain schon gesagt, und …«

»Ja, er hat uns davon erzählt«, unterbrach ihn die Elder. »Aber auch darüber können wir später reden. Im Moment bist du ja kaum in der Lage, dich auf den Beinen zu halten, nicht wahr?«

»Ich kann nicht hier bleiben«, beharrte Anders. »Weder bei euch noch bei Katts Leuten.«

Er sah, dass Aaron auffahren wollte, aber Endela brachte ihn mit einer raschen Geste zum Schweigen. »Uns ist klar, dass du so denkst«, sagte sie beinahe sanft. »Du bist jung und du kennst weder unsere Welt noch unsere Art, zu leben. Ich an deiner Stelle würde wahrscheinlich nicht anders reagieren. Warum gibst du dir nicht selbst ein wenig Zeit? Lern unsere Welt ein wenig besser kennen. Wir verlangen nicht, dass du dich sofort entscheidest. Erhol dich ein wenig und lerne das Tal und seine Menschen kennen.«

»Und wenn ich danach immer noch gehen will?«, fragte Anders.

Endela hob die Schultern. »Es wäre dein sicherer Tod«, antwortete sie mit einem raschen Blick in Culains Richtung. »Aber es wäre auch deine Entscheidung. Ich würde es bedauern, doch du kannst natürlich gehen, wohin du willst.«

»Meinst du das ernst?«, fragte Anders zweifelnd.

»Du bist nicht unser Gefangener«, antwortete die Elder. Sie

schüttelte den Kopf. »Aber es wäre mir wirklich lieber, wenn wir dieses Gespräch später führen könnten. Du bist erregt, und nach allem, was du durchgemacht hast, kann ich dir nicht verdenken, wenn du auch uns nicht vertraust.«

Anders hob nur die Schultern. Vielleicht wollte er gar nicht zu sehr über die Worte der Elder nachdenken. Was, wenn er zu dem Ergebnis kam, dass sie Recht hatte?

»Warum habt ihr euch dann so große Mühe gegeben, mich zu euch zu holen?«, fragte er geradeheraus.

Endela schien die Frage erwartet zu haben. »Weil du ein Mensch bist, Anders«, antwortete sie. »Und ein Menschenleben etwas Heiliges ist. Wir sind zu wenige um zulassen zu können, dass auch nur ein Einziger von uns zu Schaden kommt.« Sie nickte, an Culain gewandt. »Du wirst dich um ihn kümmern. Führe ihn ein wenig herum und zeig ihm das Tal, und in einigen Tagen reden wir weiter.« Sie wandte sich wieder direkt an Anders. »Bist du damit einverstanden?«

Anders war so überrascht, dass er beinahe automatisch nickte, und damit war das Gespräch jäh beendet. Die drei Elder standen ohne ein weiteres Wort auf und gingen und Anders sah ihnen vollkommen verblüfft hinterher.

Culain lächelte so schelmisch, als hätte er genau diese Reaktion vorausgesehen und sich insgeheim darauf gefreut. »So, jetzt hast du den Hohen Rat kennen gelernt«, sagte er. »Aber urteile nicht vorschnell. Solange sie Oberons Auge nicht tragen, sind sie anders. Aaron ist manchmal etwas ungeduldig, doch Endela ist eine sehr gütige Frau.«

»Oberons Auge?«

Culain fuhr sich mit der Fingerspitze über die Stirn. »Das Band und der Stein. Sie sprechen in Oberons Namen, solange sie es tragen. Du weißt nicht, wer Oberon ist, nehme ich an.«

»Ich habe Shakespeare gelesen«, antwortete Anders. »Gezwungenermaßen.«

»Was bedeutet das?«

»Nichts«, antwortete Anders hastig. Die Bemerkung tat

ihm schon wieder Leid. Irgendwie war es nicht der Moment für Scherze oder auch nur flapsige Bemerkungen. »So etwas wie euer oberster Gott.«

»Wenn du es so sehen willst«, sagte Culain. »Er ist der Oberste unseres Volkes … aber hast du nicht gesagt, dass niemand in eurer Welt von unserer Existenz weiß?«

»Das stimmt auch«, antwortete Anders hastig. »Nicht wirklich.«

»Aha«, sagte Culain. Sein Blick wurde hart und Anders konnte regelrecht *sehen*, wie seine Stimmung umschlug.

»Es ist nicht so, wie du glaubst«, sagte Anders hastig. »Ich habe euch nicht belogen. Niemand weiß, dass es euch gibt. Ich meine: Niemand *glaubt*, dass es euch gibt.«

»Muss ich das jetzt verstehen?«, fragte Culain misstrauisch.

»Es gibt Legenden«, antwortete Anders. Nervös griff er nach seinem Becher und trank einen diesmal etwas größeren Schluck. »Ihr seid … Fabelwesen. Elfen und Feen und Zwerge … Zentauren und Menschen mit Tierköpfen … unsere alten Mythen wimmeln von solchen Geschöpfen, aber ich hätte niemals geglaubt, so etwas … *euch* wirklich zu sehen.«

Das Misstrauein in Culains Augen wurde noch stärker. »Aber ihr wisst von Oberon?« *Wer soll dir das glauben?*

Anders konnte nur noch die Schultern heben. »Ich würde jetzt gerne zurückgehen und nach Katt sehen«, sagte er.

11

Er hatte erwartet, Katt halbwegs erholt oder zumindest in unverändertem Zustand vorzufinden, aber das genaue Gegenteil war der Fall. Sie lag – bis zum Hals zugedeckt – im Bett, und Anders hätte ihre von feinen Schweißperlen bedeckte Stirn nicht einmal berühren müssen um zu erkennen, dass sie wieder Fieber hatte.

Etliche Sekunden lang stand er einfach nur verwirrt da und

fühlte sich vollkommen hilflos. Es war wenig mehr als eine Stunde her, dass er mit Katt gesprochen hatte, und sie hatte weder wie das blühende Leben ausgesehen noch war sie vor Energie aus den Nähten geplatzt. Aber sie hatte auch nicht wie eine Tote dagelegen!

Anders machte verstört einen Schritt zurück und stieß gegen den kleinen Tisch, der neben dem Bett stand. Etwas klapperte, und als Anders sich umdrehte, durchfuhr ihn ein eisiger Schrecken. Auf dem Tisch stand eine emaillierte Schüssel mit schmutzigem Wasser und daneben lag ein Haufen zusammengeknüllter blutiger Tücher. Was hatte Morgen getan?

Anders fuhr mit einem Ruck herum, riss die Decke herunter und sah es.

Katt trug noch immer das schlichte weiße Gewand, das Valeria ihr in der Torburg übergestreift hatte, nur dass es jetzt voller hässlicher Blutflecke und -spritzer war. Ihre Füße und ihre linke Hand waren frisch verbunden, aber der weiße Stoff war hier und da schon durchgeblutet. *Was hatte Morgen getan?!*

»Bitte weck sie nicht auf.«

Anders fuhr mit einer zornigen Bewegung herum und starrte die Elder an, die unbemerkt hinter ihm durch die Tür getreten und stehen geblieben war. Auch ihr Kleid war mit Blut besudelt. Sie sah müde aus.

»Was hast du getan?«, fragte Anders beinahe hasserfüllt.

Morgen machte eine fast erschrockene Geste. »Lass sie schlafen«, bat sie. »Ich habe ihr etwas gegeben, um den Schmerz zu lindern, aber du solltest sie trotzdem nicht aufwecken.«

»Aber du …«

»Bitte!«, unterbrach ihn Morgen.

Anders schluckte den Rest seiner Worte hinunter, sah noch einmal auf das fiebernde Mädchen hinab und deckte sie fast zärtlich wieder zu, bevor er sich endgültig umwandte und der Elder nach draußen folgte. Er geduldete sich noch weiter, bis sie die Tür geschlossen hatte, dann aber brach es endgültig aus ihm heraus.

»Was hast du mit ihr gemacht?!«, fuhr er Morgen an. Er trat so dicht an sie heran, dass sich ihre Gesichter beinahe berührten, und musste sich plötzlich mit aller Macht beherrschen, um sie nicht einfach zu packen und zu schütteln.

»Was ich tun musste«, antwortete Morgen ernst.

»Was du ...«

»Was geht hier vor?«, erklang Culains Stimme hinter ihm. Anders drehte sich bebend vor Wut um und starrte den Elder an, der am anderen Ende des Gangs aus einer Tür getreten war und ihn mindestens genauso zornig anfunkelte. »Was fällt dir ein, du ...«

»Culain!« Morgen hob rasch die Hand. »Es ist alles in Ordnung.«

»In Ordnung?« Culain kam mit langsamen Schritten näher. »Das sieht mir aber gar nicht so aus. Was ist los?«

»Es ist alles in Ordnung, wirklich«, wiederholte Morgen. Ihre Stimme wurde fast beschwörend. »Es ist meine Schuld. Ich hätte es ihm sagen sollen.«

»Was?«, fragte Anders scharf.

»Ja, das würde mich auch interessieren«, sagte Culain. Sein Blick wurde irgendwie ... lauernd. Er kam langsam näher, aber seine lässige Haltung täuschte Anders keinen Moment. Culain war in Wahrheit gespannt wie eine Stahlfeder.

»Bitte, Culain!« Morgen wich zwei Schritte von Anders zurück, aber vermutlich nicht weil sie Angst vor ihm hatte, sondern eher um Culain zu besänftigen. »Es ist nur ein Missverständnis. Anders weiß, dass ich dem Mädchen nichts antun würde.«

»Ach?«, grollte Anders. »Weiß ich das?« Der Zorn in seiner Stimme überzeugte nicht einmal ihn selbst. Er hatte plötzlich das schlimme Gefühl, einen Fehler gemacht zu haben.

»Ich habe ihr gesagt, was ich tun muss, und sie war einverstanden«, sagte Morgen. »Ich hätte gewartet, bis du zurück bist, aber eine gewisse Eile war geboten. Das tote Fleisch hätte sie vergiftet. Und ich glaube, du weißt das auch.«

Natürlich wusste er es. Er hatte es schon gestern gewusst. Aber er war so unglaublich wütend!

»Valeria hat doch gesagt ...«

»Valeria«, unterbrach ihn Morgen sanft, »ist eine gute Heilerin. Vielleicht die beste, die wir je hatten. Ihre Salbe hat das Schlimmste verhindert. Doch auch sie kann nicht zaubern.«

Vor allem wenn sie es nicht will, fügte Anders in Gedanken hinzu. Er versuchte in Morgens Gesicht zu lesen, aber es gelang ihm nicht. Die Elder hatte sich entweder perfekt in der Gewalt oder sie glaubte tatsächlich, was sie sagte.

Doch das wiederum glaubte Anders nicht.

»Es sieht schlimmer aus, als es ist. Nur bei zwei Zehen mussten wir zur ... Radikallösung greifen«, fuhr Morgen fort. »Deine Freundin ist ein sehr tapferes Mädchen und sie ist sehr stark. Du wirst sehen, in ein paar Tagen ist sie wieder auf den Beinen. Und sie wird wieder vollkommen gesund, das verspreche ich dir.«

Anders fühlte sich mit jedem Moment elender. Es gab kaum ein schlimmeres Gefühl, als sich von gerechter Empörung plötzlich in der Rolle desjenigen wiederzufinden, der eindeutig im *Unrecht* war.

Was allerdings nicht für Culain galt. Anders drehte sich betont herausfordernd zu dem Elder herum und etwas in ihm stürzte sich begierig auf die eine oder andere Erinnerung, die er mit Culain verband.

»Und wahrscheinlich tut dir das auch unglaublich Leid, wie?«, fragte er böse. *Willst du sie behalten?* »Ich bin sicher, dir bricht das Herz, wenn du an die Schmerzen denkst, die Katt erleidet!« *Sie sind auf uns abgerichtet,* hatte die Zentaurin gesagt. »Aber nur um deine Frage von vorgestern zu beantworten: Ich *will* sie behalten. Und wenn *ihr* Wert darauf legt, *mich* zu behalten, dann solltet ihr verdammt gut darauf achten, dass ihr nichts passiert!«

Von allen denkbaren Reaktionen, mit denen er gerechnet hatte, war Culains die unwahrscheinlichste. Er hatte mit gar nichts gerechnet, um ehrlich zu sein – er war nicht mehr in der Verfassung, logisch zu *denken* –, aber er wäre auch kein bisschen erstaunt gewesen, hätte Culain ihn geohrfeigt oder auch kurzerhand niedergeschlagen.

Das genaue Gegenteil war der Fall.

Culain wirkte ... verletzt. Anders las zwar Zorn in seinen Augen, der jedoch beinahe nur eine reflexartige Reaktion auf die Tatsache war, dass es überhaupt jemand wagte, in einem solchen Ton mit ihm zu reden. Darunter aber erkannte er eine Betroffenheit, die ihn zutiefst überraschte. Sein Zorn lief ins Leere und verwandelte sich in das Gefühl, jemandem Unrecht getan zu haben. Für einen Moment hasste er sich dafür, nicht die Kraft aufzubringen und sich zu entschuldigen, und dann war es zu spät dafür; Culain fuhr auf dem Absatz herum und stürmte davon.

»Das hättest du nicht sagen dürfen«, sagte Morgen. Sie klang traurig, nicht vorwurfsvoll. Anders drehte sich wieder zu ihr um und erwartete, zumindest einem anklagenden Blick zu begegnen, doch Morgen sah nur sehr müde aus.

»Du tust ihm Unrecht«, fuhr sie fort. »Ich ... wollte es dir eigentlich nicht sagen, aber Tamar hat gestern von ihm verlangt, das Mädchen zu töten.«

»Er hat *was?*«, keuchte Anders.

Die Elder hob rasch und beruhigend die Hand. »Noch nie zuvor ist es einem Tiermenschen gestattet worden, auch nur einen Fuß in dieses Tal zu setzen. Es ist eines unserer ältesten Gesetze. Die Ödlande gehören den Tiermenschen, das Tal und die Berge den Menschen und Elder. Sie hatten einen furchtbaren Streit, aber am Ende hat Culain sich durchgesetzt, gegen Tamar und auch gegen den Hohen Rat.« Ihre Stimme wurde hörbar ernster. »Du musst mir versprechen, dass niemand erfährt, was sie wirklich ist. Kein anderer Elder und erst recht keiner der Menschen.«

»Warum?«, fragte Anders. »Hassen sie die Tiermenschen so sehr?«

»Es würde die Ordnung der Dinge in Gefahr bringen«, antwortete Morgen. »Unsere Welt ist sehr klein, Anders. Vielleicht ist es dort, wo du herkommst, möglich, dass jeder so lebt, wie es ihm gefällt, aber unsere Welt bietet einfach nicht genug Platz. Sie könnte nicht funktionieren, ohne dass sich alle an feste Regeln halten. Und wir sind die Hüter dieser Regeln. Wie soll eine Ordnung funktionieren, wenn diejenigen, die für die Gesetzgebung verantwortlich sind, sie als Erste brechen?«

»Warum hat er sie dann überhaupt mitgenommen?«, fragte Anders bitter.

»Hätte er sie in dieser Höhle sterben lassen sollen?«

»Mit hierher, zu euch, meine ich. Er hätte sie bei ihren Leuten lassen können.«

»Wo sie zweifellos gestorben wäre«, sagte Morgen. »Und wenn nicht, hätte dieser entsetzliche Minotaur sie getötet.«

Womit sie vermutlich Recht hatte, dachte er. So wütend, wie Bull gewesen war, hätte er Katt sicher getötet, weil sie versucht hatte ihm zu helfen. Was er mit ihrer Schwester gemacht haben könnte, wagte er sich gar nicht vorzustellen.

Und dennoch: »Culains Hunde hätten sie beinahe getötet«, meinte er.

»Ich weiß«, erwiderte Morgen. »Die Zentaurin hat mir davon erzählt. Die Hunde sind für die Jagd auf Tiermenschen abgerichtet. Culain hat sie sicher nicht auf das Mädchen gehetzt, doch wenn die Zentauren nicht dazwischengegangen wären, wäre vielleicht ein Unglück geschehen. Doch er hätte sie gewiss nicht absichtlich auf Katt gehetzt.«

»Aber es hätte ihm auch nicht das Herz gebrochen, wenn es zu diesem *Unglück* gekommen wäre«, sagte Anders.

»Nein, wahrscheinlich nicht«, gab Morgen unumwunden zu. »Doch da wusste er auch noch nicht, wie viel sie dir bedeutet.«

»Und deshalb hat sie ein größeres Recht zu leben, als wenn sie mir gleichgültig gewesen wäre?«

»Ich glaube nicht, dass wir das Gespräch jetzt fortsetzen

sollten«, sagte Morgen. »Du weißt zu wenig über uns und unser Leben, um dir ein Urteil erlauben zu können, und wir zu wenig über dich. Geh jetzt zu Katt. Ich bin sicher, du möchtest bei ihr sein, wenn sie aufwacht.«

12

Morgens Vorhersage erfüllte sich nicht nur, sondern erwies sich sogar noch als zu pessimistisch. Als Katt erwachte, hatte sie zwar Schmerzen und fühlte sich schwach und fiebrig, aber ihr Zustand besserte sich von Stunde zu Stunde; und als Anders am nächsten Morgen erwachte, war sie schon auf und stand am Fenster, um auf das Tal hinabzublicken.

Erschrocken sprang er auf und eilte zu ihr, fest davon überzeugt, sie so elend und schwach zu erblicken, wie er sie gestern gesehen hatte (wie er sie *fast immer* gesehen hatte, wenn er ehrlich war), doch das Gegenteil war der Fall. Katt drehte sich halb zu ihm herum, als sie seine Schritte hörte, und der Anblick war so überraschend, dass Anders mitten in der Bewegung verharrte.

Sie war – natürlich – noch immer entsetzlich dünn und abgemagert, aber vielleicht zum ersten Mal, seit er sie kennen gelernt hatte, wirkte sie *gesund,* wobei er den Unterschied nicht einmal genau in Worte kleiden konnte. Der graue Schimmer war ebenso von ihren Wangen verschwunden wie der fiebrige Glanz aus ihren Augen, doch das war längst nicht alles. Sie strahlte mit einem Mal eine Kraft und Lebendigkeit aus, die Anders regelrecht erschütterte.

»Guten Morgen«, begrüßte sie ihn. »Ich wollte dich nicht wecken. War ich zu laut?«

Anders konnte nur stumm den Kopf schütteln, und die Frage, die ihm ganz automatisch auf der Zunge lag – nämlich wie es ihr ging –, kam ihm mit einem Mal so lächerlich vor, dass er gar nichts sagte, sondern sie einfach nur verwirrt anstarrte. Katt legte den Kopf auf die Seite, sah ihn ein paar Augenblicke lang ebenso amüsiert wie fragend an und stellte sich plötzlich auf die Zehenspitzen, um ihn flüchtig auf die Nasenspitze zu küssen. Anders war viel zu perplex, um auch nur irgendwie zu reagieren, und als er seine Überraschung überwunden hatte und nach ihr greifen wollte, war sie schon wieder zwei Schritte zurückgewichen und sah ihn aus spöttisch funkelnden Augen an.

»Hat es dir die Sprache verschlagen?«

Die ehrliche Antwort wäre ein einfaches »Ja« gewesen, wenn auch nicht die ganze: Anders genoss es einfach nur, dazustehen und sie anzusehen. Sie trug ein neues, sauberes und strahlend weißes Gewand, und Anders begriff plötzlich, dass sie schon eine geraume Weile wach sein musste, denn auch ihre Verbände waren frisch und sauber und sie hatte sich das Haar gewaschen und gebürstet, sodass es wie Seide glänzte.

»Ich wollte dich gerade fragen, wie es dir geht«, sagte er. »Aber ich glaube, das hat sich gerade erledigt.«

»Ich fühle mich wunderbar«, antwortete sie. »Die Elder haben gute Medizin. Meine Hand tut schon kaum noch weh, und wie es aussieht, werde ich sogar alle Finger behalten. Und auch das Fieber ist fort.«

»Du solltest dich trotzdem nicht überanstrengen«, erwiderte Anders. Irgendwie kam er sich dabei albern vor. Katt sah aus wie das blühende Leben.

Sie lachte auch nur und drehte sich dann wieder zum Fenster um und Anders trat neben sie. Die Sonne war bereits aufgegangen, stand jedoch noch nicht sehr hoch, sodass der allergrößte Teil des Tals noch im Schatten lag. Dennoch bewegten sich unter ihnen bereits Menschen zwischen den Häusern und auch auf den Feldern war schon Bewegung. Die Strohdächer der Häuser, die nicht mehr im Schatten lagen, glänzten wie versponnenes Gold im Sonnenlicht und die Luft war noch feucht vom Morgentau, aber schon angenehm mild.

Ein sonderbar warmes Gefühl ergriff von Anders Besitz,

während er neben Katt am Fenster stand und nach unten sah. Noch vor zwei Wochen hätte er den Ausblick schon aus Prinzip kitschig und albern gefunden und sich – wahrscheinlich mit einer abfälligen Bemerkung – nach einem Augenblick wieder weggedreht. Jetzt jedoch geschah etwas, das ihn selbst zutiefst verwirrte, dem er sich aber auch nicht entziehen konnte; und gar nicht wollte. So kitschig und arrangiert das Bild auch aussehen mochte, es berührte etwas in ihm, eine uralte Sehnsucht, die älter war als er selbst und sich auf einer Ebene abspielte, die nichts mit seinem Verstand zu tun hatte. Er fühlte sich … geborgen auf eine Weise, die er noch vor wenigen Tagen nicht einmal für möglich gehalten hätte. Und trotzdem spürte er zugleich, wie sehr er dieses Gefühl zeit seines Lebens vermisst hatte.

Fast ohne sein Zutun legte er den Arm um Katts Schulter und diesmal entzog sie sich ihm nicht, sondern schmiegte sich ganz im Gegenteil an ihn und rieb den Kopf an seiner Wange. Eine Weile standen sie einfach nur so da, jeder geborgen in der Nähe des anderen und gemeinsam gefangen in der Magie eines Augenblicks, wie er vielleicht nur an diesem einen Ort im ganzen Universum möglich war. Für diesen Moment konnte er sich vorstellen hier zu bleiben, den Rest seines ganzen Lebens zusammen mit Katt im Schutze der Elder zu verbringen. Seine Hand löste sich von ihrer Schulter und strich zärtlich über ihr Haar. Katt schauderte, als seine Fingerspitzen ihren Nacken berührten.

»Ist es … schlimm?«, fragte sie leise.

Anders verstand nicht einmal, was sie meinte. »Was?«

»Dass es weg ist«, antwortete Katt. »Mein Fell.« Sie löste den Kopf von seiner Wange und sah ihn fast furchtsam an. »Ich weiß doch, wie sehr du es gemocht hast.«

»Stimmt«, sagte Anders ernst. Er machte ein nachdenkliches Gesicht, schob Katt auf Armeslänge von sich weg und musterte sie stirnrunzelnd. »Jetzt, wo du es sagst … besonders viel ist an dir nicht mehr dran. Du löst dich stückweise auf.«

»Wie?« Katt blinzelte.

»Im Augenblick immer noch besser als gar nichts«, sagte Anders. »Aber ich denke, ich werde mich nach Ersatz umsehen.« Er machte eine Kopfbewegung auf die Menschenstadt hinunter. »Es müsste schon mit dem Teufel zugehen, wenn es da unten nicht das eine oder andere nette Mädchen gibt.«

Katt riss die Augen auf.

»Aber mach dir keine Sorgen«, fuhr Anders fort. Er lächelte, streckte die Hand aus und begann sie mit den Fingerspitzen hinter dem Ohr zu kraulen, wie er es auch mit einer wirklichen Katze getan hätte. »Du kannst selbstverständlich bleiben. Wir werden schon eine Aufgabe für dich finden. Schlimmstenfalls gibt es auf den Bauernhöfen da unten bestimmt jede Menge Mäuse, um die du dich kümmern kannst.«

Katt fauchte und versetzte ihm mit der gesunden Hand einen Hieb in die Rippen, dass ihm die Luft wegblieb. »Vielleicht kümmere ich mich ja nur um eine einzige Ratte!«, zischte sie. »Um eine ganz besonders große, fette, heimtückische, undankbare Ratte!«

»Ich bin nicht fett«, ächzte Anders.

»Bist du wohl!«, behauptete Katt. Und damit warf sie sich gegen ihn, drängte ihn rücksichtslos gegen das Bett und schubste ihn um. Anders fiel lachend nach hinten und japste ein zweites Mal vergeblich nach Luft, als Katt sich auf ihn warf. Ganz instinktiv wollte er die Arme um sie schließen und sie an sich ziehen, aber Katt stieß ihn mit erstaunlicher Kraft zurück, presste seine Arme mit den Knien gegen das Bett und bleckte drohend die Zähne.

»So«, fauchte sie. »Und jetzt reden wir noch einmal darüber, wer bei wem bleiben darf und was zu tun hat!«

»Gnade!«, wimmerte Anders. Er bekam kaum noch Luft.

»Nichts da!«, kicherte Katt. Sie beugte sich vor, sodass ihre Haare in sein Gesicht fielen und ihn kitzelten. »Ich mache dich jetzt zu meinem Sklaven. Du hast zu tun, was ich dir sage.«

»Und wenn nicht?«, fragte Anders.

»Dann wirst du bestraft!«, sagte Katt. »Ganz schrecklich bestraft!«

»Ach, und wie?« Anders versuchte sich zu befreien, aber Katt verstärkte den Druck auf seine Unterarme nur noch – es tat jetzt wirklich weh – und drückte gleichzeitig seine Schultern nieder. Er war tatsächlich so gut wie hilflos und er war nicht wirklich sicher, ob ihm das gefiel.

»Na, ungefähr so.« Ihre Worte gingen übergangslos in ein Schnurren über, das auch nicht aufhörte, als sie sich noch weiter vorbeugte und ihn küsste; sanft und fordernd zugleich und so lange, dass er am Schluss wirklich keine Luft bekam und keuchend um Atem ringen musste, als sich ihre Lippen endlich wieder von ihm lösten.

»Und das war erst der Anfang«, sagte sie. »Mir fallen noch viel schrecklichere Foltermethoden ein.«

»Ich ... zittere vor ... Angst«, keuchte Anders. »Aber übertreib bitte nicht.«

»Ja, genau das wollte ich auch gerade sagen.«

Katt fuhr mit einer erschrockenen Bewegung hoch, drehte mit einem Ruck den Kopf und glitt dann rasch von ihm herunter, und auch Anders richtete sich verwirrt auf und sah zur Tür. Morgen hatte den Raum betreten. Wie sie die schwere Tür aufbekommen hatte, ohne dass er es hörte, war ihm ein Rätsel, zumal sie eine Schale mit Wasser in der einen und sauberes Verbandszeug in der anderen Hand trug. Der Ausdruck auf ihrem Gesicht war schwer zu deuten, denn der Bereich vor der Tür lag noch im Schatten, sodass sie kaum mehr als ein verschwommener Schemen war. Aber ihre Stimme hatte scharf geklungen, und als die Elder weiterging, glaubte Anders allein an ihren Bewegungen zu spüren, dass sie irgendwie verärgert war; als hätte sie etwas gesehen, womit sie nicht einverstanden war.

Nicht dass es sie etwas anging.

»Morgen«, murmelte Katt unsicher.

»Anders hat vollkommen Recht«, sagte Morgen. Sie streifte ihn mit einem kühlen Blick, während sie ihre Last zum Tisch trug und fortfuhr: »Du solltest es nicht übertreiben. Im Moment fühlst du dich kräftig und ausgeruht, aber glaub mir, das liegt zu einem Gutteil an dem Trank, den ich dir gestern Abend eingeflößt habe. Du bist noch lange nicht wieder bei Kräften.«

»Aber ich fühle mich gut, hohe Herrin«, protestierte Katt.

»Morgen reicht«, antwortete Morgen. Den Rest von Katts Worten ignorierte sie und bedeutete Anders nur mit einer ärgerlichen Geste, aufzustehen.

Anders gehorchte hastig und auch Katt wollte sich erheben, doch nun winkte die Elder im Gegenteil ab. »Du bleibst schön liegen. Zieh dein Kleid aus. Ich will mir deine Wunden ansehen.«

Katt gehorchte zwar und ließ sich wieder aufs Bett sinken, warf Anders aber einen fast Hilfe suchenden Blick zu, und was er in ihren Augen las, das brach ihm fast das Herz. Sie war für einen Moment glücklich gewesen – vielleicht zum allerersten Mal in ihrem ganzen Leben – und nun kehrte die Angst in ihren Blick zurück.

Als sie nach dem Saum ihres Gewandes griff, um es über den Kopf zu streifen, hielt Morgen sie mit einer raschen Geste zurück. »Willst du nicht zu Maran in die Küche gehen, um dir etwas zu essen geben zu lassen?«, fragte sie.

Anders verstand, aber er war immer noch zornig auf die Elder, weil sie Katt so roh in die Wirklichkeit zurückgerissen hatte. »Ich glaube nicht, dass da irgendetwas ist, was ich nicht schon …«

»Verschwinde!«, unterbrach ihn Morgen. Ihre Stimme war plötzlich so kalt wie Stahl. Anders hielt ihrem Blick noch eine halbe Sekunde lang stand, aber dann drehte er sich gehorsam um und ging. An der Tür blieb er jedoch noch einmal stehen und blickte sich um.

Katt hatte ihr Kleid abgestreift und ein warmes Gefühl von

Zärtlichkeit und Zuneigung machte sich in ihm breit, als er sah, wie unglaublich schön sie in dem milden Licht war, das durch das offene Fenster hereinströmte. Wenn sie noch zehn oder fünfzehn Kilo zunahm, würde sie eine Figur haben, um die sie jedes Topmodel beneiden musste. Sie war unglaublich *schön.*

»Wusstest du, dass Elder auch Augen im Hinterkopf haben?«, fragte Morgen, ohne sich zu ihm umzudrehen.

Anders verließ hastig das Zimmer und zog die Tür hinter sich zu. Draußen auf dem Gang blieb er verwirrt stehen. Plötzlich tobte in seiner Brust ein Sturm von Gefühlen, wie er ihn nie zuvor erlebt hatte. Er war noch immer wütend auf die Elder – falsch: Er redete sich ein, wütend auf sie *sein zu wollen* –, aber schon bei dem Gedanken an Katt wurde ihm fast schwindelig. Was war das, was er fühlte? Liebe? Ein Teil von ihm schreckte noch immer allein vor diesem Wort zurück, und er musste auch zugeben, dass er gar nicht genau wusste, was es bedeutete. Er war schon ein paarmal in ein Mädchen verknallt gewesen – meist Mitschülerinnen, und es hatte selten länger als wenige Tage oder Wochen gehalten –, doch was er nun empfand, das war etwas vollkommen anderes. Er spürte, dass er den Rest seines Lebens mit Katt verbringen wollte. Ganz gleich an welchem Ort.

Mit einiger Mühe gelang es ihm, den Gedanken abzuschütteln. Am liebsten wäre er sofort wieder zurückgegangen um nach Katt zu sehen, aber er war ziemlich sicher, dass Morgen ihm dann den Kopf abreißen würde. Außerdem hatte sie gesagt, er solle sich etwas zu essen geben lassen, und er hatte tatsächlich Hunger.

Unglücklicherweise hatte er nicht die geringste Ahnung, wo die Küche war. Anders lauschte einen Moment mit geschlossenen Augen. Er hörte absolut nichts – aber was hatte er erwartet? Was aussah wie eine Mischung aus König Artus' Burg und Tolkiens Lothlórien war in Wahrheit nichts anderes als ein Bunker. Die Wände waren aus Beton gegossen und die Türen bestanden aus massivem Stahl, hinter dem man eine Kanone abfeuern konnte, ohne dass man auch nur das kleinste Geräusch gehört hätte. Ihm blieb wohl nichts anderes übrig als danach zu suchen.

Die Lichtschächte unter der Decke mussten noch im Schatten liegen, denn sie waren kaum mehr als verwaschene graue Rechtecke, die keine nennenswerte Helligkeit spendeten, sodass er sich halb blind vorwärts tastete. Die erste Tür, an deren Riegel er zog, war verschlossen, die zweite aber öffnete sich bereitwillig. Dahinter befand sich jedoch keine Küche, sondern ein behaglicher Raum, der fast so groß war wie der, in dem er mit dem Hohen Rat zusammengetroffen war, und mit gemütlichen, schweren Möbeln eingerichtet – ein großer Tisch mit dazu passenden Stühlen, ein schon fast monströs großer Kamin, in dem sich allerdings nur kalte Asche befand, und zwei wuchtige Schränke mit geschnitzten Türen, in denen die Elder ihre Habseligkeiten verstauen mochten. Zu seiner Überraschung war die Wand neben dem Kamin nicht mit Holz vertäfelt oder verbarg sich hinter schweren Vorhängen, sondern bestand aus nacktem Beton. Nur ein kleines Stück neben dem Kamin befand sich eine Tür aus uraltem, stumpf gewordenem Metall.

Anders zögerte. Culain würde vermutlich nicht begeistert sein, wenn er ihn hier überraschte, und er hatte nicht den geringsten Zweifel daran, dass die Tür verschlossen oder seit zwanzig Jahren hoffnungslos eingerostet war. Und trotzdem ging er nach kurzem Zögern hin und drückte die Klinke herunter.

Und erlebte eine Überraschung. Die Klinke bewegte sich gehorsam nach unten. Die Tür war sehr schwer, sodass er unerwartet viel Kraft brauchte, um sie mit der Schulter aufzustemmen. Aber dann schwang sie so lautlos auf, als wären die Angeln gestern erst sorgfältig geölt worden.

Der Raum dahinter lag in vollkommener Dunkelheit, doch er spürte, dass er sehr groß war. Die Luft roch trocken und hatte einen unangenehmen leicht süßlichen Beigeschmack, als wäre irgendwann vor sehr langer Zeit hier drinnen etwas gestorben. Anders machte einen vorsichtigen Schritt und blieb sofort wieder stehen, als sein Fuß gegen etwas stieß, das klappernd davonflog. Praktisch im gleichen Moment glaubte er das Huschen winziger harter Pfoten auf Beton zu hören. Vermutlich gab es hier drinnen Ratten; oder Schlimmeres.

So gern er seine Entdeckungsreise fortgesetzt hätte, wagte er es doch nicht; zumindest nicht, ohne sich irgendwie Licht zu machen. Er blieb noch einen Moment unschlüssig stehen und drehte sich dann um, und hinter ihm betrat Culain das Zimmer.

Der Elder stockte mitten in der Bewegung, als er ihn sah. Ein Ausdruck von Überraschung erschien auf seinem Gesicht, aber Anders erblickte keine Spur von Unmut, wie er erwartet hätte. »Da bist du also«, sagte er.

»Ja«, antwortete Anders verdattert. »Ich war nur … also ich wollte …«

Culain lächelte flüchtig. »Morgen sagte mir, dass du zu Maran wolltest, um etwas zu essen. Ich wollte dir Gesellschaft leisten – aber das da ist nicht die Küche.«

»Ich weiß«, sagte Anders verlegen. »Ich … Es ist doch nicht verboten, oder?« Er rettete sich in ein verlegenes Grinsen und Culains Reaktion überraschte ihn auch diesmal wieder. Der Elder lächelte auf eine Art, als hätte er eine wirklich *dumme* Frage gestellt.

»Wie kommst du darauf? Du bist unser Gast, und das bedeutet, dass unser Haus auch dein Haus ist. Aber es ist ziemlich gefährlich, im Dunkeln dort drinnen herumzustolpern. Du könntest dich verletzten. Warte.« Er verschwand wieder auf dem Flur. Anders hörte ihn einen Moment dort draußen rumoren, dann kam er mit einer brennenden Fackel in der Hand zurück.

Was Anders im flackernden Licht der Flamme sah, als Culain neben ihm durch die Tür trat und seine Fackel hob, das ließ ihn noch im Nachhinein erleichtert aufatmen, nicht weitergegangen zu sein. Der Raum war ebenso groß wie das benachbarte Zimmer, hatte aber keine Fenster, und die Wände bestanden komplett aus unverkleidetem Beton. Er war hoffnungslos voll gestopft und schien als Mischung aus Waffenkammer, Vorratslager und Gerümpellager zu dienen – wobei das Gerümpel aber ganz eindeutig überwog. Das Ganze erinnerte ihn an den *Schatzkeller* unter Bulls Haus, nur um etliche Nummern größer. Was hatte er zu Katt gesagt? *Ihr seid euch vielleicht ähnlicher, als du ahnst?* Vielleicht sogar ähnlicher, als *er* bisher geahnt hatte.

»Siehst du?«, sagte Culain. »Hier ist nichts, was du nicht sehen dürftest.«

»Und anderswo?«, fragte Anders.

Culain sah ihn einen Atemzug lang verblüfft an, doch dann lachte er. »Nein, auch anderswo nicht«, antwortete er. »Ich weiß nicht, was du erwartet hast, aber es gibt hier keine finsteren Geheimnisse. Keine Schatztruhen, keine …« Er verzog übertrieben das Gesicht. »Folterkammern. Und auch nicht das Geheimnis des ewigen Lebens.«

Anders blieb ernst. Er deutete auf zwei weitere Türen am anderen Ende des Raumes. »Was ist dort?«

»Noch mehr Räume und Korridore«, erklärte der Elder. »Ein ganzes Labyrinth. Die meisten sind leer, und früher oder später trifft man auf eine Tür, die verschlossen ist.« Er hob die Schultern. »Wir benutzen sie nicht. Es gibt kein Licht und die Luft ist schlecht.«

Zumindest den letzten Teil glaubte ihm Anders gern. Sie waren seit kaum einer Minute hier drinnen, aber die Fackel hatte den Sauerstoff in der Luft schon beinahe verbraucht. Wahrscheinlich war es unmöglich, sich länger als ein paar Augenblicke hier drinnen aufzuhalten.

»Und ihr habt nie versucht diese Türen zu öffnen?«, fragte er.

»Wozu?«, antwortete Culain kopfschüttelnd.

»Keine Ahnung«, sagte Anders. »Wenn ich eine abgeschlossene Tür sehe, dann will ich immer wissen, was dahinter ist.«

»Das wird sich ändern, wenn du etwas älter geworden bist«, behauptete Culain. Er machte eine auffordernde Geste. »Maran hat ein Frühstück vorbereitet und ich bin hungrig.«

Anders zögerte zwar noch einen letzten Moment – und sei es nur aus Prinzip –, aber schließlich wandte auch er sich mit einem resignierenden Achselzucken um und folgte dem Elder nach draußen.

Culain löschte die Fackel, indem er sie in die Asche im Kamin stieß, und wartete, bis die Flamme erstickt war, und Anders nutzte die Zeit, um sich noch einmal in dem großen Zimmer umzusehen. Da war irgendetwas, was ihn störte, aber es vergingen ein paar Sekunden, bis ihm auffiel, was es war: Direkt unter dem Fenster war ein improvisiertes Lager aus Fellen und Decken aufgeschlagen worden.

»Morgen und du schlaft hier?«, wunderte er sich.

»Nur vorübergehend«, antwortete Culain.

»Nur ...« Anders machte ein schuldbewusstes Gesicht. »Katt und ich halten euer Schlafzimmer in Beschlag?«

»Wir haben selten Gäste hier«, antwortete Culain. »Aber du musst dir jetzt nicht vor lauter schlechtem Gewissen graue Haare wachsen lassen. Es macht uns nichts aus und außerdem ist es nicht für lange. Sobald ihr wieder bei Kräften seid, sehen wir uns nach einem eigenen Haus für dich um.« Er zog die erstickte Fackel aus der Asche und prüfte die Temperatur des Holzes mit den Fingerspitzen, bevor er sie achtlos auf den Tisch warf. »Und jetzt komm. Maran ist eine sehr liebe Frau, aber sie kann zur Furie werden, wenn man ihr Essen kalt werden lässt.«

Anders folgte ihm zwar, blieb jedoch unter der Tür noch einmal stehen und sah zurück. Culain schüttelte den Kopf. »Ich weiß, was du jetzt denkst.«

»So?«

»Diese Tunnel führen nirgendwo hin. Jedenfalls nicht nach draußen.«

»Woher willst du das wissen?«, fragte Anders.

»Weil wir uns in diesem Punkt gar nicht so sehr unterscheiden, wie du zu glauben scheinst«, antwortete Culain. »Ich will auch immer wissen, was hinter einer Tür ist, wenn ich sie verschlossen finde. Und ich werde umso neugieriger, je größer das Schloss ist.« Er setzte sich in Bewegung und wartete, bis Anders ihm folgte. »Wir haben ein paar dieser Türen aufgebrochen, aber dahinter war nichts.«

Anders glaubte ihm. Natürlich war da eine Stimme in ihm, die darauf beharrte, dass die Rettung unmittelbar vor ihm lag; vielleicht sogar hinter der nächsten Tür, von der Culain so hartnäckig behauptete, sie führte ins Nichts. Doch er wusste auch, dass es nur die Stimme der Verzweiflung war, und dass sie Unsinn redete. Was erwartete er – einen Tunnel, der quer durch das Gebirge bis zur anderen Seite und ins Freie führte? Kaum.

Die Küche befand sich am anderen Ende des Gangs und war deutlich einfacher eingerichtet als die beiden Zimmer, die Anders schon kannte, aber irgendwie behaglicher. Culain hatte nicht übertrieben, was Marans Kochkünste anging – die Mahlzeit, die auf sie wartete, war nicht nur reichhaltig, sondern auch vorzüglich. Anders aß ausgiebig und mit großem Appetit und er hätte sich auch gern mit Maran unterhalten, doch die grauhaarige Köchin wich seinem Blick aus und trat nur manchmal und mit gesenktem Kopf an den Tisch, um Culain und ihn zu bedienen, und stand im Übrigen reglos in der entferntesten Ecke des Raums. Genau wie bei Markus, den er in der Torburg getroffen hatte, war es ihm unmöglich, zu entscheiden, ob aus ihrem Verhalten nur Respekt oder Furcht sprach. Aber er nahm sich vor, es herauszufinden, sobald sich die Gelegenheit ergab, allein mit Maran zu reden.

Als sie fertig gegessen hatten, wollte Anders zu Katt zurückgehen, doch Culain war dagegen. »Sie braucht jetzt wirklich Ruhe, weißt du?«, sagte er. »Morgen wird ihr einen Trank geben, der sie schlafen lässt. Sie ist noch nicht annähernd so gesund, wie sie glaubt – und du anscheinend auch.«

»Heute Morgen kam sie mir schon wieder ganz fit vor«, sagte Anders.

»Und genau das ist die Gefahr«, behauptete Culain. »Sie ist sehr zäh – das sind alle ihrer Art –, aber gerade das wird ihnen oft zum Verhängnis. Sie würde niemals zugeben, dass es ihr schlecht geht. Der Krieger hat sie wirklich sehr schwer verletzt. Es ist ein Wunder, dass sie den Weg ins Gebirge überlebt hat.«

»Warum sprichst du so von ihr?«, fragte Anders.

»Wie?«

»Sie ist sehr zäh, das sind alle ihrer Art«, zitierte Anders. »Sie ist …«

»… kein Mensch«, unterbrach ihn Culain, ruhig, aber zugleich auch sehr nachdrücklich. »So wenig wie ich ein Mensch bin oder du ein Elder. Du tust ihr keinen Gefallen, wenn du versuchst das zu leugnen. Und dir auch nicht. Warum kannst du nicht einfach akzeptieren, was sie ist?«

»Das tue ich«, behauptete Anders. »Sie ist einfach ein Mädchen.«

»In das du dich bis über beide Ohren verliebt hast«, nickte Culain. »Und das so scharfe Augen und Ohren hat wie eine Katze. Ich kann dich gut verstehen. Sie ist wirklich hübsch. Hättest du dich auch in sie verliebt, wenn sie etwas von einer Schlange in sich hätte oder einer Kuh?«

Anders lachte, aber Culain verzog nur unwillig das Gesicht und brachte ihn mit einem Kopfschütteln zum Verstummen. »Ich meine das ernst. Du siehst nur das in ihr, was du sehen willst. Der Teil von ihr, der Mensch ist. Doch das ist nicht alles. Sie ist nicht einfach nur ein hübsches Mädchen mit guten Augen und Ohren. Was gibt dir das Recht, das zu leugnen?«

Er erklärte das Thema mit einer Geste für beendet und stand auf. »Komm. Ich zeige dir das Tal.«

13

Anders war enttäuscht und er machte auch keinen Hehl daraus, aber Culain war bereits aufgestanden und ging los, sodass er ihm folgen musste, ob er wollte oder nicht, und sie verließen das Haus. In seiner Erinnerung war der Weg nach oben endlos gewesen, doch nun brauchten sie kaum zehn Minuten, um die Menschenstadt zu erreichen. Anders war in seinen Gedanken noch immer bei Katt, es fiel ihm schwer, sich auf den Weg zu konzentrieren, aber er bekam immerhin mit, dass sich das Labyrinth aus metallenen Laufstegen und Treppen tatsächlich in einem so schlechten Zustand befand, wie er gestern angenommen hatte.

Die Katastrophe, die auch diesen Teil des Tals heimgesucht hatte, hatte einen Gutteil davon einfach weggefegt, und was übrig geblieben war, daran hatte die Zeit ebenso still wie beharrlich genagt: Das ehemals ausgeklügelte und sehr gut durchdachte System war fast zur Hälfte verschwunden, sodass es keine Verbindung mehr zwischen allen Häusern der Elder gab, und auch der Rest war überall repariert und zum Teil auf fast schon primitive Art geflickt. Allerdings hatte ihm seine Fantasie gestern in Zusammenarbeit mit der Angst und Erschöpfung zumindest *einen* Streich gespielt: Die Gänge und Gitterroste waren vielleicht roh und alles andere als kunstvoll repariert, dennoch aber äußerst stabil. Trotzdem war Anders froh, als er endlich wieder festen Boden unter den Füßen spürte.

Culain führte ihn auf dem gleichen Weg zurück, den sie gestern gekommen waren, legte jedoch kein so scharfes Tempo mehr vor, sondern schlenderte fast gemächlich dahin, und auch Anders hatte es nicht eilig, sondern nutzte die Zeit, um sich – ebenso aufmerksam wie gestern, wenn auch mit ganz anderen Augen – umzusehen. Am vergangenen Morgen hatte er das Tal bei allem Staunen in erster Linie unter dem Aspekt betrachtet, wie er hier möglichst schnell wieder herauskam. Das Thema Flucht war keineswegs erledigt, sondern nur für eine (sehr kurze) Zeit aufgeschoben, aber Anders hatte auch ganz bewusst entschieden, den Menschen hier wenigstens eine Chance zu geben, seine Achtung zu erringen, wenn schon nicht seine Freundschaft.

Die Stadt der Menschen kam ihm heute noch viel erstaunlicher vor als gestern. Aufgeteilt in kleine Gruppen zu vier, fünf oder sechs mussten es weit über hundert Gebäude sein, die sich in den schmalen Streifen zwischen Ackerland und kahlem Fels am Fuß des Gebirges drängten. Einige von ihnen waren sehr groß, fast schon kleine Bauernhöfe, andere so winzig, dass Anders sich fragte, wie auch nur ein einzelner Mensch halbwegs bequem darin leben sollte. Und noch etwas fiel ihm auf, während sie sich dem Miniaturdorf näherten, das sie gestern in umgekehrter Richtung und zu Pferde durchquert hatten: Alles hier war sehr sauber und ordentlich.

Culain führte ihn zu dem größten der Hand voll Gebäude; dem einzigen, das nicht mit Stroh, sondern mit groben Holzschindeln gedeckt war, und aus dessen Dach ein rauchender Kamin ragte, obwohl es trotz der noch frühen Stunde bereits warm war und der Tag ohne Zweifel *heiß* werden würde. Sie traten ein ohne anzuklopfen, und nach dem klaren, sehr hellen Morgenlicht draußen war Anders im ersten Moment fast blind. Das Haus hatte zwar eine Anzahl sogar überraschend großer Fenster, doch vor den meisten waren schwere hölzerne Läden vorgelegt, durch deren Ritzen nur wenig Licht drang, und die einzige echte Lichtquelle war etwas, das Anders im ersten Moment für einen zu groß geratenen Kamin hielt, und das vor allem stickige Wärme verbreitete.

Er sah im allerersten Moment nur Schatten. Schritte polterten, dann fiel eine Tür zu, und ein kleinwüchsiger, aber ungemein muskulöser Mann mit nacktem Oberkörper und kurz geschnittenem, schwarzem Haar trat aus der Dämmerung heraus und auf sie zu. Er blieb in zwei Schritten Abstand stehen, begrüßte Anders mit einem fast nur angedeuteten Nicken und verneigte sich dann deutlich tiefer in Culains Richtung. »Hoher Herr.«

»Das ist Gondron, der Schmied.« Culain machte sich nicht die Mühe, Gondrons Begrüßung zu erwidern, aber Anders trat automatisch einen Schritt vor und streckte dem Schmied die Hand entgegen. Gondron starrte sie einen Moment lang vollkommen verständnislos an und Anders begriff, dass diese Sitte hier anscheinend nicht bekannt war. Leicht verlegen ließ er die Hand wieder sinken und rettete sich in ein verunglücktes Lächeln.

»Mein Name ist Anders«, sagte er.

»Ich weiß, hoher Herr«, antwortete Gondron, zögernd und erst nach einem Seitenblick in Culains Richtung, als müsse er den Elder um Erlaubnis bitten, überhaupt mit ihm reden zu dürfen.

»Anders reicht«, sagte Anders. »Ich bin kein hoher Herr.«

Gondron wirkte nun vollends verunsichert und Culain rettete die Situation, indem er auf den Kamin deutete und Anders gleichzeitig mit einer Kopfbewegung zu verstehen gab, ihm zu folgen. »Katt hat mir erzählt, dass du dich für Metallbearbeitung interessierst?«

Im ersten Moment verstand Anders nicht, wovon der Elder überhaupt sprach, doch dann erinnerte er sich – es war ein einziger Satz gewesen, den er mit Katt gewechselt hatte, als sie auf der Flucht vor den Fressern gewesen waren, aber anscheinend besaß alles, was er sagte, hier ein besonderes Gewicht. Die Wahrheit war, dass er sich nicht die Bohne für Metallurgie interessierte und nur etwas gesagt hatte, was im Grunde jedes Kind wusste – jedenfalls da, wo er herkam. Er antwortete mit einer Bewegung, deren Bedeutung sich Culain aussuchen konnte.

»Warum zeigt Ihr ihm nicht Eure Werkstatt, Meister Gondron?«, fragte Culain. Der spöttische Ton, in dem er die Worte aussprach, machte seine respektvolle Wortwahl sofort wieder zunichte. Gondron sah nicht unbedingt begeistert aus, und auch wenn er es offensichtlich nicht wagte, dem Elder offen zu widersprechen, so zögerte er doch sichtlich. »Ich habe das Feuer gerade erst angezündet, hoher Herr. Die Esse ist noch nicht heiß genug, fürchte ich.«

»Ihr sollt ja auch kein königliches Schwert schmieden, sondern Anders nur alles zeigen«, erwiderte Culain mit einem Lächeln, das nicht wirklich eines war.

Gondron nickte zwar, aber trotz des schlechten Lichts hier drinnen konnte Anders erkennen, wie wenig wohl er sich in seiner Haut fühlte. Er wusste allerdings nicht, ob es an seiner oder der Gegenwart des Elder lag. Anders versuchte sich in Gedanken zur Ordnung zu rufen, doch es blieb dabei: Culain schien ein ganz besonderes Talent dafür zu haben, jedes bisschen Sympathie, das er für ihn aufbringen konnte, sofort wieder zunichte zu machen, sobald sie nicht mehr allein waren.

»Vielleicht kommen wir später wieder«, sagte er hastig. »Wenn alles vorbereitet ist. Ich finde es auch ziemlich stickig hier drin.«

Culain maß ihn mit einem Blick, in dem er mühsam unterdrückten Ärger las. Aber er hob nur die Schultern. »Ganz wie du meinst. Es gibt ja auch noch eine Menge zu sehen.« Er wandte sich zu Gondron um. »Wir kommen später zurück. Wie geht es Eurer Frau, Meister Gondron?«

»Gut«, antwortete der Schmied. »Es kann jetzt nicht mehr lange dauern.«

»Das will ich hoffen«, sagte Culain lächelnd. »Ihr wisst, dass wir demnächst auf die Jagd gehen wollen. Wir sind schon spät dran und ich würde ungern noch mehr Zeit verlieren.«

»Es liegt in Oberons Hand«, antwortete Gondron. »Ich bereite dann alles vor.« Er deutete auf die Esse. »Wenn Ihr in einer Stunde zurückkehrt, kann ich dem …«, er zögerte unmerklich, »… *Anders* alles zeigen, was er sehen möchte.«

»Das wäre schön«, sagte Culain. »Dann grüßt Eure Frau von mir – und vielleicht hat sie ja noch ein Stück von ihrem wundervollen Honigkuchen für uns, wenn wir zurückkommen.«

»Selbstverständlich, hoher Herr«, sagte Gondron.

Sie verließen das Haus. Nachdem sie ein paar Schritte weit gegangen waren, fragte Anders: »Was fehlt der Frau? Ist sie krank?«

»Krank? Nein.« Culain schüttelte den Kopf. »Sie bekommt ein Kind. Aber eigentlich ist sie schon überfällig.«

»Ein Kind?« Anders musste an Bat denken und das Schreckliche, das ihr widerfahren war. Ein kurzer, aber eisiger Schauer lief ihm über den Rücken. Fast nur um die unheimlichen Bilder aus seinem Kopf zu vertreiben, lachte er leise. »Ihr scheint ein ziemlich fruchtbares Völkchen zu sein.«

Culain sah ihn fragend an; und nicht besonders amüsiert. Vielleicht hatte er wieder einmal gegen ein Tabu verstoßen ohne es zu wissen – allmählich bekam er darin ja eine gewisse Übung.

»Ich meine: Überall, wo ich hinkomme, kriegt gerade irgendjemand ein Kind.«

»Und das ist auch gut so«, sagte Culain ernst. »Wir sind ein sehr kleines Volk, Anders. Umso wertvoller ist jedes einzelne Leben für uns.«

Aus dem Mund eines Mannes, dem das Töten so leicht von der Hand ging wie Culain, fand Anders, klang das einigermaßen seltsam. Aber er hütete sich das auszusprechen oder sich seine Gedanken auch nur anmerken zu lassen. Stattdessen lachte er wieder leise und fragte: »Und was hat Gondrons Frau mit eurer Jagd zu tun? Wolltest du das Kind mitnehmen?«

»Möglicherweise«, antwortete Culain immer noch vollkommen ernst. Er winkte ab, bevor Anders etwas darauf erwidern konnte. »Du hast es sicher gut gemeint, Anders, doch ich muss dich trotzdem bitten, mit diesen Leuten nicht zu vertraut zu werden. Du tust ihnen keinen Gefallen, wenn du sie zwingst dich beim Namen zu nennen, sondern bringst sie nur in eine unangenehme Situation.«

Anders schluckte alles hinunter, was ihm auf den Lippen lag; schon weil er das Gefühl hatte, dass ohnehin nur Gondron darunter leiden würde, ganz egal was er jetzt sagte. Einen trotzigen Blick in Culains Gesicht jedoch konnte – und wollte – er nicht unterdrücken. Ohne ein weiteres Wort folgte er Culain zum Ende des winzigen Dorfes, wo sie wieder stehen blieben und eine ganze Zeit nur schweigend nebeneinander standen und über das weite Tal blickten. Der Anblick war so romantisch und friedvoll wie am Morgen, aber der Zauber, den Anders zuvor verspürt hatte, war erloschen. Es war noch immer ein faszinierender Anblick, doch es war nicht mehr das Paradies.

Nach einer Weile räusperte sich Culain unbehaglich. »Wir haben ein paar Probleme miteinander, nicht wahr?«

Anders schwieg. Leugnen wäre wohl auch ziemlich sinnlos gewesen. Man konnte hören, wie schwer es ihm fiel, weiterzureden. Er war es nicht gewohnt, sich zu entschuldigen; oder auch nur über die Beweggründe eines anderen nachzudenken. »Du kommst aus einem Land, in dem vieles anders ist als hier. Vermutlich so fremd, dass ich es gar nicht verstehen kann, auch wenn ich es versuche.«

Er brach ab, und obwohl Anders nicht einmal in seine Richtung sah, spürte er seinen Blick fast so intensiv wie eine Berührung. Nach einer Weile rang er sich zumindest zu einem Achselzucken durch.

»Aber andersherum ist es ja vielleicht genau so«, fuhr Culain fort. »Viele unserer Sitten und Gebräuche mögen dir fremd erscheinen. Vielleicht sogar erschreckend, von deinem Standpunkt aus, oder falsch.«

»Bei uns ist man eben der Meinung, dass alle Menschen gleich sind«, sagte Anders. Das ging ziemlich weit an der Wahrheit vorbei – aber das konnte Culain schließlich nicht wissen. Es war zumindest das, was Anders gerne gehabt hätte.

»So, ist man das?«, fragte der Elder spöttisch; fast als hätte er Anders' Gedanken gelesen.

»Jedenfalls versuchen wir uns gegenseitig so zu behandeln«, fuhr Anders auf. »Ich mag es nun einmal nicht, dass den Leuten die blanke Angst ins Gesicht geschrieben steht, wenn sie mich nur sehen.«

»Du spricht nicht von dir«, sagte Culain, »sondern von mir.« Er wartete einen Moment vergeblich auf eine Antwort und gab sie sich schließlich selbst. »Von uns.«

Anders sah ihn nun doch an. Auf Culains Gesicht lag ein Ausdruck, den er weder deuten konnte noch wollte. Er hob abermals die Schultern.

»Vielleicht ist das sogar so, dort, wo du herkommst«, fuhr Culain nach einer Weile fort. »Dass alle Menschen gleich sind ... auch wenn es mir schwer fällt, das zu glauben. Aber beantworte mir eine Frage, Anders: Gibt es in dem *Draußen*, aus dem du kommst, auch Elder – außer in euren Legenden?«

»Elder nicht«, antwortete Anders. »Aber Leute wie euch schon.«

Culain sah ihn fragend an.

»Es ist noch gar nicht so lange her«, fuhr Anders fort, »da hatten wir ein ziemliches Problem mit ihnen. Nur hatten ihre Hemden eine andere Farbe.«

»Das verstehe ich nicht«, sagte Culain.

Anders seufzte. »Nein, wie auch.« Genau genommen war er froh, dass Culain ihn nicht verstand. Es war eine von jenen Bemerkungen gewesen, die vielleicht ernst gemeint waren (und um ehrlich zu sein, nicht einmal das, aber sie hörte sich einfach gut an), ohne dabei wirklich fundiert zu sein. Hätte Culain wirklich gewusst, wovon er sprach, und ihn in eine Diskussion über dieses Thema verwickelt, wäre er vermutlich sang- und klanglos untergegangen. Geschichte war noch nie seine starke Seite gewesen und die Geschichte des *Faschismus* schon gar nicht.

»Es ist auch egal«, fuhr er fort. »Du hast Recht, Culain. Ich verstehe euch so wenig wie ihr mich. Und ich will es auch gar nicht.«

»Du bist verbittert«, sagte Culain mitfühlend. »Das verstehe ich. Doch der Schmerz wird vergehen, glaube mir. Es wird eine Weile dauern, aber er vergeht.«

»Und wenn ich das gar nicht will?«

»Ich bin sogar sicher, dass du es nicht willst«, entgegnete Culain. »Das ist fast das Schlimmste mit euch Jungen. Ihr vergesst immer, wir waren auch einmal jung. In einem gewissen Alter gibt es nicht Schöneres, als sich unverstanden und vor allem ungerecht behandelt zu fühlen, habe ich Recht?«

»Quatsch!«, rief Anders.

»Glaub doch nicht, dass ich dich nicht verstehe«, sagte Culain beinahe sanft. »Du bist verzweifelt und willst zurück zu deiner Familie und den Leuten, die du kennst. Aber es hat keinen Zweck, die Augen vor der Wahrheit zu verschließen. Niemand kommt aus diesem Tal hinaus. Selbst wenn es die Drachen nicht gäbe, wäre es unmöglich.«

»Siehst du, Culain, das ist noch ein Unterschied zwischen uns«, antwortete Anders leise. »Manche von uns akzeptieren das Wort *unmöglich* eben nicht.«

»Oh, die gibt es hier auch«, erwiderte Culain. »Nur leben sie meist nicht sehr lange.«

Anders hob den Blick und betrachtete wieder die Gipfel der Berge, die unendlich weit über ihnen zu sein schienen. Zumindest auf den ersten Blick sahen sie tatsächlich unübersteigbar aus; zumindest für ihn.

»Früher oder später wirst du den Gedanken akzeptieren«, sagte Culain. »Und du wirst sehen, so schlecht ist es hier gar nicht.«

Zumindest nicht, wenn man ein Elder ist, dachte Anders. Aber auch das sprach er vorsichtshalber nicht aus, sondern bedeutete Culain nur mit einer Geste, weiterzugehen.

Erst eine gute Stunde vor Sonnenuntergang kehrten sie ins Haus der Elder zurück. Culain hatte ihm nicht das ganze Tal gezeigt – dafür hätte ein einziger Tag nicht ausgereicht –, aber doch einen Gutteil, und Anders hatte so viel über die Bewohner der Menschenstadt erfahren, dass ihm der Kopf schwirrte. Es war kein Zufall, dass sich die Häuser und Gehöfte in so kleinen Gruppen zusammendrängten, sondern vielmehr hatten die einzelnen Familien ihre Behausungen so eng beieinander errichtet, um ihren Zusammenhalt auf diese Weise nach außen zu demonstrieren – auch wenn Anders mutmaßte, dass in diesem Tal sowieso irgendwie jeder mit jedem verwandt war. Über die Menschen selbst hatte er nicht sehr viel herausgefunden, obwohl ihm Culain eine ganze Anzahl Familien vorgestellt hatte.

Was er jedoch schon im Haus des Schmieds erlebt hatte, das wiederholte sich, ganz gleich wohin sie auch kamen. Selbst wenn sie von weitem Bewegung zwischen den Häusern wahrgenommen hatten, Geräusche und das Lachen von Kindern hörten, so schienen die kleinen Ansammlungen von Gebäuden doch beinahe wie ausgestorben zu sein, sobald sie näher kamen. Es war nicht so, dass die Menschen vor ihnen flohen; nur waren plötzlich alle ganz furchtbar beschäftigt, mussten dringend irgendwo hin oder eine unaufschiebbare Besorgung erledigen, und die wenigen, die es wagten, dem Elder unter die Augen zu treten (oder einfach nicht schnell genug waren, um rechtzeitig zu verschwinden), taten es mit angstvoll gesenktem Kopf und beantworteten Culains Fragen nur im Flüsterton. Culain hatte zwar behauptet, dass die Menschen im Tal keine Angst vor den Elder hätten, aber was Anders erlebte, behauptete das Gegenteil. Und die Furcht, die sie dem Elder entgegenbrachten, galt auch ihm.

Die einzige Ausnahme schien Maran darzustellen. Die grauhaarige Haushälterin trug Katt und ihm das Essen separat auf, denn Morgen bestand nach wie vor darauf, dass Katt das Bett hütete, obwohl sie so gesund und munter aussah wie schon lange nicht mehr. Auch ihr Appetit schien zurückgekehrt zu sein, denn sie vertilgte solche Mengen, dass selbst Anders ins Staunen geriet, obwohl auch er nach dem langen Tag, den er an der frischen Luft und mit viel Bewegung verbracht hatte, hungrig war und entsprechend zugelangt hatte. Maran musste ihr zweimal nachlegen, und auch danach hätte sie vermutlich noch weitergegessen, hätte Maran nicht sanft, aber unnachgiebig den Kopf geschüttelt.

»Das ist jetzt wirklich genug, Kleines«, sagte sie. »Du musst nicht auf Vorrat essen. Es ist genug da, auch später noch.«

Katt sah ein bisschen schuldbewusst aus – was sie aber nicht daran hinderte, das Tablett, auf das Maran nicht nur das benutzte Geschirr räumte, sondern auf dem sich auch noch Brot, Fleisch und Obst befanden, mit einem fast gierigen Blick zu streifen.

»Ich kann sie verstehen«, sagte Anders. »Das war wirklich köstlich. Ich glaube, das Beste, was ich jemals gegessen habe. Du bist eine ausgezeichnete Köchin, Maran. Ich hoffe, Culain und Morgen wissen, was sie an dir haben.«

»Vielen Dank, hoher Herr«, antwortete Maran.

»Anders«, verbesserte sie Anders. Zum ungefähr zwanzigsten Mal an diesem Tag.

»Ich bin nicht sicher, ob Culain …«, begann Maran.

»… das so gerne hört, ich weiß«, unterbrach sie Anders. »Aber Culain ist im Moment nicht hier, oder?« Er sah, dass sie dazu ansetzte, ihm zu widersprechen, und machte eine unwillige Geste – die er sofort wieder bedauerte, denn sie unterstrich ja genau das, was er nicht wollte.

»Ich bin kein *hoher Herr*«, fuhr er, viel sanfter und mit einem um Verzeihung bittenden Lächeln fort. »Dass Culain und Morgen mich in ihrem Haus aufgenommen haben, macht mich nicht automatisch zu etwas Besonderem. Ich bin kein Elder«, *und er wollte es auch ganz bestimmt nicht sein,* »sondern ein ganz normaler Mensch. So wie du.«

Erstaunlicherweise zögerte Maran einen Moment mit der Antwort und ein sonderbarer Ausdruck von Unsicherheit huschte über ihr Gesicht. Sie sah kurz (und Anders hatte fast den Eindruck, gegen ihren Willen) zu Katt hin, bevor sie nickte. »Das ist wohl wahr«, murmelte sie zögernd.

»Aber?«, fragte Anders.

»Nichts«, behauptete Maran. Sie tat Anders fast Leid. Er konnte ihr ansehen, wie angestrengt sie nach einer Möglichkeit suchte, das Gespräch zu beenden; oder es am besten ganz rückgängig zu machen.

»Aber es ist schon ungewöhnlich, dass die Elder einen verletzten Menschen in ihrem Haus aufnehmen, zusammen mit seinem *Spielzeug.*«

Katt zog die Stirn kraus, sagte jedoch nichts, sondern nutzte die Gelegenheit, noch eine Scheibe Schinken von Marans Tablett zu stibitzen, und der gequälte Ausdruck auf Marans Gesicht wurde noch stärker. »Morgen ist für ihre Hilfsbereitschaft und Güte bekannt«, sagte sie. Obwohl Anders wusste, dass das stimmte, klang es nach einer Ausrede.

»Spielzeug?«, murmelte Katt. Anders ignorierte sie.

»Du bist schon sehr lange hier, nicht wahr?«, fragte er, an Maran gewandt.

»Solange ich denken kann«, antwortete sie. »Meine Eltern starben, als ich noch ein Kind war, und Morgens Mutter nahm mich auf. Seitdem lebe ich hier.«

»Und wie lange ist *seitdem?*«, fragte Anders.

»Genau weiß ich es nicht«, gestand Maran; und sie antwortete auch erst nach spürbarem Überlegen. »Vielleicht dreißig Jahre oder etwas mehr.«

Was bedeutete, dass Maran allerhöchstens vierzig Jahre alt sein konnte – aber das erstaunte Anders nicht einmal mehr. Auch wenn sie deutlich älter aussah, so waren es nicht die Jahre, die sie hatten altern lassen, sondern eher ein Leben voller Entbehrungen und harter Arbeit. Anders wäre sogar überrascht gewesen, hätte sie irgendetwas anderes gesagt.

»Lass mich raten«, sagte er. »Du gehörst zu den Ältesten hier, habe ich Recht?«

Maran nickte. Sie sah verwirrt aus. »Ja.«

»Und eure Eltern sind alle früh gestorben.«

»Das stimmt«, sagte sie. »Woher … weißt du das?«

»Es war nur so eine Idee«, erwiderte Anders ausweichend.

Maran setzte sichtbar dazu an, etwas zu sagen, beließ es dann aber bei einem Schulterzucken und räumte den Rest des benutzten Geschirrs auf ihr Tablett. Katt warf noch einen sehnsüchtigen Blick auf den Teller mit Schinken und Fleisch, doch sie wagte nicht, darum zu bitten oder gar noch einmal danach zu greifen. Als Maran gegangen war und die Tür hinter sich geschlossen hatte, gab sie ein leises, aber hörbar enttäuschtes Seufzen von sich.

Anders drehte sich – mit einem gezwungen aufmunternden Lächeln – zu ihr um. »Du bekommst so viel zu essen, wie du willst«, sagte er. »Aber nicht mehr heute.«

Katt nickte betrübt. »Spielzeug?«, fragte sie.

»So war das nicht gemeint«, sagte Anders hastig. »Ich wollte nur sagen …«

Katt griff so blitzschnell nach ihm, dass er die Bewegung nicht einmal sah, bevor sich ihre Hand mit der Kraft eines Schraubstocks um sein rechtes Handgelenk schloss.

»Spielzeug?«, fragte sie noch einmal.

»Also wirklich«, stammelte Anders. »Das war doch nicht so gemeint.«

»War es doch!«, antwortete Katt. Anders versuchte sich zu wehren, aber ihrer fast beiläufigen Bewegung hatte er fast nichts entgegenzusetzen: Er wurde einfach herum- und neben sie aufs Bett gerissen und Katt glitt mit einer geschmeidigen Bewegung über ihn.

»Spielzeug, so«, grollte sie. »Wenn du es selbst sagst, dann musst du jetzt auch mit mir spielen. Sonst gehen wir Spielzeuge nämlich kaputt, weißt du?«

»Aber …«, krächzte Anders.

Weiter kam er nicht. Katt presste ihn mit einer Stärke nieder, der er nicht gewachsen war, dann schmiegten sich ihre Lippen unendlich süß auf die seinen und er *wollte* sich gar nicht mehr wehren.

Und diesmal kam auch keine Morgen, um ihn zu retten.

14

Während der nächsten fünf oder sechs Tage lernte er das Tal und seine Bewohner genauer kennen. Culain nahm sich viel Zeit für ihn, beantwortete geduldig – fast – alle seine Fragen und stellte ihm die gut hundert Familien vor, die in der Menschenstadt lebten. Zumindest versuchte er es, aber was Anders schon am ersten Tag erlebt hatte, wiederholte sich: Die Mischung aus Furcht und Respekt, die die Bewohner des Tals den Elder entgegenbrachten, galt ebenso ihm. Er spürte auch die Neugier der Menschen, aber die Furcht überwog eindeutig.

Dennoch genoss er die Tage, denn neben allem anderen war das Tal in erster Linie eines: ein Ort des Friedens. Zum ersten Mal, seit dieser Albtraum begonnen hatte, konnte er einfach aus dem Haus gehen, ohne um sein Leben fürchten zu müssen, und war von Menschen umgeben, nicht von Ungeheuern. Und auch Katt ging es zunehmend besser. Morgens Pflege und die Elder-Medizin wirkten wahre Wunder und Katts zähe Natur bewirkte den Rest. Schon nach drei Tagen konnte sie die Verbände abnehmen und die Wunden darunter waren nahezu verheilt. Der einzige Wermutstropfen war vielleicht, dass Culain und Morgen es Katt nicht gestatteten, das Haus zu verlassen. Während der ersten Tage stellte das kein Problem dar, denn obwohl Katt manchmal vor lauter Energie schier zu platzen schien, folgten dazwischen doch immer wieder lange Phasen, in denen sie in Lethargie verfiel oder in einen tiefen, beinahe ohnmachtsähnlichen Schlaf sank. Aber ihr Zustand besserte sich, und der Moment, in dem sie es einfach nicht mehr aushalten würde, eingesperrt zu sein, war abzusehen.

Genau eine Woche nach seiner Ankunft im Tal sprach er Culain auf dieses Thema an. Er wählte dafür einen Zeitpunkt, zu dem sie allein waren, denn er wollte weder Katt falsche Hoffnungen machen noch dem Elder Gelegenheit geben, wieder eine seiner verletzenden Bemerkungen anzubringen, mit denen er nicht geizte, nicht wenn sie allein waren und schon gar nicht in Katts Gegenwart. So wartete er, bis sie das Haus verlassen hatten und sich auf der Treppe auf dem Weg nach unten befanden.

Am Morgen war ein Bote aus der Menschenstadt gekommen. Anders wusste nicht, welche Neuigkeiten er gebracht hatte, aber es schienen keine guten gewesen zu sein, denn Morgen hatte in aller Hast einige Dinge zusammengepackt und das Haus dann zusammen mit dem Mann verlassen, und auch Culain legte ein ungewohnt scharfes Tempo vor. Anders' Frage, was denn los sei, hatte er ignoriert, doch auch das war etwas, woran sich Anders mittlerweile gewöhnt hatte. Einer der größten Unterschiede zwischen den Elder und den – meisten – Menschen, die er kannte, war, dass die Spitzohren Fragen, die ihnen unangenehm waren, einfach überhörten, statt sich auf langwierige Diskussionen einzulassen.

Aber man konnte es ja schließlich immer wieder versuchen ... »Wie lange willst du Katt eigentlich noch einsperren?«, fragte er geradeheraus, während sie die schmale Metalltreppe hinuntereilten, die unter jedem Schritt dröhnte und ächzte, als wollte sie im nächsten Moment zusammenbrechen.

Im ersten Moment war er fast sicher, dass Culain auch auf diese Frage einfach nicht reagieren würde, dann aber blieb er doch stehen und sah stirnrunzelnd auf ihn herab. Anders war mittlerweile lange genug mit den Elder zusammen, um in seinem Gesicht lesen zu können. Schon bevor Culain antwortete, wusste er, dass das, was jetzt kam, nicht besonders angenehm sein würde.

»Vermutlich hast du Recht«, sagte er. »Es wird Zeit, dass wir über gewisse ... Dinge reden. Ich hätte es schon längst tun sollen.«

»Gewisse ... Dinge«, wiederholte Anders, wobei er sich

bemühte, die gleiche bedeutungsschwere Pause zwischen den beiden Worten einzulegen wie Culain. Er nickte. »Damit meinst du Katt.«

»Sie kann nicht hier bleiben«, sagte Culain. »Sie hätte niemals herkommen dürfen. Ich habe sie mitgebracht, weil Morgen darauf bestanden hat und weil mir klar war, wie viel sie dir bedeutet.«

»Das weiß ich«, antwortete Anders. Er machte eine Geste auf das Tal hinab. »Katt und ich können uns irgendwo ein Haus suchen. Es stehen ein paar leer, und …«

»Du verstehst mich nicht«, unterbrach ihn Culain sanft, aber auch in einem entschiedenen und zugleich so traurigen Ton, dass aus Anders' ungutem Gefühl Gewissheit wurde. »Sie kann nicht hier bleiben. Nicht in diesem Tal.«

»Was soll das heißen?«, fragte Anders. Als ob er das nicht wüsste!

»Morgen hat sie gesund gepflegt«, erklärte Culain. »Aber nun muss sie gehen.«

»Gehen?«, murmelte Anders benommen.

»Es sei denn, du willst, dass sie den Rest ihres Lebens eingesperrt in ihrem Zimmer verbringt«, sagte Culain. »Sie gehört nicht hierher, Anders. Selbst wenn wir es zuließen, würde sie hier nicht glücklich werden.«

»Und was genau soll das heißen?«, fragte Anders. Er hatte Mühe, seine Stimme unter Kontrolle zu halten. Außerdem kannte er die Antwort auf seine eigene Frage.

»Sie ist jetzt gesund«, erwiderte Culain. »Ich werde sie zu ihren Leuten zurückbringen, wo sie hingehört.«

»Warum schneidest du ihr nicht gleich die Kehle durch?«, fragte Anders. »Das geht schneller.«

»Du weißt, dass du Unsinn redest«, sagte Culain sanft. Er lächelte auf eine so väterlich-verzeihende Art, dass Anders ihn am liebsten gepackt und so lange geschüttelt hätte, bis das überhebliche Grinsen ein für alle Mal von seinem Gesicht verschwunden war. Schließlich ging er weiter, allerdings deutlich langsamer als zuvor. Trotzdem dröhnte die Treppe immer noch unter seinen Schritten, wie um seinen Worten den gehörigen Nachdruck zu verleihen. »Ich weiß, dass ich einen Fehler begangen habe. Ich bedaure das. Es tut mir Leid, und wenn du darauf bestehst, entschuldige ich mich in aller Form bei deiner Freundin. Aber sie muss zurück zu ihren Leuten.«

»Bull wird sie auf der Stelle umbringen!«

»Ich werde mit ihm reden«, antwortete Culain. »Er wird ihr kein Haar krümmen, das verspreche ich dir.« Er machte eine rasche Handbewegung, als Anders erneut widersprechen wollte, und fuhr mit leicht erhobener Stimme fort. »Wir haben für sie getan, was wir konnten. Selbst der Hohe Rat geht ein enormes Risiko ein, indem er ihre Anwesenheit hier duldet. Es wissen schon jetzt viel zu viele, wer sie wirklich ist.«

»Niemand muss es erfahren!«, protestierte Anders. »Wir ... wir können uns irgendwo eine kleine Hütte bauen, weit weg von den anderen, und ...«

»... und euch eine Ziege anschaffen, ein paar Hühner und ein Stück Land, von dem ihr lebt?« Culain verzog die Lippen zu einem Lächeln, von dem Anders nicht wusste, ob es spöttisch oder abfällig war, und schüttelte den Kopf. »Du weißt, dass das nicht funktionieren würde. Früher oder später würde euer Geheimnis offenbart. Und selbst wenn nicht – hast du deine Freundin eigentlich schon einmal gefragt, ob sie das *will?*«

Anders schwieg.

»Ja, das dachte ich mir«, seufzte Culain. »Vielleicht würde sie sogar zustimmen, aber du könntest niemals sicher sein, ob das wirklich die Wahrheit ist oder ob sie nur um deinetwillen nachgibt. Sie würde nicht glücklich. Willst du das?«

»Nein«, antwortete Anders. Er wusste, dass der Elder Recht hatte, auch wenn es ihm schwer fiel, das zuzugeben. »Dann gehe ich eben mit ihr«, sagte er.

Culain lachte leise. Sie hatten den Fuß der Treppe erreicht und durchquerten den kleine Hain, auf dessen anderer Seite das Haus des Schmieds lag. »Warum überrascht mich dieser Vorschlag nicht?«

»Vielleicht weil du an meiner Stelle dasselbe gesagt hättest?«, fragte Anders.

»Kaum«, erwiderte der Elder. »Du willst also mit ihr gehen und den Rest deines Lebens bei den Tiermenschen verbringen, nur um an ihrer Seite zu sein?« Er hob rasch die Hand, als Anders antworten wollte. »Nein, sag jetzt nichts. Ich erwarte keine Antwort von dir.«

»Jedenfalls keine, die dir nicht gefällt, wie?«

»Beantworte die Frage für dich selbst«, sagte Culain. »Nimm dir Zeit und sei ehrlich. Wie lange, glaubst du, würdest du ein solches Leben ertragen? Wie lange würde es dauern, bis du anfängst *ihr* die Schuld daran zu geben?«

Anders starrte ihn nur an. Es gab nichts, was er ehrlicherweise darauf sagen konnte – ganz einfach weil der Elder Recht hatte! –, aber aus dieser Erkenntnis resultierte ein Gefühl der Hilflosigkeit, das wiederum in einen noch größeren Zorn auf Culain umschlug. Plötzlich verstand er, warum es in früheren Zeiten üblich gewesen war, den Überbringer schlechter Nachrichten zu erschlagen.

»Und jetzt beantworte dir diese Frage in Hinblick auf sie«, fuhr Culain ungerührt fort. »Willst du *ihr* dasselbe zumuten, nur um bei dir zu sein?«

»Aber … aber das ist doch etwas vollkommen anderes«, stammelte Anders. »Du kannst Tiernan doch nicht mit der Stadt der Tiermenschen vergleichen!«

»Das stimmt«, antwortete Culain. »Ich kann es nicht und du kannst es nicht. Doch für sie ist das alles hier, was uns so vertraut und sicher erscheint, ebenso fremd und Furcht einflößend, wie es die Ödlande für uns sind.« Plötzlich lächelte er. »Aber nun ist es genug. Noch ist ein wenig Zeit. Ich werde in den nächsten Tagen zur Jagd aufbrechen; vielleicht schon morgen. Bis wir zurück sind, bleibt sie selbstverständlich hier.«

»Und danach?«

»Nutze einfach die Zeit, um mit dir selbst ins Reine zu kommen«, sagte Culain. »Und sprich mit deiner Freundin.«

Sie hatten den Hain durchquert und die Schmiede lag vor ihnen. Zum ersten Mal, seit Anders hergekommen war, stieg kein Rauch aus dem Kamin, doch vor der Tür des schiefergedeckten Gebäudes waren gleich drei prachtvoll aufgezäumte Pferde angebunden, und als sie näher kamen, sah Anders, dass zwei bewaffnete Elder-Krieger rechts und links des Eingangs Wache hielten. Als sie Culain und ihn erkannten, traten sie respektvoll beiseite, doch Anders hatte den sicheren Eindruck, dass sie das nicht für jeden getan hätten.

Drinnen war es heller als gewohnt, denn alle Läden standen offen, aber auch spürbar kühler, was daran lag, dass Gondrons Esse nicht brannte. Vier oder fünf Personen hielten sich in dem großen Zimmer auf, das dem Schmied gleichzeitig als Werkstatt sowie als Wohnraum für die gesamte Familie diente. Und beim Anblick einer der anwesenden Personen blieb Anders mitten im Schritt stehen und riss erstaunt die Augen auf.

»Lara!«, murmelte er überrascht. »Was tust du denn hier?«

»Ich habe dir doch gesagt, dass wir uns wieder sehen.« Lara stand auf und kam ihm mit flinken Schritten entgegen. Bevor Anders auch nur etwas antworten konnte – geschweige denn seine Überraschung verarbeiten, sie so unvermittelt wieder zu sehen –, ergriff sie ihn am Arm und zog ihn mit sich wieder nach draußen. Erst als sie zwei oder drei Schritte entfernt waren, gelang es Anders, sich loszumachen und stehen zu bleiben. Lara ließ sich die Gelegenheit jedoch nicht entgehen, sich rasch auf die Zehenspitzen zu stellen und ihm einen schmatzenden Kuss auf die Wange zu drücken. Anders wich ganz automatisch einen halben Schritt zurück und konnte gerade noch den Impuls unterdrücken, sich mit dem Handrücken über das Gesicht zu wischen.

»Was ist los?«, fragte Lara. »Freust du dich etwa nicht, mich zu sehen?« Trotzdem lachte sie.

»Doch, sicher«, antwortete Anders hastig. »Ich war nur … ein bisschen überrascht. Ich dachte, du wohnst in der Torburg.«

»Tue ich auch«, erklärte Lara. »Gondron ist mein Onkel. Der Bruder meines Vaters. Und seine Frau bekommt heute ihr Kind.«

»Ich verstehe«, sagte Anders. »Und deshalb kommt die ganze Familie zusammen. Um das freudige Ereignis zu feiern.«

Lara setzte zu einer Antwort an, doch in diesem Moment hörten sie Hufschlag, und als Anders sich neugierig umdrehte, erblickte er zwei berittene Elder, die sich in scharfem Tempo näherten. Lara und er konnten gerade noch hastig zur Seite treten, um nicht einfach niedergetrampelt zu werden.

Es waren Valeria und Tamar. Beide sahen sehr ernst aus und sie hatten es so eilig, dass sie ihre Pferde erst unmittelbar vor der Tür der Schmiede zügelten und aus den Sätteln glitten, noch bevor die Tiere wirklich angehalten hatten. Zu Anders' Überraschung trug Tamar auch ein schmales silbernes Stirnband mit einem daumennagelgroßen Rubin.

»Oberons Auge?«, murmelte er erstaunt.

»Das ist so üblich, wenn ein Kind geboren wird«, sagte Lara. »Jedes neue Leben muss Oberons Blick standhalten.«

»Besonders erfreut wirkte Tamar nicht.«

»Es sieht auch nicht sehr gut aus«, sagte Lara. Sie bemühte sich ein betrübtes Gesicht aufzusetzen, aber es wirkte nicht überzeugend.

»Was sieht nicht sehr gut aus?«, fragte Anders. »Stimmt etwas mit Gondrons Frau nicht?«

»Nein, nein, sie ist gesund«, antwortete Lara rasch. »Aber es könnte sein, dass das Kind …« Sie hob die Schultern. »Dass es nicht ganz reinen Blutes ist. Deshalb hat Morgen nach Valeria geschickt.«

Anders sah sie einen Moment lang durchdringend an, dann machte er auf dem Absatz kehrt und ging mit so schnellen Schritten zum Haus zurück, dass Lara sich sputen musste um ihn einzuholen.

Von Valeria und dem zweiten Elder war nichts zu sehen, als sie das Haus wieder betraten, doch Culain stand vor der erkalteten Esse und sprach leise und mit sehr ernstem Gesicht mit Gondron. Anders war zu weit entfernt, um etwas zu verstehen, und der Schmied drehte ihm auch den Rücken zu, sodass er sein Gesicht nicht erkennen konnte, aber Gondron stand in verkrampfter Haltung da und seine Hände hatten sich zu Fäusten geschlossen, wie um etwas Unsichtbares zu packen und zu zerquetschen. Laras Sorge war wohl nicht ganz unberechtigt. Die Pietät verbot es Anders allerdings, näher heranzugehen oder gar eine Frage zu stellen.

Culain unterhielt sich noch gut fünf Minuten mit dem Schmied, dann ging die Tür auf und Valeria und Tamar kamen zurück. Valerias Hände waren nass und sie trocknete sie an einem weißen Tuch ab, das sie achtlos fallen ließ, als sie fertig war. Weder sie noch Tamar wechselten auch nur ein einziges Wort mit Culain oder dem Schmied, aber der versteinerte Ausdruck in Valerias Miene sagte mehr als genug. Wortlos und ebenso rasch, wie sie gekommen waren, gingen die beiden Elder wieder, und nur einen Moment später verließ auch Gondron das Haus.

»Stimmt … irgendetwas mit dem Kind nicht?«, fragte Anders zögernd.

Culain sah die Tür an, die der Schmied hinter sich geschlossen hatte, während er antwortete. »Es ist eben auf die Welt gekommen«, sagte er. »Und Valeria meint, es sei gesund.«

»Aber Gondron hat nicht gerade ausgesehen wie ein glücklicher Vater«, entgegnete Anders.

Statt direkt zu antworten drehte sich Culain langsam ganz zu ihm um und sah ihn lange und auf eine Weise an, die Anders nicht richtig zu deuten vermochte, die aber wenig angenehm war. Dann drehte er sich mit einem Ruck um und machte eine Bewegung, ihm zu folgen. Anders gehorchte, allerdings erst nach einem spürbaren Zögern. In dem Zimmer auf der anderen Seite dieser Tür hatte gerade eine ihm vollkommen fremde Frau ein Kind zur Welt gebracht, und zumindest dort, wo er herkam, gehörte es sich schlicht und einfach nicht, jetzt dorthin zu gehen; schon gar nicht ohne von den Eltern dazu aufgefordert zu werden. Trotzdem folgte er Culain.

Das Zimmer, in das er kam, war so winzig, dass es nahezu überfüllt wirkte, obwohl außer Culain und ihm selbst nur noch Morgen anwesend war – und Gondrons Frau. Sie lag in einem schmalen Bett und hatte sich weggedreht, sodass ihr Gesicht der Wand zugewandt war. Morgen stand an dem einzigen, schmalen Fenster, das es gab, und hatte ein geradezu erschreckend winziges Kind auf den Armen, das zum Großteil in weiße Tücher eingewickelt war.

Trotzdem konnte Anders auf Anhieb sehen, dass mit dem Neugeborenen etwas ganz und gar nicht stimmte.

Sein Gesicht war faltig und viel zu spitz für das eines Menschen, und das, was Anders von seiner Haut erkennen konnte, war von einem hellen, dichten Flaum bedeckt, der schon in kurzer Zeit zu Fell werden würde. Seine Finger waren viel zu lang und hatten Krallen.

Anders sog erschrocken die Luft ein und Morgen drehte sich ebenso erschrocken zu ihm um und schüttelte hastig den Kopf.

Culain berührte ihn am Arm und bedeutete ihm mit einem Blick, wieder hinauszugehen.

»Ich wollte nur, dass du das siehst«, sagte er, nachdem er die Tür wieder hinter sich geschlossen hatte.

»Aber … aber was bedeutet das?«, stammelte Anders. »Dieses Kind … was ist denn mit ihm?«

»Das, was mit vielen Kindern ist, die hier geboren werden«, antwortete Culain ernst. »Es ist nicht reinen Blutes. Ich dachte, ich hätte dir das schon gesagt.«

»Schon, aber …« Anders suchte vergeblich nach Worten. »Aber ich wusste doch nicht, dass …«

»Sie Tiermenschen sind?«, fragte Culain kühl. »Sie sind es. Viele von ihnen bringen Kinder zur Welt, die nicht reinen Blutes sind. Manchmal sind die Unterschiede nur klein, sodass man sie kaum sieht, so wie bei deiner Freundin, manchmal sind sie groß, so wie hier. Wenn wir zulassen würden, dass diese Kinder bei uns bleiben, dann gäbe es bald gar keine Menschen mehr.«

»Und was bedeutet das?«, fragte Anders. »Willst du das Kind töten?«

»Natürlich nicht!«, antwortete Culain empört. »Ich nehme es morgen früh mit in die Ödlande. Die Tiermenschen werden sich darum kümmern und es großziehen.«

»So wie wir die Kinder der Tiermenschen«, fügte Lara hinzu.

Anders blinzelte verständnislos. »Wie?«

»Was Lara meint«, sagte Culain, »ist, dass manchmal auch das Umgekehrte geschieht. Nicht alle Menschen, die hier leben, sind auch hier geboren. Manchmal bringt eine Tiermenschen-Frau ein reinblütiges Kind zur Welt. Sie bringen es dann zu uns und wir ziehen es auf und geben ihm einen Platz in unserer Mitte.«

»Das ist doch lächerlich«, sagte Anders. »Ich nehme an, ihr macht dann jedes Mal einen DNS-Test, um sicherzugehen, dass sie auch wirklich reinen Blutes sind, wie?«

»Ich weiß nicht, wovon du redest«, antwortete Culain ernst, »aber Oberons Auge sagt uns zuverlässig, ob das Kind reinblütig ist oder nicht.« Sein Blick wurde noch ernster. »Ich wollte, dass du das siehst, Anders.«

»Warum?«

»Wegen deiner Freundin«, antwortete Culain. »Möchtest du, dass sie eines Tages in diesem Zimmer liegt und darauf wartet, dass ihr Neugeborenes weggebracht wird?«

»Natürlich nicht«, sagte Anders. »Aber …«

»Dann denk darüber nach, ob du *das* dem Mädchen zumuten willst, von dem du behauptest es zu lieben«, fiel ihm der Elder ins Wort. »Oder noch besser: Frag sie, ob *sie* das will.«

15

Er hatte sich ernsthaft vorgenommen ganz genau das zu tun, aber letzten Endes fehlte ihm doch der Mut. Er verbrachte noch einige Stunden im Haus des Schmieds, wenn auch wohl eher, weil Lara da war, und kehrte erst am späten Nachmittag zurück.

Selbstverständlich spürte Katt, dass irgendetwas nicht in Ordnung war, als er zurückkehrte, und selbstverständlich erzählte ihr Anders weder etwas von seinem Gespräch mit Culain noch von Laras Besuch (davon schon gar nicht) – wohl aber von dem Kind, das Gondrons Frau bekommen hatte. Katt zeigte sich wenig beeindruckt, was Anders wiederum ziemlich erschütterte, sodass das Abendessen, das sie kurz nach Sonnenuntergang zusammen mit Morgen und Culain einnahmen, in unangenehm frostiger Atmosphäre stattfand.

Vielleicht zum ersten Mal, seit sie hier angekommen waren, drehte sich Katt demonstrativ auf die Seite und zog sich die Decke bis über den Kopf, kaum dass sie zu Bett gegangen waren. Anscheinend, dachte Anders in dem vergeblichen Versuch, sich selbst zu trösten, spielte es keine wirkliche Rolle, ob eine Frau *reinen Blutes* war: Katze, Ratte oder Känguru – gewisse Verhaltsmuster schienen durchaus speziesübergreifend zu sein. Zugleich war er beinahe froh. Culains Worte hatten ihn mehr verunsichert, als er zugeben wollte. Natürlich würde er einer Ideologie wie der der Elder niemals beipflichten – aber das änderte nichts daran, dass Culain in mindestens einem Punkt Recht hatte: Er musste mit Katt reden.

Aber nicht heute. Er brauchte einfach noch ein wenig Zeit für sich. Mit diesem Gedanken schlief er – nach langer, sehr langer Zeit – ein.

Kurz vor Mitternacht wachte er wieder auf. Katt hatte sich im Schlaf umgedreht und, vermutlich ohne es selbst zu merken, eng an seine Seite geschmiegt. Ihr Haar kitzelte an seinem Hals und in seinem Gesicht und sie schnurrte leise im Schlaf. Aber das war es nicht, was ihn geweckt hatte.

Wenigstens nicht nur.

Anders blieb einige Sekunden reglos und mit angehaltenem Atem liegen um zu lauschen. Er hörte etwas, aber er hätte nicht zu sagen vermocht, was; nur dass ihn dieser Laut irgendwie alarmierte. Genug jedenfalls, um ihn geweckt zu haben.

Da er wusste, dass er jetzt sowieso nicht einfach wieder einschlafen konnte, befreite er sich – sehr vorsichtig, um sie nicht zu wecken – aus Katts Armen, glitt, so lautlos er konnte, aus dem Bett und bewegte sich zum Fenster hin. Die Geräusche waren von dort gekommen, und noch bevor er das Fenster erreichte, identifizierte er sie zumindest als Stimmen, auch wenn er nicht sagen konnte, wer sprach oder über was gesprochen wurde. Aber es klang nicht nach einer freundlichen Unterhaltung.

Das Tal lag in vollkommener Dunkelheit unter ihm, als er ans Fenster trat. Der Himmel war klar, doch der Mond war nur noch eine knapp fingerbreite Sichel, die kaum Licht spendete (großer Gott – war er schon *so* lange hier?), und selbst Oberons Halle, die nur wenige Meter entfernt lag, war bloß als verschwommener heller Fleck zu erkennen. Die drei oder vier weiß gekleideten Gestalten, die auf der Metallterrasse davor standen und alles andere als leise miteinander redeten, sah er überhaupt nur, weil sie sich von Zeit zu Zeit bewegten. Sie waren nicht allein, so viel konnte er immerhin sehen, wenn auch das Licht nicht ausreichte, um mehr als einen Schatten zu erkennen. Dennoch war an diesem Umriss etwas, das Anders beunruhigte; etwas, das eine ganz und gar nicht angenehme Erinnerung in ihm wecken wollte, ohne dass es ihm wirklich gelang.

Er hörte ein Geräusch hinter sich, widerstand jedoch der

Versuchung, sich umzudrehen, sondern gab Katt nur mit einer entsprechenden Geste zu verstehen, leise zu sein. Er war jetzt froh, dass sie erwacht war. Er brauchte ihre scharfen Augen und Ohren.

»Was ist denn los?«, murmelte Katt, während sie näher kam – alles andere als leise, sondern mit den tappenden Schritten und unbeholfenen Bewegungen eines Menschen, der nicht wirklich wach ist.

»Still!«, zischte Anders erschrocken (und deutlich lauter als sie), bedeutete ihr aber zugleich auch, sich zu beeilen. Katt blickte ihn verwirrt an, fuhr sich mit der längst noch nicht verheilten linken Hand über die Augen – und sog dann mit einem hörbaren Zischen die Luft zwischen den Zähnen ein.

»Was hast du?«, fragte Anders alarmiert.

»Ein Drache!«, keuchte Katt. »Das ist ein Drache!«

»Ein … *Drache*?« Es dauerte eine geraume Weile, bis Anders überhaupt begriff, was sie meinte. Er strengte seine Augen an, bis sie zu schmerzen begannen, aber der unheimliche Schatten blieb, was er war: ein unheimlicher Schatten. Dennoch glaubte er zu wissen, was Katt meinte.

»Du meinst, es ist einer von den Kerlen in den schwarzen ABC-Anzügen?«, fragte er grimmig.

Nun war es Katt, die ganz offensichtlich nicht verstand, wovon er überhaupt sprach. Aber ihr gleichermaßen hilfloser wie hasserfüllter Blick sagte genug.

»Und die anderen?«, fragte er.

»Morgen und Culain«, antwortete Katt. »Und Tamar und zwei andere Elder, die ich nicht kenne.«

Anders überlegte einen Moment. Sosehr er sich auch anstrengte, für ihn blieben die Gestalten auf dem Balkon verschwommene Schemen, die genauso gut auch das Spiegelbild von Mondlicht auf einer reflektierenden Oberfläche hätten sein können. »Tragen sie silberne Stirnbänder mit einem roten Stein?«, fragte er.

Katt nickte.

»Der Hohe Rat«, murmelte Anders. »Kannst du verstehen, was sie sagen?«

Katt konzentrierte sich. »Nicht … genau«, meinte sie nach ein paar Sekunden. »Ich glaube …«

»Ja?«, fragte Anders, als sie nicht weitersprach.

»Ich bin nicht sicher«, antwortete Katt. Selbst wenn Anders sie nicht so gut gekannt hätte, hätte ihn ihr Ton wohl kaum überzeugt.

»Katt!«

»Ich bin wirklich nicht sicher«, behauptete Katt. Sie fuhr sich nervös mit der Zungenspitze über die Lippen. Ihre Oberlippe zitterte wie bei einer gereizten Katze. »Aber ich glaube, es geht irgendwie um … um dich.«

»Um mich?« Warum war er nicht überrascht?

»Und um mich«, fügte Katt hinzu. Sie schüttelte hilflos den Kopf. »Ich kann es nicht genau verstehen, wirklich! Aber sie … sie reden über uns. Der Drache scheint sehr zornig zu sein.«

Na dann warte mal ab, was ich erst bin, wenn ich morgen früh mit Culain spreche, dachte Anders grimmig. Er sagte nichts, sondern sah voll stummen Zorns weiter aus dem Fenster.

Irgendetwas stimmte nicht. Auch wenn der Schemen dort drüben für ihn immer noch ein verschwommener Schatten blieb, so zweifelte er doch nicht an Katts Worten. Es *war* ein Drache – aber wo war er hergekommen? Anders wusste zwar aus eigener Erfahrung, dass die schwarzen Kampfhubschrauber nahezu lautlos fliegen konnten, trotzdem konnte er sich nicht vorstellen, dass sie einfach so hier landen würden; nicht einmal im Schutze der Dunkelheit.

Wortlos trat er vom Fenster zurück, ging zur Tür und öffnete sie. Es war vollkommen still; und fast vollkommen dunkel. Nur die Tür zu Culains und Morgens Zimmer stand einen Fingerbreit offen und rötliches Licht drang heraus.

»Warte hier!«, flüsterte er. »Und pass auf!«

Er schlich auf Zehenspitzen los, erreichte die Tür und blieb wieder stehen um zu lauschen. Alles, was er hörte, war das leise

Knacken der brennenden Holzscheite im Kamin. Vorsichtig öffnete er die Tür und atmete erleichtert auf, als er feststellte, dass der Raum tatsächlich leer war. Die beiden improvisierten Lager unter dem Fenster machten einen unbenutzten Eindruck, was einigermaßen ungewöhnlich war, denn die Elder standen normalerweise nicht nur mit dem ersten Hahnenschrei auf, sondern gingen auch mit den Hühnern zu Bett; auch wenn es hier gar keine Hühner gab.

Mit klopfendem Herzen trat er vollends ein und stellte ohne große Überraschung fest, dass die Stahltür neben dem Kamin weit offen stand. Etwas überraschter (aber eigentlich nicht sehr) war er allerdings, dass der Raum dahinter nicht mehr dunkel, sondern hell erleuchtet war – und zwar *elektrisch* erleuchtet.

»Was ist denn *das?*«

Anders hätte um ein Haar erschrocken aufgeschrien, als er Katts Stimme unmittelbar hinter sich hörte. Ärgerlich fuhr er herum und funkelte sie an.

»Ich hatte dich doch gebeten zurückzubleiben!«

»Bin ich ja auch«, schmollte Katt. »Du hast nicht gesagt, wie lange.«

Anders setzte zu einer scharfen Antwort an, die er dann jedoch hinunterschluckte. Sie hatten wirklich keine Zeit für solch kindische Spitzfindigkeiten. Er beließ es dabei, eine finstere Grimasse zu ziehen, und trat dann an die offen stehende Stahltür heran. Katt folgte ihm auf dem Fuß und er schwieg auch dazu. Natürlich wäre ihm wohler gewesen, wäre sie an der Tür zurückgeblieben um ihn zu warnen, falls Culain oder Morgen zurückkamen, aber er an ihrer Stelle hätte wohl nicht anders gehandelt.

Unter der Decke des Raumes brannten zwei große Neonröhren, die kaltes Licht und wie mit einem Rasiermesser gezogene schwarze Schatten verbreiteten. Das wahrscheinlich über Jahrzehnte angesammelte Gerümpel hier drinnen bekam in der Anders mittlerweile ungewohnten Beleuchtung etwas sonderbar Fremdartiges, fast schon Bedrohliches, aber Anders beachtete die unheimlichen Schatten gar nicht, sondern blickte die Metalltür auf der anderen Seite des voll gestopften Raumes an. Sie stand offen und auch dahinter brannte weißes Kunstlicht.

»Was … ist das?«, hauchte Katt neben ihm. Ihre Stimme zitterte, und als Anders sich zu ihr umdrehte, sah er, dass sie den Kopf in den Nacken gelegt hatte und aus weit aufgerissenen Augen in das weiße Licht der Neonröhren starrte. »Das … das ist … Zauberei!«

Im ersten Moment hätte Anders fast laut aufgelacht, aber dann spürte er selbst, wie alle Farbe aus seinem Gesicht wich. Hätte er in diesem Moment einen Spiegel zur Hand gehabt, hätte er vielleicht einen Ausdruck puren Entsetzens darin erblickt.

Seine eigene Reaktion verwirrte ihn, bevor er sie wirklich verstand. Die furchtbaren Kampfhubschrauber oder die Science-Fiction-Waffen, mit denen ihre Besatzung ausgerüstet war, erschreckten ihn ebenso wie Katt. Die unheimliche Infraschall-Barriere vor der Mauer konnte er zwar erklären, sie machte ihn aber genauso große Angst wie ihr, denn ob Zauberei oder Technik aus dem übernächsten Jahrhundert, dieser Unterschied spielte kaum eine Rolle; beides war gleich unbegreiflich. Der an Ehrfurcht grenzende Blick, mit dem Katt etwas so Simples wie die Leuchtstoffröhren unter der Decke maß, die Banalität dessen, was Katt so erschreckte, machte ihm jedoch klar, *wie* gewaltig die Kluft war, die zwischen ihnen klaffte. Und sie entsetzte ihn am allermeisten.

»Das ist nur Licht«, sagte er. »Wirklich nichts Besonderes.« Er verbiss es sich, zu sagen, dass diese Art von Beleuchtung seit mindestens zehn Jahren aus der Mode gekommen war, weil sie weder als besonders energiesparend noch als angenehm galt.

»*Nur* Licht?«, keuchte Katt. »Aber …«

»Ja, nur Licht«, antwortete Anders ganz bewusst grob. »Und

jetzt halt die Klappe und komm mit oder bleib meinetwegen hier und pass auf die Tür auf.«

Er wartete Katts Antwort nicht ab, sondern ging mit klopfendem Herzen auf die offen stehende Tür zu. Das Licht dahinter war deutlich heller als hier drinnen, flackerte dafür aber sichtbar. Als er näher kam, sah er, dass eine der schmucklosen Röhren unter der Decke in willkürlichem Rhythmus an- und ausging. Vermutlich war der Starter defekt, ein lächerliches Ersatzteil, das in seiner Welt für ein paar Cent zu bekommen, hier aber buchstäblich unersetzlich war.

Davon abgesehen war der Gang vollkommen leer und führte auf einer Strecke von vielleicht zwanzig Metern tiefer in den Berg hinein, bevor er vor einer weiteren Stahltür endete. Anders' Herz begann immer schneller zu klopfen, während er durch die Tür trat und sich dem anderen Ende des Korridors näherte. Das Gefühl, etwas Verbotenes zu tun, wurde mit jedem Schritt intensiver – obwohl Culain ihm ja ausdrücklich erlaubt hatte sich hier umzusehen.

Katt folgte ihm auch jetzt wieder, und obwohl es Anders wirklich lieber gesehen hätte, wenn sie an der Tür zurückgeblieben wäre, um mit ihrem feinen Gehör aufzupassen, dass die Elder sie nicht überraschten, war er doch zugleich froh, sie bei sich zu haben. Es war vollkommen absurd: Sie bewegten sich Schritt für Schritt zurück in die Welt, in der er geboren war und die ihm hundertmal vertrauter sein sollte als diese bizarre Elfenstadt oder gar die Ruinen, in denen Katts Volk dahinvegetierte, und doch fühlte er sich mit jedem Moment unwohler. Seine Hand zitterte so stark, dass er fast Mühe hatte, die Klinke herunterzudrücken, als er die nächste Tür erreichte. Sie öffnete sich ebenso laut- und mühelos wie die in Culains Zimmer und Anders trat entschlossen hindurch – und blieb wie vom Donner gerührt stehen und riss ungläubig die Augen auf. Hinter ihm sog Katt scharf die Luft ein und erstarrte ebenfalls mitten in der Bewegung.

Sie befanden sich auf einem schmalen Absatz aus rostigem

Metallgitter, von dem aus eine Treppe aus dem gleichen Material gut vierzig oder fünfzig Stufen weit in eine gewaltige Halle hinabführte. Von den zahllosen Leuchtstoffröhren unter der Decke, die noch ein gutes Stück weiter über ihnen lag als der Boden unten, brannte allerhöchstens noch jede zehnte, aber das Licht reichte dennoch aus, um die gewaltigen Dimensionen der Halle zu erkennen. Anders schätzte ihre Länge auf gut siebzig oder achtzig Meter, wenn nicht mehr.

»Was ist das, Anders?«, flüsterte Katt. Ihre Stimme zitterte vor Angst.

»Wenn es ein Tor gäbe, würde ich sagen, ein Flugzeughangar«, murmelte er und hob die Schultern. »Aber so ...«

»Das ... das gefällt mir nicht, Anders«, murmelte Katt. »Lass uns wieder gehen. Bitte!«

Nichts, was Anders lieber getan hätte. Der Anblick der riesigen, in den Fels getriebenen Halle erfüllte ihn mit einer Furcht, die ebenso irrational wie unbezwingbar war. Aber er konnte nicht zurück. Nicht jetzt.

Ganz plötzlich wurde ihm klar, was geschehen war, und viel schlimmer noch: was unweigerlich geschehen würde, wenn er jetzt kehrtmachte und seiner Furcht nachgab. Er war gerade ein paar Wochen hier, und trotz all seiner Beteuerungen, irgendwie wieder nach Hause zu kommen, hatte er bereits angefangen genau dieses Zuhause zu vergessen. So sehr er dieses riesige Gefängnis wieder verlassen wollte, so hatte die Erinnerung an die Welt, aus der er gekommen war, doch bereits zu verblassen begonnen. Noch eine weitere Woche – oder gar ein Jahr – und sie würde einfach verschwunden sein, und sein Wille, wieder nach Hause zu kommen, mit ihr. Was Culains Worten nicht gelungen war, nämlich ihm die Aussichtslosigkeit seines Vorhabens vor Augen zu führen und seine Entschlossenheit zu ersticken, das würde der größte Feind jeder Hoffnung tun. Sie würde einfach versickern wie ein Fluss, dessen Wasserstand unmerklich, aber auch unaufhaltsam sank, bis schließlich nur noch das trockene leere Bett zurückblieb, und irgendwann, wenn Erosion und Zeit ihre Arbeit getan hatten, nicht einmal mehr das. Er *musste* einfach dort hinunter. Wenn er es jetzt nicht tat, dann würde er es vielleicht nie wieder versuchen.

»Bleib ruhig hier, wenn du willst«, sagte er. »Aber ich muss wissen, was dort unten ist.«

Er wollte losgehen, doch Katt hielt ihn mit einer fast erschrockenen Bewegung fest. »Tu das nicht, Anders«, flehte sie. »Bitte! Ich … ich habe Angst!«

»Ich auch«, antwortete Anders, während er sich gleichzeitig mit sanfter Gewalt losmachte. »Aber ich muss es tun.«

»Aber die Drachen!«, wimmerte Katt. »Sie … sie sind von hier gekommen, habe ich Recht?«

»Und genau deshalb muss ich wissen, wohin dieser Weg führt«, erklärte Anders. »Verstehst du denn nicht? Wenn sie auf diesem Weg hereingekommen sind, dann kommen wir vielleicht auch auf demselben Weg hinaus!«

Er löste ihre Hand endgültig von seinem Arm und begann ohne ein weiteres Wort die Treppe hinabzusteigen. Zwei oder drei Sekunden vergingen, dann hörte er, wie Katt ihm folgte.

Unten angekommen blieb er stehen, um auf sie zu warten, aber auch um sich aufmerksam umzusehen. Von hier aus betrachtet wirkte die Halle noch viel größer als von oben, und er war nicht mehr sicher, mit seiner allerersten Einschätzung der Wahrheit nicht näher gekommen zu sein, als er selbst geglaubt hatte. Dieser riesige Raum war jedenfalls keine Maschinenhalle gewesen. Der Boden war vollkommen glatt. Es gab keine Klappen, Treppen oder Fundamente, auf denen einmal gewaltige Maschinen gestanden hatten, lediglich ein sonderbar geometrisch anmutendes Muster hellerer Linien, das verschwommen durch den allgegenwärtigen Schmutz schimmerte. In einiger Entfernung erhob sich ein großer, bizarr geformter Umriss, aber Anders schenkte ihm nur einen kurzen Blick, bevor er mit seiner Inspektion der Halle fortfuhr. Drei der vier Wände waren mit Türen und einem gleichmäßigen Muster aus Quadraten bedeckt, die Anders erst nach einigen Sekunden als Fenster erkannte, die so sehr mit Schmutz verkrustet waren, dass sie sich nur noch anhand ihrer Form identifizieren ließen. Die vierte Wand allerdings war vollkommen glatt. Gerade deshalb erweckte sie Anders' ganz besonderes Interesse.

Er machte zwei Schritte und blieb dann noch einmal stehen, um sich davon zu überzeugen, dass sie auch keine Spuren hinterließen. Auf dem Boden lagen Staub und Schmutz von mindestens einem Jahrzehnt – vermutlich mehreren –, aber die Zeit hatte sie zu einer fast betonharten Masse zusammengebacken. Sie *hatten* Spuren hinterlassen, doch man musste schon sehr genau hinsehen um sie zu erkennen. Jemand, der nicht wusste, wonach er zu suchen hatte, würde sie wahrscheinlich gar nicht sehen. Wenigstens hoffte er es.

Nach gut hundert Schritten erreichten sie die gegenüberliegende Wand und aus Anders' Vermutung wurde Gewissheit. Es war keine Wand sondern ein gewaltiges stählernes Tor, mindestens zehn Meter hoch und gut drei- oder viermal so breit. Das Metall war ebenfalls von einer zentimeterdicken Schicht aus erstarrtem Schmutz bedeckt, als wäre es seit Jahrzehnten nicht mehr geöffnet worden. Hier und da schimmerten die Fragmente uralter Buchstaben und Ziffern durch den Schmutz. Es *war* ein Hangartor.

»Was ist das?«, fragte Katt.

»Ein Tor«, antwortete Anders. »So ähnlich wie das in der Mauer. Nur größer.« Er schüttelte fassungslos den Kopf. »Mein Gott, es *ist* ein Hangar. Aber dann …« Er brach ab, fuhr auf dem Absatz herum und starrte den abgedeckten Umriss in der Mitte der Halle an. Katt stellte noch irgendeine Frage, doch Anders hörte schon gar nicht mehr hin, sondern eilte mit weit ausgreifenden Schritten los.

Als sie näher kamen, erkannte er, dass das, was wie ein lang gestreckter Fels aussah, nichts anderes als eine gewöhnliche Abdeckplane aus Kunststoff war, unter der sich etwas von der

Größe eines mittleren Lkws verbarg. Der Staub eines halben Menschenalters hatte sich darauf niedergelassen und sie so hart werden lassen, dass Anders all seine Kraft brauchte, um auch nur eine Ecke anzuheben. Ein hörbares Splittern erklang und handgroße Scherben aus glashart eingetrocknetem Staub regneten zu Boden und zerbrachen. Ächzend stemmte Anders die Folie weiter in die Höhe und mehr Schmutzscherben regneten zu Boden und zerschellten. Darunter kam eine zähe, in verschiedenen Olivtönen gemusterte Plastikfolie zum Vorschein. Anders arbeitete verbissen weiter und zog die Plane Stück für Stück zur Seite.

»Ein Drache!« Katt schlug mit einem nur noch halb unterdrückten Schrei die Hand vor den Mund und keuchte noch einmal: »Das … das ist ein Drache!«

Anders hatte mittlerweile genug Plastikfolie zur Seite gezerrt um ebenfalls zu erkennen, was sich darunter verbarg. Es war tatsächlich ein Helikopter, der allerdings nicht schwarz, sondern olivgrün war, und auch sonst nur eine oberflächliche Ähnlichkeit mit den tödlichen fliegenden Haien aufwies, denen Katts Volk den treffenden Namen »Drachen« verliehen hatte. Aber es war eindeutig ein Hubschrauber, und auch wenn er mindestens doppelt so alt sein musste wie er selbst, machte er einen vollkommen intakten Eindruck. Zögernd näherte er sich der Cockpittür.

»Was tust du da?«, fragte Katt entsetzt. »Er wird dich …«

»Fressen?«, fiel ihr Anders ins Wort. Er schüttelte den Kopf. »Kaum. Dieses Ding tut uns nichts, keine Angst. Es ist nur eine Maschine.«

Katt hörte ihm anscheinend gar nicht zu. Sie stand wie gelähmt da und starrte den Helikopter aus entsetzt aufgerissenen Augen an. An ihrem Hals pochte eine Ader, so rasend schnell schlug ihr Herz.

»Er kann dir wirklich nichts tun«, wiederholte Anders. Um seine Worte zu beweisen, trat er an den Helikopter heran und schlug mit der flachen Hand gegen den Rumpf (wobei er sich für einen winzigen Moment selbst gegen die absurde, aber schreckliche Vorstellung wehren musste, dass der *Drache* urplötzlich zum Leben erwachen und ihm die Finger abbeißen könnte). Natürlich geschah nichts.

»Siehst du?«, sagte er mit einem Lächeln, das deutlich erleichterter ausfiel, als ihm recht war. »Es ist nur eine Maschine. Eine *kaputte* Maschine. Sie kann niemandem mehr etwas tun.«

Katts Blick flackerte unstet zwischen seinem Gesicht und dem sichtbaren Teil des Helikopters hin und her.

»Komm«, sagte er auffordernd. »Dir passiert nichts! Vertrau mir.«

Sie machte einen einzelnen Schritt und blieb wieder stehen. Ihre Hände begannen zu zittern. Er konnte sich nicht erinnern, jemals solche Angst in ihren Augen gelesen zu haben. Trotzdem machte sie einen zitternden zweiten Schritt und dann noch einen, mit dem sie fast an seine Seite gelangte. Ihr Atem ging so schnell, als wäre sie bis hierher gerannt.

Anders warf ihr noch einen abschließenden, aufmunternden Blick zu, dann schwang er sich mit einer energischen Bewegung in den Helikopter und nahm im Pilotensitz Platz. Das uralte Kunstleder knisterte wie trockenes Papier und Staub stieg auf, kitzelte in seiner Nase und reizte ihn zum Husten. Anders wedelte heftig mit der Hand vor dem Gesicht herum, bedeutete Katt aber zugleich mit der anderen, zu ihm zu kommen, und das Wunder geschah: Katt überwand ihre Furcht und stieg geduckt neben ihm in den Helikopter. Ihr Gesicht war kreidebleich und sie bebte mittlerweile am ganzen Leib. Dennoch setzte sie sich gehorsam in den Sessel des Copiloten und starrte aus geweiteten Augen auf das Durcheinander aus Skalen, Zeigern und Knöpfen, das jeden Quadratzentimeter des Instrumentenpults vor ihnen bedeckte.

Ihm selbst erging es nicht viel anders. Das Cockpit hatte nicht die geringste Ähnlichkeit mit dem der Cessna. Es gab nicht einmal ein Steuer, sondern nur etwas, das eher an den

Joystick eines Computers erinnerte, dafür aber buchstäblich Dutzende von Schaltern, wenn nicht gar Hunderte.

Anders streckte wahllos die Hand aus und legte ein paar Schalter um. Dann aber erscholl ein leises Summen und ein Teil der Instrumente begann in einem milden hellgrünen Licht zu glühen. Katt sog erschrocken die Luft zwischen den Zähnen ein und Anders legte hastig den letzten Schalter wieder um und das Licht erlosch.

»Unglaublich«, murmelte er. »Die Batterien haben immer noch Saft!«

Katt sah ihn fragend an, aber Anders versuchte erst gar nicht ihr zu erklären, was er gemeint hatte – zumal es eigentlich unmöglich war. Anders war gewiss kein Spezialist für Hubschrauber, doch selbst ihm war klar, dass diese Maschine mindestens dreißig Jahre alt sein musste, wenn nicht noch viel älter, und seit mindestens einem Jahrzehnt unter dieser Plane stand. Wenn in den Batterien trotzdem noch Strom war, dann gab es dafür nur eine einzige Erklärung: Die Maschine wurde regelmäßig gewartet.

»Diese Anlage ist nicht so tot, wie es aussieht«, murmelte er. Die Worte waren nicht an Katt gerichtet, sondern an sich selbst.

Sie reagierte trotzdem darauf. »Wie meinst du das?«

»Jemand ist hier gewesen«, antwortete er. »Und es ist noch nicht so lange her. Verstehst du, was das bedeutet?«

Katt schüttelte den Kopf.

»Sie kommen regelmäßig hierher«, fuhr er fort, mit einem Mal so aufgeregt, dass es ihm schwer fiel, auch nur stillzusitzen. »Und das heißt, es gibt einen Weg nach draußen! Wir müssen ihn nur noch finden! Wir kommen hier raus, Katt!«

»Raus? Du meinst …« Katt erstarrte. Ein erschrockener Ausdruck erschien auf ihrem Gesicht. »Jemand kommt!«

16

Anders hörte rein gar nichts, aber er zweifelte keinen Moment daran, dass sie Recht hatte. Fast entsetzt starrte er die zurückgeschlagene Plastikplane an. Eine halbe Sekunde lang überlegte er, aus der Maschine zu springen und die Plane wieder an Ort und Stelle zu zerren, verwarf die Idee jedoch augenblicklich wieder. Ganz egal wie scharf Katts Gehör auch sein mochte – die Zeit *konnte* gar nicht reichen. Er konnte nur darauf hoffen, dass ein weiteres Wunder geschah und niemand die zurückgeschlagene Plane bemerkte.

Eine Tür fiel, dann hörte er das typische Geräusch schwerer Schritte, die die Metalltreppe herunterkamen. Anders' Gedanken überschlugen sich. Er versuchte sich das Bild der Halle ins Gedächtnis zu rufen, wie sie vom Treppenabsatz oben aus ausgesehen hatte. Der Neuankömmling *musste* die zurückgeschlagene Plane einfach bemerken, wenn er auch nur einen flüchtigen Blick in den Hangar warf.

Doch er bemerkte sie nicht. Anders begriff nicht wirklich, warum – ob er einfach so aufgeregt oder in Eile war, dass er seiner Umgebung keinerlei Beachtung schenkte, oder diesen Weg schon so oft gegangen war, dass er seine Umgebung schon gar nicht mehr wirklich zur Kenntnis nahm. Aber ganz gleich warum: Zu Anders' maßloser Verblüffung marschierte der Mann in dem schwarzen ABC-Anzug in weniger als zwanzig Metern Abstand an ihnen vorbei und verschwand dann durch eine Tür, ohne auch nur in ihre Richtung geblickt zu haben.

Katt atmete hörbar auf und auch Anders konnte ein erleichtertes Seufzen nicht mehr ganz unterdrücken. Er wäre nicht einmal wirklich überrascht gewesen, wäre die Plane in diesem Moment mit einem Ruck heruntergerissen worden und ein halbes Dutzend grinsende Gesichter hätte zu ihnen hereingestarrt.

Stattdessen war es Katt, die nach einer kleinen Ewigkeit das Schweigen brach. »Er hat uns wirklich nicht gesehen!«, murmelte sie fassungslos.

»Wahrscheinlich war er noch zu beschäftigt mit dem, was ihm Culain und der Hohe Rat gesagt haben.« Anders starrte die Tür an, durch die Oberons Krieger den Hangar verlassen hatte. »Und du hast wirklich nicht verstanden, worüber sie gesprochen haben?«

»Nein«, antwortete Katt. »Nur dass es um dich ging. Ich glaube, die Elder waren mit irgendetwas nicht einverstanden, was der Drache wollte.«

Diesmal erwähnte sie nicht, dass es in dem Gespräch auch um sie gegangen war. Anders glaubte nicht an einen Zufall. Er sagte zwar nichts dazu, merkte sich diesen feinen Unterschied aber für später und nahm sich fest vor, sie demnächst darauf anzusprechen. Katt verschwieg ihm etwas.

»Wir müssen dorthin«, sagte er mit einer Kopfbewegung auf die Tür.

»Dorthin?«, keuchte Katt. »Du bist verrückt! Das ist der Weg, den der Drache genommen hat!«

»Stimmt«, antwortete Anders. »Der Weg nach draußen. Und deshalb müssen wir genau dorthin!«

Katts Blick nach zu urteilen zweifelte sie mittlerweile nicht mehr an seinem Verstand, sondern musste wohl zu der Überzeugung gekommen sein, dass er vollkommen übergeschnappt war. Anders grinste jedoch nur, setzte dazu an, sich aus der Maschine zu schwingen, und in diesem Moment ging das Licht aus.

Katt stieß einen dünnen, spitzen Schrei aus und auch Anders' Herz machte einen erschrockenen Satz und klopfte dann irgendwo oben in seinem Hals weiter. Für eine Sekunde erstarrte er mitten in der Bewegung, dann ließ er sich – sehr vorsichtig – wieder in den Sitz zurücksinken.

»Es ist alles in Ordnung«, sagte er rasch.

»Aber es ist so dunkel!«, wimmerte Katt.

»Ja, weil unser Freund ein sehr ordentlicher Drache ist und das Licht hinter sich ausgeschaltet hat«, knurrte Anders. »Verdammt! Auf die Idee hätte ich auch selbst kommen können.« Er drehte sich seufzend in die Richtung, aus der ihre Stimme erklang. »Du hast nicht zufällig einen Feuerstein und ein paar Fackeln dabei?«

»Wie?«, machte Katt.

»Und ich nehme an, bei absoluter Dunkelheit kannst du auch nichts sehen.«

Diesmal antwortete sie gar nicht.

Anders verschwendete noch ein paar Sekunden damit, sich über sich selbst zu ärgern, dann beugte er sich vor und tastete im Dunkeln nach dem Armaturenbrett. Ihm war nicht wohl dabei, jetzt, wo er wusste, dass diese unterirdische Anlage nicht ganz so verlassen und aufgegeben war, wie es im ersten Moment den Anschein gehabt hatte, doch ihm blieb gar keine andere Wahl. Zögernd legte er einen Schalter nach dem anderen um, bis die Armaturenbeleuchtung wieder anging. In dem blassgrünen Licht war selbst Katts Gestalt neben ihm mehr zu erahnen als wirklich zu erkennen, aber sie saßen wenigstens nicht mehr in vollkommener Dunkelheit gefangen da.

Anders beugte sich vor und musterte die Instrumententafel aus eng zusammengekniffenen Augen. Die allermeisten Instrumente waren ihm vollkommen fremd und auch ihre Beschriftung sagte ihm nicht viel. Immerhin glaubte er nach einer Weile zu erkennen, dass es sich um einen zivilen Hubschrauber handelte, keine Militärmaschine, und aus irgendeinem Grund beruhigte ihn diese Erkenntnis. Und endlich fand er, wonach er gesucht hatte: Er betätigte einen weiteren Schalter und die Innenbeleuchtung der Kabine ging an.

Katt riss erstaunt die Augen auf. »Du … du kannst mit dem Drachen umgehen?!«

»Kein Stück«, antwortete Anders. »Außerdem wäre mir das Wort Hubschrauber lieber.«

»Aber du hast ihn zum Leben erweckt!«, betonte Katt und deutete nacheinander auf die Instrumentenbeleuchtung und die kleine, wenn auch sehr helle Lampe, die unter der Kabinendecke brannte.

»Ich habe das Licht eingeschaltet. Und das ist schon so ziemlich alles, was ich zustande bringe«, antwortete Anders, aber Katt schien sich nicht so leicht beirren lassen zu wollen.

»Du hast gesagt, ihr wärt mit einer Flugmaschine gekommen«, beharrte sie. »Und gerade hast du behauptet, das hier wäre auch nur eine Maschine!«

»Das war ein Sportflugzeug, kein Hubschrauber«, antwortete Anders geduldig. »Das ist ein himmelweiter Unterschied. Außerdem ist Jannik geflogen, nicht ich. Und selbst wenn es nicht so wäre: Der Hangar ist zu und ich glaube nicht, dass sie so freundlich gewesen sind, die Fernbedienung für das Garagentor hier drinnen zu deponieren.« Ganz davon abgesehen, dass auch Jannik mit diesem Museumsstück keine fünf Kilometer weit gekommen wäre, dachte er. Sie saßen in einer dreißig Jahre alten Maschine, nicht in einem Überschallhelikopter aus dem zweiundzwanzigsten Jahrhundert, der mit Laserkanonen bewaffnet war.

»Also kommen wir damit nicht hier raus?«, fragte Katt, als er nicht antwortete. Für jemanden, der noch vor ein paar Minuten beim bloßen Anblick der Maschine fast schon vor Angst gestorben wäre, war das ein geradezu tollkühner Vorschlag, fand Anders. Er schüttelte den Kopf und stand auf.

»Ich fürchte, nein«, sagte er, während er sich umständlich zwischen den eng beieinander stehenden Sitzen hindurchquetschte, um in den hinteren Teil der Maschine zu gelangen. Hier gab es zwei gegenüberliegende Sitzreihen, die insgesamt acht Passagieren Platz geboten hätten, sowie ein kleines Gepäckabteil, das zu Anders' Enttäuschung aber vollkommen leer war.

Sorgfältig suchte er jeden Quadratzentimeter der Maschine ab, doch er fand absolut nichts. Es war frustrierend.

»Wonach suchst du eigentlich?«, fragte Katt nach einer Weile.

Anders hob die Schultern. »Das weiß ich selbst nicht genau«, gestand er. »Irgendetwas. Papiere ... Unterlagen ... irgendein Hinweis, was das hier eigentlich ist oder wo wir sind.«

»Hier vorne ist eine Kiste«, sagte Katt.

»Was?« Anders fuhr so heftig herum, dass er sich an der niedrigen Decke den Kopf anstieß und schmerzhaft das Gesicht verzog. Trotzdem war er mit zwei schnellen Schritten bei ihr.

Was Katt als *Kiste* bezeichnet hatte, war ein zerschrammter Aluminiumkoffer von den Abmessungen einer etwas größer geratenen Handtasche, auf den sie kurzerhand die Füße gestellt hatte, weil sie sonst auf dem Sitz mit den Beinen gebaumelt hätte. Anders hob ihn hoch und hätte vor Freude am liebsten gejubelt, als er sah, dass es sich wohl um eine Art Notfallausrüstung handelte. Neben einer zusammengefalteten Aluminiumdecke enthielt der Koffer ein Verbandspäckchen, zwei Tafeln Schokolade, ein Funkgerät, eine Leuchtpistole samt Munition und eine Taschenlampe. Und das Allerbeste war: Das Ganze war in durchsichtigen Kunststoff eingeschweißt und mit einem Verfallsdatum versehen, das noch ein gutes halbes Jahr in der Zukunft lag. Ganz offenbar waren die Batterien des Hubschraubers nicht alles, was hier regelmäßig gewartet wurde.

»Fantastisch!«, sagte er. »Endlich mal Glück!«

»Was ist fantastisch?«, wollte Katt wissen.

Statt zu antworten riss Anders mit fliegenden Fingern die Kunststoffhülle auf und kippte ihren Inhalt kurzerhand auf den Boden. Zu seiner Enttäuschung gab es auch in diesem Koffer nicht ein einziges Stückchen bedruckten Papiers und schon gar keine Karte. Aber zumindest hatten sie eine Lampe; und damit die Möglichkeit, hier herauszukommen. Rasch probierte er sie aus und stellte mit einem Blick auf die Beschriftung zufrieden fest, dass sie mit Hochleistungsbatterien bestückt war, die gute acht oder auch zehn Stunden brannten. Dann sah er noch etwas – und dieser Anblick ließ sein zufriedenes Lächeln erstarren.

»Was hast du?«, fragte Katt alarmiert.

Anders deutete auf das winzige Firmenemblem, das in den Deckel des Batteriefachs eingestanzt war. »Siehst du das?«, murmelte er. »B. I.«

Katt beugte sich neugierig vor und musterte das Symbol verständnislos. »Und?«

»Das ist das Firmenlogo von Beron Industries«, sagte er traurig. »Der Firma meines Vaters.«

»Deines *Vaters*?«, wiederholte Katt verwirrt. »Soll das heißen, dein Vater hat dieses Zauberding gemacht?«

Anders lächelte milde. »Nicht er selbst«, berichtigte er sie. »Seine Firma. Eine der Firmen, die ihm gehören. Er hat eine ganze Menge davon, weißt du? Ich würde mich nicht wundern, wenn die Hälfte von dem ganzen Krempel hier von seinen Firmen stammt.«

»Dann muss dein Vater ein sehr mächtiger Mann sein«, meinte Katt.

»Ja, das ist er wohl«, sagte Anders traurig. »Nur nutzt uns das im Moment herzlich wenig.« Er verscheuchte den Gedanken und konzentrierte sich wieder auf den Inhalt des Notfallkoffers, um zu entscheiden, was sie mitnehmen sollten und was nicht. Da ihre Gewänder keine Taschen hatten, würden sie sich auf zwei oder drei Gegenstände beschränken müssen – oder gleich die ganze Kiste mitnehmen, wovor Anders aber zurückschreckte. Die Lampe – natürlich – und auch das Verbandspäckchen mochte sich als nützlich erweisen. Das Funkgerät kam nicht infrage, denn sobald er es einschaltete, würde garantiert irgendwo eine rote Warnlampe aufleuchten, die seine genaue Position verriet. Und die Leuchtpistole …?

Anders nahm sie in die Hand, drehte sie einen Moment nachdenklich in den Fingern und legte sie dann mit einem lautlosen Seufzen wieder zurück. Die Verlockung, sich eine Waffe zu besorgen, war groß, aber er entschied sich trotzdem dagegen. Seit dieser Albtraum begonnen hatte, waren schon viel zu vielen Menschen zu Schaden gekommen.

Blieben noch die Aluminiumdecke, ein aufblasbares Schlauchboot, das zusammengelegt kaum größer als drei Schachteln Zigaretten war, und noch ein paar andere Kleinigkeiten, die ihnen nichts nutzen würden. Er beließ es dabei, die Lampe mitzunehmen und eine der beiden Schokoladentafeln aufzureißen und sie Katt in die Hand zu drücken.

»Was soll ich damit?«, fragte Katt verständnislos.

Anders grinste. »Beiß einfach hinein und dann frag noch einmal.«

Katt sah ihn eindeutig misstrauisch an. Sie schnüffelte an der Schokolade, zögerte noch einmal und leckte dann vorsichtig an einer Ecke.

Angeekelt verzog sie das Gesicht. »Das ist ja grässlich! Und so etwas esst ihr draußen?«

»Mit großer Begeisterung«, antwortete Anders. Er war enttäuscht, denn er hatte sich insgeheim darauf gefreut, Katt mit etwas ganz Besonderem überraschen zu können. Er brach ein kleines Stück von ihrer Tafel ab und kaute vorsichtig.

»Ich weiß nicht, was du hast«, sagte er. »Sie ist köstlich.«

»Ich finde, das Zeug schmeckt so, wie es aussieht«, sagte Katt. Sie hielt ihm die angeknabberte Tafel hin. »Hier. Du kannst beide Stücke haben. Ganz für dich allein.«

Anders sah sie noch einen letzten Moment zweifelnd an, aber dann griff er mit einem Schulterzucken zu und biss herzhaft hinein. Die zweite Tafel klemmte er sich kurzerhand unter den Arm, wo sie garantiert nur ein paar Minuten bleiben würde. Er hatte gar nicht mehr gewusst, wie gut Schokolade schmecken konnte.

Er kletterte aus der Maschine, schaltete die Taschenlampe ein und wartete, dass Katt ihm folgte. Sie tat es, streifte aber die Schokolade, die in rekordverdächtigem Tempo zwischen seinen Zähnen verschwand, mit einem eindeutig angeekelten Blick.

Katt wollte sich umdrehen und zur Leiter zurückgehen, doch Anders schüttelte den Kopf und leuchtete mit der Taschenlampe in die Richtung, in der Oberons Krieger verschwunden war.

»Du bist verrückt«, entfuhr es Katt.

»Ja, ich glaube, das hast du schon das eine oder andere Mal bemerkt«, antwortete Anders kauend. »Aber ich muss wissen, wohin er gegangen ist.«

»Wir sind ihm nur um Haaresbreite entgangen!«, keuchte Katt.

Vielleicht hatte sie ja sogar Recht, dachte Anders. Dass sie einmal Glück gehabt hatten, bedeutete keineswegs, dass das immer so bleiben würde; ganz im Gegenteil. Wenn es hier unten tatsächlich einen Ausgang gab, dann stieg die Gefahr, entdeckt zu werden, vermutlich mit jedem Schritt, den sie sich ihm näherten. Aber eine Gelegenheit wie diese würden sie vielleicht nicht wieder bekommen …

Er stopfte den Rest der Schokolade in sich hinein, knüllte das Papier zu einem Ball zusammen und warf ihn zielsicher an Katt vorbei in die Kabine. Dann legte er die Taschenlampe und die zweite Tafel zu Boden und mühte sich mit der steifen Plastikfolie ab, um den Helikopter wieder zuzudecken. Katt rührte keinen Finger um ihm zu helfen. Sie bewegte sich auch nicht, als er sich nach der Schokolade und der Taschenlampe bückte.

»Also gut«, sagte er. »Ich verstehe, dass du Angst hast. Wahrscheinlich zu Recht.« Katt wollte antworten, doch Anders machte eine rasche Geste und fuhr mit leicht erhobener Stimme fort: »Ich muss es einfach versuchen, Katt. Aber ich weiß auch, wie gefährlich es ist. Vielleicht überlebe ich es nicht. Ich will nicht, dass du in Gefahr gerätst. Ich bringe dich zurück bis zur Treppe, wenn du willst, aber ich muss es einfach versuchen.«

»Und was glaubst du, wie lange mich die Elder noch leben lassen, wenn du nicht mehr da bist?«, fragte Katt.

»Sie werden dir nichts tun«, erwiderte Anders. »Morgen würde das niemals zulassen, glaub mir. Ich ...«

»Ich komme mit«, unterbrach ihn Katt. »Ohne mich bist du doch sowieso aufgeschmissen.«

Anders lachte zwar, aber das änderte nichts daran, dass ihm nicht wohl dabei war. Er wollte Katt nicht noch mehr in Gefahr bringen, als er es ohnehin schon getan hatte. Culain hatte ihm zwar versprochen, Katt zu ihrer Sippe zurückzubringen, doch er hatte keine Garantie, dass der Elder sein Wort halten würde, sobald er nicht mehr da war – oder es überhaupt noch konnte. Einen Moment lang überlegte er ernsthaft, tatsächlich zurückzugehen und wiederzukommen, sobald Katt in Sicherheit war. Aber vielleicht würde er keine zweite Chance mehr bekommen. Sie hatten bereits Spuren hinterlassen. Die Folie. Das aufgerissene Notfallpaket. Die Wahrscheinlichkeit, dass jemand merkte, dass sie hier gewesen waren, war zwar verschwindend klein, doch sie *existierte*, und wenn es passierte, dann war seine vielleicht allerletzte Chance dahin, diesem Tal endlich den Rücken zu kehren.

Und außerdem wollte er Katt gar nicht verlassen.

»Also gut«, sagte er. »Dann komm.«

Bis zu der Tür, durch die Oberons Krieger verschwunden war, waren es nur ein paar Schritte. Anders ertappte sich bei dem Gedanken, es wäre im Grunde die bequemste Lösung, die Tür einfach abgeschlossen vorzufinden, sodass das Schicksal die Entscheidung für sie traf.

Sie war es nicht. Die Tür öffnete sich ebenso lautlos und leicht wie alle anderen zuvor, und der Strahl der Taschenlampe fiel in einen langen Flur mit staubgrauen Wänden, von dem mehrere weitere Türen abzweigten. Anders machte ein paar Schritte, blieb wieder stehen und hob die Taschenlampe, um den Strahl noch einmal und langsamer über die Wände gleiten zu lassen.

Der Gang ähnelte nur auf den ersten Blick den Korridoren und Räumen, durch die sie bisher gekommen waren. Auch hier waren die Spuren von Alter und Verfall unübersehbar und doch gab es einen gewaltigen Unterschied: Diese Räume hier waren alt, verdreckt und verfallen, aber sie waren nicht sorgsam *ausgeschlachtet* worden. Sämtliche Leitungen, Lichtschalter, Lampen und andere Gerätschaften waren noch da. Abgesehen davon, dass hier seit einem Menschenalter niemand mehr Staub gewischt hatte, machte zumindest dieser Flur einen vollkommen intakten Eindruck.

Anders öffnete wahllos die erstbeste Tür auf der rechten Seite und fand sich in einer Art Büroraum wieder. Eine der Wände bestand zur Gänze aus großen Fenstern, durch die man früher einmal in den Hangar hinausgesehen hatte, bevor sie der Staub eines halben Jahrhunderts undurchsichtig gemacht hatte. Es gab ein halbes Dutzend altertümliche Schreibtische aus Metall, auf denen ebenso altertümliche Kugelkopf-Schreibmaschinen standen, ein paar große Mikrofone und sogar etwas, das Anders an die Dinosaurierversion eines Computers erinnerte.

Davon abgesehen war der Raum vollkommen leer. Auch hier waren die technischen Einrichtungen unversehrt. Einige helle Flecke an den Wänden bewiesen aber, dass dort früher einmal Bilder gehangen haben mussten, die sorgsam entfernt worden waren, und obwohl Anders sich die Mühe machte und jede einzelne Schreibtischschublade aufzog, fand er auch hier nicht ein einziges Fitzelchen Papier.

»Was suchst du eigentlich?«, fragte Katt nach einer Weile. Sie war unter der Tür stehen geblieben und folgte unsicher dem unsteten Hin- und Herhuschen des Lichtstrahles, der beständig Dinge aus der Dunkelheit riss, die ihr vollkommen unverständlich sein mussten und ihr vermutlich auch Angst machten.

»Dasselbe wie im Hubschrauber«, antwortete Anders. »Irgendein Stück Papier, das mir sagt, was zum Teufel das hier eigentlich ist. Da hat sich jemand verdammt viel Mühe gemacht, um seine Spuren zu verwischen. Und er war richtig gut, das muss ihm der Neid lassen.«

Ärgerlich knallte er die letzte Schublade zu, stampfte an Katt vorbei wieder auf den Flur hinaus und öffnete die Tür auf der anderen Seite. Der Raum, der dahinter lag, war eine fast identische Kopie dessen, den er gerade durchsucht hatte, und auch das Ergebnis war dasselbe: nämlich keines.

Und so ging es weiter. Immer schneller und ungeduldiger werdend durchsuchte Anders nacheinander sämtliche Zimmer, die auf beiden Seiten des Korridors lagen, ohne auch nur die geringste Spur zu finden, die auf ihre ehemaligen Bewohner hingewiesen hätte; oder gar auf das, was sie hier getan hatten: Büro- und Aufenthaltsräume, eine kleine Küche und einmal ein ganzer Saal voller Computerschränke, in deren (jetzt natürlich leeren) Spulen sich früher Dutzende von Magnetbändern gedreht haben mussten. Das Einzige, was ihm immer klarer wurde, war, wie gigantisch diese in den Berg getriebene Anlage gewesen war. Hier mussten Hunderte von Menschen gelebt und gearbeitet haben.

Sie benötigten gute drei Stunden, um sämtliche Räume zu durchsuchen, die sie vom Hangar und den angrenzenden Korridoren aus erreichen konnten, und am Schluss blieb nur noch die Tür am Ende des Korridors. Anders hatte sie ganz bewusst bis zum Schluss aufgespart. Er wollte wissen, was hinter ihnen lag, bevor er weiterging. Allerdings fragte er sich unbehaglich, was er eigentlich tun würde, wenn sich die Tür nur als Zugang zu einem weiteren, womöglich noch größeren Labyrinth aus leer geräumten Büros und Computersälen entpuppen sollte. Vielleicht war Culains Behauptung, dass schon so mancher hier hereingekommen und niemals wieder aufgetaucht wäre, ja gar kein Scherz gewesen …

Seine Befürchtungen erwiesen sich jedoch als übertrieben. Zwar gab es in dem Korridor, in den der Strahl der Taschenlampe fiel, tatsächlich eine Anzahl Türen, die aber ausnahmslos in leer stehende Lagerräume führten. Darüber hinaus gab es nur noch eine einzelne Tür am Ende des Flures: einen Lift.

»Ja«, seufzte Anders. »Genau das habe ich befürchtet.«

»Was?«, fragte Katt. Sie hatte die ganze Zeit über kaum ein Wort geredet und auch jetzt klang ihre Stimme unsicher und zitterte, und Anders' schlechtes Gewissen meldete sich zurück. Da sie nichts mehr gesagt hatte, war er ganz selbstverständlich davon ausgegangen, dass sie ihre Angst überwunden hatte, doch vielleicht stimmte das ja gar nicht.

»Das da«, murrte Anders. Der Lichtstrahl glitt über die geschlossenen Aufzugtüren hinweg und blieb an dem Rufknopf hängen. »Ein Aufzug. Auf zur nächsten Etappe – oder auch den nächsten fünf oder zehn! Wie groß ist dieser verdammte Rattenbau eigentlich?«

Ohne viel Hoffnung drückte er den Rufknopf und diesmal wurde er nicht enttäuscht: Rein gar nichts geschah.

»Er muss den Aufzug abgeschaltet haben«, sagte Anders ärgerlich. »Hier – halt das mal.« Er reichte Katt die Taschenlampe, dirigierte den Strahl in die Mitte der Tür und versuchte die Fingerspitzen in den schmalen Spalt zu schieben. Es war schwerer, als er es sich vorgestellt hatte, und er brach sich gleich zwei Fingernägel dabei ab, was ziemlich wehtat, doch schließlich gelang es ihm, die beiden Türhälften weit genug auseinander zu schieben um hindurchsehen zu können.

Es gab eine gute und eine schlechte Nachricht. Die gute war, dass sie sich in der oberen Etage befanden und es darunter anscheinend bloß noch ein weiteres Stockwerk gab, denn der Strahl der Taschenlampe glitt nur über nackten Beton und rostige Stahlträger, bis er schließlich auf die Decke der Liftkabine fiel und an ihren Seiten vom Schachtboden reflektiert wurde. Die schlechte war, dass der Aufzug mindestens zwanzig Meter unter ihnen angehalten hatte, wenn nicht mehr.

»Du willst doch nicht wirklich da runtersteigen, oder?«, fragte Katt.

»Meinst du, ich schaffe es nicht?«

Katt schob die Türhälften (mit erheblich weniger Anstrengung als er) weiter auseinander und beugte sich neugierig vor. »Wenn ich dir helfe, vielleicht«, antwortete sie. »Aber was machen wir, falls es dort unten nicht weitergeht? Ich glaube nicht, dass ich an dem Seil in die Höhe klettern kann.« *Und du schon gar nicht,* fügte sie zwar nicht hinzu. Doch Anders las es deutlich in ihren Augen.

Unglücklicherweise hatte sie Recht, dachte Anders. Er bezweifelte, dass er tatsächlich ihre Hilfe brauchte, um an den fingerdicken Stahltrossen nach unten zu klettern, und er traute sich auch durchaus zu, daran wieder nach oben zu kommen. Aber das würde eine Menge Zeit brauchen, und das wiederum bedeutete, dass er sich jetzt endgültig entscheiden musste. Er wusste nicht, ob ihr Verschwinden bereits aufgefallen war – allein die Tatsache, dass Culain nicht plötzlich hinter ihnen stand, war ja schon fast mehr, als er erwarten konnte –, doch wenn sie jetzt dort hinabkletterten, hatten sie keine Chance mehr, rechtzeitig vor Sonnenaufgang zurück zu sein.

Aber wer wollte das schon?

Anders zuckte mit den Schultern, hielt sich mit der linken Hand an der Tür fest und streckte den anderen Arm aus. Selbst als er sich vorbeugte, waren seine Fingerspitzen noch gute anderthalb Meter von den Stahlseilen entfernt, die die Liftkabine hielten.

»Geh zur Seite«, seufzte Katt.

Anders gehorchte ganz automatisch, und noch bevor er wirklich begriff, was sie überhaupt vorhatte, nahm Katt zwei Schritte Anlauf und sprang kurzerhand in den Schacht hinein. Anders stieß ein erschrockenes Keuchen aus, aber Katt ergriff das Stahlseil mit traumwandlerischer Sicherheit, klammerte sich mit beiden Beinen und der linken Hand fest und streckte ihm den anderen Arm entgegen.

»Komm schon«, sagte sie fröhlich. »Nur keine Angst. Ich fange dich auf.«

»Bist du sicher, dass deine Mutter eine Katze war und kein Baumaffe?«, fragte Anders.

Katt schnitt ihm eine Grimasse. Anders klammerte sich noch fester an die Tür, beugte sich vor, so weit es überhaupt nur ging, und streckte den Arm aus. Mit äußerster Anstrengung gelang es ihm, Katts Fingerspitzen zu berühren, aber das war dann auch schon alles.

»Und du bist sicher, dass deine Mutter ein Mensch war und keine Schildkröte?«, fragte Katt. Sie verdrehte die Augen, ließ auch mit der anderen Hand los und kippte einfach zur Seite. Blitzschnell ergriff sie Anders' Handgelenk, zerrte ihn in den Liftschacht und kippte gleichzeitig wieder nach vorne. Anders kreischte vor Schrecken und schierer Todesangst, griff aber auch ganz automatisch zu, als Katt ihn wie ein zu groß geratenes Pendel herumschwenkte, und klammerte sich an die Stahltrosse.

17

Endlich ließ Katt auch seine andere Hand los. Anders krallte sich hastig auch damit fest, schlang die Beine um das Stahlseil und wagte es erst dann, den Kopf in den Nacken zu legen und zu Katt emporzublicken.

Sie hing kopfunter über ihm, klemmte sich nur mit den Beinen fest und hatte zu allem Überfluss noch die Arme vor der Brust verschränkt, während sie spöttisch auf ihn hinabgrinste. »Baumaffe, wie?«

»Vielleicht auch eine Spinne«, murmelte Anders.

»Darüber reden wir noch«, versprach Katt mit finsterem Gesicht. »Aber jetzt klettere weiter. Es ist nicht sonderlich bequem. Dieses Seil ist so hart wie Eisen.«

»Ganz genau daraus besteht es ja auch.« Anders begann vorsichtig in die Tiefe zu klettern. Es ging schneller, als er zu hoffen gewagt hatte, doch es war auch wesentlich schwieriger –

und vor allem kräftezehrender. Seine Hände bluteten, noch bevor er die halbe Strecke zurückgelegt hatte, und er wurde immer langsamer. Vermutlich brauchten sie nicht einmal fünf Minuten, um die zwanzig Meter in die Tiefe zu klettern, aber als sie endlich das Dach der Liftkabine erreichten, war Anders so erschöpft, dass er in die Knie brach. Auch Katt wankte. Ihr Atem ging pfeifend und schnell.

»Und jetzt?«, fragte sie.

Anders ließ noch ein paar Sekunden verstreichen, in denen er wieder zu Atem zu kommen versuchte, dann senkte er die Taschenlampe und ließ den Strahl über das Dach der Liftkabine wandern.

Er brauchte nur einen Augenblick, um die Klappe zu finden, und sie hatten auch diesmal Glück: Sie war nicht verschlossen. Mit einem leisen Quietschen schwang sie auf, und der Strahl der Taschenlampe fiel in die darunter liegende, leere Liftkabine. Anders gab sich ganz bewusst selbst keine Zeit, lange über sein Tun nachzudenken und sich mit einem der ungefähr zehntausend triftigen Gründe zu beschäftigen, die alle dagegen sprachen, weiterzugehen, sondern drehte sich entschlossen um, ließ die Beine durch die rechteckige Öffnung gleiten und sank langsam nach unten. Wenigstens versuchte er es. Seine aufgeschürften Hände taten so weh, dass er den Halt verlor und die letzten anderthalb Meter unfreiwillig in die Tiefe sprang.

Noch bevor er wieder ganz auf die Füße gekommen war, folgte ihm Katt auf die gleiche Weise, wenn auch weitaus eleganter. Sie war jedoch diskret genug, kein Wort darüber zu verlieren, sondern wandte sich direkt der offen stehenden Aufzugtür zu. Anders rappelte sich mühsam ganz hoch und hob seine Lampe. Der Lift lag am Ende eines scheinbar endlos langen, mattgelb gestrichenen Gangs, dessen Wände mit schmalen Linien in unterschiedlichen Farben bemalt waren; vielleicht ein System, das dem, der es kannte, den Weg zu den verschiedenen Räumlichkeiten hier unten wies – und möglicherweise sogar nach draußen. Leider kannte Anders das dazugehörige System nicht. Für ihn waren es einfach nur bunte Linien ohne die geringste Bedeutung.

Dennoch machte er nur ein paar Schritte aus dem Lift heraus, bevor er abermals stehen blieb und sich staunend umsah.

Der Gang unterschied sich radikal von allem, was er bisher gesehen hatte. Es gab keinen Schmutz, keinerlei Staub und keine Spuren von Verfall. Im ersten Moment war Anders der Annahme, dass dieser Teil der Anlage noch in Betrieb sei oder zumindest sorgfältig gewartet wurde, aber nachdem er sich einige Augenblicke lang umgesehen hatte, fiel ihm noch eine andere und viel näher liegende Erklärung ein. Es gab hier unten einfach keinen Staub, der sich als zentimeterdicke betonharte Schicht hätte absetzen können, und alle Materialien, die er erblickte, setzten auch der Zeit besonders hartnäckigen Widerstand entgegen und würden allenfalls in Jahrhunderten wirklich anfangen zu verrotten: Beton, Kunststoff, Glas und Chrom.

Hatte er in der oberen Etage den Eindruck gewonnen, sich in einer Mischung aus Büros und einer Flughafenverwaltung zu befinden, so erweckte dieser Teil hier eher das Gefühl, in einem unterirdischen Labor zu sein. Und natürlich war hier ebenfalls alles pedantisch ausgeräumt. Auch wenn die Laboratorien und Versuchsanordnungen so aussahen, als warteten sie nur darauf, dass das Licht anginge und Männer und Frauen in weißen Kitteln hereinkämen um ihre unterbrochene Arbeit fortzusetzen, fand sich doch bei genauerem Hinsehen nicht der leiseste Hinweis darauf, *was* hier eigentlich erforscht worden war. Anders gab es allerdings nach einiger Zeit auch auf, wirklich *jeden* Schrank zu inspizieren und jede Schublade aufziehen zu wollen. Die Anlage war einfach zu groß dafür; sie hätten Tage gebraucht, um sie ebenso gründlich zu untersuchen wie den oberen Teil. Nach einer Weile ließ er es dabei bewenden, die Türen zu öffnen und mit der Taschenlampe in den dahinter liegenden Raum zu leuchten. Und irgendwann tat er nicht einmal mehr das.

»Sag nicht, dass es dir allmählich zu viel wird«, spöttelte Katt. »Ich finde, es fängt gerade an, interessant zu werden.«

Anders schenkte ihr einen bösen Blick, bei dem er es aber beließ – sie hatte ja Recht. Bei allem Entdeckungsfieber, das ihn gepackt hatte, durfte er nicht vergessen, warum sie eigentlich hier waren: um einen Weg nach draußen zu finden. Wortlos drehte er sich um und ließ den Strahl der Taschenlampe (war er schon schwächer geworden?) über die Wand gleiten.

»Was ist deine Lieblingsfarbe?«, fragte er.

Katt sah ihn verständnislos an und Anders wiederholte seine deutende Geste und fragte noch einmal: »Deine Lieblingsfarbe! Such dir eine aus.«

Endlich schien Katt zu verstehen, was er von ihr wollte. Es gab Linien in Rot, Gelb, Grün, Blau und Weiß an der Wand; den gleichen Farben, in denen auch die Türen aus alterungsbeständigem Kunststoff gehalten waren. »Grün«, sagte sie.

»Also gut«, seufzte Anders. »Folgen wir der grünen Linie. Treten Sie nicht über die Markierungen und halten Sie Ihren Personalausweis bereit.«

»Was für Markierungen?«, fragte Katt.

Anders verdrehte wortlos die Augen und ging los. Sie folgten den grünen Linien an der Wand, aber irgendwie brachte das auch nichts. Anders schritt kräftig aus und widerstand auch tapfer der Versuchung, jede Tür zu öffnen und in den dahinter liegenden Raum zu leuchten (was hätte er auch gesehen außer verstaubten Reagenzgläsern und leeren Aktenschränken?), aber nach einer Weile beschlich ihn das Gefühl, im Kreis zu gehen.

Und dann standen sie plötzlich vor einer offenen Liftkabine, in deren Decke ein rechteckiges Loch gähnte.

Anders ächzte und Katt sagte achselzuckend: »Kommt mir bekannt vor.«

Der Blick, den Anders ihr diesmal zuwarf, hätte ausgereicht die Polkappen verdampfen zu lassen. Aber er sagte auch jetzt nichts, sondern trat wortlos an ihr vorbei in den Aufzug und richtete den Strahl der Taschenlampe nach oben. An der offen stehenden Klappe schimmerten hässlich braun eingetrocknete Blutflecke, die seine zerschundenen Hände darauf hinterlassen hatten. Kein Zweifel, sie waren wieder da, wo sie angefangen hatten.

»Ja, auch das kommt mir bekannt vor«, setzte Katt nach.

»Halt die Klappe«, knurrte Anders.

»Wieso?«, fragte Katt und legte interessiert den Kopf in den Nacken. »Sie hält doch ganz von selbst.«

Anders senkte die Lampe und leuchtete ihr direkt ins Gesicht, aber Katt blinzelte nicht einmal, sondern sah ihn nur treuherzig an. Ärgerlich wandte sich Anders wieder ab – und erstarrte dann mitten in der Bewegung. Etwas war für einen Moment im Licht der Taschenlampe aufgeblitzt.

»Geh zur Seite«, bat er.

Katt gehorchte und Anders richtete den Lichtstrahl direkt auf die briefbogengroße Tafel, die hinter ihr an der Wand der Liftkabine befestigt war. Sein Unterkiefer klappte herunter.

»Was hast du?«, fragte Katt.

Anders war gar nicht fähig zu antworten. Fassungslos deutete er auf die Tafel und auch Katt wandte sich vollends um und betrachtete einen Moment lang stirnrunzelnd das scheinbar sinnlose Durcheinander aus roten, gelben, grünen, blauen und weißen Linien auf mattsilbernem Untergrund. »Das ist …«

»Ein Plan der ganzen Anlage«, flüsterte Anders. »Ich Trottel! Ich hätte nur einen Blick darauf werfen müssen!«

Katts Stirnrunzeln war eindeutig mehr Antwort, als er in diesem Moment haben wollte. Er zog es vor, nicht genauer über das nachzudenken, was er in ihren Augen las, sondern trat näher an den Wegweiser heran und fuhr mit dem Zeigefinger die bunten Linien entlang. »Super«, murmelte er.

»Was?«

Anders drehte sich um und leuchtete den Gang hinab. »Wir sind vorhin nach links gegangen«, sagte er zerknirscht.

»Und?«

»Der Ausgang ist rechts«, sagte er. »Keine fünfzig Schritte entfernt.«

Diesmal war Katt klug genug nichts zu sagen.

Sie machten sich auf den Weg, bogen am Ende des Gangs nach rechts ab und an der nächsten Kreuzung wieder nach rechts, genau wie es auf dem Plan vermerkt gewesen war, und danach war ihr Weg endgültig und unwiderruflich zu Ende.

Anders starrte frustriert auf die massive Stahltür, die den Gang vor ihnen abschloss. Sie wog mindestens eine Tonne, hatte weder einen Riegel noch eine Klinke oder irgendeine andere Vorrichtung, um sie mechanisch zu öffnen, und wie um ihn noch zusätzlich zu verhöhnen, war in handgroßen roten Lettern das Wort EXIT darauf zu lesen.

Mindestens zehn Sekunden lang stand er einfach nur da und starrte die geschlossene Tür an, dann ging er ohne die mindeste Hoffnung weiter und schlug mit der flachen Hand gegen die Tür.

Das einzige Ergebnis war ein dumpfer Schmerz, der durch seine Hand schoss. Die Tür sah nicht nur aus, als wiege sie eine Tonne, sie fühlte sich auch so an.

»Sieh mal da!« Katt deutete auf eine kleine Schalttafel, die rechts neben der Tür in die Wand eingelassen war. »Genau wie in den Bergen!«

Mit einem kleinen, aber entscheidenden Unterschied, dachte Anders niedergeschlagen. Über *dieser* Zehnertastatur war nicht freundlicherweise gleich der richtige Code in die Wand geätzt.

Katt sah ihn einen Moment lang erwartungsvoll an, dann zuckte sie mit den Schultern und streckte die Hand nach der Schalttafel aus.

»Um Gottes willen, *nein!*, keuchte Anders. »Rühr sie nicht an!«

»Aber warum nicht?«, wunderte sich Katt. »Vielleicht probieren wir einfach …«

»… eine von sechsundvierzig Millionen verschiedenen

Möglichkeiten aus?«, fiel ihr Anders ins Wort und schüttelte zugleich den Kopf. »Kaum. Und selbst wenn wir achtzig Jahre Zeit hätten – schau mal.«

Er deutete auf den oberen Rand der Schalttafel. Wo bei ihrem Gegenstück in den Bergen das Zahlenrätsel eingraviert war, prangte hier etwas, das man für einen daumennagelgroßen Rubin hätte halten können.

»Was ist das?«, fragte Katt.

»Eine Videokamera«, antwortete Anders. Als Katt ihn verwirrt anblickte, fügte er erklärend hinzu: »Ein Auge.«

»Ein … *Auge?*«, wiederholte Katt zweifelnd.

»Und zwar eines, das über sehr große Entfernung hinweg sieht«, bestätigte Anders. »Ich bin ziemlich sicher, dass es sich einschaltet, sobald sich jemand an der Tastatur zu schaffen macht. Und danach bekommen wir Besuch.« Er seufzte. »Falls sie uns nicht schon gesehen haben.«

Zumindest *das* schien Katt zu verstehen, denn sie wurde ein bisschen blasser, trat zurück und musterte die Tür und die kleine Schalttafel abwechselnd und mit einer Mischung aus Furcht und Enttäuschung.

»Und was … bedeutet das?«, fragte sie stockend.

»Was schon?«, fragte Anders zurück. »Dass wir ausprobieren, ob ich wirklich deine Hilfe brauche, um das Seil hinaufzuklettern. Und uns eine verdammt gute Ausrede einfallen lassen sollten, wenn Culain uns fragt, wo wir gewesen sind.«

Wie sich zeigte, war seine Einschätzung, seine eigenen Kräfte und Fähigkeiten betreffend, ein wenig zu optimistisch gewesen. Selbst *mit* Katts Hilfe erwies es sich als fast unmöglich, das zwanzig Meter hohe Drahtseil hinaufzuklettern; und oben angekommen war es so erschöpft, dass er einfach zusammenklappte und gute zehn Minuten brauchte, um auch nur wieder auf die Beine zu kommen. Als sie den Hangar betraten, fragte er sich ernsthaft, ob seine Kraft noch ausreichen würde, die Treppe zu erreichen – von dem Weg die Stufen *hinauf* gar nicht zu reden. Allein beim Durchqueren des Hangars musste er zweimal Halt machen um sich auszuruhen, und der Weg die Treppe hinauf war eine einzige Qual.

Und es war alles umsonst.

Katt war die Erste, die die Tür erreichte. Mit einem erleichterten Seufzen drückte sie die Klinke nieder – und stieß einen Laut aus, der fast wie ein kleiner Schrei klang.

»Was hast du?«, fragte Anders alarmiert.

»Sie … sie geht nicht auf«, wimmerte Katt. »Sie ist verriegelt.«

»Unsinn«, antwortete Anders. »Wahrscheinlich klemmt sie nur ein bisschen. Warte.« So rasch er konnte, trat er neben sie, legte die Hand auf die Türklinke und drückte sie herunter, so fest er konnte.

Die Tür rührte sich nicht.

Anders versuchte es noch einmal, rüttelte und riss danach mit aller Kraft am Griff und begann schließlich in schierer Verzweiflung mit den Fäusten gegen die Tür zu hämmern. Es blieb dabei. Die Klinke bewegte sich, die Tür nicht. Und hier gab es keine Schalttafel mit einer eingebauten Videokamera, sondern nur ein ganz normales, altmodisches Schloss.

Anders hämmerte so lange mit den Fäusten gegen die Tür, bis seine Arme lahm wurden. Niedergeschlagen und wütend zugleich trat er zurück und starrte die Tür an, als könne er sie allein durch seine bloße Willenskraft zwingen sich zu öffnen.

»Aber … aber sie war doch vorhin … offen«, murmelte Katt.

»Ja, vorhin«, grollte Anders. »Verdammt! Er muss hinter sich abgeschlossen haben!«

»Der Drache?«

»Wer sonst?«, fragte Anders wütend. »Ich Idiot. Verdammt. Das ist meine Schuld.«

»Wieso?«, fragte Katt. »Hast du etwa die Tür verriegelt?«

»Nein, aber ich hätte es mir denken können«, antwortete Anders. »Natürlich lassen sie nicht zu, dass Culain oder irgendjemand sonst *das hier* sieht!«

»Diese Halle?«

»Das alles hier!« Anders machte eine Geste hinter sich, die zornig und resigniert zugleich wirkte. »Du selbst hast den Hubschrauber für einen Drachen gehalten. Glaubst du wirklich, sie würden zulassen, dass die Elder sich hier in aller Ruhe umsehen und anfangen nachzudenken?« Er ballte wütend die Faust. Seine Hand tat weh, so fest hatte er gegen die Tür geschlagen. »Natürlich lassen sie niemanden hierher. Wie konnte ich nur so blöd sein? Anscheinend habe ich bei dem Absturz doch eins auf den Kopf bekommen.«

»Das kann schon sein«, sagte Katt ernsthaft. »Aber das hilft uns im Moment leider auch nicht.« Sie maß die Tür mit einem langen abschätzenden Blick. »Vielleicht können wir sie ja irgendwie aufbrechen.«

Ihre Ruhe war ebenso wenig echt wie die Zuversicht, die sie vergeblich in ihre Stimme zu legen versuchte. »Wir bräuchten ein Werkzeug.« Sie sah in die Dunkelheit der Halle hinab. »Wir finden bestimmt etwas.«

Damit hatte sie vermutlich sogar Recht, dachte Anders niedergeschlagen. Er zweifelte nicht daran, dass sie jede Menge Werkzeug finden würden – aber die Tür bestand aus einer massiven Stahlplatte. Sie würden einen Schweißbrenner brauchen um sie aufzubekommen.

»Das ist vollkommen sinnlos«, murmelte er. »Wir bräuchten eine Stange Dynamit, um diese Tür aufzukriegen.«

»Aha«, sagte Katt. »Und was schlägst du vor? Ich meine: Was wir *nicht* tun können, das weiß ich selbst.«

»Wetten, dass ich mehr weiß als du?« Anders grinste müde und wurde sofort wieder ernst. »Keine Angst. Irgendwie kommen wir hier schon raus.« Er hob die Schultern. »Wahrscheinlich haben sie bereits gemerkt, dass wir weg sind, und suchen uns schon.«

»Und wenn nicht?«

»Verdammt noch mal, woher soll ich das wissen?«, fauchte Anders. Er funkelte sie einen Herzschlag lang an, dann seufzte er und hob die Schultern. »Entschuldige. Ich bin ein Idiot.«

»Ja«, bestätigte Katt. »Vor allem weil du ständig und für alles die Schuld bei dir selbst suchst. Die Tür ist nun mal zu – ganz egal warum.« Sie zwang sich zu einem Lächeln, das vermutlich aufmunternd wirken sollte, auf Anders aber einen eher verzweifelten Eindruck machte. »Du hast doch gesagt, dass unten ein Plan der ganzen Höhle hängt. Vielleicht gibt es ja doch noch einen anderen Ausgang.«

Vermutlich glaubte sie nicht einmal selbst an das, was sie sagte, doch Anders widersprach nicht, sondern reagierte nur mit einem müden Achselzucken. Wenn die Lage wirklich ernst wurde, dachte er, konnten sie immer noch zu der Panzertür unten zurückkehren und auf der Tastatur daneben ein bisschen Klavier spielen, bis jemand kam und nachsah. Und wenn das nicht klappte, konnten sie immer noch verhungern.

»Ich weiß nicht, ob wir es noch einmal das Seil hinunter schaffen«, sagte Katt. »Wir sollten eine Pause einlegen.«

Mit *wir* meinte sie eindeutig *ihn*, dachte Anders. Aber er protestierte auch diesmal nicht, sondern nickte nur erschöpft. Sie hatte auch in diesem Punkt Recht. Wenn er jetzt versuchte das Drahtseil hinabzuklettern, würde er sich den Hals brechen, ob mit oder ohne Katts Hilfe.

Anders warf der Tür noch einen hasserfüllten Blick zu, dann drehte er sich müde um und ging mit hängenden Schultern die Treppe hinab.

Sie schlurften zu dem abgedeckten Helikopter und diesmal musste Katt ihm helfen, die Plastikplane zurückzuschlagen und hinter ihnen wieder zu schließen. Katt und er streckten sich auf den Sitzbänken im hinteren Teil der Maschine aus und Anders brachte gerade noch die Kraft auf, die Lampe auszuschalten, bevor er auf der Stelle einschlief.

18

Erschrocken und mit klopfendem Herzen fuhr er hoch. Etwas hatte sich in seiner Nähe bewegt, er hörte ein bedrohliches Kratzen und Scharren, sein Herz begann noch schneller zu hämmern und Katt sagte: »Keine Angst. Es ist alles in Ordnung. Ich war nur kurz draußen … für kleine Katzen. Aber ich wollte dich nicht wecken.«

»Schon gut«, murmelte Anders. Er setzte sich unsicher weiter auf und lauschte in sich hinein. Sein Herzschlag beruhigte sich ebenso schnell wieder, wie er zu rasen begonnen hatte, aber er fühlte sich immer noch benommen und leicht schwindelig. In seinem Mund war ein ekelhafter Geschmack und er hatte Kopfschmerzen. Ganz automatisch tastete er nach der Lampe, die er neben sich auf den Boden gelegt hatte, und zog die Hand dann wieder zurück. Sie mussten die Batterien schonen.

»Wie lange habe ich geschlafen?«

»Nicht sehr lange«, antwortete Katt. »Ein paar Stunden. Draußen muss jetzt schon Tag sein.«

Was bedeutete, dass ihr Verschwinden längst bemerkt worden war, dachte Anders. Und *das* wiederum bedeutete, dass niemand hierher kommen würde; denn hätte Culain die Möglichkeit dazu gehabt, dann wäre garantiert er es gewesen, der ihn geweckt hätte, und nicht das Katzenmädchen.

Er gähnte, machte ein paar vorsichtige Bewegungen, um seinen Kreislauf in Schwung zu bringen, und tastete ein zweites Mal nach der Lampe um sie aufzuheben, schaltete sie aber auch diesmal nicht ein. Die Batterien mussten schon mehr als zur Hälfte leer sein, und der Weg nach unten war weit und die Wahrscheinlichkeit, rein zufällig über einen Satz frischer Batterien zu stolpern, nicht besonders hoch.

Noch immer in vollkommener Dunkelheit, tastete er sich

seinen Weg nach vorne, kletterte aus dem Cockpit und hob die Plastikplane an. Katts nahezu lautlose Schritte waren unmittelbar hinter ihm und sie griff auch mit zu, als er die Plane weiter anhob und gebückt darunter heraustrat. Erst als auch sie den Hubschrauber endgültig verlassen hatte, schaltete er die Lampe wieder ein. Seine überreizten Nerven wollten ihm weismachen, dass der Lichtstrahl schon deutlich schwächer geworden war, aber auf dieses Spielchen ließ er sich nicht ein, sondern schwenkte die Lampe einmal im Kreis. Soweit er das feststellen konnte, war niemand hier gewesen, während Katt und er geschlafen hatten.

»Also dann: Auf ein Neues.«

Sie hätten vermutlich kaum eine Minute gebraucht, um den Liftschacht wieder zu erreichen, doch Anders nahm noch einmal einen Umweg in Kauf, um sich nach Werkzeug umzusehen – auf die Idee, die zweifellos vorhandene Werkzeugkiste des Helikopters zu plündern, kam er natürlich erst, als sie bereits vor dem Liftschacht standen. Alles, was er gefunden hatte, waren ein Schraubenzieher und ein verbogener Brieföffner. Aber das musste genügen.

Diesmal dauerte es deutlich länger, die Stahltrosse nach unten zu klettern. Katt verzichtete darauf, irgendwelche artistischen Kunststücke aufzuführen, sondern half ihm nach Kräften, einigermaßen unbeschadet nach unten zu kommen. Vollkommen erschöpft – beide – ließen sie sich auf den Boden der Liftkabine sinken und Anders schaltete die Lampe aus, damit sie sich im Dunkeln ein paar Minuten ausruhen konnten.

Vielleicht war das nicht einmal eine gute Idee, denn als er aufzustehen versuchte, fühlte er sich beinahe erschöpfter als zuvor. Selbst die Lampe schien einen Zentner zu wiegen, als er sie einschaltete und auf die Hinweistafel richtete. Hinter ihm rappelte sich auch Katt mühsam auf und trat an seine Seite.

Lange und konzentriert studierte Anders das – nicht nur auf den ersten Blick – verwirrende Durcheinander verschiedenfarbiger Linien. Den Ausgang zu finden war nicht einmal besonders schwer gewesen, denn er war genau wie ihr Standort mit einem deutlich sichtbaren roten Punkt markiert. Der Rest jedoch schien immer weniger Sinn zu ergeben, je länger er den Plan anstarrte.

»Wonach suchst du?«, fragte Katt. »Der Ausgang ist gleich dort vorne. Ich finde den Weg.«

Anders schüttelte entschieden den Kopf. Den Alarm auszulösen und sich damit den Drachen auf Gedeih und Verderb auszuliefern würde er sich als buchstäblich *allerletzten* Ausweg aufheben. Er hatte keine Ahnung, was sie ihm antun würden, dafür aber eine umso konkretere Vorstellung, welches Schicksal Katt bevorstand, wenn sie den Killern in den schwarzen ABC-Anzügen in die Hände fiele.

»Die Taschenlampe hält bestimmt noch zwei Stunden«, sagte er. »So lange haben wir noch Zeit. Vielleicht gibt es ja noch einen zweiten Ausgang. Solche Anlagen haben *immer* einen Notausgang!« Aber hatten sie das wirklich? Anders musste sich eingestehen, dass er keine Ahnung hatte. Er wusste ja nicht einmal, was für eine Art von *Anlage* das hier war!

Er verscheuchte den Gedanken und fuhr mit der Fingerspitze an den farbigen Markierungen entlang. »Hier, hier und hier waren wir schon. Glaube ich. Aber das hier ...«, sein Zeigefinger fuhr eine rote Linie entlang, die nach einem guten Stück in einem ebenfalls rot eingerahmten Rechteck mündete, »... kommt mir nicht bekannt vor. Es scheint sich um etwas Besonderes zu handeln. Die Räume innerhalb dieses Bereichs sind nicht aufgeführt, siehst du?«

»Und das erkennst du alles an diesen bunten Strichen?«, fragte Katt, halb zweifelnd, halb bewundernd.

»Klar«, antwortete Anders großspurig. »Außerdem liegt dieser Teil am allerweitesten vom Haupteingang entfernt. Wenn es einen Notausgang gibt, dann dort.«

»Aha«, sagte Katt. Sie verstand kein Wort. »Und wenn wir uns verirren?«

»Dafür habe ich das hier mitgebracht.« Anders schwenkte

triumphierend sein Werkzeug. Er hatte die Hoffnung schon fast aufgegeben, dass Katt ihm das gewünschte Stichwort liefern würde, um mit seiner Voraussicht zu prahlen. Er reichte Katt die Lampe und machte sich mit Schraubenzieher und Brieföffner daran, die Hinweistafel abzubauen.

»Das nehmen wir mit«, sagte er. »Und jetzt komm. Wir haben nicht mehr viel Zeit.«

Sie gingen los und Anders beglückwünschte sich schon nach kurzem dazu, die Hinweistafel mitgenommen zu haben. Mindestens zwei- oder dreimal nahmen sie die falsche Abzweigung und einmal hätten sie sich trotz allem fast verirrt, als sie einen Teil des unterirdischen Labyrinths betraten, der offenbar gerade frisch renoviert worden war, bevor man sich entschieden hatte die Anlage überhastet zu verlassen: Die Wände waren monoton cremefarben und es gab keinerlei Markierungen.

»Da vorne muss es sein!« Nach einer schieren Ewigkeit lag das Ende des rot markierten Korridors vor ihnen. Auch die Tür, die ihn abschloss, war im gleichen Farbton gehalten, und dass es sich bei dem Bereich dahinter um etwas Besonderes handeln musste, machten allein die beiden grellgelben Warnschilder klar, die rechts und links an der Wand prangten. Anders registrierte auch voller Unbehagen die kleine Tastatur, die neben der Tür in der Wand eingelassen war. Anscheinend war der Teil der Anlage, der sich hinter dieser Tür verbarg, nicht für jeden zugänglich gewesen.

Jetzt jedenfalls war er es.

Die Tür öffnete sich nur widerwillig und mit einem rumpelnden Quietschen, als er sich mit der Schulter dagegen stemmte, aber immerhin gab sie seinem Drängen nach. Die elektrische Verriegelung musste automatisch aufgesprungen sein, als sie den Strom hier unten abgeschaltet hatten.

Vielleicht.

Vielleicht existierte sie auch nicht mehr, dachte Anders benommen, nachdem er sich durch den Türspalt gequetscht hatte und die Taschenlampe hob. Und außerdem brauchte er sich keine Gedanken mehr darüber zu machen, dass die Räume jenseits der Tür nicht auf seiner Hinweistafel verzeichnet waren. Der Plan hätte ihm sowieso nichts mehr genutzt.

Hinter der Tür existierte praktisch nichts mehr.

Anders vermochte sich nicht einmal vorzustellen, was hier passiert war – eine Explosion, ein Erdbeben, ein Vulkanausbruch oder eine Kombination aus allem –, aber die Zerstörung war gigantisch. Die meisten Wände, die er sehen konnte, waren niedergebrochen oder doch so stark beschädigt, dass man bequem in die Räume dahinter gelangen konnte, ohne die Tür benutzen zu müssen. Überall lagen Trümmer und Glasscherben, und die Deckenverkleidung aus Kunststoff war geschmolzen und zum Teil zu bizarren Formen erstarrt. Als er einen Schritt zur Seite tat, um Katt Platz zu machen, wirbelte Staub unter seinen Füßen auf, Glas knirschte, und Anders war plötzlich sehr froh, dass ihm von seiner Kleidung wenigstens noch die stabilen Schuhe geblieben waren.

Katt hatte keine Schuhe.

»Pass auf, wo du hintrittst«, sagte er. »Hier liegt überall Glas rum.«

»Keine Sorge«, antwortete Katt spitz. »Die Zehen abschneiden kann ich mir ja nicht mehr.« Sie sah sich demonstrativ um. »Wo sind wir hier?«

»Keine Ahnung«, sagte Anders schulterzuckend. »Aber es müsste dir eigentlich gefallen. Sieht doch aus wie bei dir Zuhause.« Er schwenkte die Lampe herum. Staub tanzte in dem eng gebündelten weißen Strahl, und Anders war jetzt sicher, dass er schwächer geworden war. Allzu viel Zeit hatten sie nicht mehr, doch er behielt seine Erkenntnis lieber für sich und ging stattdessen weiter.

Die Spuren der Verheerung nahmen noch zu, als sie tiefer in den Korridor vordrangen. Die meisten Türen waren aus den Angeln gerissen, und die Wucht der Explosion hatte ausgereicht, auch die Räume dahinter vollkommen zu verwüsten.

Die wenigen Möbel, die die Katastrophe irgendwie überstanden hatten, waren verkohlt und halb zerschmolzen. Anders hoffte, dass keine Menschen hier gewesen waren, als es geschah.

Obwohl ihre Zeit im gleichen Maße knapp wurde, in dem die Ladung der Batterien nachließ, trat er in zwei der verwüsteten Laborräume hinein und versuchte noch einmal, wenigstens ein winziges Stückchen Papier zu finden; allerdings mit dem gleichen Ergebnis wie bisher. Niemand hatte sich die Mühe gemacht, hier unten aufzuräumen oder die Trümmer wegzuschaffen, aber auch hier war sorgfältig alles mitgenommen worden, das irgendwie hätte verraten können, wonach in diesen Labors einmal geforscht worden war.

Katt stand mit schräg gehaltenem Kopf da und schien zu lauschen, als er zurück zu ihr auf den Gang kam. Sie wirkte angespannt.

»Hörst du etwas?«, fragte er.

»Hören?« Katt schüttelte den Kopf, blickte jedoch unverwandt weiter in dieselbe Richtung. »Nein. Aber …«

»Aber?«

Katt hob nur die Schultern, sah ihn eine Sekunde lang unschlüssig an und ging dann weiter. Auch Anders lauschte, so angestrengt er konnte, doch er hörte nichts außer den Geräuschen, die sie selbst verursachten. Erst nachdem sie ein weiteres Dutzend Schritte zurückgelegt hatten, spürte er es: Ein ganz leichter, kühler Luftzug strich über sein Gesicht. Überrascht blieb er stehen.

»Luft?«

»Oh, der tapfere Liebling der Elder hat es auch schon gemerkt«, rief Katt spöttisch. Sie hob die Hand und deutete in die Dunkelheit hinein. »Irgendwo da vorne muss es einen Ausgang geben.«

»Oder wenigstens einen Spalt, der nach draußen führt«, fügte Anders hinzu. »Ungefähr so breit wie meine Hand.«

Katt warf ihm einen schrägen Blick über die Schulter zu,

ging aber nur noch schneller. Sie brauchten lediglich ein paar Augenblicke, um am Ende des Gangs anzukommen – oder das, was davon übrig war.

Anscheinend hatten sie das Zentrum der Explosion erreicht. Ein mehr als zwei Meter durchmessender und fast halb so tiefer Krater gähnte im Fußboden. Auf der anderen Seite des Kraters erhob sich eine undurchdringliche Barriere aus Betonbrocken und verbogenem und halb geschmolzenem Metall. Die Wand auf der rechten Seite war komplett verschwunden und gab den Blick in den mit Trümmern und Schutt übersäten Raum dahinter frei, und auch in der massiven Betonmauer auf der anderen Seite gähnte ein fast halbmeterbreiter, gezackter Riss, der vom Boden bis zur Decke reichte. Es war dieser Riss, aus dem der Luftzug kam.

»Anscheinend hast du ziemlich große Hände«, sagte Katt. »Da geht es raus.«

»Fragt sich nur, wohin«, murmelte Anders. Allein bei der bloßen Vorstellung, in dieses schwarze Loch zu klettern, lief ihm ein eisiger Schauer über den Rücken.

»Ich kenne eine gute Methode, es herauszufinden«, sagte Katt. »Du …«

Sie fuhr zusammen, schlug mit einem nur noch halb unterdrückten Schrei die Hand vor den Mund und prallte so erschrocken zurück, dass sie um ein Haar das Gleichgewicht verloren hätte. »*Ein Drache!*«

Anders fuhr wie von der sprichwörtlichen Tarantel gestochen herum und auch sein Herz machte einen erschrockenen Satz – aber nur für eine halbe Sekunde, dann erkannte er seinen Irrtum.

Es war kein Drache.

An der gegenüberliegenden Wand hing tatsächlich ein Isolieranzug, doch er war leer und er hatte allenfalls eine oberflächliche Ähnlichkeit mit den schwarzen Monturen, die Oberons Krieger trugen. Er musste schon dort gehangen haben, als die Katastrophe geschah, denn die Explosion hatte beide Beine zerfetzt und die Sichtscheibe in ein Netz aus milchigen Sprüngen verwandelt.

»Keine Angst«, sagte er rasch. »Das ist nur ein leerer Anzug. Hier ist niemand.«

Katt blickte zweifelnd, aber sie schien ihren Irrtum ebenfalls schon bemerkt zu haben, und ihrem Gesichtsausdruck nach zu schließen war ihr ihre Schreckhaftigkeit überaus peinlich. Sie setzte dazu an, etwas zu sagen, beließ es dann jedoch bei einem schüchternen Lächeln und einem Schulterzucken und ging zögernd an ihm vorbei, um den zerrissenen Anzug genauer in Augenschein zu nehmen. Auch unter ihren Schritten knirschte Glas, aber obwohl sie barfuß ging, schien es ihr nichts auszumachen. Anders folgte ihr in einigem Abstand und es war vollkommen absurd: Obwohl er ganz genau wusste, dass sie sich nur einem zerrissenen Plastikanzug näherten, an dem rein gar nichts Bedrohliches war, empfand er plötzlich große Furcht. Es fiel ihm fast ebenso schwer wie Katt, sich dem Anzug zu nähern. Dann tat sie etwas, wozu Anders an ihrer Stelle vermutlich niemals den Mut aufgebracht hätte: Sie hob die Hand und berührte den zerrissenen Anzug mit den Fingerspitzen.

»Das fühlt sich … seltsam an«, sagte sie. »Und so etwas … tragen die Leute draußen?«

»Nein«, antwortete Anders. »Eigentlich nicht.« Er ließ den Lichtstrahl mehrmals und sehr langsam über den zerrissenen Anzug gleiten und schwenkte ihn schließlich nach links. Trümmerbrocken und verbogener und ausgeblichener Stahl tauchten im bleichen Licht auf und verschwanden wieder, dann glitt der Lichtstrahl über eine gedrungene Metalltür, deren ehemals grellgelbe Lackierung verkohlt war. Ungefähr in Kopfhöhe befand sich ein kaum handflächengroßes Fenster, dessen Glas zerborsten war.

Der Lichtstrahl wanderte zitternd nach links und blieb an einem Schild hängen, dessen ebenfalls signalgelbe Oberfläche sonderbarerweise kaum beschädigt war. Die sechs sichelförmigen Streifen, die in einer ebenso fremd wie fast anmutig erscheinenden Weise darauf angeordnet waren, waren genauso deutlich zu erkennen wie die zehn Zentimeter großen Buchstaben darunter: BIOHAZARD.

»Was bedeutet das?«, fragte Katt.

»Nichts«, antwortete Anders hastig. »Wenigstens nichts Wichtiges.« Nervös drehte er sich wieder in ihre Richtung und wedelte mit seiner Lampe. »Ich glaube, die Batterien lassen allmählich nach. Wir kommen noch bequem zurück zum Ausgang, aber allzu lange sollten wir nicht mehr herumtrödeln.«

Katt sah ihn mit unverhohlenem Misstrauen an. Anscheinend war er auch kein wesentlich besserer Lügner als sie. Ihr Blick tastete noch einmal über das schreiend gelbe Warnschild und glitt dann hinüber zu dem schwarzen Riss in der Wand. »Worauf warten wir?«

»Wenn es da nicht weitergeht und die Lampe ausfällt, dann ist es aus«, sagte Anders.

Katt seufzte. »Also gut«, sagte sie. »Dann gehe ich vor und sehe nach.« Sie hob rasch die Hand, als er widersprechen wollte. »Nur ein kleines Stück. Ich bin in ein paar Minuten zurück.«

»Wirklich?«, fragte Anders zweifelnd. Er musste sich beherrschen, um nicht immer wieder zu dem gelben Warnschild hinzusehen.

»Versprochen«, sagte sie. »Ich bin ja nicht lebensmüde.«

Anders überlegte einen Moment, aber dann nickte er und hielt ihr die Lampe hin, doch Katt schüttelte den Kopf.

»Die brauche ich nicht«, behauptete sie. »Ich gehe nur so weit, wie ich sehen kann. Und wenn es zu gefährlich wird, kehre ich um.«

Widerstrebend nickte er und Katt war rücksichtsvoll genug, ihm keine Gelegenheit zu geben, sie noch einmal zurückzuhalten, sondern drehte sich auf dem Absatz um und war kaum einen Atemzug später verschwunden.

Anders blieb, von seinem schlechten Gewissen geplagt, zurück. Er kam sich nicht nur vor wie ein Feigling, er *war* feige. Immerhin war er der Mann hier und zudem noch deutlich älter als sie. Und auch wenn er im angeblichen Zeitalter der Emanzipation aufgewachsen war, so stammten seine Beschützerinstinkte doch eindeutig aus dem vorvorletzten Jahrhundert.

Vielleicht ging es ihm auch einfach nur gegen den Strich, dass es anscheinend nichts gab, was sie nicht besser konnte als er.

Anders wartete, bis Katts ohnehin leise Schritte endgültig verklungen waren, dann drehte er sich wieder um und starrte geschlagene zehn Sekunden lang das Warnschild an. Ihm fielen auf Anhieb ungefähr zehntausend gute Gründe ein, sich diesem Schild – und vor allem der Tür! – *nicht* zu nähern. Trotzdem setzte er sich zögernd in Bewegung, stellte sich auf die Zehenspitzen, um durch das zerborstene Fenster in der Tür zu sehen, und hob seine Lampe.

Der Raum hinter dem Sicherheitsschott war leer; ein schmaler, vielleicht fünf Meter langer Korridor, der vor einer zweiten, völlig gleichartigen Tür endete. Im ersten Moment sah er unversehrt aus, aber dann entdeckte er doch Brandspuren an den Wänden. Anders rang noch einen Moment mit sich selbst, dann streckte er die Hand nach der Türklinke aus und drückte sie zögernd herunter. Die Tür war nicht verschlossen. Es kostete ihn unerwartet viel Kraft, sie zu öffnen, aber sie bewegte sich trotz ihres Alters vollkommen lautlos; als wäre sie für die Ewigkeit gemacht. Anders zog sie gerade weit genug auf um hindurchschlüpfen zu können.

Glas knirschte unter seinen Schuhsohlen, als er den kurzen Gang betrat. Er war nicht so leer, wie er im ersten Moment gedacht hatte. An einem verchromten Gestell auf der linken Seite hingen drei weitere, völlig unbeschädigte Isolieranzüge und unter der Decke befand sich ein halbes Dutzend übergroße Duschköpfe. Dies musste die Schleuse gewesen sein, in der sich jeder, der den Raum hinter der nächsten Tür betreten oder verlassen wollte, desinfizieren musste. Der größte Teil der Wand auf der linken Seite bestand aus Glas, doch obwohl es trotz all der Zeit noch immer überraschend sauber war, konnte er nicht hindurchsehen. Alles, was er erkennen konnte, war die Rückseite der Jalousie, die auf der anderen Seite heruntergelassen war.

Alles andere als mutig, aber trotzdem ohne innezuhalten ging er zur nächsten Tür und atmete auf, sie verschlossen vorzufinden. Die Klinke bewegte sich nicht, obwohl er mit aller Kraft daran rüttelte. Anders war ganz unumwunden erleichtert. Er hatte regelrecht Angst vor dem gehabt, was er auf der anderen Seite vorfinden mochte, auch wenn er nicht die geringste Vorstellung davon hatte, was es überhaupt sein könnte.

Aber gut – niemand konnte ihm vorwerfen, dass er es nicht versucht hatte.

Nicht einmal er selbst.

Er wollte schon wieder kehrtmachen und nach draußen gehen um auf Katt zu warten, als sein Blick an einem schmalen Leinenband neben dem Fenster hängen blieb. Anders runzelte ungläubig die Stirn und blinzelte, aber es blieb dabei: So absurd ihm der Anblick auch in dieser hoch technisierten Umgebung vorkam, es war ein ganz normales Jalousieband.

Anders zog es hoch. Die Jalousie quietschte erbärmlich, und auch nachdem er das Rollo vollkommen hochgezogen hatte, sah er zuerst praktisch nichts. Erst als er die Taschenlampe fest gegen das Glas presste, enthüllte das bleiche Licht wenigstens ein paar Einzelheiten des dahinter liegenden Raumes.

Anders war allerdings nicht sicher, ob er sie überhaupt sehen wollte.

19

Auf der anderen Seite der Glasscheibe lag genau das, was an einem solchen Ort zu erwarten war: Ein weitläufiges, steril eingerichtetes Labor, das selbst jetzt noch überraschend modern wirkte, weil sich an der grundsätzlichen Konstruktion einer solchen Einrichtung in den letzten Jahrzehnten nicht viel geändert hatte. Das Fensterglas war mindestens drei Zentimeter dick und hatte eine übermäßig breite Dichtung, und der Raum dahinter wimmelte von Labortischen, blitzenden Instrumenten und Schränken aus mindestens ebenso dickem Glas, in denen Hunderte von akribisch beschrifteten Reagenzgläsern und Probenbehältern aufgereiht waren. Es gab auch hier eine Reihe schrankgroßer altmodischer Computer und Lochkartenleser – der einzige Beweis, dass dieses Labor nicht nur aus einem vergangenen Jahrzehnt, sondern aus dem letzten *Jahrhundert* stammte – sowie etliche große und kompliziert aussehende Apparaturen, deren Zweck Anders rätselhaft blieb. Auf einem der Tische lagen sogar die heiß ersehnten Papiere, nach denen er die gesamte Bunkeranlage abgesucht hatte: aufgeschlagene Schnellhefter und Ordner, stapelweise Endlosausdrucke und bekritzelte Notizzettel. Mit alledem hätte er gerechnet, wenn er versucht hätte sich einen solchen Raum vorzustellen.

Womit er nicht gerechnet hatte, waren die drei Toten.

Genau genommen waren es nur noch Skelette. Sie trugen die gleiche Art schwarzer Isolieranzüge wie sie hier in der Schleuse hingen – und wie sie auch die Männer getragen hatten, die hinter ihm her gewesen waren. Aber sie hatten die Helme abgenommen, und die unnatürlich verkrümmte Haltung, in der sie dalagen, ließ keinen Zweifel daran aufkommen, dass sie nicht friedlich gestorben waren. Im blassen Licht der Taschenlampe schienen ihn die Totenkopfgesichter höhnisch anzugrinsen; vielleicht war es auch ein Ausdruck von

Qual und grenzenlosem Entsetzen, der für alle Zeiten darauf eingefroren war.

Es fiel Anders nicht einmal besonders schwer, sich vorzustellen, was hier geschehen war. Die Explosion, die die Gänge draußen verheert hatte, musste auch das Labor heftig genug erschüttert haben, um darin erheblichen Schaden anzurichten; schlimm genug jedenfalls, um irgendetwas von dem, woran diese drei unglückseligen Forscher gearbeitet hatten, freizusetzen, vielleicht sogar um ihre Schutzanzüge zu beschädigen. Vermutlich war es nicht einmal ein Mensch gewesen, der die Entscheidung getroffen hatte, den Raum zu versiegeln und seine Insassen damit zum Tode zu verurteilen, sondern ein ebenso seelen- wie gewissenloses Computerprogramm.

Aber das machte es nicht besser.

Obwohl Anders diese drei Menschen nicht gekannt und bis vor wenigen Sekunden noch nicht einmal etwas von ihrer Existenz gewusst hatte, ergriff ihn eine tiefe Trauer, die sich mit einer immer stärker werdenden Wut auf die mischte, die für diese Katastrophe verantwortlich waren.

Aber da war auch noch etwas anderes. Ein Gedanke, der nicht einmal neu war, ihm jedoch selbst so absurd erschien, weshalb er ihn bis jetzt einfach nicht zugelassen hatte. Konnte es sein, dass er die Lösung des Geheimnisses gefunden hatte? Dass … dass sie hier an irgendeiner biologischen Waffe gearbeitet hatten, die dazu führte, dass Tiermenschen und Elfen und Fabelwesen geboren wurden?

Das war so grotesk, dass Anders fast laut aufgelacht hätte. Nein. So verlockend der Gedanke auch war, noch ein wenig auf dieser völlig abstrusen Erklärung herumzureiten – immer noch besser eine verrückte Erklärung als gar keine, nicht? –, er würde wohl weiter nach der Antwort auf die Frage suchen müssen, was hier geschehen war.

Er wollte nicht, dass Katt das hier sah – und er selbst hatte im Grunde auch schon mehr gesehen, als er eigentlich hatte sehen wollen. Aus einem für ihn eigentlich vollkommen ungewöhnlichen Gefühl von Pietät heraus ging er noch einmal zurück und ließ die Jalousie herunter, dann verließ er die Schleuse, drückte die Tür pedantisch wieder ins Schloss und begab sich auf die andere Gangseite um auf Katt zu warten.

Lange musste er sich nicht gedulden. Es vergingen kaum mehr als zwei oder drei Minuten, bevor Katt zurückkam. Auf ihrem Gesicht und ihren Händen waren ein paar frische Schrammen zu sehen, aber sie wirkte trotzdem weit optimistischer als vorhin; fast schon aufgekratzt.

»Du brauchst deine Zauberlampe nicht mehr«, sagte sie, noch bevor sie sich ganz aus dem schmalen Spalt herausgearbeitet hatte. »Da vorne wird es hell. Du hattest Recht.« Sie nickte heftig. »Der Spalt führt nach draußen.« Sie stutzte. »Was hast du?«

»Nichts«, antwortete Anders rasch.

»Klar«, sagte Katt. »Deswegen bist du ja auch bleich wie ein Toter und zitterst am ganzen Leib.«

»Ich habe mir nur Sorgen um dich gemacht, das ist alles.« Er deutete auf den Spalt. »Du bist sicher, dass wir da rauskommen?«

»Es wird vielleicht ein bisschen eng, aber es geht schon«, antwortete sie. Ihr Blick glitt misstrauisch dorthin, wo der zerfetzte Schutzanzug hing, und dann für einen deutlich längeren Moment über die gelb lackierte Tür.

»Na, dann los«, sagte Anders, bevor sie noch eine weitere Frage stellen konnte. Natürlich durchschaute Katt seine Absicht und funkelte ihn an, aber sie beließ es bei einem ärgerlichen Blick – wenn auch einem, der ihm klar machte, dass die Angelegenheit damit *ganz bestimmt* noch nicht erledigt war. Dennoch sagte sie zumindest jetzt nichts, sondern drehte sich um und verschwand in der Dunkelheit jenseits des Spalts. Anders hob rasch die Lampe und versuchte ihr mit dem Lichtstrahl zu folgen, doch sie war so schnell verschwunden, dass er nur ein helles Aufblitzen sah.

Sie hatte nicht übertrieben. Schon nach einem kurzen

Stück verengte sich der Riss im Fels zu einem Spalt, durch den sich Anders nur mit immer größerer Mühe hindurchquetschen konnte. Am Schluss wurde es so schlimm, dass er es mit der Angst zu tun bekam; doch gerade als er in Panik zu geraten drohte, erweiterte sich der Spalt wieder und er konnte atmen.

»Das war schon beinahe das Schlimmste«, erklang Katts Stimme irgendwo in der Dunkelheit vor ihm.

Das Wort *beinahe* in diesem Satz gefiel ihm ganz und gar nicht, aber Anders leuchtete ihr nur kurz ins Gesicht und schwenkte die Lampe dann herum um sich zu orientieren. Sie waren von schwarzem, wie lackiert glänzendem Fels umgeben, der sich ein paar Schritte entfernt zu einer regelrechten Höhle erweiterte, bevor sich die Decke wieder senkte. Sie würden kriechen müssen.

»Bist du sicher, dass dieser Weg nach draußen führt?«, fragte er unsicher.

»Vollkommen«, sagte Katt. »Ich bin den Weg nicht ganz zu Ende gegangen. Er führt nur hinaus, nicht wieder herein. Aber es ist nicht mehr weit.«

Das gefiel ihm noch weniger als das Wort *beinahe* in ihrer Aussage zuvor, doch er sagte auch dazu nichts, sondern forderte sie nur mit einer entsprechenden Geste auf, weiterzugehen. Katt warf ihm noch einen zweifelnden Blick zu, eilte dann jedoch gehorsam voraus. Ganz wie er befürchtet hatte, ließ sie sich am Ende des Hohlraumes auf Hände und Knie herabsinken und verschwand in einem Spalt, der so flach war, dass er ihn nicht einmal richtig sah. Anders seufzte ergeben.

Was folgte, dauerte nicht einmal wirklich lange, aber es war ein schierer Albtraum. Anders hatte nicht gewusst, dass er an Klaustrophobie litt, doch in den engen Stollen und Spalten, durch die Katt ihn lotste, hätte es vermutlich jeder mit der Platzangst zu tun bekommen. Mindestens einmal wurde es so schlimm, dass er vor Panik aufgeschrien hätte, hätte er die nötige Luft dazu gehabt, und als sie durch den allerletzten

Spalt krochen, blieb er tatsächlich stecken. Katt griff nach seinen Handgelenken und zerrte ihn mit brutaler Gewalt ins Freie. Das reißende Geräusch, das dabei entstand, stammte zweifellos von seinem Gewand, aber Anders hatte trotzdem das Gefühl, dass es seine Schultermuskeln waren, die er zerreißen hörte.

Keuchend richtete er sich auf und wunderte sich im ersten Moment, wie hell die Taschenlampe brannte. Erst danach sickerte langsam die Erkenntnis in seinen anscheinend ebenfalls zusammengequetschten Verstand, dass es nicht das Licht der Lampe war, das er sah. Von irgendwoher drang Sonnenlicht in den schmalen Felsspalt, in dem sie waren, und nachdem er aufgehört hatte, auf das rasende Hämmern seines Herzens zu lauschen, hörte er ein entferntes Rauschen und Wispern.

»Wasser?«, fragte er überrascht.

Katt nickte. Sie wirkte nicht unbedingt begeistert. »Es ist nicht mehr weit. Komm.« Sie machte ein paar Schritte, blieb wieder stehen und ging weiter, nachdem sie sich mit einem raschen Blick über die Schulter davon überzeugt hatte, dass er ihr folgte. Sie gingen dem Licht entgegen, das durch einen schmalen Spalt in der Seitenwand hereindrang, und mussten noch ein kurzes Stück klettern, aber dann erreichten sie einen schmalen Felssims und da war das Wasser, von dem Katt gesprochen hatte: ein sprudelnder unterirdischer Fluss, der tatsächlich nur noch acht oder zehn Meter entfernt war. Dennoch begriff Anders jetzt, warum sie so unglücklich ausgesehen hatte.

Der Fluss lag acht oder zehn Meter *unter* ihnen.

Anders ließ sich vorsichtig in die Hocke sinken, stützte sich mit den Händen ab und beugte sich vor, so weit er es wagte. Der Fluss hatte eine starke Strömung, war aber noch nicht reißend und verschwand nach gut hundert Metern hinter einer wie ein Torbogen geformten Öffnung im Fels, durch die helles Sonnenlicht hereindrang. Anders vermochte nicht zu erkennen, was dahinter lag. Es konnte alles sein: Von einem gemächlich dahinplätschernden Gebirgsbach bis zu einem hundert Meter tiefen Wasserfall. Aber die Öffnung führte nach *draußen*, und das war erst einmal alles, was zählte.

Er beugte sich noch weiter vor, um die Wand unter sich zu mustern. Die schlechte Nachricht war, dass die Wand so glatt war, als hätte sie jemand sorgfältig poliert. Sie würden springen müssen. Immerhin war der Fluss tief genug dazu. Hoffentlich.

»Wir müssen springen«, sagte er. »Am besten gleichzeitig. Und pass auf, dass du nicht in die Strömung gerätst. Ich will erst *sehen*, was uns erwartet, bevor wir nach draußen schwimmen.«

Katt musterte abwechselnd missmutig ihn und den rauschenden Fluss acht Meter unter ihnen. »Hmmm«, machte sie.

Anders seufzte. Natürlich. Katzen waren nicht unbedingt dafür bekannt, wie sehr sie Wasser liebten. »Also gut«, sagte er. »Ich springe zuerst. Warte, bis ich dir Bescheid gebe.«

Katt schien noch etwas sagen zu wollen, doch Anders richtete sich bereits auf, federte kurz in den Knien ein und stieß sich dann so kraftvoll ab, wie er konnte – schon um sich selbst keine Gelegenheit zu geben, über diese verrückte Idee wirklich nachzudenken.

Er war zwar ein passabler Schwimmer, aber Turmspringen gehörte nicht unbedingt zu seinen Lieblingsbeschäftigungen.

Er merkte selbst, dass er nicht besonders gut wegkam, zog hastig die Knie an den Leib und atmete noch einmal tief ein. Immerhin war er weit genug gesprungen. Ziemlich genau in der Mitte des Flusses klatschte er ins Wasser, tauchte gute zwei Meter unter und wurde ziemlich unsanft vom harten Fels des Flussbettes abgebremst. Der Aufprall trieb ihm die Luft aus den Lungen, doch Anders stieß sich gedankenschnell ab und war nach kaum einer Sekunde wieder an der Oberfläche. Er bekam Luft, aber sofort ergriff ihn die Strömung und versuchte ihn davonzutragen.

Gottlob war sie nicht annähernd so stark, wie er befürchtet hatte. Mit zwei, drei kräftigen Schwimmzügen erreichte er das Ufer, bekam einen Stein zu fassen und klammerte sich daran fest. Die Strömung war hier am Ufer stärker als in der Mitte und er spürte die gefährlichen Kanten und steinernen Messerklingen, die sich direkt unter der Wasseroberfläche verbargen.

Anders sah nach oben. Katt stand in verkrampfter Haltung da und blickte eindeutig verängstigt zu ihm herab.

Anders spuckte einen Mund voll Wasser aus und winkte ihr mit der freien Hand zu. »Spring!«, rief er. »Aber pass auf! Am Ufer liegen Steine!«

Katt nickte verkrampft. Er konnte sehen, wie sie noch einmal mit ihrer Furcht rang, dann stieß sie sich kraftvoll ab und landete präzise an derselben Stelle im Wasser wie er selbst wenige Sekunden zuvor.

Nur dass sie nicht wieder auftauchte.

Anders wartete eine, dann zwei und schließlich drei Sekunden lang vergeblich darauf, Katt nach Luft ringend durch die Wasseroberfläche brechen zu sehen, bevor ihm dämmerte, dass irgendetwas nicht in Ordnung war.

Hastig stieß er sich ab, tauchte unter und sah einen Schemen an ihm vorbeirasen. Er griff gerade schnell genug zu, um ihn um Haaresbreite zu verfehlen.

Anders tauchte noch einmal auf, atmete tief ein und schwamm dann los, so schnell er konnte. Katt zappelte irgendwo vor ihm im Griff der Strömung und schaffte es irgendwie nicht, nach oben zu kommen. Sie war in Panik. Als Anders sie einholte, geschah genau das, worüber er schon hundertmal gelesen und gehört hatte: Sie schlug nach ihm und tat ihr Möglichstes, um ihn mit sich unter Wasser zu ziehen.

Beinahe wäre es ihr sogar gelungen. Sie war um so vieles stärker als er – und die schiere Todesangst verlieh ihr noch mehr Kraft –, dass plötzlich *er* es war, der hilflos in *ihrem* Griff zappelte und zu ertrinken drohte. Mit eindeutig mehr Glück als Können gelang es ihm, sich nicht nur aus ihrem Griff zu befreien, sondern sie auch auf den Rücken zu drehen und den linken Arm von hinten um ihren Hals zu schlingen, während er mit der anderen Hand und den Beinen ungeschickte Schwimmbewegungen machte. Die Strömung nahm zu, je näher sie dem Torbogen kamen, und es kostete ihn jedes bisschen Kraft, das er noch hatte, sich selbst und Katt aus dem immer unbarmherziger werdenden Griff des Wassers zu befreien und das Ufer zu erreichen. Keuchend verhakte er die Füße zwischen zwei Felsbrocken, die dicht unter der Wasseroberfläche lauerten und auf einen Dummkopf warteten, dem sie das Fleisch von den Knochen reißen konnten, stemmte sich in eine halbwegs aufrechte Position und zog Katt auf sich hinauf.

»Bist du verrückt geworden?«, keuchte er. »Wolltest du uns beide umbringen, oder was?«

Katts Antwort bestand aus einem qualvollen Husten. Mühsam drehte sie den Kopf auf die Seite, erbrach Wasser (und ein wenig Blut) und hustete noch qualvoller. Und erst in diesem Moment begriff Anders überhaupt, was los war …

»Du kannst gar nicht …?« Er riss mit einem ungläubigen Keuchen die Augen auf. »O nein! Aber warum hast du mir denn nicht gesagt, dass du nicht schwimmen kannst?«

»Schwimmen?«, würgte Katt mühsam hervor. »Was … ist das?«

Anders riss die Augen noch weiter auf – doch dann wurde ihm klar, dass die Beinahekatastrophe ganz und gar *seine* Schuld gewesen war. Natürlich konnte Katt nicht schwimmen – so wenig wie irgendeiner aus ihrem Volk. Wie hätten sie es lernen sollen; und vor allem: wozu? In dem einzigen Fluss, den sie kannten, wuchsen Blumen!

»Du bist völlig wahnsinnig, weißt du das?«, murmelte er. »Warum hast du nichts gesagt? Du kannst doch nicht einfach so ins Wasser springen! Du hättest ertrinken können!«

»Aber du bist doch auch … einfach … gesprungen«, hustete Katt.

Natürlich, dachte Anders schaudernd. Sie hatte niemals fließendes Wasser gesehen. Sie wusste gar nicht, was das Wort *ertrinken* bedeutete!

»Du bist völlig verrückt, weißt du das?«, fragte er, während er ihr fast zärtlich eine Strähne ihres nassen Haares aus dem Gesicht strich. »Und unglaublich mutig.«

Katt hustete zur Antwort noch einmal und Anders schob sie behutsam weiter auf die Felsen hinauf, zwischen denen er Halt gefunden hatte.

»Kannst du dich festhalten?«, fragte er.

Katt nickte zwar, aber er wartete trotzdem ab, bis er sich mit eigenen Augen davon überzeugt hatte, dass sie sich sicher genug zwischen den Felsen verkeilt hatte, bevor er sich wieder ins Wasser gleiten ließ und auf den Torbogen zuschwamm. Die Strömung wurde noch stärker, sodass er gezwungen war, sich mit der linken Hand an den Felsen festzuklammern, um nicht davongerissen zu werden, bevor er den Ausgang erreichte.

Der Wasserfall war keine hundert Meter hoch, wie er befürchtet hatte, sondern nur fünf oder sechs – aber das war allemal hoch genug, um unten auf den Felsen zu zerschmettern oder sich zumindest schwer zu verletzen. Die Felswand unmittelbar neben dem Wasserfall war steil und der Stein zusätzlich glitschig vom Wasser, doch mit ein wenig Glück konnten sie dort hinabklettern.

Er drehte sich um und winkte Katt zu, und ganz wie er gehofft hatte, begann sie sich, vorsichtig und mit beiden Händen an den Felsen am Ufer Halt suchend, in seine Richtung zu bewegen. Anders sah immer wieder zu ihr zurück, um sofort eingreifen zu können, sollte sie doch noch abrutschen. Er hätte zurückschwimmen und ihr helfen sollen, aber sie stellte sich überraschend geschickt an – das Wasser musste ihr mit Recht Todesangst einflößen – und Anders wagte nicht zu prophezeien, wie lange seine Kräfte noch reichen würden. Allzu lange vermutlich nicht mehr.

Statt sich mühsam durch die Strömung zurückzukämpfen,

behielt er Katt nur aufmerksam im Auge und sah sich darüber hinaus draußen um – wobei draußen nicht das *Draußen* war, auf das er gegen jede Logik und Wahrscheinlichkeit immer noch gehofft hatte.

Sie waren wieder im Tal, nur ein enttäuschend kleines Stück unterhalb der Elder-Stadt, aber ein gutes Stück näher an der Mauer, die Tiernan von den Ödlanden trennte. Der Fluss stürzte unter ihnen in ein felsiges Becken, in das ein sorgsam aus dem Stein herausgemeißelter Kanal mündete, der vermutlich zu dem weit verzweigten Bewässerungssystem gehörte, das den gesamten Talboden durchzog. Die ersten Häuser der Menschenstadt waren kaum hundert Meter entfernt. Sie waren im Kreis gelaufen.

Auch Katt stöhnte enttäuscht, als sie endlich neben ihm anlangte und sich erschöpft gegen seine Schulter sinken ließ. »O nein«, murmelte sie. »Dann war alles umsonst?«

»Immerhin leben wir noch«, antwortete Anders. Und das war schon mehr, als er noch vor einer halben Stunde zu hoffen gewagt hatte. Er deutete auf die Felsen unter ihnen. »Schaffst du das?«

Statt zu antworten drehte sich Katt um und begann rückwärts die Wand hinabzuklettern. Sie stellte sich wieder unerwartet geschickt dabei an und Anders musste mit einem Gefühl von Neid anerkennen, dass ihre Kraftreserven eindeutig größer waren als seine. Dennoch wäre ihm wohler gewesen, wenn er als Erster losgeklettert wäre um den Weg zu erkunden. Eine Wand *hinab*zuklettern war weitaus schwieriger und gefährlicher als hinauf. Trotzdem musste er sich sputen, um auch nur mit ihr Schritt zu halten.

Katt machte noch ein paar Schritte und sank dann erschöpft am Ufer des kleinen Beckens nieder, das der Wasserfall aus dem Fels herausgewaschen hatte. Anders ließ sich mit untergeschlagenen Beinen neben ihr nieder, und für eine ziemlich lange Zeit saßen sie einfach schweigend beieinander und genossen die wärmenden Sonnenstrahlen, die sofort damit begannen, ihre Kleider zu trocknen. Er war unendlich enttäuscht, obwohl er es nicht hätte sein dürfen. Aber etwas in ihm, jener Teil, dem Logik und Wahrscheinlichkeiten vollkommen egal waren, hatte sich bis zum allerletzten Moment an die völlig widersinnige Hoffnung geklammert, dass am Ende dieses Tunnels doch noch die Freiheit lag, um deretwillen sie all das auf sich genommen hatten.

Falsch.

Nicht *sie.*

Er.

Er hatte für sich entschieden, dieses irrsinnige Risiko einzugehen und schlimmstenfalls auch sein Leben aufs Spiel zu setzen, für die noch so winzige Chance, hier herauszukommen. Katt hatte sich ihm einfach angeschlossen, und alles, was ihr passiert war (und hätte passieren können), war ganz allein seine Schuld.

»Und was tun wir jetzt?«, fragte Katt nach einer Weile.

Anders hob müde die Schultern. »Wir müssen wohl zurück«, sagte er, ohne sie anzusehen. »Kein Sorge, Culain wird dir nichts tun. Ich nehme die ganze Schuld auf mich. Dir passiert nichts.«

Katt sah ihn nur stumm an und stand dann auf. Anders hatte das sichere Gefühl, etwas falsch gemacht zu haben, aber er konnte nicht sagen, was. Sie machte auch nur ein paar Schritte, dann blieb sie wieder stehen und hob die Hand.

»Sieh mal dort!«

Anders hob die Hand über die Augen, um sie vor dem grellen Licht der noch tief stehenden Morgensonne zu schützen, und sah in die Richtung, in die ihr ausgestreckter Arm wies. Auf halbem Wege zwischen dem Tor und den ersten Häusern der Menschenstadt bewegte sich eine ganze Gruppe weiß gekleideter Gestalten. Etliche von ihnen saßen hoch zu Ross und ein paar hatten Lanzen mit flatternden bunten Wimpeln in die Steigbügel gestellt. Waffen blitzten im Sonnenlicht.

»Was …?«, murmelte er.

»Die Jagd«, antwortete Katt. Ihre Stimme klang belegt. »Sie brechen zur Jagd auf.«

Culain hatte etwas in dieser Richtung erwähnt, erinnerte sich Anders. Er versuchte sich noch mehr zu konzentrieren, um weitere Einzelheiten zu erkennen, aber als Ergebnis begann das Bild nur vor seinen Augen zu verschwimmen.

»Culain ist bei ihnen«, fuhr Katt fort – wie um ihn zu verhöhnen. »Und ich glaube, Morgen auch.«

»Aha«, sagte Anders. »Welche Farbe hat ihr Schmuck?«

Katt sah ihn verstört an. »Wie?«

»Schon gut«, sagte Anders hastig. Vielleicht war es wirklich nicht der richtige Moment für dumme Sprüche. »Du sagst, Culain und Morgen sind dabei? Auch noch andere Elder?«

»Eine Menge«, antwortete Katt.

»Dann haben wir vielleicht sogar Glück«, murmelte Anders. »Vielleicht haben sie gar nicht gemerkt, dass wir verschwunden sind.«

»Bestimmt«, spottete Katt, aber Anders blieb ernst. Er konnte sich einfach nicht vorstellen, warum Culain fröhlich zur Jagd aufbrach, wenn er ernsthaft befürchtete, dass sie geflohen waren.

»Wir können es wenigstens versuchen, oder?«

»*Was* könnt ihr versuchen?«

Katt fuhr erschrocken herum und auch Anders hätte vor Enttäuschung beinahe laut aufgestöhnt. Hinter ihnen waren drei Männer zwischen den Felsen erschienen. Einer von ihnen war Gondron, der Schmied; die Namen der beiden anderen – ihre Gesichter allerdings schon – kannte Anders nicht. Er wunderte sich nicht einmal, dass er ihre Annäherung nicht gehört hatte, denn das Rauschen des Wasserfalls übertönte jeden anderen Laut – aber wieso hatte Katt sie nicht gehört?

»Wo … kommt ihr denn her?«, murmelte er; vielleicht nicht die intelligenteste aller denkbaren Antworten, jedoch die einzige, die ihm im Moment einfiel.

»Wir haben Euch gesucht, junger Herr«, antwortete Gondron. Er sah Anders nur flüchtig an. Sein Hauptaugenmerk schien Katt zu gelten. »Das halbe Tal sucht nach Euch.«

»Nach mir?«

Diesmal antwortete der Schmied gar nicht mehr und er sah ihn auch nicht an, sondern starrte Katt durchdringend an. Sein Gesichtsausdruck war schwer zu deuten – es war Neugier darin, aber auch etwas wie Misstrauen. Er blieb noch einen Augenblick so stehen, wie er war, dann kam er langsam auf sie zu, und mit ihm seine beiden Begleiter. Obwohl er nicht hinsah, spürte Anders, wie sich Katt neben ihm spannte. Und vielleicht hatte sie sogar Grund dazu, dachte Anders beunruhigt. Die Männer kamen nicht einfach nur auf sie zu. Sie strebten leicht auseinander und wirkten dabei kaum weniger angespannt als Katt. Sie schnitten ihnen den Fluchtweg ab, begriff Anders.

Trotzdem hob er mit gespieltem Gleichmut die Schultern. »Wir sind nur ein wenig spazieren gegangen«, sagte er. »Es tut mir Leid, wenn ihr euch unseretwegen Mühe gemacht habt, aber wir waren schon auf dem Rückweg.«

Gondrons Blick glitt an seinem durchnässten Kleid entlang und dann über den kleinen See; schließlich den fünf Meter hohen Wasserfall hinauf, der das Felsbecken speiste. Anders konnte regelrecht sehen, wie er sich in Gedanken eine Frage stellte und sie dann selbst mit einem entschiedenen *unmöglich!* beantwortete. Schließlich sah er noch einmal Katt an; auf eine zweifelnde Art und so lange, dass Anders nah daran war, ihn in seine Schranken zu verweisen.

»Culain hat uns befohlen, euch zu ihm zu bringen«, sagte Gondron.

»Ans andere Ende des Tals?« Anders schüttelte entschieden den Kopf. »Ich glaube nicht, dass wir Culain jetzt belästigen sollten. Ich werde ihm sagen, dass du es warst, der mich gefunden hat, aber Katt und ich sind ziemlich müde. Wir würden lieber zurückgehen. Wir sind ziemlich lange *spazieren gegan-*

gen, weißt du?«, fügte er mit einem ganz bewusst anzüglichen Grinsen hinzu.

Gondron blieb vollkommen ernst. »Ich fürchte, das kann ich nicht zulassen, junger Herr. Culains Befehl war eindeutig.«

Anders war verwirrt, aber auch ein wenig alarmiert. In Gondrons Stimme schwang etwas mit, das ihm nicht gefiel. Ganz und gar nicht.

»Und ich fürchte, du hast mich nicht richtig verstanden«, sagte er, deutlich kühler als bisher. Ihm war nie wohl dabei gewesen, wenn ihn die Bewohner der Menschenstadt mit so übertriebener Ehrerbietung behandelten – aber wenn sie es unbedingt so haben wollten … »Wir gehen jetzt zurück.«

Er machte einen Schritt, und Gondron hob blitzartig die Hand und hielt ihn am Arm fest.

»Bitte, junger Herr«, sagte er. »Zwingt mich nicht.«

Anders starrte seine Hand an, die seinen Oberarm umklammert hielt. Eine Sekunde lang spielte er ganz ernsthaft mit dem Gedanken, ihm mit seinen Judokenntnissen eine ähnliche Überraschung zu bereiten wie seinerzeit Bull, aber er verwarf die Idee fast sofort wieder. Letzten Endes war es nicht der Schmied, dem er diesen peinlichen Auftritt zu verdanken hatte, sondern Culain.

»Schon gut«, sagte er besänftigend. »Wir kommen ja mit. Du kannst mich loslassen.«

Gondron zögerte für seinen Geschmack eindeutig zu lange, doch schließlich ließ er seinen Arm los und trat einen halben Schritt zurück. Mit der anderen Hand machte er eine befehlende Geste in Richtung Mauer. Allein die Bewegung reichte schon aus, um Anders' Trotz neu zu entfachen, und möglicherweise hätte er sich tatsächlich widersetzt und herauszufinden versucht, wie weit Gondrons Entschlossenheit wirklich reichte, aber dann legte ihm Katt beruhigend die Hand auf den Unterarm.

»Es ist gut«, sagte sie. »Wir kommen mit.«

20

Das klare Licht und vor allem Katts scharfe Augen hatten dazu geführt, das er die Entfernung kräftig unterschätzte. Sie brauchten nahezu eine halbe Stunde, um den Platz zu erreichen, an dem sich Culain und die anderen Elder – aber auch ein paar Menschen – versammelt hatten. Sie mussten auch noch einen gehörigen Umweg in Kauf nehmen, denn statt sich in gerader Linie auf die Jagdgesellschaft zuzubewegen, gingen sie in weitem Bogen um das Tal herum; es schien in Tiernan ausdrücklich verboten zu sein, die Felder auch nur zu betreten.

Jeder Schritt, zu dem Gondron und seine beiden Begleiter ihn zwangen, kostete ihn mehr Mühe, aber Anders nutzte die Gelegenheit dennoch, sich die sonderbare Jagdpartie etwas genauer anzusehen, bevor sie selbst gesehen wurden. Die Anzahl der Reiter war weit größer, als er im ersten Moment geglaubt hatte – es mussten zwanzig, wenn nicht dreißig Reiter sein, die ausnahmslos auf prachtvollen, strahlend weißen Schlachtrössern saßen und zum Teil ebenso aufwändig gerüstet waren wie Culain. Er erkannte das pausbäckige Engelsgesicht des Elder schon von weitem; doch da waren auch noch andere, bizarrere Helmvisiere: Die Gesichter mancher Elder verbargen sich hinter stilisierten Wolfs- und Bärenmasken und da waren auch Stiere, Raubkatzen und furchtbare Dämonenmasken. Die Elder starrten vor Waffen, und als wäre das noch nicht genug, erblickte Anders eine ganze Abteilung der furchtbaren Schweinekrieger, die auf der anderen Seite des offen stehenden Tores warteten, als sie sich der Mauer näherten. Was um alles in der Welt wollten Culain und die anderen Elder jagen? Dinosaurier?

Auch der komplette Hohe Rat war anwesend, aber nur Tamar saß auf einem Pferd und war in Waffen und Rüstung; Endela und Aaron standen ein wenig abseits, zusammen mit einer ganzen Anzahl weiterer, größtenteils weiblicher Elder. Keiner von ihnen trug Oberons Auge.

Ihre Anzahl überraschte Anders. Er hatte Culain nie gefragt, wie viele Elder es gebe, aber anhand der Anzahl weißer Raubvogelnester oben im Fels hatte er ihre Zahl auf wenige Dutzend geschätzt. Jetzt aber sah er weit über hundert der weiß gekleideten spitzohrigen Gestalten und noch mehr von ihnen hielten sich draußen bei den Schweinekriegern auf. Anscheinend waren *alle* Elder gekommen um die Jäger zu verabschieden. Fehlt nur noch, dachte Anders spöttisch, dass sie bunte Fähnchen schwenken und Konfetti werfen.

Das flüchtige Grinsen, das sich bei diesem Gedanken auf seinem Gesicht ausgebreitet hatte, erlosch sofort wieder, als sich eine der weiß gekleideten Gestalten umdrehte und sein Blick den Morgens traf. Erstaunlicherweise sah die Elder im allerersten Moment einfach nur erleichtert aus – vor allem als sie Katt sah –, aber wirklich nur im *allerersten* Moment. Dann verdunkelte sich ihr Antlitz. Anders sah, wie sie ein paar Worte mit der neben ihr stehenden Elder wechselte, hernach fuhr sie auf dem Absatz herum und ging auf Culain zu. Der Elder wechselte ein paar Worte mit ihr, dann flog sein Kopf in den Nacken. Trotz des heruntergelassenen Visiers vor seinem Gesicht glaubte Anders seine zornigen Blicke zu spüren, als er Katt und ihn anstarrte.

Culain saß ab – nein. Er *sprang* aus dem Sattel, verbesserte sich Anders, und kam mit so weit ausgreifenden Schritten auf sie zu, dass Morgen alle Mühe hatte, nicht zurückzufallen. Er war so aufgebracht, die Luft rings um ihn herum schien zu knistern.

»Wo seid ihr gewesen?«, fuhr er Anders an.

Anders antwortete nicht sofort, sondern sah rasch zu Katt hin, um sie noch einmal kritisch zu mustern. Ihre Kleider waren schon fast wieder getrocknet und das unfreiwillige Bad, das sie genommen hatten, hatte nahezu alle verräterischen

Spuren aus dem Stoff gewaschen. »Unterwegs«, antwortete er knapp.

»Werd nicht auch noch unverschämt, Bursche!«, zischte Culain. Er hatte Mühe, nicht zu schreien. »Ich habe dich gefragt, wo ihr gewesen seid!«

Morgen holte ihn ein und legte ihm beruhigend die Hand auf den Arm, aber Culain riss sich mit einer wütenden Bewegung los und machte einen so heftigen Schritt in seine Richtung, dass Anders allen Ernstes damit rechnete, er würde ihn schlagen. Im letzten Moment ließ er den Arm jedoch wieder sinken. Wütend hob er die Hand und rammte sein Helmvisier nach oben, und aus dem schimmernden Puttengesicht wurde das Antlitz eines Elder, der vor Wut kochte. Und trotzdem glaubte Anders auch in seinen Augen eine deutliche Erleichterung zu lesen, die er nur nicht zugeben wollte.

»Zum dritten Mal«, sagte er, jetzt mühsam beherrscht. »Wo seid ihr gewesen?«

»In den Bergen«, antwortete Anders. Das war ja nicht einmal die Unwahrheit – in einem gewissen Sinne. »Wir wollten …«

»Mir ist verdammt noch mal klar, was ihr *wolltet*«, unterbrach ihn Culain. Seine Augen blitzten vor Wut. Anders war sicher, dass er sich nur beherrschte, weil Morgen neben ihm stand. »Verdammt noch mal, ist dir eigentlich klar, dass das ganze Tal euretwegen Kopf steht? Jeder zweite Mann ist auf der Suche nach euch!«

»Ganz so schlimm kann es ja wohl nicht sein«, murmelte Anders mit einem raschen Seitenblick auf die versammelten Reiter, »sonst würdet ihr nicht in aller Ruhe zur Jagd aufbrechen, oder?«

Culains Gesichtsausdruck nach zu schließen war das so ziemlich das Falscheste, was er hatte sagen können, aber diesmal sprang ihm Morgen bei – wortwörtlich. Sie trat mit zwei raschen Schritten zwischen Culain und ihn, machte ihm mit einem fast beschwörenden Blick klar, dass er endlich den Mund halten sollte, und ergriff dann Katt an der Schulter.

»Wie geht es dir?«, fragte sie. »Bist du verletzt?« In ihrer Stimme schwang echte Sorge mit, aber sie ließ Katt gar keine Zeit, zu antworten, sondern wandte sich wütend zu Anders um.

»Bist du wahnsinnig, sie hierher zu bringen?«, zischte sie.

Anders verstand nicht einmal, was sie meinte. Es lag ihm auf der Zunge, zu antworten, es habe nicht in seiner Absicht gelegen, sie *hierher* zu bringen, aber ein einziger Blick aus Morgens Augen brachte ihn zu der Überzeugung, dass es vielleicht besser war, *diese* Antwort hinunterzuschlucken.

»Also?«, fragte Culain.

Anders schwieg. Er war nicht ganz sicher, ob er überhaupt verstand, worum es ging.

»Ich habe dir gesagt, dass es keinen Weg über die Berge gibt«, sagte Culain. »Was hattest du vor, du verdammter Narr? Euch beide umzubringen?«

»Ihr hättet umkommen können«, bestätigte Morgen, nun wieder eindeutig besorgt – wobei sich Anders des Eindruckes nicht erwehren konnte, dass ihre Sorge zum allergrößten Teil Katt galt. Sie wandte sich an Gondron. »Bringt das Mädchen zu unserem Haus. Maran soll sich um sie kümmern. Sie weiß, was zu tun ist.«

»Aber …«, begann Anders, wurde jedoch auf der Stelle von Culain unterbrochen.

»Sie wird ihr Zimmer nicht verlassen, bis ich zurück bin.«

»Aber warum denn?«, protestierte Anders. »Sie hat doch überhaupt nichts getan!«

»Das weiß ich«, antwortete Culain. »Und ich weiß auch, dass ich eigentlich *dich* bestrafen sollte.«

»Dann tu es auch und lass sie in Ruhe!«, sagte Anders patzig.

Culain lächelte ohne die geringste Spur von Humor. »Deine Antwort zeigt mir, wie wenig Zweck das hätte«, erwiderte er. »Du scheinst mir zu denen zu gehören, die nur umso verstockter werden, je härter man sie bestraft. Deshalb halte ich es für besser, sie für deine Verfehlungen zu bestrafen. Besser, du merkst es dir für die Zukunft.«

»Das ist unmenschlich!«, protestierte Anders.

»Ich bin ja auch kein Mensch«, sagte Culain kalt. Er winkte Gondron zu. »Bringt sie weg!«

Der Schmied hob automatisch die Hand, um Katt am Arm zu packen, erstarrte aber dann mitten in der Bewegung, als Anders ihm einen eisigen Blick zuwarf.

»Es ist schon gut«, beruhigte Katt. »Ich komme mit.« Sie lächelte matt. »Ich bin sowieso müde und froh mich ausruhen zu können.«

Gondron wirkte sichtbar erleichtert und auch Morgen konnte ein hörbares Aufatmen nicht mehr vollends unterdrücken. Wohl, um die Situation nicht noch unnötig weiter eskalieren zu lassen, wandte sich Katt schnell um und ging los, und auch Anders wollte sich ihr und dem Schmied anschließen.

»Du bleibst!«, sagte Culain scharf.

Anders funkelte ihn herausfordernd an. »Und wenn nicht?«, fragte er. »Lässt du Katt dann auspeitschen?«

»Nein«, antwortete Culain ruhig. »Ich lasse Gondron und seine Familie eine Woche lang hungern. Und ich werde dafür sorgen, dass jedermann im Tal erfährt, wessen Schuld es ist.«

Es fiel Anders plötzlich schwer, den Elder nicht einfach zu packen und zu schütteln, bis der überhebliche Ausdruck aus seinem Gesicht verschwunden war. Natürlich meinte er das nicht ernst. Er *konnte* es nicht ernst meinen. Aber was hatte er gerade selbst gesagt? *Ich bin ja auch kein Mensch.* Vielleicht hatte er Recht damit, dachte Anders. Zum allerersten Mal, seit er die Elder kennen gelernt hatte, fragte er sich ernsthaft, ob sie tatsächlich auch nur *irgendetwas* Menschliches in sich hatten. Vielleicht bestand der Unterschied ja nicht nur in ihrer hellen Haut, den asketischen Gesichtern und den spitzen Ohren.

»Komm mit!«, befahl Culain.

Anders war es allein seinem Trotz schuldig, sich noch einmal halb umzudrehen und Katt nachzublicken, die zusammen mit Gondron und den beiden Männern, die sie hierher eskortiert hatten, losgegangen war, bevor er dem Elder folgte, der mit schnellen Schritten zu seinem Pferd zurückging.

Die Gruppe war mittlerweile auf gut dreißig Reiter angewachsen und schien damit vollzählig zu sein, denn die Pferde nahmen in einer lange Kolonne Aufstellung, in der nur noch Platz für ein einzelnes Tier war, den Culain nun einnahm, ohne auf ihn zu warten. Anders wollte rascher ausschreiten um ihn einzuholen, doch Morgen schüttelte rasch den Kopf und wurde im Gegenteil plötzlich langsamer.

»Was hast du dir nur dabei gedacht, das Mädchen hierher zu bringen?«, fragte sie. Sie sprach leise und in eher enttäuschtem als vorwurfsvollem Ton. »Willst du Culain und mir mit aller Gewalt schaden?«

»Wieso schaden?«, fragte Anders verständnislos.

Morgen warf ihm einen fast erschrockenen Blick zu, leiser zu sprechen. Sie waren noch gut zwanzig oder dreißig Schritte von der Reiterkolonne entfernt; doch obwohl nahezu alle Elder die Visiere vor ihren Gesichtern heruntergeklappt hatten, konnte er ihre Blicke beinahe körperlich spüren.

»Hast du denn gar nicht zugehört, was wir dir gesagt haben?«, fuhr sie fort. »Es hat einen Grund, dass sie das Haus nicht verlassen sollte! Niemand hier weiß, wer sie wirklich ist. Bisher wussten nur die wenigsten, dass es sie überhaupt gibt, und das hätte auch so bleiben sollen!« Sie schüttelte traurig den Kopf. »Ich hätte dich für klüger gehalten, Anders. Wenn die Menschen hier erfahren, was sie wirklich ist, dann sind die Folgen für Culain nicht auszudenken.«

»Und wie sollen sie es merken?«, fragte Anders. »Man sieht es ihr ja schließlich nicht an.« Seine Stimme klang immer noch patzig, aber er spürte selbst, dass der herausfordernde Ton Morgen nicht mehr überzeugte. Sie hatte ja Recht.

»Oberon sei Dank«, sagte sie, schüttelte jedoch zugleich

auch den Kopf. »Du solltest die Menschen hier nicht unterschätzen, Anders. Sie sind weder blind noch dumm. Sie machen sich schon jetzt ihre Gedanken über das geheimnisvolle Mädchen, das in unserem Haus lebt.«

Sie widersprach sich gerade selbst, dachte Anders. Aber er war viel zu verwirrt, um sie darauf hinzuweisen. »Dann haben sie ja jetzt gesehen, dass sie nichts zu verbergen hat«, sagte er nur.

»Wollen wir es hoffen«, seufzte Morgen. Sie schüttelte wieder den Kopf. »Ich kann dich verstehen, Anders, wahrscheinlich sogar besser, als du denkst. Ich weiß, dass es Spannungen zwischen dir und Culain gibt. Ich weiß nicht, warum, aber ...«

»Er hat versucht sie umzubringen«, unterbrach sie Anders. »Ist das Grund genug?«

»Die Hunde.« Morgen nickte. »Ja, er hat mir davon erzählt. Aber da wusste er noch nicht, wer sie ist, sonst hätte er das nie getan, glaub mir.«

Anders wusste im ersten Moment nicht, worüber er mehr empört sein sollte: Die Selbstverständlichkeit, mit der Morgen zugab, dass der Zwischenfall mit den Hunden *kein* Versehen gewesen war, oder der stumme Vorwurf, den er in ihren Augen las – und der ganz eindeutig *ihm* galt. Er blieb stehen.

»Du meinst also, wenn Katt nicht zu mir gehören würde, dann wäre es nicht schlimm gewesen, wenn er die Hunde auf sie gehetzt hätte?«, fragte er böse. »Na prima! Vielleicht sollte ich noch dankbar sein, dass sie Katt nicht mitnehmen, um Jagd auf *sie* zu machen, wie?«

»Du verstehst nichts«, sagte Morgen traurig.

»Ach, tue ich nicht?«, fauchte Anders. Er wurde immer wütender, aber es war ein sonderbarer, zielloser Zorn, der gerade deshalb umso schlimmer wütete.

»Nein«, sagte Morgen ernst. »Es geht nicht nur um Culain und mich. Falls er dir schon egal ist, dann denk wenigstens an Katt. Wenn die Menschen hier erfahren, dass wir einen *Tiermenschen* in unserem Haus aufgenommen haben, dann ist es nicht nur um Culain und mich geschehen, möglicherweise sogar um den gesamten Hohen Rat. Katt würde auf der Stelle getötet. Willst du das?«

»Natürlich nicht«, antwortete Anders. »Ich wollte doch nur …«

»Dann solltest du auch daran denken«, fiel ihm Morgen ins Wort. »Und wenn du es nicht tust, dann werde ich dafür sorgen.« Ihr Blick wurde hart. »Ich werde nicht zulassen, dass du mit Culains Leben spielst, und auch nicht mit dem des Mädchens. Und jetzt geh zu Culain und entschuldige dich!«

Ihre Handbewegung war so befehlend, dass Anders gar nicht anders konnte als zu gehorchen. Das Gefühl von Hilflosigkeit und Zorn, das ihn erfüllte, wurde immer schlimmer. Er spürte deutlicher denn je, dass es hier um weit mehr ging, als Culain und Morgen bisher zugegeben hatten. Aber wie zum Teufel sollte er das Richtige tun, wenn er nicht wusste, was das Richtige *war*? Erwarteten Culain und die anderen Elder tatsächlich von ihm, dass er die Hände in den Schoß legte und wartete, bis sie ihm ein strohgedecktes Haus zuwiesen, in dem er den Rest seines Lebens damit verbringen konnte, den fröhlichen Landwirt zu spielen? Ganz bestimmt nicht!

Er wurde wieder langsamer, als er sich Culain näherte, doch kaum hatte er den Elder erreicht, hob der Reiter an der Spitze der Kolonne die Hand und der ganze Trupp setzte sich in einem gemächlichen Trab in Bewegung. Anders musste seine Schritte im Gegenteil noch beschleunigen um zu Culain aufzuschließen.

Der Elder hatte das Visier wieder heruntergeklappt, sodass er nur in das glänzende Gesicht eines Posaunenengels blickte. Aber er konnte den eisigen Blick des Elder selbst durch das schimmernde Metall hindurch spüren.

»Ich … ich wollte mich entschuldigen«, begann er zögernd, räusperte sich unbehaglich und fuhr dann mit festerer und deutlich lauterer Stimme fort: »Es tut mir Leid, Culain. Ich habe einen Fehler gemacht und war dumm. Bitte verzeih mir.«

Culain starrte ihn noch einen Herzschlag lang durchdringend an, doch dann nickte er. Ohne ein weiteres Wort richtete er sich gerade im Sattel auf und sah nach vorne und praktisch im gleichen Moment nahm das Tempo der Kolonne deutlich zu. Morgen hatte ihn nicht hierher geschickt, damit er sich bei Culain entschuldigte, begriff Anders. Sie hatte ihn hergeschickt, damit die anderen Elder *hörten*, dass er es tat. Diese Elder hatten eindeutig zu viele schlechte Shaolin-Filme gesehen.

Obwohl er dem komplizierten Ehrenkodex der Elder Genüge getan zu haben schien, folgte er der Kolonne noch ein Stück; schon weil niemand etwas dagegen zu haben schien. Die ersten Reiter hatten das Tor erreicht und näherten sich den gepanzerten Schweinekriegern. Die Kreaturen, die Anders anfangs für die eigentlichen Elder gehalten hatte, verfielen in einen Laufschritt, dessen Tempo Anders angesichts der gewaltigen Körpermasse der riesigen Schweinegeschöpfe mehr als verblüffte. Dennoch mussten die Reiter ihr Tempo wieder drosseln, wodurch in der bisher so geordnet reitenden Kolonne für einen Moment Unruhe entstand, die sich jedoch wieder auflöste, gerade als Anders glaubte, dass sich der ganze Trupp endgültig in ein einziges Chaos verwandeln würde. Ohne innezuhalten schwenkte der nunmehr gemischte Trupp ein Stück nach links und nahm dann Kurs auf die Torburg und das dahinter liegende Ödland.

Anders war nicht der Einzige, der bis zum Tor gegangen war, um dem Aufbruch der Reiter zuzusehen. Ganz im Gegenteil: Als er sich umdrehte, stellte er fest, dass anscheinend das halbe Tal zusammengekommen war, um die Jagdgesellschaft zu verabschieden – die andere Hälfte war ja nach Morgens Worten noch immer unterwegs, um nach Katt und ihm zu suchen.

Morgen stand nur ein knappes Dutzend Schritte entfernt und sah eindeutig auffordernd in seine Richtung; doch gerade als Anders zu ihr gehen wollte, entdeckte er ein anderes vertrautes Gesicht in der Menge: Lara.

Sein schlechtes Gewissen war noch immer zu stark, um

Morgen unbefangen unter die Augen treten zu können, sodass er beinahe ohne sein eigenes Zutun herumschwenkte und sich Lara näherte, nicht der Elder. Er bemerkte aus den Augenwinkeln, wie sich Morgens Gesicht verdüsterte, aber er ignorierte sie und ging nur noch schneller. Er war entsetzlich müde und er spürte ganz plötzlich, wie heiß die Sonne trotz der noch frühen Stunde bereits vom Himmel brannte. Er benahm sich ziemlich kindisch, das war ihm selbst klar. Nach allem, was hinter ihm lag, gehörte er für mindestens vierundzwanzig Stunden ins Bett. Allein bei dem Gedanken an den Fußmarsch zurück (und erst recht die Treppe nach oben) lief ihm schon ein kalter Schauer über den Rücken. Trotzdem.

»Was machst du denn noch hier?«, wandte er sich anstelle einer Begrüßung an Lara. »Seid ihr etwa alle gekommen, um euren Herren und Meistern dabei zuzusehen, wie sie auf die Kaninchenjagd gehen?«

Der ätzende Spott in seinen Worten schien Lara zu irritieren, denn sie starrte ihn eine geschlagene Sekunde nur verwirrt an. »Es ist immer ein großes Ereignis, wenn die Elder zur Jagd aufbrechen«, meinte sie schließlich, schüttelte absurderweise aber auch gleichzeitig den Kopf. Sie deutete auf eine grauhaarige Frau, die sich gerade in diesem Moment umdrehte und mit hängenden Schultern davonging. Anders hatte ihr Gesicht nicht gesehen, denn sie hatte es der Wand zugedreht, als sie im Haus des Schmieds gewesen waren, aber er wusste trotzdem, um wen es sich handelte.

Anders verspürte einen dünnen, tief gehenden Stich in der Brust, als ihm klar wurde, dass Gondrons Frau gekommen war, um von ihrem Kind Abschied zu nehmen, das die Elder zu den Tiermenschen bringen würden. Und dass Gondron zweifellos auch hier wäre, hätte er nicht auf Culains Befehl hin das Tal nach Katt und ihm abgesucht.

»Dein Onkel muss mich hassen«, sagte er leise.

»Gondron?« Lara sah ihn mit leiser Überraschung an und schüttelte dann den Kopf. »Warum sollte er?«

»Immerhin bin ich schuld, dass er nicht hier sein konnte.«

»Um die Jäger zu verabschieden?« Lara hob die Schultern. »Wenn sie zurückkehren, feiert das ganze Tal ein großes Fest.«

»Um sich von seinem Kind zu verabschieden«, antwortete Anders.

Das Unverstehen in Laras Augen wurde für einen Moment noch größer, aber dann lachte sie plötzlich. »O nein, das hätte er sowieso nicht getan«, sagte sie.

»Aber seine Frau ...«

Lara schnitt ihm mit einer Geste das Wort ab und deutete aus der gleichen Bewegung heraus auf die Frau des Schmieds. Gleichzeitig setzte sie sich in Bewegung, um ihr in einigem Abstand zu folgen. Anders vermutete, dass Gondron das Mädchen gebeten hatte, ein Auge auf ihre Tante zu werfen.

»Gondron und seine Familie sind sehr glücklich«, fuhr Lara fort. »Sie haben schon vier Kinder, und alle vier haben dem Blick von Oberons Auge standgehalten. Die wenigsten haben so viel Glück. Irina ist ...« Sie suchte einen Moment nach Worten. »Ihre Schwangerschaft war nicht leicht. Und man gewöhnt sich an das Glück, wenn es zu lange anhält. Irgendwann glaubt man dann ein Anrecht darauf zu haben. Aber das hat niemand.«

Eine sonderbare Logik, dachte Anders. Er warf einen Blick über die Schulter nach hinten. Morgen und zwei weitere Elder-Frauen folgten ihnen in größerem Abstand, aber im gleichen Tempo. Anscheinend wollte Morgen ganz sichergehen, dass er sich auf dem Rückweg nicht verirrte.

»Deine Freundin und du, ihr habt ganz schön für Aufregung gesorgt«, sagte Lara, nachdem sie eine Weile in immer unbehaglicher werdendem Schweigen nebeneinander hergegangen waren. »Ich habe Culain selten so aufgeregt erlebt. Und Tamar selten so wütend.« Sie lachte leise. »Ich habe gedacht, ihn trifft der Schlag.«

»Das klingt, als hätte dir das glatt das Herz gebrochen«, meinte Anders spöttisch.

Lara warf einen raschen Blick in die Runde, bevor sie antwortete. »Tamar ist der Schlimmste von allen. Ich weiß, es steht mir nicht zu, so über ihn zu sprechen, aber er ist …« Sie suchte nach Worten. »Er ist eben ein Elder und wir nur Menschen.«

»Und er lässt keine Gelegenheit verstreichen, das zu betonen«, vermutete Anders. Er erinnerte sich gut an die sonderbare Stimmung, die zwischen Tamar und Laras Vater geherrscht hatte. »Ja, genauso habe ich ihn eingeschätzt.«

Laras Augen funkelten. »Du magst ihn anscheinend auch nicht.«

»Gibt es jemanden, der Tamar mag?«, fragte er.

»Tamar«, sagte Lara. Sie lachte. »Es liegt wohl an dem, was er ist. Tamar ist nicht nur Mitglied des Hohen Rates, sondern auch der oberste Kriegsherr Tiernans.«

»Kriegsherr?« Anders zog verwundert die Stirn kraus. »Aber gegen wen wollt ihr denn Krieg führen?«

»Gegen die Wilden«, antwortete Lara. »Allein solange ich mich erinnern kann, ist Tamar dreimal gegen sie gezogen.« Ihr Lächeln wurde ein wenig spöttischer. »Hast du gedacht, wir besetzen die Torburg, weil wir sonst nichts mit unserer Zeit anzufangen wissen?«

»Wer sind denn diese Wilden? Tiermenschen wie …« Um ein Haar hätte er gesagt: wie Katt. Er schluckte es im letzten Moment hinunter, aber Lara wusste natürlich, was er meinte. Sie beherrschte sich, doch in ihren Augen blitzte es amüsiert auf.

»Nein«, sagte sie. »Nicht *wie.* Es sind grässliche Ungeheuer. Wenn du mehr über sie wissen willst, dann musst du dich mit Kris unterhalten. Er weiß alles über die Wilden, was es zu wissen gibt. Er träumt davon, eines Tages ein großer Krieger zu werden, weißt du?« Sie lachte leise. »Vor allem nachts, wenn er allein auf dem Turm steht und friert. Vielleicht tritt er ja sogar wirklich eines Tages in die Armee ein, sollte er irgendwann einmal erwachsen werden – aber das bezweifle ich ehrlich gesagt.«

»Dass er Soldat wird?«

»Dass er irgendwann erwachsen wird«, meinte Lara kichernd. »Er ist fast ein Jahr älter als ich, doch manchmal benimmt er sich wie ein kleines Kind.«

»Kris ist dein Freund«, vermutete Anders.

»Jedenfalls glaubt er es.«

»Und du?« Anders war nicht sicher, ob es klug war, das Gespräch weiter in diese Richtung laufen zu lassen, und allein der Blick, mit dem Lara ihn maß, schien seine Zweifel zu bestätigen.

»Ich weiß nicht«, antwortete sie ausweichend. »Ich kenne Kris, solange ich denken kann, und irgendwie war es immer klar, dass wir zusammengehören. Aber ich bin mir immer weniger sicher, ob man etwas unbedingt tun muss, nur weil alle anderen der Meinung sind, es wäre das Richtige.«

»Allzu groß ist die Auswahl ja nicht«, sagte Anders lächelnd. »Ich meine: Ihr seid kein besonders großes Volk.«

Schon wieder ein Fehler. Lara sagte zwar nichts, aber ihr Blick ließ keinen Zweifel daran aufkommen, dass sie da eine ganz bestimmte *Auswahl* im Auge hatte. Es wurde Zeit, das Thema zu wechseln.

»Wie lange bleibst du noch hier?«, fragte er.

»Bei Gondron und seiner Frau?« Lara hob die Schultern. »Wie lange möchtest du denn, dass ich bleibe?«

Anders seufzte lautlos. Das konnte ja noch heiter werden.

21

Katt schlief bereits, als er in Morgens Haus zurückkehrte, und auch Anders fand gerade noch Zeit, aus seinem verdreckten Hemd zu schlüpfen und sich neben ihr auszustrecken, bevor er einschlief und in einen tiefen, aber alles andere als ruhigen Schlaf sank. Er schrak mehrmals mit klopfendem Herzen und von Albträumen geplagt hoch, und als er – fast schon wieder bei Sonnenuntergang – schließlich endgültig erwachte, fühlte er sich wenig erholt und in seinem Mund war der bittere Geschmack der Niederlage.

Katt war bereits wach. Sie stand am Fenster und sah in den Sonnenuntergang hinaus, und obwohl Anders sich keine Mühe gab, leise zu sein, und selbst ein Mensch ohne Katzenohren gehört hätte, wie er sich im Bett aufrichtete, drehte sie sich nicht einmal zu ihm herum. Anders machte absichtlich noch mehr Geräusche, aber sie reagierte immer noch nicht, und schließlich stand er auf und trat neben sie. Katt wirkte müde. Das allmählich ins rötliche verschwimmende Licht der sinkenden Sonne ließ ihr Gesicht noch schmaler und verwundbarer erscheinen, als es sowieso war. Sie *musste* ihn bemerken, sah aber nicht einmal in seine Richtung.

»Was ist los?«, fragte er geradeheraus.

Katt regte sich immer noch nicht, sondern starrte weiter ins Leere, sodass er nicht wirklich damit rechnete, eine Antwort zu bekommen, doch er bekam sie. »Warum fragst du nicht Morgen?«

Anders sah sie einen Herzschlag lang fragend an, drehte sich dann ohne ein weiteres Wort um und ging zur Tür. Er rechnete halbwegs damit, sie verschlossen zu finden.

Sie war es nicht, aber er konnte das Zimmer trotzdem nicht verlassen. Draußen auf dem Gang stand ein bewaffneter Elder, der bisher vor sich hin gedöst zu haben schien, denn er schrak sichtlich zusammen, als er das Geräusch der Tür hörte. Doch er wirkte kein bisschen unaufmerksam oder gar schläfrig, sondern sah Anders im Gegenteil sehr aufmerksam an. Als er den Raum verlassen wollte, vertrat er ihm mit einem raschen Schritt den Weg und deutete ein Kopfschütteln an.

»Was soll das?«, fragte Anders. Er versuchte ärgerlich zu klingen, doch es gelang ihm nicht.

»Es tut mir Leid, aber ich darf dich nicht passieren lassen«, sagte der Elder.

»Was soll das heißen?«, fragte Anders, immer noch mehr verwirrt als wirklich zornig.

»Du musst in deinem Zimmer bleiben«, antwortete der Elder. »*Das* soll es heißen.«

»Bist du verrückt geworden?«, erwiderte Anders. »Ich denke gar nicht …«

Er machte einen Schritt und brach mit einem ungläubigen Keuchen ab, als der Elder die Hand hob und ihn festhielt; nicht grob, aber doch auf eine Art, die keinen Zweifel daran aufkommen ließ, dass er es werden würde, wenn er dazu gezwungen war.

»Lass mich los«, sagte er.

Fast zu seiner Überraschung zog der Posten die Hand tatsächlich zurück, rührte sich aber ansonsten nicht von der Stelle und schüttelte nur noch einmal den Kopf. »Es tut mir Leid. Doch Morgens Befehl war eindeutig.«

»Das glaube ich höchstens, wenn sie es mir selbst sagt«, fauchte Anders. »Lass mich vorbei, du blödes Spitzohr, verdammt noch mal!«

»Es gibt keinen Grund, beleidigend zu werden. Der Mann tut nur, was ich ihm befohlen habe.« Die Tür am Ende des Korridors hatte sich geöffnet und Morgen war herausgetreten. Sie wedelte unwillig mit der Hand und der Elder trat gehorsam zur Seite, aber es gab keine Zweifel, dass Morgens Verärgerung nicht ihm galt, sondern Anders. Hinter ihr erschien eine zweite Elder im Gang. Endela. Sie wirkte deutlich mehr verärgert als Morgen und sie war ganz offensichtlich nicht nur zu einem gutnachbarlichen Plausch vorbeigekommen, sondern in ihrer offiziellen Rolle als Mitglied des Hohen Rates, denn sie trug das silberne Stirnband mit Oberons Auge.

Anders schenkte dem Posten noch einen wütenden Blick, drehte sich aber dann gehorsam um und ging zu Katt zurück. Sie stand noch immer am Fenster und starrte hinaus, doch Anders bezweifelte nicht, dass sie gehört hatte, was draußen gesprochen worden war. Ihr Gesicht wirkte wie aus Stein gemeißelt und Anders fragte sich, ob irgendetwas geschehen war, während er geschlafen hatte.

Die Tür fiel ins Schloss und Anders drehte sich betont langsam um. Für einen Moment – nur den Bruchteil eines Atemzugs – offenbarte sich ihm ein sehr sonderbares Bild: Morgen sah nicht ihn an, sondern Katt, und was er in ihren Augen las, das verwirrte ihn vollkommen. Da war eine Mischung aus Zärtlichkeit und Schmerz, die ihm so völlig unpassend erschien, dass er sie einfach nicht einordnen konnte. Der Ausdruck auf Endelas edel geschnittenen Zügen war das genaue Gegenteil. Sie starrte eindeutig *ihn* an, und das mit etwas, das er für Hass gehalten hätte, wäre ihm auch nur der geringste Grund dafür eingefallen. Zugleich aber war da etwas, das ihm noch viel verrückter vorkam. Eine Art … widerwillige Bewunderung. Aber warum?

Auch Katt drehte sich um und der magische Moment endete. Sie standen jetzt einfach zwei Eldern gegenüber, die sich keine Mühe gaben, die Kluft zwischen ihnen irgendwie zu verkleinern.

»Wir sind also Gefangene«, begann Anders. Das war vielleicht weder besonders diplomatisch noch klug, aber er hatte auch keinerlei Lust mehr, sich irgendwie zu verstellen. »Warum?«

Morgen wollte antworten, doch Endela kam ihr zuvor, indem sie rasch die Hand hob und einen halben Schritt vortrat.

»Wenn du es so ausdrücken willst, bitte«, sagte sie kühl.

Anders war regelrecht erleichtert, dass es Endela war, die antwortete, nicht Morgen. Trotz allem wäre es ihm weit schwerer gefallen, Morgen gegenüber den Ton anzuschlagen, nach dem ihm zumute war. Bei Endela hatte er da weniger Skrupel. »Ich würde es ja anders ausdrücken, wenn mir ein besseres Wort dafür einfiele«, sagte er herausfordernd. »Hilf mir doch einfach, Endela. Wie nennt man es, wenn man in einem Zimmer ist, vor dessen Tür ein bewaffneter Posten steht, der einen nicht rauslässt? Da, wo ich herkomme, heißt es eingesperrt.«

»Hier sagt man dazu: sicher sein«, antwortete die Elder ungerührt. Anders' Zorn beeindruckte sie nicht.

»Sicher?«

»Sicher, dass euch nichts zustößt«, erwiderte Endela verächtlich. »Und anderen.«

Anders fiel auf Anhieb zumindest eine Elder ein, der seinetwegen gerne alles Mögliche zustoßen konnte. Sie war nicht einmal besonders weit weg.

»Welche anderen?«

»Sie zum Beispiel!« Endela deutete auf Morgen, die unter der Geste zusammenfuhr, als hätte die Elder sie geschlagen. Anders sah sie fragend an, aber Morgen drehte rasch den Kopf und sah weg.

»Und Culain, mich und andere Elder«, fuhr Endela in scharfem Ton fort. »Von den Männern und Frauen ganz zu schweigen, die ihr Leben und ihre Gesundheit riskiert haben, um euch oben in den Bergen zu suchen.«

»Niemand hat euch dazu aufgefordert«, sagte Anders patzig. Die Worte waren dumm und sie taten ihm schon Leid, noch bevor er sie ganz ausgesprochen hatte. Wenn irgendetwas in ihm geglaubt hatte, die Elder damit beeindrucken zu können, so musste er einsehen, damit nur das genaue Gegenteil zu erreichen. Ein verächtliches Lächeln spielte um Endelas Mundwinkel und ihre Stimme wurde hörbar kühler, als sie antwortete. Während sie es tat, hob sie die linke Hand und berührte in einer fast zeremoniell wirkenden Geste das silberne Band an ihrer Stirn.

»Ich bin nicht hierher gekommen, um mit dir zu streiten oder mir deine Frechheiten anzuhören«, sagte sie ungerührt. »Der Hohe Rat hat sich besprochen und ich bin gekommen, um euch unsere Entscheidung mitzuteilen.«

»Lass mich raten«, fauchte Anders böse. »Wenn ich noch einmal ohne Erlaubnis huste, werde ich geteert, gefedert und dann ausgepeitscht.«

Endela ignorierte seine Worte. »Der Hohe Rat hat entschieden, dass das Mädchen in seine Heimat zurückkehren wird«, sagte sie. »Culain wird dafür Sorge tragen, dass es dort gut aufgenommen ist und ihm auch weiterhin kein Leid angetan wird. Bis er zurückkehrt, mag sie hier in Morgens Haus bleiben, doch sie wird dieses Zimmer nicht verlassen und es ist ihr verboten, mit irgendjemandem außer dir, Morgen oder mir zu reden.«

Anders konnte im ersten Moment nicht einmal sagen, was ihn mehr empörte: das, *was* Endela sagte, oder der Umstand, dass sie Katt zwar ansah, dennoch aber sprach, als wäre sie nicht einmal im Zimmer.

»Also *sind* wir Gefangene«, sagte er bitter.

»Nur das Mädchen«, antwortete Endela ruhig. »Du kannst dich selbstverständlich frei überall in Tiernan bewegen – allerdings nicht allein.«

»Nicht allein?« Anders machte eine zornige Kopfbewegung auf die geschlossene Tür hinter den beiden Elder. »Ich nehme an, zusammen mit meinem Wachhund, wie?« Er schüttelte zornig den Kopf, noch bevor Endela oder Morgen antworten konnten. »Nein, danke! Solange Katt hier drinnen gefangen gehalten wird, setze ich keinen Fuß vor die Tür.«

»Ganz wie du willst«, sagte Endela ungerührt.

22

Er hielt tatsächlich vier Tage lang durch. Die einzigen Gelegenheiten, zu denen er das Zimmer verließ, waren die Mahlzeiten, die sie zusammen mit Morgen einnahmen. Maran hätte ihnen das Essen auch aufs Zimmer bringen können – tatsächlich hatte Anders sie sogar mehrmals darum gebeten –, aber die Elder bestand darauf, gemeinsam zu speisen; was allerdings nichts anderes zur Folge hatte, als dass die Mahlzeiten in unangenehmer, angespannter Atmosphäre verliefen, und die wenigen Gespräche, zu denen es überhaupt kam, in Streit oder zumindest mit einem Missklang endeten.

Und auch die Stimmung zwischen Katt und ihm verschlechterte sich zusehends. Schweißte sie am ersten Tag noch die Solidarität der Misshandelten gegen ihre Peiniger zusammen, so wich sie bald purer Verstocktheit und Trotz und dann dem schlimmsten Feind, den es überhaupt gab: der Langeweile. Selbstverständlich hütete sich Anders, auch nur eine entsprechende Bemerkung zu machen, aber ebenso selbstverständlich spürte auch Katt die Veränderung, die mit ihm vor sich ging und reagierte ihrerseits mit Schuldgefühlen und schlechtem Gewissen, was in der Folge dazu führte, dass sich auch Anders noch schlechter fühlte … und so weiter. Das Ende dieser Spirale war abzusehen. Anders hoffte nur, dass Culain und die anderen Jäger zurückkehrten, bevor Katt und er anfingen sich gegenseitig die Augen auszukratzen.

Auch am fünften Tag seiner freiwilligen Gefangenschaft bestand Morgen darauf, dass sie das Frühstück gemeinsam einnahmen. Wie immer fand es in angespannter Atmosphäre und beinahe schweigend statt. Katt stocherte nur in ihrem Essen herum, was zum einen für die Mahlzeit, die Maran mit großer Liebe zubereitet hatte, eine Schande war, Anders zum anderen auch persönlich ärgerte. Seit sie in Tiernan waren, hatte Katt gut zehn Pfund zugenommen, denn die – wenn auch unfreiwillige – Ruhe und Marans gutes Essen zeigten ihre Wirkung. Für Anders' Geschmack war sie immer noch viel zu dünn, aber sie selbst hatte in den vergangenen Tagen die eine oder andere Bemerkung gemacht, die ihn mutmaßen ließ, dass gewisse, die Figur betreffende Schwachsinnigkeiten speziesübergreifend allen weiblichen Wesen gemein waren.

Er sagte nichts dazu – wozu auch? Wie er Katt kannte, hätte sie schon aus Prinzip die Nahrungsaufnahme endgültig eingestellt. Aber seine entsprechenden Blicke blieben nicht unbemerkt. Katt leerte ihren Teller voll stummen Protestes und stand dann ebenso wortlos auf um das Zimmer zu verlassen. Als sich Anders ebenfalls erheben wollte um ihr zu folgen, hielt Morgen ihn mit einer raschen Geste zurück.

»Auf ein Wort, Anders.«

Anders war schon halb aufgestanden und erstarrte nun in einer fast komischen Haltung mitten in der Bewegung. Unschlüssig blickte er von Morgen zu Katt, die ebenfalls angehalten und sich unmittelbar unter der Tür umgedreht hatte. Hinter ihr war der Elder zu sehen, den Culain zu ihrer Bewachung abkommandiert hatte. Er wich nicht nur keinen Schritt von ihrer Seite, sondern schien auch keinen Schlaf zu brauchen.

»Wenn Katt auch dabei sein darf?«

»Du benimmst dich wie ein störrisches Kind, das ist dir klar«, sagte Morgen. Anders setzte zu einer noch geharnischteren (und wahrscheinlich noch dümmeren) Antwort an, aber Katt kam ihm zuvor.

»Schon gut«, sagte sie. »Ich wollte sowieso gehen.«

»Und ich erzähle dir gleich sowieso, was sie gesagt hat«, fügte Anders in Katts Richtung hinzu.

Morgen verdrehte die Augen, sagte aber nichts mehr, sondern beließ es bei einem irgendwie resignierenden Seufzen. Sie wartete stumm, bis Katt gegangen war und die Tür am anderen Ende des Korridors zufiel, dann gab sie Maran mit einem immer noch stummen Kopfschütteln zu verstehen, dass sie das Zimmer verlassen und die Tür hinter sich schließen sollte.

»Was gibt es denn so Spannendes?«, fragte er patzig, als sie endlich allein waren.

»Wir sind unter uns, mein Junge«, sagte Morgen sanft. »Es ist niemand da, den du beeindrucken musst. Und übrigens auch niemand«, fügte sie mit einem ebenso flüchtigen wie eindeutig abfälligen Lächeln hinzu, »den du beeindrucken könntest.«

Das Schlimme war, dachte Anders, dass sie Recht hatte. Er antwortete auf die einzige Art, die ihm überhaupt sinnvoll erschien: gar nicht.

»Wie lange soll das noch so weitergehen?«, fragte Morgen.

»Was?«

»Dein kindisches Benehmen«, antwortete Morgen. Sie

schnitt ihm mit einer unwilligen Geste das Wort ab, als er auffahren wollte. »Ich verstehe ja, dass du vor deiner kleinen Freundin das Gesicht wahren willst, aber allmählich beginnst du dich lächerlich zu machen. Was glaubst du erreichen zu können?«

»Was willst du von mir?«, erwiderte Anders.

Morgen seufzte. »Vielleicht nicht mehr, als dass du endlich anfängst, dich wie ein halbwegs erwachsener Mensch zu benehmen.« Sie versuchte zornig zu klingen, doch das gelang ihr nicht. »Du hast dich also entschlossen, den Helden zu spielen und die Dame deines Herzens bis zum Letzten zu verteidigen. Gut. Das ist deine Entscheidung – auch wenn ich es persönlich für ziemlich albern halte. Aber hast du das Mädchen eigentlich jemals gefragt, ob es das will?«

»*Das Mädchen*«, antwortete Anders betont, »hat einen Namen. Sie heißt Katt.«

»Hast du?«, fragte Morgen ungerührt.

Anders schwieg.

»Also nicht«, sagte Morgen. »Das dachte ich mir. Du tust ihr keinen Gefallen, ist dir das klar?«

»Wieso?«, fragte Anders. »Weil ich sie wie einen Menschen behandele, nicht wie ein Tier?«

»Sie *ist* kein Mensch«, antwortete Morgen ruhig. »So wenig wie ich. Ich weiß, dass du es gut meinst, Anders. Jeder hier weiß das, selbst Culain und Endela, auch wenn du es vielleicht nicht glaubst. Aber guter Wille allein ist noch kein Garant für ein gutes Ergebnis. Sie kann nicht hier bleiben. Du weißt das. Und du kannst sie nicht begleiten, und das weißt du auch.«

»Aber …«

»Ihr Volk würde dich nicht akzeptieren«, fuhr Morgen ungerührt fort. »So wenig, wie unser Volk sie akzeptieren würde.«

»Hast du es denn gefragt?«, schnappte Anders.

»Du könntest sie begleiten«, fuhr Morgen fort, im gleichen sanften Tonfall und ohne seinen Worten auch nur die geringste Beachtung zu schenken. Anders wurde plötzlich klar, dass sie sich das, was sie sagte, sorgsam zurechtgelegt haben musste, und das vermutlich schon vor geraumer Zeit – aber das bedeutete leider nicht automatisch, dass es *falsch* war. »Culain oder Tamar könnten ohne Mühe dafür sorgen, dass du unter ihnen leben könntest. Nicht nur unbehelligt, sondern sogar als ihr Herrscher, wenn du das wolltest. Die Frage ist nur: Willst du das?«

Anders starrte sie an. »Natürlich nicht!«

Wenigstens etwas, sagte Morgens Blick. Sie selbst seufzte tief. »Und wie kommst du darauf, dass das …«, sie verbesserte sich, »… dass *Katt* sich ein solches Leben wünscht?«

Seine Antwort auf ihre eigene Frage schien sie allerdings gar nicht zu interessieren, denn sie stand auf und machte abermals eine Geste, mit der sie ihm das Wort abschnitt. »Die endgültige Entscheidung, was das Mädchen angeht, werden Culain und Tamar nach ihrer Rückkehr treffen. Mit dir ist es jedoch etwas anderes. Du hast Zeit genug gehabt, dich zu erholen, und es kann für einen normalen jungen Mann nicht gesund sein, den ganzen Tag im Zimmer zu hocken oder im Bett zu liegen – ganz egal wie viel Spaß er dabei auch hat«, fügte sie mit einem anzüglichen Blick in die Richtung hinzu, in der Katt verschwunden war. Anders spürte, wie er rote Ohren bekam. »Du wirst deshalb gleich zu Gondron gehen und den Tag bei ihm verbringen.«

»Dem Schmied?«, fragte Anders überrascht. »Aber was soll ich denn da?«

»Dasselbe wie wir alle hier«, antwortete Morgen. »Für deinen Lebensunterhalt arbeiten. Oder hast du geglaubt, du könntest den Rest deines Lebens als Gast in unserem Haus verbringen ohne einen Finger zu rühren?«

Anders hatte nicht vor, einen noch wesentlich größeren Teil seines Lebens *in diesem Tal* zu verbringen, aber das jetzt zu sagen, hätte nichts gebracht, und so fragte er stattdessen: »Wie kommst du auf die Idee, dass ich *Schmied* werden will?«

»Das musst du nicht«, antwortete Morgen. »Es gibt viele

Arbeiten im Tal, die verrichtet werden müssen. Du wirst in den nächsten Tagen Gelegenheit haben, sie der Reihe nach auszuprobieren, um dich danach zu entscheiden.« Ihre Stimme wurde eine Spur versöhnlicher. »Ich hatte den Eindruck, dass dir Gondron und seine Familie nicht unsympathisch sind – und er sagt übrigens dasselbe von dir, deshalb halte ich es für eine gute Idee, wenn du bei ihm beginnst. Darüber hinaus hat mir Katt erzählt, dass du dich auf das Bearbeiten von Metall verstehst.«

Im ersten Moment konnte Anders die Elder nur verständnislos anblicken, doch dann erinnerte er sich, auch Culain hatte ihn schon darauf angesprochen. Es lag ihm auf der Zunge, zu sagen, dass er weder ein begeisterter Heimwerker war noch sonderlich viel von Metallurgie verstand oder gar dem Schmiedehandwerk.

Er sagte es nicht, ganz einfach weil es nicht die Wahrheit gewesen wäre. Verglichen mit dem frühmittelalterlichen Niveau, auf dem sich die Menschen und Elder hier in Tiernan bewegten, wusste er so ziemlich *alles* besser.

»Das heißt … ich soll jetzt in die Lehre gehen«, murmelte er.

»Wenn man es dort, wo du herkommst, so nennt.« Morgen seufzte. »Niemand will dir etwas Böses, Anders. Ganz im Gegenteil. Aber es geht so nicht weiter.«

»*Was* geht so nicht weiter?«, fragte Anders betont.

»Es wird allmählich Zeit, dass du dich der Realität stellst«, antwortete die Elder. »Ich weiß, du glaubst dieses Mädchen zu lieben, und vielleicht stimmt das in gewisser Weise sogar, aber …«

»Nicht *in gewisser Weise*«, fiel ihr Anders ins Wort. Er war fast selbst überrascht, wie klar ihm dieses Bekenntnis von den Lippen kam und vor allem mit welcher Selbstverständlichkeit. Es war Anders nie leicht gefallen, über seine Gefühle zu reden, und ein Wort wie *Liebe* war ihm noch nie über die Lippen gekommen, obwohl Katt nicht das erste Mädchen war, für das er mehr als bloße Sympathie empfand. Dennoch war es ihm bisher beinahe peinlich gewesen, sein Gefühlsleben zu offenbaren.

Zu seiner Überraschung reagierte Morgen vollkommen anders auf seinen aggressiven Ton, als er erwartet hatte. Ihr Tonfall war während ihres gesamten Gespräches immer kühler geworden, und er wäre nicht erstaunt gewesen, hätte sie ihn nun scharf in seine Schranken verwiesen. Stattdessen sah sie ihn jedoch nur eine kurze Weile schweigend und mit einem sonderbaren Lächeln an, und als sie weitersprach, war ihre Stimme vielleicht zum ersten Mal wieder so weich und verständnisvoll wie an dem Tag, an dem er sie kennen gelernt hatte.

»Ja, vielleicht hast du Recht«, sagte sie. »Ich entschuldige mich bei dir. Manchmal vergesse ich, wie es war, jung zu sein und das Feuer der Liebe zu spüren. Aber gerade darum weiß ich auch, wie schnell diese Gefühle manchmal vergehen und wie leicht Träume zerbrechen.«

Sie schüttelte sanft den Kopf, als Anders widersprechen wollte. »Glaub nicht, dass ich dich nicht verstehe. Ich weiß genau, wie du dich jetzt fühlst. Du glaubst, die ganze Welt hätte sich gegen euch verschworen und wir alle hätten nur das eine im Sinn: euer gemeinsames Glück zu zerstören. Und je größer der Druck wird, den ihr spürt, desto größer wird deine Entschlossenheit, ihm zu widerstehen. Ihr meint, ihr könntet der ganzen Welt trotzen, einschließlich des Schicksals?« Sie schüttelte den Kopf. »Glaub mir, Anders, das kann niemand. Selbst wenn eure Liebe so groß ist, wie du im Augenblick glaubst, würdet ihr daran zerbrechen.«

»Bestimmt nicht!«, widersprach Anders.

»Und selbst wenn nicht«, fuhr Morgen ungerührt fort, »wäre das Ergebnis nur umso schlimmer. Ich habe lange mit Katt gesprochen, Anders. Sie ist ein wirklich liebes Mädchen und sie empfindet dasselbe für dich wie du für sie; mindestens. Und gerade darum solltest du vielleicht auf die Stimme deiner Vernunft hören und nicht auf die deines Herzens. Sie würde unglücklich werden. Sie weiß es, Anders. Zumindest in diesem Punkt ist sie vernünftiger als du. Sie weiß, dass sie hier nicht leben kann, und sie weiß auch, dass du nicht bei ihrem Volk leben könntest. Und dennoch würde sie alles tun, was du willst, um dich glücklich zu machen. Die Frage ist nur: *Willst du das?*« Sie hob abermals die Hand, diesmal schnell, befehlend. »Nein. Ich will nicht, dass du jetzt darauf antwortest. Denk darüber nach, das ist alles, was ich verlange.«

»Und wenn dir das Ergebnis, zu dem ich komme, nicht gefällt?«

»Ich bin sicher, du wirst dich richtig entscheiden«, antwortete Morgen.

Dessen war sich Anders auch sicher.

Aber vermutlich in einem ganz anderen Sinn, als Morgen auch nur ahnte.

23

Ungeachtet dessen, was Endela ihr im Namen Oberons befohlen hatte, bestand Morgen nicht darauf, ihm für den kurzen Weg zu Gondrons Schmiede hinunter eine Eskorte mitzugeben, und wozu auch? Er wusste nicht, wie ernst er Endela nehmen musste, aber an der Ernsthaftigkeit von Culains Worten zweifelte er keine Sekunde: Was immer er tun würde, um Culains Unmut zu erregen, Katt würde darunter zu leiden haben, nicht er. Es brauchte keinen bewaffneten Begleiter, der ihn auf Schritt und Tritt bewachte. Er war trotzdem so zuverlässig gebunden, als trüge er unsichtbare Ketten aus Stahl.

Dennoch geschah etwas sehr Sonderbares, kaum dass er Morgens Haus verlassen hatte. Mit jedem Schritt, den er die ächzende Metalltreppe hinunterging, besserte sich seine Laune. Zum ersten Mal seit Tagen hatte er das Gefühl, wieder frei atmen zu können, und das Sonnenlicht, das auf sein Gesicht fiel, kam ihm fühlbar wärmer vor als jenes, das er in den vergangenen Tagen gespürt hatte, wenn er am Fenster stand. Nichts davon stimmte wirklich, das war ihm klar, aber er war zum ersten Mal seit einer kleinen Ewigkeit wieder frei; und anscheinend machte es keinen so großen Unterschied, ob man sich freiwillig oder gezwungenermaßen in Gefangenschaft begab – gefangen war gefangen.

Der Gedanke erinnerte ihn wieder an Katt, die noch immer in Morgens Haus war, ja möglicherweise sogar oben am Fenster stand und ihm zusah, wie er mit schneller werdenden Schritten die rostige Treppe hinabging und sich der Menschenstadt näherte, und sein schlechtes Gewissen regte sich. Er hatte kein Recht, hier draußen zu sein, während sie eingesperrt blieb, und jetzt noch dazu vollkommen allein. Er hatte das absurde Gefühl, ihr etwas wegzunehmen, indem er hier draußen war und sie dort drinnen.

Er verscheuchte den Gedanken. Er war nicht nur absurd, Anders glaubte auch den Grund zu kennen, aus dem er so verrücktes Zeug dachte. Morgens Saat begann bereits aufzugehen. Er begann erst jetzt und ganz allmählich zu begreifen, dass sie ihm (vielleicht sogar in bester Absicht, aber was änderte das schon?) das Schlimmste angetan hatte, wozu sie nur in der Lage war: Sie hatte den Zweifel in sein Herz gepflanzt. Was, wenn sie Recht hatte, und Katt und er einfach keine Chance hatten, ganz egal wie sehr sie es auch versuchten, und wenn …

Anders brach den Gedankengang mit einer bewussten Anstrengung ab und zwang sich stattdessen, einen mindestens ebenso großen Groll auf Morgen zu empfinden. Er würde den Teufel tun und auch noch freiwillig in genau die Falle tappen, die sie für ihn aufgestellt hatte!

Dennoch: Nichts von alledem vermochte seine Stimmung nachhaltig zu verschlechtern. Er war nicht wirklich fröhlich, als er Gondrons Haus erreichte, aber ihm war, als wäre eine unsichtbare drückende Last von seiner Seele gewichen. Selbst als er das Haus betrat und wieder in das gewohnte rötliche

Dämmerlicht eindrang, schien es irgendwie heller zu werden.

Gondron stand an der Esse, deren Glut den Raum nicht nur mit rotem Licht und weichen Schatten erfüllte, sondern auch mit stickiger Wärme, und drehte einen glühenden Eisenstab in den Kohlen. Anders hatte das regelmäßige helle Klingen des Hammers schon gehört, als er sich dem Haus näherte. Jetzt ließ Gondron sein gewaltiges Werkzeug sinken, drehte sich zur Tür um und nickte ihm flüchtig zu. »Junger Herr.«

»Anders«, seufzte Anders. Es war kaum mehr als ein Reflex und seiner Stimme fehlte längst der Nachdruck, mit dem er sich am Anfang gegen diese peinliche Ehrerbietung gewehrt hatte. Irgendwann, das hatte er längst begriffen, würde er aufhören, sich dagegen zu wehren und einfach still kapitulieren.

Gondron schien es ganz ähnlich zu sehen, denn er machte sich nicht einmal die Mühe, zu antworten, sondern deutete nur abermals ein Nicken an. Gegen die rote Glut des Feuers war er nur als scharf umrissener schwarzer Umriss zu erkennen. Neben ihm stand ein zweiter, kleinerer Schatten, den Anders im ersten Moment für einen seiner Söhne hielt. Dann trat er einen Schritt näher und riss erstaunt die Augen auf.

»Lara?«

»Anders!« Lara kam ihm freudestrahlend entgegen und breitete die Arme aus, hielt aber dann mitten in der Bewegung inne, als sie seine Überraschung bemerkte. Einen kleinen Moment lang sah sie einfach nur hilflos aus, doch dann hatte sie sich wieder in der Gewalt und rettete sich in ein – wenn auch leicht verunglücktes – Lächeln. »Ich … ich hatte schon Angst, dass du gar nicht mehr kommst.«

»Gar nicht mehr?« Anders sah verständnislos von Gondron zu Lara und wieder zurück. Gondrons Gesicht lag nach wie vor im Schatten, sodass er den Ausdruck darauf allenfalls erraten konnte. »Wieso *gar nicht mehr?*«

Lara sah plötzlich noch verlegener aus und schien am liebsten im Boden versinken zu wollen und Gondron sagte ruhig:

»Die ehrwürdige Morgen hat uns gesagt, dass Ihr kommt, junger … Anders.«

»Dass ich komme?« Anders runzelte die Stirn. »Wieso?«

»Um das Schmiedehandwerk zu erlernen«, antwortete Gondron. »Falls Ihr … falls *du* Freude daran hast, heißt das.«

»Falls ich Freude daran habe …«, wiederholte Anders gedehnt.

Gondron nickte. »Das waren die genauen Worte der ehrwürdigen Elder.«

»Und wann genau«, fragte Anders, »hat die *ehrwürdige Elder* diese *denkwürdigen Worte* gesprochen?«

Der Sarkasmus in seinen Worten entging Gondron vollkommen – vielleicht zog er es auch einfach nur vor, ihn nicht zur Kenntnis zu nehmen –, aber Lara bemerkte ihn dafür umso deutlicher. Sie fuhr zusammen und Anders konnte trotz des schwachen Lichts hier drinnen erkennen, wie blass sie war. »Sie … sie hat …«, druckste sie herum.

»Vor drei Tagen«, unterbrach sie Gondron. Er machte eine Kopfbewegung zu Lara. »Darum hat die ehrwürdige Elder ihr auch befohlen hier zu bleiben.«

Anders' Stirnrunzeln vertiefte sich noch. Er musste sich jetzt nicht mehr anstrengen, um zornig auf Morgen zu sein. Dabei hätte er im Grunde gar nicht überrascht sein dürfen. Nach allem, was Morgen bisher getan und gesagt hatte, war das nur konsequent.

»Gondron übertreibt«, sagte Lara hastig. »Morgen hat mich gebeten noch ein paar Tage zu bleiben. Sie hat mir nichts befohlen.« Sie klang nervös, was zweifellos daran lag, dass sie die Unwahrheit sagte – und vermutlich auch daran, dass Morgen es gar nicht nötig gehabt hätte, ihr das Hierbleiben zu befehlen. Anders vermutete ganz im Gegenteil, die Elder hätte gehörige Mühe gehabt, sie wegzuschicken. Er war Lara nicht böse.

»Vor drei Tagen?«, vergewisserte er sich.

»Morgen war der Meinung, dass Ihr vielleicht noch eine Zeit braucht, um Euch zu entscheiden.« Gondron deutete erneut auf Lara, dann auf die lodernde Feuerstelle hinter sich. »Ich selbst bin im Moment sehr beschäftigt. Wenn die Elder von der Jagd zurückkommen, müssen alle Waffen und Rüstungen in bestem Zustand sein, weshalb ich mich nicht lange Zeit um Euch …«

»Schon gut«, unterbrach ihn Anders. »Du hast keine Zeit und wahrscheinlich geht es dir gehörig gegen den Strich, jetzt auch noch das Kindermädchen für den störrischen Jungen spielen zu müssen, den dir die Elder aufs Auge gedrückt haben, stimmt's?«

»Junger Herr?«, fragte Gondron mit perfekt geschauspielerter Verständnislosigkeit.

»Schon gut«, seufzte Anders. »Mir ist schon klar, dass ihr keine andere Wahl hattet. Lass dich von mir nicht aufhalten. Ich werde Morgen nichts verraten.«

»Lara kann Euch alles zeigen, was Ihr wissen möchtet«, antwortete Gondron ungerührt.

»Lara?«

»Ich komme schon seit Jahren hierher und helfe meinem Onkel«, erklärte Lara. »Es gibt hier nichts, was ich dir nicht genauso gut zeigen könnte wie er.«

»Und nichts, was sie nicht mindestens genauso gut könnte wie ich«, fügte Gondron in einem Ton hinzu, von dem Anders nicht sagen konnte, ob er spöttisch oder ganz ernsthaft gemeint war.

»Abgesehen von der Benutzung der beiden großen Schmiedehämmer, nehme ich an.«

Gondron blickte nur fragend, aber Anders glaubte ihn nun endgültig durchschaut zu haben. Gondron war vielleicht kein perfekter Schauspieler, doch dafür ein Mann, der zeit seines Lebens gelernt hatte, dass es besser war, seine Gefühle zu verbergen. »Sie kann Euch alle Eure Fragen beantworten, wenn Ihr das meint«, sagte er ungerührt.

»Ja«, erwiderte Anders. »Daran zweifle ich nicht. Aber ich schätze, ihr könnt euch die Mühe sparen.«

»Wie meinst du das?«, fragte Lara.

»Du kannst Morgen ausrichten, dass ich kein Kindermädchen brauche«, antwortete er giftig. »Auch wenn es noch so hübsch ist. Oder – weißt du was? Ich sage es ihr selbst.« Und damit fuhr er auf dem Absatz herum und stürmte so schnell aus dem Haus, dass er fast gegen die Tür geprallt wäre, weil er sie gar nicht schnell genug aufbekam.

Aber er lief nur ein paar Schritte weit, bevor er wieder anhielt und mit geballten Fäusten auf das Hämmern seines eigenen Herzens lauschte. Wenn es überhaupt noch nötig gewesen wäre, dann hatte er sich vermutlich gerade vollends zum Narren gemacht. Er benahm sich wie ein störrisches Kind – wie ein *dummes* störrisches Kind, um genau zu sein – und das Allerschlimmste war, dass er es sogar selbst wusste. Was sollte er jetzt tun? Hinaufgehen und sich ein bisschen mit Morgen streiten oder zu Gondron und Lara zurückgehen und sich endgültig blamieren, indem er um Entschuldigung für sein unmögliches Benehmen bat?

Das Schicksal hatte ein Einsehen mit ihm. Hinter ihm fiel die Tür ins Schloss und die raschen, leisen Schritte, die näher kamen, gehörten ganz zweifellos zu Lara. Anders drehte sich widerwillig um und bemühte sich ein möglichst unbeteiligtes Gesicht zu machen – auch wenn Lara wahrscheinlich viel zu aufgeregt war, um nur irgendetwas zur Kenntnis zu nehmen, was er gesagt oder getan hätte.

»Anders, lauf nicht weg!«, rief sie. »Bitte!«

Er hatte gar keine Anstalten gemacht, wegzulaufen, aber auch das schien sie gar nicht zur Kenntnis zu nehmen, denn sie sprudelte sofort und heftig mit den Händen gestikulierend weiter: »Bitte, Anders, es tut mir Leid! Ich weiß nicht, was zwischen dir und Morgen war, und es geht mich auch nichts an, aber mein Onkel hat damit nichts zu tun, das musst du mir glauben! Die Elder hat uns nur aufgetragen, uns um dich zu kümmern und dir alles zu zeigen, was du wissen willst! Wenn du jetzt gehst, dann …« Sie stockte einen Moment, fuhr sich nervös mit der Zungenspitze über die Lippen und sprach mit spürbarer Überwindung weiter: »... dann bereitest du meinem Onkel große Schwierigkeiten.«

»Gondron?«

»Er würde es nie zugeben«, bestätigte Lara, »aber er fürchtet die Elder.«

»Morgen?« Anders lachte. »Unsinn. Niemand auf der ganzen Welt braucht sich vor Morgen zu fürchten. Sie ist der sanfteste Mensch, den ich jemals kennen gelernt habe.«

»Sie ist eine Elder«, beharrte Lara. »Und niemand widersetzt sich dem Willen der Elder.«

»Und wenn doch?«, fragte Anders.

Lara sah ihn vollkommen verständnislos an. »Wie meinst du das?«

»Was passiert, wenn sich doch jemand dem Willen eurer allmächtigen Elder widersetzt?«, fragte Anders.

Der Ausdruck von Verwirrung in Laras Blick nahm noch zu. Sie antwortete nicht.

»Ja, das dachte ich mir«, grollte Anders. »Niemand hat es je versucht, habe ich Recht?«

»Was?«

»Sich den Elder zu widersetzen«, antwortete Anders. »Sie befehlen und ihr gehorcht, habe ich Recht?«

»Natürlich«, sagte Lara. »Was ist falsch daran?«

»Oh, nichts«, antwortete Anders spöttisch. »Außer dass sie euch für sich schuften lassen und selbst dort oben in ihren Rattenlöchern hocken und nichts tun, habe ich Recht?«

»Sie sind die Elder«, erwiderte Lara, als wäre das allein Erklärung genug. »Sie halten die Ordnung der Dinge aufrecht. Sie verkünden Oberons Willen und sie beschützen uns.«

»Vor wem?«, fragte Anders spöttisch. »Jetzt sag bitte nicht, vor den Tiermenschen. Das sind nur eine Hand voll, und so, wie ich sie kennen gelernt habe, sind sie froh, wenn ihnen niemand etwas tut.«

»Vor den Wilden«, antwortete Lara. »Ohne die Elder hätten

sie uns längst überrannt.« Sie legte den Kopf schräg. »Warum stellst du solche Fragen?«

Das fragte sich Anders allmählich auch. Was hatte er vor? Eine Revolution vom Zaun zu brechen? Das würde ihm weder gelingen noch hatte er das geringste Recht dazu. Er schüttelte den Kopf. »Schon gut. Was willst du?«

»Nur, dass … dass du es dir noch einmal überlegst«, antwortete Lara. Sie wirkte eingeschüchtert. »Vielleicht nur für … für einen Tag oder zwei. Du musst nichts tun. Ich werde deine Arbeit übernehmen, wenn du willst, und niemand muss es erfahren.«

»Vor allem Morgen nicht«, vermutete Anders. Er seufzte. »Also gut«, sagte er mit einer Geste zum Haus zurück. »Dann zeig mir mal, wo der Hammer hängt.«

24

Natürlich drückte ihm Gondron nicht sofort seinen schwersten Schmiedehammer in die Hand (nicht einmal seinen leichtesten, um genau zu sein), sondern einen groben Reisigbesen, mit dem er als Allererstes die Kombination aus Werkstatt und Wohnzimmer ausfegen durfte, die als Schmiede diente – und das, obwohl der Fußboden aus festgestampftem Lehm so sauber war, dass Anders keine Probleme gehabt hätte, davon zu essen. Als Nächstes schickte er ihn Feuerholz holen, dann Wasser. Von beidem war genügend da, aber Gondron war offensichtlich ein radikaler Anhänger der These, dass man ein Handwerk von der Pike auf zu erlernen hatte, und zumindest einmal rutschte ihm eine Bemerkung heraus, nach der Anders in frühestens drei Monaten das erste Mal wirklich einen Hammer in der Hand halten würde, wenn es nach ihm ginge.

Anders hörte sie zwar, tat aber so, als hätte er es nicht. In drei Monaten würde er längst wieder in seinem bequemen

Bett im Internat liegen, vielleicht auch im Haus seines Vaters oder sonst wo, aber *ganz bestimmt nicht hier.* Er ersparte sich jeden entsprechenden Kommentar, doch seine Entschlossenheit, dieses Tal irgendwie zu verlassen, wuchs mit jeder Minute, die er den Besen schwang, Holz schleppte oder Wassertröge füllte.

Nicht dass ihm die Arbeit keinen Spaß gemacht hätte. Obwohl er am Anfang ein wenig beleidigt gewesen war, weil Gondron ihm derart niedrige Tätigkeiten zuwies – schließlich hatte der Kerl keine Gelegenheit ausgelassen, ihm klar zu machen, dass er etwas Besonderes war, und wozu hatte er denn eigene Kinder, wenn nicht, um die Drecksarbeit zu machen? –, so stellte sich doch bald eine sonderbare Art von Zufriedenheit ein, die einfach daran lag, dass er etwas *tat,* und sei diese Tätigkeit noch so sinnlose. Abgesehen von den Momenten, in denen er um sein Leben rannte, kämpfte, schwamm oder kletterte, war er im Grunde zum Nichtstun verdammt gewesen, seit er diesen bizarren Teil der Welt betreten hatte, und es tat einfach gut, sich mit irgendetwas zu beschäftigen.

Nachdem sie gemeinsam zu Mittag gegessen hatten – die Mahlzeit, die Gondrons Frau auf dem großen Eichentisch auftrug, war deutlich einfacher als alles, was er in den letzten Tagen im Haus der Elder bekommen hatte, schmeckte aber trotzdem hervorragend –, erklärte ihm Gondron, dass es an der Zeit sei, die Vorräte an Metall aufzufüllen, das es einzuschmelzen und neu zu schmieden galt.

Anders warf einen schrägen Blick in den hinteren, fast im Dunkeln liegenden Teil des großen Raumes, in dem sich mindestens drei Tonnen Altmetall stapelten, säuberlich nach Eisen, Stahl, Kupfer und anderen Legierungen sortiert – und genug, um Gondron samt seiner Familie für ein Vierteljahr zu beschäftigen. Er sparte sich jeden Kommentar. Wenn Gondron es darauf anlegte, die Grenzen seiner Geduld auszuloten, würde er eine Überraschung erleben.

»Meinetwegen«, sagte er nur. »Wo ist denn euer Schrottplatz?« Gondron konnte mit diesem Wort offensichtlich nichts anfangen und Anders fügte mit einer erklärenden Geste hinzu: »Der Sammelplatz für das, was die Eisenjäger liefern.«

»Bei uns«, antwortete Lara, bevor Gondron antworten konnte.

»In der Torburg?«

»Ihr müsst nicht zu Fuß gehen«, sagte Gondron. »Jedenfalls nicht zurück. Das wäre auch ein wenig unpraktisch, mit tausend Pfund Eisen im Gepäck.« Er machte eine wedelnde Handbewegung in Richtung der Tür. »Ich habe einen meiner Söhne vorausgeschickt, damit sie den Wagen beladen und anspannen. Falls ihr gleich losgeht, müsste er bereit sein, wenn ihr die Torburg erreicht.«

Und warum, fügte Anders in Gedanken hinzu, *kommt derselbe Sohn dann nicht gleich mit dem beladenen Wagen zurück?*

Er schluckte die Frage hinunter und stand stattdessen wortlos auf. Die Antwort war so simpel, dass sie ihm schon beinahe *vor* der Frage eingefallen war: Gondron wollte ihn loswerden. Warum auch immer.

»Dann sollten wir uns ein bisschen beeilen«, sagte Lara und stand ebenfalls auf. Sie warf ihm einen verstohlenen, aber fast beschwörenden Blick zu. Anscheinend hatte sie seine Gedanken erraten. »Schließlich wollen wir ja noch vor dem Dunkelwerden zurück sein.«

»Es ist gerade mal Mittag«, entgegnete Anders. Sie würden zur Torburg allerhöchstens eine Stunde brauchen; und selbst das nur, wenn sie sich nicht sonderlich beeilten.

Lara lachte und öffnete die Tür. Mit der anderen Hand wedelte sie ihm ungeduldig zu, ihr zu folgen. »Der Rückweg mit dem Wagen dauert viel länger«, behauptete sie. »Außerdem habe ich noch nie erlebt, dass irgendetwas auf Anhieb geklappt hätte, was mein Onkel organisiert.« Sie drehte sich halb um und blinzelte Gondron zu. »Er ist vielleicht der beste Schmied, den wir je hatten, aber mein Vater behauptet, man müsste ihn eigentlich an seiner Esse festbinden, damit er sich auf dem Weg dorthin nicht verläuft.«

»Das mag sein«, grollte Gondron. »Aber meine rechte Hand wird den Weg zu deinem Hintern immer noch finden, wenn du so weitermachst, junge Dame. Und richte meinem Bruder aus, dass *meine* Kinder wohlerzogen sind und Respekt vor dem Alter haben.«

»Ganz wie Ihr wünscht, alter Mann«, kicherte Lara. Sie zog in hoffnungslos übertrieben geschauspielerter Furcht den Kopf zwischen die Schultern, war mit einem Satz endgültig aus dem Haus und zog die Tür hinter sich zu, als Anders ihr gefolgt war.

»Ich nehme an, dein Vater und Gondron verstehen sich ausgezeichnet«, vermutete Anders.

»Sie streiten sich ununterbrochen«, antwortete Lara, zwar in ernstem Ton, dennoch aber mit einem breiten Grinsen. »Wie es sich für Brüder gehört.« Sie machte ein paar Schritte, blieb dann wieder stehen, legte mit geschlossenen Augen den Kopf in den Nacken und drehte das Gesicht in die Sonne. Eine ganze Zeit blieb sie einfach so stehen.

Schließlich fragte Anders: »Ist das irgendein geheimnisvolles Zeremoniell, das ich verstehen sollte?«

Lara lachte. »Ich genieße die Wärme – tut man das da, wo du herkommst, nicht?«

Anders sah leicht verwirrt nach oben. Die Sonne stand fast senkrecht über ihnen und es *war* warm; um nicht zu sagen, heiß. Was war daran so außergewöhnlich?

Wieder war es, als hätte Lara seine Gedanken gelesen. Anscheinend war sie wirklich gut darin, Blicke zu deuten und in Gesichtern zu lesen. »Der Sommer geht bald zu Ende«, sagte sie. »Wir werden nicht mehr sehr viele so schöne Tage haben.«

Der Sommer geht zu Ende?, wiederholte Anders verwirrt in Gedanken. Für seinen Geschmack (und übrigens auch den Temperaturen nach) war es *Hochsommer.* Und so ganz nebenbei auch nach dem Kalender. Der Tag, an dem Jannik und er das Internat verlassen hatten, war der erste Tag der Sommerferien gewesen und seither waren allerhöchstens ... ja – wie viele Wochen eigentlich vergangen? Anders versuchte in Gedanken nachzurechnen und musste sich selbst eingestehen, dass er es nicht wusste. Nicht mehr. Am Anfang hatte er noch versucht die Tage zu zählen, die verstrichen, doch irgendwann hatte er es einfach vergessen und irgendwann danach musste ihm vielleicht nicht unbedingt sein Zeitgefühl verloren gegangen sein, sehr wohl aber das Gefühl für die Wichtigkeit der Zeit.

»Was hast du?«, fragte Lara. Sie *konnte* in seinem Gesicht lesen.

»Nichts«, antwortete Anders ausweichend. »Mir ist nur gerade aufgefallen, dass ich nicht mehr weiß, wie lange ich eigentlich schon hier bin.«

»Ist das ein gutes oder ein schlechtes Zeichen?«

Wenn er das wüsste.

Auf jeden Fall erschreckte es ihn. Er hob die Schultern und ging weiter.

Genau wie er vermutet hatte, brauchten sie nicht einmal eine Stunde, um die Torburg zu erreichen – und genau wie Lara vorausgesagt hatte, war nichts fertig. Der Wagen, von dem Gondron gesprochen hatte, stand bereits aufgezäumt im Hof der Torburg, aber er war keineswegs fertig beladen und Anders sträubten sich schier die Haare, als er die Zugtiere sah: Zwei klapprige Esel, denen die Sturheit schon aus den Augen blickte und die so dürr waren, dass sie eigentlich auf die Ladefläche des zweirädrigen Karrens zu gehören schienen statt an seine Deichsel. Obwohl Anders und auch Lara kräftig mit zupackten, verging noch mehr als eine Stunde, bis der Wagen endlich beladen war und sie sich auf den Rückweg machen konnten.

Und auch Laras zweite Prophezeiung erwies sich als nur zu richtig: Sie *würden* deutlich länger für den Rückweg brauchen. Die Esel erwiesen sich als so stur, wie Anders befürchtet hatte; und als genauso klapprig, wie sie aussahen. Obwohl der Wagen allerhöchstens mit der Hälfte dessen beladen war, was er fassen konnte, gelang es den beiden wandelnden Skeletten kaum, ihn den steilen Weg zur inneren Mauer hinaufzuziehen; nicht einmal als Lara und Anders absaßen und kräftig schoben. Und auch danach wurde es nicht viel besser. Nachdem das innere Tor auf seinen Schienen wieder hinter ihnen zugerumpelt war, führte der Weg in sanfter Neigung erneut bergab, sodass sie wieder aufsitzen konnten, aber ihr Tempo steigerte sich trotzdem nicht nennenswert. Hätte es hier Schildkröten gegeben, mit denen sie sich ein Wettrennen liefern konnten, so hätten sie es vermutlich verloren. Die Sonne begann sich bereits sichtbar dem Horizont entgegenzuneigen, als Gondrons Haus weit vor ihnen wieder in Sicht kam. Lara hatte Recht gehabt: Sie konnten von Glück sagen, wenn sie noch bei Tageslicht heimkehrten.

Trotzdem schüttelte Lara heftig den Kopf, als Anders nach den Zügeln greifen wollte, um den wenig aussichtsreichen Versuch zu starten, die beiden Zugtiere in die Richtung zu dirigieren, in die er wollte.

»Fahr nach rechts«, bat sie mit einer Kopfbewegung in die entsprechende Richtung. Eines der beiden Maultiere drehte den Kopf und bedachte sie mit einem Blick, der klar zu machen schien, dass es da wohl auch noch ein Wörtchen mitzureden hatte, und auch Anders sah stirnrunzelnd zuerst in die Richtung, in die Lara gedeutet hatte, dann nach oben. Er schätzte, dass sie noch zwei Stunden Tageslicht hatten. Hätte er den voll beladenen Wagen zu Gondrons Haus hinauftragen müssen, hätte er es vermutlich leicht geschafft; aber mit diesen beiden fußkranken Rennschnecken im Geschirr zählte jede Minute.

»Ich weiß nicht«, sagte er zögernd. »Wenn ich zu spät komme, schickt Morgen wahrscheinlich die Nationalgarde aus, um das ganze Gebirge nach mir abzusuchen.«

»Und so kann ich nicht zurück!« Lara hob demonstrativ die Hände. Genau wie Anders hatte auch sie kräftig mit zugepackt, um den Wagen zu beladen, und ihre Finger waren nahezu schwarz vor Dreck. Ihr Gesicht übrigens auch. »Ich muss mich waschen; der Bach fließt gleich da hinten.« Sie sprang leichtfüßig vom Bock und machte zwei Schritte, bevor sie stehen blieb und sich wieder zu ihm umdrehte. »Du hast Recht. Wir sind schneller, wenn wir zu Fuß gehen. Lass den Wagen einfach stehen.«

Anders blickte zweifelnd. Niemand würde ihren Wagen stehlen, aber wenn er die beiden Maultiere richtig einschätzte, dann warteten sie nur darauf, allein gelassen zu werden, um ihm zu beweisen, dass sie sehr wohl zügig laufen konnten, und zwar in jede beliebige Richtung, in die sie *nicht* gehen sollten.

Lara nahm ihm die Entscheidung ab, indem sie sich einfach umwandte und losging. Anders zögerte noch einen ganz kurzen Moment – er konnte es nicht begründen, aber irgendwie hatte er das Gefühl, dass hier etwas nicht stimmte –, dann jedoch legte er die Zügel aus der Hand und kletterte umständlich vom Kutschbock hinunter. Prompt setzten sich die beiden Esel in Bewegung; allerdings nur ein paar Schritte weit – gerade genug, dachte Anders, um ihm zu zeigen, dass sie es *konnten*, wenn sie es *wollten.* Er warf ihnen noch einen drohenden Blick zu, beeilte sich dann aber Lara zu folgen. Er war kein bisschen weniger dreckig als sie und an seinem weißen Elder-Gewand war nicht mehr wirklich viel weiß. Das alles wäre ihm noch ziemlich egal gewesen – wozu sollte man einen ganzen Tag lang schwer arbeiten, wenn es am Ende niemand sah? –, doch die Sonne brannte immer noch heiß vom Himmel und er spürte plötzlich, wie durstig er war. Ein Schluck eiskaltes Wasser war im Moment genau das, was er brauchte. Er schritt schneller aus, um zu Lara aufzuschließen.

Erst als er sie schon beinahe eingeholt hatte, erkannte er seine Umgebung wieder: Der schmale, mit kristallklarem Wasser gefüllte Graben, dem Lara folgte, führte direkt zu der Felswand hinauf, durch die Katt und er das unterirdische Labyrinth verlassen hatten. Nur noch ein paar Schritte und er hörte das seidige Rauschen des Wasserfalls, den sie hinuntergeklettert waren. Zufall? Es fiel ihm einigermaßen schwer, das zu glauben.

Lara ging schneller, als der kleine See in Sicht kam. Ein paar Schritte vor dem Ufer griff sie nach unten und fing damit an, sich das Kleid über den Kopf zu streifen, aber dann schien sie sich im letzten Moment daran zu erinnern, dass sie nicht allein war. Sie zog das Kleid nur bis zu den Oberschenkeln hoch, warf einen halb erschrockenen, halb scheuen Blick in seine Richtung und sprang dann kurzerhand mit ihrem Kleid ins Wasser. Anders runzelte flüchtig die Stirn. Allmählich kam ihm ein ganz bestimmter Verdacht – und auch wenn er ihm noch so absurd erschien … er traute Morgen mittlerweile *alles* zu.

Lara planschte nur ein Stück vom Ufer entfernt lautstark im Wasser herum und sah ab und zu *rein zufällig* in seine Richtung, und allein der Gedanke, in das eiskalte Wasser einzutauchen, ließ ihm schon einen wohligen Schauer über den Rücken laufen. Außerdem fühlte er sich tatsächlich schmutzig. Dennoch ging er bis zur anderen Seite des kleinen Sees, bevor auch er – deutlich langsamer und vorsichtiger als Lara gerade – ins Wasser stieg; und zwar ganz bewusst ohne sein Kleid auszuziehen.

Das Wasser war nicht so kalt, wie er erwartet hatte – es war so kalt, dass er schon nach wenigen Augenblicken mit den Zähnen zu klappern begann und sich gerade die Zeit nahm, seinen Durst zu stillen und sich eher symbolisch Gesicht und Hände zu waschen, bevor er bibbernd wieder zum Ufer watete. Sein Kleid würde eben schmutzig bleiben müssen. Außerdem hatte Lara damit aufgehört, wie ein ausgelassenes Kind im Wasser herumzutollen und hielt nun mit langsamen, aber zielsicheren Schwimmbewegungen auf ihn zu, und der See war wirklich nicht sehr groß. Er kam gerade noch rechtzeitig genug ans Ufer, bevor sie ihn erreichte, machte zwei Schritte auf den felsigen Rand hinauf und sah sich unauffällig nach einem sicheren Platz um. Er entdeckte ihn auf der anderen Seite des Sees und ging hin, ganz bewusst ohne auch nur zu Lara zurückzublicken.

Vielleicht tat er ihr ja auch unrecht. Immerhin war sie noch ein halbes Kind, und gerade in einer so kleinen Gemeinschaft wie dieser war jeder Fremde ganz automatisch etwas Besonderes. Er nahm sich selbst zu wichtig, das war die Erklärung.

Er zitterte mittlerweile vor Kälte am ganzen Leib und musste sich anstrengen, um nicht mit den Zähnen zu klappern, sodass er sich einen Platz direkt im Sonnenschein suchte; einen gut meterhohen Felsbrocken, der noch dazu den Vorteil hatte, nur Platz für *einen* zu bieten. Anders hockte sich mit angezogenen Beinen darauf, drehte sich so, dass er möglichst viel der wärmenden Sonnenstrahlen auffing, und hielt dann nach Lara Ausschau. Er fand sie auf Anhieb und es fiel ihm nun wirklich schwer, noch an irgendwelche Zufälle zu glauben. Sie war wieder über den See zurückgeschwommen und trieb keine zwei Meter vom Ufer entfernt auf dem Rücken im Wasser, wobei sie nur ganz selten die Arme bewegen musste um nicht unterzugehen. Ihr Kleid war immer noch schmutzig, aber das Wasser hatte es fast durchsichtig werden lassen.

»Das Wasser ist herrlich«, rief sie. »Komm doch rein!«

»*Herrlich?*« Anders klapperte mittlerweile *wirklich* mit den Zähnen. Er hatte das Gefühl, dass sich ein Strom von Eiswürfeln anstelle von Blut durch seine Adern wälzte. »Nein, danke. Ich bin solche Temperaturen nicht gewöhnt.«

»Das Wasser kommt direkt von den Bergen herunter, dort oben, wo es immer Winter ist.« Sie hob träge eine Hand und deutete auf das weiße Schimmern, in welches das Grau der Granitfelsen überging. »Siehst du? Deshalb ist es auch immer kalt, selbst im Sommer.«

»Schmelzwasser«, bestätigte Anders. »Ich nehme an, im Winter lässt der Wasserfall nach oder versiegt sogar ganz?«

»Schon bald«, bestätigte Lara. Sie paddelte ein Stück näher ans Ufer heran. »Deine Freundin und du wart doch dort oben.« Sie deutete auf den Höhleneingang, der von dieser Seite aus noch viel mehr wie ein künstlich gemauerter Torbogen aussah. »Wie ist es da?«

»Dunkel«, antwortete Anders einsilbig. Schon die bloße Erinnerung an die schrecklichen Minuten, die Katt und er dort oben verbracht hatten, reichte aus, um ihm einen kalten Schauer über den Rücken zu jagen. Katt wäre um ein Haar ums Leben gekommen, und es wäre ganz allein seine Schuld gewesen. Er wollte nicht darüber reden. Schon gar nicht mit Lara.

So schnell gab sie allerdings nicht auf. »Aber wie seid ihr dort hinaufgekommen?«, bohrte sie. »Ich habe einmal versucht raufzuklettern, die Strömung war einfach zu stark.«

»Es hätte sich auch nicht gelohnt«, antwortete Anders. »Da oben ist nichts. Nur Steine und Wasser.« Fast ohne es zu wollen fügte er nach einer winzigen Pause hinzu: »Katt wäre beinahe ertrunken.«

»Sie ist ein Tiermensch«, sagte Lara. »Keiner von ihnen kann schwimmen. Wusstest du das nicht?« Sie wartete einen Moment vergeblich auf eine Antwort – oder irgendeine Reaktion –, dann gab sie es auf, die Nymphe zu spielen, erhob sich mit einer fließenden Bewegung und watete ans Ufer. Anders sah, dass sie genauso fror wie er. Sie zitterte leicht und es gelang ihr genauso wenig wie ihm, nicht mit den Zähnen zu klappern. Vorsichtig suchte sie sich mit nackten Füßen einen Weg zwischen den spitzen Steinen hindurch und vergaß dabei auch nicht, einen vorwurfsvollen Blick in seine Richtung zu werfen, als ihr klar wurde, dass er gar nicht daran dachte, seinen warmen Platz oben auf dem Felsen aufzugeben oder gar mit ihr zu teilen.

»Und wie seid ihr dort hinaufgekommen?«, bohrte sie nach, während sie sich am Fuße des Felsens zusammenkauerte und die angezogenen Knie mit den Armen umschlang. Seltsam, dachte Anders, sie war die Erste, die ihm diese Frage stellte. Und es war ihm bisher noch nicht einmal aufgefallen … Anscheinend begann nicht nur sein Zeitgefühl im gleichen Maße nachzulassen, in dem er länger hier blieb.

»Sag mal – willst du mich aushorchen?«, fragte er.

»Sicher«, antwortete Lara. »Ich bin neugierig. Also: Wie seid ihr dort hinaufgekommen?«

»Nicht ganz freiwillig«, antwortete Anders – was ja auch die Wahrheit war, wenn auch in vollkommen anderer Hinsicht, als Lara annehmen musste. Er fuhr mit einem angedeuteten Achselzucken fort: »Da war eine Felsspalte. Eigentlich haben wir nur einen sicheren Platz für die Nacht gesucht, doch dann habe ich Licht gesehen, und …«

Er zog es plötzlich vor, nicht weiterzusprechen, sondern den Satz mit einem neuerlichen Achselzucken enden zu lassen. Wahrscheinlich war es schon ein Fehler gewesen, Laras Frage überhaupt zu beantworten. Sie mimte zwar perfekt die Desinteressierte, aber sie spielte ihre Rolle für Anders' Geschmack beinahe ein wenig zu gut. Während er sprach, drehte sie den Kopf nach rechts und links und sah so ziemlich überallhin, nur nicht in seine Richtung, und das war schon einigermaßen komisch, nachdem sie ihm gerade eine konkrete Frage gestellt hatte, fand Anders. Vielleicht war er mit seiner halb scherzhaft gemeinten Bemerkung von gerade der Wahrheit näher gekommen, als ihm selbst bewusst war. Sie tat so, als ob sie nur aus Höflichkeit zuhörte, aber vielleicht war es in Wahrheit ja genau andersherum. Besser, er war auf der Hut. Er sagte gar nichts mehr.

Lara wartete eine ganze Weile darauf, dass er fortfuhr, dann wechselte sie die Taktik. Sie zog die Knie noch dichter an sich heran und rieb sich fröstelnd die Oberarme. »Vielleicht war es doch keine gute Idee, schwimmen zu gehen«, sagte sie. »Es ist kalt.«

Anders nickte. Er schwieg beharrlich weiter. Lara starrte erneut länger als eine Minute ins Nichts, dann rutschte sie ein Stück näher an ihn heran; rein zufällig nahe genug, um die Schulter gegen sein Bein zu lehnen.

»Was du heute Morgen gesagt hast, das war sehr nett«, sagte sie plötzlich.

»Was? Dass ich kein Kindermädchen brauche?«

»Auch wenn es noch so hübsch ist«, fügte Lara hinzu. »War das ernst gemeint?« Sie lächelte schüchtern.

»Das mit dem Kindermädchen?«

»Dass du mich hübsch findest.« Sie legte den Kopf gegen sein Knie. »Oder sagst du das zu jedem Mädchen, das du triffst?«

»Seit ich hier angekommen bin, habe ich es zu genau einem gesagt«, antwortete Anders. »O ja – und zu einer Ratte. Aber die war auch wirklich süß.«

»Ach, und ich bin das nicht?« Lara versetzte ihm einen spielerischen Stoß mit dem Ellbogen und Anders tat so, als krümme er sich vor Schmerz. Ein Fehler, denn Lara nutzte die Gelegenheit, um blitzschnell nach ihm zu greifen und ihn von seinem Fels herunterzuziehen.

Anders hatte etwas in dieser Art erwartet und es wäre ihm ein Leichtes gewesen, ihrer Hand auszuweichen, aber er tat es ganz bewusst nicht. Er wollte sehen, wie weit sie gehen würde. Lara zog ihn mit einem Ruck zu sich herunter und glitt in der gleichen, fließenden Bewegung über ihn. Nicht annähernd auf die fordernde Art, wie Katt es getan hätte, sondern eindeutig spielerisch und vielleicht ein bisschen schüchtern; aber die Botschaft war trotzdem unmissverständlich.

»Das mit der Ratte sagst du nicht noch einmal«, sagte sie mit gespieltem Zorn. »Ich bin ja wohl hübscher als eine Ratte!«

»Auf jeden Fall größer«, antwortete Anders, wodurch er sich prompt einen weiteren und diesmal deutlich härteren Rippenstoß einhandelte. »Und nicht so brutal«, fügte er ächzend hinzu.

Lara lachte und holte zu einem dritten und bestimmt noch härteren Stoß aus, hielt aber dann im letzten Moment inne. Ihr Blick wurde weich. »Gefalle ich dir denn gar kein bisschen?«, fragte sie.

Die Unverblümtheit ihrer Frage verblüffte Anders so sehr, dass er nicht einmal hätte antworten können, wenn er es gewollt hätte. Er starrte sie nur an. Ihre Gesichter waren sich jetzt so nahe, wie er es zuvor nur Katt gestattet hatte, und er las etwas in ihren Augen, das ihn zutiefst verwirrte – und ebenso erschreckte, auch wenn dieser Schrecken eher seiner eigenen Reaktion auf ihre Nähe galt als irgendetwas anderem.

Zumindest in einem Punkt hatte sie Recht: Sie *war* schön, wenn auch auf eine vollkommen andere Art als Katt. Sie hatte das Kleid zwar nicht ausgezogen, aber der nasse Stoff klebte wie eine zweite Haut an ihrem Körper, und er hätte schon blind sein müssen um nicht zu sehen, dass sie kein Kind mehr war.

Anscheinend deutete Lara sein Schweigen falsch, denn sie sagte: »Wenn es um deine Freundin geht, dieses Katzenmädchen …«

»Katt«, unterbrach sie Anders. »Sie hat einen Namen.«

»Katt«, sagte Lara. »Du magst sie, nicht wahr?«

»So würde ich es nicht ausdrücken«, antwortete Anders ausweichend. »Warum?«

»Und mich?«

»Ich finde dich auch sehr nett«, sagte er. »Ich dachte, das hättest du schon gemerkt.«

Lara antwortete nicht sofort, sondern sah ihn eine Weile mit sonderbarem Ausdruck an und glitt dann zu seiner Überraschung von ihm herunter, um sich wieder mit angezogenen Knien neben ihn zu setzen. Anders war verwirrt. Er hatte fest damit gerechnet, dass sie jetzt zum Sturmangriff übergehen würde. Umständlich richtete auch er sich auf und konnte gerade noch den Impuls unterdrücken, ein Stück von ihr wegzurücken. Trotz allem wollte er sie nicht verletzen.

»Warum hast du nach Katt gefragt?«

»Weil ich gemerkt habe, wie viel sie dir bedeutet«, antwortete Lara. »Sie hat dir das Leben gerettet, nicht wahr?«

»Und ich ihr.« Anders hob die Schultern. »Wir haben aufgehört zu zählen.«

»Ich kann dich verstehen«, bekannte Lara. »Sie ist wirklich hübsch, vor allem für einen Tiermenschen. Ich meine, ich hätte nichts dagegen, wenn …«

»Wenn?«, fragte Anders, als sie nicht weitersprach. Er hatte sich getäuscht. Es *war* der Generalangriff, nur kam er aus einer Richtung, aus der er ihn niemals erwartet hätte. Er empfand eine Mischung aus Fassungslosigkeit und allmählich stärker werdender brodelnder Wut, die ihn nahezu lähmte. Noch.

»Ich hätte nichts dagegen, wenn du weiter mit ihr … befreundet bist«, erklärte Lara.

»Ich bin nicht mit ihr befreundet, Lara«, sagte Anders betont. Er wartete, bis sie den Kopf gedreht hatte und ihm direkt ins Gesicht sah. »Ich *liebe* sie. Und sie mich.«

»Aber so habe ich das nicht …«, begann Lara.

»Das kannst du auch Morgen ausrichten«, fuhr Anders kalt fort und stand auf. »Oder Endela oder Culain oder wer auch immer dich geschickt hat.«

»Niemand hat mich geschickt!«, stammelte Lara. »Bitte Anders, du …«

»Aber du hast es wirklich gut gemacht«, fiel ihr Anders ins Wort. »Keine Sorge. Ich werde Morgen sagen, dass es nicht an dir gelegen hat. Sie wird dich nicht bestrafen.«

Laras Augen füllten sich mit Tränen. Sie wollte etwas sagen, doch sie brachte nur ein Schluchzen hervor, und Anders' Zorn erlosch ebenso schnell, wie er gekommen war. Plötzlich tat Lara ihm Leid. Vielleicht tat er ihr ja sogar unrecht.

Aber er gestattete sich nicht, diesen Gedanken zu Ende zu denken. Stattdessen drehte er sich auf dem Absatz um und ging mit raschen Schritten davon.

25

Zu allem Überfluss machte ihm auch noch Katt eine Szene, kaum dass er zurück war. Maran hatte bereits eine Mahlzeit für ihn vorbereitet, als er ins Haus der Elder zurückkam, und auch ein sauberes Kleid zurechtgelegt. Er zog sich um, stocherte eine Weile lustlos auf seinem Teller herum und ließ den größten Teil seiner Mahlzeit stehen. Maran wirkte verletzt, aber sie sagte nichts und auch Morgen ließ sich nicht blicken – worüber Anders allerdings ganz und gar nicht böse war. Er war nicht sicher, ob er sich noch hätte beherrschen können, wenn er ihr jetzt begegnet wäre.

Katt lag im Bett und tat so, wie wenn sie schlafen würde, als er das Zimmer betrat, aber Anders kannte sie mittlerweile zu gut um darauf hereinzufallen. Einen Moment lang überlegte er sie anzusprechen, doch dann trat er ans Fenster und stützte sich schwer auf den steinernen Sims um hinauszublicken. Die Sonne war noch nicht ganz untergegangen, aber der Himmel hatte sich in ein dunkles Indigo gehüllt und der Schatten der Berge schien wie eine riesige rauchige Hand mit zu vielen Fingern nach der Menschenstadt und den Feldern zu greifen; wie der Vorbote eines kommenden Unheils, das irgendwo jenseits der steinernen Giganten lauerte.

»Wir haben nicht mehr viel Zeit«, sagte er leise.

Im allerersten Moment glaubte er fast, dass Katt einfach weiter auf stur schalten und die Schlafende spielen würde; dann hörte er, wie sie sich hinter ihm im Bett aufsetzte; allerdings ohne aufzustehen. Anders bedauerte das. Gerade in diesem Augenblick hätte er sie gerne neben sich gespürt.

»Wofür?«, fragte sie.

»Um zu fliehen.« Anders machte eine Kopfbewegung zu den Bergen hin. »Ich habe mit Lara gesprochen.«

»Ach?«, fragte Katt spitz. »Und was sagt sie?«

»Dass der Sommer bald vorbei ist«, antwortete Anders. »Wenn wir über die Berge wollen, dann bald.«

Katt ächzte. »*Über* die Berge?«

»Drunter durch haben wir schon versucht, oder?« Anders drehte sich nun doch um und lehnte sich mit dem Rücken gegen das Fenster. Er erschrak, als er in Katts Gesicht sah. Sie gab sich alle Mühe, gefasst zu wirken, aber er hätte schon blind sein müssen um nicht zu sehen, dass sie geweint hatte.

»Was ist passiert?«, fragte er alarmiert.

»Nichts«, behauptete Katt.

»Nichts?«, vergewisserte sich Anders. »Ich verstehe. Deshalb hast du auch geweint, nicht wahr?«

»Ich habe nicht geweint«, behauptete Katt. Sie hob den Arm und fuhr sich mit dem Handrücken über das Gesicht, wie um die Tränen wegzuwischen, die sie ja gar nicht geweint hatte. »Ich bin nur verschlafen.«

»Klar«, sagte Anders spöttisch.

»Wo warst du so lange?« Katt schien zu dem Schluss gekommen zu sein, dass Angriff in diesem Fall wohl die beste Verteidigung war.

»Bei Gondron«, antwortete Anders. Er hob die Schultern. »Aus irgendeinem Grund scheint Morgen wohl der Meinung zu sein, dass ich für das Schmiedehandwerk geboren bin. Irgendjemand muss ihr wohl erzählt haben, dass ich ein Spezialist für Metallurgie bin.«

Katt sah ihn verständnislos an, aber in ihren Augen erschien auch ein misstrauisches Funkeln, das vor einem Moment noch nicht da gewesen war. »Gerade hast du gesagt, du hättest mit dieser Lara gesprochen.«

Anders konnte nur noch mit Mühe ein Seufzen unterdrücken. Eine Eifersuchtsszene war ganz genau das, was er im Moment brauchte. »*Diese Lara*«, sagte er betont, »ist zufällig Gondrons Nichte.«

»O ja, und sie war auch ganz zufällig heute da«, schnaubte Katt.

»Nein«, sagte Anders gelassen. »Ich nehme an, Morgen oder eine der anderen Elder hat sie auf mich angesetzt. Aber keine Sorge. Meine Tugend war keine Sekunde lang in Gefahr.« Seine Ironie kam ebenso wenig an wie seine Ehrlichkeit. Aus dem misstrauischen Funkeln in Katts Augen wurde etwas anderes, das ihm noch sehr viel weniger gefiel.

»Was genau meinst du damit?«, fragte sie.

Anders war müde und gereizt und Katts kindische Eifersucht ging ihm auf die Nerven – umso mehr, weil sie vollkommen grundlos war –, und so beging er einen weiteren Fehler und antwortete: »Sie hat versucht mich zu verführen.«

»Sie hat *was*?«, ächzte Katt.

Anders, der immer noch nicht richtig begriff, in welcher Gefahr für Leib und Leben er möglicherweise schwebte, hob die Schultern und lächelte. »Die Betonung liegt auf *versucht*«, sagte er. Sein Grinsen wurde noch breiter. »Ich muss gestehen, sie hat sich nicht gerade ungeschickt angestellt.«

»*Wie?!*« Katt stand nun doch auf und kam langsam um das Bett herum auf ihn zu, aber Anders war plötzlich gar nicht mehr so sicher, ob er sich darüber freuen sollte.

»Sie ist wirklich süß«, sagte er. »Sogar wenn sie an der Esse steht und den Hammer schwingt.« Er wusste selbst nicht, welcher Teufel ihn ritt, das zu sagen, aber es war auf keinen Fall eine gute Idee. Katt blieb stehen. Ihre Augen blitzten und ihre Hände öffneten und schlossen sich, als wollte sie irgendwas packen. Anders zog überrascht die Augenbrauen zusammen, als er sah, dass ihre Fingernägel dabei tatsächlich ein gutes Stück länger wurden und dann wieder kürzer; ganz wie bei einer Katze, die erregt die Krallen ein- und ausfuhr.

»Süß«, wiederholte sie.

»Ich schätze, sie wird einmal eine sehr schöne Frau«, bestätigte Anders. »Eigentlich schade, dass ich nicht mehr lange genug hier sein werde, um es zu sehen.«

Katt zog es vor, den zweiten Satz gar nicht zu hören. »Eine sehr schöne Frau?«

»Mindestens«, bestätigte Anders und grinste noch breiter. »Trotzdem habe ich ihr widerstanden.«

»Aber sie gefällt dir.«

»Wäre es dir lieber, ich hätte sie nur weggeschickt, weil sie fett und hässlich ist?«, fragte Anders. Er wurde übergangslos ernst und schüttelte heftig und mehrmals hintereinander den

Kopf. »Was soll das? Ich war nur ehrlich zu dir – und als Dank machst du mir eine Szene? Erklär mir lieber, warum Morgen diese Göre auf mich angesetzt hat. Das verstehe ich nämlich nicht.«

»Ich weiß es nicht«, antwortete Katt. »Aber sie hat dir gefallen, nehme ich an. Warum auch nicht? Sie ist ja auch wirklich hübsch.« Sie lachte, sehr leise und so bitter, dass Anders plötzlich einen harten Kloß in der Kehle verspürte. »Und außerdem ist sie ein Mensch.«

Im allerersten Moment spürte Anders einen tiefen Stich in der Brust, aber dann wurde er so wütend, dass er sich beherrschen musste um sie nicht anzuschreien. »Was soll der Unsinn?«, schnappte er. »Wenn du Wert darauf legst, kann ich dich das nächste Mal auch gern anlügen.« Er schüttelte den Kopf und schaffte es irgendwie, einen versöhnlicheren Ton anzuschlagen, auch wenn ihm seine Verärgerung immer noch deutlich genug anzuhören war. »Habe ich auch nur ein einziges Mal gesagt, dass mir nicht gefällt, was du bist, Katt?«, fragte er.

Katt schwieg. Ihre Augen schimmerten feucht und sie hatte aufgehört die Krallen ein- und auszufahren.

»Habe ich?«, beharrte Anders.

»Nein«, antwortete Katt widerwillig.

»Und hast du dich schon einmal gefragt, warum das so ist?«, fuhr Anders fort. Katt sah ihn auch jetzt nur wortlos an, und Anders – nach einer Pause und in nun viel sanfterem Ton – fuhr fort: »Weil ich dich genau so liebe, wie du bist, Katt. Nicht den Tiermenschen oder das Katzenmädchen oder den Menschen oder Elder oder was für bescheuerte Unterschiede es hier auch immer geben mag. Ich liebe *dich*, Katt, und es ist mir ganz egal, was du bist, verstehst du das denn nicht? Ich würde nie ohne dich hier weggehen!«

Katt schwieg noch immer, und als Anders ihr in die Augen sah, lief ihm ein eisiger Schauer über den Rücken.

Sie glaubte ihm nicht.

Sie konnte es nicht. Anders sah ihr an, wie gern sie es getan hätte, wie verzweifelt sie *versuchte* seinen Worten zu glauben, aber sie konnte es einfach nicht.

Und wie auch?, dachte er traurig. Er verlangte zu viel von ihr. Sie war nicht in derselben Welt aufgewachsen wie er. Sie konnte seine Empörung, Menschen in Klassen unterschiedlicher Wertigkeit einzuteilen, nicht nachvollziehen, denn für sie war diese Art, zu denken, ganz normal. Ganz plötzlich wurde ihm klar, was das allergrößte Verbrechen war, das die Elder diesen Menschen angetan hatten: Nicht allein der Umstand, die Bewohner ihres Reiches in verschiedene Klassen einzuteilen. Das allein war schlimm genug; eine Ungeheuerlichkeit, deren wahre Größe er noch immer nicht wirklich begriffen hatte; aber noch viel monströser war, dass sie Katt und ihre Brüder und Schwestern dazu gebracht hatten, es zu *glauben.*

Der harte Kloß, der noch immer in seinem Hals war, wurde plötzlich bitter und er spürte, wie sich auch seine Augen mit brennender Nässe füllten. Mit einem raschen Schritt trat er auf sie zu und schloss sie in die Arme. »Wir bleiben zusammen, Katt, das verspreche ich dir«, sagte er. »Ganz egal was passiert.«

»Sie werden es nicht zulassen«, flüsterte Katt.

»Wer?« Anders versuchte sie weit genug von sich zu schieben, um ihr ins Gesicht sehen zu können, aber Katt klammerte sich mit solcher Kraft an ihn, dass er schon wirklich Gewalt hätte anwenden müssen. »Morgen?«

»Endela«, antwortete Katt. »Und Aaron. Sie waren heute Morgen noch hier, gleich nachdem du gegangen bist.«

»Und was wollten sie?«

»Sie haben gesagt, dass ich gehen muss«, antwortete Katt. »Sobald Culain und die anderen Jäger zurück sind.«

»Gehen?«, wiederholte Anders. »Du meinst, sie bringen dich zu Bull zurück?«

Katt zögerte für seinen Geschmack eine Winzigkeit zu lange, bevor sie nickte. Er sagte nichts dazu, aber es war noch ein Grund mehr, bei seinem Entschluss zu bleiben. Jetzt vielleicht mehr denn je. »Dann haben wir noch ein wenig Zeit«, sagte er.

»Zeit?« Katt löste sich aus seiner Umarmung und sah fragend, aber auch ein bisschen erschrocken zu ihm auf.

»Mindestens noch vier oder fünf Tage«, bestätigte Anders. »Ich habe heute früh mit Morgen darüber gesprochen. Sie hat gesagt, dass es bestimmt noch so lange dauert, bevor die Jäger zurückkommen.« Er seufzte. »Das ist weniger, als ich gehofft habe, aber es muss eben reichen.«

»Reichen?«, fragte Katt unsicher. »Wofür?«

»Wir müssen über die Berge«, antwortete Anders ernst.

»Das … das ist ganz unmöglich!«, keuchte Katt. Ein Ausdruck blanken Entsetzens trat auf ihr Gesicht. »Niemand kommt über die Berge. Sie reichen bis zum Himmel!«

»Kaum«, lächelte Anders. »Aber sie sind ziemlich hoch, das stimmt.« Er überlegte einen Moment. »Zweitausender, schätze ich, wenn nicht mehr.« Er schüttelte rasch den Kopf, als Katt antworten wollte, und fuhr mit leicht erhobener Stimme und einem optimistischen Lächeln (das ganz und gar nicht dem entsprach, was er *wirklich* empfand) fort: »Ich weiß, was du sagen willst. Beim letzten Mal wären wir fast dabei draufgegangen. Doch das wird nicht noch einmal passieren, das verspreche ich dir. Ich bin schon auf solche Berge geklettert.«

Das entsprach nicht ganz der Wahrheit. Er hatte durchaus schon den einen oder anderen Zweitausender erstiegen, aber niemals allein, sondern in einer professionell (nicht von ihm) geführten Seilschaft, bei gutem Wetter, mit optimaler Ausrüstung und vor allem ohne verfolgt zu werden. Unglücklicherweise war er nicht in der Situation, auf solche Kleinigkeiten Rücksicht nehmen zu können.

»Ich habe mich ein bisschen in Gondrons Lager umgesehen«, fuhr er fort. »Er hat eine Menge nützlicher Kleinigkeiten, die ich mir ausleihen werde. Außerdem brauchen wir ein paar anständige Stricke, warme Kleidung und vor allem vernünftige Schuhe für dich.« Er zwang sich zu einem abermaligen, aufmunternden Lächeln, und diesmal hatte er sogar das Gefühl, dass es ihm einigermaßen gelang. »Du wirst sehen, mit der richtigen Ausrüstung ist es ein Kinderspiel, über die Berge zu kommen. Ich kenne Leute, die sind über Berge gestiegen, die viermal so hoch sind.«

»Wirklich?«, fragte Katt zweifelnd.

Anders lachte. »Nein«, gestand er. »Ich persönlich kenne sie nicht. Aber es gibt sie. Und nicht einmal so wenige.« Er löste sich endgültig aus ihrer Umarmung und drehte sich wieder zum Fenster. Die wenigen Augenblicke, die sie geredet hatten, hatten ausgereicht, um es draußen vollends dunkel werden zu lassen. Die Berge waren einer Mauer aus kompakter Schwärze gewichen, die alles, was weiter als dreißig oder vierzig Meter entfernt war, einfach verschluckt zu haben schien, und er musste sich beherrschen, um ein Schaudern zu unterdrücken. Schon die bloße *Vorstellung*, in diese Wand aus massiver Dunkelheit hineinzuklettern, machte ihn fast krank vor Furcht. Aber die Alternative, den Rest seines Lebens – noch dazu allein – hier zu verbringen, war viel schrecklicher.

Katt schmiegte sich an seine Schulter. »Du bist ein seltsamer Mensch, Anders. Jemanden wie dich habe ich noch nie getroffen.«

»Das will ich hoffen«, sagte er lachend, aber Katt blieb ernst. Ihr Haar kitzelte an seiner Wange, als sie den Kopf schüttelte.

»Du bist bisher mit allem gescheitert, was du versucht hast«, fuhr sie fort. »Und jedes Mal war es hinterher schlimmer als zuvor.«

»Ist das deine Art, mir Mut zu machen?«, erkundigte sich Anders spöttisch.

»Und trotzdem gibst du nicht auf«, fuhr Katt fort. »Jeder andere an deiner Stelle hätte längst kapituliert. Aber du scheinst umso entschlossener zu sein, je größer der Widerstand ist, der sich dir entgegenstellt.«

»Ich war eben schon immer ein bisschen anders«, sagte Anders.

»Sind alle Menschen so wie du, dort, wo du herkommst?«

»Nein«, gestand Anders. »Aber viele. Wir geben eben nicht so schnell auf.« Er drehte sich halb um und trat ein Stück nach hinten, um ihr ins Gesicht sehen zu können. »Weißt du, was ich mich frage, seit ich hierher gekommen bin, Katt? Warum fragt ihr mich nie, wie es draußen bei uns ist?«

»Wie meinst du das?«

»Niemand hat mich je gefragt, wie es bei uns aussieht. Wie viele Menschen bei uns leben, was sie tun ... warum nicht?«

»Warum nach etwas fragen, das man sowieso niemals sehen wird?«, antwortete Katt.

»Du wirst es sehen«, versprach Anders. »Bald.«

Es war nicht das erste Versprechen, das er ihr gab und das er nicht halten konnte.

26

Schon am nächsten Morgen ging er wieder zu Gondron. Falls Morgen von der hässlichen Szene zwischen Lara und ihm gehört hatte, so überging sie es meisterhaft, und auch Gondron erwähnte mit keinem Wort, dass er den Wagen am vergangenen Abend nicht zurückgebracht hatte, sondern sang- und klanglos verschwunden war. Lara war nicht mehr da. Auf seine entsprechende Frage hin erklärte ihm der Schmied knapp, sie wäre in die Torburg zurückgekehrt, um dort ihren Pflichten nachzukommen, und wies ihm dann noch knapper eine ganze Latte eigener – Anders' Meinung nach höchst überflüssiger – Pflichten zu, die ihn den ganzen Tag beschäftigt hielten. Er kehrte wieder erst nach Dunkelwerden ins Haus der Elder zurück und er war auch jetzt so müde, dass er praktisch sofort in Katts Armen einschlief und am nächsten Tag erst eine Stunde nach Sonnenaufgang wach wurde.

Dennoch war er guter Dinge. Bei allen nutzlosen Arbeitsbeschaffungsmaßnahmen, die Gondron sich einfallen ließ um ihn beschäftigt zu halten, fand er doch die Zeit, sich sein Eisenlager gründlicher vorzunehmen, und er wurde auch fündig. Eine Menge nützlicher Kleinigkeiten fiel ihm in die Hände, die er unauffällig aussortierte, sodass sie griffbereit lagen, wenn er sie brauchte, und am dritten Tag gelang es ihm unter einem Vorwand, den Schmied dazu zu überreden, ihm einige Metalldorne anzufertigen, die man mit sehr viel gutem Willen sogar als passable Steigeisen bezeichnen konnte. Den wertvollsten Fund machte er allerdings in Gondrons Stall: Eine Rolle mit gut fünfzig Metern eines dünnen, aber überaus festen Stricks, die ihnen gute Dienste erweisen würde, und gleich daneben – als hätte jemand gewusst, was sie am dringendsten brauchten, und es eigens für ihn bereitgestellt – ein Paar fester Schuhe, die ganz so aussahen, als könnten sie Katt passen. Anders versteckte beides sorgfältig.

Blieben noch zwei Probleme: warme Kleidung und Essen. Die Kleidung würden sie stehlen müssen und auf das Essen wohl oder übel verzichten. Anders hatte die Idee gehabt, Katt in der Küche helfen zu lassen, sodass sie die eine oder andere Kleinigkeit beiseite schaffen könnte, aber Morgen hatte das kategorisch abgelehnt. Katt blieb in ihrem Zimmer und sie würden ohne Vorräte aufbrechen müssen. Anders sah es von der positiven Seite: weniger Gewicht, das sie mitschleppen mussten. Und sie würden auch kaum in die Verlegenheit kommen, den Hungertod zu sterben. Sie mussten die Berge in einem oder längstens zwei Tagen überwinden – oder gar nicht.

Sein fünfter Tag als unfreiwilliger Lehrling in der Werkstatt des Schmieds war zugleich auch sein letzter – auch wenn das außer ihm und Katt noch niemand wusste. Von Morgen hatte er erfahren, dass für den kommenden Tag mit der Rückkehr der Jäger gerechnet wurde, und Maran – aber auch die Bediensteten der anderen Elder – war seit zwei Tagen mit den Vorbereitungen für das große Fest beschäftigt, das zur Feier ihrer Rückkehr anberaumt war. Wenn es einen Tag gab, an dem ihr Verschwinden vermutlich nicht auffallen würde, dann heute.

Wenigstens versuchte er sich das einzureden.

Anders war sehr viel nervöser, als er in Katts Gegenwart zugegeben hatte. Es war eine Sache, etwas zu planen, aber eine ganz andere, es dann auch zu *tun*. Während der letzten Tage hatten Katt und er über fast nichts anderes gesprochen als über das, was vor ihnen lag. Anders hatte versucht, Katt einen theoretischen Crashkurs im Bergsteigen zu verpassen, und sie hatte ihn wieder einmal mit ihrer erstaunlichen Auffassungsgabe verblüfft. Nach drei Tagen wusste sie zumindest theoretisch ebenso viel über das Bergsteigen wie er, und Anders wurde nicht müde, ihre Fortschritte zu loben und Optimismus zu verbreiten – aber er war sich natürlich auch vollkommen darüber im Klaren, wie lächerlich das war.

Ihr theoretisches Wissen würde Katt herzlich wenig nutzen, wenn sie erst einmal in der Wand waren. Schließlich konnte man auch niemandem das Schwimmen beibringen, der noch niemals Wasser gesehen hatte. Er konnte nur auf ihre schnelle Auffassungsgabe vertrauen und ihr angeborenes Geschick – und beten, dass sie Glück hatten. Es gab so unendlich viel, was schief gehen konnte, so unendlich viele Gefahren, die auf sie lauerten, und so viele Fragen, auf die er keine Antwort wusste.

Obwohl er mit aller Gewalt versuchte, sich zur Ruhe zu zwingen, war er so fahrig und nervös, dass er so ziemlich alles falsch machte, was Gondron ihm auftrug. Der Schmied erwies ein erstaunliches Maß an Geduld, doch Anders entgingen natürlich weder die verwunderten Blicke, die Gondron ihm zuwarf, noch seine immer gereizter werdende Antworten. Und schließlich kam es, wie es kommen musste: Gondron hatte ihn gebeten einige Metallstücke zu bringen, und er stellte sich so ungeschickt dabei an, dass er sie dem Schmied nicht nur wortwörtlich vor die Füße fallen ließ, sondern sich auch böse die Hand quetschte. Es tat so weh, dass er einen halblauten

Schmerzensschrei nicht mehr ganz unterdrücken konnte und ihm die Tränen in die Augen schossen.

»Das musste ja passieren«, sagte Gondron kopfschüttelnd. In seiner Stimme war nicht besonders viel Mitleid, fand Anders – um nicht zu sagen: Das einzige Gefühl, das darin mitschwang, war schlecht verhohlener Ärger.

»Es tut mir Leid«, sagte Anders rasch. Er presste die Hand an den Leib und biss die Zähne zusammen. Sie tat so weh, dass er es nicht einmal wagte, sie anzusehen. In Gedanken belegte er sich mit den übelsten Schimpfworten, an die er sich nur erinnern konnte – und das waren eine Menge. Eine verletzte Hand war im Moment so ziemlich das Allerschlimmste, was ihm passieren konnte. Ausgerechnet *heute!*

Gondron bedachte ihn mit einem fast schon feindseligen Blick, schüttelte abermals den Kopf und ließ sich dann ächzend in die Hocke sinken, um die Metallteile zusammenzuklauben, die er fallen gelassen hatte. Erst nachdem er sie sorgsam aufgehoben und auf dem Rand seiner Esse deponiert hatte, wandte er sich wieder zu Anders um und streckte den Arm aus. »Zeig deine Hand«, verlangte er grob.

Anders gehorchte ganz automatisch und bedauerte es fast sofort wieder, denn Gondron ergriff seine Hand so unsanft, dass er das Gefühl hatte, auch noch die letzten bisher heil gebliebenen Knochen in seiner Hand würden einfach zermalmt. Es gelang ihm zwar, ein neuerliches Stöhnen zu vermeiden, aber seine Augen füllten sich nun endgültig mit Tränen.

»Das sieht nicht gut aus«, sagte Gondron, nachdem er seine Hand lange genug hin und her gedreht und geknetet hatte, um auch noch den allerletzten heilen Knochen zu Puderzucker zu verarbeiten.

»Wie schön«, meinte Anders gepresst. »Dann sieht sie ja wenigstens auch so aus, wie sie sich anfühlt.«

»Deine Hand muss gekühlt werden, sonst kannst du sie spätestens morgen früh nicht mehr bewegen«, fuhr Gondron unbeeindruckt fort. Er überlegte einen Moment. »Am besten in fließendem Wasser. Geh zum Bach hinter dem Haus. Ich hole Verbandszeug und komme gleich nach.«

Anders beeilte sich, seiner Aufforderung zu folgen und das Haus zu verlassen – schon damit der Schmied nicht auf die Idee kam, ihm womöglich auch noch die andere Hand zu zermatschen, nur um die Symmetrie zu wahren. Darüber hinaus tat seine Hand wirklich erbärmlich weh. Er wagte es immer noch nicht, sie anzusehen, sondern presste sie mit aller Kraft gegen den Leib und deckte sie mit der anderen Hand ab, während er um das Haus herum eilte und am Ufer des schmalen Rinnsales niederkniete, das dahinter entlangfloss. Erst als er die Hand bis über den Knöchel ins Wasser getaucht und die Faust geöffnet hatte, wagte er es überhaupt, sie anzusehen.

Auf eine vollkommen absurde Art war der Anblick fast enttäuschend. Statt einer blutigen Masse, aus der weiße Knochensplitter ragten, erblickte er eine nahezu unversehrte Hand, die nur einen kaum sichtbaren blauen Fleck aufwies; und wie um ihn noch zusätzlich zu verhöhnen, betäubte das eiskalte Wasser den Schmerz beinahe augenblicklich.

Dennoch blieb er, wo er war, und wartete auf Gondron. Der Schmied schien die Eisenteile, die Anders fallen gelassen hatte, nicht nur nach Größe, Farbe und Alterungsgrad sortiert, sondern auch sorgsam gewaschen und hinterher trockenpoliert zu haben – jedenfalls reichte die Zeit, die er brauchte, um mit dem versprochenen Verbandszeug zu kommen, allemal aus, um all das und wahrscheinlich noch ein Dutzend andere Aufgaben zu erledigen. Seine Hand tat mittlerweile überhaupt nicht mehr weh, war aber inzwischen vor lauter Kälte schon fast gefühllos geworden.

»Zeig her«, befahl Gondron unwirsch. Er hatte ein schlankes Weidenkörbchen mitgebracht, aus dem er einen abgewetzten, aber pieksauberen Stoffstreifen und eine irdene Schale zog, die eine Salbe enthielt, die scharf roch und nicht wirklich so aussah, als könne sie irgendwie gesund sein. Beinahe noch grober als gerade in der Schmiede ergriff er Anders Hand und tastete sie ein zweites Mal auf genau die zartfühlende Art ab, die Anders von einem Schmied erwartet hätte.

»Jedenfalls scheint nichts gebrochen zu sein«, stellte er in einem Ton fest, von dem Anders nicht sicher war, ob er wirklich zufrieden klang. »Ich werde dir trotzdem einen Verband anlegen. Später kann sich Morgen darum kümmern, aber wenn wir die Hand nicht sofort und fest bandagieren, schwillt sie an und du kannst sie heute Nacht nicht bewegen.«

»Heute Nacht?«

Nachdem Gondron bisher so sichtlichen Wert auf Sauberkeit gelegt hatte, wie Anders es bisher nur von den Elder kannte, tunkte er nun einen schmutzstarrenden Zeigefinger in die Salbe und schmierte eine großzügige Portion davon auf Anders' Hand. Die Salbe roch nicht nur schlecht, sie brannte auch wie Feuer. »Es ist nicht leicht, mit nur einer Hand einen Berg hinaufzuklettern«, sagte er in fast beiläufigem Ton.

Anders fuhr so heftig zusammen, dass er fast das Gleichgewicht verloren hätte und hintenüber in den Bach gestürzt wäre. »Wie … bitte?«, stammelte er.

Der Schmied machte sich nicht einmal die Mühe, ihn anzusehen, sondern hielt seinen Arm mit eiserner Kraft fest und wickelte mit der anderen Hand einen Verband um seine Rechte, der fest genug angelegt war, um ihm schon wieder fast die Tränen in die Augen zu treiben. »Ich bin vielleicht nur ein einfacher Schmied, junger Herr«, fuhr er fort, »aber ich bin nicht dumm.«

»Wie … wie meinst du das?«, fragte Anders verstört. Sein Herz klopfte.

»Jeder in Tiernan weiß, dass Ihr und das Katzenmädchen versucht habt über die Berge zu fliehen«, antwortete Gondron. »Und Ihr wärt nicht der, für den ich Euch halte, wenn Ihr es nicht wieder versuchen würdet.«

»Aber wie kommst du darauf, dass …«

»Ich habe ein Dutzend Nägel für Euch geschmiedet, junger Herr«, unterbrach ihn Gordon. Er begutachtete sein Werk kritisch, schüttelte den Kopf und zog den Verband dann mit einem Ruck noch fester. Anders ächzte.

»Meine Hand wird morgen früh bestimmt nicht anschwellen, wenn sie abgestorben ist«, sagte er gepresst.

»Ich bin seit dreißig Jahren Schmied«, fuhr Gondron ungerührt fort. »Und trotzdem will mir einfach nicht einfallen, wozu sie gut sein sollen. Außer«, fügte er nach einer winzigen Pause hinzu, in der er den Kopf hob und Anders nun doch und sehr ernst in die Augen sah, »um sie in einen Fels zu treiben, um etwa ein Seil daran festzubinden.«

»Ein … Seil«, wiederholte Anders zögernd.

Gondron nickte. »Zum Beispiel eines wie das, das Ihr aus dem Pferdestall gestohlen habt«, sagte er. »Zusammen mit den Schuhen meines Sohnes.« Er schüttelte den Kopf. »Das war nicht sehr klug. Jemandem, der nur ein Paar Schuhe besitzt, fällt es auf, wenn es verschwindet.«

»Das … das tut mir Leid«, sagte Anders, und diese Worte waren vollkommen ernst gemeint. »Ich wollte euch nicht bestehlen.«

»Das weiß ich«, sagte Gondron.

»Ich habe mich ganz schön lächerlich gemacht, wie?«, murmelte Anders.

»Lächerlich? Wieso?« Gondron schüttelte den Kopf. »Was ist lächerlich daran, dass du nach Hause willst. Wäre ich in deiner Welt gestrandet, würde auch ich alles daransetzen, wieder nach Hause zu kommen.«

Das zumindest bezweifelte Anders, aber er behielt seine Zweifel wohlweislich für sich. »Trotzdem«, beharrte er. »Morgen und die anderen Elder müssen sich gekringelt haben vor Lachen, während sie mir dabei zugesehen haben, wie ich meine ach-so-geheimen Fluchtpläne geschmiedet habe.«

»Morgen?« Gondron schüttelte den Kopf. »Morgen weiß nichts von Euren Plänen. So wenig wie die anderen Elder.«

»Du hast ihnen nichts verraten?«, fragte Anders zweifelnd.

»Welches Recht hätte ich dazu? Du willst nach Hause. Zu

den Menschen, die du kennst. Zu deinen Freunden und deiner Familie. Ist es wahr, dass es da, wo du herkommst, keine Elder gibt und auch keine Tiermenschen?«

»Ja«, antwortete Anders. »Nur Menschen. So wie dich und mich.« *Und die Frauen dort bekommen auch ganz normale Kinder,* fügte er in Gedanken hinzu, *keine Ungeheuer mit Tierköpfen und zu vielen Gliedmaßen und Fell.* Er hütete sich, *das* laut auszusprechen, aber irgendwie schien Gondron es trotzdem zu hören, denn in seinen Augen erschien ein Ausdruck vager Trauer, den Anders nicht einmal an jenem schrecklichen Morgen darin gesehen hatte, als seine jüngste Tochter geboren worden war.

»Dann muss dir unsere Welt fremd und erschreckend vorkommen«, fuhr der Schmied fort. »Ich kann verstehen, dass du fortwillst – auch wenn der Weg, den du dir ausgesucht hast, dich wahrscheinlich in den Tod führen wird. Du bist nicht der Erste, der versucht die Berge zu übersteigen. Keinem ist es bisher gelungen. Wen der Berg nicht tötet, den vernichten am Ende die Drachen.«

»Und trotzdem hilfst du mir?«

»Ich helfe Euch nicht«, antwortete Gondron. »Ich versuche nur nicht, Euch aufzuhalten. Das ist ein Unterschied.«

Außerdem war es nicht die Wahrheit, dachte Anders. Gondron hatte zumindest eines mit den allermeisten Bewohnern dieser Welt gemein, die er bisher getroffen hatte: Er war ein erbärmlich schlechter Lügner. Zumindest verheimlichte er ihm etwas.

»Das Seil und die Schuhe – sind sie für deine Freundin?« Anders nickte und Gondron fuhr fort: »Sie sind noch dort, wo du sie versteckt hast. Ich nehme an, ihr wollt heute Nacht aufbrechen, wenn alle müde und erschöpft von den Vorbereitungen für das große Fest sind. Tut das nicht. Viele werden bis weit in die Nacht hinein arbeiten, so mancher bis zum nächsten Morgen. Selbst wenn Morgen euren Weggang nicht bemerken würde – was ich bezweifle –, so würdet ihr doch gesehen.«

Und nicht alle würden schweigen so wie Gondron, dachte Anders. Was ihn abermals zu der Frage brachte, warum der Schmied ihm half, wenn er sich damit zweifellos selbst in Gefahr brachte. Er riss erstaunt die Augen auf. »Katzenmädchen!«, sagte er.

»Junger Herr?«

»Du hast gesagt, Katt wäre ein Katzenmädchen«, erklärte Anders. »Das waren deine Worte.«

»Sie ist es ja auch.«

»Aber niemand hier wusste davon«, beharrte Anders. »Niemand außer dem Hohen Rat und mir und …«

»Und Lara«, sagte Gondron. Er hob besänftigend die Hand. »Macht Euch keine Sorgen. Sie hat es nur mir verraten und ich habe mit niemandem darüber gesprochen, nicht einmal mit meiner Frau.« Er hob die Schultern und klaubte mit spitzen Fingern ein paar kleine Steinchen vom Boden auf, um sie ins Wasser zu werfen. »Geheimnisse haben die unangenehme Eigenart, umso schneller gelüftet zu werden, je gefährlicher sie für alle Beteiligten sind, Anders. Und dieses Geheimnis *ist* gefährlich. Niemals zuvor wurde einem Tiermenschen gestattet, auch nur einen Fuß in dieses Tal zu setzen. Es ist Oberons oberstes und heiligstes Gesetz. Es zu brechen, bedeutet den Tod.«

»Ich weiß«, antwortete Anders.

»Nein, ich glaube nicht, dass du es wirklich weißt«, antwortete Gondron. »*Alle* würden sterben, die davon gewusst und geschwiegen haben. Morgen, Culain, der Hohe Rat …«

»Und du«, sagte Anders.

»Das spielt keine Rolle«, antwortete Gondron. »Ich bin ein alter Mann, dessen Leben ohnehin fast zu Ende ist. Aber Lara darf nichts geschehen. Sie ist das Kind meines Bruders, doch ich liebe sie wie meine eigene Tochter. Solange du hier bist, ist auch Lara in Gefahr.«

»Du willst, dass ich möglichst rasch von hier verschwinde«, sagte Anders. »Ich verstehe.«

»Das glaube ich kaum.« Gondron machte eine Geste, die verärgert gewirkt hätte, wäre sein Gesicht dabei nicht vollkommen ausdruckslos geblieben. »Es spielt keine Rolle, was *ich* will oder irgendein anderer. Es geht auch nicht um Euch oder das Mädchen.«

»Worum dann?«, fragte Anders verwirrt.

»Es ist Eure bloße Anwesenheit, junger Herr«, antwortete Gondron. »Ihr bringt die Ordnung der Dinge durcheinander, und das ist nicht gut.«

Anders seufzte. »Findest du nicht, dass …«

Er brach ab, als Gondron eine erschrockene Bewegung machte und zugleich lauschend den Kopf auf die Seite legte. »Was ist los?«

Gondron winkte ab. Er schloss nun auch die Augen, um zu lauschen, aber nur für die Dauer eines Atemzuges, dann fuhr er auf dem Absatz herum und eilte mit so schnellen Schritten um das Haus herum, dass Anders alle Mühe hatte, ihm zu folgen.

»Was ist denn los?«, rief er. »Gondron, was ist passiert?«

Der Schmied gab ihm mit einer neuerlichen, noch unwilligeren Geste zu verstehen, dass er still sein solle, und blickte nach Süden und damit zum Tor hin. Irgendetwas ging dort vor, zumindest das konnte Anders sehen, aber er war viel zu weit weg um Einzelheiten zu erkennen. Hatte denn eigentlich jeder hier schärfere Sinne als er?

»Gondron!«

Der scharfe Ton half. Gondron drehte den Kopf in seine Richtung und fuhr sich nervös mit der Hand übers Kinn. »Ich bin nicht sicher«, sagte er. »Aber es scheint, dass die Jäger zurückkehren.«

»Jetzt schon?«

»Möglicherweise«, antwortete Gondron. »Oder …«

»Oder?«, fragte Anders, als Gondron nicht weitersprach, sondern nur wieder zum Tor hinsah. Seine Haltung verriet Anspannung.

»Ihr solltet jetzt zurückgehen, junger Herr«, sagte er. »Culain wird sicher mit Euch sprechen wollen, sobald er Morgen begrüßt hat.«

»Aber wieso kommen sie heute schon?«, fragte Anders. »Sie werden doch erst morgen Abend erwartet.«

»So etwas … kommt vor«, antwortete Gondron. Er klang nicht sehr überzeugend.

»Nur nicht, solange du dich erinnern kannst, wie?«, fragte Anders spöttisch. Gondron schwieg.

»Geht jetzt«, forderte Gondron unbehaglich. »Ich habe … noch viel zu tun. Die Arbeit von zwei Tagen an nur einem. Sie werden schon heute Abend feiern wollen.«

Wenn es tatsächlich die Jäger waren, die dort kamen, dachte Anders. Nicht einmal Gondron schien vollkommen davon überzeugt zu sein. Er sah noch einmal zur Mauer hin und strengte die Augen an und er konnte immerhin erkennen, dass auch hinter den aus Beton gegossenen Zinnen hektische Betriebsamkeit ausgebrochen war. Das war aber auch schon alles.

»Du hast Recht«, sagte er. »Ich gehe besser zurück. Und … vielen Dank, dass du mich nicht verraten hast.«

Gondron starrte weiter reglos nach Süden, als hätte er seine Worte gar nicht gehört. Anders wartete noch einen kurzen Moment vergeblich auf irgendeine Antwort und wandte sich dann ab. Er war beunruhigt – nicht einmal so sehr wegen der frühzeitigen Rückkehr der Jäger, sondern vielmehr wegen Gondrons Reaktion darauf. Ganz davon abgesehen, dass sie ihre sorgsam geschmiedeten Fluchtpläne über den Haufen warf, machte ihm die Reaktion des Schmiedes regelrecht Angst. Er ging nur ein paar Schritte weit langsam, danach verfiel er in einen gemäßigten Trab und begann schließlich zu rennen, bis er die Treppe erreichte. Er hätte weiter rennen können, aber er wollte nicht völlig atemlos bei Katt ankommen. Es war schlimm genug, ihr mitteilen zu müssen, dass ihre Pläne möglicherweise in

Gefahr waren, auch ohne dabei nach Luft zu japsen wie ein Fisch auf dem Trockenen.

Auf der halben Strecke blieb er stehen und sah noch einmal zurück. Gondron schien wohl nicht der Einzige gewesen zu sein, dem aufgefallen war, dass irgendetwas nicht so lief, wie es sollte. Auch von seiner erhöhten Position aus konnte Anders keine Details erkennen, aber das *Gesamtbild* hatte sich auf schwer in Worte zu kleidende Weise verändert. Eine viel mehr fühl- als sichtbare Beunruhigung hatte von ganz Tiernan Besitz ergriffen. Die Arbeiten auf den Feldern waren zum Erliegen gekommen und überall waren Menschen aus den Häusern getreten, die nach Süden blickten. Oben auf der Mauer waren weitere Gestalten erschienen und Anders glaubte das Blitzen von Waffen zu erkennen. Er musste wieder an Gondrons sonderbare Reaktion denken, und nun war er fast sicher, dass das, was er für Beunruhigung gehalten hatte, wohl eher Furcht gewesen war. Mit klopfendem Herzen stand er da und wartete ab, was weiter geschah.

Sehr lange musste er sich nicht gedulden. Es vergingen nur noch ein paar Minuten, bis sich das riesige eiserne Tor in der Mauer zu öffnen begann, und hätte er noch einen weiteren Beweis dafür gebraucht, dass irgendetwas nicht stimmte, so wäre es der Anblick gewesen, der sich ihm dann bot: Die Reiter waren in einer geordneten stolzen Kolonne aufgebrochen, ein prachtvolles Bild mit flatternden Wimpeln, schimmernden Rüstungen und prunkvoll aufgezäumten Pferden. Was zurückkehrte, war ein zerschlagener, verdreckter Haufen.

Die ersten Reiter drängten durch das Tor, kaum dass es sich weit genug geöffnet hatte, um sich durch den Spalt quetschen zu können. Es gab keine Spur mehr von der strengen Disziplin, mit der ihr Aufbruch stattgefunden hatte, und am Anblick der abgerissenen, müden Gestalten war auch rein gar nichts Erhabenes mehr. Selbst über die große Entfernung hinweg konnte Anders erkennen, in welch erbärmlichem Zustand sich nicht nur die meisten Reiter, sondern auch ihre Tiere befanden. Etliche Pferde humpelten und mehr als ein Reiter war abgesessen und führte sein Tier am Zügel neben sich her. Die, die noch im Sattel saßen, schienen zum Teil Mühe zu haben, sich aufrecht zu halten, Rüstungen und Schabracken waren verdreckt und abgerissen, und Anders' Verwirrung schlug endgültig in Schrecken um, als er sah, dass zwei oder drei Reiter nicht mehr im Sattel *saßen,* sondern nach vorne auf die Hälse ihrer Tiere gesunken waren; sie waren offenbar nicht mehr in der Lage, sich aus eigener Kraft aufrecht zu halten.

Die Treppe unter seinen Füßen begann zu beben, und als Anders sich erschrocken umdrehte, gewahrte er drei, vier Gestalten in wehenden weißen Gewändern, die mit weit ausgreifenden Schritten auf ihn zugelaufen kamen. Angeführt wurden sie von Endela, die mit beiden Händen an ihrem Kopf herumfummelte, um das Stirnband mit Oberons Auge gerade zu rücken, das sie offenbar in aller Hast aufgesetzt hatte. Anders wartete halbwegs darauf, dass sie sich in ihrem knöchellangen weißen Gewand verhedderte und sich auf der steilen Treppe den Hals brach, aber diesen Gefallen tat sie ihm nicht. Stattdessen gestikulierte sie ihm unwillig zu, aus dem Weg zu gehen, und fauchte ihn im Vorbeigehen an: »Geh in dein Zimmer. *Sofort!*«

Anders sah ihr und den anderen mit offenem Mund nach und zerbrach sich verzweifelt den Kopf nach einer ebenso schlagfertigen wie patzigen Antwort. Sie fiel ihm auch ein – allerdings erst, als Endela und die anderen Elder schon ein Dutzend Stufen weiter geeilt und längst außer Hörweite waren. Er starrte ihnen noch einen Moment finster nach, drehte sich aber dann gehorsam um und setzte seinen Weg fort. Sosehr er sich über die Elder ärgerte, es hatte keinen Sinn, sie unnötig zu provozieren. Nicht heute.

Kurz bevor er das Haus betrat, blieb er noch einmal stehen und sah ins Tal hinab. Die Jagdgesellschaft war mittlerweile komplett zurückgekehrt und das große Tor begann sich bereits wieder hinter ihnen zu schließen. Sein erster Eindruck war richtig gewesen: Keiner der Männer befand sich auch nur noch annähernd in dem Zustand, in dem die Jagdgesellschaft aufgebrochen war. Hätte er es nicht besser gewusst, hätte er meinen können, die Männer kämen aus dem Krieg, nicht von einem Jagdausflug.

Katt stand am Fenster und blickte hinaus, als er das Zimmer betrat. Sie wandte nur flüchtig den Kopf um ihm zuzunicken und wollte sich dann wieder dem Anblick draußen zuwenden, fuhr aber erschrocken zusammen und riss die Augen auf. »Deine Hand!«

»Das ist nichts.« Anders winkte (vorsichtshalber mit der Linken) ab und machte gleichzeitig eine Kopfbewegung zum Fenster hin. »Die Jäger sind zurück.«

»Ich weiß.« Katts Blick hing weiter wie hypnotisiert an seiner bandagierten Rechten. »Was ist passiert?«

»Es ist wirklich nichts«, versicherte Anders. Er lächelte flüchtig. »Nur ein blauer Fleck. Gondron ist ja möglicherweise ein guter Schmied, aber als Sanitäter ist er eine glatte Niete. Mach dir keine Sorgen. Ich lasse Morgen nachher nach der Hand sehen.« Er wiederholte seine Kopfbewegung. »Wir haben ein ganz anderes Problem.«

»Ich weiß.« Katt riss sich mit sichtbarer Mühe vom Anblick seiner bandagierten Hand los und drehte sich wieder zum Fenster um. Anders trat neben sie. »Haben wir jetzt noch eine Chance?«

»Jetzt wahrscheinlich mehr denn je«, antwortete Anders beruhigend. Das war nicht unbedingt das, was ihm auf der Zunge lag, aber es hatte keinen Zweck, Katt auch noch zusätzlich zu verunsichern. Er selbst war schon nervös genug für sie beide. »Da stimmt irgendetwas nicht. Es sieht aus, als wären sie angegriffen worden.«

»Und deshalb sind unsere Aussichten besser geworden?«, fragte Katt zweifelnd.

»Sie werden heute Abend genug damit zu tun haben, ihre Wunden zu lecken«, versicherte Anders, »oder sich gegenseitig von ihren Heldentaten vorzuschwärmen.« Er überlegte einen Moment, ihr von seinem Gespräch mit dem Schmied zu erzählen, entschied sich aber dann dagegen. Wenn sie überhaupt noch eine Chance hatten, von hier zu verschwinden, dann nur, wenn sie die Nerven behielten und jeden Rückschlag als Herausforderung betrachteten. Um wieder eine seiner Glückskeks-Weisheiten zu bemühen: Schließlich steckte in jeder Niederlage auch der Keim eines zukünftigen Sieges. Und irgendwie schaffte er es sogar, selbst an diesen Blödsinn zu glauben.

Welche andere Wahl hatte er auch schon?

27

Sie mussten eine Stunde am Fenster gestanden und hinausgesehen haben, als Morgen zu ihnen kam. Die Elder wirkte gefasst, aber auf eine Art, die Anders klar machte, dass sie soeben eine sehr schlechte Nachricht erhalten hatte und dass es ihr schwer fiel, die Fassung zu wahren. Ihr normalerweise blütenweißes Kleid war beschmutzt und Anders musste nicht fragen um zu wissen, dass die hässlichen braunen Flecken darauf angetrocknetes Blut waren.

»Was ist passiert?«, empfing er sie übergangslos.

»Nichts.« Morgen schüttelte den Kopf, runzelte flüchtig die Stirn und zwang sich dann zu einem unechten Lächeln. »Doch, natürlich ist etwas passiert. Ihr seid ja schließlich nicht blind. Aber es ist nichts, was euch beunruhigen müsste.«

»Du meinst, Culain und die anderen sind unversehrt zurück?«, fragte Anders. Das: *Schade eigentlich* sprach er nicht aus, aber Morgen schien es dennoch irgendwie zu hören, denn ihr Blick wurde für einen Moment hart. Auf ihrem Gesicht erschien gleichzeitig ein Ausdruck von Verletztheit, der Anders seinen gehässigen Ton augenblicklich wieder bedauern ließ.

»Culain wurde verletzt«, sagte sie kühl. »Aber es ist nicht so schlimm, wie es hätte sein können. Valeria kümmert sich bereits um ihn.« Sie schien noch mehr sagen zu wollen, beließ es dann jedoch bei einem leisen Seufzen und trat zur Seite. Anders bemerkte erst jetzt, dass sie nicht allein gekommen war. Hinter ihr warteten zwei Bedienstete, die einen zwar leeren, dennoch sichtlich schweren hölzernen Badezuber hereinschleppten, nachdem die Elder den Eingang freigegeben hatte. Maran folgte ihnen, schwer beladen mit sauberen Tüchern und frischen Kleidern, die sie umständlich zum Tisch trug und darauf ablud.

»Ist heute Badetag?«, fragte er.

Morgens Blick umwölkte sich noch mehr, aber sie schwieg beharrlich, bis die beiden Diener den Zuber dicht vor dem Kamin abgeladen und sich wieder entfernt hatten. Auch dann sagte sie noch nichts, sondern beließ es dabei, abwechselnd ihn und Katt anzusehen, bis auch Maran gegangen war und sich die Tür hinter ihr geschlossen hatte.

Nicht zum ersten Mal fiel Anders auf, auf welch unterschiedliche Art die Elder Katt und ihn musterte. Wenn sie ihn ansah, dann war in ihrem Gesicht ein Ausdruck zu lesen, den er bis heute nicht richtig deuten konnte – es war vielleicht keine wirkliche Feindseligkeit, aber auch alles andere als Sympathie, sondern irgendetwas dazwischen, das er nicht einordnen konnte.

Am ehesten – so absurd ihm der Vergleich auch selbst vorkam – erinnerte ihn ihre Art noch an die Blicke, mit denen ihn der eine oder andere Lehrer zu Hause im Internat bedacht hatte; zumeist diejenigen, die wussten, wer er – und vor allem sein Vater! – war, und ihn schon allein deshalb nicht leiden konnten, zugleich aber auch Angst hatten, sich mit dem Sohn eines der reichsten Männer der Welt anzulegen. Es war jener aus Furcht geborene Respekt, den er niemals hatte provozieren wollen und der ihm stets zu schaffen gemacht hatte – was dem Teufelskreis natürlich nur noch mehr Schwung verlieh, statt ihn zu durchbrechen. Nur: Zu Hause, in der klar geordneten, verständlichen Welt, in die er hineingeboren worden war, konnte er dieses Verhalten verstehen, ob es ihm gefiel oder nicht. Er stand nun einmal am oberen Ende der Nahrungskette. Für Tiernan galt das ganz und gar nicht. Hier war er alles andere als Gottes Sohn, sondern ein Fremder, der buchstäblich vom Himmel gefallen war, ein unwillkommener Eindringling und Störenfried, der bisher nur für Ärger gesorgt hatte. Wer sollte ihn hier fürchten und vor allem *warum?*

Noch viel rätselhafter aber erschienen ihm die Blicke, mit denen die Elder Katt maß. Nach allem, was er bisher hier erlebt hatte, hätte Morgen sie zumindest verachten müssen, denn für die Elder war sie kaum mehr als ein Tier, das nur zufällig wie ein Mensch aussah und reden konnte, und darüber hinaus stellte ihre bloße *Anwesenheit* im Tal eine konkrete Gefahr für Morgens Leib und Leben dar, und auch für das Culains und etlicher weiterer Elder. Statt Verachtung, Furcht oder doch zumindest Unbehagen las er jedoch das genaue Gegenteil in Morgens dunklen Augen: Da war ein Ausdruck von Trauer und ... ja, beinahe *Zärtlichkeit*, den er sich nicht nur nicht erklären konnte, sondern der ihm geradezu widersinnig erschien. Es sei denn ...

»Wir mussten unsere Pläne ... ein wenig ändern«, drang Morgens Stimme in seine Gedanken. Sie deutete mit einer flatternden Handbewegung zugleich auf den Zuber und die sauberen Kleider, die Maran gebracht hatte. »Ich lasse euch heißes Wasser bringen und ihr werdet euch umziehen. Später«, wandte sie sich direkt an Katt, »komme ich dann und mache dir das Haar.« Sie deutete auf Anders Rechte. »Was ist mit deiner Hand passiert?«

»Das ist nichts«, antwortete Anders großspurig. »Ein Kratzer. Gondron hat ein bisschen übertrieben.«

»Zeig her«, verlangte Morgen.

Anders zierte sich noch eine halbe Sekunde, aber dann streckte er gehorsam den Arm aus und Morgen wickelte mit raschen Bewegungen den Verband ab. Zwischen ihren dünnen Augenbrauen entstand eine steile Falte, als sie seine Hand sah, die darunter zum Vorschein kam. Auch Anders erschrak. Aus dem kaum sichtbaren blauen Fleck war mittlerweile ein prachtvoller Bluterguss geworden. Als er den Daumen zu bewegen versuchte, konnte er es zwar, aber es tat ziemlich weh.

»Lass das«, sagte Morgen streng. Sie seufzte. »Gondron hat dir den Verband angelegt, sagst du?« Anders nickte und Morgen fügte mit einem neuerlichen Seufzen hinzu: »Anscheinend hält er dich für ein Pferd. Wasch diesen Dreck ab. Ich komme gleich zurück und trage eine andere Salbe auf.«

»Ist es schlimm?«, fragte Katt.

Morgen sah sie auf eine Weise an, als ahne sie den Grund für den Schrecken, der überdeutlich in Katts Stimme zu hören war, zwang sich aber dann zu einem Lächeln und schüttelte den Kopf. »Keine Sorge. Zwei oder drei Tage und er wird überhaupt nichts mehr spüren.«

Zwei oder drei Tage? Es kostete Anders Mühe, sich einigermaßen zu beherrschen. Er konnte sich vielleicht zwei oder drei *Stunden* Ruhe gönnen, doch bestimmt nicht mehr. Er warf Katt einen verstohlenen, fast schon beschwörenden Blick zu, aber es gelang ihr nicht, die Furcht ganz aus ihrem Gesicht zu verbannen. Gottlob sah Morgen sie in diesem Moment nicht an, sondern konzentrierte sich scheinbar ganz auf seine Hand. Morgen hätte allerdings schon blind und taub sein müssen, um Katts Angst nicht wahrzunehmen.

»Was ist denn nun eigentlich passiert?«, fragte er, um das Thema zu wechseln.

»Es gab einen ... Zwischenfall«, antwortete Morgen widerwillig. »Sie wurden angegriffen.«

»Von wem?«

»Das weiß ich nicht«, behauptete die Elder. Sie hob die Schultern. »Culain hat nicht viel gesagt, aber kaum einer der Männer ist unverletzt geblieben. Sie sprechen gerade mit dem Hohen Rat. Später wissen wir dann mehr.«

»Angegriffen«, wiederholte Katt mit belegter Stimme. »Aber wieso denn? Ich meine … wer … wer kann denn …?«

»Ich weiß es nicht«, sagte Morgen noch einmal. »Mach dir keine Sorgen, Kind. Es war nicht deine Sippe, zumindest so viel hat mir Culain verraten können. Für deine Rückkehr ist alles vorbereitet.«

»Ihre Rückkehr?«, entfuhr es Anders. »Aber wieso …?«

Morgen seufzte. Sie schwieg geschlagene fünf Sekunden, in denen es sichtbar hinter ihrer Stirn arbeitete, dann hob sie die Schultern und seufzte noch einmal und hörbar tiefer. »Also gut. Ich wollte es euch später sagen, sobald alle Einzelheiten geklärt sind, aber wahrscheinlich habt ihr ein Recht darauf.«

»Worauf?«, fragte Anders misstrauisch.

»Culain hat mit den Führern deiner Sippe gesprochen«, erklärte Morgen, direkt an Katt gewandt und ohne Anders' Frage damit zu beantworten. »Du hast nichts zu befürchten. Du kannst zurückkehren und niemand wird dir irgendetwas vorwerfen oder dich bestrafen.«

Katt wollte etwas erwidern, doch Anders kam ihr zuvor. »Moment mal«, sagte er. »Was genau soll das heißen?«

»Dass sie zu ihrem Volk zurückgehen wird«, antwortete Morgen. »So wie es der Hohe Rat beschlossen hat. Du hast das gewusst.«

»Sicher«, sagte Anders. »Aber doch nicht …?«

»So schnell?« Morgen schüttelte den Kopf. »Ich verstehe deine Gefühle, Anders, aber du bist kein Kind mehr, sondern alt genug, um dich der Realität zu stellen. Macht euch fertig. Ich kann euch noch ein wenig Zeit geben, um Abschied zu nehmen, doch sobald die Sonne untergeht, beginnt das große Fest zu Ehren der Jagd. Bitte mach keine Szene, Anders. Du würdest Katt dadurch nur Schwierigkeiten bereiten. Und …« Sie zögerte einen winzigen Moment, fast als koste es sie Überwindung, überhaupt weiterzusprechen. »Und mir und Culain auch.«

»Und was genau soll das jetzt heißen?«, fragte Anders. Er

tauschte einen beunruhigten Blick mit Katt, auf den er aber nur ein ebenso beunruhigtes Schulterzucken erntete.

Morgen atmete hörbar ein. »Dass Katt uns noch heute verlassen wird«, antwortete sie.

»Heute noch?«, keuchte Anders. »Aber wieso denn? Ich meine ...«

Morgen brachte ihn mit einer befehlenden Geste zum Verstummen und in ihren Augen blitzte eine Härte auf, die Anders noch nie zuvor darin gesehen hatte. Sie setzte dazu an, etwas zu sagen, schluckte ihre Worte dann jedoch hinunter und wandte sich stattdessen mit einem Ruck zum Ausgang um. Sie sprach erst weiter, nachdem sie die Tür geöffnet und sich davon überzeugt hatte, dass niemand davor stand, der sie hätte belauschen können.

»Ich weiß nicht, worüber Culain wütender wäre, sollte er je davon erfahren«, begann sie mit gedämpfter, jedoch vor Erregung zitternder Stimme. »Über deine eigene Dummheit oder darüber, für wie naiv du uns zu halten scheinst.«

»Ich verstehe nicht ...«, begann Anders, wurde aber sofort wieder von der Elder unterbrochen.

»Glaubst du tatsächlich, niemand hätte etwas von deinen kindischen Vorbereitungen bemerkt?«, fragte sie schneidend.

»Was denn für ... Vorbereitungen?«, fragte Anders stockend. »Ich ... ich weiß gar nicht, wovon du redest.«

Morgen machte sich nicht einmal die Mühe, darauf zu antworten. Wozu auch? »Was glaubt ihr, wie weit ihr mit einem morschen Strick und einem Paar gestohlener Schuhe gekommen wärt?«, fragte sie kalt. »Culain hat mir erzählt, wie geschickt du über die Berge geklettert bist. Du scheinst etwas davon zu verstehen.«

»Ein wenig«, antwortete Anders trotzig.

»Dann solltest du verdammt noch mal wissen, was dich dort oben erwartet«, fuhr ihn Morgen an. Anders konnte sich nicht erinnern, sie jemals so wütend erlebt zu haben. »Nämlich der sichere Tod! Glaubst du denn, du bist der Erste, der versucht das Tal auf diesem Weg zu verlassen? Bestimmt nicht. Ihr würdet erschlagen werden, erfrieren oder abstürzen!«

»Du hast mit Gondron gesprochen«, vermutete Anders.

»Wieso?«

»Weil er mir fast wörtlich denselben Vortrag gehalten hat«, antwortete Anders wütend. Er schnaubte. »Ich hätte mir denken können, dass er mich verrät. Aber ich Trottel habe ihm tatsächlich vertraut!«

»Der Schmied hat euch nicht verraten«, erwiderte Morgen kalt. »Er hat euch das Leben gerettet, du Dummkopf! Keiner, der jemals dort hinaufgegangen wäre, ist wiedergekommen.«

»Dann lass uns doch einfach gehen«, erwiderte Anders trotzig. »Das wäre doch die bequemste Lösung! Wir verschwinden und ihr habt keine Probleme mehr mit uns.«

Morgen schürzte abfällig die Lippen. »Führe mich lieber nicht in Versuchung«, sagte sie. »Du kannst mit deinem Schicksal spielen, so lange du willst. Bring dich meinetwegen selbst um. Das ist mir gleichgültig. Aber ich werde nicht zulassen, dass du mit Katts Leben spielst.«

Sie öffnete die Tür wieder und klatschte in die Hände, und nur einen Augenblick später tauchte der Wachposten am Ende des Korridors auf und kam mit schnellen Schritten näher. Morgen dirigierte ihn mit einer Kopfbewegung zu einem Platz neben dem Kamin, bevor sie mit veränderter Stimme und ausdruckslosem Gesicht fortfuhr: »Es ist beschlossen. Aaron und Endela stellen bereits einen Trupp zusammen, der das Mädchen durch die Ödlande bringen wird. Sobald das Fest vorbei ist, brechen sie auf.«

»Niemals«, rief Anders. Er stellte sich demonstrativ vor Katt und funkelte den hoch gewachsenen Krieger herausfordernd an. »Ich lasse nicht zu, dass …«

»*Du*«, unterbrach ihn Morgen mit schneidender Stimme, »wirst uns begleiten. Ich wollte es nicht so, aber du lässt mir keine Wahl.« Sie gab dem Krieger einen Wink, machte jedoch zugleich auch eine Bewegung, die ihn wieder zurückhielt; wenn auch ganz bestimmt nur so lange, bis sie die Hand wieder senkte.

»Ich lasse sie nicht allein«, sagte Anders trotzig. »Schon gar nicht mit einem von euch.«

Morgens Gesicht verdüsterte sich noch weiter, und Anders wurde klar, dass er zu weit gegangen war. Er verstand nicht ganz, warum. Er hatte sich eindeutig im Ton vergriffen, aber er kannte die Elder auch als eine der sanftmütigsten und geduldigsten Frauen, die er jemals getroffen hatte. Plötzlich war sie so gereizt und angriffslustig wie eine Katze, die ihre Jungen verteidigte.

»Bitte nicht.« Katt legte ihm die Hand auf die Schulter. Anders hob ganz automatisch den Arm um sie abzuschütteln, aber dann besann er sich im letzten Moment eines Besseren und legte stattdessen seine Hand auf die ihre. Einen Moment lang blieben sie einfach so stehen und für einen noch viel kürzeren Moment konnte sich Anders tatsächlich noch einreden, er wäre dazu fähig, sie in irgendeiner Form zu beschützen. Was er natürlich nicht war. Er war es niemals gewesen.

Katt zog ihre Finger unter seiner Hand hervor und trat neben ihn, als wäre plötzlich *sie* es, die *ihn* beschützen musste. »Bitte nicht«, sagte sie noch einmal. Es war nicht genau zu entscheiden, wem die Worte galten.

»Die ehrwürdige Elder hat Recht«, fuhr sie fort. »Ich gehöre nicht hierher. Es ist besser, wenn ich …«, sie rang einen Moment mühsam um ihre Fassung, » … wenn ich nach Hause gehe.«

»Aber du …«

»Bitte«, sagte Katt. Ihre Augen schimmerten feucht. »Mach es nicht noch schlimmer.«

Anders sah sie noch einen Moment lang an, hin– und hergerissen zwischen Wut, verletztem Stolz und der Furcht, ihr noch mehr wehzutun. Das war das Allerletzte, was er wollte.

Und es war auch der einzige Grund, aus dem er sich schließlich umdrehte und Morgen und dem Krieger folgte.

28

Aus den zwei Stunden, von denen Morgen gesprochen hatte, wurden mehr als drei. Morgen kam nicht noch einmal zurück, um sich um seine Hand zu kümmern, wie sie es versprochen hatte, doch nach einer Weile erschien Maran und brachte auch ihm frische Kleider; außerdem heißes Wasser und saubere Tücher, um sich zu waschen.

Anders hatte gute Lust, weder das eine noch das andere zu tun. Wie er dieses überhebliche Elder-Pack einschätzte, würde Endela und Valeria glatt der Schlag treffen, wenn er ungewaschen und in einem schmutzigen Kleid auf ihrer lächerlichen Willkommensparty auftauchte.

Selbstverständlich tat er das nicht. So verletzt und wütend er im Moment auch auf Morgen war, war ihm doch zugleich klar, wie albern ein solches Benehmen gewesen wäre; ganz davon abgesehen, dass vermutlich Katt den Preis für diesen billigen Triumph würde zahlen müssen.

Der Elder hatte ihn in das Kaminzimmer geführt, in das Culain und Morgen ausgewichen waren, solange Katt und er das Schlafgemach der Elder mit Beschlag belegten, und selbstverständlich hatte ihn sein erster Weg zu der großen Metalltür neben dem Kamin geführt, kaum dass er wieder allein war.

Und ebenso selbstverständlich hatte er sie verschlossen vorgefunden.

Seine Enttäuschung hielt sich allerdings in Grenzen. Selbst wenn die Tür offen gewesen wäre – wohin hätte er schon gehen sollen? Eine weitere Nacht in einem verrosteten Hubschrauber und eine lebensgefährliche Expedition durch einen vor fünfzig Jahren aufgegebenen Bunker, die mit einem Bad und einer lustigen Schlittenpartie hinab in einen Wasserfall endete? Und um das Ganze noch ein wenig spannender zu gestalten, diesmal bei vollkommener Dunkelheit? Prima Idee.

Ihm blieb nichts anderes übrig, als sich in Geduld zu fassen. Sein Entschluss jedoch, zusammen mit Katt zu fliehen, war jetzt eher noch fester als am Morgen. Er hatte nicht die geringste Ahnung, wie er dieses Kunststück fertig bringen sollte, aber er würde Katt auf keinen Fall im Stich lassen.

Seine Geduld wurde auf eine wirklich harte Probe gestellt. Eine weitere Stunde verging und dann noch eine und draußen begann es allmählich zu dämmern – was aber nicht hieß, dass es dunkel wurde. Die Sonne ging unter, doch überall in – und zum ersten Mal, seit er hier war – auch *an* den Bunkerhäusern der Elder gingen Lichter an. Obwohl er vom Fenster des Zimmers aus, in das man ihn eingeschlossen hatte, nur Oberons Halle und eine kleine Ecke eines weiteren Gebäudes im direkten Blick hatte, sah er dennoch, dass zumindest der den Elder vorbehaltene Teil Tiernans nahezu taghell erleuchtet war. Überall brannten Fackeln, Kerzen und lodernde Kohlebecken. Eine allgemeine Unruhe hatte von der Stadt Besitz ergriffen und nicht nur von ihr, sondern ganz offensichtlich auch von Morgens Haus.

Während der ganzen Zeit, die er zum Warten verdammt war, drangen aufgeregte Stimmen und Schritte und die Geräusche hektischer Betriebsamkeit an sein Ohr. Von der beinahe andächtigen Ruhe, die normalerweise im Haus der Elder herrschte, war nicht viel geblieben. Vielmehr fühlte er sich wie in einem summenden Bienenstock, der vor lauter Aktivität schier aus den Nähten platzte, ohne dass man genau sagen konnte, *was* eigentlich geschah. Er glaubte zu spüren, dass es keine unbedingt angenehme Erregung war, aber möglicherweise lag das ja auch an ihm; er war nicht gerade in der Verfassung, *irgendetwas* als angenehm einzustufen, was mit den Elder zu tun hatte.

Sein Martyrium endete erst, als die Sonne vollends untergegangen war. Draußen wurde es trotzdem nicht dunkel: Die Welt vor dem Fenster verwandelte sich in ein Muster aus roten und braunen Samttönen unterschiedlicher Schattierung und auch die Geräusche änderten sich, wurden irgendwie ... regelmäßiger. In den Lauten, die durch das Fenster hereindrangen, war jetzt etwas wie ein Rhythmus, verwirrend und nicht wirklich fassbar, aber dennoch zweifelsfrei vorhanden; als lausche er den Klängen einer unbeschreiblich fremden, atonalen Musik.

Endlich hörte er, wie sich Schritte näherten, dann wurde die Tür geöffnet und Culain trat ein.

Anders erschrak, als er den Elder erblickte. Morgen hatte ihm ja gesagt, dass er verletzt sei – aber sie hatte ihn nicht darauf vorbereitet, in welchem Zustand er ihn erblicken würde.

Culains rechter Arm hing in einer Schlinge. Die Hand war nicht verbunden, aber zu einer Kralle geschlossen, aus der die Sehnen wie dünne, straff gespannte Drahtseile heraustraten. Unter seiner Kleidung musste er einen dicken Verband tragen, denn seine rechte Schulter war deutlich dicker und asymmetrischer als die linke, was ihm fast das Aussehen eines Buckligen verlieh, und sein Gesicht war nun nicht mehr blass wie das aller Elder, sondern *grau.* Die Linien darin wirkten wie mit einem dünnen Messer eingeritzt, seine Wangen waren eingefallen, und die Augen hatten einen fiebrigen Glanz und dunkle, beinahe schon schwarze Ringe. Er trug ein blütenweißes Gewand mit kunstvollen goldenen Stickereien an den Säumen und einen breiten Silbergürtel, an dem ein gewaltiges Schwert baumelte, und darüber einen schwarzen, prachtvoll bestickten Mantel. Doch so aufwändig diese Kleider auch waren, schienen sie den erbärmlichen Zustand, in dem sich ihr Träger befand, eher noch zu unterstreichen. Culain bewegte sich so mühsam wie ein uralter Mann, der sich auf jeden Schritt und jede Handbewegung sorgfältig konzentrieren musste.

Anders hatte dazu angesetzt, etwas zu sagen, doch als er den Elder erblickte, brachte er nur ein erschrockenes Keuchen zustande. Er konnte gerade noch den Impuls unterdrücken, entsetzt vor Culain zurückzuprallen.

Der Elder war nicht allein gekommen. Morgen befand sich

in seiner Begleitung und hinter ihnen trat Maran ein. Culain und seine Frau blieben stehen, und zumindest Culain sah Anders auf eine sonderbar vorwurfsvolle Art an, die ihm das absurde Gefühl gab, alles, was dem Elder während seines Jagdausfluges zugestoßen war, müsse irgendwie seine Schuld sein, aber die alte Dienerin drängte sich an ihnen vorbei und begann ohne ein Wort an Anders' Kleidung herumzuzupfen und zu zerren. Anders hatte es nie gemocht, berührt zu werden – schon gar nicht so –, doch er ließ es widerspruchslos geschehen. Auch Morgen hatte sich umgezogen und bot einen wirklich prachtvollen Anblick, wobei ein Schatten von Trauer auf ihren Zügen lag; und nach all den Vorbereitungen, die er draußen gesehen und vor allem gehört hatte, war ihm klar, dass dieser Abend eine ganz besondere Bedeutung für die Elder haben musste. Wäre es anders, so hätte sich Culain in seinem Zustand ganz gewiss nicht gezwungen auf das Fest zu gehen. Katt hatte Recht gehabt, als sie ihn gebeten hatte, es nicht noch schlimmer zu machen – wenn auch auf eine Art, an die sie bestimmt nicht gedacht hatte.

»So«, sagte Maran, nachdem sie die letzte Falte in seinem Gewand zurechtgerückt hatte. »Das sollte genügen. Und jetzt noch ...«

»Es ist gut«, unterbrach sie Culain. »Du kannst gehen.«

Maran zögerte. »Aber ich ...«

»Geh und bringe das Mädchen zu Oberons Halle«, fiel ihr Culain ins Wort. Seine Stimme war eine Spur schärfer geworden. Es war schwer, in seinem verheerten Gesicht zu lesen, aber er war anscheinend nicht in der Verfassung, Widerspruch zu tolerieren.

»Wartet unten auf uns«, fügte Morgen hinzu. »Wir kommen sofort nach.«

Maran entfernte sich hastig. Culain wartete, bis sie die Tür hinter sich geschlossen hatte, dann wandte er sich stirnrunzelnd und in müdem Ton an Anders. »Morgen hat mir erzählt, was geschehen ist. Ich hatte wirklich gehofft, dass du vernünftiger sein würdest. Anscheinend habe ich mich doch in dir getäuscht.«

Anders verstand im ersten Moment nicht einmal, wovon der Elder sprach. »Culain?«

Culains Miene verdüsterte sich noch weiter. Ein Ausdruck müden Zorns erschien in seinen Augen, aber er hatte offenbar nicht mehr die Kraft, ihn in Worte zu kleiden. »Der Entschluss des Hohen Rats steht fest, und es steht dir nicht zu, daran zu zweifeln oder ihm gar zu widersprechen. Hast du das verstanden?«

Es vergingen noch einmal ein paar Sekunden, bevor Anders *wirklich* begriff, wovon der Elder sprach. Nicht dass er es verstand. Ganz offensichtlich hatte Morgen ihm von ihrem kleinen Disput vorhin erzählt. Er nickte.

»Was dein Benehmen Morgen gegenüber angeht, so sprechen wir zu einem späteren Zeitpunkt darüber«, fuhr Culain fort. »Jetzt ist nicht der richtige Moment, über Worte wie Respekt und Ehrerbietung zu reden, aber wir werden es tun, verlass dich darauf. Für den Augenblick reicht mir dein Wort, dass du dem Hohen Rat Respekt zollen und seinen Beschluss widerspruchslos akzeptieren wirst, wenn du ihm gleich gegenüberstehst. Kann ich mich darauf verlassen?«

Anders blickte ihn mit wachsender Fassungslosigkeit an. Ihm dämmerte nur ganz allmählich, was hier gerade geschah, und seine Empörung wuchs im gleichen Maße, in dem die Erkenntnis in sein Bewusstsein sickerte: Culain führte sich kein bisschen anders auf als ein genervter Vater, der müde und gestresst von einer anstrengenden Geschäftsreise zurückkehrt und nun zu allem Überfluss auch noch seinen Sohn zusammenstauchen muss, der sich in seiner Abwesenheit danebenbenommen hat. Was bildete sich dieser Kerl eigentlich ein, wer er war?

»Habe ich dein Wort?«, fragte Culain noch einmal, als Anders nicht sofort antwortete. Anders nickte, doch das schien dem Elder nicht zu genügen. »Ich will nichts einfach so Dahingesagtes hören«, fuhr er fort. »Ich erwarte dein Ehrenwort, Anders. Das Ehrenwort eines *Mannes*, nicht eines Jungen.«

Anders setzte zu einer patzigen Antwort an, aber irgendetwas riet ihm, besser die Klappe zu halten. Vielleicht war es gerade der Umstand, dass Culain ihn nicht anschrie, sondern mit ruhiger, fast sanfter Stimme sprach. Anders spürte, wie schwer es dem Elder fiel, überhaupt zu reden; und noch sehr viel schwerer, sich zu beherrschen. All das machte ihm klar, wie ernst die Situation war, und er rief sich mit einer bewussten Anstrengung ins Gedächtnis zurück, *wem* er eigentlich gegenüberstand. Culain war nicht einfach nur irgendein Fremder, dessen Weg zufällig den seinen gekreuzt hatte, sondern ein Geschöpf, das vielleicht menschlicher aussah, als es in Wirklichkeit war.

Er war noch nicht lange genug hier, um wirklich viel über die Elder zu wissen, aber immerhin war ihm klar, dass sich das Leben dieses sonderbaren Elbenvolkes in einem engen Korsett aus komplizierten Verhaltens- und Ehrenregeln abspielte. Er dachte vorsichtshalber nicht darüber nach, gegen wie viele dieser Regeln er bisher – ob absichtlich oder nicht – verstoßen und wie viele Tabus er gebrochen hatte, aber der Ausdruck in Culains Augen machte ihm plötzlich klar, dass es wohl ein Tabu zu viel gewesen sein musste. Er wusste nicht, was Morgen Culain von ihrem Gespräch vom Vormittag erzählt hatte – wie er die Elder einschätzte, hatte sie es vermutlich eher heruntergespielt –, aber für Culain schien es wohl der berühmte Tropfen gewesen zu sein, der das Fass zum Überlaufen brachte. Er verstand das nicht, doch er spürte überdeutlich, dass sich Culain plötzlich wieder in den Mann zurückverwandelt hatte, als den er ihn kennen gelernt hatte: Ein Mann, dem das Wort Gnade ebenso fremd war wie Mitleid oder Verzeihen, für den das Töten normal war und dem ein Leben – erst recht das Leben eines Menschen – nichts galt. Ein Mann, den man besser fürchtete.

»Also?«, fragte Culain, als er auch nach weiteren fünf Sekunden nicht antwortete.

Anders nickte. Culain schien diese Antwort immer noch nicht zu genügen, denn er holte sichtlich Luft zu einer wütenden Entgegnung, doch Morgen legte ihm rasch und besänftigend die Hand auf den Unterarm. »Es ist gut, Culain. Ich bin sicher, dass er verstanden hat. Wir können ihm vertrauen.« Der Blick, den sie Anders dabei zuwarf, war beinahe flehend. Natürlich war Culain nicht überzeugt, aber er beließ es bei einem wortlosen finsteren Blick in Anders' Richtung und zog mit einem Ruck seinen Arm zurück.

»Dann lasst uns gehen«, sagte Morgen. »Das Fest hat bereits begonnen und wir sollten den Hohen Rat nicht noch mehr verärgern.«

Noch mehr?, dachte Anders. Er sah Morgen fragend an, was sie aber geflissentlich ignorierte. Stattdessen wandte sie sich hastig ab und öffnete die Tür, und auch Culain machte mit einer fast militärisch wirkenden zackigen Bewegung auf dem Absatz kehrt. Er ging allerdings nicht sofort los, sondern warf Anders einen ungeduldigen Blick zu und verließ das Zimmer als Letzter.

Von der summenden Bienenstockatmosphäre, die den ganzen Tag über im Haus geherrscht hatte, war nichts mehr zu spüren. Selbst die Musik und die Geräusche, die von außen hereinwehten, wirkten auf sonderbare Weise gedämpft; als wäre zusammen mit Culain etwas in dieses Haus zurückgekehrt, das allen Geräuschen aus der Menschenwelt ihre Bedeutung nahm.

Sie verließen das Haus und machten sich auf den kurzen Weg zu Oberons Halle. Zum ersten Mal konnte Anders das Tal nun zur Gänze überblicken, statt nur den schmalen Ausschnitt zu sehen, den ihnen das Fenster in seinem Gefängnis gewährt hatte, und obwohl es ganz so aussah, wie er es sich vorgestellt hatte, überraschte ihn der Anblick so sehr, dass er für einen Moment im Schritt stockte. Der Abend hatte keine

Macht mehr über Tiernan. Der Himmel über der Stadt musste sich mit Wolken bezogen haben, denn er war vollkommen schwarz, doch dafür schienen unter ihnen unzählige neue rote Sterne zum Leben erwacht zu sein. Überall brannten Fackeln, hunderte, wenn nicht tausende, die die in Form eines nach Süden hin offenen Kreises angelegte Menschenstadt in fast schon taghelles Licht tauchten; ein Diadem aus unzähligen funkelnden Sternen, das die menschlichen Bewohner Tiernans zu Ehren ihrer Herren vom Himmel geholt hatten. Fröhliche Musik drang an sein Ohr und die Häuser, die nahe genug waren, um mehr als verschwommene rötliche Schemen zu sein, waren mit bunten Wimpeln und Fahnen geschmückt. Anders erblickte fröhlich tanzende Menschen und lange, festlich gedeckte Tafeln, und da und dort hatte man offene Zelte und Pavillons aufgebaut, was darauf schließen ließ, dass die Feiernden nicht gedachten sich von einer eventuellen Verschlechterung des Wetters aufhalten zu lassen.

»Das scheint ja wirklich eine gewaltige Party zu werden«, sagte er.

»Die Rückkehr der Jäger ist unser heiligstes Fest«, bestätigte Morgen. »Für die nächsten drei Tage ruht alle Arbeit in Tiernan.«

»Wovon *sie* allerdings nicht viel merken werden«, fügte Culain mit einer Geste auf die hell erleuchtete Menschenstadt hinzu. »In längstens zwei Stunden sind sie alle sinnlos betrunken.«

Anders runzelte die Stirn, als er die Verachtung in Culains Stimme hörte, aber er schluckte jede entsprechende Bemerkung hinunter, denn er fing auch gleichzeitig einen warnenden Blick aus Morgens Augen auf. Plötzlich war er selbst nicht mehr ganz sicher, ob er Culain nicht unrecht tat. Der Elder befand sich in einer Ausnahmesituation. Der Umstand, dass er aussah wie ein Halbgott aus den ältesten Mythen der Erde, täuschte nur zu leicht darüber hinweg, dass auch er letzten Endes nur aus Fleisch und Blut (und einer gehörigen Portion Arroganz) bestand und seine Kräfte begrenzt waren. Der Elder hatte ganz offensichtlich kaum noch die Kraft, sich auf den Beinen zu halten. Vielleicht sollte er nicht ganz so streng mit ihm sein.

»Wie oft feiert ihr dieses Fest?«, fragte er in ganz bewusst versöhnlichem Ton.

»Jedes Jahr zum Ende des Sommers«, antwortete Morgen und gab ihm gleichzeitig ein Zeichen, weiterzugehen. Sie nickte ihm verstohlen zu; sie hatte verstanden und war ihm zumindest dankbar für den Versuch. »Bald wird der erste Schnee fallen. Nicht mehr lange und die Ödlande erstarren zu Eis.«

»Der erste Schnee?«, wiederholte Anders ungläubig. Selbst jetzt, nachdem die Sonne untergegangen war, war es noch so warm, dass er unter dem dünnen Leinengewand fast ins Schwitzen geriet.

Morgen nickte. »Der Winter kommt hier sehr schnell. Wenn das Jagdfest vorüber ist, beginnt die letzte Ernte. Es ist schon vorgekommen, dass der erste Schnee fiel, bevor alle Felder abgeerntet werden konnten. Aber nicht oft.«

Sie hatten die rostige Treppe erreicht, die zu Oberons Halle hinaufführte. Ein halbes Dutzend Fackeln war auf jeder Seite der Treppe angebracht worden und das Geländer war mit frischen grünen Ranken umwickelt, in denen eine Vielzahl farbiger Blüten steckte. Anders konnte sich nicht erinnern, solche Blumen irgendwo in Tiernan schon einmal gesehen zu haben. Er vermutete, dass die Jäger sie von ihrem Ausflug mitgebracht hatten.

Auch das Haus am oberen Ende der Treppe war festlich geschmückt. Kunstvoll bestickte Fahnen und Teppiche hingen aus den Fenstern. Der Eingang wurde von einem Geflecht der gleichen Ranken und buntfarbenen Blüten eingefasst, die auch die Treppe zierten, und rechts und links davon standen zwei Elder-Krieger in vollen Rüstungen und Waffen, deren Visiere heruntergeklappt waren.

Morgen bedeutete ihm mit einer verstohlenen Geste, hinter Culain und ihr zurückzubleiben. Offensichtlich gebührte es dem Elder, die rostigen Metallstufen als Erster hinaufzusteigen. Anders wartete gehorsam, aber er erkannte auch, wie schwer es dem Elder fiel, die steile Treppe zu bewältigen. Ungefähr auf der Hälfte der Strecke geriet er ins Stolpern und wäre um ein Haar gestürzt, hätte er nicht im buchstäblich allerletzten Moment Halt am Geländer gefunden – wobei er sich beinahe an einer der Fackeln verbrannt hätte, die das Geländer säumten. Anders wollte ganz instinktiv losstürmen um ihn zu stützen, doch Morgen hielt ihn mit einer fast erschrockenen Geste zurück. Auch die beiden Posten am oberen Ende der Treppe nahmen keinerlei sichtbare Notiz von Culains Missgeschick, sondern starrten ungerührt weiter aus ihren ausdruckslosen Metallgesichtern ins Leere. Wenn es irgendetwas gab, das Culains maßlose Arroganz noch zu übertreffen schien, dachte Anders, dann war es anscheinend sein Stolz.

Er sagte auch dazu nichts, sondern fasste sich in Geduld, bis Culain die Kraft fand, sich aufzurichten und weiterzugehen. Morgen rührte sich immer noch nicht von der Stelle. Sie hatten anscheinend zu warten, bis Culain die Treppe ganz überwunden hatte, bevor sie ihm folgen durften.

Er nutzte die Zeit, um sich noch einmal umzudrehen und seinen Blick wieder über das Tal schweifen zu lassen, wenn auch auf eine vollkommen andere Art als gerade. Culain hatte etwas gesagt, dem er im ersten Moment keine Bedeutung beigemessen hatte, schon weil er viel zu sehr damit beschäftigt gewesen war, sich darüber zu ärgern, aber das war vielleicht ein Fehler gewesen. *In längstens zwei Stunden sind sie alle besinnungslos betrunken.* Nach dem, was er im Augenblick sah, war diese Einschätzung vermutlich nicht ganz fair gewesen, obwohl sie im Kern wahrscheinlich zutraf. Vielleicht nicht in zwei Stunden, aber sicher im Laufe der Nacht würde das Fest seinen Höhepunkt erreichen, sowohl unten in der Menschenstadt als auch hier in Tiernan. Anders konnte sich beim besten Willen keine betrunkenen Elder vorstellen, doch auch ihre Konzentration musste zwangsläufig irgendwann nachlassen.

»Wann genau wollt ihr Katt … fortbringen«, fragte er zögernd und so leise, dass nur Morgen die Worte verstehen konnte. »Wirklich heute noch?«

Die Elder sah ihn einen Moment lang nachdenklich an, als versuche sie etwas Bestimmtes in die hörbare Pause in seinen Worten hineinzudeuten. Wenn es das war, was Anders in ihrem Blick zu lesen glaubte, lag sie damit gar nicht so falsch. Sie schüttelte jedoch nur den Kopf.

»Nein«, sagte sie. »Es war Culains Wunsch und auch Endela und Tamar waren dafür, aber am Ende haben wir anders entschieden.«

»Obwohl es der Befehl des Hohen Rates war?«, fragte Anders spöttisch.

»Sein Wunsch«, korrigierte ihn Morgen. »Der Weg zu den Tiermenschen zurück beansprucht drei Tage, wenn nicht vier.« Sie hob die Schultern. »Die Männer, die sie begleiten, würden das Fest versäumen.«

»Ich verstehe«, sagte Anders. »Der Geist ist willig, doch das Fleisch …«

Morgen verstand ganz offensichtlich nicht, wie diese Bemerkung gemeint war, tat sie aber auch nur mit einem Schulterzucken ab. »Diese drei Tage sind das einzige Fest des ganzen Jahres. Es wäre nicht gerecht, die Männer ohne triftigen Grund darum zu betrügen.«

»Das heißt, sie …«

»… kann hier bleiben, bis das Fest vorüber ist«, fiel ihm Morgen ins Wort.

Culain hatte mittlerweile die Treppe überwunden und Morgen setzte dazu an, ihm zu folgen, doch Anders vertrat ihr mit einem raschen Schritt den Weg. »Einfach so, wie«, fragte er. »Nur damit alle eure Männer am Jagdfest teilnehmen können?« Er schüttelte heftig den Kopf. »Da hattest du doch deine Finger im Spiel, habe ich Recht?«

Morgen hob mit der unschuldigsten Miene der Welt die Hände und tat so, als ob sie interessiert ihre Finger betrachtete. »Kann mich nicht erinnern, irgendetwas angefasst zu haben.« Ein leises, aber sehr warmes Lächeln erschien für einen Augenblick in ihren Augen. »Es ändert nichts mehr, wenn sie noch für die Dauer des Festes bleibt. Und ich glaube, dass wir euch diese letzten Tage schulden. Nehmt Abschied voneinander.«

»Danke«, sagte Anders. Er meinte das ernst. Ein Gefühl warmer Dankbarkeit machte sich in ihm breit, aber auch sein schlechtes Gewissen meldete sich immer stärker. Nach allem, was heute zwischen ihnen vorgefallen war, hatte Morgen wirklich nicht mehr den mindesten Grund, ihm einen Gefallen zu tun.

Morgen machte eine entsprechende Handbewegung. »Komm. Wir wollen Culain nicht warten lassen.«

29

Anders wartete darauf, dass die Elder als Erste losging, aber Morgen wiederholte nur ihre auffordernde Geste. Anders versuchte erst gar nicht darüber nachzudenken, sondern ging mit raschen Schritten los, wurde aber nach ein paar Schritten wieder langsamer und wartete, bis Morgen zu ihm aufgeholt hatte.

Culain hatte Oberons Halle bereits betreten und wartete im Vorraum, der genauso festlich geschmückt war wie die Treppe und das gesamte Haus. Er versuchte aufrecht zu stehen, doch das Ergebnis sah eher so aus, als trüge er unter seinem festlichen Gewand zu straff gespannte Verbände, die ihn zusammenzuziehen versuchten, wenn er sich nicht ständig konzentrierte. Ein Durcheinander aus Stimmen, Gelächter und anderen Geräuschen drang aus dem Inneren des Gebäudes zu ihnen und auch hier stand ein bewaffneter Posten, der sich alle Mühe gab, weder den Elder selbst noch seinen jämmerlichen Zustand zur Kenntnis zu nehmen.

Morgen nickte ihm auffordernd zu und Culain straffte mit sichtbarer Anstrengung die Schultern und setzte seinen Weg fort. Seine Schritte waren nun kraftvoller, aber obwohl er sein Gesicht perfekt unter Kontrolle hatte, erkannte selbst Anders, wie schwer ihm jede Bewegung fiel.

»Hältst du das für eine gute Idee?«, fragte er leise.

»Was?«, erwiderte Morgen.

»Dass er hier ist«, antwortete Anders. »Ich will ja nicht behaupten, dass ich mehr davon verstehe als du, aber wenn du mich fragst, bricht er innerhalb der nächsten fünf Minuten zusammen.«

»Kaum«, antwortete Morgen kühl. »Still jetzt. Culain weiß, was er sich zumuten kann und was nicht.«

Ihr harscher Ton überraschte Anders, doch er ging nicht weiter darauf ein. Vielleicht hatte er ja schon wieder gegen irgendein Tabu verstoßen, indem er es gewagt hatte, ganz offen an den Kräften des Elder zu zweifeln. Letztendlich konnte es ihm auch gleich sein. Noch bevor diese Nacht zu Ende ging, würden Culain und alle anderen Elder nur noch eine Erinnerung für ihn sein.

Stimmengewirr und Lärm nahmen zu, als sie den in den Berg getriebenen Teil des Gebäudes betraten. Sie sahen jedoch niemanden, bis sie die große Halle erreichten, in der er am ersten Tag mit dem Hohen Rat zusammengetroffen war. Damals war sie ihm riesig vorgekommen, doch jetzt erschien sie ihm fast winzig, denn sie platzte schier aus allen Nähten vor weiß gekleideten Gestalten mit bleichen Gesichtern und spitzen Ohren. Eine lange Tafel war an der Wand unter dem Fenster aufgebaut, die sich unter der Last eines gewaltigen Festmahls förmlich durchzubiegen schien, und auch dieser Raum war mit Blumen und bunten Fahnen überreich geschmückt. Auf den Tischen standen goldene und silberne Kerzenständer, und auch die Trinkgefäße und Teller schienen aus weitaus edleren Metallen zu bestehen als die, von denen zumindest Morgen und Culain normalerweise aßen. In einem Winkel neben der Tür waren drei Elder-Frauen emsig damit beschäftigt, eine sonderbare Anordnung aus Musikinstrumenten aufzubauen, wie Anders sie noch nie zuvor gesehen hatte. Sie wirkten allerdings auch ganz und gar nicht so, als ob er ihre Musik wirklich *hören* wollte.

»Wo ist Katt?«, fragte er leise.

Morgen warf einen fast verstohlenen Blick in die Runde und zuckte mit den Schultern. Maran hatte zusammen mit Katt vorausgehen sollen, aber hier war sie jedenfalls nicht. »Nenn sie nicht bei ihrem Namen, wenn du mit ihr sprichst«, raunte sie. »Am besten, du redest gar nicht mit ihr. Es sei denn, du wirst dazu aufgefordert.«

»Dazu müsste sie ja erst einmal hier sein«, antwortete Anders giftig.

»Sie wird kommen«, mischte sich Culain ein. Obwohl sie sehr leise gesprochen hatten und es her drinnen wirklich *laut* war, hatte er ihre Worte ganz offensichtlich verstanden. Er musste entweder sehr viel schärfere Ohren haben, als Anders bisher angenommen hatte – oder er hatte sie bewusst belauscht. Anders war nicht ganz sicher, welche Version unangenehmer war.

Culain streifte Anders mit einem undeutbaren Blick. »Ich habe Maran befohlen abzuwarten, bis wir hier sind, und erst später nachzukommen.« Er machte eine herrische Geste mit der unverletzten Hand, als er sah, dass Anders widersprechen wollte. »Ginge es nach mir, würde sie gar nicht hier sein. Aber der Hohe Rat will mit ihr reden. Und mit dir. Also komm. Und denke daran: Du hast mir dein Wort gegeben.«

Sie gingen weiter. So überfüllt, wie der Raum war, hätte Anders damit gerechnet, dass sie sich ihren Weg mühsam mit Händen und Ellbogen würden bahnen müssen, aber das genaue Gegenteil war der Fall: Die versammelten Elder wichen respektvoll vor Culain, Morgen und ihm zurück und bildeten so eine lebende Gasse, durch die sie auf den Tisch auf der anderen Seite des Raumes zuschritten.

Der gesamte Hohe Rat war an der Tafel versammelt – Tamar, Endela und Aaron, die nicht nur prachtvoll gekleidet waren, sondern auch die silbernen Stirnreife mit Oberons Auge trugen. Darüber hinaus saß noch ein knappes Dutzend weitere Elder an der reich gedeckten Tafel, von denen Anders der eine oder andere bekannt vorkam, ohne dass er ihnen allerdings mehr als einen flüchtigen Blick schenkte. Wozu sich Gesichter merken, die er nach dem heutigen Abend nie mehr wieder sehen würde?

»Anders!« Tamar, der in der Mitte saß, hob grüßend die Hand und winkte ihn aus der gleichen Bewegung heran. Zu Anders' Überraschung lächelte er nicht nur, sondern dieses Lächeln wirkte sogar durchaus echt. »Ich freue mich dich zu sehen. Wie geht es dir?«

»Gut«, antwortete Anders automatisch. Was natürlich eine glatte Lüge war, zugleich aber auch die einzige Antwort, die jedermann auf diese Frage hören wollte.

»Das freut mich zu hören.« Tamar wedelte fröhlich mit der linken Hand. »Nimm Platz, mein Junge. Sicher bist du begierig darauf, von unseren Abenteuern und Reisen zu hören, und ich will unbedingt erfahren, wie es dir in der Zwischenzeit ergangen ist; ob du dich eingelebt und neue Freunde gefunden hast.« Er blinzelte Anders zu. »Ich habe gehört, du hättest dich mit der Tochter des Verwesers angefreundet?«

Anders blickte ihn nur verständnislos an und Endela, die links neben ihm saß, sagte: »Lara.«

»O ja, sicher«, antwortete Anders hastig. Sein Blick tastete kurz über Endelas Gesicht und zog sich dann fast hastig wieder zurück. Anders als Tamar versuchte Endela erst gar nicht, ihm irgendetwas vorzuspielen. Die Elder hatte wie viele hier von Anfang an keinen Hehl aus ihren wahren Gefühlen ihm gegenüber gemacht und daran hatte sich nichts geändert. Er wandte sich wieder rasch an Tamar. »Sie ist ein nettes Mädchen.«

»Das will ich meinen«, bestätigte der Elder. »Sie kommt ganz nach ihrem Vater. Ein aufgeweckter Bursche, wenigstens für einen Menschen. Seine Tochter ist eine gute Wahl, die unseren Segen und die Zustimmung von Oberons Auge finden wird.«

»Moment mal.« Anders blinzelte. Ihm kam plötzlich der Verdacht, dass es sich bei ihrem Gespräch nicht unbedingt nur um den belanglosen Smalltalk handelte, für den er es bislang gehalten hatte. »Das geht mir ein bisschen zu schnell. Seid ihr zufällig gerade dabei, mich zu verheiraten?«

Er sah nicht hin, aber er konnte regelrecht spüren, wie sich Morgen neben ihm versteifte, und der Ausdruck in Endelas Augen sprach Bände.

»Das wäre noch ein wenig früh«, mischte sich Aaron ein. Anders kannte ihn kaum, doch Morgen und auch Culain waren nicht müde geworden immer wieder zu betonen, dass er alles andere als ein geduldiger Mann war oder gar großmütig, doch ganz offensichtlich war er nun bemüht den drohenden Streit zu schlichten. »Und heute ist auch nicht der Tag, darüber zu entscheiden.« Er machte eine eindeutig befehlende Handbewegung auf die beiden leeren Plätze neben sich, dann auf die zwei ebenfalls frei gebliebenen Stühle neben Endela. »Setzt euch, damit wir mit dem Fest beginnen können, und …«

Er brach mitten im Wort ab und seine Augen wurden groß, während er einen Punkt irgendwo hinter Anders anstarrte. Der Ausdruck auf seinem Gesicht sah für einen Moment fast komisch aus und auch Endela riss die Augen auf und ließ einen sonderbar zischenden Laut hören. Ein überraschtes Raunen und Murren lief durch die Menge, während Anders sich umdrehte und in die gleiche Richtung sah wie die Elder.

In der nächsten Sekunde hatte er Tamar, Aaron und alle anderen Elder ringsum einfach vergessen, ebenso wie alles andere. Er hatte nur noch Augen für Katt.

Nur dass sie nicht mehr Katt war …

Die wenigen Stunden, die sie getrennt gewesen waren, hatten ausgereicht, um das Katzenmädchen vollkommen zu verwandeln. Anders hätte nicht sagen können, wie, aber Maran hatte ein wahres Wunder vollbracht.

Obwohl viel kürzer, hatte sie ihr Haar kunstvoll aufgesteckt und mit schmalen Seidenbändern zu einer Frisur gebunden, die der der Elder glich. Sie trug ein schlichtes weißes Gewand mit kunstvollen goldenen Stickereien an den Säumen, das von einem schmalen, aus goldenen, silbernen und schwarzen Bändern geflochtenen Gürtel zusammengehalten wurde, und als krönenden Abschluss ein zierliches Halskettchen, das dem Morgens glich, nur deutlich kleiner war. Ihr Gesicht war einfach unbeschreiblich. Maran hatte sie offensichtlich geschminkt, war dabei aber so behutsam und geschickt zu Werke gegangen, dass es vollkommen natürlich aussah. Sie wirkte auf unmöglich in Worte zu kleidende Weise erwachsener und kindlicher zugleich, eine vollkommen erblühte Frau, aber auch noch immer ein Mädchen, welches das Kindsein gerade erst abgestreift hatte. Plötzlich wollte Anders nichts mehr, als zu ihr eilen und sie in die Arme zu schließen, um sie nie, nie wieder loszulassen. Ein Gefühl von so überwältigender Zärtlichkeit schlug über ihm zusammen, es tat fast weh. Er setzte dazu an, zu ihr zu eilen, und …

Culains Hand schloss sich so fest um seinen Oberarm, dass er vor Schmerz keuchte. Instinktiv wollte er sich losreißen, schaffte es nicht und fuhr wütend zu ihm herum.

Er sagte nichts von alledem, was ihm auf der Zunge lag, als er den Ausdruck auf dem Gesicht des Elder sah.

Es war blankes Entsetzen.

Culain war nicht der Einzige, der so reagierte. Auch Morgens Gesicht war kalkweiß geworden und in ihren Augen machte sich ein Ausdruck von Schrecken breit, dessen wahre

Tiefe er nicht einmal erfassen konnte. Und auch die anderen Elder – ausnahmslos alle starrten Katt an – wirkten zwar erstaunt und verwirrt, aber er sah auch eine Menge anderer, weniger guter Gefühle: Zorn, Spott und immer wieder Erschrecken oder auch blankes Entsetzen. Was ging hier vor? Anders verstand immer weniger, was diese absurde Reaktion auf Katts Erscheinen zu bedeuten hatte, und drehte sich fast Hilfe suchend zum Tisch um. In Endelas Augen loderte heiße Wut, während die beiden männlichen Elder gleichermaßen entsetzt wie auf eine schmerzerfüllte Art resigniert aussahen.

Verstört wandte er sich wieder zu Katt um und versuchte fast verzweifelt zu verstehen, was diese vollkommen widersinnige Reaktion auf ihre bloße Ankunft zu bedeuten hatte. Er hätte es noch verstanden, wäre sie so hier erschienen, wie er sie kannte, halb verhungert und abgerissen und verdreckt und auf den ersten Blick als ein Mitglied von Bulls Sippe zu erkennen, aber Maran hatte mehr als nur ein kleines Wunder vollbracht. Katt sah nicht mehr aus wie ein Tiermensch, sondern …

Und dann begriff er.

Anders riss sich endgültig los, trat einen Schritt zur Seite und starrte abwechselnd Morgen und Katt an.

Katt sah nicht mehr aus wie das wilde Katzenmädchen, als das er sie kennen gelernt hatte. Sie sah überhaupt nicht mehr aus wie ein Tiermensch. Mit dem weißen Kleid, dem hochgesteckten Haar und dem blitzenden goldenen Kettchen um den Hals sah sie aus wie …

Nein. Anders verbesserte sich in Gedanken. Sie *sah nicht so aus.*

Sie *war* eine zwanzig Jahre jüngere Ausgabe der Elder.

Und plötzlich verstand er alles. Er hätte nicht mehr in Morgens Augen sehen müssen, um die Antwort auf die Frage darin zu lesen, die er nicht auszusprechen wagte. Plötzlich ergab alles Sinn, was ihm bisher so sinnlos erschienen war. Er verstand den sonderbaren Ausdruck von Zärtlichkeit, den er so oft in Morgens Augen gelesen hatte, und die seltsame Trauer, die sie immer dann umgeben hatte, wenn sie in Katts Nähe gewesen war.

»Maran«, ächzte Culain. »Das ist Marans Werk.«

Anders hörte gar nicht hin. Er konnte nur immer wieder abwechselnd Morgen und Katt anstarren, und er fragte sich immer vergeblicher, wie er auch nur eine Sekunde lang so blind hatte sein können, es nicht zu bemerken. »Aber … aber wieso hast du nie … nie etwas gesagt?«, stammelte er.

»Schweig«, zischte Culain. Irgendwie brachte er es fertig, gleichzeitig zu schreien und so leise zu flüstern, dass keiner der anderen seine Worte verstand. »Willst du uns alle umbringen, du Narr?«

Hinter ihnen räusperte sich Aaron gekünstelt. Anders hörte, wie ein Stuhl scharrend zurückgeschoben wurde, als der Elder aufstand. Culain sah kurz über die Schulter zurück, und auch das eine oder andere schlitzohrige blasse Gesicht wandte sich dem Obersten des Hohen Rates zu, aber die allermeisten Elder starrten weiter unverwandt Katt an. Schließlich räusperte sich Aaron noch einmal und lauter und klatschte in die Hände, als er sein Ziel, die allgemeine Aufmerksamkeit auf sich zu ziehen, auch damit nicht erreichte.

»Nun, wo auch der letzte … Ehrengast des Abends eingetroffen ist«, sagte er leicht unbeholfen, »lasst uns mit dem Fest beginnen.« Er wedelte mit der Hand, um Anders' Blick einzufangen. »Anders. Warum geleitest du deine entzückende Weggefährtin nicht zum Tisch. Oder kennt man da, wo du herkommst, keine guten Manieren?«

Er lächelte, wie um den Worten nachträglich einen scherzhaften Klang zu verleihen, aber es war auch unmöglich, zu übersehen, wie nervös er war. Er wiederholte seine einladende Geste von gerade, nur dass jetzt rein gar nichts Befehlendes mehr daran war; sie wirkte eher hilflos.

Anders nickte stumm und ging ebenso wortlos zu Katt hin. Culain sah aus, als treffe ihn jeden Moment der Schlag, als er an ihm vorüberging (Anders' Mitleid hielt sich allerdings in

Grenzen), während Morgen so verzweifelt wirkte, dass sie ihm beinahe Leid tat.

Das alles aber spielte sich nur am Rande seines Bewusstseins ab. Selbst der Schock über das, was er gerade erfahren hatte – so gewaltig er auch sein mochte –, war irgendwie … unwirklich; als wäre das Ganze etwas, das nicht wirklich ihn betraf. Er hatte nur Augen für Katt, das zauberhafte, zerbrechliche Wesen, in das sie sich verwandelt hatte, und der Sturm von Gefühlen, der plötzlich durch seine Brust tobte, war so überwältigend, dass er ihm buchstäblich den Atem nahm.

Katt stand noch immer reglos an der gleichen Stelle unter der Tür, an der sie gerade erschienen war, und sie wirkte erschrocken und eingeschüchtert, was sie auf sonderbare Weise beinahe noch schöner erscheinen ließ. Anders näherte sich ihr mit langsamen, fast schon ehrfürchtigen Schritten, als ahne etwas in ihm, dass dieser kostbare Moment niemals wiederkehren würde, und versuchte ihn so lange auszudehnen, wie es überhaupt nur ging; und mit jedem Schritt, den er ihr näher kam, wurde ihm eines immer klarer: Bis zu diesem Moment hatte er sich stets gehütet, wirklich über eine bestimmte Frage nachzudenken – nein, über ein bestimmtes *Wort*, das ihm aus einem unerfindlichen Grund immer noch peinlich war –, aber nun gab es keinen Zweifel mehr. Er liebte sie. Keine Macht der Welt würde sie voneinander trennen, weder heute noch in drei Tagen oder irgendwann.

Einen Schritt vor Katt blieb er stehen, streckte den angewinkelten Arm aus und deutete eine Verbeugung an. »Ehrwürdige Dame«, sagte er lächelnd.

Katt wirkte nun endgültig verstört, griff aber trotzdem nach seinem dargebotenen Arm und legte leicht die Hand darauf, als hätte sie ihr Lebtag nichts anderes getan, und Anders wandte sich um, um sie zum Tisch des Hohen Rates zu führen. Sein Herz klopfte und es hatte durchaus etwas von einem Spießrutenlauf, zwischen den dicht gedrängt stehenden Elder hindurchzugehen, von denen sie nur die allerwenigsten freundlich betrachteten. Anders war es egal. Ihm war auch klar, was für ein gefährliches Spiel Aaron spielte. Noch waren nicht nur Endela und Tamar, sondern auch die allermeisten anderen Elder wie vom Schock gelähmt, aber dieser Zustand würde nicht ewig anhalten, und Gott allein (oder Oberon) wusste, was dann geschah. Die Stimmung konnte binnen einer Sekunde umschlagen. Es war ihm gleich. Ganz egal was sie versuchten ihnen anzutun, sie würden sie dadurch allerhöchstens noch mehr zusammenschweißen.

»Was geht denn hier vor?«, flüsterte Katt. Von allen Anwesenden hatte sie wahrscheinlich am allerwenigsten verstanden, was los war. Wie auch?

»Später«, gab Anders ebenso leise zurück. »Wir müssen miteinander reden, aber nicht jetzt.« Es hatte Culains Warnung nicht vergessen. So schwer es ihm auch fiel, er nahm sich vor, möglichst wenig mit Katt zu reden. Für seinen Geschmack gab es hier drinnen entschieden zu viele spitze Ohren, die begierig auf jedes Wort lauschten.

Sie gingen um den Tisch herum und nahmen nebeneinander auf den beiden freien Stühlen neben Aaron Platz, während Culain und Morgen die beiden anderen Plätze neben Endela ansteuerten. Anders gönnte zumindest Culain diese entzückende Tischnachbarin.

Was allerdings keineswegs hieß, dass er sich neben Aaron deutlich wohler fühlte. Der weißhaarige Elder lächelte, aber es war nur eine bloße Maske, die er übergestülpt hatte und die vermutlich nicht einmal ihn selbst überzeugte. Katt saß stocksteif aufgerichtet und mit steinernem Gesicht auf dem Stuhl neben ihm und allmählich begann nun doch so etwas wie Furcht in ihren Augen zu erwachen. Anders legte ihr beruhigend die Hand auf den Unterarm, zog die Finger dann aber fast hastig wieder zurück, als er Aarons Blick bemerkte. Ganz egal was er gerade selbst gedacht hatte, es machte wenig Sinn, den Bogen zu überspannen.

Aaron klatschte abermals in die Hände und einige menschliche Bedienstete kamen, um Essen und Wein zu bringen, und fast gleichzeitig erscholl ein misstönender Klang, der Anders für das Quäken einer kaputten Alarmsirene gehalten hätte, wären ihm nicht die sonderbaren Musikinstrumente eingefallen, die er vorhin neben der Tür gesehen hatte.

Der Anblick hatte ihn Schlimmes erwarten lassen, aber zumindest in diesem Punkt hatte er sich getäuscht.

Er wurde schlimmer.

Die ungute Stimmung wich nur ganz allmählich und auch nie vollkommen, obwohl sich vor allem Aaron alle Mühe gab, gute Laune zu verbreiten und den einen oder anderen in ein belangloses Gespräch zu verwickeln. Anders nahm von alledem allerdings noch immer nur am Rande Notiz. Seine Gedanken kreisten nach wie vor um das, was er gerade erfahren hatte, und er wurde zugleich nicht müde Katt anzusehen. Es fiel ihm immer schwerer, nicht einfach loszusprudeln und ihr zu erzählen, wer sie wirklich sei, und was das möglicherweise für sie beide bedeutete. Was er gerade erfahren hatte, war nicht nur geradezu unglaublich, es änderte *alles*.

Vielleicht eine Stunde verging, in der sich das große Fest der Elder allmählich zu etwas zu entwickeln begann, das Anders auf unangenehme Weise an die zu groß geratene Version genau jener Familienfeiern erinnerte, die er auch von zu Hause kannte und die er schon da gehasst hatte: Jedermann saß herum, aß und trank und versuchte mit mehr oder weniger Erfolg, fröhlich auszusehen; obwohl Anders ziemlich sicher war, dass sich die meisten einfach nur langweilten.

Darüber hinaus schien es nur ein einziges Gesprächsthema zu geben. Auch wenn er nichts von dem verstand, was an den Nebentischen gesprochen wurde, hätte er schon blind sein müssen, um die Blicke nicht zu bemerken, die verstohlen oder auch ganz unverblümt in ihre Richtung geworfen wurden.

Der erste Gang des Essens war verzehrt und die Diener sammelten das benutzte Geschirr ein – allerdings nur, um sofort unbenutzte Teller aufzutragen und natürlich Wein. Anders revidierte seine vielleicht doch etwas vorschnell gefasste Meinung von vorhin, als er sah, in welchen Mengen die Diener frisch gefüllte Weinkrüge heranschafften; und vor allem, in welchen Mengen die Elder das berauschende Getränk in sich hineinschütteten. Die erhoffte Wirkung blieb allerdings aus – aber der Abend war ja auch noch jung.

Die Gelegenheit, auf die er so ungeduldig gewartet hatte, kam, nachdem sie eine gute weitere Stunde schweigend nebeneinander gesessen hatten. Aaron hatte ihn ein- oder zweimal angesprochen, aber nur einsilbige Antworten bekommen, und es schließlich aufgegeben, und irgendwann erhob er sich und verließ den Raum. Kaum eine Minute später gingen auch Endela und Tamar, und eine weitere Minute danach erhoben sich auch Culain und Morgen und schlenderten so unauffällig zur Tür, dass es selbst dem Dümmsten auffallen musste.

»Warum sagst du eigentlich die ganze Zeit über nichts?«, fragte Katt – vorsichtshalber aber auch erst, nachdem sie allein waren, und so leise, dass kein anderer die Worte verstehen konnte. Wenigstens hoffte Anders das. Nun, nachdem sie allein an dem großen Ehrentisch saßen, schienen sie gleichermaßen ins Zentrum der allgemeinen Aufmerksamkeit gerückt zu sein. Und an den Blicken, mit denen die Elder ihn und vor allem Katt maßen, hatte sich nicht viel geändert. Im Gegenteil: Anders glaubte in mehr als einem Gesicht einen Ausdruck blanken Hasses zu sehen.

»Weil Culain es mir verboten hat«, antwortete er mit einiger Verspätung. Er sah zur Tür. Weder Aaron noch einer der anderen waren bisher wieder aufgetaucht und er hatte das sichere Gefühl, dass das auch so schnell nicht passieren würde.

Katt blinzelte. »Verboten? Und du hältst dich daran?«

»Er hat es nicht direkt verboten«, erwiderte Anders ausweichend. »Aber er war der Meinung, dass es besser wäre, wenn wir nicht miteinander reden.« Er hob die Schultern. »Das war allerdings, bevor du ...«

»Bevor ich was?«, erkundigte sie sich, als er nicht weitersprach.

Anders reagiere auch jetzt nicht sofort, sondern maß sie mit einem langen eindeutig bewundernden Blick. Statt direkt zu antworten fragte er: »Wer hat dich eigentlich so zurechtgemacht?«

»Zurechtgemacht?«, wiederholte Katt verständnislos.

»Deine Haare«, erklärte Anders. »Das Kleid und der Schmuck und alles ... war das wirklich Morgen?«

»Sie wollte es«, antwortete Katt kopfschüttelnd. »Aber dann hatte sie keine Zeit und hat es Maran übertragen.« Sie machte ein erschrockenes Gesicht. »Hat sie es nicht gut gemacht? Starren mich deshalb alle so an?«

»Nein«, sagte Anders schnell. »Ganz im Gegenteil. Ich fürchte fast, Maran hat es ein bisschen zu gut gemacht.«

»Das verstehe ich nicht«, sagte Katt. Sie sah sich hastig und erschrocken um.

Diesmal konnte Anders ein leises Lachen nicht mehr ganz unterdrücken. So unglaublich es ihm auch selbst vorkam: Katt schien selbst als Einzige hier keine Ahnung zu haben. »Wenn du einen Spiegel hättest, würdest du diese Frage nicht stellen.« Er stand auf. »Komm. Wir suchen einen.«

Katt sah ihn erneut regelrecht erschrocken an, doch Anders schob einfach seinen Stuhl zurück und griff nach ihrem Arm, um sie in die Höhe zu ziehen. Hier und da wurde eine hohe Stirn gerunzelt oder ein Paar wie mit dünnem Bleistift gezogene Augenbrauen zusammengezogen, und vermutlich wuchs sein Minuskonto bei Culain durch diese Aktion um etliche weitere Punkte. Aber streng genommen hatte ihm der Elder nur verboten in Gegenwart anderer mit Katt zu *reden,* nicht, mit ihr wegzugehen. Wahrscheinlich war Culain nicht in der Stimmung für solcherlei Haarspaltereien, doch auch das würde er gleich herausfinden.

Katt wollte nach seiner Hand greifen, aber er entzog sich ihr auf möglichst unauffällige Weise und dirigierte sie mit einer entsprechenden Kopfbewegung zur Tür. Wenn er vorhin das Gefühl gehabt hatte, einen Spießrutenlauf zu absolvieren, so musste er wohl für das, was er nun empfand, ein neues Wort erfinden.

Draußen auf dem Gang wurde es eher schlimmer. Es gab hier keine Elder, wohl aber mindestens ein Dutzend menschliche Dienerinnen und Diener, die alle Hände voll damit zu tun hatten, Speisen und Getränke herbeizuschaffen und sich auch ansonsten um alle Wünsche ihrer noblen Gäste zu kümmern. Allein die weißen Kleider, die Katt und er trugen, führten schon dazu, dass sie ihnen respektvoll auszuweichen versuchten, aber der Gang war einfach zu schmal – erst recht, um irgendwo ungestört reden zu können.

Anders sah sich unschlüssig um. Auf den ersten Blick ähnelte der Gang dem in Morgens Haus und war allenfalls ein Stück länger, aber sie wussten natürlich nicht, was hinter den anderen Türen war. Anders bezweifelte, dass sie irgendwo einen Platz finden würden, um in Ruhe zu reden.

»Gehen wir nach draußen«, schlug er vor und eine Stimme hinter ihm sagte: »Das halte ich nun wirklich nicht für eine gute Idee, Junge.«

30

Anders fuhr erschrocken herum und blickte geschlagene fünf Sekunden lang in Aarons Gesicht, bevor er seine Sprache wiederfand und sich zu einer halbwegs intelligenten Antwort aufrappeln konnte. »Oh.«

»Ja, etwas in der Art wollte ich gerade auch sagen«, erwiderte Aaron mit einem angedeuteten Lächeln. Er schüttelte den Kopf. »Ihr solltet das Haus nicht verlassen, zumindest jetzt nicht. Aber ich war ohnehin auf dem Weg, um euch zu holen.«

»Warum?«, fragte Anders erschrocken.

»Wir haben etwas zu besprechen«, antwortete Aaron. »Folgt mir.«

Sie betraten ein winziges Zimmer mit einer weiteren Tür an der Rückseite, durch die aufgeregte Stimmen drangen. »Wartet hier«, befahl Aaron.

Er verschwand durch die nächste Tür, ohne sie noch eines Blickes zu würdigen; anscheinend kam er nicht einmal auf die *Idee*, dass sie irgendetwas anderes tun könnten als ihm zu gehorchen. Anders wandte sich in fast beschwörendem Ton an Katt. »Ganz egal was sie jetzt sagen oder tun«, flüsterte er, »widersprich ihnen nicht. Es spielt keine Rolle.«

»Wieso?«, fragte Katt verwirrt. »Was ist denn nur ...«

»Weil wir noch heute Nacht verschwinden«, unterbrach sie Anders. Er machte eine Kopfbewegung zur Tür hin, die Aaron gerade durchschritten hatte. »Ich weiß nicht genau, was sie da drinnen wieder ausbrüten, aber es ist mir auch egal.« Er schüttelte den Kopf und hob gleichzeitig die Hand, als sie etwas sagen wollte. Vermutlich blieben ihnen nur wenige Augenblicke. »Morgen hat mir gesagt, dass du noch bis zum Ende des Festes bleiben wirst. Noch drei Tage. Wir verschwinden heute Nacht, sobald alle betrunken genug sind und nichts merken. Wenn du immer noch willst.«

»Natürlich«, erwiderte Katt, aber die Antwort kam Anders ein bisschen zu schnell. Er schüttelte erneut den Kopf.

»Du hast es dir wirklich genau überlegt?«, beharrte er. »Es könnte ziemlich gefährlich werden. Wir könnten beide dabei sterben.«

»Das ist mir egal«, antwortete sie. »Ich will nicht ohne dich zurück.«

»Wie rührend.« Die Tür wurde aufgestoßen und Culain trat ein. Er sah noch blasser und kränklicher aus als zuvor, aber seine Augen loderten trotzdem vor Zorn. »Wenn es nicht so unglaublich dumm wäre, bräche es mir glatt das Herz.«

Anders hätte vor Enttäuschung am liebsten laut aufgeschrien. Sie hatten nur geflüstert, doch Culain musste dennoch jedes Wort mitbekommen haben! Es war alles vorbei. Nun, wo der Elder wusste, was sie vorhatten, würde er ganz bestimmt keine Gelegenheit mehr bekommen, sich Katt auch nur zu *nähern* – und das alles nur, weil er eine Sekunde lang leichtsinnig gewesen war!

»Was tut ihr hier?«, fauchte Culain. »Hatte ich euch nicht befohlen zu bleiben, wo ihr seid?«

»Genau genommen nicht«, antwortete Anders. »Du hattest mich *gebeten*, nicht mit ihr zu reden, solange jemand zuhört. Das habe ich getan.« Er nickte bekräftigend. »Wir haben kein Wort gesprochen auf dem ganzen Weg hierher.«

Seine Einschätzung, was Culains Duldsamkeit für Frechheiten oder Haarspaltereien anging, schien richtig gewesen zu sein. Das Gesicht des Elder begann allmählich rot anzulaufen, was Anders' Hoffnung auf einen bevorstehenden Schlaganfall neue Nahrung gab.

»Du verdammter ...«, begann Culain, brach aber dann mitten im Satz ab und starrte Katt und ihn abwechselnd und beinahe hasserfüllt an. Er hob die unverletzte Hand, wie um sie zu schlagen, und Katt zuckte erschrocken zusammen und drängte sich Schutz suchend an ihn.

»Keine Angst«, sagte Anders ruhig. »Er wird dir nichts tun.« Er wartete, bis Culain ihm direkt in die Augen sah, und fügte dann mit einem kühlen, nur angedeuteten Lächeln hinzu: »Kein Vater würde seine eigene Tochter schlagen, oder?«

Culain wurde noch blasser und Katt drängte sich instinktiv noch enger an ihn und sagte: »Aber wir ha...« Sie brach mitten im Wort ab, stand für die Dauer von drei oder vier endlosen schweren Herzschlägen wie zur Salzsäule erstarrt da und löste sich dann mühsam aus seiner Umarmung. Sie stolperte mehrere Schritte zurück, sog japsend die Luft ein und starrte erst ihn, dann den Elder und dann wieder ihn aus weit aufgerissenen Augen an. »Was ... hast du ... gesagt?«, stammelte sie. Sie versuchte zu lächeln, aber es geriet zur Grimasse.

»Dass ein Vater seine Tochter niemals schlagen würde«, wiederholte Anders. Er ließ Culain keinen Sekundenbruchteil aus den Augen, und was er in diesem Moment in seinem Gesicht las, das entschädigte ihn für vieles von dem, was der Elder ihm in den zurückliegenden Wochen angetan hatte. »Jedenfalls da, wo ich herkomme. Hier ist das ja vielleicht etwas anderes.« Sein Lächeln wurde noch eine Spur kühler. »Ich habe gehört, hier verfüttern sie sie manchmal an ihre Hunde.«

»Hör … sofort … auf«, keuchte Culain. Er zitterte mittlerweile am ganzen Leib.

»Was … was bedeutet … das?«, murmelte Katt hilflos. »Anders, was … was meinst du damit?«

»Dass er dein Vater ist«, antwortete Anders mit einer entsprechenden Kopfbewegung auf den Elder. Culain schien sich unter seinen Worten zu krümmen und Anders genoss jeden Augenblick in vollen Zügen. Er hatte es nie verstanden, aber es *tat* gut, das Messer in der Wunde umzudrehen.

»Das ist nicht … nicht wahr«, murmelte Katt. »Das sagst du nur, um … um mich zu quälen oder dich … dich über mich lustig zu machen.«

»Lustig?« Anders schnaubte. »Ich wüsste nicht, was daran lustig sein sollte.« Er wies erneut und jetzt mit einer eindeutig anklagenden Geste auf den Elder. »Ich weiß nicht genau, ob Culain dein Vater ist. Vielleicht weiß er es ja nicht einmal selbst. Aber Morgen ist deine Mutter.«

Für zwei, drei Sekunden wurde es vollkommen still. Niemand sagte etwas. Niemand *atmete.*

»Das ist nicht wahr«, flüsterte Katt schließlich. »Das kann gar nicht sein!«

»Aber warum denn nicht?«, fragte Anders kalt und noch immer ohne Culain aus den Augen zu lassen. Der Elder litt Höllenqualen. Gut. »Du hast es mir doch selbst erzählt – schon vergessen? Manchmal holen die Elder Kinder ab, aber manchmal bringen sie auch Neugeborene aus Tiernan zu euch. Wo bist du geboren worden, Katt? In den Ödlanden oder hier in Tiernan?«

»Hier«, flüsterte Katt. Ihre Augen füllten sich mit Tränen, als sie Culain anstarrten. »Aber ich dachte, dass … dass …« Ihre Stimme versagte und Anders führte den Satz für sie zu Ende.

»Dass du das Kind einer Menschenfrau bist, der die Natur einen üblen Streich gespielt hat, nicht wahr?« Er nickte grimmig. »Ja, das sollten wohl alle denken. Aber wie es aussieht, hat Mutter Natur einen viel schwärzeren Sinn für Humor, als alle denken. Sie macht nicht einmal vor den edlen Elder halt.«

»*Hör sofort auf!*«

Anders drehte sich betont langsam um und blickte in Morgens Gesicht. Er hatte nicht einmal gehört, dass sie hereingekommen war, aber es war ihm auch vollkommen gleichgültig, ob oder wie viel sie von seinen Worten mitbekommen hatte. Im Gegenteil. Ein weiteres Opfer. Gut.

»Warum?«, fragte er herausfordernd. »Tut die Wahrheit so weh? Kannst du einfach den Gedanken nicht ertragen, dass ihr doch nichts Besseres als diese primitiven dummen Menschen seid, die ihr euch als Haustiere haltet? Oder hast du plötzlich deine Muttergefühle wiederentdeckt?«

Irgendetwas in Morgens Blick schien zu zerbrechen und Anders konnte regelrecht sehen, wie sehr sie seine Worte verletzten. Er wollte das gut finden, sich an seinem Triumph laben, aber es gelang ihm nicht. Noch vor einer Sekunde hatte er noch sehr viel mehr parat gehabt um ihr wehzutun, doch plötzlich brachte er kein Wort mehr heraus. Im Gegenteil. Seine Kehle war mit einem Mal wie zugeschnürt.

»Aber das … das kann doch nicht …«, stammelte Katt. Zitternd und so mühsam, als kämpfe sie gegen einen unsichtbaren Widerstand an, drehte sie sich zu der Elder um und sah zu ihr hoch. »Das ist nicht wahr, oder?«, flüsterte sie. »Sag, dass das … dass das nicht wahr ist.«

Morgens Gesicht war vollkommen ausdruckslos, doch der Schmerz in ihren Augen nahm noch einmal zu. Katt starrte sie weitere drei, vier Atemzüge lang an. Sie zitterte am ganzen Leib und plötzlich brachen sich die Tränen ihre Bahn und begannen in Strömen über ihr Gesicht zu laufen.

Morgen machte eine Bewegung – vielleicht auch nur den Ansatz dazu –, wie um auf das Mädchen zuzugehen, und Katt prallte fast entsetzt zurück und drängte sich an Anders. Der Schmerz in Morgens Augen wurde zu etwas anderem, dessen bloßer Anblick Anders schier das Herz brach.

Wieso war es so falsch? Wie oft hatte er diese Szene in Gedanken durchgespielt, den Moment, in dem er den Elder endlich alles heimzahlen konnte, gleich wie, den Augenblick seines Triumphes, in dem *sie* es waren, die sich vor *ihm* im Staub krümmten, und wie sehr hatte er die Vorstellung genossen, in ihren Gesichtern den gleichen Schmerz zu lesen, den sie ihm so überreichlich zugefügt hatten? Doch es gab einen Unterschied zwischen den großen Dramen, die man im Fernsehen oder auf der Kinoleinwand verfolgte, und der Realität. Er war sehr simpel, aber auch genauso grausam: In der Wirklichkeit gab es keine Gewinner.

Die Tür hinter Culain ging auf und Aaron und Endela traten ein. »Doch«, sagte Aaron ruhig. »Es ist wahr, Kind.«

Katt sah nicht einmal zu ihm hin, sondern starrte weiter Morgen an. Die Tränen liefen in Strömen über ihr Gesicht, aber sie gab nicht den mindesten Laut von sich. Anders konnte spüren, wie rasend ihr Herz schlug, und jeder einzelne Herzschlag schien sich wie eine dünne, rot glühende Messerklinge in seine Brust zu bohren. Plötzlich musste auch er gegen die Tränen ankämpfen. Er hatte alles falsch gemacht. Jede Träne, die Katt weinte, jedes Quäntchen Schmerz, das er in Morgens Augen las, war ganz allein seine Schuld.

Aaron wandte sich mit ernstem Gesichtsausdruck an ihn. »Das war absolut unnötig, Junge«, sagte er. Seine Stimme war frei von jedem Vorwurf oder gar Zorn. Es war eine reine Feststellung, nicht mehr und nicht weniger – und vielleicht war es gerade das, was es so schlimm machte.

»Was hast du erwartet?«, mischte sich Endela ein. Sie verzog abfällig die Lippen. »Ich habe euch gewarnt! Ich habe euch gesagt, was passieren wird, wenn sie auf dem Fest auftaucht.«

»Ja, ja, aber wie üblich hat natürlich wieder niemand auf dich gehört«, seufzte Aaron. »Wir wissen alle deinen Weitblick und deine Voraussicht zu schätzen, Endela. Das Leben ist manchmal einfach zu ungerecht, vor allem wenn man umso vieles klüger und vorausschauender ist als alle anderen. Wie hältst du es nur die ganze Zeit mit uns aus?«

Endelas Augen blitzten kampflustig. »Und was ist passiert?« schnappte sie. »Und vor allem, was *wird* vielleicht noch passieren?«

»Nichts, was nicht geschehen soll«, seufzte Aaron. Er sprach noch immer leise. Und er machte sich noch immer nicht einmal die Mühe, sich zu Endela umzudrehen, aber Anders spürte trotzdem, dass sich seine Geduld allmählich dem Ende zuneigte. »Die Entscheidung liegt nicht mehr bei uns. Sie hat auch nichts mit dem Hohen Rat zu tun. Deswegen wäre es besser, die Angelegenheit bliebe unter uns – und du würdest auch darauf verzichten, Tamar von dieser Wendung zu unterrichten, meine Liebe. Du kennst seine radikalen Ansichten.«

Endelas Augen flammte nur noch heller auf, doch sie sagte nichts mehr, sondern presste nur die Lippen zu einem schmalen blutleeren Strich zusammen.

Aaron schien noch einen Moment lang darauf zu warten, dass sie weitersprach, aber dann schüttelte er nur stumm den Kopf und wandte sich wieder direkt an Katt. Sein Blick wurde weich. »Es tut mir Leid, dass du es so erfahren musstest, mein Kind«, sagte er. Nur für den Bruchteil eines Lidschlages löste sich sein Blick von Katts Gesicht und streifte das Anders', und für den gleichen unendlich kurzen Moment las Anders eine Mischung aus Zorn und resignierter Enttäuschung in seinen Augen. Dann wandte er sich wieder an Katt. »Du brauchst keine Angst zu haben, Kind«, sagte er. »Oberons Auge selbst hat über dein Schicksal entschieden und niemand hier wird an seiner Entscheidung zweifeln.«

»Bist du da sicher?«, fragte Anders.

Endela atmete scharf ein und Aaron machte eine rasche besänftigende Geste in ihre Richtung, bevor er sich mit veränderter Miene an Anders wandte und den Kopf schüttelte.

»Du solltest wirklich mit diesem Unsinn aufhören, Junge.«

»Womit?«, fragte Anders mit ätzendem Spott. »Tut mir ja Leid, aber es fällt mir nun einmal schwer, mich an den Gedanken zu gewöhnen, dass irgendein mythischer Gott da oben auf einer Wolke hockt und sich anmaßt über unser Schicksal zu entscheiden – oder drei reinblütige Arier, die sich bunte Stirnbänder überstreifen und behaupten, damit in seinem Namen zu sprechen.«

»Hör auf«, flüsterte Katt. »Bitte, hör auf damit, Anders.«

»Warum?«, fragte Anders trotzig. »Hast du vielleicht Angst, dir den Zorn Gottes zuzuziehen? Ich nicht.« Er funkelte Aaron – und vor allem Endela – herausfordernd an und fuhr in noch abfälligerem Ton fort: »Vielleicht irre ich mich ja und mich trifft ein Blitz göttlicher Vergeltung, sobald ich das Haus verlasse, um mich zu Asche zu verbrennen – aber wisst ihr was? Das Risiko gehe ich ein.«

Katt schluchzte laut auf, riss sich los und stürmte so schnell aus dem Raum, dass niemand eine Chance hatte, sie aufzuhalten.

»Bitte geh ihr nach«, wandte sich Aaron an Morgen. »Ich glaube, sie braucht dich jetzt.«

Seine Reaktion überraschte Anders, aber er war noch längst nicht wieder in der Verfassung, irgendwie vernünftig zu reagieren. Er wollte es auch gar nicht. Irgendetwas hielt ihn davon ab, Morgen weiter wehzutun – vielleicht nur die simple Tatsache, dass sie Katts Mutter war und er das absurde Gefühl hatte, Katt damit ganz automatisch dasselbe anzutun wie ihr –, doch das galt nicht für Aaron und die anderen. Er wartete gerade lange genug, bis auch die Elder das Zimmer verlassen hatte, bevor er sich mit hohntriefender Stimme wieder an Aaron wandte. »Wie herzergreifend. Soll sie Katt noch ein bisschen trösten, bevor ihr sie zurück zu diesen Mutanten schickt?«

Aaron seufzte. »Wenn dir wirklich etwas an dem Mädchen liegt, solltest du aufhören ihr falsche Hoffnungen zu machen«, sagte er ruhig.

»Falsche Hoffnungen?«, wiederholte Anders patzig. Er zog eine Grimasse. Selbst in Culains Augen erschien eine Spur von Schrecken und in Anders' Gedanken war mit einem Mal eine leise, aber fast beschwörende Stimme, die ihm dringend riet sich genau zu überlegen, was er als Nächstes sagte. Schließlich sprach er nicht mit *irgendeinem* Elder, sondern mit dem mächtigsten Vertreter eines Volkes, das nicht unbedingt für seine Duldsamkeit und seinen Großmut bekannt war. Auch wenn er immer noch über die Frage nachgrübelte, warum man ihm eine solch besondere Behandlung angedeihen ließ, so zweifelte er doch keine Sekunde daran, dass es Aaron nur ein Fingerschnippen kostete, ihn zu vernichten.

Irgendwie war es ihm jedoch plötzlich egal. Es war alles vorbei. Bisher hatte er sich noch immer an die – wenn auch vielleicht aberwitzige – Hoffnung geklammert, dass ihr verwegener Plan doch noch aufgehen könnte, aber nun war alles zu Ende. Er würde Katt verlieren und vermutlich konnte er noch von Glück sagen, wenn Culain ihn das nächste Mal in zehn Jahren ohne eine Bleikugel am Fuß und ein Dutzend Aufpasser aus dem Haus ließ. Was hatte er noch zu verlieren?

Nun ja – zum Beispiel sein Leben oder auch ein paar Gliedmaßen, je nach dem wie sehr er Culain noch reizte …

»Wer sagt euch denn, dass es falsche Hoffnungen sind?«, fragte er. »Glaubt ihr wirklich, ihr könnt mich hier festhalten, wenn ich es nicht will?« Er schüttelte demonstrativ den Kopf. »Wir bleiben zusammen.«

»Selbst wenn es euren Tod bedeutet, wie?«, seufzte Aaron. Obwohl er Culain den Rücken zudrehte, schien er irgendwie zu registrieren, dass sich das Gesicht des Elder noch weiter verfinsterte, denn er hob rasch die Hand und fuhr mit lauterer Stimme fort: »In nicht allzu ferner Zukunft werden wir darüber reden müssen, was Mut von Unverschämtheit unterscheidet und einen Jungen von einem Mann. Aber nicht heute.«

»O ja, ich verstehe«, sagte Anders bitter. »So in drei oder vier Jahren am besten, wenn ich sie vergessen und mich daran gewöhnt habe, hier gefangen zu sein, wie?«

Zu seinem nicht geringen Erstaunen reagierte Aaron auch diesmal nicht wütend auf diese neuerliche Unverschämtheit, sondern lächelte plötzlich, wenn auch auf eine Art, die Anders schier rasend machte. Er schüttelte den Kopf. »Das hat keinen Sinn«, seufzte er. »Muss ich dich in Ketten legen lassen oder versprichst du mir vernünftig zu sein – sagen wir für zwei Stunden?«

»Zwei Stunden?«, wiederholte Anders misstrauisch. »Was soll dann passieren?«

Statt direkt zu antworten wandte sich Aaron mit einem neuerlichen Seufzen um und wieder an Culain. »Bitte geht und seht nach, wie weit die Vorbereitungen sind«, sagte er. »Wir sind ohnehin schon spät dran. Ich fürchte, Tamar und die anderen werden allmählich ungeduldig.«

Culains Blick machte deutlich, was er von diesem Vorschlag hielt, aber er funkelte Aaron lediglich noch einen Atemzug lang zornig an und drehte sich dann mit einem Ruck herum um wütend hinauszustampfen.

Aaron sah ihm kopfschüttelnd nach, aber er sagte nichts mehr, sondern bedachte Anders nur mit einem langen nachdenklichen Blick, in den sich wieder dieses sonderbare Lächeln mischte, das Anders mit jedem Augenblick mehr beunruhigte.

31

Anders zog fröstelnd die Schultern zusammen und versuchte irgendwie den eisigen Wind zu ignorieren, der von Süden her über das Tal strich und sich heulend an den steil aufragenden Granitflanken der Berge brach. Sie waren seit einer guten halben Stunde hier und es kam ihm so vor, als wäre es vom ersten Moment an ununterbrochen kälter geworden. Er hatte längst begonnen diejenigen unter den Elder zu beneiden, die warme Umhänge und Mäntel über ihren Kleidern trugen. Mittlerweile betrachtete er Morgens Behauptung, was das bevorstehende Ende des Sommers anging, schon nicht mehr ganz so skeptisch wie noch vor einer Stunde. Es musste auf Mitternacht zugehen, vermutete er, denn auch der auffrischende Wind hatte es nicht geschafft, die Wolken vom Himmel zu vertreiben, sodass weder Mond noch Sterne zu sehen waren – und zumindest der eisige Biss des Windes erinnerte durchaus an eine unangenehme Novembernacht, nicht an einen Tag im Spätsommer.

Falls es noch Spätsommer war. Anders wusste es nicht. Er hatte im Laufe des Abends mehrmals und mit wachsender Verwirrung nachzurechnen versucht, wie lange er nun eigentlich schon hier war, aber er war jedes Mal zu einem anderen Ergebnis gekommen. In der Welt, aus der er stammte, musste es längst September sein, wenn nicht Oktober, doch diese Worte hatten hier keinerlei Bedeutung. Wie so vieles.

Anders verscheuchte den Gedanken, als Katt eine Kopfbewegung ins Tal hinab machte und ihr Haar dabei an seiner Wange kitzelte. Er hatte den Arm um ihre Schulter gelegt und sie eng an sich gedrückt, natürlich um ihre Nähe zu spüren (und ein bisschen um Culain zu ärgern), aber wenn er ehrlich war auch, um ein wenig von ihrer Körperwärme zu stibitzen, die tatsächlich um ein oder zwei Grad höher zu liegen schien als die eines Menschen.

Katts deutende Geste galt einer unregelmäßigen Kette roter Lichter, die sich ihrer Position vom Tal aus näherte. Sie hatten sich schon eine geraume Weile dort unten bewegt, ohne dass er irgendein Muster in ihrem ruhelosen Hin und Her hätte erkennen können, wie eine Schule winziger leuchtender Tiefseefische, die in ihrer Welt aus immer währender Finsternis einen geheimnisvollen Tanz tanzten, und am Anfang hatte er sie einfach für einen Teil des Festes gehalten; vielleicht eine Gruppe aus feiernden Bauern, die fackelschwenkend und betrunken durch die Felder zogen.

Aber ganz offenbar war dem nicht so. Katt war nicht die Einzige, die den blinzelnden roten Sternen, die sich langsam zu einer immer makelloseren Doppelreihe formierten, konzentriert zusah. Nahezu alle Elder waren mittlerweile aus dem Haus getreten und drängten sich auf dem schmalen Gitterbalkon, der Oberons Halle an drei Seiten umgab. Der Platz reichte nicht für die gut hundertfünfzig hoch gewachsenen Männer und Frauen, sodass etliche auf der Treppe Aufstellung genommen oder auch Plätze oben hinter den Fenstern ergattert hatten. Dennoch hatten Katt und er nahezu die besten Plätze bekommen, gleich vorne am Geländer, von wo aus sie einen beinahe perfekten Ausblick über das gesamte Tal hatten. Die Elder hatten ihnen bereitwillig Platz gemacht, obwohl sie Oberons Halle fast als Letzte verlassen hatten.

»Reiter«, sagte Katt plötzlich. »Das sind Elder zu Pferde. Sie sind bewaffnet.«

Anders sah genauer hin, aber für ihn blieben die auf und ab hüpfenden Punkte dort unten genau das: auf und ab hüpfende Punkte. Er vergaß immer wieder, um wie vieles schärfer Katts Sinne waren. »Bewaffnet?«, vergewisserte er sich.

»Die Pferde sind mit Decken geschmückt und viele Elder tragen Fahnen und bunte Wimpel«, bestätigte Katt. »Ich glaube, Culain führt sie an … aber ich bin nicht ganz sicher.«

»Welche Farbe haben seine Socken?«, erkundigte sich Anders.

Katt löste für einen Moment den Kopf von seiner Schulter und sah ihn verwirrt an und Anders grinste breit. »Nur ein Scherz«, sagte er. »Was tun sie?«

Katt erwiderte sein Lächeln nicht, sondern wirkte nur noch verwirrter, aber schließlich lehnte sie den Kopf wieder an seine Schulter und sah ins Tal hinab.

»Sie nehmen Aufstellung«, sagte sie. »Zu einer Art Prozession oder so was.«

»In zwei Reihen?«, fragte Anders. »Mit Culain und Tamar an der Spitze?«

Katt nickte und nach einem kurzen Augenblick tat Anders – nachdenklich – dasselbe. In der gleichen Formation waren die Elder auch weggeritten, als sie vor einer guten Woche zur Jagd aufgebrochen waren. »Sie kommen in der gleichen Aufstellung zurück, in der sie losgeritten sind.« Er hob die Schultern. »Wahrscheinlich gehört das irgendwie zum Zeremoniell.«

»Sie bringen die Trophäen«, sagte Katt. Ihre Stimme schien dabei einen bitteren Klang anzunehmen, aber Anders schob das auf die Kälte. Er verstand ohnehin nicht mehr wirklich, woher Katt die Kraft nahm, äußerlich so ruhig – beinahe schon heiter – zu bleiben. Für sie musste in den letzten Stunden eine Welt zusammengebrochen sein. Dennoch hätte man meinen können, dass sie vollkommen entspannt neben ihm stand und an nichts anderes dachte, als das Fest in vollen Zügen zu genießen. Konnte es sein, dass ihr das, was sie gerade erfahren hatte, tatsächlich so wenig bedeutete? Anders konnte das nicht glauben. Er wusste nicht, was Katt und Morgen miteinander besprochen hatten. Sie waren eine gute Stunde weggeblieben, und als sie zurückkehrten, waren Katts Tränen versiegt und der Schmerz in Morgens Augen war zu etwas anderem geworden, das er nicht wirklich einzuordnen vermochte. Er hatte sie nicht gefragt, was gewesen war, und er würde es auch nicht tun, solange sie nicht von sich aus das Gespräch darauf brachte.

Die doppelte Lichterkette unter ihnen hatte sich mittlerweile fast perfekt ausgerichtet und die letzten Lücken begannen sich zu schließen. In wenigen Augenblicken musste sich der Zug in Bewegung setzen, und da das Tal nicht besonders groß war, würden sie vermutlich in längstens fünf Minuten unten am Fuß der Treppe angelangt sein. Wenigstens hoffte er das. Fünf Minuten länger und sie würden wahrscheinlich erfrieren. Der Wind, der vom Tal heraufwehte, schien mit jeder Sekunde kälter zu werden, und Anders musste mittlerweile einen guten Teil seiner Konzentration dafür aufwenden, nicht zu zittern und vor lauter Kälte mit den Zähnen zu klappern.

Ohne den Arm von Katts Schulter zu nehmen oder den Kopf mehr als unbedingt nötig zu drehen, sah er sich verstohlen um. Sie waren in der Menge zwei Köpfe größerer, weiß gekleideter Gestalten regelrecht eingekeilt, aber dennoch schien keiner der Elder wirklich Notiz von ihnen zu nehmen. Aller Aufmerksamkeit konzentrierte sich auf die Reiterkolonne, die sich genau in diesem Moment in Bewegung setzte. Viel langsamer, als er erwartet hatte, aber sie *setzte* sich in Bewegung.

»Bist du immer noch bereit?«, flüsterte er.

Katt wollte den Kopf drehen um ihn anzublicken, aber Anders schloss sie kurz und warnend in den Arm, und Katt verstand und ließ ihre Wange an seiner Schulter ruhen. »Wozu?«, fragte sie.

»Von hier zu verschwinden«, murmelte er.

Katt fuhr so heftig zusammen, dass einer der neben ihr stehenden Elder sich umwandte und stirnrunzelnd auf sie hinabblickte.

»Mir ist auch kalt«, sagte er laut und in ganz bewusst leicht unwilligem Tonfall. »Aber es kann jetzt nicht mehr lange dauern.« Der Elder wandte den Blick wieder ab und Anders vergrub für einen Moment das Gesicht in ihrem Haar und tat so, als versuche er ihr Ohr zu küssen.

»Ich verstehe, wenn du nicht mehr willst, aber ich werde auf jeden Fall gehen«, flüsterte er.

»Du bist verrückt«, murmelte Katt.

»Das weiß ich selbst«, antwortete Anders lachend und ganz bewusst so laut, dass der Elder, der sie gerade so misstrauisch angesehen hatte, die Worte einfach hören *musste.* »Aber das ist keine Antwort auf meine Frage. Also – willst du?«

Der Elder drehte sich erneut zu ihnen um und diesmal wirkte sein Stirnrunzeln nicht mehr misstrauisch, sondern tadelnd; und mehr als nur *ein wenig* abfällig. Anders antwortete mit einem breiten Grinsen und ließ seine Hand von ihrer Schulter hinunter und zu ihrer Hüfte gleiten. Der Elder sah hastig weg.

»Aber das geht doch nicht«, murmelte Katt. »Jetzt nicht mehr!«

»Wenn überhaupt, dann jetzt«, erwiderte Anders. »Überleg es dir einfach. Lass dir ruhig Zeit. Du musst nur nicken, wenn du bereit bist.«

Katt nickte nicht – wenigstens nicht sofort. Sie schmiegte sich nur noch enger an ihn. Anders konnte spüren, wie heftig ihr Körper unter dem dünnen Kleid zitterte, aber das lag jetzt bestimmt nicht mehr nur an der Kälte und dem eisigen Wind, dessen Zähne nicht bloß in seiner Einbildung nun deutlich schmerzhafter zubissen. Unter ihnen loderten jetzt immer mehr Feuer auf, und obwohl Anders' Augen nicht annähernd so scharf waren wie die Katts oder der Elder, konnte er eine Anzahl Gestalten erkennen, die Fackeln trugen und mit raschen Schritten hin und her eilten, um eine gleichmäßige Doppelreihe von Feuerschalen in Brand zu setzen, die den Weg der Reiterkolonne flankierten.

Die Reiter selbst waren noch immer zu weit entfernt, als dass Anders sie genauer erkennen konnte, aber er sah zumindest, dass sie tatsächlich wieder in voller Montur und Waffen auf ihren Pferden saßen. Wenn Katt Recht hatte und es tatsächlich Culain war, der sie anführte, dann musste der Elder buchstäblich sein allerletztes bisschen Kraft zusammengerafft haben, um sich in der zentnerschweren Rüstung im Sattel zu halten. Was auch immer dieser Mumpitz zu bedeuten hatte – für die Elder schien es ein Ereignis von enormer Wichtigkeit zu sein.

Zwischen den Pferden bewegte sich eine zweite Kolonne aus menschlichen Dienern, die irgendetwas zwischen sich trugen. Anders konnte nicht genau sehen, was, aber es war immerhin die Antwort auf die Frage, warum sich die Reiter so langsam bewegten.

Katt fuhr mit einem so plötzlichen Ruck herum, dass nicht nur Anders erschrocken zusammenzuckte, sondern auch der Elder zum dritten Mal den Kopf drehte und sie nun nicht nur eindeutig zornig, sondern auch peinlich berührt ansah.

Katt riss sich endgültig los und begann sich ihren Weg durch die Menge zurück zu bahnen, und Anders konnte der Versuchung nicht widerstehen, dem Elder noch ein anzügliches Grinsen zuzuwerfen, bevor er ihr folgte. Der Elder verzog angewidert die Lippen. »Tiere«, murmelte er.

Anders überlegte eine halbe Sekunde lang ernsthaft, kehrtzumachen und dem Kerl seinen angewiderten Ausdruck aus dem Gesicht zu schlagen, aber dann hätte er den Anschluss an Katt gänzlich verloren. Es kostete ihn auch so alle Mühe, sie wieder einzuholen, und selbst das gelang ihm nur, weil das Gedränge auf der blumengeschmückten Treppe noch viel schlimmer war als auf dem Balkon.

Auf der zweiten oder dritten Stufe holte er sie ein und hielt sie am Arm zurück. »War das jetzt ein Ja oder ein Nein?«, fragte er.

»Du bist verrückt.« Katt riss sich los und bahnte sich rücksichtslos weiter ihren Weg die Treppe hinauf.

»Ja, das habe ich bereits zugegeben, wenn ich mich richtig erinnere«, erwiderte Anders gereizt. »Aber das ist immer noch keine Antwort auf meine Frage.«

»Jetzt, wo Culain und alle anderen wissen, was du vorhast?«

»Gerade jetzt«, antwortete Anders. »Bis morgen können wir nicht warten.«

»Und wie soll das gehen?«

Anders hütete sich zu antworten. Auch wenn sämtliche spitzohrigen Gesichter mit leuchtenden Augen in Richtung Tal gewandt waren, konnte er trotzdem nicht sicher sein, dass niemand ihre Worte aufschnappte.

Sie brauchten gute fünf Minuten, um die kurze Treppe zu

überwinden, und Anders legte sich in dieser Zeit nicht nur eine ansehnliche Sammlung blauer Flecke und wundgetretener Zehen zu, sondern trat auch auf mindestens ebenso viele Füße und ließ eine Kielspur aus Flüchen, bösen Blicken und geprellten Rippen hinter sich zurück. Erst als sie die Tür zu Oberons Halle erreichten, holte er Katt endgültig ein, doch auch diesmal nur für einen Moment; er blieb stehen und blickte noch einmal ins Tal hinab und Katt nutzte die Gelegenheit, unauffällig ins Haus zu gleiten. Anders sah ihr eine Sekunde lang unentschlossen hinterher – mochte Gott oder Oberon oder sonst wer die Frauen verstehen, er jedenfalls nicht –, doch dann drehte er sich um und schaute erneut ins Tal hinunter. Oberons Halle mochte groß sein, aber Katt würde wohl kaum auf Nimmerwiedersehen darin verschwinden.

Die Reiter waren mittlerweile nahe genug gekommen, um zumindest die Männer an der Spitze der langen Kolonne erkennen zu können: Es waren Tamar und Culain, beide in voller Rüstung und mit heruntergeklappten Visieren. Tamar saß hoch aufgerichtet und stolz im Sattel, aber Culains Kraft reichte nicht mehr, um auch nur den Schein zu wahren. Er saß verkrampft und nach vorne gebeugt im Sattel, und der Speer, den er in den Steigbügel gestellt hatte, diente sichtbar dem einzigen Zweck, sich daran festzuhalten.

Irgendwo begann Musik zu spielen; zu Anders' Erleichterung nicht die schrille Katzenmusik, mit denen Aarons Alleinunterhalter die Festgesellschaft den ganzen Abend lang verwöhnt hatte, sondern ein strenger, fast an fremdartige Marschmusik erinnernder Rhythmus, der etwas Aufpeitschendes hatte. Anders hörte nicht lange genug hin, damit sich die Wirkung entfalten konnte, sondern drängelte sich seinen Weg ganz hinein ins Haus und machte sich auf die Suche nach Katt.

Drinnen im Haus wurde es kaum besser. Anscheinend hatten sämtliche Elder das Gebäude verlassen, um dem großen

Ereignis des Abends beizuwohnen, aber die Diener und Mägde nutzten die Gelegenheit, um die Tische abzuräumen, frisches Geschirr und Besteck aufzutragen und alles für den zweiten Teil des Abends vorzubereiten, sodass in dem schmalen Gang ein fast noch größeres Gedränge herrschte als vorhin. Er musste diesmal zwar nicht Ellbogen und Fäuste einsetzen, um von der Stelle zu kommen, war aber trotzdem fast außer Atem, als er die große Halle betrat, in der sie vorhin gegessen hatten.

Auch hier herrschte ein reges Kommen und Gehen. Ein gutes Dutzend Bedienstete war emsig damit beschäftigt, die Tische abzuräumen und frische Blumen und neue Weinkrüge aufzutragen, und Katt stand allein und irgendwie verloren in der Mitte des Raumes und starrte ins Nichts.

Anders verhielt unwillkürlich im Schritt, als er sie erblickte. Katt drehte ihm den Rücken zu und er konnte ihr Gesicht nicht sehen, aber das war auch gar nicht nötig um zu erkennen, dass irgendetwas nicht stimmte. Sie stand verkrampft da, die Schultern wie unter einer unsichtbaren Zentnerlast nach vorne gebeugt und mit Händen, die zu Fäusten geballt waren.

Anders war mit drei weit ausgreifenden Schritten neben ihr und legte ihr die Hand auf die Schulter, aber Katt streifte seinen Arm mit einer fast ruppigen Bewegung ab und drehte sich so, dass er nicht in ihr Gesicht blicken konnte.

»Was ist los?«, fragte Anders. »Wenn du nicht …«

»Darum geht es nicht«, unterbrach ihn Katt. Sie atmete hörbar schwer ein und straffte die Schultern, sah jedoch immer noch nicht in seine Richtung. »Ich komme mit. Am besten jetzt gleich.«

»Prima«, sagte Anders. »Aber ganz so schnell geht es nun doch wieder nicht.« Er streckte erneut die Hand aus, um sie bei der Schulter zu greifen, überlegte es sich dann jedoch anders und ging mit ein paar schnellen Schritten um sie herum. Katt machte tatsächlich eine Bewegung, um sich abzuwenden, doch dann drehte sie nur mit einem Ruck den Kopf auf die

Seite. Längst nicht weit genug, dass er den verbitterten Ausdruck nicht sah, der von ihrem Gesicht Besitz ergriffen hatte.

»Also gut«, sagte er. »Was ist los? Du musst nicht mitkommen, wenn du nicht willst. Ich will nicht, dass du dein Leben riskierst, nur weil du glaubst es mir schuldig zu sein.«

»Du verstehst gar nichts«, antwortete Katt ohne ihn anzusehen. Sie kämpfte mit aller Macht gegen die Tränen, aber es war ein Kampf, den sie verlieren würde.

»Dann erklär es mir doch«, erwiderte er in weit schärferem Ton, als er beabsichtigt hatte. Er wollte noch mehr sagen, schluckte es jedoch vorsichtshalber hinunter. Obwohl er dagegen ankämpfte, drohte seine Verwirrung in Wut umzuschlagen.

»Dieses verdammte Elder-Pack«, flüsterte sie. »Ich wünschte, sie wären alle tot.«

Anders' Zorn erlosch so schnell, wie er gekommen war. Er war froh, nicht weitergesprochen zu haben. »Morgen«, vermutete er. »Was hat sie dir gesagt?«

Katt sah ihn mit einem Ausdruck von Verwirrung an, den er nicht verstand. »Morgen?« Sie schüttelte den Kopf, atmete noch einmal hörbar tief ein und öffnete die Hände, die sie bisher zu verkrampften Fäusten geschlossen hatte. »Nein. Morgen hat nichts damit zu tun. Aber wie willst du fliehen? Culain und die anderen wissen, was wir vorhaben. Glaubst du wirklich, wir kämen auch nur hundert Schritte weit?«

»Sehr viel weiter müssen wir auch nicht«, antwortete Anders. In der nächsten Sekunde sah er sich erschrocken um und hätte sich am liebsten auf die Zunge gebissen. Nicht ein einziger Elder war im Raum, aber es gab mindestens ein halbes Dutzend menschliche Bedienstete, die nahe genug waren, um jedes Wort zu verstehen, das sie miteinander sprachen. Vielleicht waren ja nicht nur alle Elder-Ohren spitz.

Er bedeutete Katt mit einem fast beschwörenden Blick, still zu sein, und ging zu seinem Platz an dem großen Tisch zurück. Katt folgte ihm, aber erst mit einiger Verspätung, und auch erst, nachdem sie einen langen bitteren Blick zur Tür hin geworfen hatte.

Der Tisch war bereits frisch eingedeckt, sodass die Diener keinen Grund hatten, sich in ihrer unmittelbaren Nähe aufzuhalten. Trotzdem wartete er, bis sich zuverlässig niemand mehr in Hörweite aufhielt, bevor er mit gesenkter Stimme fortfuhr: »Du willst wirklich mit?«

»Eher sterbe ich, bevor ich noch eine Stunde länger bei diesen Ungeheuern bleibe«, antwortete Katt.

Anders konnte nicht sagen, was ihn mehr erschreckte – das, *was* sie sagte, oder die Art, *wie* sie es sagte. Ihre Stimme bebte vor mühsam verhaltenem Hass. Sie hatte die Hände flach nebeneinander auf die Tischplatte gelegt und ihre scharfen Nägel fuhren scharrend über das harte Holz und hinterließen ein asymmetrisches Muster aus tiefen Kratzern beiderseits des silbernen Tellers. Anders fragte sich erneut, was Morgen ihr in der Stunde, die sie allein gewesen waren, erzählt haben mochte, aber diesmal stellte er die Frage nicht laut. Was immer zwischen der Elder und ihr gewesen war, erkannte er, war ihre Sache. Es stand ihm nicht zu, sie danach zu fragen, solange sie nicht von sich aus darüber reden wollte.

»Du musst nicht mitkommen«, sagte er noch einmal. »Ich kann verstehen, wenn du hier bleiben willst. Vielleicht habe ich allein sogar eine bessere Chance, über die Berge zu kommen.« Er machte eine verstohlene, trotzdem unübersehbare Handbewegung, als Katt widersprechen wollte. »Ich komme zurück und hole dich, keine Sorge.«

»Sie würden uns sofort wieder einfangen«, sagte Katt. »Sie wissen, was du vorhast.«

»Meinetwegen kann Culain in den Bergen nach uns suchen, bis er grün im Gesicht ist«, antwortete Anders abfällig. »Er wird uns nicht finden.«

Katt sah ihn fragend an und Anders sah sich noch einmal unauffällig nach rechts und links um, bevor er mit gesenkter Stimme weitersprach. »Ich habe es mir genau überlegt. Du hast vollkommen Recht: Sie hätten uns binnen einer Stunde wieder eingefangen, wenn wir in die Berge fliehen würden. Aber wir brauchen nur ein paar Minuten, um Gondrons Haus zu erreichen. Und von dort aus ist es nur noch ein Katzensprung bis zum Wasserfall.«

»Und dann?«, fragte Katt zweifelnd.

»Wir klettern hinauf und verstecken uns in der Höhle dahinter. Niemand kommt auf die Idee, uns dort zu suchen, glaub mir. Wir warten einen Tag ab, vielleicht sogar zwei, bis sie aufgehört haben nach uns zu suchen.«

Katt schwieg. Es war auch nicht nötig, etwas zu sagen. Ihr Blick sprach Bände, was die Frage anging, was sie von diesem Plan hielt. Und auch Anders selbst war sich vollkommen darüber in Klaren, wie verrückt dieses Vorhaben klang. Sein Plan war kein Plan, sondern eine bloße Verzweiflungstat, selbstmörderisch, wahnsinnig und absolut irre. Wahrscheinlich wären ihm noch ein Dutzend passendere Bezeichnungen dafür eingefallen, wenn er sich die Zeit genommen hätte, darüber nachzudenken. Aber vielleicht war ja auch gerade der Umstand, *dass* dieser Plan so verrückt klang, der Schlüssel zu seinem Erfolg. Es würde hart werden, unglaublich hart. Sie würden hungern, frieren, von allen anderen Gefahren, die während des Aufstieges auf sie warten mochten, gar nicht zu reden. Gab es dort oben in den Bergen eigentlich wilde Tiere?

Er schüttelte auch diesen Gedanken ab. Hart oder nicht, er war kein Schwächling und wusste, wozu er fähig war, wenn es sein musste, und Katt war ohnehin mindestens doppelt so stark wie er; und dreimal so zäh. Trotzdem fragte er: »Bist du wirklich sicher?«

»Ich kann es auch allein versuchen, wenn du nicht willst«, antwortete Katt giftig. »Ich bleibe keinen Augenblick länger bei diesen Bestien. Sie …«

Anders unterbrach sie mit einer hastigen Geste, als er eine Bewegung aus den Augenwinkeln gewahrte. Morgen war hereingekommen. Sie wirkte beunruhigt und in ihren Augen erschien eine sonderbare Mischung aus Erleichterung und Ärger, als sie Katt und ihn nebeneinander an dem ansonsten leeren Tisch sitzen sah. Mit schnellen Schritten kam sie auf sie zu und schüttelte den Kopf. »Da seid ihr ja«, sagte sie. »Ich habe euch draußen vermisst.«

Anders blickte finster zu ihr auf. Katt und er waren seit allerhöchstens fünf Minuten hier drinnen. Anscheinend gab es doch eine Menge Augen, die nach ihnen Ausschau hielten. Eine wichtige Information. Sie würden sich noch mehr beeilen müssen um zu verschwinden. »Katt war kalt«, sagte er unfreundlich. »Keine Angst. Wir laufen schon nicht weg.«

»Das hätte auch wenig Sinn«, erwiderte Morgen in deutlich kühlerem Ton. »Und es wäre vollkommen überflüssig.« Sie seufzte. »Es ist schade, dass ihr nicht draußen seid. Culain wird enttäuscht sein. Aber nun könnt ihr ebenso gut auch hier drinnen warten. Es ist ja auch wirklich kalt geworden.«

Falls sie darauf eine Antwort erwartete, wurde sie enttäuscht. Anders blickte sie nur weiter finster an, während Katt mit leerem Blick an ihr vorbei ins Nichts starrte. Die Elder ließ noch ein paar Augenblicke verstreichen, dann deutete sie ein leicht resigniertes Schulterzucken an und kam ebenfalls um den Tisch herum. Anders erwartete, dass sie den Platz ansteuern würde, auf dem sie den ganzen Abend gesessen hatte, doch stattdessen ließ sie sich auf dem freien Stuhl neben Katt nieder und streckte die Hand aus, um die Katts zu ergreifen. Katt versteifte sich für einen Moment und zog den Arm dann zurück und ein Ausdruck schmerzhafter Trauer breitete sich auf Morgens fein geschnittenen Zügen aus.

Draußen auf dem Gang wurde es lauter. Das geschäftige Hin und Her der Diener wurde hektischer, als die ersten Elder eintraten und ihre Plätze ansteuerten, und gleichzeitig nahm auch die schrille Marschmusik an Lautstärke zu. Anscheinend näherte sich das Fest allmählich seinem Höhepunkt. Anders hoffte nur, dass nicht auch die Kapelle hereinkam, um zum Großangriff auf ihre Trommelfelle überzugehen.

Der Saal füllte sich nur langsam. Es verging sicher eine Viertelstunde, in der Katt, Morgen und er in unbehaglichem Schweigen dasaßen und den Elder zusahen, die aufgeregt schwatzend hereinkamen und ihre Plätze ansteuerten. Das Fest näherte sich nun *eindeutig* seinem Höhepunkt und niemand hier wollte das Beste verpassen. Dennoch hatte Anders das Gefühl, sich noch immer im Zentrum der allgemeinen Aufmerksamkeit zu befinden. Deutlich mehr Elder, als ihm recht war, starrten sie verstohlen oder auch ganz unverhohlen feindselig an, und vor allem der Umstand, dass Morgens Hand jetzt demonstrativ auf der des fremden Mädchens lag, führte zu mehr als einem missbilligenden Stirnrunzeln oder verächtlichen Blick.

Dann und wann wehte ein Chor von Hochrufen zu ihnen herein oder auch donnernder Applaus, und Anders begann sich immer neugieriger zu fragen, was dort draußen eigentlich los war. Anscheinend war er der Einzige, der es nicht wusste. Ein besonders lauter, schmetternder Fanfarenstoß erklang und die letzten Nachzügler hetzten eilig zu ihren Plätzen. Die Stühle reichten nicht für alle. Obwohl es auch vorhin schon ziemlich eng hier drinnen gewesen war, war es nun noch deutlich voller geworden.

Irgendjemand nannte Katts Namen. Anders konnte nicht genau sagen, aus welcher Richtung die Stimme kam oder was genau sie sagte, aber sie klang alles anderes als freundlich, und auch Morgen fuhr leicht zusammen und sah sich rasch und aus kampflustig blitzenden Augen um. Niemand stellte sich ihr, und in der nächsten Sekunde wiederholte sich der Fanfarenstoß und zwei Elder in schimmernden Rüstungen kamen herein und nahmen rechts und links des Eingangs Aufstellung. Von draußen näherten sich jetzt Schritte; nicht mehr das hastige Trappeln der letzten Gäste, die eindeutig zu spät kamen, um noch einen guten Platz zu ergattern, sondern der rhythmische militärische Stechschritt einer Marschkolonne, die im Takt der noch immer anhaltenden Musik anrückte, und eine einzelne, in schimmerndes Eisen und poliertes Kupfer und Messing gehüllte Gestalt kam herein.

Der Elder schwenkte eine Fahne und sein bloßes Auftauchen löste einen donnernden Applaus unter seinen Artgenossen aus. Auch Morgen klatschte begeistert in die Hände und um ein Haar hätte Anders dasselbe getan – und sei es nur, um nicht noch mehr aufzufallen –, doch dann bemerkte er Katts Reaktion. Ihr Gesicht war vollends zu einer Maske erstarrt, die aus hartem, kaltem Marmor gemeißelt zu sein schien. Sie hatte sich gut in der Gewalt, aber nicht perfekt.

Sie atmete nicht. Sie blinzelte auch nicht. Sie war wortwörtlich erstarrt. Was um alles in der Welt *erwartete* sie? Anders drehte mit einem Ruck den Kopf – und hätte um ein Haar laut aufgeschrien.

Die ersten Elder betraten den Saal. Es waren Culain und Tamar. Sie hatten ihre Helme abgenommen und unter den linken Arm geklemmt, mit der anderen Hand hatten sie die Schwerter triumphierend über die Köpfe erhoben. Culain sah noch erschöpfter und müder aus, als Anders ihn in Erinnerung hatte, aber seine Augen leuchteten trotzdem vor Stolz und Triumph, und seine Schritte waren zugleich mühsam und schleppend wie auch voller Energie und Kraft, die einfach so sehr zu seiner Natur zu gehören schienen, dass rein gar nichts sie vollends auszulöschen vermochte, solange sein Herz noch schlug und er atmete. Zwischen den beiden Elder und nur einen halben Schritt zurück folgten zwei Männer aus der Menschenstadt. Sie trugen einen polierten Schild zwischen sich, auf dem der abgeschlagene Kopf eines Tiermenschen lag.

32

Anders fuhr wie unter einem Schlag zusammen, und Katt erwachte endlich aus ihrer Starre und holte mit einem keuchenden Atemzug Luft, der eher wie ein nicht mehr ganz unterdrücktes Schluchzen klang. Ihre Hände wurden zu Krallen, die neue und noch tiefere Schrammen in die steinharte Tischplatte gruben, und Anders konnte sehen, wie sich jeder einzelne Muskel in ihrem Körper verkrampfte. Sie begann am ganzen Leib zu zittern.

»O mein Gott«, murmelte er. »Die Jagd. Jetzt ... jetzt verstehe ich erst.«

»Still«, zischte Morgen. Sie klang fast entsetzt, als grenze es nahezu an Gotteslästerung, in diesem Moment die Stimme zu erheben, aber Anders hörte nicht einmal hin. Er konnte nur Katt anstarren. Ihr Gesicht war noch immer wie Stein, doch in ihren weit aufgerissenen Augen war etwas erschienen, dessen bloßer Anblick Anders die Kehle zuschnürte. Plötzlich ertrug Anders es nicht mehr, sie anzusehen, und drehte sich mit einem Ruck wieder zu den Elder herum.

Es wurde nicht besser. Culain und Tamar hatten ihre Schwerter gesenkt und eine breitbeinige, gleichermaßen stolze wie herausfordernde Haltung angenommen, an der auch Culains unübersehbar erbärmlicher Zustand nichts ändern konnte, und in dem kurzen Moment, in dem er weggesehen hatte, war Aaron wie aus dem Nichts neben ihnen erschienen und hatte eine Pergamentrolle entfaltet. Anders sah, wie sich seine Lippen bewegten, und irgendwie registrierte er auch, dass der Elder wohl die Heldentaten und Leistungen der Krieger pries, aber es gelang ihm dennoch nicht, Aarons Worten zu folgen oder auch nur *irgendeinen* klaren Gedanken zu fassen. Er konnte nur den abgeschlagenen Kopf des Tiermenschen anstarren, dessen leere Augen ihn mit stummem Schmerz anzublicken schienen. Sein Herz jagte und er spürte, wie auch seine Hände zu zittern begannen.

Er kannte diesen Tiermenschen. Er wusste weder seinen Namen, noch wer die schlanke Frau mit dem Wieselgesicht genau gewesen war, aber er hatte sie bei Bulls Sippe gesehen, und er meinte sich sogar zu erinnern, dass sie ihm einmal ein flüchtiges Lächeln geschenkt hatte; auch wenn er sich bei der fremdartigen Physiognomie dieser Geschöpfe natürlich nicht hatte sicher sein können.

»Ich ... ich habe das nicht gewusst, Katt«, stammelte er. »Wirklich! Ich ... ich dachte, es ... es wäre eine ganz normale Jagd. Auf ... auf ein *Tier!*«

Wie oft hatte er mit ihr darüber gesprochen? Wie oft hatte er mit Bull und Ratt über die Jagd gesprochen und sich sogar überlegt, ihnen den einen oder anderen Ratschlag zu geben, wie sie ihre Beute zuverlässiger und bequemer stellen konnten. Wie hätte er denn wissen sollen, dass *sie die Beute waren?*

»Es tut mir so Leid, Katt«, murmelte er. »Ich wusste es nicht, bitte glaub mir. Ich hätte dich sonst nie hierher gebracht!«

»Sei still«, flüsterte Morgen scharf. »Es ist nicht erlaubt, zu reden.«

Tatsächlich war es mittlerweile vollkommen still geworden. Nur von draußen wehte noch die gedämpfte Musik herein, die einen düsteren Gegensatz zu Aarons Worten zu bilden schien, der noch immer die Taten und Abenteuer der Krieger in den höchsten Tönen pries. Die beiden Diener traten ein paar Schritte weiter vor, setzten den Schild mit dem Tiermenschenschädel ab und wichen dann rasch zur Seite, um Platz für zwei weitere Männer zu machen, die einen neuen Schild brachten. Katt wimmerte leise. Der Schädel auf dem Schild, den der Männer zwischen sich trugen, war der eines Stieres. Eine klaffende, bis auf den Knochen reichende Wunde spaltete seine linke Gesichtshälfte in zwei asymmetrische Teile und kündete davon, wie erbittert er um sein Leben gekämpft hatte, und sein rechtes Horn war abgebrochen.

Katt wimmerte leise. Und auch Anders konnte ein entsetztes Stöhnen nicht mehr ganz unterdrücken. Seine Hände ballten sich ohne sein Zutun zu Fäusten und sein Herz begann immer rascher zu hämmern. Er bemerkte aus den Augenwinkeln, wie Katt sich noch weiter versteifte und auch Morgen den Kopf drehte und ihn alarmiert ansah, doch er konnte weder irgendwie darauf reagieren noch war es ihm möglich, seinen Blick von Bulls abgeschlagenem Kopf zu lösen. Die Augen des Minotaurus waren leer, aber er glaubte dennoch einen wortlosen Vorwurf in seinen erloschenen Pupillen zu lesen.

»Warum habt ihr … habt ihr das getan?«, stammelte er. »Er war ein aufrechter Mann, der niemandem etwas zuleide getan hat, und …«

Anders brach mitten im Satz ab. Eine unsichtbare Hand aus Eis griff nach seinem Herzen und drückte es erbarmungslos zusammen, und er konnte selbst spüren, wie seine Augen vor Entsetzen ein Stück weit aus den Höhlen quollen. Er hatte geglaubt, dass es nicht mehr schlimmer kommen konnte, aber das stimmte nicht.

Die beiden Diener hatten den Schild mit Bulls Kopf abgestellt, um Platz für zwei weitere Männer zu machen, die eine dritte grausige Trophäe zwischen sich trugen. Der Schädel darauf war nicht der eines Minotaurus oder eines Wiesels. Es war der einer menschengroßen Ratte.

Katt schrie gellend auf, riss sich los und sprang mit einem Satz über den Tisch. Ihre Krallen schnappten wie tödliche Messerklingen aus ihren Fingerspitzen, als sie Culain ansprang und von den Füßen riss. Der Elder war viel zu überrascht, um auch nur den Versuch zu unternehmen, sich zu wehren. Er stürzte nach hinten und Katts Krallen blitzten auf und zerfetzten sein Gesicht.

Culain brüllte vor Schmerz und Wut, und Katts rasiermesserscharfe Krallen schlugen nach seinen Augen und seiner Kehle. Sie kreischte noch immer wie wahnsinnig, schlug wieder und wieder zu und hätte Culain gnadenlos getötet, hätte Tamar nicht endlich seine Überraschung überwunden und sie von ihm heruntergezerrt.

Culain schlug wimmernd die Hände vor das Gesicht und krümmte sich. Blut quoll in Strömen zwischen seinen Fingern hervor, und Katt versuchte sich loszureißen, um sich erneut auf ihn zu stürzen. Ihre Krallen rissen tiefe, heftig blutende

Kratzer in Tamars Hände. Der Elder keuchte vor Schmerz und ließ sie tatsächlich los, riss sie aber an der Schulter herum und versetzte ihr einen brutalen Faustschlag mitten ins Gesicht, der Katt rückwärts stolpern und auf die Knie fallen ließ. Doch das genügte Tamar nicht. Mit einem einzigen Schritt setzte er ihr nach, schlug ihr mit aller Gewalt den Handrücken ins Gesicht und versetzte ihr einen Tritt, der sie endgültig zu Boden schleuderte. Katt warf die Arme in die Höhe und verlor das Bewusstsein, noch bevor sie auf dem Boden aufschlug, und Tamar trat breitbeinig über sie und riss sein Schwert aus dem Gürtel.

Anders flankte in einer einzigen Bewegung über den Tisch und prallte gegen ihn. Tamar stolperte überrascht zurück, ließ das Schwert fallen und kämpfte eine Sekunde lang mit wild rudernden Armen um sein Gleichgewicht.

Anders entschied den Kampf für sich, indem er ihm einen wuchtigen Hieb in den Leib versetzte. Tamar krümmte sich und Anders riss blind vor Wut das Knie in die Höhe und schmetterte es dem Elder mit aller Gewalt ins Gesicht.

Der grelle Schmerz, der durch seine Kniescheibe schoss, konnte nur ein schwacher Abklatsch dessen sein, was Tamar empfinden musste. Der Elder wurde zurückgerissen, stürzte mit hochgeschleuderten Armen – genau wie Katt gerade vor ihm – zu Boden und keuchte vor Schmerz. Sein Gesicht war plötzlich blutüberströmt, aber der Ausdruck darauf war trotzdem nur der einer maßlosen Verblüffung, nicht der von Schmerz oder gar Furcht.

Das würde sich ändern. Anders war noch immer wie von Sinnen vor Wut, aber unter alldem rasenden Zorn spürte er plötzlich die kalte Entschlossenheit, den Elder zu töten. Er hatte Katt wehgetan. Er hatte sie verletzt und er hatte sie töten wollen, und dafür würde er *ihn* töten, hier und jetzt und mit bloßen Händen. Er setzte ihm nach, trat ihm so wuchtig in die Seite, dass Tamars Keuchen zu einem schmerzerfüllten Gurgeln wurde und dann abbrach, und packte den Elder bei der Brust, um ihn in die Höhe zu reißen, und das war ein Fehler.

Tamar war angeschlagen, aber keineswegs besiegt. Anders versuchte ihn hochzuzerren, doch plötzlich war es der Elder, der mit einer kraftvollen Bewegung auf die Füße sprang und ihn seinerseits zurücktrieb. Anders versuchte ihn fester zu packen und seine eigene Kraft gegen ihn zu wenden, genau wie er es im Judounterricht gelernt und auch mit Erfolg gegen Bull angewandt hatte, aber Tamar fiel nicht darauf herein. Vielmehr konterte er Anders' Bewegung fast beiläufig und brachte ihn seinerseits aus dem Gleichgewicht, sodass er zurückstolperte und um ein Haar gestürzt wäre. Eine schallende Ohrfeige ließ rote und weiße Funkenschauer aus reinem Schmerz vor seinen Augen explodieren, dann versetzte ihm Tamar einen Stoß mit der flachen Hand, der ihn noch einmal einen Schritt rücklings taumeln und dann schwer auf den Rücken fallen ließ.

Sein Hinterkopf schlug mit so grausamer Wucht auf dem harten Steinboden auf, dass ihm vor Schmerz übel wurde. Der metallische Geschmack seines eigenen Blutes war plötzlich in seinem Mund. Alles drehte sich um ihn. Er war nahe daran, das Bewusstsein zu verlieren. Aber da war noch immer Katt, und er wusste, dass Tamar sie töten würde, wenn er ihn nicht daran hinderte. Er konnte nicht mehr richtig sehen. Tamar stand breitbeinig über ihm, die Hände zu Fäusten geballt. Blut lief aus seiner Nase und seiner aufgeplatzten Unterlippe und seine Augen waren fast schwarz vor Zorn. Katt. Anders konnte nur noch an Katt denken. Tamar würde sie töten, wenn er ihn nicht aufhielt. Irgendwoher nahm er die Kraft, sich noch einmal in die Höhe zu stemmen und noch aus der gleichen Bewegung heraus nach dem Elder zu schlagen.

Tamar fegte seinen Arm beinahe achtlos zur Seite und versetzte ihm eine weitere, noch härtere Ohrfeige, die Anders' Kopf in den Nacken schleuderte und ihn abermals Sterne sehen ließ. Mehr Blut füllte seinen Mund und er spürte, wie seine Knie unter ihm nachgaben. Er wäre gestürzt, hätte der Elder ihn nicht mit eiserner Kraft festgehalten, um ihm mit der anderen Hand abwechselnd rechts und links ins Gesicht zu schlagen.

»Was bildest du dir ein, du verdammter Bengel?«, brüllte er außer sich vor Wut. »Was fällt dir ein, die Hand gegen einen Elder zu erheben?«

Anders versuchte ihm das Gesicht zu zerkratzen. Tamar fegte seine Hand zur Seite, knurrte wütend und schlug diesmal mit der geballten Faust zu. Anders krümmte sich, als eine gleißende Sonne aus purer Qual in seinem Leib explodierte. Er wollte schreien, aber er konnte es nicht. Jedes bisschen Kraft wich aus seinem Körper. Er bekam keine Luft mehr und Tamars Gesicht begann vor seinen Augen zu zerfließen. Ihm wurde schlecht und vielleicht übergab er sich nur deshalb nicht auf der Stelle, weil ihm selbst dazu die Kraft fehlte. Wie durch einen immer dichter werdenden blutigen Nebel hindurch sah er, wie Tamar zu einem weiteren Faustschlag ausholte und versuchte sich gegen den grausamen Schmerz zu wappnen.

»*Das reicht!*«, sagte Aaron scharf. »*Tamar! Hör auf! Es ist genug!*«

Tamars Faust erstarrte. Für einen winzigen Moment lockerte sich sein Griff und Anders riss sich mit der schieren Kraft der Verzweiflung los.

Mit derselben absoluten Kraft rammte er dem Elder das Knie zwischen die Beine.

Tamar japste mit einem fast komisch klingenden Laut nach Luft, sackte nach vorne und übergab sich auf Anders' Schuhe, aber er brach nicht endgültig zusammen, sondern stand nur eine Sekunde lang wie erstarrt da, dann heulte er schrill auf, packte Anders mit beiden Händen und schleuderte ihn zu Boden.

Anders fiel, rollte zwei- oder dreimal herum und riss instinktiv die Arme über den Kopf, als Tamar nach ihm trat. Es gelang ihm, sein Gesicht zu schützen, aber die schiere Wucht des Trittes schleuderte ihn weiter über den Boden.

Tamar brüllte vor Wut und nun hörte er auch Morgen schreien und dann die aufgeregten Stimmen anderer Elder. Ein harter Tritt traf seinen Oberschenkel und ließ ein Gefühl von taubem Schmerz zurück. Aaron schrie wieder Tamars Namen und Anders stemmte sich zitternd auf Hände und Knie hoch und kroch zwei Schritte weit davon, bevor ihn ein weiterer Tritt in den Leib traf und ihn erneut zu Boden schleuderte. Er fiel auf die Seite, krümmte sich wimmernd und sah Tamars Gestalt riesig und verzerrt auf sich zukommen; ein biblischer Racheengel mit blutigem Gesicht, der ihn vernichten würde. Verzweifelt versuchte Anders von ihm wegzukriechen, doch er konnte sich plötzlich nicht mehr richtig bewegen und der Boden unter ihm schien mit einem Mal so glatt wie Eis geworden zu sein.

Unvermutet war Morgen da und versuchte Tamar zurückzuhalten, aber er schüttelte sie ebenso mühelos – und fast genauso brutal – ab wie ihn selbst gerade und stürmte weiter auf ihn zu. Tamar war plötzlich über ihm, packte ihn bei den Schultern und riss ihn in die Höhe, und Anders' ziellos umhertastende Hände ergriffen etwas Hartes und Schweres und schlossen sich darum. Ohne wirklich zu wissen, was er tat, riss er es in die Höhe, und Tamar zerrte ihn noch ein kleines Stück weiter hoch und erstarrte dann mitten in der Bewegung. Er blickte Anders aus aufgerissenen Augen an, in denen sich allmählich auflodernder Schmerz mit einem Ausdruck vollkommener Fassungslosigkeit mischte, und sah dann an sich herab.

Anders' Hand umklammerte immer noch das Schwert, das der Elder sich selbst bis zum Heft in den Leib gestoßen hatte. Er wollte loslassen, aber er konnte es nicht. Nicht einmal, als ein Strom warmen Blutes über den Schwertgriff lief und seine Hand besudelte.

Tamar stöhnte noch einmal leise, verdrehte die Augen und begrub Anders unter sich, als er zusammenbrach.

33

Draußen musste es längst wieder hell geworden sein, aber hier drinnen verbreitete nur eine einzelne ruhig brennende Kerze die flackernde Illusion von Helligkeit und aus irgendeinem Grund war sie bisher kaum merklich heruntergebrannt. Vielleicht hatten seine Wärter sie auch ausgetauscht. Anders konnte es nicht genau sagen; er *glaubte* sich daran zu erinnern, dass während der Nacht jemand bei ihm gewesen war, ihn vielleicht sogar angesprochen hatte, aber sicher war er nicht.

Jemand musste hier gewesen sein, denn auf dem Boden neben seinem Bett stand ein hölzernes Tablett mit Brot und einem halb gefüllten Krug Wasser, das bestimmt noch nicht hier gewesen war, als die Krieger ihn hier hereingebracht hatten, und es mussten auch etliche Stunden vergangen sein: Sein Gefängnis hatte kein Fenster, aber es gab einen gut fingerbreiten Riss in der kahlen Betonwand hoch oben unter der Decke. Als er hereingekommen war, war er vollkommen schwarz gewesen und Anders hatte ihn überhaupt nur bemerkt, weil es eisig hindurchgezogen hatte. Mittlerweile hatte er sich mit blassem grauem Licht gefüllt und es war auch nicht mehr ganz so eisig wie während der Nacht. Aber das war nur das, was ihm seine Logik sagte. Der Rest von ihm befand sich noch immer in einem Zustand, für den das Wort Chaos nicht wirklich ausreichte.

Er erinnerte sich kaum daran, wie er hierher gekommen war. Jemand hatte ihn gepackt – er glaubte, dass es Aaron gewesen war, war aber nicht ganz sicher – und seine verkrampfte Hand gewaltsam vom Griff des Schwertes gelöst, dann war er weggebracht und in diese kalte, zugige Kammer geworfen worden (und das *wortwörtlich*), und er erinnerte sich nicht, was seither passiert war. Seine Gedanken hatten sich wirr im Kreis bewegt und das taten sie noch immer. Er hatte an Katt gedacht, an Morgen und Culain und vor allem immer wieder an Tamar. Und an das, was er getan hatte.

Tamar war tot. Er *musste* tot sein, denn dieses Bild war das einzige, das mit fast schon übernatürlicher Klarheit immer und immer wieder vor seinen Augen auftauchte: seine Hand, die das Schwert umklammert hielt, das er dem Elder in den Leib gestoßen hatte, und Tamars Blut, das rot und warm und klebrig über den Schwertgriff und seine Finger rann und zu Boden tropfte. Er hatte einen Menschen getötet und es spielte nicht die geringste Rolle, ob er es gewollt hatte oder ob es ein Unfall gewesen war, oder was dieser vorher getan hatte und was nicht. Es spielte nicht einmal eine Rolle, ob es wirklich ein Mensch gewesen war oder nicht.

Anders hatte während der endlosen Stunden, in denen er von einem Abgrund der Verzweiflung in den nächsten gestürzt war, versucht sich den Standpunkt der Elder zu Eigen zu machen und sich einzureden, dass sie eben keine Menschen *waren*, und einen von ihnen zu töten für ihn nicht mehr bedeutete als ein Tier zu erlegen, ein gefährliches und boshaftes Raubtier noch dazu; genau, wie sie es umgedreht für sich in Anspruch nahmen. Es hatte nicht funktioniert. Er *war* kein Elder, und schon der bloße Versuch, so zu denken wie sie, machte es nur noch schlimmer. Er hatte ein Leben ausgelöscht, das schlimmste Verbrechen, das ein Mensch nur begehen konnte, und nichts und niemand auf der Welt vermochte es rückgängig zu machen oder die entsetzliche Schuld zu lindern, mit der ihn dieses Wissen erfüllte.

Nicht einmal der Gedanke an Katt. Tamar hatte ihr wehgetan. Er hatte versucht sie zu töten, vor aller Augen (vor den Augen ihrer *Mutter!)* und niemand hatte auch nur einen Finger gerührt um ihr zu helfen, und er hatte einfach eingreifen müssen – aber nicht einmal dieser Gedanke änderte etwas.

Was es so schlimm machte, war, dass er es *gewollt* hatte.

Der Schwertstich selbst war ganz zweifelsfrei ein Unfall gewesen. Er hatte Zeit genug gehabt, sich jede Sekunde der schrecklichen Geschehnisse wieder und wieder ins Gedächtnis zu rufen, und nicht einmal der selbstzerstörerische Teil seines Selbst, der Gefallen daran fand, ihn mit immer neuen Schreckensvisionen und Schuldgefühlen zu quälen, konnte ihm einreden, dass es irgendetwas anderes als ein Unglück gewesen war. Er hatte sich einfach an den erstbesten Halt geklammert, den seine Hände zu fassen bekommen hatten, und Tamar hatte sich das Schwert selbst in den Leib gerammt, als er ihn in die Höhe riss.

Aber *vorher,* da hatte er es *gewollt.*

Es spielte keine Rolle, ob seine Hand das Schwert in diesem Augenblick bewusst geführt hatte oder nicht. Er konnte die Sekunde *vorher* nicht vergessen, jenen winzigen, furchtbaren Moment, in dem es ihm nicht darum gegangen war, Katt zu verteidigen, sondern einzig und allein, den Elder zu töten. Es war nicht nur seine Wut gewesen, sondern etwas anderes, etwas, das tief in ihm die ganze Zeit über geschlummert hatte, und das ebenso dunkel und unmenschlich war wie alles, was er an den Elder hasste und verachtete. Ein Teil von ihm, ein winziger, uralter und längst vergessen geglaubter Teil, *wollte* töten. Das Raubtier, als das er die Elder so gerne bezeichnete, lebte auch in ihm, und für einen einzigen, aber durch und durch Furcht einflößenden Moment hatte es Gewalt über ihn erlangt, und diesen Moment würde er nie wieder wirklich vergessen können, denn er änderte alles.

Die Erkenntnis war so einfach wie brutal: Er war nicht nur dazu fähig, einen Menschen zu töten, sondern auch, es zu *genießen.* Wie sollte er Katt jemals wieder in die Augen sehen, mit diesem Wissen?

Falls sie noch lebte und falls sie sich jemals wiedersahen. Anders war sich weder des einen noch des anderen sicher. Sie hatten ihn so schnell aus dem Saal gezerrt, dass er nicht einmal mehr einen Blick auf sie hatte werfen können. Zuletzt hatte er sie zusammengekrümmt und reglos auf dem Boden liegen sehen, bewusstlos oder möglicherweise auch tot. Der

Gedanke, dass dieses Bild vielleicht die letzte Erinnerung sein sollte, die er für den Rest seines Lebens an sie hatte, war unerträglich.

Aber vielleicht würde dieser Rest ja auch nicht mehr allzu lange dauern …

Schritte drangen in seine Gedanken, dann hörte er ein Scharren, als würde ein Riegel geöffnet oder ein schwerer Gegenstand zur Seite gezogen, der die Tür von außen blockierte, und flackerndes rotes Licht fiel in die Kammer. Anders hob müde den Kopf und blinzelte in die ungewohnte Helligkeit. Im ersten Moment konnte er nur einen verschwommenen Schatten erkennen, riesig und dunkel und verzerrt, und seine Fantasie spielte ihm einen bösen Streich, denn er war vollkommen sicher, dass es Tamar war, der sich vom Totenbett erhoben hatte, um ihn mit sich in sein kaltes dunkles Reich zu nehmen. Dann gewöhnten sich seine Augen an das rote Licht, und der Schemen gerann zu dem Morgens, die begleitet von zwei finster dreinblickenden Elder-Kriegern hereinkam. Ihr Gesicht war bleich, selbst für eine Elder, und ihr vormals blütenweißes Kleid war mit hässlichen braunen Flecken übersät. Sie schien darauf zu warten, dass er etwas sagte, hob dann aber nur die Schultern und machte eine knappe Geste zu ihren Begleitern. »Lasst uns allein.«

Einer der Elder wandte sich gehorsam um und ging, doch der andere zögerte. »Seid Ihr sicher?«, fragte er. »Er ist …«

»Er wird mir nichts tun«, fiel ihm Morgen in hörbar schärferem Ton ins Wort. »Geh. Und schließ die Tür.«

Der Krieger zögerte noch einen Herzschlag, aber dann befestigte er die Fackel in der rostigen Öse an der Wand neben der Tür, die früher sicher einem ganz anderen Zweck gedient hatte, und verließ den Raum. Morgen wartete, bis er die Tür hinter sich geschlossen hatte, dann trat sie näher und sah ihn erneut auf eine Art an, als erwarte sie eine ganz bestimmte Reaktion von ihm. Anders wusste nicht, welche, und Morgens Blick umwölkte sich noch mehr.

»Also gut«, begann sie. »Um deine beiden ersten Fragen gleich vorweg zu beantworten: Tamar lebt und auch Culain wird wieder gesund.«

»Wie geht es Katt?«, fragte Anders.

Ein Schatten huschte über Morgens Gesicht, aber ihre Stimme blieb unverändert kalt und ausdruckslos, als sie antwortete. »Sie ist fort.«

»Fort?« Anders richtete sich kerzengerade auf der Bettkante auf. »Was soll das heißen? Was habt ihr mit ihr ...«

»Nichts«, unterbrach ihn Morgen. Sie machte eine Geste, die müde und zornig zugleich aussah, doch ihr Gesicht blieb eine starre Maske, in die Erschöpfung und Schmerz tiefe Linien gegraben hatten. »Niemand hat ihr etwas angetan. Sie ist nicht mehr da, das ist alles. Aaron hat einen Trupp zusammengestellt, der das Mädchen zurück zu seinem Volk eskortiert. Sie sind bereits aufgebrochen.«

»Das Mädchen«, wiederholte Anders betont. Morgen schwieg.

»Hast du Schwierigkeiten damit, ihren Namen auszusprechen?«, fragte Anders. Er versuchte seiner Stimme einen verächtlichen Ton zu verleihen, aber nicht einmal mehr das gelang ihm. Sie klang nicht einmal bitter. »Oder wenn du das nicht kannst – wie wäre es mit: *meine Tochter?*«

Diesmal gelang es ihm, sie zu erschüttern. Morgens Blick flackerte. Sie schwieg zwei, drei Sekunden, dann atmete sie hörbar schwer ein und schüttelte abgehackt den Kopf. »Ich bin nicht gekommen, um mit dir zu streiten. Der Hohe Rat hat mich geschickt, um dir seine Entscheidung mitzuteilen.«

»Wie überaus großzügig«, sagte Anders spöttisch. »Und ich hätte geschworen, dass Endela sich den Spaß nicht nehmen lässt, mir selbst zu sagen, was mir bevorsteht.« Er lachte bitter. »Welche Strafe steht denn darauf, die Hand gegen einen von euch zu erheben? Werde ich hingerichtet oder lasst ihr es dabei bewenden, mich auszupeitschen?«

»Hast du denn gar keine Angst?«, fragte Morgen leise.

Angst? Anders dachte einen Moment lang ernsthaft über diese Frage nach und hob dann die Schultern. Für *die* Angst, von der Morgen sprach, war in seinem Kopf kein Platz mehr. Vielleicht nie wieder. Was sollten sie ihm denn noch antun, was schlimmer wäre als das, was er sich schon selbst angetan hatte?

Morgen straffte sich. Ihre Stimme verlor auch noch das allerletzte bisschen Gefühl. »Der Hohe Rat hat über dich zu Gericht gesessen und sein Urteil gefällt«, sagte sie.

»Zu Gericht gesessen?«, wiederholte Anders spöttisch. »Wie praktisch. Ich meine … habt ihr dabei nicht eine Kleinigkeit vergessen?«

»Was meinst du damit?«

»Oh, nichts Besonderes«, erwiderte Anders böse. »Abgesehen von der Tatsache vielleicht, dass man da, wo ich herkomme, im Allgemeinen dabei ist, wenn über einen zu Gericht gesessen wird. Ich weiß ja nicht, wie das hier so ist, aber bei uns bekommt selbst der schlimmste Verbrecher die Gelegenheit, sich zu verteidigen.«

Natürlich waren sowohl seine Worte als auch sein Ton ganz bewusst herausfordernd, und dennoch war er überrascht zu sehen, *wie sehr* sie die Elder aus der Fassung brachten. »Das mag da, wo du herkommst, so üblich sein«, sagte sie kalt, »aber du bist nun einmal bei uns und selbst du wirst dich unseren Sitten und Gebräuchen beugen.« Sie schnitt ihm mit einer herrischen Geste das Wort ab, als er etwas erwidern wollte. »Du hast immer noch nicht verstanden, was du eigentlich getan hast, nicht wahr?«

»Warum erklärst du es mir nicht?«, fragte Anders patzig.

»Du hast die Hand gegen einen Elder erhoben«, antwortete Morgen, »und das ist ein Verbrechen, das mit Blut gesühnt werden muss, immer und unter allen Umständen.«

»Wie praktisch«, zischte Anders böse. »Das spart eine Menge Zeit und unnötige Diskussionen, nicht wahr?«

»Nur der Umstand, dass Tamar selbst um Gnade für dich

gebeten hat, ist der Grund dafür, dass du überhaupt noch lebst«, antwortete Morgen.

Anders blinzelte. »Tamar?«

»Er weiß, dass du ihn nicht töten wolltest«, bestätigte Morgen. »Alle haben gesehen, was passiert ist.«

»Soll das heißen, ihr wisst, dass es ein Unfall war?«, vergewisserte sich Anders. Morgen nickte und Anders fuhr – er wusste selbst nicht, ob empört oder einfach nur fassungslos – fort: »Aber das ändert nichts, wie? Ihr wollt mich trotzdem aufhängen? Ist das euer Begriff von Gerechtigkeit?«

Ein sonderbares und im ersten Moment eher verwirrendes Gefühl begann sich in ihm breit zu machen. Unbeschadet von allem, was Morgen bisher gesagt und er darauf geantwortet hatte, begann er erst jetzt, in genau dieser Sekunde, *wirklich* zu begreifen, dass sie hier gerade über sein *Leben* sprachen. Er hatte während der ganzen zurückliegenden Nacht fast über nichts anderes als den Tod und das Sterben nachgedacht, aber es war nicht *sein* Tod gewesen. Plötzlich hatte er Angst.

»Ich dachte, ich kenne dich, doch ich muss mich wohl getäuscht haben«, sagte Morgen kühl. »Was bildest du dir ein, was du bist, du dummer Junge? Du kommst von einem Ort, der uns fremd ist und den wir so wenig verstehen wie du uns. Was gibt dir das Recht, über uns urteilen zu wollen?«

»So wie ihr über mich?«

»Wäre einer von uns in eurer Welt, müsste er sich dann nicht auch nach euren Gesetzen richten?«, fragte Morgen.

»Wenn man sich vorher die Mühe gemacht hätte, sie ihm zu erklären«, gab Anders zurück. Aber seine Worte klangen nicht halb so abfällig, wie er es gerne gehabt hätte. Er fühlte sich mit jeder Sekunde unsicherer. Morgens Worte enthielten eine Wahrheit, die er einfach nicht zugeben wollte.

»Das haben wir«, entgegnete Morgen. »Wir haben es versucht, mehr als nur einmal. Aber du hast nicht zugehört. Du hast vom ersten Tag an nur Unheil und Leid über alle gebracht, die deinen Weg gekreuzt haben. Nun ist es genug.«

»Und was … heißt das?«, fragte Anders. Er hasste sich selbst für das Zittern in seiner Stimme, denn es verriet nur allzu deutlich, welch große Angst er *wirklich* hatte.

»Der Hohe Rat hat entschieden, dass du dich Oberons Urteil unterwerfen wirst«, sagte Morgen. »Valeria wartet draußen auf dich, um sich um deine Wunden zu kümmern und dich zu waschen. Sobald sie damit fertig ist, wirst du abgeholt und in die Berge gebracht. Falls es in der Welt, aus der du kommst, einen Gott gibt, dann solltest du die Zeit nutzen, um zu ihm zu beten.«

Oberons Urteil. Das klang nicht gerade beruhigend, fand Anders, aber er fragte nicht, was diese Worte genau zu bedeuten hatten. Er starrte Morgen nur so herausfordernd an, wie er es gerade noch zustande brachte, und nach einer kleinen Ewigkeit drehte sich die Elder wortlos um und ging zur Tür. Als sie die Hand hob, um zu klopfen, rief Anders sie noch einmal zurück. »Morgen.«

Die Elder verhielt zwar mitten in der Bewegung, aber sie drehte sich auch nicht sofort zu ihm um, sondern stand lange genug vollkommen reglos da, um Anders zu der Überzeugung kommen zu lassen, dass sie doch weitergehen und nicht noch einmal mit ihm reden würde. Ihre Schultern bebten. Schließlich ließ sie den Arm sinken, wandte sich jedoch nicht ganz zu ihm um, sondern drehte nur den Kopf, sodass er ihr Gesicht im Profil erkennen konnte. »Ja?«

»Darf ich noch … einen letzten Wunsch äußern?«, fragte er zögernd.

»Ist das dort, wo du herkommst, so Sitte?«

»Ja«, antwortete Anders, was ja zumindest nicht *völlig* gelogen war.

»Dann sprich.«

»Ich möchte, dass du auf Katt Acht gibst«, sagte er leise. »Versprich mir, dass ihr niemand etwas tun wird, wenn ich …« Er musste neu ansetzen, um seinen Satz zu Ende zu bringen, »… wenn ich nicht mehr da bin.«

Morgen schloss die Augen. Ein sonderbarer Laut kam über ihre Lippen, von dem er nicht sagen konnte, ob es ein Stöhnen oder ein Seufzen war. »Ich hätte niemals zugelassen, dass ihr jemand ein Leid zufügt«, sagte sie. Sie ließ noch einmal dieses sonderbare Seufzen hören und dann drehte sie sich mit einem plötzlichen Ruck doch zu Anders um und sah ihn an. Der Luftzug dieser Bewegung ließ die Flamme der Fackel tanzen und rote und gelbe Schatten huschten wie blutige Nebelfetzen über ihr Gesicht. »Warum konntest du nicht warten, Anders?«, fragte sie. Ihre Stimme bebte, und – so verwirrend es auch war – Anders war plötzlich sicher, das Schimmern von Tränen in ihren Augen zu sehen, die sie nur noch mühsam zurückhalten konnte.

»Warten?«, fragte er hilflos. »Worauf? Dass Tamar sie umbringt?«

»Er hätte ihr nichts getan«, behauptete Morgen. »Aaron hätte ihn zurückgehalten. *Ich* hätte ihn zurückgehalten, wenn es wirklich gefährlich geworden wäre. Glaubst du denn wirklich, ich hätte zugesehen, wie er sie umbringt?«

»Er hatte das Schwert in der Hand.«

»Um ihr Blut zu vergießen, nicht um sie zu töten, Anders«, antwortete Morgen kopfschüttelnd. »Sie hat einen Elder angegriffen. Es muss Blut vergossen werden, um diese Tat zu sühnen, aber kein Leben genommen. Ein kleiner Schnitt. Nur ein paar Tropfen Blut, gerade genug um dem Gesetz Genüge zu tun, und alles wäre gut gewesen. Verstehst du denn nicht?«

Anders starrte sie an. Sein Herz begann zu hämmern. »Du meinst ...«

»Tamar hat sein Schwert gezogen, *um sie zu retten, du verdammter Narr!*« Plötzlich hatte Morgen alle Mühe, nicht zu schreien. »Nur ein winziger Schnitt und alles wäre vorbei gewesen. Aber du hast alles verdorben.« Die Tränen brachen sich nun ihre Bahn und liefen lautlos über ihr Gesicht. »Sie hätte bleiben können, Anders.«

»Wie ... bitte?«, krächzte Anders.

»Sie hätte bleiben können«, wiederholte Morgen. »Aaron hat dich gebeten nichts zu tun, bis der Einzug der Jäger vorüber ist, erinnerst du dich?«

Anders nickte und Morgen atmete tief und hörbar ein und fuhr fort: »Danach wollte der Hohe Rat seinen Entschluss verkünden, dass sie hier bei uns bleiben darf, um an deiner Seite zu leben.«

34

Weder Valeria noch einer der beiden Krieger, die die ganze Zeit über dabei gewesen waren, hatten auch nur ein einziges Wort mit ihm gesprochen, und Anders wäre wohl auch gar nicht in der Lage gewesen, zu reagieren, hätten sie es getan. Gehorsam hatte er seine Zelle verlassen und sein Gewand abgelegt, als Valeria eine entsprechende Geste machte, und er hatte es auch zugelassen, dass sie seinen Körper nicht nur bis auf den letzten Quadratzentimeter abtastete und untersuchte, sondern ihn auch anschließend mit einem Schwamm und eiskaltem Wasser so gründlich säuberte, als bereite sie ihn für seine Hochzeitsnacht vor, nicht für seine Hinrichtung – obwohl ihm eine solche Behandlung normalerweise so peinlich gewesen wäre, dass er vor Scham im Boden versunken wäre.

Jetzt bemerkte er es nicht einmal wirklich; so wenig, wie er sich darüber wunderte, mit welch vollkommen übertriebener Sorgfalt sich die Heilkundige jeder noch so kleinen Schramme und jedes winzigen Kratzers annahm, die sie fand, um sie mit Tinkturen und Salben zu behandeln und anschließend behutsam zu verbinden.

Morgens letzte Worte hatten ihn in einen Abgrund bodenloser Verzweiflung gestürzt, aus dem es keinen Ausweg zu geben schien. Er fühlte sich wie in einem bösen Traum gefangen, dem schlimmsten aller Albträume, aus dem es kein Entrinnen gab, denn er spielte sich in der Wirklichkeit ab, aus der er nicht erwachen konnte, sosehr er es auch versuchte. Es war alles seine Schuld. Ein Augenblick überschäumender Wut hatte alles zerstört, sowohl sein Leben als auch das Katts und vielleicht sogar das Morgens und Culains. Und alles nur wegen einer einzigen Sekunde der Unbeherrschtheit.

Erst als die beiden Krieger ihn aus dem Haus führten, begann er wieder von seiner Umgebung Notiz zu nehmen. Es musste eine gute Stunde nach Sonnenaufgang sein. Anders als in der vergangenen Nacht war der Himmel wolkenlos und die Sonne hatte trotz der noch frühen Stunde bereits erstaunlich viel Kraft, sodass er in dem sauberen Kleid, das Valeria ihm gegeben hatte, beinahe sofort zu schwitzen anfing. Beiläufig fiel ihm auf, der Stoff war weitaus dicker als der, den er bisher getragen hatte; außerdem war das Kleid gefüttert, als wäre es für den tiefsten Winter gemacht, nicht für einen warmen Tag im Spätsommer. Aber Morgen hatte ja auch gesagt, dass sie ihn in die Berge hinaufbringen würden. Anscheinend legten die Elder großen Wert darauf, ihn nicht nur sauber und in bester Verfassung, sondern auch warm eingepackt hinzurichten.

Sie hatten Oberons Halle durch eine schmale Nebentür verlassen, von der aus eine steile Treppe aus den hier allgegenwärtigen Metallgitterstufen in die Tiefe führte. Sie war so schmal, dass sie nur hintereinander gehen konnten. Die beiden Krieger nahmen ihn in die Mitte und der Mann hinter ihm legte ihm die Hand auf die Schulter. Anders wollte sie abschütteln, doch der Elder griff nur noch fester zu.

»Was soll das?«, fragte Anders wütend. »Habt ihr Angst, dass ich euch niederschlage und weglaufe?«

»Es ist nur zu deiner Sicherheit«, antwortete der Elder. »Die Treppe ist steil. Man kann leicht stürzen.«

Anders funkelte ihn an. Der Elder hielt seinem Blick nicht nur ruhig stand, Anders las auch etwas in seinen Augen, was ihn verwirrte. Neben einer ganzen Menge anderer und ausnahmslos unangenehmer Gefühle war da auch etwas, das man fast als Mitleid hätte deuten können, wenigstens auf den ersten Blick. Auf den zweiten wurde Anders klar, wie falsch dieser Eindruck war. Es war eher das Gegenteil. Der Elder sah ihn auf eine Art an, als wüsste er genau, welches Schicksal ihm bevorstand, und erschauerte schon bei dem bloßen Gedanken daran.

»Mach dir keine Sorgen«, sagte er. »Ich stürze mich schon nicht in die Tiefe.«

Der Elder machte sich nicht einmal die Mühe, darauf zu antworten, und Anders gab mit einem lautlosen Seufzen auf und setzte seinen Weg fort.

Die Treppe führte hinunter zu dem großen Balkon, auf dem sie gestern Nacht gestanden hatten, zusammen mit annähernd hundert Elder. Jetzt hielten sich nur vier Personen dort auf. Aaron und Endela, die immer noch ihre silbernen Stirnbänder mit den leuchtend roten Rubinen trugen, sowie zwei stämmige Männer aus der Menschenstadt. Alle waren trotz der angenehmen Temperaturen warm gekleidet und trugen festes Schuhwerk, und die beiden Männer hatten zusätzliches Gepäck auf den Rücken geschnallt; mehr oder weniger unförmige Säcke, von denen zumindest einer so schwer zu sein schien, dass der gewiss nicht schwächlich gebaute Mann seine liebe Mühe hatte, ihn zu tragen. Er hatte einen knorrigen Stab bei sich, wahrscheinlich um sich auf dem Weg nach oben darauf zu stützen.

Niemand außer Aaron sah ihn an. Selbst Endela wandte sich mit einem hastigen Ruck um, als er den Balkon betrat, und auch Aaron schien es gehörige Mühe zu kosten, seinem Blick standzuhalten.

»Hat Morgen mit dir gesprochen?«, begann er, mit kühler, fast ausdrucksloser Stimme und ohne sich mit einer Begrüßung aufzuhalten. Anders nickte ebenso wortlos und der Elder fuhr fort: »Gibt es noch irgendetwas, was du zu erledigen oder zu sagen hättest?«

»Eine Menge«, antwortete Anders, »aber ich glaube nicht, dass ihr es hören wollt.«

»Gut«, sagte Aaron. Er gab dem Mann hinter Anders einen Wink und der Krieger nahm endlich die Hand von seiner Schulter. »Muss ich dich binden lassen oder gibst du mir dein Wort, uns ohne Widerstand zu folgen und dein Schicksal wie ein Mann zu tragen?«

Nach allem, was gestern Nacht geschehen war, fragte sich Anders, was sein Wort in Aarons Ohren noch galt. Er nickte – auch wenn er nicht wirklich sicher war, dieses Versprechen halten zu können, wenn es so weit war.

Aaron musste es wohl ganz ähnlich ergehen, denn er sah ihn noch einen kurzen Moment lang zweifelnd an und wirkte auch dann alles andere als überzeugt, als er sich umdrehte und Anders mit einer knappen Handbewegung neben sich befahl. Die beiden Krieger folgten ihm, hielten aber nun zwei Schritte Abstand.

Ein kalter Wind schlug ihnen in die Gesichter, als sie den Balkon verließen und sich auf den Weg zur Menschenstadt hinunter machten. Diesmal brach er sich nicht heulend an den Bergen hinter ihnen, sondern spielte ein flüsterndes Klagelied auf den Treppengeländern und Metallstufen ringsum.

Darüber hinaus war es die Stille, die ihm auffiel.

Sie war fast unheimlich und sie war, abgesehen von den Geräuschen des Windes und dem nachhallenden Echo ihrer eigenen Schritte, nahezu absolut. Nirgendwo rührte sich etwas. Auf den Feldern waren keine Arbeiter. Niemand bewegte sich zwischen den Häusern, nirgends brannte ein Licht und auch hinter den Fenstern der Elder-Häuser zeigte sich niemand. Es war, als hielte ganz Tiernan den Atem an.

Ihr Weg führte sie an Gondrons Schmiede vorbei und weiter hinab ins Tal, bis sie einen schmalen Pfad erreichten, der in fast regelmäßigen Windungen und Kehren wieder in die Berge hinaufführte und dabei nicht nur immer steiler wurde, sondern auch immer unwegsamer. Oft genug mussten sie über

Felsbrocken und Geröll hinwegsteigen und mehr als einmal mussten sie wirklich klettern. Und es wurde beständig kälter. Durch die Anstrengung, die der Aufstieg ihm abverlangte, spürte er es nicht wirklich, aber es dauerte nicht einmal lange, bis sein Atem als grauer Dampf vor seinem Gesicht erschien und seine Finger zu prickeln begannen, wenn er beim Klettern gezwungen war sich an den Felsen abzustützen.

Kaum eine Stunde, nachdem sie aufgebrochen waren, erreichten sie die Schneegrenze und kurz darauf ihr Ziel.

Anders hatte den Gletscher schon vor einer geraumen Weile gesehen, ihn aber anfangs nicht mit ihrem Ziel in Verbindung gebracht. Nun aber konnte er erkennen, dass der Pfad direkt zum Fuß der langen Eiszunge führte; wenn auch alles andere als auf direktem Weg.

Kaum kamen sie näher, entdeckte er einen niedrigen Höhleneingang, der offensichtlich in eine Eishöhle im Inneren des Gletschers führte. Der Weg endete auf einem halbrunden, offenbar sorgsam freigeschaufelten Platz unmittelbar vor dem Eingang.

Sie brauchten für die letzten hundert Meter noch einmal eine gute halbe Stunde, und das allerletzte Stück war so schwierig, dass Anders vollkommen außer Atem war und erschöpft auf einen Stein sank, als sie den Gletscher endlich erreicht hatten. Der Eingang lag unter einem gewaltigen Überhang aus Schnee, der mit einer eher zweckmäßigen als nach ästhetischen Gesichtspunkten errichteten Bretter- und Balkenkonstruktion abgestützt war, um ihn vor dem Herunterfallen zu bewahren. Dahinter führte ein niedriger Eingang tiefer in die Gletscherzunge hinein, ohne dass man erkennen konnte, wo er endete.

Müde ließ sich Anders nach vorne sinken und bemühte sich, möglichst tief und gleichmäßig ein- und auszuatmen, damit sich sein rasender Pulsschlag beruhigte. Die Luft war mittlerweile so kalt geworden, dass sie wie mit dünnen Messern in seine Kehle schnitt, er versuchte deshalb vorsichtig durch die

Nase zu atmen. Seine Hände zitterten, sowohl vor Anstrengung als auch vor Kälte. Er befand sich damit in guter Gesellschaft. Sie alle waren vollkommen erschöpft, und allein auf den letzten zwei- oder dreihundert Metern waren die beiden Männer, die das Gepäck trugen, mehrmals gestürzt, gottlob, ohne dass sich einer von ihnen dabei schwer verletzt hätte.

Dennoch war diese Beobachtung für Anders von großer Wichtigkeit. Die beiden Männer – und nicht nur sie – hatten sich nicht sonderlich geschickt angestellt, und im Nachhinein betrachtet kam es Anders schon fast wie ein kleines Wunder vor, dass sich niemand ernsthafter verletzt hatte oder es nicht zu einer anderen Katastrophe gekommen war. Was er bisher nur vermutet (und gehofft) hatte, schien sich zumindest auf den ersten Blick zu bewahrheiten: Die Bewohner Tiernans waren nicht unbedingt ein Volk geborener Bergsteiger, gleich ob sie nun runde oder spitze Ohren hatten. Es war nicht einmal ihr mangelndes Geschick, das Anders allmählich neue Hoffnung schöpfen ließ. Vielmehr war es der Ausdruck auf den Gesichtern nicht nur der beiden Männer, sondern auch und vielleicht sogar vor allem der Elder. Anders war oft genug in den Bergen gewesen, um die Blicke zu kennen, mit denen die fünf Männer und eine Frau ihre Umgebung musterten. Es waren die Blicke von Menschen, die sich nicht wohl fühlten und die alle Mühe hatten, aus diesem Unwohlsein nicht pure Angst werden zu lassen.

In einem anderen Leben, das lange zurück (vor vier oder fünf Wochen) in einer unendlich weit entfernten (irgendetwas zwischen einem Kilometer und einem Lichtjahr, schätzte er) Welt war, hatte er an mehreren Bergpartien teilgenommen, bei denen Menschen gewesen waren, die ihre Umgebung auf diese ganz besondere Art musterten. Sie hatten ausnahmslos in Beinahekatastrophen geendet; oder doch bestenfalls damit, dass diese speziellen Teilnehmer heilfroh waren, es irgendwie zurückgeschafft zu haben, und ganz bestimmt nie wieder einen Fuß auf einen Pfad setzen würden, der höher hinaufführte als auf eine Stranddüne. Es kam Anders fast selbst unglaublich vor – Menschen, die wie die Elder und ihre Diener am Fuße der Berge lebten, sollten eigentlich ein natürliches Verhältnis zu ihrer Umgebung entwickeln und sie nicht *fürchten* – aber Aaron und den anderen machte dieser Berg eindeutig Angst.

Möglicherweise würde sich das noch einmal als wichtig erweisen, falls er tatsächlich die Gelegenheit zur Flucht bekam.

Im Moment sah es allerdings nicht danach aus. Aaron, Endela und die beiden Träger hatten sich ebenfalls erschöpft niedersinken lassen, und auch die beiden Krieger hatten alle Mühe, nicht im nächsten Moment vor Schwäche aus den Latschen zu kippen, und klapperten vor Kälte mit den Zähnen. Anders beging dennoch nicht den Fehler, sie zu unterschätzen. Die Männer ließen ihn keine Sekunde aus den Augen. Ganz davon abgesehen, dass jeder von ihnen mindestens fünfmal so stark war wie er, konnten sie mit Sicherheit schneller laufen – und sie hatten vermutlich auch keine Hemmungen, grob mit ihm umzugehen, wenn sie sich provoziert fühlten.

Später.

Aaron stand umständlich auf, dazu musste er beide Hände auf die Oberschenkel stützen, um überhaupt in die Höhe zu kommen. Sein Atem bildete einen grauen Vorhang vor seinem Gesicht, aber Anders sah trotzdem, wie müde der weißhaarige Elder war. Vermutlich hatte er die ganze Nacht nicht geschlafen.

»Komm«, sagte er knapp.

Anders zögerte ganz bewusst einen Moment, bevor er seiner Aufforderung nachkam, und er bewegte sich weit mühsamer und umständlicher, als notwendig gewesen wäre. Seine Muskeln waren verspannt und schmerzten, doch wahrscheinlich würden ein paar Schritte reichen, um sie wieder geschmeidig zu machen. Er machte eine Bewegung, mit der er sich zu Aaron umdrehte, warf jedoch zugleich auch einen verstohlenen Blick in Richtung der beiden Krieger. Auch die Elder hatten ihre erschöpfte Haltung abgeschüttelt, machten aber überraschenderweise keinen Versuch, ihm nachzukommen, sondern drehten sich ganz im Gegenteil um und gingen wieder hinaus. Obwohl sie dort draußen wieder den eisigen Attacken des Windes ausgesetzt waren, war es unmöglich zu übersehen, wie erleichtert sie waren, die Höhle zu verlassen.

Anders verscheuchte den Gedanken und beeilte sich Aaron und Endela zu folgen, die schon ein gutes Stück vorausgegangen waren. Der Weg führte noch drei oder vier Schritte weit unter einer niedrigen Decke aus Schnee entlang, die von kreuz und quer gespannten Balken mehr schlecht als recht gestützt wurde, und wurde dann von schimmerndem Eis abgelöst, das teilweise so niedrig hing, dass er weit nach vorne gebückt gehen musste und sich trotzdem ein paarmal kräftig den Kopf stieß. Der Boden war leicht abschüssig und so glatt, dass er aufpassen musste um nicht zu stürzen. Nach vielleicht zehn oder zwölf Schritten erweiterte sich der Gang zu einer großen, halbrunden Eishöhle, die von grauem Dämmerlicht erfüllt war.

Anders blieb überrascht stehen und sah sich um. Im allerersten Moment war er nach dem grellen Weiß des vom Schnee reflektierten Sonnenlichts draußen fast blind, aber er sah immerhin, dass die Höhle die Abmessungen eines kleinen Tanzsaales hatte. Es war kalt, jedoch nicht annähernd so eisig wie draußen. Ein sachter, aber beständiger Zug streifte sein Gesicht, doch die Luft roch trotzdem nicht frisch, wie man es in einem Dom aus purem Eis erwartet hätte, sondern muffig und auch ein ganz kleines bisschen süßlich, so als wäre hier drinnen vor langer Zeit etwas gestorben und nie weggeschafft worden. Sein Herz begann wieder schneller zu schlagen und er konnte nur hoffen, dass es ihm gelang, das Zittern seiner Hände weit genug zu unterdrücken, damit man es wenigstens nicht sofort sah. Für einen Moment musste er mit aller Gewalt gegen den Impuls ankämpfen, einfach auf der Stelle herumzufahren und wegzulaufen, so schnell er nur konnte. Er wäre nicht besonders weit gekommen.

»Anders?«

Er fuhr erschrocken zusammen und drehte sich überhastet in die Richtung, aus der Aarons Stimme kam. Im allerersten Moment sah er auch jetzt nur Schatten, aber seine Augen gewöhnten sich nun rasch an das graue Zwielicht. Er erblickte Aaron auf der anderen Seite des Eisdoms, gute zwanzig oder auch dreißig Schritte entfernt. Der Elder hatte den Arm erhoben und winkte ihn zu sich heran. Hinter ihm verschwamm ein niedriger Umriss im grauen Licht. Von Endela und den beiden Trägern war nichts zu sehen.

Anders brauchte noch eine Sekunde, um den verrückten Impuls zurückzudrängen, einfach auf dem Absatz herumzuwirbeln und wegzurennen, selbst wenn diese Flucht im Schwert eines Elder enden würde, doch dann straffte er die Schultern und ging auf Aaron zu.

Seine Augen gewöhnten sich jetzt immer schneller an das graue Dämmerlicht, das durch mehrere unregelmäßig verteilte Öffnungen unter der Höhlendecke hereinfiel.

Als er näher kam, identifizierte er den gedrungenen Umriss hinter Aaron als die grobe Karikatur eines Bettes, die unmittelbar aus dem Eis herausgemeißelt worden zu sein schien.

»Und was … geschieht nun?«, fragte er. Ein bitterer, harter Kloß war plötzlich in seinem Hals, der es ihm fast unmöglich machte, weiterzusprechen. Er konnte nicht anders, als den rechteckigen Quader hinter Aaron anzustarren. Er war vielleicht zwei Meter lang, einen Meter hoch und ebenso breit, und seine Fantasie begann ihm sofort die unterschiedlichsten, allesamt unangenehmen Verwendungszwecke für diesen sonderbaren Altar auszumalen.

»Das liegt allein in Oberons Hand«, sagte der Elder. Hatte er etwa eine klare Antwort erwartet?

»Komm.« Aaron gab ihm mit einem Wink zu verstehen, dass er ihm folgen sollte, und bewegte sich langsam auf einen nur knapp anderthalb Meter hohen Durchgang zu, der ein paar Schritte entfernt in der Wand gähnte. Anders zog vorsichtshalber den Kopf ein und blieb wieder stehen, als der Elder eine warnende Geste machte.

Ein rascher, aber eiskalter Schauer lief ihm über seinen Rücken, als er das unregelmäßig geformte, gut einen halben Meter messende Loch gewahrte, das unmittelbar vor den Füßen des Elder im Boden gähnte. Obwohl es auch hier ein Loch in der Decke gab und es beinahe heller war als in der großen Höhle nebenan, konnte er dort unten nur vollkommene Schwärze erkennen. Ein seidiges Rauschen und Wispern drang aus der Tiefe herauf und manchmal ein gluckernder Laut; dort unten floss Wasser.

Aaron deutete auf das Loch im Boden, dann auf einen hölzernen Eimer, der mit einer langen, grobgliedrigen Kette an der Wand befestigt war. »Hier kannst du dir Wasser holen«, sagte er, »und deine … äh … körperlichen Bedürfnisse erfüllen. Der Fluss friert niemals ein, auch nicht im strengsten Winter.«

Anders brauchte einen Moment, um überhaupt zu begreifen. Misstrauisch – aber auch sehr vorsichtig – beugte er sich vor und spähte in die Tiefe. Der Schacht verlor sich schon nach kaum einem Meter in absoluter Finsternis. Aber allein wenn er die Kette betrachtete, an der der Eimer hing, begann er zu ahnen, *wie* tief er sein musste. Der unangenehme Geruch, der ihm schon draußen aufgefallen war, war hier stärker.

»Ich nehme an, an dieser Kette soll ich mich festhalten, wenn ich meine *körperlichen Bedürfnisse* erfülle?«, fragte er finster. Aaron antwortete nicht und nach einem weiteren Moment wich er auch seinem Blick aus. Offensichtlich war ihm das Thema peinlich.

»Das ist wirklich praktisch«, lobte Anders, nachdem er sich wieder aufgerichtet hatte und vorsichtshalber eine Schritt zurückgetreten war. »Fast wie zu Hause. Da trinke ich auch immer aus dem Klo, weißt du?«

Aaron schwieg auch dazu. Was hätte er auch sagen sollen?

Er fühlte sich mit jedem Atemzug sichtlich weniger wohl in seiner Haut, aber das lag wohl nicht allein an dem unappetitlichen Thema, das Anders angeschnitten hatte. Einige Sekunden lang bewegte er sich unbehaglich auf der Stelle, dann drehte er sich mit einem Ruck um und drängte sich regelrecht an Anders vorbei, um wieder in die große Höhle zurückzugehen. Anders warf noch einen stirnrunzelnden Blick auf das zweifelhafte Loch im Boden und folgte ihm dann.

Seine Augen hatten sich mittlerweile vollkommen an das sonderbare Zwielicht hier drinnen gewöhnt. Das Licht kam nicht nur aus den Löchern in der Kuppeldecke, sondern drang hier und da auch durch die Wände, was dem Raum etwas seltsam Verzaubertes zu verleihen schien; eine Leichtigkeit, die ihm ganz und gar nicht zustand, wenn man bedachte, welchem *Zweck* er diente.

Anders hätte allerdings viel darum gegeben, diesen Zweck überhaupt zu *kennen*. Aarons Erklärung hatte ihm klar gemacht, dass sie ihn zumindest nicht hierher gebracht hatten, um ihn hinzurichten – aber dieser Gedanke beruhigte ihn nicht sonderlich.

Einer der beiden Träger kam herein und lud seine Last auf dem Boden ab, der andere musste während ihrer kurzen Abwesenheit schon da gewesen sein, denn sein Beutel lag auf dem Eisbett, und Anders konnte nun sehen, dass er eine Auswahl an Decken und warmen Kleidern enthielt. Ganz allmählich begann die Erkenntnis dessen, was er im Grunde schon die ganze Zeit über geahnt hatte, auch in sein Bewusstsein zu sickern. Ein bitterer Geschmack breitete sich auf seiner Zunge aus.

»Wie lange … muss ich hier bleiben?«, fragte er stockend. Aaron sah ihn nur wortlos an und Anders verzog das Gesicht und fügte mit einem gequälten Achselzucken hinzu: »Ja, ja, ich weiß – das liegt allein in Oberons Hand, habe ich Recht?«

»Du scheinst den Ernst deiner Lage immer noch nicht begriffen zu haben«, sagte Aaron mit einem traurigen Kopfschütteln. »Nicht alle überleben Oberons Urteil. Nicht alle«, fügte er nach einer winzigen Pause und leiser hinzu, »*wollen* es.«

Das war keine Antwort auf seine Frage, wie lange er in diesem eisigen Gefängnis würde ausharren müssen und was genau ihn hier erwartete, dachte Anders. Aber er hatte das sichere Gefühl, dass er diese Antwort sowieso nie bekommen würde, ganz egal wie oft er diese Frage auch stellte.

Dennoch begann er bei allem Erschrecken allmählich wieder Hoffnung zu schöpfen. Ganz egal was sie ihm auch antun würden, sie hatten offenbar nicht vor, ihn umzubringen, und das Gefängnis, aus dem man nicht ausbrechen konnte, war noch nicht gebaut. Ganz im Gegenteil: Anders dachte wieder daran, wie unsicher und verängstigt sich seine Begleiter draußen bewegt hatten. Für die Elder und ihre Gehilfen mochte diese Umgebung allein schon erschreckend und Furcht einflößend sein, doch nicht für ihn. Sie selbst wussten es vielleicht nicht, aber sie befanden sich ein bisschen in der Lage eines – noch dazu *wasserscheuen* – Nichtschwimmers, der versuchte einen Fisch in einem Unterwassergefängnis festzuhalten.

Aaron deutete sein Schweigen falsch. »Du bist stark«, sagte er ernst. »Ich glaube, du wirst es schaffen.«

»Wenn Oberon es will«, fügte Anders sarkastisch hinzu.

Aarons Miene wurde so eisig wie die weißblaue Wand, vor der er stand. Er deutete auf den bauchigen Leinenbeutel, den der zweite Träger inzwischen ebenfalls abgestellt hatte. »Hier findest du Lebensmittel für den Anfang. Geh sparsam damit um und verschwende nichts.«

»Und was ist mit dem Rest?«, fragte Anders. »Zigaretten, Cola, ein paar Drogen und der Spritzenautomat … eben alles, was in einen modernen Knast so gehört. Und wie sind die Besuchszeiten geregelt?«

Aaron überging auch diese Bemerkung, obwohl sich Anders alle Mühe gegeben hatte, so spöttisch wie nur möglich zu klingen. Stattdessen hob er die Hand und deutete auf eine der unregelmäßigen Öffnungen in der Decke, gute zehn Meter über ihnen. »Beim nächsten Neumond wird dir Essen gebracht. Achte darauf, den Termin nicht zu versäumen. Es sei denn, du willst verhungern.«

Er atmete hörbar ein und schien noch etwas sagen zu wollen, beließ es dann aber bei einem Seufzen und einem neuerlichen Kopfschütteln, mit dem er sich zum Gehen wandte. Auch Endela war wieder da – Anders fragte sich vergeblich, wo sie die ganze Zeit über gesteckt hatte – und wartete hoch aufgerichtet und reglos neben dem Ausgang. In dem sonderbaren Licht, das den gewaltigen Eisdom erfüllte, schien der Rubin auf ihrer Stirn wie mit einem unheimlichen inneren Glanz zu leuchten: ein drittes, allsehendes Auge, das ihn mit derselben teilnahmslosen Gleichgültigkeit anstarrte wie die Elder selbst.

Anders sah sich mit wachsendem Unbehagen in dem schattigen Eisdom um. Er verstand noch immer nicht wirklich, was das alles zu bedeuten hatte. Sie würden ihn hier einsperren, und das für mindestens einen Monat, vermutlich sogar länger. Das war alles andere als angenehm, vor allem in einem Eiskeller wie diesem, aber nach dem, was vergangene Nacht geschehen war, hatte er auch nicht ernsthaft damit rechnen können, ungeschoren davonzukommen. Wochen – oder gar Monate – in einem zu groß geratenen Kühlschrank in Einzelhaft zu verbringen, war alles andere als eine leichte Strafe (und nebenbei auch keine, die er einfach so hinnehmen würde), aber es war dennoch ganz und gar nicht das, was er erwartet hatte; nicht nach dem, was Morgen gesagt hatte, und schon gar nicht nach den mitleidigen Blicken, mit denen ihn die Männer bedacht hatten, und Aarons geheimnisvollen Andeutungen. *Oberons Urteil.* Das klang nicht nach drei Monaten Einzelhaft in der Tiefkühltruhe, sondern nach einem Gottesurteil; irgendetwas, das so schrecklich war, dass weder Morgen noch Aaron es über sich gebracht hatten, auch nur darüber zu sprechen.

Misstrauisch drehte er sich einmal im Kreis und blickte sich weiter um.

Die Höhle war weitaus größer, als er im ersten Moment angenommen hatte. Hier und da schimmerte ein blassblaues Licht durch die Wände und die gegenüberliegende Seite lag größtenteils im Schatten, hinter dem sich alles Mögliche verbergen konnte. Und war da nicht ein unheimliches Scharren und Kratzen, wie das Geräusch stahlharter Klauen auf noch härterem Eis, und darunter, ganz leise, aber auch gerade zu deutlich um es zu ignorieren, ein schweres Hecheln und Atmen? Wie …

Anders brach den Gedanken mit einer bewussten Anstrengung ab. Da war *gar nichts.* Seine Fantasie spielte ihm wieder einmal einen bösen Streich, das war alles. Aaron und seine Elder-Freunde hätten sich wohl kaum die Mühe gemacht und ihn so umständlich hier heraufgeschleift, nur um ihn dann von irgendeinem Ungeheuer auffressen zu lassen.

Endela hatte sich mittlerweile umgedreht und war gegangen, während Aaron nur zwei oder drei Schritte in den Eisgang gemacht hatte und wieder stehen geblieben war, um noch einmal zu ihm zurückzublicken. Da war noch immer dieser Ausdruck von Mitleid und mühsam zurückgehaltenem Schrecken in seinen Augen, den Anders jetzt weniger denn je verstand. Dennoch wurde ihm nach einem Augenblick klar, dass Aaron ihm noch etwas sagen wollte. Er ging hin und sah ihn wortlos und fragend an.

»Ich wünsche dir Kraft, Anders«, sagte Aaron. »Du musst wissen, dass es nicht meine Entscheidung war, dich dieser Prüfung zu unterwerfen. Ich hoffe, du wirst sie bestehen.« Er atmete hörbar ein, nickte wie zum Abschied und wandte sich halb um, blieb aber dann noch einmal stehen und tat etwas sehr Seltsames: Er hob die Hand, berührte flüchtig den silbernen Reif um seine Stirn und schien eine halbe Sekunde lang in sich hineinzulauschen, bevor er mit beiden Händen nach oben griff und Oberons Auge abnahm.

»Aber falls nicht – Tamar hat mir etwas für dich mitgegeben …« Er zögerte. Seine Hand glitt unter den Mantel und verharrte einen endlosen Moment lang dort, und Anders konnte sehen, wie schwer es ihm fiel, die Bewegung zu Ende zu führen, und um wie vieles schwerer, weiterzusprechen. »Nur falls es zu schlimm wird. Es wäre keine Schande.«

Auf seiner ausgestreckten Hand lag ein schmaler silberfarbener Dolch mit beidseitig geschliffener Klinge.

Anders starrte die zierliche Waffe einen Moment lang einfach nur verständnislos an, bevor er zögernd danach griff und sie an sich nahm. Der Dolch wog fast nichts. Die Klinge war kaum breiter als sein kleiner Finger und auch nicht wesentlich länger, aber so scharf geschliffen wie ein Rasiermesser. Ein Spielzeug. Ein gefährliches und in den falschen Händen sicherlich tödliches Spielzeug, doch nichtsdestoweniger ein Spielzeug, das eigentlich zu nichts gut war. Außer vielleicht …

»Wie kommt Tamar auf die Idee«, fragte er verwirrt, »dass ich …«

Er brach ab, als ihm klar wurde, dass er nur noch mit einer Wand aus Eis sprach. Aaron hatte sich umgedreht und war gegangen.

Verwirrt drehte Anders das Minirapier in der Hand. Was um alles in der Welt brachte Aaron auf die Idee, er wolle sich *umbringen*?

Aarons Schritte wurden rasch leiser und Anders beeilte sich, den Dolch auf das Eisbett zu werfen und dem Elder nachzueilen.

Aaron hatte bereits einen gehörigen Vorsprung, sodass er nahezu rennen musste um ihn einzuholen. Der Elder hatte den nach draußen führenden Eistunnel schon fast hinter sich gebracht und war kaum mehr als ein Schatten, der sich scharf gegen das gleißend vom Eis reflektierte Sonnenlicht vor dem Ausgang abhob. Anders wollte nach dem Elder rufen, besann sich dann aber eines Besseren und sparte sich seinen Atem lieber, um rascher auszugreifen und Aaron vielleicht doch noch einzuholen, bevor er die Gletscherhöhle verließ.

Beinahe wären es die letzten Schritte seines Lebens gewesen. Anders war geblendet durch das grellweiße Sonnenlicht, in das er sah, und so bemerkte er die weiß gekleidete Gestalt beinahe zu spät, und das Schwert, in das er fast hineingerannt wäre, noch später. Erschrocken prallte er zurück und hätte um ein Haar den Halt auf dem spiegelglatten Boden verloren, als er hastig zwei oder drei Schritte weit zurückwich. Das Schwert hatte ihn nicht wirklich verletzt, aber er hatte den warnenden Biss der Klinge selbst durch den dicken Stoff seines gefütterten Kleides hindurch gespürt. Ein halber Schritt mehr oder eine Winzigkeit schneller ...

Obwohl es sogar ihm selbst ziemlich überflüssig vorkam, hob er die Hände und schenkte dem Krieger ein nervöses Lächeln, das dieser allerdings nur mit einem umso finstereren Blick quittierte. Vielleicht kannte man diese Geste ja hier nicht, wahrscheinlicher aber war, dass sie dem Elder vollkommen gleichgültig war.

Anders wich noch einen weiteren Schritt zurück, ließ die Arme vorsichtig wieder sinken und blinzelte ein paarmal, um seinen Augen Gelegenheit zu geben, sich an die veränderten Lichtverhältnisse zu gewöhnen. Es funktionierte nicht annähernd so gut, wie er gehofft hatte. Aaron blieb ein Schatten, auch nachdem er die Lider ein paarmal so fest zusammengepresst hatte, bis bunte Blitze und Farbflecke vor seinen Augen erschienen; aber nun war er ein Schatten mit einem Gesicht.

Er hatte Oberons Auge wieder aufgesetzt und war dadurch von einem besorgten weißhaarigen alten Mann wieder zu einem unnahbaren Wesen geworden.

»Aaron«, fragte er, »was ...«

Der Elder unterbrach ihn mit einer halb unwilligen, halb aber auch befehlenden Geste. »Du solltest dort nicht stehen bleiben.«

Anders blinzelte verwirrt. Er konnte noch immer nicht

richtig sehen; die Gestalten rechts und links von Aaron blieben verschwommene Schatten, die irgendetwas taten, was er nicht genau erkennen konnte. Es war allenfalls erstaunlich, dass sie *überhaupt* etwas taten …

Anders blinzelte noch einmal, um sich an das grelle Gegenlicht zu gewöhnen. Als er die Augen wieder öffnete, hatte sich der Krieger umgewandt und ging mit schnellen Schritten auf Aaron zu. Außerdem fiel Schnee in sein Gesicht.

Anders sah verwirrt hoch. Noch mehr Schnee fiel ihm ins Gesicht und ließ ihn diesmal unfreiwillig blinzeln. Er wischte ihn mit dem Handrücken weg, machte einen halben Schritt zurück und sah genauer hin. Er befand sich im letzten Drittel des Tunnels, der nicht mehr aus Eis, sondern aus zusammengebackenem Schnee bestand und mit Brettern und Balken abgestützt war. Der Schnee war zwischen diesen Brettern herausgerieselt und es war beileibe nicht der einzige. Überall rings um ihn herum senkten sich feine Schneewolken herab und wehende Schleier aus glitzernden Kristallen durchzogen die Luft, dann hörte er ein Poltern und …

Anders' Herz machte einen erschrockenen Satz, als er das daumendicke Tau sah, das um einen der Stützpfeiler gebunden war und sich mit einem knarrenden Laut immer weiter spannte – was ja möglicherweise daran lag, dass einer der Träger sein anderes Ende ergriffen hatte und mit aller Kraft daran zerrte …

»He!«, rief er erschrocken. »Seid ihr wahnsinnig? Die ganze Konstruktion …«

… bricht gleich zusammen? Aber genau das sollte sie ja!

Und plötzlich ging alles rasend schnell. Der Träger legte sich noch mehr ins Zeug, das Seil ächzte und knarrte, und schließlich war es der Stützbalken, der das ungleiche Duell aufgab – er zerbrach mit einem peitschenden Knall, und praktisch im gleichen Augenblick stürzte auch der Balken auf der anderer Seite um und es regnete für einen halben Atemzug Bretter und noch mehr Balken. Dann Schnee.

Tonnen von Schnee.

Anders konnte sich gerade noch mit einer entsetzten Bewegung herumwerfen und loshechten, als der gesamte Tunnel hinter ihm zusammenbrach.

Er schaffte es nicht ganz. Etwas wie eine weiche, aber unglaublich *starke* Hand traf seinen Rücken und schleuderte ihn mit solcher Gewalt zu Boden, dass er Sterne sah, und rings um ihn herum krachte und dröhnte es, als bräche die Welt zusammen. Der Boden zitterte und bebte, und die Luft war mit einem Mal so voller pulverfeinem stiebendem Schnee, dass er kaum noch atmen konnte. Eisbrocken und Schnee stürzten auf ihn herab, und für einen Moment war er hundertprozentig davon überzeugt, dass dies das Ende war – der gesamte Gletscher musste einfach im nächsten Augenblick auf ihn herabstürzen und ihn zerquetschen.

Tatsächlich bekam er einige *wirklich* schmerzhafte Treffer ab, die ihm die Luft aus den Lungen trieben und seine Sammlung an blauen Flecken und Prellungen noch um einige hübsche Exemplare bereicherte, aber die ultimative Katastrophe blieb ihm erspart. Der Himmel fiel ihm nicht auf den Kopf und auch der Gletscher selbst zeigte sich von der künstlich ausgelösten Lawine wenig beeindruckt. Als sich der weiße Staub wenigstens so weit wieder gelegt hatte, dass er etwas sehen konnte, war der Eisgang vollkommen unverändert; abgesehen davon, dass es deutlich dunkler geworden war. Der gesamte Gang hinter ihm war eingestürzt und der Schnee sperrte das Sonnenlicht aus.

Anders wartete an paar Sekunden, bis sich das rasende Hämmern seines Pulsschlages einigermaßen beruhigt hatte, dann wischte er sich mit dem Handrücken den Schnee aus dem Gesicht und versuchte sich in die Höhe zu stemmen.

Es ging nicht. Etwas hielt seine Beine fest.

Mühsam drehte Anders den Kopf und ein eisiger Schauer lief ihm über den Rücken, als er sah, *wie* knapp er dem sicheren Tod entgangen war. Wie er vermutet hatte, war der gesamte Tunnel hinter ihm zusammengebrochen. Eine kompakte Mauer aus Schnee versperrte nicht nur den Ausgang, sondern hatte auch seine Beine bis zu den Schienbeinen hinauf verschlungen und hielt ihn wie mit unsichtbaren Fäusten fest. Ganz instinktiv versuchte er sich zu befreien, aber es gelang ihm nicht einmal, sich auch nur einen Millimeter weit zu bewegen.

Im ersten Moment drohte ihn Panik zu übermannen. Anders kämpfte sie nieder, zwang sich für die Dauer von fünf oder sechs rasenden Herzschlägen reglos dazuliegen und versuchte es dann noch einmal. Diesmal konnte er immerhin den rechten Fuß ein kleines Stück bewegen, vielleicht nur wenige Millimeter, aber es ging, und Anders bewegte den Fuß und dann das Bein beharrlich weiter vor und zurück, und schließlich wurden aus Millimetern Zentimeter und er spürte, wie der Widerstand der eisigen Umklammerung langsam nachließ.

Anders wusste, dass er nicht mehr allzu viel Zeit hatte. Er hatte noch nie das zweifelhafte Vergnügen gehabt, in einer Lawine verschüttet zu werden, aber sein Hobby brachte es zwangsläufig mit sich, dass er sich zumindest *theoretisch* damit beschäftigt hatte. Er wusste, dass sich der vermeintlich pulverfeine Schnee binnen kurzer Zeit unter seinem eigenen Gewicht zu einer Masse zusammenpressen konnte, die so hart wie bester Stahlbeton war. Wenn er sich bis dahin nicht befreit hatte, hatte er ein Problem

Endlich gelang es ihm, sein rechtes Bein aus dem Schnee zu ziehen und kurz darauf auch das andere. Vollkommen erschöpft, wie er war, kroch er ein kurzes Stück auf Händen und Knie und ließ sich dann wieder zu Boden sinken um Atem zu schöpfen. Sein Füße waren so kalt, dass es *wehtat*, und sein Herz hämmerte, als wollte es jeden Moment einfach in Stücke springen. Zitternd wälzte er sich auf den Rücken, stemmte sich auf die Ellbogen hoch und musterte die Wand aus zusammengepresstem Schnee und Eisbrocken mit einer Mischung aus unendlicher Erleichterung und dumpfer Wut. Eine Sekunde später und er wäre tot gewesen, begraben unter hundert Tonnen Schnee und Geröll. Hätte er nur eine Winzigkeit langsamer reagiert …

Anders zog es vor, den Gedanken nicht zu Ende zu denken. Immerhin, dachte er sarkastisch, hatte Aaron ihn gewarnt. Wie waren seine genauen Worte noch gewesen? *Du solltest da nicht stehen bleiben?* Sobald er hier heraus war, würde er ein längeres Gespräch mit Aaron führen müssen …

Irgendwo hinter ihm war ein Geräusch. Anders konnte es nicht genau identifizieren, aber es war ein Laut, der eindeutig nicht dorthin gehörte und ihn wie elektrisiert herumfahren ließ. Er sprang in die Höhe und wäre um ein Haar sofort wieder gestürzt, weil sich seine Beine irgendwie weigerten, das Gewicht seines Körpers zu tragen. Mehr humpelnd als gehend erreichte er die große Höhle und sah sich wild um. Niemand war da. Vielleicht hatte er sich das Geräusch ja doch nur eingebildet.

Ein winziger Eisklumpen traf das Bett und prallte mit einem glockenhellen, gläsernen Laut davon ab. Anders warf mit einem Ruck den Kopf in den Nacken und sog scharf die Luft zwischen den Zähnen ein, als er in Aarons Gesicht sah, das aus zehn oder zwölf Metern Höhe auf ihn herabblickte. Er war von außen auf den Gletscher gestiegen und sah durch das Loch in der Höhlendecke herein.

»Du bist nicht verletzt«, stellte er fest. »Das freut mich, wirklich. Du musst vorsichtiger sein. Wenn du verletzt wirst, wird niemand da sein, um dir zu helfen.«

»Was … was soll das?«, stammelte Anders. »Seid ihr wahnsinnig geworden? Wieso habt ihr den Eingang eingerissen?«

Aaron hob die Hand an die Schläfe, um den silbernen Reif zu berühren, und Oberons Auge leuchtete kurz und intensiv auf, als sich ein verirrter Sonnenstrahl in dem blutfarbenen Kristall brach. Seine Stimme veränderte sich. Als er weitersprach, war er nicht mehr Aaron, der weißhaarige gütige Elder, sondern der Oberste des Hohen Rates.

»Dein Schicksal liegt nun allein in Oberons Hand«, sagte er. »Bei jedem Neumond wird dir Nahrung gebracht, und neue Kleider, sollte es nötig sein, aber niemand wird mit dir sprechen. Sollte Oberon entscheiden, dass du leben sollst, wird seine Macht dein Gefängnis öffnen. Ich wünsche dir viel Glück.«

Anders ächzte. »Sollte Oberon …?«

Aaron warf ihm noch einen letzten, traurigen Blick zu, dann verschwand sein Gesicht aus der Öffnung und Anders blinzelte verwirrt in einen leeren Himmel, der eine so eisblaue Färbung angenommen hatte, als wolle er ihn auf diese Weise zusätzlich verhöhnen.

Es verging eine geraume Weile, bis Anders auch nur in der Lage war, seinen Blick von der leeren Öffnung in der Höhlendecke zu lösen. Was bedeutete das? Aaron konnte doch unmöglich meinen, dass …

Er fuhr mit einem Ruck herum, humpelte zum Ausgang zurück und starrte die nahezu senkrechte Wand aus Schnee an, die den Tunnel blockierte. Aarons Worte hallten wieder und wieder hinter seiner Stirn nach und sie schienen mit jedem Mal eine gewaltigere, düsterere Bedeutung zu gewinnen: *Dein Schicksal liegt nun allein in Oberons Hand …*

Nein. Er *weigerte* sich einfach zu verstehen, was der Elder damit gemeint hatte. Das war … grotesk. So etwas … *konnten* sie einfach nicht tun!

Aber sie hatten es getan, und mit jeder Sekunde, die er dastand und die schimmernde Wand aus Schnee anstarrte, fiel es ihm schwerer, die Wahrheit zu verleugnen.

Dein Schicksal liegt nun allein in Oberons Hand …

Anders brach den Gedanken mit einer bewussten Anstrengung ab, atmete die eisige Luft so tief ein, dass sie in seiner Kehle und seinen Lungen brannte, und schloss für eine einzelne Sekunde die Augen. Dann trat er an die Wand heran und legte die flachen Hände dagegen. Sie fühlte sich nicht an wie Schnee. Sie war hart wie Eis und sie war so kalt wie Eis; eine fünf Meter dicke, undurchdringliche Mauer, die unter ihrem eigenen Gewicht stöhnte und knisterte und mit jeder Sekunde, die verstrich, nur immer noch härter und undurchdringlicher wurde.

Dein Schicksal liegt nun allein in Oberons Hand … Anders ballte die Hände so fest zu Fäusten, bis sich seine eigenen Fingernägel in seine Handflächen gruben und warmes Blut an seinen Handgelenken herunterlief und zu Boden tropfte. Er lockerte seinen Griff trotzdem nicht, sondern drückte beinahe noch fester zu, obwohl der Schmerz so schlimm war, dass er ihm die Tränen in die Augen trieb.

Er brauchte diesen Schmerz. Er war das Einzige, was noch zwischen ihm und der vollkommenen Verzweiflung stand. *Dein Schicksal liegt nun allein in Oberons Hand …*?

Nein, davon hatte Aaron nicht gesprochen. Wovon er gesprochen hatte, dass war das *Frühjahr*. Die Sonne des nächsten Sommers, die die Kraft hatte, die undurchdringliche Barriere aus Schnee zu schmelzen, die zwischen ihm und der Freiheit war.

Vielleicht.

Anders schloss entsetzt die Augen. Ein Laut kam über seine Lippen, von dem er sich selbst gerne eingeredet hätte, dass es ein Seufzen war, aber das war es nicht. Es war ein Schluchzen. Und auch die Tränen, die über sein Gesicht liefen und dort zu dünnen glitzernden Raureifspuren gefroren, kamen nicht nur von den brennenden Schmerzen, die er sich selbst zufügte.

Vielleicht im nächsten Frühjahr.

Aber vielleicht dauerte der Winter auch ungewöhnlich lange und vielleicht kam das Frühjahr spät und vielleicht hatte die Sonne nicht genug Kraft, um den Schnee zu schmelzen, sodass der gesamte Sommer und ein zweiter Winter vergingen.

Vielleicht.

Und vielleicht würde ja irgendwann der Moment kommen, in dem er Tamars Messer benutzte …

Mühsam öffnete er die Augen, trat zwei Schritte zurück und brauchte eine weitere und weitaus stärkere bewusste Willensanstrengung, um auch seine verkrampften Finger zu lösen. In seiner Handfläche war eine Anzahl winziger halbmondförmiger Schnitte zurückgeblieben, die überraschend stark bluteten, vielleicht weil sein Herz so heftig pochte, dass jede Ader in seinem Körper schier zu explodieren schien. Das Blut lief weiter über seine Handgelenke und tropfte zu Boden, wo es zu einem ungleichmäßigen Muster braunroter glitzernder Flecke gefror, kaum dass es das Eis berührt hatte.

Und auch in ihm selbst schien etwas zu gefrieren, langsam, aber auch unaufhaltsam, als begänne ein Teil seiner Seele zu etwas zu erstarren, das kälter und härter war als Eis.

Er starrte die Wand an. Sein Herz raste und seine Gedanken drehten sich schneller und schneller im Kreis, während die Tränen in Strömen über sein Gesicht liefen und sein Blut weiter und beständig zu Boden tropfte.

Er wusste nicht, wie lange er so dastand und die undurchdringliche Wand anstarrte, die sich zwischen ihn und den Rest seines Lebens gesenkt hatte, aber irgendwann versiegten seine Tränen und nicht sehr lange darauf auch das Blut.

Und im gleichen Maße wurde auch sein Verzweiflung zu etwas anderem. Vielleicht war es nicht wirklich Entschlossenheit und ganz bestimmt keine *Überzeugung*, sondern, wenn überhaupt, dann allenfalls Trotz – aber er würde nicht kapitulieren, weder vor dieser Wand noch vor Aaron oder seinem ganzen verdammten Hohen Rat. Er würde das tun, was er von der ersten Sekunde seit seiner Ankunft in dieser albtraumhaften Welt an hätte tun müssen: Er würde kämpfen.

Und er würde gewinnen. Am Ende, das wusste er einfach, würde er siegen; sowohl gegen Aaron als auch gegen Tamar und Endela und den gesamten Hohen Rat dieses faschistischen Elder-Packs, das glaubte, alle Weisheit der Welt für sich gepachtet zu haben, und auch und vor allem gegen diese verdammte Wand.

Und er sollte sogar Recht behalten.

Am Ende war es die Wand, die vor ihm kapitulierte, und nicht umgekehrt.

Aber es sollten beinahe sieben Monate vergehen, bis es so weit war.

Werkverzeichnis der im Heyne Verlag von Wolfgang und Heike Hohlbein erschienenen Titel

› Werkverzeichnis

© Tom Platzer

HEYNE ‹

Die Autoren

Wolfgang Hohlbein wurde 1953 in Weimar geboren. Schon als Jugendlicher begann er, fantastische Geschichten zu schreiben. Nach der Schulzeit in Nordrhein-Westfalen machte er eine Ausbildung zum Industriekaufmann und arbeitete daraufhin in diesem Beruf.
Bei einem Wettbewerb des Ueberreuter Verlags im Jahre 1982 belegte er zusammen mit seiner Frau Heike den ersten Platz: mit dem Jugendbuch ***Märchenmond***, das ursprünglich der Fantasie seiner Frau entsprang und mit über 700.000 verkauften Exemplaren zum Bestseller wurde. Im gleichen Jahr erschien Hohlbeins Roman ***Der wandernde Wald***, der ebenfalls großen Erfolg hatte. Wolfgang Hohlbein verlegte sich daraufhin ganz auf das Schreiben und hat inzwischen ein Millionenpublikum gewonnen.
Er ist einer der beliebtesten deutschen Autoren auf dem Gebiet der fantastischen Literatur und zählt mit seinen Romanen aus den verschiedensten Genres – Thriller, Horror, Science-Fiction und historischer Roman – zu den erfolgreichsten und produktivsten deutschen Autoren überhaupt. Zusammen mit seiner Frau Heike, der gemeinsamen Tochter Rebecca und etlichen anderen Co-Autoren hat er bislang mehr als 220 Bücher und Geschichten verfasst.
Heute leben Wolfgang und Heike Hohlbein mit ihren sechs Kindern in der Nähe von Düsseldorf.

1. Fantasy von Wolfgang Hohlbein

Die Nacht des Drachen

Die 13jährige Yori begegnet auf der Jagd einer verwundeten Smaragdechse und rettet ihr das Leben. Doch damit beschwört sie die Rache eines brutalen Sklavenhändlers herauf, der sie und ihr Dorf vernichten will. In einem riesigen alten Drachen findet Yori einen mächtigen, aber auch gefährlichen Verbündeten.

Saint Nick

Eigentlich ist Nikolaus der Schutzheilige der Kinder, doch jetzt ist er als Weihnachtsmann der Manager des großen Festes – und hat den Sinn von Weihnachten völlig vergessen! Da setzen die Elfen ein Ultimatum: Ein neuer Elf muss her, sonst wird Weihnachten ausfallen. Gelingt es Saint Nick, mit Hilfe der Waisen Virginia und Stan das Weihnachtsfest zu retten?

Die Magier-Trilogie

Erbe der Nacht (Band 1)

Der junge Robert Craven erfährt, dass er der Nachfahre eines großen Magiers ist. Nun ist in längst vergangener Zeit eine geheimnisvolle Kraft erwacht, die die Gegenwart bedroht. Als sein Großvater umkommt, erkennt Robert, dass er in großer Gefahr schwebt. Kann er dem nächtlichen Besucher trauen, der ihm seine Hilfe anbietet?

Tor ins Nichts (Band 2)

Seit Robert Craven erfahren hat, dass er magische Kräfte besitzt, beschäftigt er sich mit dem Okkulten. Noch ist er ein Anfänger und erhofft sich Hilfe und Anleitung von dem Holländer DeVries. Dieser jedoch nutzt seine magischen Kenntnisse auf zerstörerische Weise. Um ihn aufzuhalten, begibt sich Robert in einen gefährlichen Kampf.

Sand der Zeit (Band 3)

Robert wird von Visionen aus den Wikingerzeiten gequält. Um diesen auf den Grund zu gehen, reist er mit seinem Freund Jake Becker nach Mexiko zu Professor Havilland, einem bedeutenden Wikingerforscher. Doch dort wartet das Grauen auf sie.

2. Fantasy von Wolfgang & Heike Hohlbein

Märchenmond

Nach einer Blinddarmoperation liegt Kims kleine Schwester im Koma. Da erfährt Kim von dem Land Märchenmond, in dem der böse Boraas seine Schwester gefangenhält. Kim gelangt in das magische Land und macht sich mit seinen neuen Freunden auf die abenteuerliche Suche nach seiner Schwester.

Märchenmonds Erben

Bei seiner Rückkehr nach Märchenmond stellt Kim erschrocken fest, dass sich vieles verändert hat: Niemand glaubt mehr an Träume und Magie, alte Bräuche und Riten werden missachtet. Kim versucht mit Hilfe des Zauberers Themistokles, Märchenmond zu retten. Denn ohne seine magischen Kräfte ist die Welt verloren.

Der Greif

Als Mark in den schwarzen Turm eindringt, ahnt er nicht, welche Kräfte er entfesselt. Der Greif, magischer Herrscher über dieses alptraumhafte Reich, versucht den Jungen in seine Gewalt zu bringen. Doch inmitten von Feuer und Schatten liegt ein Paradies, und um dieses zu retten, nimmt Mark den aussichtslos scheinenden Kampf gegen den mächtigen Greif auf.

Schattenjagd

»Schattenjagd« ist für David das beste Computerspiel aller Zeiten. Bald greift die virtuelle Welt jedoch nach der Wirklichkeit, und ihre Geschöpfe entwickeln ein unheimliches Eigenleben. David muss ein letztes Mal in das Spiel einsteigen, um die bedrohlichen Geschöpfe aufzuhalten.

Krieg der Engel

Der 15-jährige Eric hat stets denselben Traum. Ein weißer Engel steht mit brennendem Gefieder auf dem Dach einer gigantischen schwarzen Kathedrale, die sich über einer trostlosen Landschaft erhebt. Als Erics Eltern plötzlich in die Gewalt der schwarzen Engel geraten, entbrennt ein gnadenloser Kampf.

Dreizehn

Das Mädchen Thirteen entdeckt im alten Haus ihres Großvaters ein Labyrinth, in dem sechs Kinder gefangen gehalten werden – die letzten Kinder, die der Rattenfänger damals aus Hameln entführte. Beim Versuch, sie zu retten, geraten Thirteen und ihr Freund Frank in Lebensgefahr. Am Freitag den 13. wird sich ihr Schicksal entscheiden.

Das Buch

Leonie stammt aus einer altehrwürdigen Buchhändlerfamilie. Wie schon ihre Großmutter ist auch sie eine »Hüterin der Wirklichkeit«. Als zwei Unbefugte ein Buch aus dem Archiv entwenden, muss sich Leonie einem gefährlichen Kampf um die einzig gültige Wahrheit stellen, denn die beiden schreiben die Wirklichkeit um - mit katastrophalen Folgen!

Die Legende von Camelot (Trilogie)

Gralszauber (Band 1)

Der Küchenjunge Dulac träumt davon, ein heldenhafter Ritter zu werden. Als er eine alte Rüstung und ein Schwert findet, verwandelt er sich in den tapferen Helden seiner Träume. Als Silberner Ritter Lancelot zieht er an der Seite von König Artus in den Kampf gegen den finsteren Mordred. Das Schicksal Britanniens steht auf dem Spiel.

Elbenschwert (Band 2)

Die Hochzeit von König Artus und Gwinneth soll gefeiert werden. Doch Morgaine, die Mutter des finsteren Mordred, entführt die junge Braut. Lancelot macht sich auf, um Gwinneth zu retten. Währenddessen sammelt Mordred seine Krieger zum Angriff auf Camelot.

Runenschild (Band 3)

Nach Lancelots Flucht von Camelot geraten er und Gwinneth in die sagenhafte Welt von Avalon. Ohne sein Schwert glaubt Lancelot, chancenlos gegen die Dunkelelben zu sein. Doch sein Schild erweist sich als rettende, magische Waffe. Und noch etwas erfährt Lancelot: Das Schicksal aller liegt in den Händen der Dunkelelben.

Die Bedrohung

Die friedliche Zeit im Tal ist vorbei, als Ungeheuer Elben und Menschen bedrohen. Ger Frey bietet den verzweifelten Menschen seine Hilfe an - zu spät durchschauen Anders und die Elbin Madras, dass sich sein Plan gegen das Volk der Elben richtet. Können sie den Angriff der Menschen auf die Elben noch verhindern?

Spiegelzeit

In einem Glaslabyrinth auf einem Rummelplatz gelangt Julian durch einen Spiegel in eine längst vergangene Zeit, in der sich eine schreckliche Katastrophe Tag für Tag aufs Neue ereignet. Nur er kann die unschuldigen Opfer erlösen.

Unterland

Bei einem Ausflug in die Katakomben trifft Michael auf den Schriftsteller Henry Wolf, mit dem er in ein Labyrinth finsterer Gänge gerät. Von bizarren Wesen verfolgt, stoßen sie unter einem See auf eine uralte Stadt. Michael wird in den Kampf zwischen zwei gewaltigen Mächten hineingerissen.

Die Prophezeiung

Vor mehr als dreitausend Jahren sprach der sterbende Pharao Echnaton einen Fluch aus, dessen Magie bis in die heutige Zeit reicht. Der junge Aton ist nun ausersehen, die Prophezeiung zu erfüllen. Doch dunkle Mächte haben sich verschworen, um dies zu verhindern.

Drachenfeuer

Hinter einem Wasserfall entdeckt Chris ein Bronzetor. Als er es durchschreitet, findet er sich im geheimnisvollen Land der Feen wieder, das von einem kriegerischen Volk bedroht wird. Chris ist erwählt, das Land zu retten: Er soll den mächtigen Drachen wecken, der hoch im Norden schläft. Doch der Drache selbst wird zur tödlichen Gefahr.

Die Anders-Saga (vier Bücher)

Anders 1 – Die tote Stadt

Der Traumurlaub gerät zur Katastrophe: Nach einem Flugzeugabsturz findet sich der 16-jährige Anders in einer gewaltigen Ruinenstadt aus Stein und Metall wieder, die ein schreckliches Geheimnis birgt. Es ist eine bizarre Welt mit grausamen Regeln, bevölkert von seltsamen Kreaturen. Zusammen mit dem rätselhaften Katzenmädchen Katt versucht Anders herauszufinden, was der toten Stadt widerfahren ist. Ein Albtraum beginnt.

Anders 2 – Im dunklen Land

Gemeinsam mit Katt versucht Anders aus dem vergessenen Tal zu entkommen. Ihre Flucht endet vor einer geheimnisvollen Mauer mitten in der Eiswüste. Hier fallen sie dem Elder Culain in die Hände, der sie über die Ebene des Todes ins sagenumwobene Tiernan, die Stadt der Elder, bringt. Verzweifelt schmiedet Anders Fluchtpläne, doch die Mauern Tiernans scheinen unüberwindlich zu sein.

Anders 3 – Der Thron von Tiernan

Kaum ist Anders in die Festung vor den Toren Tiernans zurückgekehrt, wird die weiße Elderstadt von einem Heer angegriffen, das einem Albtraum zu entstammen scheint: eine gewaltige Armee von Riesen, Trollen und Gnomen, Wiedergängern und Werwölfen, angeführt von einem unheimlichen Reiter auf einem schwarzen Einhorn. Mit letzter Kraft wehren sich das Volk der Elder, die Menschen und Schweinekrieger gegen die Übermacht ihrer Feinde. Ist der Kampf um Tiernan verloren?

3. Mystery-Thriller

Die Azrael-Bücher

Azrael (Band 1)

Mehrere Menschen bringen sich in Berlin auf außergewöhnliche Weise um, nachdem sie mit ihrem eigenen Blut den Namen des Todesengels Azrael an die Wand geschrieben haben. Hinweise auf Fremdverschulden scheint es nicht zu geben, bis man im Blut eines der Toten eine unbekannte Droge entdeckt.

Azrael - Die Wiederkehr (Band 2)

Eine rätselhafte Mordserie sucht Berlin heim, an jedem Tatort findet sich der Schriftzug »Azrael«. Kriminalinspektor Bremer wird an die Geschehnisse vor einigen Jahren erinnert, die er lange verdrängt hat. Dann entdeckt er einen Mann, der im Koma liegt und stets reagiert, wenn der geheimnisvolle Mörder zuschlägt. Hat das Ungeheuer überlebt?

Wyrm

In Maggoty gehen seltsame Dinge vor. Schon bei der Anfahrt des Landvermessers Joffrey Coppelstone wird sein Auto von einer unheimlichen Substanz regelrecht aufgefressen. Als er im Dorf Hilfe sucht, begegnet man ihm mit unverhohlener Feindseligkeit. Er gerät in einen Sumpf von Aberglauben und sklavischer Vergötterung einer dämonischen Macht.

Katzenwinter

Nach dem Tod von Justins Großmutter liegt etwas Bedrohliches über der kleinen Stadt. Justin entdeckt die Quelle der Gefahr: in den Ruinen eines alten Klosters, wo im Mittelalter finstere Magie herrschte. Justin muss die Kräfte zurückzudrängen, andernfalls droht der Untergang. Doch die Tore zu dieser dunklen Welt sind bereits geöffnet.

Druidentor

Uhren laufen rückwärts und Menschen verschwinden, ein Tunnel in den Schweizer Bergen wird zur schwarzen Hölle. Schon bald ist klar, dass hier Dinge geschehen, die die Existenz des Lebens auf der Erde gefährden und vernichten werden, wenn nichts Entscheidendes passiert.

Im Netz der Spinnen

Den Horrorstreifen auf seinem Videogerät findet der Kriminalbeamte Fred Issler eher lächerlich. Bis zum Abspann, als eine Horde Vogelspinnen aus der Bildröhre kriecht. Ein mörderischer Alptraum beginnt – und die Polizei ist machtlos.

Teufelsloch

In der Mine Devil's Hole geschieht Entsetzliches. Als Bergbauingenieur Harrison in den Stollen hinabsteigt, stößt er auf einen entstellten Toten und ein Labyrinth von Gängen. An den Wänden findet er Bilder jener Kreaturen, die auch seine Träume vergiften. Dort unten lauert etwas Grauenhaftes.

Die Dark-Skies-Bücher

Dark Skies - Das Rätsel um Majestic 12 (Band 1)

Der jungen John Loengard ist entsetzt. Bei Recherchen über UFO-Sichtungen stößt er auf ein geheimes Projekt der US-Regierung: Majestic 12. Unfassbares soll vertuscht werden: Aliens haben sich unter die Menschheit gemischt. Bald wissen John und seine Verlobte zuviel. Ihnen bleibt nur noch die Flucht.

Majestic – Die Saat des Todes (Band 2)

Nov. 1963, Kennedys Ermordung erschüttert die Welt. Keiner ahnt, dass zur gleichen Zeit eine außerirdische Macht die Weltherrschaft anstrebt. Sie hat sich schon der wichtigsten Entscheidungsträger Washingtons bemächtigt. Nur John Loengard kann das Schlimmste verhindern, doch es ist schon fast zu spät.

4. Historische Romane von Wolfgang Hohlbein

Die Nibelungensaga

Der Ring der Nibelungen (Band 1)
Als der junge Drachentöter Siegfried an den Hof der Burgunder kommt, verliebt er sich in die schöne Kriemhild. Er bietet sich an, ihrem Bruder König Gunther bei dessen Brautwerbung zu Seite stehen. Die beiden schließen einen verräterischen Pakt, der beiden das Eheglück sichern soll, jedoch nur Tod und Verderben bringt.

Die Rache der Nibelungen (Band 2)
Siebzehn dunkle Winter sind seit dem verräterischen Mord an Siegfried vergangen. Weitab vom Schatz der Nibelungen wächst sein Sohn Sigurd in Island auf. Als dort die Dunklen Horden von König Wulfgar von Xanten einfallen, greift er nach dem Schwert seines Vaters und eine Odyssee durch den ganzen Kontinent beginnt.

Das Erbe der Nibelungen (Band 3)
Ein Jahrhundert ist vergangen, seit der Sohn des Drachentöters Siegfried sich den alten Göttern verweigerte und in der Unterwelt Utgard seine Freiheit erkämpfte. Doch die Nibelungen haben nicht vergessen, was Siegfried und sein Blutclan ihnen angetan haben. Ihre schwarzen Herzen schreien nach Rache. Auf einem Kontinent, der von der Pest dahin gerafft wird, machen sie Jagd auf Sigfinn und Calder, die letzten Nachfahren Siegfrieds.

Odysseus
Auf der Fahrt zu seiner Heimat Ithaka gerät Odysseus in einen schrecklichen Sturm. Während der darauf folgenden Irrfahrt muss er unglaubliche Hindernisse überwinden. Als Odysseus nach langen Jahren endlich nach Hause gelangt, stellt er fest, dass sein Königreich in großer Gefahr ist.

Das Siegel

Am frühen Morgen landet ein Schiff im Hafen von Alexandria. Unter den Gefangenen ist Ulrich von Wolfenstein, der als Kreuzfahrer ins Heilige Land ziehen wollte und es nun als Sklave betritt. Er wird zum Mittelpunkt einer Intrige der Tempelritter und Sarazenen und das Schicksal Jerusalems liegt in seiner Hand.

Hagen von Tronje

Hagen von Tronje gilt als der einsame, finstere Verräter und Königsmörder, während Siegfried, der Drachentöter und Herrscher der Nibelungen, der strahlendste aller Helden ist. Im Spannungsfeld dieser beiden großen, schillernden Gestalten entwickelt sich das dramatische Geschehen des Nibelungenepos.

Die Templer-Saga

Die Templerin (Band 1)

Friesland im 12. Jahrhundert: Robin ist noch ein junges Mädchen, als Fremde ihr Dorf überfallen und ihre Mutter töten. Man verdächtigt die Tempelritter, doch Robin kennt die Wahrheit. Sie sucht Zuflucht vor den wirklichen Mördern bei den Templern und beginnt ihr eigenes, geheimnisvolles Schicksal zu begreifen.

Der Ring des Sarazenen (Band 2)

Die junge Friesin Robin ist in der Rüstung eines Tempelritters unterwegs ins Gelobte Land. Sie gerät in die Fänge eines Sklavenhändlers und soll als Haremsdame verkauft werden. Als einziger Schutz bleibt ihr der geheimnisvolle Ring, den sie von ihrem treuen Freund und Begleiter Salim bekam.

Die Rückkehr der Templerin (Band 3)

Um ihr eigenes Leben zu retten, sieht sich Robin noch einmal gezwungen, im Heiligen Land für die Sache der Templer zu kämpfen. Während das Heer der Kreuzfahrer in Auflösung begriffen ist, rettet sie dem König von Jerusalem das Leben und wird Zeugin eines weiteren heimtückischen Mordanschlags. Bald steht sie im Mittelpunkt einer groß angelegten Intrige.

Die Templerin - Das Wasser des Lebens (Band 4)

Das Heilige Land im Jahr 1179: Balduin, der junge König von Jerusalem, leidet an Lepra. Seine inneren und äußeren Feinde wittern in dieser Schwäche ihre Chance. In geheimer Mission bricht die königstreue Templerin Robin nach Ägypten auf, um das rettende „Wasser des Lebens" zu finden. Aber die Feinde sind allgegenwärtig ... Wolfgang und Rebecca Hohlbein haben die Fortsetzung der großen Saga um die legendäre Templerin Robin geschrieben.

5. Kurzgeschichten von Wolfgang Hohlbein

Wolfgang Hohlbeins Fantasy Selection
Von Wolfgang Hohlbein zusammengestellte Fantasy-Geschichten verschiedener Autoren mit Spannung vom Feinsten, die den Leser mit dunklem Grauen erfüllen.

Wolfgang Hohlbeins New Fantasy Selection
Geschichten, die dem Leser Schauder über den Rücken laufen lassen! Die in diesem Band versammelten Erzählungen erfolgreicher Autoren sind nichts für furchtsame Gemüter, denn in ihnen regiert der Schrecken. Hohlbein selbst leitet jede Erzählung ein.

Nächtliche Begegnung. Wolfgang Hohlbeins Fantasy Selection
Blutsaugende Zeitgenossen, verlogene Engel und ein gefühlskalter Arzt, der seinem todgeweihten Patienten um jeden Preis das Augenlicht zurückgeben will, sorgen in der von Wolfgang Hohlbein zusammengestellten Kurzgeschichtensammlung für hochgradigen Nervenkitzel.

Neil Gaiman

»Ein Meisterwerk delikaten Horrors in feinster Märchenqualität.« ***Terry Pratchett***

»Ein Buch für Leser, die starke Nerven haben. Wow!« ***Stern***

978-3-453-43488-2

Sternwanderer
Der Roman zum Film
978-3-453-50141-6

Niemalsland
978-3-453-13757-8

American Gods
978-3-453-40037-5

Coraline
978-3-453-43488-2

Leseproben unter: **www.heyne.de**

HEYNE

Kai Meyer

»Zauberwelten-Erfinder Kai Meyer auf Bestsellerkurs!« *Focus*

978-3-453-53322-6

Die Wellenläufer-Trilogie:

Die Wellenläufer
978-3-453-53320-2

Die Muschelmagier
978-3-453-53321-9

Die Wasserweber
978-3-453-53322-6

Außerdem bei Heyne:

Die Vatikan-Verschwörung
978-3-453-43156-0

Die Alchimistin
978-3-453-47080-4

Die Unsterbliche
978-3-453-47081-1

Frostfeuer
978-3-453-53278-6

Leseproben unter: **www.heyne.de**

HEYNE